Der Schatten des Schwertes

Der Schatten des Schwertes

Ein Roman
von **Robert Buchanan**
Originaltitel ‚The Shadow of the Sword'

aus dem Englischen
von **Peter M. Richter**

Nach der Ausgabe von

London
Chatto & Windus
1903

Engelsdorfer Verlag
Leipzig
2013

Bibliografische Information durch die Deutsche Nationalbibliothek:
Die Deutsche Nationalbibliothek verzeichnet diese Publikation in der
Deutschen Nationalbibliografie; detaillierte bibliografische Daten sind im
Internet über http://www.dnb.de abrufbar.

ISBN 978-3-95488-502-2

Copyright (2013) Engelsdorfer Verlag Leipzig

Textrechte beim Autor - Rechte der Übersetzung beim Übersetzer

Illustrationen : Peter M. Richter

Hergestellt in Leipzig, Germany (EU)
www.engelsdorfer-verlag.de

18,00 Euro (D)

Kapitel I

In voller Sonne

„Rohan, Rohan! Kannst Du mich nicht rufen hören? Es ist Zeit zu gehen. Komm, komm! Es erschreckt mich, zu Dir nach unten zu sehen. Willst Du nun nicht heraufkommen, Rohan?"

Die Stimme, die dies ruft verliert sich im Rauschen des Ozeans, der die blaue Weite unten erfüllt, sie klingt ab, weit unten in der Ferne, inmitten eines wirren Rauschens der Flügel und dem geschäftigen Schwatzen der kleinen neugeborenen Schnäbel.

Während die Ruferin sich schwindelnd zurückzieht, fühlt sie den Boden unter sich schwanken und die Klippen schicken sich an wie ein großes Rad überzukippen. Ein menschlicher Ruf dringt herauf, klar, aber schwach wie eine Stimme von der See, die die bemoosten Felsenklippen aus blutrotem Granit umspült.

Weit entfernt über dem Wasser versinkt die Sonne, versinkt mit einem letzten goldenen Schimmer, inmitten der geheimnisvollen Abende der stillen, ruhigen Luft und seinem gleißenden Licht, das schräg in die durchsichtige Ruhe einfällt, bis es auf die narbige und sturmgezeichnete Oberfläche der bretonischen Klippen auftrifft und jeden Winkel und jede Spalte der Klippen beleuchtet und ihrem natürlichen Rot, bis zum Karmesinrot wie tropfendes Blut, die Gipfel brennend lässt. Es läßt das gewöhnliche Gras in smaragdfarbenen Fäden und die gelben Blüten als schimmernde Sterne erleuchten. Brennend wie in einem goldenen Nebel sind die gelben Blüten des herabhängenden Ginsters. Es ergießt sich mit grellsten Strahlen auf einen nackten Felsen aus festem Stein, welcher wie ein riesiges Horn den Rand des Abgrundes überragt und um den ein Seil geschlungen und fest verknotet ist.

Nahe dem Felsenhorn steht im vollen Schein des Sonnenlichts ein junges Mädchen, das vernehmlich jemandem zuruft, der, für sie nicht sichtbar, unten an dem Seil schwingt.

Das Sonnenlicht scheint voll in ihr Gesicht und blendet sie, während eine leichte Briese von der See die Lider ihrer geblendeten Augen küsst. Nach ihrer sonnengebräunten Haut zu urteilen, scheint sie die Tochter eines Zigeunerstammes zu sein. Aber solche dunklen Merkmale wie bei ihr sind allgemein bei den keltischen Frauen der bretonischen Küste charkteristisch. Ihre großen Augen sind nicht zigeunerschwarz, sondern himmlisch grau. Diese mystische Farbe kann zart sein wie der Himmel in Freude und Liebe, aber auch dunkel wie der Tod in Wut und Zorn. Und tatsächlich, wenn jemand lange in diese schaut, erfährt er seltsame Abgründe der Liebe, der Selbstkontrolle und des Stolzes. Das Mädchen ist groß und wohlgeformt, ziemlich hager, kleine Hände und Füße, ihre Wangen etwas rosig, ihre

Hände etwas weißer, ihr Gang ist elastisch, sie könnte eine geborene Lady sein. Es ist heute gerade achtzehn Jahre her, seit dem stürmischen roten Morgen, als ihr Vater mit dem größten Fang an Fischen, als Rekord der Saison, in den Hafen des kleinen Fischerdorfes einlief. Hier fand er, dass die Heilige Jungfrau, nach dem sie ihm vier stramme Söhne gab, ihm ein kleines Mädchen in sein Ehebett beschied, lang erbetet und letztlich erfüllt. Das Mädchengesicht ist noch immer schön mit der ungebrochenen Unschuld der Kindheit. Ihre Schönheit kennzeichnet geradezu ihren Schmollmund mit der lieblichen Unterlippe.

Eine Frau ist sie und doch noch ein Kind. Und in diesem Moment berührt die Sonne fast jedes Mädchens Wange, in jedem Dorf entlang dieser stürmischen Küste und scheint auf nichts Süßeres. Wie eine Königin aus früheren Zeiten hält sie einen Spinnrocken in ihrer Hand, aber nicht in königlichen Kleidern, trotzdem hübsch, sie passt besser zu einem schmucklosen, malerischen bretonischen Bauernmädchen – eine bescheidene weiße Haube, das blaue, lose fallende Kleid, welches mit hellem Saum und mit Rot abgesetzt ist, die hübsche Schürze, umkränzt mit gestickten bunten Blumen, das zierliche Mieder ist mit einem Rosenkranz und einer Medaille von ‚Unserer Lady' geschmückt und endlich die kuriosen Holzschuhe.

„Rohan, Rohan!"

Eine vogelklare Stimme, die sich aber im Rauschen der blauen Leere nach unten verliert. Das Mädchen legt ihren Spinnrocken neben ein Paar Holzschuhe und einem breiten Hut, die auf einem Quader des Felsens liegen, nieder. Nun setzt sie sich selbst mit mutlosem Gesicht dicht an den Rand der Klippe, ergreift mit einer Hand das Seil, welches vom Horn des Felsens neben ihr hängt. Sie schaut nach unten. Auf halber Höhe im Abgrund, hängt an dem Seil eine Gestalt, bemerkt ihre Berührung des Seils und schaut mit strahlendem Gesicht lächelnd nach oben. Sie sieht für einen Moment die Gestalt unter sich frei in der Luft schweben, umgeben von einer fliegenden Wolke von Seevögeln – sie erkennt den weißen Strand weit unter sich und die rote Farbe der unkrautbewachsenen Lachen stehenden Wassers, die durch die Gezeiten entstehen und den cremeweißen Rand der glasklaren fast unbewegten See. Sie fühlt für einen Augenblick den Sonnenschein, der die Felsen schimmern lässt. Dann dreht es sich in ihrem Kopf, sie schließt ihre Augen mit einem unterdrückten Schrei. Ein helles Lachen fliegt zu ihr herauf und beruhigt sie, sie faßt wieder Mut und schaut wieder hinunter. Was für eine Tiefe! Als sie aufs Neue in die Tiefe sieht, wird es ihr wieder schwindlig und plötzlich schießt ihr ein Gedanke durch den Kopf und sie wird ganz ruhig. Sie sieht alles deutlich und klar und ihr Blick sieht nur ein Bild: Nicht die karmesinroten Klippen und Granitfelsen unter welchen sich der friedliche Ozean ausdehnt, durch das Gewirr der verflochtenen Rotalgen und den riesigen roten Wasserfarnen; nicht die einzelne ‚Needle of Gurlau', ein riesiger, einzeln stehender Monolith aus Kalk und Stein, etwa 200 Meter draußen in der See, in den Wellen immerwährend gewaschen und über dessen Gipfel immer ein Schwarm Seevögel schwebt; nicht die einzelnen Felsgruppen, wo die großen Möwen mit ihrem schwarzgefiederten Rücken sitzen und in der Entfernung wie weiße Motten aussehen und in den Sonnenschein sehen, erschöpft vom langen Tag des Fischens; nicht die in langen Linien sitzenden grünen Kormorane, welche schläfrig nach Hause zu ihren Schlafplätzen über das purpur- und perlmuttgefärbte Wasser fliegen; nicht die Robben, die in dunkelgrünen Buchten weit unten schwimmen; sie sieht nicht das einsame Fischerboot mit den roten Segeln, das mit der Ebbe eine Meile weit in die offene See driftet. All das sieht sie für einen Augenblick wie durch ein magisches Glas, es verschwindet, aber es bleibt *ein* Bild – die lebende und unerschrockene Gestalt unter ihr, die lotrecht unter der Felsenspitze wie eine Ziege hängt, pendelnd in halber Höhe, mit Händen und Füßen geschäftig zu den Eiern der Seevögel sich hin und her bewegend. Dick wie Schaumflocken fliegen die kleinen Seeschwalben geschwind wie Kanonenkugeln um seinen Kopf, die Seepapageien schwirren aus ihren Höhlen (die komischen Seepapageien bohren wie Kaninchen Löcher in die Erde, bevor sie ihre Eier ablegen) und segeln geschwind und schwungvoll hunderte Yards, kommen wieder und passieren, zu ihren Höhlen zurückkehrend, erneut dicht die Ohren des Eindringlings. Ein kleiner Kormoran der grünen Sorte, segelt lautlos und ununterbrochen, sieht den Eindringling, setzt sich oben auf die Klippe, wo unzählige Vögel bereits sitzen und ihre kleinen Augen auf ihn gerichtet sind. Die Seepapageien, mit ihren verschiedenfarbigen Schnäbeln sitzen auf dem grünen Erdhügeln; die Trottellummen lieben es, überall auf Erdhügeln oder in Felsspalten ihre Eier abzulegen; die kleinen möwenartigen Seeschwalben, männliche und weibliche, sitzen wie Liebesvögel Schnabel an Schnabel auf den winzig kleinen Vorsprüngen des Felsens, unterhalb des Kletterers. Die zahllosen Vögel, die ihn umschwärmen sind von der Störung in Aufregung gebracht worden und bilden eine ‚Schneewolke' um ihn. Die Luft ist voller Zwitschern, Flattern und Rascheln, welches einen unerfahrenen Bergsteiger zur Verzweiflung treiben würde. Als er zwischen ihnen behende gleitet, murren sie auf ihre Weise, das ist alles. Gelegentlich macht ein brütender Vogel, dem die Eier geplündert wurden Anstalten ihm ins Gesicht zu fliegen, so wie bei seiner ersten Bewegung auf die Vogelnester der Wachteln. Hin und wieder, wenn seine Hand in ihre Höhle fasst, schnappt ein ärgerlicher Seepapagei nach seinen Fingern und wirft in großem Zorn Federn heraus und wirbelt sie in die Luft. Die Füße des Eierräubers sind nackt, so erleiden sie manchesmal einen wahllosen Biß oder ein Schnabelpicken, aber seine einzige Antwort darauf ist ein glücklicher Lacher. Manchmal begibt er sich bewusst oder unbewusst in Gefahr, als ob er sie um des Sports willen verzehnfachen will. Es ist aufregend, ihm bei seinen kraftvollen Bewegungen inmitten des schwindelerregenden Raumes zuzusehen. Die Sonne bescheint seine Gestalt und unter seinen Füßen ist die funkelnde See. Sein Kopf ist unbedeckt, sein Haar ist völlig golden, fällt auf seine Schultern und wird öfter in sein Gesicht geweht, aber mit einer schnellen Kopfbewegung wirft er es wieder hinter sich. Der Kopf ist der eines Löwen, der Hals, das Kinn sind löwenartig und die Augen, wenn sie wie jetzt strahlen, haben den fremden, fernen und visionären Blick des Königs der Tiere. Seine Gestalt, behende wie sie ist, ist die eines Herkules. Er ist ein Gwenfern, denn ein Gwenfernmann steht nicht unter sechs Fuß in seinen Holzschuhen. Zöge er seine Kleider aus und nähme er sich eines Felsens an, er könnte wahrlich Herkules sein – so groß ist er gebaut, so mächtig sind seine Glieder. Aber auch in seiner jetzigen Tracht – der dunkelblauen Bauernkleidung, das Hemd am Hals offen mit einem buntfarbenen Halstuch und einer Hose, die an den Knien mit einem scharlachroten Band geknotet ist, sieht man seinen starken Körper.

Er versteht sein Handwerk. Ein fast volles Netz dunkler, fast erdfarbener Eier hängt gesichert an seiner Taille. Die Sonne steht tief, ihr Glanz, der auf die rotgefärbten Klippen fällt, wird schwächer. Der Eierdieb erhebt im Licht seinen Blick und sieht das dunkle Gesicht des Mädchens zwischen den über ihm herumflatternden Vögeln.

„Rohan, Rohan!" ruft sie erneut. Er winkt mit seinem Bergsteigerstab und lächelt und ist schon im Begriff zum oberen Rand des Felsens zu klettern.

„Ich komme, Marcelle!", ruft er. Und durch die fliegende Schneewolke kommt er langsam nach oben. Nun schwirren die Vögel nur noch um seine Füße. Teilweise unterstützt durch das Seil, teilweise durch den Haken seines Bergsteigerstabes, kommt er, sich mit Händen und Füßen festklammernd, von Sims zu Sims kletternd, ständig immer höher. Manchmal bröckelt loses Gestein unter seinen Händen oder Füßen und er schwingt sich mit seinem ganzen Gewicht über die Klippen. Für einen Moment ist er blass, nicht vor Angst, sondern aus Anstrengung, er atmet schnell. Daß es ihm nicht schwindlig ist! Seine ruhigen blauen Augen schauen mit einer gleichsamen Unbekümmertheit auf und ab, er kennt jeden Fußtritt auf seinem Weg. Langsam, beinahe mühselig, scheint er sich zu bewegen, aber sein Fortkommen ist geschwinder, als es auf der Entfernung zu sehen ist und in wenigen Minuten hat er sich auf die überhängende Felsspitze gezogen und erreicht die Spitze, ergreift das Felsenhorn mit Händen und Knien und schwingt sich selbst dicht neben dem Mädchen auf den grünen Rasen. Von hier eröffnet sich der Blick über die Klippen ins Inland. Der bewölkte Osten ist mit tiefroten Streifen gefärbt, darunter die grasbewachsenen Hügel. Die frisch gepflügten Felder und die Baumgruppen, deren Blattwerk ihre königlichen Formen verbergen, heben sich voneinander ab und bilden schöne Linien. Aber alles was er im Moment sieht ist ein sonnengebräuntes Gesicht und die hellen Augen, die liebend in seine schauen.

„Warum willst Du immer so verwegen sein, Rohan?", fragt sie ihn in einer sanften bretonischen Mundart, „wenn das Seil gerissen wäre, wenn der

Knoten aufgegangen wäre, wenn Du ohnmächtig geworden wärst! Gildas und Hoel sagen beide, dass Du töricht bist, St. Gulans Craig ist nicht das Richtige für einen Mann zum Klettern!"

Kapitel II

Rohan und Marcelle

Dort herumzuschleichen, wo vorher nie ein Mensch seinen Fuß setzte, auf den großen Klippen herumzukriechen, wo eben sogar Ziegen und Schafe nur selten zu sehen sind; die geheimen Plätze auf den Klippen zu kennen wie sie nur Falken, Raben und der schwarze Mäusebussard kennen – ist die Freude und sind Glanzpunkte im Leben eines Mannes – das ist Begeisterung, die er mit den fliegenden, springenden und schleichenden Tieren teilt. Er schwimmt wie ein Fisch, er kriecht wie ein Insekt und seine Freude wäre komplett, könnte er sich aufschwingen wie ein Vogel! Beim Durchwandern oder Radfahren im Umkreis der Felsenspitze und wenn er sich auf seinen Wegen in größter Naturverbundenheit bewegt, ist seine natürliche Freude fast perfekt.

All die Bauern und Fischer von Kromlaix sind auch geübte Bergsteiger, aber keiner besitzt die kühne Erhabenheit seines Wagemuts. Rohan Gwenfern geht wie kein anderer Vogelfänger immer aufrecht, und wenn immer es notwendig ist, würde er auch auf allen Vieren schleichen. Im Laufe seines Lebens hatte er schon schlimme Abstürze, die ihn aber nur zu neuen Heldentaten bewegten. Als er noch ein Kind war begann er zwischen diesen großen Felsen Schafe und Ziegen zu hüten und baute sich eine einsame Höhle mit den Hörnern seiner kleinen Ziegenherde. Schrittweise gewöhnte er sich selbst an die besondere Art der sturmanfälligen manchmal schrecklichen Küste und als er ein Jüngling war, fuhr er schon mit seinen Gefährten zum Fischen auf die hohe See. Er behielt aber seine frühe Leidenschaft für Felsen und Klippen bei. Während andere am Strand herumlungerten oder in Bars tranken und unnütz waren, wanderte Rohan in die große ‚Kathedrale', die nicht von Hand gebaut ist, oder durchdrang wie ein Gespenst mit einer Fackel in der Hand, die stockdunklen Höhlen, wo die Robben ihre Jungen säugen oder schwamm nackt hinaus zu den Schlafplätzen der Kormorane am Fuße des riesigen nadelähnlichen, aus dem Meer ragenden Felsens ‚Needle of Gurlau'.

Er wandert sogar im tiefsten Winter, wenn die Kormorane für Tage dicht auf den vorstehenden Felsenkanten hungernd zusammensitzen, ängstlich sich zu bewegen, aus Furcht der mächtige Wind könnte sie gegen den Felsen schmettern und verzweifelt auf die See schauen. Wenn Berge von Schaum bis zu ihren Füßen geschüttet werden, wenn die Seebeben im Ozean zunehmen und Felsenspitze auf Felsenspitze gelöst werden, zerbröckeln und wie eine Lawine hinunter in die See stürzen – eben in diesen schlimmen Stürmen, in der schlimmsten Jahreszeit war Rohan unterwegs. Keine der Silbermöwen, entlang des Ufers, war als Besucher beständiger als er. Folglich entstand in ihm Tag für Tag und Jahr für Jahr mehr die schreckliche und dumme Liebe zum Wasser. Manche Kritiker und Stadtbewohner glauben, es wäre speziell und einzig ein Vorrecht der Poeten. Besonders Lord Byron aber auch andere beschreiben sie als ein Attribut des bretonischen Bauern oder eines Betrügers und führen sie auf die Abgründe der Sentimentalität zurück.

Wie ein Straßenmädchen die Straße, oder ein Pflüger die Felder oder wie ein Matrose das Schiff liebt, welches ihn um die Welt segelt, genauso, aber mit unendlich tieferer Leidenschaft liebt Rohan die See. Es ist nicht übertrieben zu sagen, daß er sich einige Meilen im Festland grausam miserabel fühlt und daß er die See so liebt wie er es versteht, ohne sentimentale Gefühle, ohne Gedanken der Romantik, oder einer gezierten Haltung, sondern mit einer lebenswichtigen und natürlichen Liebe, als Teil seines Herzschlages - er ist ein Naturkind.

Schicksalsergebenheit und Aberglaube sind an dieser wilden Küste noch weit verbreitet. Phantastische und furchtbare Legenden werden noch mündlich weitergegeben, manche von ihnen voll tiefem Glauben und rührender Schönheit. Unter ihnen ist eine, die vielleicht mehr als eine lächerliche Legende ist, etwas mehr als eine Kaminträumerei. Sie erzählt von der Meerenge und der Gefahr auf einsamer See während des großen Fischfangs: Einmal, in einer Sommernacht, fuhr der Fischer Raoul Gwenfern mit seinem kleinen goldgelockten Kind auf die See. Tief in der Nacht bliesen die Trompeten des Zorns und des Todes, Euroclydon erhob sich. Verloren, schreiend und schreckerfüllt trieben sie in der schrecklich aufgebäumten See vor dem Wind und letztlich, als die Hoffnung schon aufgegeben war, kniete die Mannschaft des Loggers in der Dunkelheit zum letzten Mal nieder. Kniete Seite an Seite wie sie es oft in der kleinen Kapelle oben auf den Klippen taten und rief die Heilige Maria um Beistand für ihre Sicherheit an. Und nicht weniger als die Anderen, betete das kleine Kind, das zitternd die Hand seines Vaters hielt. Letztendlich, inmitten der Dunkelheit des Sturms und der tosenden See, dämmerte ein feierlicher Schein, welcher für einen Moment rund um das Schiff das lebhafte Wasser beruhigte. Kein anderer an Bord, nur das eine unschuldige Kind mit seinen sterblichen Augen sah, inmitten dieses übernatürlichen Lichts und auf der Wasseroberfläche – alles glitzerte silbern – ein Bildnis wie in der kleinen Kapelle von ‚Notre Dame de la Garde' - das Gesicht und die Gestalt der Mutter Gottes! Mag es gewesen sein wie es wolle, der Sturm ließ augenblicklich nach und das Wasser beruhigte sich. Als es dämmerte und die Fischer des Loggers zu sich kamen, vermißten sie einen Mann. Das Kind schrie: „Vater!" Aber kein Vater antwortete, er ist in der Dunkelheit über Bord gespült worden und es wurden nie wieder Spuren von ihm gesehen. Das Kind erzählte in seinem Wehklagen um den Vater, was es während des Gebetes über dem Wasser gesehen hatte. Entweder war es eine wirkliche Vision oder der Traum eines Kindes oder eine plötzliche Erscheinung aus dem Gedächtnis eines Bildes, das es oft gesehen und zugleich so liebte, wer kann das sagen?

Heimgekehrt rannte es als Halbwaise in die Arme seiner Mutter, denn von diesem Tag an hatte es keinen Vater mehr, sondern nur noch die See.

Seine Mutter, nun eine arme Witwe, zog in eine Steinhütte außerhalb des Dorfes, die unter dem Schutzdach der Aushöhlung einer Klippe stand. Ihr Sohn, das einzige Kind ihrer alten Tage, das Kind ihrer Gebete und Tränen, erlangte durch besondere Fürsprache der Jungfrau St. Elisabeth und ihrer Cousine Bildung, wuchs und wurde schöner und schöner, bis er das Jünglingsalter erreichte und immer umgab ihn eine Helligkeit und die Mutter glaubte insgeheim an diese himmlische Vision.

Nun, Geschichten von Wundern bewegen die Priester. Der Priester (er war auch ein wenig Schädelforscher) kam und sah das Kind, prüfte seinen Kopf und seine Sinne und sah sein schönes Gesicht ohne ersichtliche Freude strahlen. Nicht jeden Tag vollbringt der liebe Gott ein Wunder und diese Gelegenheit war zu schön, um sie vorüber gehen zu lassen. Und so wurde dieser bemerkenswerte Mann ein Helfer auf seinem Weg und ein bedeutender Lehrer. Die Witwe behauptete, dass St. Elisabeth tatsächlich ihre Freundin sei.

Das war es: Rohan sollte im geistigen Glauben ausgebildet und ein Priester Gottes werden. Natürlich wurde der Vorschlag freudig aufgenommen. Rohan musste die einsamen Klippen, wo er die Ziegenherden gehütet hatte, verlassen, ergänzte das armselige Einkommen, welches seine Mutter verdiente, und lebte im Hause des Priesters. Für einige Zeit war der Wechsel gut und Rohan war gelehrig im Lesen und Schreiben und konnte ein wenig Latein übersetzen und erlernte auch paar Worte Griechisch. Er war außerdem ein williges Kind und er würde ohne zu murren an einen der dunkelsten und kältesten Wintermorgen hingehen, um als Helfer bei der Messe zu dienen. Andererseits bewies er ein durchaus eigenständiges Interesse für Müßiggang und Spiel. Als er heranwuchs waren seine Neigungen nicht mehr zu unterdrücken und er wollte ausziehen, in ein Fischerboot steigen und zur See fahren oder fortlaufen und einen ganzen Tag lang in den Felsen herumklettern oder einen Sommerabend an der Küste verbringen, zur Abwechslung nackt baden und im Wasser waten, nach Schrimps und Garnelen suchen. Das alles aber war nicht zu erfüllen. Einmal hatte er sich etwas gebrochen, nachdem er vergebens versucht hatte das Nest eines zornigen Raben auszunehmen. Zwei oder dreimal wäre er fast ertrunken.

Dies ist ihm vergeben worden, währte aber nicht lange. Und gegenwärtig ist es offenbar, daß Rohan seinem Meister Fragen stellt, die für den Priester äußerst schwierig zu beantworten sind. Es war noch Revolutionszeit. Obgleich das Königreich eine Großmacht war und obwohl die furchtbaren Ideen der 93er kaum Kromlaix erreichten, war die Atmosphäre voll gefährlichem Denken. Der kleine Gehilfe begann heimlich in einer intensiven Art und Weise dem weltlichen Lesen zu frönen. Die kleinen Augen öffneten sich, die kleine Zunge schwatzte und der Gottespriester entdeckte zu seinem Widerwillen, daß das Kind für ihn zu tüchtig war.

Als für den Jüngling die Zeit gekommen war im natürlichen Gang der Dinge, vom Dorf wieder zum Lernen zurückzukehren, revoltierte Rohan aufs Äußerste. Er hätte seinen Geist geschult, sagte er, und er würde niemals ein Priester werden! Das war ein bitterer Schlag für die Mutter und für eine gewisse Zeit blieb das Herz der Mutter gegen den Jüngling hart. Aber der Priester war, zu ihrem Erstaunen, auf der Seite des Revoltierenden.

„Komm, Mutter", sagte der Priester, sein großes Haupt neigend und vor Aufregung zitterten seine hohlen Wangen, „nach Allem ist es übel einen Jüngling zu etwas zu zwingen. Das Leben eines Priesters ist hart, Du weißt es am Besten. Die Priesterschaft ist etwas Gutes, aber es gibt bessere Wege dem Lieben Gott zu dienen."

Rohans Herz freute sich, aber die Witwe rief:

„Bessere Wege! Oh nein, m' sieu le cure."

„Aber ja", beharrte der Geistliche, „Gottes Wille ist allmächtig und besser eben ein guter Seilmacher, als ein schlechter Priester!"

Zuletzt wurde entschieden und der Jüngling kehrte nach Hause zurück. Die Wahrheit aber war, daß der Priester froh war, von seinem Vertrag befreit zu sein. Er sah, dass Rohan nicht aus dem Stoff war, aus dem man einen Heiligen hätte machen können und daß er früher oder später ein Ketzer sein würde oder eine Frau lieben wird. Er würde nicht nachgeben und diese wunderbare Vision würde durch ein Leben der beispielhaften Frömmigkeit vollendet und würde wie Schmuck in der Krone der Kirche sein. Der Priester fand bald einen neuen Helfer und der frühere Unfug und die Enttäuschung über Rohan waren bald vergessen.

Inzwischen kehrt Rohan zu seinen alten Schlupfwinkeln zurück und begeistert befreit er gefangene Vögel. Bald überzeugt er seine Mutter, daß alles zu Besten bestellt ist. Er braucht nicht mehr fort. Er bleibt für immer bei ihr und ersetzt den Platz des Vaters und ist für sie in alten Tagen eine Hilfe.

Er verabscheut von ganzem Herzen zwei Sorten von Leben: Bei dem einen würde er das zu Hause und sie verlieren. Er würde niemals Priester werden, weil er die Lebensweise nicht mag und weil er dann niemals seine kleine Cousine Marcelle heiraten könne. Und bei der anderen wollte er niemals

Soldat werden (Gott und alle Heiligen rühmen dies), weil er der einzige Sohn einer Witwe ist.

Es ist das Jahr 1813, die mit Ruß bedeckte Zeit der großen Eroberungen. Nachdem der Kaiser erfolgreich die Gefahr der Invasion gemildert hat, welche alle Franzosen seit seiner unheilvollen Rückkehr aus Moskau erfüllt, bereitet er nun einen großen Coup vor, durch welchen all seine Feinde vernichtet werden sollen. Es zirkuliert ein gefährliches Murren, aber es ist nichts Definitives bekannt. Die Luft ist voller entsetzlicher Stille, welche einem Gewitter oder Erdbeben vorausgeht.

Hier unten in Kromlaix, in der einsamsten und traurigsten Ecke der bretonischen Küste, scheint die Sonne und die See glänzt, als hätte es Moskau nie gegeben, als wenn die gewaltigen Verluste der Franzosen nicht bleichend im russischen Schnee lägen, als hätten die französischen Märtyrer niemals aus tiefsten Herzen nach einem Weg durch die Offenbarung geschrien. Das Kriegsgetöse hat ein weites Echo, aber Rohan schenkt ihm wenig Beachtung.
Glück ist gleichförmig eigennützig und Rohan ist glücklich. Das Leben ist für ihn süß. Es ist eine gesegnete Sache zu atmen, zu sein, frei zu sein, sein Gesicht der Sonne zuzuwenden, die Klippen und Höhlen zu kennen, die passierenden Segler zu beobachten, oder den blauen Rauch, der aus den Schornsteinen des kleinen Dorfes steigt, zu sehen. Dem beleibten Pfarrer, ‚fetter als seine Pfarre', zu hören oder den unbekannten Geschichten der Kriegslager und der Schlachtfelder, die von dem alten Bonapartisten ‚Schwarzpulver', seinem Onkel, erzählt werden, zu lauschen. Alain oder Jannick wilde Melodien auf dem bretonischen Dudelsack spielen hören, die Nester der Möwen und Seetiere auszunehmen, mit seinen Freunden in stiller Nacht auszufahren, um die leuchtenden Schwärme der Heringe zu fangen, und das Beste von allem: Mit Marcelle entlang der Wiesen oder der Küste spazieren zu gehen, ihre Hand zu halten, vor der Statue der Jungfrau Maria in ihre Augen zu sehen und, noch vergnüglicher, ihre vollendeten Lippen zu küssen! Welches Leben konnte besser sein? Welches Leben konnte, alles in allem, süßer sein als dieses?
Und Marcelle?
Kind der Schwester von Rohans Mutter und einzige Nichte des wunderlichen alten Korporals mit dem sie mit ihren vier älteren Brüdern lebt, jeder so stark wie Anak(1a).
Sie sind seit der Kindheit zusammen und Rohan eroberte ihr Herz durch seinen unbekümmerten Mut. Sie sind daran gewöhnt sich zu treffen, in all der Unschuld ihrer Natur. Während ihre großen Brüder nicht über ihre Gesellschaft besorgt sind, besuchen sie oft die kleine Kneipe, das ‚Cabaret' oder gehen ans Ufer. Rohan entdeckte das Mädchen und ist höflicher zu ihr als jeder ihrer Brüder, obgleich sie Blutsverwandte sind. Er liebt ihre dunk-

len Augen und ihr hochgestecktes schwarzes Haar, ihre höfliche Art und ihre zarte Bewunderung für ihn. Sie war für Jahre seine Spielgefährtin, nun ist sie, wie kann man das nennen, seine Begleiterin, bald vielleicht ist eine treffenderer Ausdruck möglich. Aber die Heirat solch enger Verwandtschaft ist in der Bretagne fraglich, denn ein besonderes Einverständnis des Bischofs ist dazu nötig. Und trotzdem haben sie niemals eine Silbe über ihrer Liebe gewechselt. Zweifellos verstehen sie einander, die Jugend ist elektrisiert und Leidenschaft hat viele Töne ohne Worte und es liegt in der Natur eines Mannes und eines Mädchens, beide sind wunderschön und sehen einander nicht ohne Freude. Ihren noch unklaren Gefühlen in der Gesellschaft des Anderen, haben sie keine Namen gegeben. Sie erfreuen sich aneinander wie sie sich an der lieblichen, frischen Luft erfreuen und an der scheinenden Sonne und an der glücklichen blauen Wölbung über und an der glitzernden See unter ihnen. Sie trinken den Atem des Anderen und sind froh. So ist Mutter Erde froh, wenn, wo auch immer, Liebende so unbewußt sich regen und glücklich bebend sich in den Armen halten. Es charakterisiert sie erneut, als Rohan sich von der Klippe erhebt und an der Seite des Mädchens steht und lachend auf ihre Zurechtweisungen hört. Wie soll er antworten? Er nimmt ihr Gesicht zwischen seine beiden Hände und küsst sie auf jede Wange. Sie lacht und errötet leicht, die Röte wird stärker, als er sie auf die Lippen küßt. Dann wendet er sich zu dem Granitblock, wo er seine Mütze und die Holzschuhe abgelegt hatte und beginnt sie anzuziehen. Der Sonnenschein schwindet im dem Ozean. Die Vision El Dorados(1), welche für eine Stunde am fernen Seehorizont brannte, wird bald verschwinden. Die goldene Stadt mit ihren goldenen Strahlen, die gefährlichen Berge dahinter, mit ihren rotgefärbten Schnee, die einbrechende Dunkelheit mit den Wolkenspitzen, die weich bekrönt durch einen hellen grünen Abendstern sind, lösen sich langsam auf und ein kalter Wind kommt nun von diesen verfallenden Sonnenscheingestaden. Die blutroten Riffe, der nasse Strand, die leuchtenden Wasserstellen entlang der Einbuchtungen unterhalb der Felsen, brennen mit immer dunkler werdenden Farben. Die Krähen sind längst zu den dunklen Felsen im Festland geflogen. Die Seevögel setzen sich unter viel Geschrei zwischen die Klippen auf ihre Nester, die Nachteule flattert in die dunklen Schatten der Felsen und der Fischlogger dort drüben driftet auf einer dunklen und glasigen See.
Rohan schaut hinunter. Der Logger gleitet mit der schnellen Ebbeströmung und er kann deutlich die Männer auf ihrem Deck sehen, barhäuptig und mit gefalteten Händen zum Gebet und mit erhobenen dem großen Felsen zugewandten Gesichtern, auf dem er selbst steht. Nicht weit hinter ihm auf dem Gipfel der Klippe steht die kleine Kapelle ‚Unserer Jungfrau der Sicherheit' – der geliebte Leuchtturm des ‚homeward-bound', die letzten Lichter von zu Hause, die die Fischer sehen, wenn sie gen Westen fortsegeln und der Tag und Nacht allen Matrosen hilft. All diese Bilder nimmt Rohan im

flüchtigen Betrachten auf , und nun, seinen Bergsteigerhaken mit der einen Hand greifend und das Seil um den Arm aufgerollt, geht er, von Marcelle gefolgt, den Gipfel der Klippe entlang. Ein Trampelpfad führt durch den kurzen Rasen bis zur Tür der kleinen Kapelle, diesem Pfad folgen sie. Sie halten an, als eine große weiße Ziege aus den Klippen heranklettert und sie höchst merkwürdig anschaut. Die Besichtigung ist offenbar zufriedenstellend, denn sie wendet sich ihnen langsam mit Zeichen des Wiedererkennens zu.
„Sieh", ruft das Mädchen, „es ist Jannedik!"
Jannedik antwortet mit langsamem Näherkommen und reibt ihren Kopf gegen ihr Kleid, dann geht sie zu Rohan und stößt ihr Kinn in seine ausgestreckte Hand.
„Was tust Du denn hier, so weit von zu Hause, Jannedik?" fragt er lächelnd und überrascht, „Du bist ein Landstreicher und wirst Dir eines Tages das Genick brechen. Es ist Schlafenszeit, Jannedik!"
Jannedik ist eine Lady unter den Ziegen und gehört Rohans Mutter. Es macht ihr Vergnügen in dem Kliff zu klettern wie Rohan selbst und sie kennt die Stellen der saftigsten Kräuter und die geheimsten Ecken der Höhlen. Da ist ein wenig Nachdenken in ihren großen braunen Augen und sie hört auf das Zeichen der Flöte wie ein Hund und sie leidet es, wenn die Kinder des Dorfes auf ihrem Rücken reiten. Sie ist alles in allem mehr unterrichtet, als die meisten ihrer Rasse, die es im Überfluß in den Klippen gibt. Als Rohan und Marcelle weiter zur Kapelle wandern folgt ihnen Jannedik, hin und wieder pausiert sie, um am Wegrand zu fressen. Als sie ankommen, zögert Jannedik, trampelt für einige Momente auf der Stelle und trottet dann allein heimwärts. Sie hat zwar viel von einem Christen, aber die Kirche ist für sie nicht attraktiv.
Die kleine Kapelle steht Tag und Nacht offen. Sie wurde von Matrosenhänden für Seeleute erbaut. Mit viel Arbeit wurde vom Dorf unten das Baumaterial hergebracht. Sie ist sehr klein und sie befindet sich auf dem höchsten Kliff wie ein weißer Vogel, standhaft bei jedem Wetter. Sie ist menschenleer und als sich Rohan und Marcelle zum Altar wenden, scheinen die letzten Strahlen des Sonnenscheins durch die bunten Scheiben, beleuchten durch das Geländer festlich den Altar. Ein einfach gemaltes Bild von Schiffbrüchigen Seemännern auf einem Floß mit den wachsamen Augen der Heiligen Jungfrau, die in den Wolken erscheint. Dicht beim Altar steht eine Gipsfigur der Mutter Gottes, angezogen mit glitzernden Satin, der Sockel ist mit Blumen bestreut und um ihre Füße hängen Kränze von farbigen Rosenkränzen und Girlanden aus Seide und Satinblumen, kleine einfache Bilder der Jungfrau, Medaillen in Zinn und Messing, Rosen aus Wolle und weiteren Rosenkränzen. Marcelle bekreuzigt sich und fällt sanft auf ihre Knie. Rohan bleibt stehen, die Mütze in der Hand, die Bilder der Jungfrau betrachtend, die hinter dem Geländer auf dem Altar stehen. In der kleinen Kapelle wird

es nun dämmrig, die grob gehauenen Balken und die sturmgverwitterten Wände zeichnen sich dunkel ab und die letzten Sonnenstrahlen fallen auf Marcelles geneigten Kopf und auf die kraftvollen Gesichtszüge Rohans. Vertrauen, das sehr wertvoll ist, wohnt hier und der Hauch eines leidenschaftlichen Friedens und der Liebe.

Friede sei mit ihnen und in der Welt heute Nacht – Frieden in ihren Herzen, Liebe in der Brust, Frieden und Liebe in den Herzen der ganzen Menschheit! Aber ach! Das Morgen wird den Schatten des Schwertes bringen!

Marcelle

Kapitel III

Rohans Kathedrale

Nicht weit von der Kapelle der ‚Mutter Gottes der Sicherheit', unter den Felsen an der wilden Seeküste gelegen, steht eine Kathedrale, schöner als jede von Menschen erbaute, mit einem Dach von ewigem Azurblau, die Wände purpur, zinnoberrot, grün, gold und einem wahrhaften Mosaikboden. Die Menschen nennen ihren Haupteingang ‚Tor des St. Gildas', aber die schöne Kathedrale selbst hat weder Namen noch Anbeter.
Bei Ebbe ist das Tor trockenen Fußes passierbar, bei Halbzeit kann man sie nur durch hüfttiefes Wasser erreichen, bei Dreiviertelwasser oder voller Flut kann sie nur von einem furchtlosen Schwimmer oder Taucher erreicht werden. Zwei gigantische Mauern aus rotem Granit ragen von der mächtigen Klippenwand hervor und kommen am Rand der See zusammen. Wo die See sie berührt, ist sie ausgehöhlt, ihre äußerste Spitze wie eine mächtige Arche, behangen mit tropfendem Moos. Betritt man sie bei Ebbe, sieht man die gewaltigen Mauern, die auf jeder Seite emporstreben, von Wind und Wasser zu phantastischen Nischen ausgehöhlt und vielfarbige marmorne Formen. Sie sind ohne Fenster, aber mit einem blauen, wolkenlosen Himmel als Dach, weit oben, wo die vorüberfliegenden Seemöwen, klein wie Schmetterlinge, im vollen Sonnenlicht schweben.
Ein dunkles, mystisches Licht fällt herab und beleuchtet den feierlichen Platz.
Es erzeugt geheimnisvolle Umrisse, aus welchem der Aberglaube Formen schafft, wie Statuen und Bildnissen von Würdenträgern mit Bischofsmützen und Mönche mit Kapuzen und düstere Gestalten der Jungfrau. Auf dem Gang aus Unkraut und groben Kies sind hier und da riesige Blöcke wie gemeißelte Grabstätten verstreut. In einsamen Nächten zu Mitternacht sitzen Robben darauf und schauen zum Mond wie schwarze Geister des Todes. Diesen Platz hat der Aberglaube gesehen und hat seine wahre Geschichte in eine Legende umgewandelt.
Tatsächlich stand hier vor undenklichen Zeiten ein großes Kloster von Hand errichtet und von einer fruchtbaren Ebene umgeben, aber die Mönche dieses Klosters waren sündhaft, brachten ihre Buhlerinnen zu dem gesegneten Platz und entweihten Gottes Namen. Aber Gott, voll SEINER Barmherzigkeit, sandte einen Heiligen – Gildas mit Namen – um diese Sündhaften zu warnen, von ihrem teuflischen Weg abzulassen, da sonst der Zorn kommt.
Es war in einer eiskalten Winternacht, als Gildas das Tor erreichte, seine Glieder waren kalt und er war hungrig und durstig und er klopfte kraftlos mit seiner kalten Hand an. Zunächst waren sie beschäftigt mit ihren lauten Lustbarkeiten, so dass sie nichts hörten, er klopfte erneut und sie hörten, aber als sie sein Gesicht sahen, seine ärmliche Kleidung, seine nackten Füße,

schickten sie ihn fort. Da flehte Gildas sie an, ihn hereinzulassen und ihm Obdach zu gewähren, um der heiligen Jungfrau willen. Er warnte sie auch wegen ihrer Schändlichkeiten und vor Gottes Gerechtigkeit. Noch während er sprach schlossen sie vor seiner Nase das Tor. St. Gildas erhob seine Hände zum Himmel und verfluchte sie und das Kloster, rief das Meer an, sich zu erheben, um sie und das Kloster zu vernichten.

The 'Gate of St. Gildas' and the Chapel of 'Our Lady of Safety'

Obwohl die See einige Meilen entfernt war, stieg sie und kam und die Einlasspforte wurde zerstört. Die Ähnlichkeit mit einem Kloster schwand und das große Dach wurde fortgeschwemmt. Eben seit diesem Tag blieb die äußere Erscheinung als ein Beweis, dass es sich so zugetragen haben muß.
Wir sagten, daß diese Kathedrale keine Anbeter hat. Letztendlich aber hat sie zwei. In ihr sitzen Rohan und Marcelle, wenige Tage nachdem sie in der kleinen Kapelle zusammen waren. Keine Welle berührt das Licht des Fußbodens der Kathedrale, aber es ist feucht von der letzten Gezeitenflut. Die

unkrautbehangenen Granitblöcke glitzern karmesinrot im Licht. Lange sitzen sie auf einen der trockenen Blöcke, dicht unter dem Hauptriff und schauen nach oben. Auf was? Auf den ‚Altar'. Weit über ihnen dehnen sich die erhabenen Abgründe der Felsen. Dicht über ihren Häuptern ist die ganze Seite des Kliffs für etwa einhundert Quadratyards ein dicker Vorhang aus Moos. Über dem Moos, von einem geheimen Platz aus, weit oben, fließen kleine Rinnsale von kristallklarem Wasser, das versprüht sich auf die weichen Moosfransen und fällt in unzähligen diamantene Tropfen herunter und hier verteilen sie sich als zahllose Perlen über ein Bett von tiefstem Smaragt. Dort tröpfelt ein Wasserfall von hellstem, filigranem Silber und wieder schimmert es wie Gold auf weichen zitternden Falten der gelben Flechten. Zwischen all diesen diamantenen Massen in glitzernden Farben ist ein Steigen und Fallen, ein Flitzen und Wechseln eines fortwährend feuchten Lichts, das abwechselnd in allen Farben des Prismas aufblitzt.
Hundert Yards darüber ist alles zerklüftet, Säulen und Architrave(2) sind zu sehen. Genau über dem Altar, wo die Diamanten des Himmels fortwährend herabrieseln, ist ein dunkler Fleck wie der Eingang zu einer Höhle.
„Ist es nicht Zeit zu gehen?" sagt Marcelle jetzt, „stell Dir vor, die See kommt und findet uns hier, wie fürchterlich! Hoel Grallon starb so!"
Rohan lächelt, das selbstsichere Lächeln der Stärke und überlegener Klugheit.
„Hoel Grallon war ein großer Dummkopf und hätte betend vor seiner eigenen Tür stehen sollen. Schau Marcelle! Da führen schon immer zwei Wege aus meiner Kathedrale heraus, wenn Niedrigwasser ist und es nicht stürmt, kann man bei Ebbe hier drin bei dem Altar warten, es wird nicht so weit ansteigen und wenn es stürmisch ist und es stark weht, kann man dort drüben zu dem ‚Thron' klettern", und er zeigt zu dem schwarzen Loch über seinem Kopf, „oder eben zur höchsten Spitze des Kliffs."
Marcelle zuckt mit den Schultern.
„Das Kliff erklettern! Man hat Hände und niemand hat Füße wie eine Fliege."
„Letztendlich ist es leicht zum ‚Thron' zu gelangen. Dort sind große vorstehende Kanten für die Füße und Nischen für die Hände."
„Und wäre eben einer dort, was dann? Es ist wie das Eingangsloch zur Hölle und man kann es nicht betreten."
Marcelle bekreuzigt sich.
„Es ist eher wie eine kleine Kapelle dort oben, nimmt man ein Licht mit und schaut sich um, es ist ganz trocken und gemütlich. Man könnte dort leben und froh sein."
„Dann ist es eine Höhle?"
„Bereit für eine Robbendame darin zu wohnen und ihr Kleines zur Welt zu bringen."
Rohan lacht, aber Marcelle bekreuzigt sich erneut.

„Erwähne dies nicht wieder, Rohan, es ist ein schrecklicher Ort!"
„Er ist nicht schrecklich, Marcelle, ich könnte an diesem Platz in Frieden schlafen, er ist so ruhig, so verschwiegen. Ich würde mich wie in meinem eigenen Bett zu Hause fühlen und wie die blauen Möwen, die geschäftig zu ihren Schlafplätzen kommen und die Fledermäuse, die in der Nacht ein und aus gleiten."
„Die Fledermäuse – schrecklich! Ich bekomme eine Gänsehaut!" Marcelle, obgleich ein Mädchen mit Courage, hat den weiblichen Abscheu gegen unsaubere und eklige Dinge. Charlotte Corday erstach den Denunzianten Marat (3), aber sie zitterte vor einer Maus.
„Ich habe dort oben in der Klippe schon öfter Jannedik klettern sehen, und ich war schon nahe daran es selbst zu versuchen. Es scheint leichter als der St. Gurlan Berg zu sein. Viele arme Matrosen, die hier vor der Küste ihr Schiff verloren, hatten sich so gerettet. Wenn der Sturm auf der See tobte, fühlten sie Gottes Hand zugreifen, die sie vor dem Abgrund bewahrte, daß sie nicht fallen mögen. Gottes Hand oder der Wind, Marcelle, das ist alles eins."
Hiernach ist es für eine Weile still. Marcelle lenkt ihre großen Augen auf den glitzernden Vorhang aus Moos und Tau, während Rohan seinen Blick auf ein Buch richtet, welches er auf seinen Knien hält. Es ist ein altes, abgegriffenes, gewöhnliches gedrucktes Buch, mit gut gewachsten Fäden gehefteten Blättern. Er liest, oder scheint zu lesen. Das Licht ist noch auf seiner Seite und Marcelle sitzt neben ihm. Und ihm sind ihr glückliches Atmen und die warme Berührung ihrer Kleidung an seinem Knie bewusst. Plötzlich wird er in seiner stillen Freude unterbrochen. Marcelle springt auf.
„Wenn wir länger hierbleiben", sagt sie, „werde ich meine Holzschuhe und Strümpfe ausziehen müssen, ich werde meinerseits loslaufen, Rohan."
Das Mädchen geht schnell in Richtung Tor und schaut, ob Rohan ihr folgt. Aber er bewegt sich nicht.
„Es ist noch Zeit", sagt er und wirft einen flüchtigen Blick durch das Tor auf die See, welche sich schon vorzubereiten schien in den granitenen, gewölbten Gang zu fließen.
„Komm zurück und sei nicht ängstlich. Es ist noch eine halbe Stunde für Schuhe und Strümpfe Zeit. Du erinnerst Dich sicher wie wir gemeinsam durch das blaue Wasser wateten. Komm, Marcelle, und schau!"
Marcelle ist verwirrt. Mit einem unschlüssigen Seitenblick auf das Wasser, welches schon zu steigen scheint und dicht vor dem Tor glitzert, kommt sie langsam verstohlen zurück und setzt sich wieder an die Seite ihres Cousins. Seine Stärke und Schönheit fasziniert sie, wie jedes Mädchen an der Küste es faszinieren würde. Während sie ihre weiche braune Hand auf sein Knie legt und ihm ins Gesicht schaut, fällt sie in eine mysteriöse Erregung, einer Sehnsucht, die sie nicht versteht.

„Schau", sagt er und zeigt zum Tor hinaus, „es scheint nicht, als ob das ganze grüne Wasser der See sich beeilt hereinzufließen und uns überflutet wie es einst vor langer Zeit das große Kloster hinwegspülte."
Marcelle schaut sich um, für ihren eigenen Platz scheint eine Überflutung wahrlich unmöglich, aber kleine Wellen fallen und steigen schon gegen den Bogengang. Außerhalb des Gewölbes schwimmt eine grauköpfige Robbe, mit großen wehmütigen Augen schaut sie in die Kathedrale und im selben Augenblick fliegt ein Schwarm Tauben durch das Tor. Die Tauben verteilen sich im geschwinden Flug, bis sie sich über ihren Köpfen befinden und in der Dunkelheit der großen Höhle über dem Altar verschwinden.
„Laß uns gehen!" sagt Marcelle mit schwacher Stimme. Sie ist abergläubisch und in Anspielung auf die alte Legende fühlt sie sich unbehaglich auf diesem weihevollen Platz.
„Warte noch", antwortet Rohan, als er ihren Arm nimmt, „in einer halben Stunde, nicht eher, wird das Tor wie der Schlund eines großen Ungeheuers sein. Du erinnerst Dich an die Geschichte des großen Seeungeheuers und dem Mädchen, das an einem Felsen gekettet war und der mutige Jüngling mit Flügeln rettete sie und verwandelte das Tier in einen Fels."
Marcelle lächelt und errötet
„Ich erinnere mich", antw[ortet] Mehr als einmal hatte Roh[an, der viel Zeit] übrig hat, ihr von dem w[underbaren Helden] meda erzählt. Mehr als ein[mal hatte sie sich sel]bst an so einem einsamen Platz und eine bezaubernde lan[ge Schlange gesehen,] vielleicht wie Rohan – flog mit großen ausgebreiteten F[lügeln und einem b]lauen Dach über ihren Kopf herunter zu ihr. Sie träg[t] [s]elbstgedrehte Holzschuhe und grobe Strümpfe und ihr [Haar ist hinauf] unter die Haube gebunden, Perseus trägt ebenfalls [ihr] [s]t langes Haar und die lockere Kleidung eines bretonisc[hen Fischers und] ist für sie eine der lieblichsten Vorstellungen. Wenn ein L[ied geschrie]gen werden müßte, war Rohan ganz genau so, das weiß sie, [mit] [mi]t seiner unbekümmerten Kühnheit und sein unbezähmbaren Klippenklettern in Betracht kommt, wenn die Gelegenheit käme. Er könnte wirklich mit Flügeln geboren worden sein.
Nun beginnt die hereindringende Flut sich mit Schaum unten auf dem Boden des gewölbten Torwegs zu brechen. Die Felsen bringen die See wie mit gezackten Zähnen zum weinen und das ganze Tor ist eine schwärzliche Silhuette gegen das grüne Wasser, es scheint wie Kopf und Schlund eines schrecklichen Ungeheuers, solches wie die griechischen Seefahrer es sahen, als sie entlang der Meerenge segelten. Solches wie der bretonische Fischer es in einer Stunde sah, als er entlang der felsigen Küste gleitete.
„Dort ist ein großes Ungeheuer", sagt Rohan, geduckt und wartend.
„Ja, sieh nur den riesigen roten Felsen – er sieht aus wie ein Schlund."

„Du kannst noch hierbleiben, um zu beobachten. In Kürze wird das Wasser beginnen zu peitschen und zu reißen bis der rote Schlund weiß von Schaum und das Wasser schwarz mit Unkraut ist und das Wasser darunter ist voll Schaum gespritzt und die Luft ist mit einem Brüllen wie das Bellen eines Ungeheuers angefüllt. Ich saß hier und beobachtete es, bis ich an die alte Geschichte dachte, und sie wurde Wirklichkeit und das Ungeheuer war hier, aber das war während des Sturms."

„Du hast es beobachtet…?"

„Es packte mich bei Flut und ich mußte zitternd sitzen bleiben, dann legte sich der Sturm, aber die Flut war noch hoch. Das Wasser stand bis dicht an das Dach des Tores und wenn die Wellen schlugen, war kein Platz mehr, dass ein Vogel hätte fliegen können, es wogte dort rechts drüben gegen die Wände. Nun, ich war hungrig, wußte aber nicht was ich tun sollte. Es war vergnüglich zu sehen wie das Wasser kristallgrün entlang des Höhleneingangs schlug und zu beobachten wie es über die Felsen und Steine wogte, wo wir heute sitzen, die Robben rundherum schwimmen zu sehen und wie sie mit angstvollen Blicken versuchten einen Vorsprung zu Ausruhen zu finden. Aber all das machte mich nicht satt. Ich wartete, dann wurde es dunkel, aber die Flut war noch hoch. Es war schrecklich, die Sterne glitzerten dort drüben und die Schatten der alten Mönche schienen sich von den Wänden zu lösen. Ich fühlte Angst hierzubleiben. So legte ich meine Mütze und die Holzschuhe im Schlund der Höhle ab und glitt von Sims zu Sims hinunter und tauchte in das Wasser ein – es war dunkler als der Tod!"

„Ach!" stößt Marcelle verängstigt aus und ergreift Rohans Arm.

„Zuerst dachte ich der Teufel wäre los. Ich fiel inmitten einer Schar schwarzer Kormorane, die wie toll schrien und einer stürzte herunter und fiel mich an den Beinen an, aber ich konnte ihn verjagen. Dann versuchte ich aus dem Tor zu kommen und als ich mich mit heftiger Anstrengung näherte, sah ich die große Welle gerade anschwellen und sie versperrte mir die Sicht. Als die Welle dort fiel, war dort ein Schimmer und ich konnte nun die Spitze des Gewölbes sehen. So kam ich watend der See näher, bis ich tatsächlich das Gewölbe mit meiner Hand berühren konnte, dann nahm ich meine Chance wahr und tauchte! Mon Dieu! Das waren harte Minuten! Wäre ich verkehrt geschwommen oder nicht tief genug getaucht und hätte auftauchen müssen, wäre ich gegen die gezackten Steine des Gewölbes geschmettert worden. Ich aber hielt die Luft an und versuchte vorwärts zu kommen – acht, neun, zehn Stöße unter Wasser, als ich am Ersticken war, stieg ich empor!"

„Und dann?"

„Ich schwamm auf der großen Welle vom Gewölbe nach draußen, die See lag vor mir und über meinem Haupt die Sterne. Dann dachte ich daran mich in Sicherheit zu bringen und gerade jetzt sah ich eine große Woge wie ein Berg auf mich zukommen. Ich holte tief Luft und als die Woge mich erreichte tauchte ich erneut, als ich wieder emporstieg, war sie vorüber und es war

ein Geschrei der Vögel rund um das Tor von St. Gildas. Alles was ich nun zu tun hatte, war die hundert Yards in Richtung Ufer zu schwimmen, um auf der Sandbank zu landen, die sich bei der ‚Leiter von St. Triffine' befindet."
Das Mädchen schaut für einen Moment bewundernd auf ihren herkulesgleichen Gefährten, dann lächelte sie.
„Laß uns nun gehen", sagt sie, „oder die See wird wieder kommen und diesmal würden wir letztendlich ertrinken."
„Ich werde kommen."
„Dort, die letzte Woge rollte nach rechts in die Passage. Wir müssen zuletzt noch waten."
„Was dann? Das Wasser ist warm."
So steht Rohan auf, zieht seine Strümpfe und Holzschuhe an, während Marcelle auf einem niedrigen Fels sitzt, wird sie langsam immer nervöser. Sie steht auf und macht ein charmantes Gesicht, als ihre kleinen weißen Füße den kalten steinigen Sand berühren. Rohan nimmt ihre Hand und sie gehen durch das Portal, in letzter Minute in welcher die Flut zu dieser Zeit angekrochen kommt. Bei jedem Schritt wird das Wasser tiefer und schon bald muß das Mädchen sich seiner Hand anvertrauen und rafft ihre Kleider über die Knie, unruhig geht sie weiter. Kein Erröten färbt ihre Wangen wie auch ihre schönen Glieder es nicht offenbaren, daß sie ängstlich ist. Sie weiß natürlich, daß sie schön ist und sie schämt sich nicht dafür. Wahre Bescheidenheit besteht nicht in der Verschleierung der Lust, wie die Natur sie bietet und vielleicht gibt es bald keine ‚Unreinheit' mehr, beim Zeigen eines wohlgestalteten Beines oder ein gut geformter entblößter Arm. Das Höchste für Marcelle ist ihre Bescheidenheit. Gemäß dem Brauch auf dem Lande, frisiert sie ihre Locken nur dezent, welches die meisten bretonischen Mädchen nicht so machen, die ihre Haare lang genug über die Schultern fallen lassen, ihr Haar ist unter der Haube versteckt. Sogar Rohan hat sie bei all seinen späteren Begegnungen nie ohne Haube gesehen.
Sie erreichen das Portal und sind nun knietief im Wasser, aber bevor sie die vor ihnen in einigen Yards entfernte feste Wand, die mit dem Tor verbunden ist, erreichen, müssen sie noch um das Ende dieser Wand waten, um dahinter den grobkörnigen Sandstrand zu erreichen. Marcelle ist hoffnungslos. Vor ihr dehnt sich der große Ozean scheinbar grenzenlos und gefährlich aus, hier und da schimmert ein rotes Segel und folgt der Sonne. Auf jeder Seite ist die Flut gestiegen und rund um die außengelegene Wand ist es ziemlich tief.
„Wehe mir!" ruft das Mädchen in Verzweiflung, „ich sagte es voraus, Rohan."
Rohan steht wie ein fester Stein im Wasser und lächelt bloß.
„Hab keine Angst", antwortet er und geht näher zu ihr, „halte Deine Schürze!"

Sie gehorcht, hält ihre Schürze und Unterrock zusammen und dann, nachdem sie seine und ihre Holzschuhe und die Strümpfe, sowie das Buch, welche er gelesen hatte in den Schürzenzipfel verstaut hat, hebt er sie wie eine Feder in seine kraftvollen Arme.

„Du bist leichter, als Du zu sein scheinst", sagte er lachend, während Marcelle mit der einen Hand ihre Schürzenzipfel zusammenhält und mit der anderen dicht seinen Nacken umschlingt. Langsam und sicher, Schritt für Schritt, watet er mit ihr durch die See, entlang der moosbehangenen Wand. Er scheint nicht in Eile zu sein, vielleicht, weil ihm seine Bürde Freude bereitet. Aber mit jedem Schritt wird es tiefer, und als er das Ende der Wand erreicht, steht das Wasser bis zu seinen Lenden.

„Wenn Du stolperst!" sagt Marcelle.

„Ich werde nicht stolpern", antwortet Rohan schnell.

Marcelle ist sich nicht sicher und klammert sich noch fester an ihn. Sie ist nicht ängstlich, weil Gefahr besteht, sondern weil sie die weibliche Furcht vor Nässe hat. Sie würde bei einer realen Gefahr angesichts der großen See wie eine Heldin sterben. Nun ist sie ängstlich geworden, da sie es nicht mag nassgespritzt zu werden. Die Wand ist schnell umgangen und Rohan watet mit seiner Last zum Strand, so daß er bald nur noch etwa knietief im Wasser ist. Sein Herz klopft ungewöhnlich schnell, seine Augen und Wangen brennen, der lieblichen Ladung wegen ist er im Innersten aufgewühlt, ist er erfüllt mit unbekannter Ekstase und er schmachtet im Wasser nicht auf den Schatz verzichten zu wollen, den er in seinen Händen hält.

„Rohan! Schnell! Verweile nicht!"

Da dreht er sein Gesicht das erste Mal ihr zu und siehe! Er sieht ein Zeichen, welches das helle Blut in Wallung bringt, auch auf seinen eigenen Wangen, es macht ihn zitternd, wie ein Baum unter der Last seiner Blätter. Er starrt auf seine Herrin wie auf einen Purpurstein. Halb heimlich beobachtet er sie wie eine Meerjungfrau im Seetang, ihren nackten schönen Schein, der wie Marmor im Mondschein strahlt. Rohan fühlt machtlos eine schöne Offenbarung. Und warum? Es ist nur deswegen, weil in der Erregung und den Kampf mit dem Durchkommen Marcelles Haube nach hinten gerutscht ist und ihr schwarzes Haar, gelöst aus seinem Zwang, in einem dunklen Schauer herunterfällt, Wangen und Nacken umfließt. Als Rohan seinen Blick hebt, brennt er feuerrot von einer lieblichen Schamhaftigkeit. Hatten wir es nicht gesagt, daß das Haar eines bretonischen Mädchens jungfräulich ist und nur geweiht wird durch die Augen desjenigen, der sie liebt. In Rohans Kopf dreht sich alles. Als sein Gesicht sich ihr zuwendet, brennt es wie ihr eigenes. Das geweihte Haar fällt über ihre Augen und es riecht, wie weiß er nicht, vielleicht riecht so göttliches Parfüm, die geruchlose Dinge ausstrahlen, wenn sie von der Liebe berührt werden. Der Geruch war süß in seiner Nase, während das Aufgewühlte der Berührung bis ins Blut geht. Und unter

seinen Händen zittert die liebliche Gestalt, während seine Augen an dem gerötetem Gesicht hängen.
„Rohan! Schnell! Laß mich runter!"
Er bleibt auf dem trockenen Land stehen, aber immer noch hält er sie auf seinen Armen. Das süße Haar flattert zu seinen Lippen und er küßt es wild, während das Feuer in ihrem Gesicht noch heller glüht.
„Ich liebe Dich, Marcelle!"

Kapitel IV

Der Menhir

Es gibt ein alles vorherrschendes Gefühl im Leben einer Liebe, welches niemals wiederkommt, wenn jemandens heiliger Überfluß vorüber ist, wenn die Wellen des Lebens am höchsten sind und sich weich brechen, gibt es eine göttliche Sinneswahrnehmung und sie schlagen, bei Tag oder bei Nacht, nie wieder so hoch. Es gibt eine erste Berührung der sich treffenden Seelen und die erste Berührung ist göttlich, was auch immer danach folgen möge. Diesen Augenblick, diese Gefühl, diese Berührung erfuhren Rohan und Marcelle. Plötzlich wuchs die Leidenschaft allumfassend und vollkommen. Der Schleier zwischen beiden Seelen war genommen und sie wissen die Erregung und das Verlangen voneinander.
Viele Tage sind Cousin und Cousine gemeinsam allein gewandert, Stunden um Stunden, von der Kindheit an sind sie Freunde und ihre Blutsverwandtschaft ist so eng, dass mancher sie, im Scherz eben nur, als Liebende sieht. Nun, seit Rohan drei- oder vierundzwanzig und Marcelle achtzehn Jahre alt sind, verbindet sie eine feste, für immer geschmiedete Freundschaft. Niemand beaufsichtigt sie bei ihren Treffen. Ein Spaziergang mit Rohan ist lediglich ein Spaziergang wie mit Hoel oder Gildas oder Alain, ihre großen Brüder. Beiden war die süße Symphatie, die sie aneinander band, nicht ganz unbewusst. Liebe fühlt man, bevor sie spricht, Erregung spürt man, bevor man sie sieht, ein Wunder geschieht, bevor man es weiß. Sie gefielen sich in den Augen des Anderen schon sehr lange, aber niemand weiß warum. So behielten sie ihr Geheimnis für sich.
Aber die Unordnung mit der Haube, die die jungfräulichen Haare auflöste, enthüllte alles. Es brach die Barriere zwischen ihnen, es stellte sie einander bloß in aller Nacktheit der Leidenschaft. Sie gingen in einem einzigen Augenblick von der kalten Luft zu dem wahren Feuer der Liebe im Herzen und sie gingen goldenen Zeiten entgegen. Dann begaben sie sich wieder nach draußen, trotz des Feuers, in die gemeinsamen Tage.

Die ganze Zeit über hält er sie in seinen Armen und will sie nicht gehen lassen. Ihr Haar flattert in sein Gesicht wie lieblicher Regen. Sie kann jetzt weder sprechen, noch sich wehren. Zuletzt spricht er wieder:
„Ich liebe Dich, Marcelle, und Du?"
Nur einen Moment ist Pause, in der ihre Augen an seinen hängen, mit einem Übermaß an leidenschaftlichem Leuchten. Dann, ohne sich in seinen Armen zu bewegen, schließt sie ihre Augen und senkte als Antwort ihre Lippen sanft auf die seinen. Dies ist besser, als alle Worte, süßer, als alle Blicke, es ist das allergöttlichste der Antworten, es ist die Sprache der Liebe, welche auf der ganzen Erde gleich ist. Ihre Lippen hängen zusammen in einem langen Kuß und alles Lebensblut jedes Herzens fließt durch diesen warmen Kanal zu dem Anderen.
Dann setzt Rohan sie ab und sie steht auf ihren Füßen, verwirrt und zitternd. Und, als wäre dieser erste Kuß nicht genug, küßt er über und über ihre Hände, nimmt sie in seine Arme und küßt ihre Lippen und Wangen erneut. Jetzt gewinnt sie sich selbst zurück und vorsichtig befreit sie sich aus seiner Umarmung:
„Aufhören, Rohan!" sagt sie sanft, „man kann uns vom Kliff aus sehen."
Nun von Rohan befreit, zieht sie sich Strümpfe und Holzschuhe an, die zusammen mit Rohans Sachen und dem Buch in den trockenen Sand gefallen waren. Dann setzt sie sich mit dem Rücken an Rohan und zieht ihre Strümpfe an und hätte er jetzt ihr Gesicht sehen können, er hätte ein Leuchten mit einer unbekannten behaglichen Freude gesehen. Nun bindet sie ihr Haar wieder unter die Haube. Als sie aufsteht und sich ihm zuwendet ist sie ganz blaß und gefaßt und ihr schönes Haar ist wieder verborgen. Rohan zittert noch immer am ganzen Körper und nimmt seine Strümpfe.
„Marcelle, liebst Du mich? Oh, gib mir eine positive Antwort – es ist beinahe zu schön um wahr zu sein!"
Er nimmt ihre beiden Hände in die seinen und zieht sie an sich und diesmal küsst er ihre Augenbrauen.
„Du weißt es nicht?" sagt sie zart.
„Ich kann nicht sagen ‚ja', ich denke so: Nun scheint alles so neu. Ich war so froh, daß ich Dein Cousin bin, aber Du sollst mich nicht als ihn lieben. Ich habe es die ganzen Jahre gewußt und doch scheint nun alles so fremd."
„Es ist fremd, auch für mich."
Während sie spricht entzieht sie ihm ihre Hände und geht am Strand entlang.
„Aber Du liebst mich doch, Marcelle?" fragt er erneut.
„Ich habe Dich immer geliebt."
„Aber nicht wie heute", und sie errötet wieder.
„Und Du wirst das niemals ändern?"
„Es sind die Männer, die sich ändern, nicht wir Frauen."
„Aber Du wirst es nicht tun?"

„Ich werde es nicht."
„Und Du wirst mich heiraten, Marcelle?"
„Das ist Gottes Wille."
„So!"
„Und der gute Bischof Gottes."
„Wir werden seinen Segen bekommen."
„Und den meiner Brüder auch und den meines Onkels, dem Korporal."
„Ihren auch."
Danach tritt eine kurze Stille ein. Um Aufrichtig zu sein, war sich Rohan bei seinem Onkel nicht sicher, der ein Mann seltsamer Ideen ist, ganz anders als er selbst. Der Korporal würde versuchen Einwände zu haben, um sich durchzusetzen, denn er ist ein Mann mit strengen Maßstäben.Doch still, der Gedanke an ihn ist nur eine vorüberziehende Wolke und Rohans Gesicht erhellt sich bald wieder.
Es ist ein klarer, heller Tag und jeder Winkel und jede Spalte des großen Kliffs ist deutlich im Sonnenlicht zu sehen. Die See ist wie Glas und so weit das Auge reicht, mit einer dunstigen Hitze wie Atem an einem Spiegel bedeckt. Etwas weiter entfernt, über ihren Köpfen, steigen zwei Raben in herrlichen Kreisen auf und hinter diesen dunklen Flecken ein glockenblumenblauer Himmel mit weißen Federwolken. Rohan und Marcelle suchen und finden bald die schwindelerregende Treppe, welche im Herz des Kliffs beginnt, sich windet und windet, bis sie die Spitze des Kliffs erreicht. Teilweise ist es eine natürliche Treppe, teilweise von Menschenhand gehauen, hier und da ist es gefährlich, weil abgebrochene, lose Steine vorhanden sind und es etwas glitschig ist. Das ist die ‚Leiter von St. Triffin'. Es bedeutet große Mühe die Spitze zu erreichen und für einen großen Teil des Weges, ist Rohans Arm um Marcelles Taille. Wieder und wieder müssen sie zum Atemholen anhalten und sehen weit unten durch die kleinen ösenartigen Löcher im Felsen die tosende See, wie die Wellen sich an der cremeweißen Grenze zu dem gerippten Sandstrand brechen. Die großen Felsblöcke glitzern in der Sonne und die weißen Möwen schweben über der Wasseroberfläche.
Zuletzt erreichen sie das grasbewachsene Plateau auf den Klippen, Marcelle ist erschöpft und so setzen sie sich dort, um auszuruhen. So könnten sie für immer verweilen, denn sie ist sehr glücklich. Es ist schon genug nur zu atmen, so nahe beieinander zu sein und jeder des Anderen Hand zu halten. Das Gewöhnliche an ihren Lippen wird göttlich, selbst die Szenerie um sie herum, wird in ihren Augen göttlich. Liebe ist leicht zu befriedigen. Ein Blick, ein Laut, ein Parfüm wird für Stunden da sein. Wie die Sprache, die man nicht braucht, wenn man die Sprache der Blumen, der Sterne und die geheimen Töne aller Vögel kennt. Die Liebenden gehen los und laufen, entlang der Wiesen, heimwärts.

„Ich werde es meinem Onkel noch nicht sagen", sagt Marcelle, „noch einen meiner Brüder, nicht Gildas. Es will wohlbedacht sein und dann werde ich es ihnen allen sagen. Aber es eilt ja nicht."
„Nein", sagt Rohan, „vielleicht vermuten sie es schon?"
„Wie sollten sie, wenn wir vorsichtig sind? Wir sind Cousin und Cousine und wir werden uns nicht öfter treffen, als bisher."
„Das ist wahr."
„Und wenn wir jemanden treffen besteht nicht die Notwendigkeit sein Herz der ganzen Welt zu zeigen."
„Das ist auch wahr. Und meine Mutter soll es auch noch nicht wissen."
„Warum sollte sie? Sie wird es zur rechten Zeit erfahren. Wir tun nichts Unrechtes und ein Geheimnis ohne Sünde sollte eingehalten werden."
„Sicher."
„Das ganze Dorf würde reden, wenn sie es wüßten und Deine Mutter vielleicht am meisten von allen. Ein Mädchen wirft ihren guten Namen nicht weg, wegen so etwas, außer es ist eine sichere Sache."
„Marcelle! Ist es nicht sicher?"
„Vielleicht – ja, ich denke – aber nichtsdestotrotz, wer kann das sagen?"
„Aber Du liebst mich, Marcelle!"
„Oh ja, ich liebe Dich, Rohan!"
„Dann kann niemand anderes, als der Liebe Gott uns trennen, denn ER ist gerecht!"

So redend wandern sie dem grünen Plateau entlang, bis sie in Sichtweite eines großen Steins kommen, welcher wie eine gigantische lebende Gestalt aussieht, der die ganze Umgebung für etliche Meilen dominiert. Es ist ein Menhir(4), so riesig, daß vergebens Vermutungen über den Sinn, den er einst hatte, als er aufgerichtet wurde, angestellt werden können. Er überragt die Seeküste wie ein dunkler Leuchtturm, von dem niemals ein Lichtstrahl von seiner ehrwürdigen Erscheinung ausgesendet wurde und wird. Auf seiner Spitze ist ein eisernes Kreuz, weiß wie Schnee von den Seevögeln, ebenso darunter, weiß wie Schnee, getröpfelt und hart geworden, es macht ihn alt und ehrwürdig wie ein bärtiger Druide der uralten Wälder. Das Kreuz ist modern – ein Zeichen der Eroberung durch den neuen Glauben. Aber der Menhir bleibt unverändert und starrt auf die See wie manch andere unveränderliche Sache. Er steht hier seit Jahrhunderten – wie lange, kann niemand sagen. Aber mancher bezweifelt, daß er erst in der grauen legendären Zeit errichtet wurde, als noch dunkle Eichenwälder und Pinien auf diesem baumlosen Hochland wuchsen. Vielleicht war einst hier wirklich das Meer. Oder ein Felsausläufer, der weit in den benachbarten Wald von

Cornwall reichte und die See so weit entfernt, dass kein Geräusch ihrer Brandung die Waldfinsternis erschauerte. Vielleicht wanderten die dunklen Gestalten einer Druidenprozession in seinem Schatten und weihten ihren Stein mit menschlichem Blut. Alles hat sich verändert, auf See und an Land, unzählige Generationen hatten die Vergangenheit überstanden wie Krähen im roten Sonnenschein in der Todesstunde und kehrten niemals zurück, Gebirge waren zu Sand zerbröckelt, die Hinterlassenschaft der Wirbelwinde hatten es zerklüftet und die mächtigen Wälder wurden vernichtet. Wurzeln und Zweige verrotteten, und die See, unerbittlich und unermüdlich, kroch weiter und weiter, über und unter, veränderte, entstellte, vernichtete – spülte die Monumente von Jahrhunderten fort, so leicht, als ob ein Kind seinen Fußabdruck im Sand auslöscht. Aber der Menhir war geblieben, wartend auf diese ferne Stunde, wenn die See noch näher herankriecht und ihn verschlingt, als ein Tautropfen der Ewigkeit.
Gegen alle Elemente, gegen Wind, Regen, Schnee, sogar Erdbeben hatte er standgehalten. Nur die See wird sein Meister sein, ihm und dem Kreuz auf seinem höchsten Punkt.
Als die Liebenden herantraten, breitet ein schwarzer Falke, der auf dem eisernen Kreuz sitzt, seine Flügel aus und segelt im Sturzflug davon, über die Klippen hinunter in den Abgrund.
„Ich habe Meister Arfoll sagen hören", bemerkt Rohan, als sie an den Menhir herantreten, „daß der große Stein aussieht wie ein Riese, der für das

Vergießen von menschlichem Blut in einen Stein verwandelt wurde. Mich erinnert er an Lots Weib."
„Wer war sie?" fragt Marcelle, „der Name ist nicht in unserem Kirchspiel gefallen."
Es muß zugegeben werden, daß Marcelle äußerst unwissend in der Literatur ihrer eigenen Religion ist. Wie die meisten Bauern hier, nimmt sie ihr Wissen von den Lippen der Priester auf und von den Bildern der Heiligen Jungfrau, dem Kinde Jesus und den anderen Heiligen. In vielen katholischen Bezirken ist wenigen bekannt, dass das Buch aller Bücher die Bibel ist. Rohan lächelt nicht, denn auch sein eigenes Wissen über das Buch ist nur ganz oberflächlich.
„Sie floh von einer Stadt der sündhaften Menschen und Gott sagte ihr nicht zurückzuschauen, aber Frauen sind überall neugierig und sie brach Gottes Bitte und dafür verwandelte er sie in einen Stein wie diesen, nur daß er aus Salz bestand. Das ist die Geschichte, Marcelle!"
„Sie war eine sündhafte Frau aber die Strafe war hart."
„Ich selbst denke mir manchmal, so müßte das Leben sein. Schau, Marcelle! Ist es nicht wie ein Ungeheuer mit einem weißen Bart?"
Marcelle bekreuzigt sich schnell.
„Der liebe Gott verbietet es", sagt sie.
„Hast Du noch nicht meine Mutter über die großen Steine in der Ebene erzählen hören, daß sie versteinerte Geister von Männern sind und daß sie in der Heiligen Nacht wieder ins Leben zurückkehren, im Fluß baden und ihren Durst stillen?"
„Oh, das ist töricht!" Rohan lächelt.
„Ist es auch töricht, daß die Steingesichter an der Kirchenwand die Teufel sind, die versuchen zu bersten, als sie gebaut wurden und in der ersten Messe wurde gesagt: ‚aber die Heiligen Gottes stoppten sie und verwandelte sie in die Gesichter', die man nun sieht? Das hat alles der Priester gesagt."
„Das mag wahr sein", bemerkt Marcelle einfach, „aber das sind Dinge, die wir nicht verstehen können."
„Das glaubst Du? Meister Arfoll ist ein merkwürdiger Mann. Manche sagen, daß er nicht an Gott glaubt."
„Höre nicht auf sie. Er ist gut."
„Ich habe ihn selbst sündhafte Dinge sagen hören. Der Onkel sagt, sie sind lästerlich. Es war schändlich! Er wünschte, der Kaiser möge verlieren, daß er umgebracht werden möge!"
Das Gesicht des Mädchens leuchtet im Zorn auf, sie selbst und ihre Stimme bebt vor Entrüstung.
„Dies sagte er?" fragt Rohan in einer tiefen Stimme.
„Ja, ich hörte ihn, ach Gott, der große gute Kaiser, daß jemand im Leben so etwas über ihn sagen kann. Hätte mein Onkel ihn das sagen hören, es wäre blutig geworden. Es war furchtbar! Es machte mein Herz kalt."

Rohan antwortet nich direkt. Er weiß, es ist ein heißes Eisen. Als er dann spricht, heftet er seinen Blick auf den Rasen.
„Marcelle, es gibt noch viele Andere, die so denken wie Meister Arfoll."
Marcelle schaut in das Gesicht des Sprechers. Es ist nun ganz blaß.
„Denken – Was, Rohan?"
„Daß der Kaiser zu weit gegangen ist, daß es besser für Frankreich wäre, er wäre tot."
„Ach!"
„Mehr als das, besser er wäre nie geboren."
Im Gesicht des Mädchens wächst immer mehr Zorn und Schmerz. Es ist schrecklich, diese Gotteslästerung zu hören, die gegen die Religion, an die wir aus ganzen Herzen und mit ganzer Seele glauben, gerichtet ist. Es ist am schrecklichsten, wenn der Glaube all die Tollheit der Vergötterung in sich trägt. Sie zittert und ihre Hände sind krampfartig zusammengepresst.
„Und Du glaubst das auch?" fragt sie in einem kärglichen Flüsterton, sich beinahe fürchtend an seiner Seite zu gehen. Rohan sieht die Gefahr und sucht Ausflüchte.
„Du bist zu schnell, Marcelle – ich sagte nicht, daß Meister Arfoll recht hat."
„Er ist ein Teufel!" sagt das Mädchen mit einer Wut, welche die Soldatenherkunft zeigt, aus der sie kommt.
„Es sind Feiglinge. Teufel wie er sind es, die dem guten Kaiser fast das Herz gebrochen haben. Sie lieben weder Frankreich noch den Kaiser. Sie sind haßerfüllt, Gott wird sie für ihren Unglauben in der anderen Welt verstoßen."
„Vielleicht sind sie schon im Diesseits bestraft", entgegnet Rohan, mit etwas Sarkasmus, der das entrüstete Mädchen aber nicht trifft.
„Der große gute Kaiser", fährt sie fort, seine Unterbrechung ignorierend, „der alle seine Menschen liebt wie seine eigenen Kinder, wer ist da nicht stolz auf ihn. Er schüttelte meinem Onkel die Hand und nannte ihn ‚Kamerad'. Wer würde da nicht für Frankreich sterben, wer hat denn Frankreich in aller Welt ruhmvoll gemacht, wer ist bei allen verehrt, ausgenommen seine sündhaften Feinde – Gott bestrafe sie bald! Er ist am dichtesten an Gott, der Jungfrau und Gottes Sohn. Er ist ein Heiliger, er ist vollendet. Ich bete jeden Abend bevor ich einschlafe für ihn zuerst, danach für meinen Onkel. Wenn ich ein Mann wäre, würde ich für ihn kämpfen. Mein Onkel gab ihm sein armes Bein – ich würde ihm mein Herz und meine Seele geben."
Es kommt sprudelnd und melodisch aus ihrem Mund und läßt ihren Zorn noch größer werden. Ihr Gesicht leuchtet wie in einer religiösen Verzückung, sie faltet die Hände, als wolle sie beten.
Rohan bleibt still.
Plötzlich wendet sie sich ihm zu, in ihren Augen ist mehr Zorn als Liebe und sagt:
„Sag, Rohan! Bist Du gegen ihn. Haßt Du ihn in Deinem Herzen?"

Rohan zittert, er verflucht den Augenblick, als er den unglücklichen Gegenstand ansprach.
„Gott verbietet es! Ich hasse keinen Menschen. Aber warum?"
Ihre Wangen werden weißer als der Tod, als sie wiederholt:
„Weil ich Dich dann auch hassen würde wie ich alle Feinde Gottes hasse und wie ich alle Feinde des großen Kaisers hasse."

Kapitel V

Meister Arfoll

Während Marcelle ihre letzten Worte spricht, treten Sie dicht an den Menhir heran, stehen in seinem Schatten. Als sie ihre Rede beendet hat, legt Rohan ruhig eine Hand auf ihren Arm und zeigt mit der anderen hinüber. Nicht weit von dem Menhir und dicht am Rand des Felsens steht eine Gestalt, die sehr dunkel gegen die weißen Teile des Himmels abhebt. Es scheint ein riesengroßer Mensch zu sein, für einen Moment könnte man ihn als einen dieser wilden, versteinerten Geister, von welchen Rohan gesprochen hatte, die ins Leben zurückgekehrt ist, halten. Sich auf eine Stock stützend, mit hängenden Schultern und schneeweißem Haar, das bis über seine Schultern fällt, dünne, abgemagerte Glieder, die Arme an der Seite hängend, steht er bewegungslos da, wie ein Schatten aus Stein. Seine Kleidung besteht aus einem weiten Hut und legerem Jackett und Beinkleidern eines bretonischen Bauern. Seine Strümpfe sind schwarz, anstatt Holzschuhe trägt er altmodische Lederschuhe, die mit Lederriemchen zugeschnürt sind und deren langer Gebrauch die Schuhe abgenutzt hatte. Seine extreme Armut ist auf den ersten Blick wahrnehmbar. Seine Kleider sind schäbig, aber noch nicht ganz hoffnungslos, sie sind voller behutsamer Flicken und gestopft und auch seine Strümpfe zeigen Zeichen von ständigen Ausbesserungen.
„Sieh", sagt Rohan flüsternd, „es ist Meister Arfoll selbst."
Das Mädchen dreht sich um, noch voller Entrüstung, die sie übermannte, aber Rohan nimmt ihren Arm und zieht sie behutsam vorwärts unter lieben, geflüsterten Worten. Sie läßt es zu, aber ihr Gesichtsausdruck trägt noch einen festen abergläubischen Widerwillen.
Der Klang der Schritte schreckt den Mann auf und er sieht sich um. Wenn seine Gestalt auf den ersten Blick ein Gespenst war, so ist sein Gesicht noch gespenstischer. Es ist länglich und faltig mit einer hochgebogenen Nase und dünne festgeschlossene Lippen, ganz blutlos wie die Wangen. Die Augen sind schwarz und groß und hatten schon viele Schicksalsschläge gesehen, sie haben einen nachdenklichen Ausdruck und ein wildes, veränderliches Licht. Ein furchtbares Gesicht wie eben dem Tod entrissen. Doch als die großen

Augen Rohan erblicken, lächelt er und das Lächeln ist eine Glückseligkeit. Sein Gesicht strahlt und man kann sagen, ein schönes Gesicht wie eins, das auf Engel blickt. Aber nur für einen Augenblick, dann erstirbt das Lächeln und die alte erschöpfte Blässe kehrt zurück.

„Rohan!" ruft er mit einer klaren melodischen Stimme, „und meine charmante Marcelle!"

Rohan nimmt seine Mütze ab, als wäre er ein Vorgesetzter, während Marcelle noch ihren entschlossenen Ausdruck beibehält, errötet sie schuldbewußt und macht keine Anstalten zu grüßen. Da ist etwas, was sie an dem Mann fürchtet wie sie alles Andere fürchtet. Sie mag ihn nicht, wenn er nicht da ist, aber in seiner Gegenwart beherrscht sie ein Zauber. Unglücklich denkt er an das Gute in der Welt, ist manchmal unbeliebt, aber es sind viele seiner Meinung. Meister Arfoll besitzt die innere Stimme und die faszinierende Kraft, die auch Goethe bei Bonaparte wahrnahm, um anerkannt zu sein, entweder das Gute gestalten oder das Gottlose, ist die besondere Gabe von mächtigen Menschen. Mehr von Meister Arfoll wird besprochen, wenn den ungewöhnlichen Ereignissen auf welchen diese Geschichte basiert ihren Fortgang nimmt.

Mittlerweile ist es notwendig zu erklären, daß er ein Wanderschulmeister ist und lehrend von Gehöft zu Gehöft, von Feld zu Feld zieht. Aus seinem Munde erfuhr Rohan manch geheimes Wissen. Sie saßen dann in der Sommerzeit auf einer Wiese oder in einer ruhigen Höhle am weißen Rand zur See oder auf manch bemoosten Stein auf der Spitze der hohen Klippen. Meister Arfoll ist ein Träumer und er hatte dem Jungen gelehrt zu träumen. Man sagt, sein Gesicht ist so blaß, weil er furchtbare Dinge gesehen haben soll, als die Siegel der Apokalypse in Paris gebrochen wurden. Niemals betrat er eine Kirche, betet nur in der Natur, er erlangte die perfekte Freiheit des religiösen Glaubens, außerdem unterrichtete er kleine Kinder die Bibel zu lesen. Er ist der Freund von Vielen, ein Seelsorger, für viele ein Soldat, aber Feierlichkeiten und Kämpfe sind ihm ein Greuel. Kurz gesagt, er ist ein Aussteiger. Sein Bett ist die Erde, seine Wurzeln der Himmel, aber die Heiligkeit der Natur ist in ihm, er schleicht von einem Platz zum anderen wie ein Geist, weihend und heilig.

Vor einigen Monaten ist er überraschend hierher zurückgekehrt.

„Sie sind ein großer Fremder, Meister Arfoll", sagt Rohan, nachdem sie sich die Hand gegeben hatten.

„Ich war diesmal weit weg gewesen, so weit wie Brest", war die Antwort, „ach und meine Reise war trostlos, ich habe in jedem Dorf Rachel um ihre Kinder weinen sehen. Dort gab es große Veränderungen, mein Sohn, und es werden noch mehr Veränderungen kommen. Nun bin ich zurück wie Du siehst und ich finde den großen Stein unverändert. Nichts ist von Dauer, nur der Tod, nur der ist ewig."

Während er spricht zeigt er auf den Menhir.

„Gibt es von dort schlechte Nachrichten, Meister Arfoll?" erkundigt sich Rohan eifrig.

„Wie können sie gut sein? Ach, aber ihr seid Kinder und versteht es nicht. Sag mir, warum sollen diese kalten, lieblosen Dinge fortdauern?", und wieder zeigt er auf den Menhir, „wenn Menschen und Städte, Wälder, Berge und Flüsse, die wahren Götter sind und die großen Könige und die Ihren auf ihren Thronen, weit weg sterben und kein Zeichen hinterlassen, kein Zeichen, daß sie gewesen waren? Vor tausenden und abertausenden von Jahren war Blut an diesem Stein, Menschen wurden dort geopfert, Rohan, es ist die gleiche Geschichte heute – Menschen sterben noch den Märtyrertod."

Er spricht in einem tiefen und traurigen Ton, als spräche er mit sich selbst. Sie bemerken, daß er ein Buch in seiner Hand hält, die alte Bibel in bretonischer Sprache, aus welcher er gewohnt ist zu lehren. Zwischen den Seiten steckt ein Finger, als hätte er bis eben gelesen. Er geht langsam weiter, Rohan und Marcelle dicht an seiner Seite, bis er die Grenze des ebenen Plateaus erreicht. Von hier aus kann man unten die Seegrenze deutlich im Sonnenschein sehen und Kromlaix mit seinen Häusern und Schiffen. Das Sonnenlicht fällt auf die hellen Giebel, die Wände sind blau und weiß getüncht. Auf den Dächern sind hölzerne Wrackteile wie Schindeln oder Ziegelsteine oder es sind Strohdächer, die mit Granitsteinen beschwert sind, um gegen Windschaden zu bestehen. Die Häuser ducken sich bis hinunter zur äußersten Grenze der See. Verstreut zwischen ihnen sind wüste Hütten, die aus alten Fischerbooten errichtet und mit Stroh gedeckt sind und einige von ihnen werden als Lager für Segel, Netze, Ruder und anderen Bootsausrüstungen genutzt, einige als Kuhstall und viele sind von den ärmeren Familien bewohnt und geben ihren blauen Rauch mit Gekräusel durch eiserne Schornsteine ab. Unterhalb der Häuser und Hütten schwimmen am Ufer die Schiffe der Fischerflotte. Eine lange Reihe von Booten und Schiffen, die wie Kormorane mit ihrem schwarzen Gefieder seewärts zeigen. Es ist ein Dorf, das sich am äußersten Rand des ungezähmten Ozeans befindet. Die See umgibt es und sie befindet sich auch unter ihm, in unsichtbare Höhlen sickert das Wasser und kriecht meilenweit ins Binnenland und rieselt letztendlich in die grünen brakigen Tümpel, füllt die öden Bergseen von Ker Leon, ein einzelnes Dorf, viele Meilen entfernt. Kromlaix ist ein Dorf, das im Sturm entstanden ist, täglich durch den Tod erschüttert und immer mit traurigen Augen seewärts blickend, heftig nach den ankommenden Segelschiffen verlangend. Meilen auf Meilen zieht sich auf jeder Seite die große Ozeanwand der Steilküste hin, sie wird gewaschen und nutzt ab, großartige Formen entstehen, Gewölbe, Dome und Spitzen, das Wetter schlägt dagegen, sturmgeschüttelt, ausgehöhlt, zerfressen, zerrissen, zerklüftet, verwundet durch Wirbelwind und Erdbeben. Oben, die in einem mächtigen Teppich saftigen Grüns noch fest und stark stehenden Menhire und Dolmen[5], Klippenabgründe und Felsspitzen der Monolithen und in dunkle luftige

Höhlen über der immer rastlosen See aufgetürmt, so hoch, daß für denjenigen, der über die grasbewachsene Ebene der Klippen läuft, die Seemöwen dicht über seinem Weg schweben und die Seetangsammler unten am Strand, die durch die große Entfernung zwergenhaft klein wie krabbelnde Mäuse aussehen. Für Viele ist es eine sich meilenweit erstreckende große Wand und die Wanderer durchqueren seine schwindelerregenden Pässe, hören unter ihren Füßen das Rasen und Brüllen des Wassers und den Flügelschlag des Windes und das Kreischen der Vögel aus der schaumspritzenden Bucht. Aber hier trennt sich plötzlich die Wand wie durch ein Erdbeben, das eine mächtige Schlucht hinterließ. Und in diese Schlucht, die sich im Innern zu einem grasbewachsenen Tal ausdehnt, genährt durch einen dunklen Fluß, duckt sich das Dorf, im Sommer wie im Winter, unverändert seit Generationen mit seinem immer auf die ewige See gerichteten Blick.

The Needle of Gurlau

Ein Dorf, immer verdammt und immer gerettet. Der Fluß, wenn er den Bergsee von Ker Leon erreicht, verschwindet in der Erde und vermischt sich mit dem unterirdisch dahinkriechenden Ozean und die Häuser werden durch die Wellen wahrhaft erschüttert, trotzdem ist das Wasser nicht zu genießen, denn es ist Brackwasser(6). Das Dorf erzittert und schreit wie ein lebendiges Ding, wenn sich die Schleusen des Himmels öffnen und die große See mit mächtiger Flut droht. An diesem Tag aber, als Meister Arfoll nach unten schaut, ist alles in Heiterkeit und Frieden. In und auf den Booten spielen Kinder, während die Männer zu zweit oder zu dritt am Ufer schlendern, im Sand liegen oder in der Sonne sitzen und ihre Netze ausbessern. Der Rauch aus den Schornsteinen zieht geradewegs in den Himmel, es ist Windstille. Alles ist ganz bewegungslos. Man kann das Dorf fast wie ein Lebewesen in totaler Ruhe atmen hören. Höher über dem Tal, auf einer Anhöhe am Abhang, steht, umgeben von einem Friedhof, die kleine Kirche aus rotem Granit und ihrem ziegelgedeckten Dach, dem roten Turm, der mit dunkelgrünem Moos bewachsen ist und vom Seewind einen weißen Reif aus Salz trägt. Das Sonnenlicht strahlt entlang der Bergschlucht, so daß sie gerade von der Höhe her eine große Gruppe von Prozessierenden in der Nähe des steinernen Jesuskopfes sehen können. Dort ist die Quelle des Heiligen Wassers, das aus einem Grabstein sprudelt und entlang der Wand des Leichenschauhauses, wo die Grabkammern sind und in jeder eine kleine Taubenschachtel vernagelt ist, ist wie ein gräßliches ‚memento mori'.

„Könnten die Steine dort drüben sprechen", sagt Meister Arfoll nach dort schauend, „was für Geschichten könnten sie erzählen! Ich werde Euch Einiges aus der Erinnerung erzählen! Lange Zeit vor uns erstreckten sich hier mächtige Wälder und ein tiefer Fluß strömte dort drüben durch die Schlucht und eine große Stadt stand am Ufer des Flusses voller Menschen, die einen fremden Gott anbeteten."

„Ich habe davon gehört, der Priester sprach davon", sagt Rohan, „und es wird erzählt, wenn man am Weihnachtsabend genau lauscht, kann man die Glocken läuten hören und die toten Menschen strömen tief unten im Untergrund auf die Straßen. Die alte Mutter Brieux, die letztes Weihnachten starb, sagte vor ihrem Tod, daß sie das alles selbst gehört hat."

Meister Arfoll lächelt traurig.

„Das ist die Geschichte einer alten Frau, ein Aberglaube – der Tod schläft."
Marcelle fühlt sich verpflichtet etwas einzuwerfen:

„Sie glauben es nicht", sagt sie, „ach, Meister Arfoll, Sie glauben aber auch gar nichts, aber Mutter Brieux war eine gute Frau und sie würde nie gelogen haben."

„All das ist Aberglaube und Aberglaube ist Teufelswerk", entgegnet Meister Arfoll schnell, „in der Religion, in der Politik, in allen Angelegenheiten des Lebens, mein Kind, ist Aberglaube ein Fluch. Er macht Menschen Angst vor dem frommen Tod und den Geistern der Dunkelheit und es macht sie zu gottlosen Herrschern und bringt sie zu grausamen Taten, weil sie in ihm ein boshaftes Schicksal sehen. Es ist der Aberglaube, der schlechte Könige in ihren Thron hält und die Erde mit Blut bedeckt und die Herzen aller brechen, die lieben. Aberglaube, wie ihr seht, kann einen sündhaften Menschen zu einem Gott machen und alle Menschen beten ihn an und sterben für ihn, als ob er ein Gott wäre."

„Das ist wahr", sagt Rohan, mit einem bangen Blick auf Marcelle. Als ob sie das Thema wechseln möchte, fragt sie dann:

„Ist es sicher oder nicht, daß eine große Stadt einst hier stand?"

„Wir wissen es durch viele Anzeichen", antwortet der Schulmeister, „manches braucht man nicht tief auszugraben, um es ans Tageslicht zu bringen. Oh ja, die Stadt war hier, mit seinen Häusern aus Marmor und Tempel von Gold und seinen großen Bädern und Theater und seinen Statuen ihrer Götter. Sie muß herrlich ausgesehen haben, wenn sie im Sonnenlicht glänzte, wie jetzt Kromlaix. Der Fluß war ein wirklicher Fluß und weiße Villen standen an seinem Ufer und dort waren Blumen an jedem Weg und Früchte an jedem Baum. Eben zu dieser Zeit stand unser Stein schon hier und sah dies alles. Die Stadt wurde wie viele andere unserer Städte mit menschlichem Blut erbaut und ihre Einwohner waren ein Teil der Schlächter der Erde und ein Schwert war an der Seite eines jeden Mannes und Blut klebte an ihren Händen. Gott war gegen sie und ihr steinerner Götze konnte sie nicht segnen. Sie waren eine Rotte Wölfe, diese Römer! Sie waren die Kinder von Kain! Was hat Gott letztlich getan? Er wischte sie wie Unkraut vom Gesicht der Erde weg!"

Das Gesicht des Sprechers sieht furchtbar aus, er scheint eine Prophezeiung zu liefern und nicht ein Ereignis zu beschreiben.

„ER hob seinen Finger und die See stieg an und verschlang diese Stadt und bedeckte sie mit Felsen und Sand. Jeder Mann, jede Frau und jedes Kind waren in einem Grab beigesetzt und dort schlafen sie."

„Bis zum Jüngsten Gericht!" sagt Marcelle feierlich.

„Sie sind schon verurteilt", antwortet Meister Arfoll, „ihr Urteil wurde schon gesprochen und sie schlafen, es ist nur Aberglaube, daß sie in ihren Gräbern aufwachen."

Marcelle scheint etwas sagen zu wollen, aber das große Wort ‚Aberglaube' überwältigt sie. Sie hatte nur einen unklaren Begriff seiner Bedeutung, aber es klingt überzeugend. Es ist Meister Arfolls Lieblingswort und es ist offenbar, daß er es in einer verwirrenden Weise durch viele Ideen und Begebenheiten zu erklären versucht. Rohan sagt nichts. In Wahrheit ist er sichtlich erstaunt, über den sehr ernsten Ton in der Rede Meister Arfolls. Er selbst kennt gut des Wanderschulmeisters gebildete und lustige Seite und er hat ihn selten so traurig gesehen und so freudlos reden hören wie heute. Ihm ist es innerlich klar, daß aufgrund irgendwelcher bedeutender Blicke, Meister Arfoll sich keine Sorgen macht, sich vollends in Gegenwart von Marcelle zu erklären. Inzwischen haben sie begonnen den Hang, der zum Dorf führt, hinabzusteigen. Marcelle, etwas grimmig, ein paar Schritte hinterdrein, aber Rohan bleibt an der Seite des Meisters, ganz bemüht die Ursache seiner außergewöhnlichen Melancholie zu entdecken. Während des Gehens fällt der Blick des Meisters Arfoll auf Rohans Buch, welches er noch in seiner Hand hält.

„Was ist das, was Du liest?" fragt er. Rohan gibt ihm das Buch. Es ist eine einfach gedruckte Übersetzung des Tacitus in Französisch mit dem original lateinischen Text auf der gegenüberliegenden Seite. Es ist während der

Revolution und an einem geheimen Ort gedruckt worden, als Paris vor dem Sturm zitterte.

Meister Arfoll schaut in den Inhalt, dann gibt er es dem Eigner zurück. Er selbst hatte Rohan gelehrt, den Geist der Bücher zu sehen, wie dieses, aber heute ist er verbittert.

„Und was liest Du dort?", ruft er aus, „was, außer Blut und Kampf und das Stöhnen der Menschen unter dem Gewicht des Thrones? Ach Gott, ist das furchtbar! Auch eben hier, bei welchen Mann ruft Gottes eigenes Buch etwas hervor?", und er hält die Bibel hoch, „es ist der gleiche rote Faden, derselbe wahnsinnige Schrei der gequälten Menschen. Ja, Gottes Buch ist blutig, wie Gottes Erde."

Marcelle schauderts. Solche Äußerungen sind Gotteslästerung.

„Meister Arfoll", beginnt sie, aber seine großen lebendigen Augen scheinen ins Leere gebannt und er scheint wie in Trance zu sein, er hört sie nicht.

„Für immer und immer, wie war es am Anfang, das hungrige wilde Tier tötet und tötet, diese Verrückten, begierig nach Krieg und Ruhm. Wer weiß, ob der große Stein dort drüben nicht den Geist irgendeines Mörders früherer Zeiten festhält, irgendein Kain des Kaisers wurde zum Felsen, aber in dem Bewußtsein, noch zu sehen was Ehre ist, zu beobachten wie Königreiche welken und Könige Menschen vergeuden und töten, um wie Blätter zu fallen. Gut, das ist Aberglaube, aber ich habe meinen Willen, ich würde jedem Tyrannen dienen, ich würde ihn versteinern – ich würde ihn als Zeichen hinsetzen! Er sollte sehen, er sollte sehen! Und dann würde nie wieder Krieg sein, dann würde es keine Kains mehr geben und die Menschen in den Wahnsinn treiben!"

Marcelle versteht nur halb, aber irgendeins seiner Worte regt ihr Herz auf. Sie wendet sich nicht an Meister Arfoll, sondern mit ärgerlich aufblitzenden Augen wendet sie sich an Rohan:

„Es sind nur Feiglinge, die Angst haben zu kämpfen. Onkel Ewen war ein mutiger Soldat und vergoß sein Blut für Frankreich: Träger der Medaille des großen Kaisers! Das Land ist ein großes Land und es ist der Krieg gegen das Gottlose, das es groß gemacht hat. Es sind die schlechten Menschen, die sich gegen den Kaiser erhoben haben, denn er ist gut und groß. Das macht den Krieg und der Kaiser ist nicht zu tadeln."

Meister Arfoll hört jedes Wort und lächelt betrübt zu sich selbst. Er kennt des Mädchens Verehrung für den Kaiser und wie man sie dazu brachte, ihn gleich hinter Gott zu setzen. Ohne ihr Idol anzugreifen, sagt er sanft und mit einem liebevollen Lächeln, welches seine unsägliche Niedergeschlagenheit überspielt:

„Das ist, was Onkel Ewen sagt? Gut, Onkel Ewen ist ein tapferer Mann. Aber Du, kleine Marcelle, weißt Du was Krieg ist? Dann sieh!" Er zeigt ins Binnenland und das Mädchen folgt der Richtung seiner Hand. Weit entfernt, hoch aufragend und einzeln stehend in der windigen Baumhecke des Tales ist ein anderer verödeter Kalvarienberg(7), so zerbrochen und so unkenntlich, dass nur ein mit ihm vertrautes Auge erklären kann, was es ist. Ein Arm und ein Teil des Körpers sind noch heil, aber der Kopf und die anderen Glieder sind verloren und was geblieben ist, versteinert, nahezu schwarz durch Regen und verschmutzt durch die Vegetation. Darunter wildes Unterholz und hohes kletterndes Unkraut – Lolch(11) und Nesseln haben sich hier angesiedelt und zu seiner Zeit blüht der Fingerhut. Obwohl zerbrochen und ruiniert wie die Figur ist, es dominiert das Panorama und zeigt eine völlig verwüstete Landschaft rundherum. Das ist Krieg!" sagt Meister Arfoll feierlich, „unsere Straßen sind genauso bestreut mit steinernen Köpfen der Engel und die marmornen Glieder der Figuren. Das Evangelium der Liebe ist verloren. Die Gestalten der Liebe ausgelöscht. Die Welt ist ein Kampfplatz, Frankreich ist ein Leichenhaus und – gut, Du hast recht, mein Kind – der Kaiser ist ein Gott!"

Marcelle antwortet nicht, ihr Herz ist voller Entrüstung, aber sie fühlt, daß sie gegen ihn verliert. Sie denkt bei sich: ‚Das ist Verrat, wenn der Kaiser ihn so reden hörte, würde er ihn töten.' Dann schaut sie zur Seite, in das verhärmte wilde Gesicht und in die großen kummervollen Augen und ihr Zorn schlägt in Mitleid um.

„Was Sie sagen ist richtig", räumt sie ein, „es ist nicht sein Fehler – er ist dumm erwachsen geworden, mit viel Kummer, sein einsames Leben hat ihn nahezu verrückt gemacht. Armer Meister Arfoll!"

Nun haben sie den Rand des Dorfes erreicht. Ihr Weg ist ein Fußweg, der sich mal hierhin, mal dorthin wendet, bis er dicht unter der Mauer der alten Kirche ankommt. Mit einem stillen Pressen von Rohans Hand und einen flüchtigen Blick zu Meister Arfoll läuft Marcelle davon. Der Wanderschulmeister läuft weiter, ohne ihre Abwesenheit zu bemerken. Sein Herz ist zu voll, seine Gedanken zu beschäftigt und sein Blick ist auf den Boden gerichtet. Rohan unterbricht abrupt seine Träumerei.

„Meister Arfoll – sagen Sie mir – Marcelle ist nicht mehr hier, was ist geschehen? Etwas Furchtbares, ich sorge mich!"

Meister Arfoll blickt erschöpft auf.

„Sei nicht ungeduldig schlechte Nachrichten zu hören, sie werden schnell genug kommen, mein Sohn. Ein Gewitter braut sich zusammen, das ist alles."

„Ein Gewitter?"

„Dies : Ein Erdbeben und Zerstörung. Der russische Winter ist noch nicht Grab genug, wir wollen das Wasser des Rheins haben", und setzt ernst hinzu, „wir sind am Vorabend einer neuen Zwangsaushebung."

Rohan zittert, er weiß was das bedeutet.

„In dieser Zeit werden nur die Familienväter verschont. Bereite Dich selbst vor, Rohan! Diesmal werden eben nur Söhne ihre Chance bekommen!"

Rohans Herz klopft rasend, sein Blut stockt ihm. Ein neues namenloses Grauen nimmt Besitz von ihm. Er schaut auf und sieht das zerbrochene Kruzifix wie ein Zeichen von Schmerz und Elend. Während sie reden wird das Kirchentor geöffnet und vom Friedhof schreitet ‚monsieur le cure' vorwärts mit seinem zugeschlagenem Brevier(8) unter dem Arm und seiner kurze Pfeife, die schwarz wie Ebenholz ist und die er zwischen seinen Lippen hält.

Kapitel VI

‚Rachel, um ihre Kinder trauernd'

Er läuft watschelnd, seine Schultern zurückgeworfen, seine Brust drängt vorwärts und sein behäbiger Leib wird bei jedem Schritt geschüttelt. Seine Beine sind kurz und krumm, seine Arme lang und kräftig, sein Körper wirkt lang, schlaff und fett. Da ist nichts an dem Weichling Pater Rolland dran. Er kann rennen, springen und ringen mit jedem Mann von Kromlaix. Sein Gesicht hat durch das ständige der Sonne und dem Wind Ausgesetztsein nahezu Mahagonifarbe und über seinen dunkelbraunen Wangen glitzern zwei Augen, so schwarz wie Kohlen, er wirkt so komisch wie irgendein ‚ignis fatuus'. Sein Mund, mit welchem er immer wieder an seiner Pfeife zieht und aus dem ab und an eine Wolke Qualm entweicht, ist fest verschlossen. Als er vom Friedhof kommt, scheint es, er habe den Gang eines komischen Vogels, der nicht richtig laufen kann, watschelnd wie eine Krähe. Der Rock seiner schäbigen schwarzen Soutane ist abgetragen und seine kleinen Beine in ihren abgetragenen schwarzen Strümpfen zeigen an der Ferse Löcher.
Für Marcelles Onkel, dem Korporal, der die alten Soldatenvorrechte anwendet Spitznamen zu erfinden und der ein waches Auge für das Entlarven gelegentlicher Ähnlichkeiten hat, ist der Beruf in der Ordenstracht wie ein Vogel, der in der Winterszeit zu seinem Fenster fliegt, ‚der kleine Priester Gottes' und das Rotkehlchen im Besonderen, der kleine ‚Cures au rabat rouge'. Man kann wahrlich sagen, Pater Rolland besitzt im hohen Maße zwei strenge Charaktereigenschaften – des Rotkehlchens extreme Geduld und Genügsamkeit unter besonderen Schwierigkeiten und – eine ungeheure Menge natürlicher Kampfeslust. Sein Leben ist hart und gefährlich. Er steht mit der Lerche auf, obgleich (zu seiner Ehre) er nicht einsam ins Bett geht. Er lebt in einer elenden Hütte, wo ein Engländer kaum seine Kuh hineingestellt hätte. Er ist verantwortlich, die Stunden auszurufen und bei jedem Wetter seine heilige Berufung auszuüben. Sein Essen ist schlecht und zur Krönung all seines Elends, das ‚Trinken' auf das Land ist abscheulich! Nun, Pater

Rolland ist ein heiterer Mann, ein Feinschmecker in guten Likören – ein Mann, der wahrhaftig einen guten Likör braucht, um seine Zunge zu lösen und vollständig seinen guten Humor freizusetzen. Er ist von Natur aus und instinktiv und auch der Erscheinung nach, eine Klatschbase. Wenn die Erde öde wäre und er selbst bliebe allein mit dem Feind der Menschheit, so würde er in der Gesellschaft des ‚Meister Robert' schwatzen und trinken. Und im Angesicht Gottes, er würde in seinem Herzen keinen Groll gegen irgendeine Kreatur hegen – nicht gegen ‚Meister Robert' oder Bonaparte. Er ist noch nicht lange Priester in Kromlaix, sein Vorgänger, dem Rohan Gwenfern so schrecklich zusetzte, wurde schon nach wenigen Jahren entlassen. Pater Rolland ist in diesem Distrikt geboren und kennt jeden Menhir, jedes Haus im Dorf und jeden Herd, viele Meilen entlang der Küste. Er spricht noch perfekt bretonisch und dem Benutzen eines gebildeten französisch blieb er nichts schuldig, besonders, wenn er sich aufregt über eine rohe Mundartsprache, zum Beispiel poeme (Gedicht), wenn pomme(Apfel) gemeint ist, couteau, ktay und chevaux, jvak. In Aufzeichnungen seiner Gespräche in einer Englischübersetzung wird es fast unmöglich seinen Eigenheiten zu folgen, und der Leser muß sich eine große Anzahl von Kehllauten vorstellen.

Pater Rolland überstand alle Stürme der Revolution und den Bürgerkrieg. Er ist ein Mann ohne Meinung und er erfüllte seine priesterlichen Pflichten wie Hochzeiten, Trauungen, Beichten der Kranken und Sterbenden, mit einem Blick auf seine finanziellen Anteile. Die großen Gestalten der zeitgenössischen Geschichte bewegten sich wie kämpfende Titanen über seinen Kopf, er sah sie aus weiter Ferne und diskutiert über sie mit Gleichgültigkeit. Er ist nicht aus dem Stoff aus welchen Märtyrer gemacht sind. Sein einziges Geschäft ist es mit seiner Herde zu gehen, der er immer Geduld, gutes Geschwätz und Genügsamkeit im Trinken empfiehlt. In Summe, sein geistiges Verständnis ist gering und seine pädagogischen Fertigkeiten sind befriedigend. Er ist ein guter Lateiner und exzellenter Grammatiker und es zählt zu seinem Grundvermögen einige halbe Dutzend Zeilen von Homer zitieren zu können… Anders ausgedrückt, ein wohlwollender Bauer, von der Erde genommen und mit etwas Gelerntem versehen und man hat Pater Rolland.

Als er das Kirchtor aufmacht, hält er seine beiden braunen Hände Meister Arfoll entgegen und nickt freundlich zu Rohan.

Er hat für jeden einen Gruß, ob Legitimist(9), Bonapartist oder Republikaner. Meister Arfolls Liebe zu den Rechten der Menschen entmutigt ihn nicht. Seine einzige Verweigerung und als hoffnungslose Missetäter von ihm angesehen, sind Gemeindemitglieder, die noch nicht ihren Mitgliedsbeitrag gezahlt haben, oder versuchen auf irgendeiner Weise den Nebenverdienst des Priesters zu schmälern! Mit Pater Rolland ist nicht zu spaßen. Er fordert seine Rechte aus Prinzip und dann, wenn sie bezahlt haben, entweder in

Form von Geld oder Getreide, klappert es in seiner Tasche oder bewahrt es in seinem Hof auf und freut sich sofort über sie. Und dann, vielleicht schon am nächsten Tag, setzt er es in Brot und Wein oder Brandy um und verteilt es unter den Kranken und Hungrigen an seiner Tür.
„Willkommen Meister Arfoll!" ruft der Priester, „Sie sind ein Fremder in Kromlaix geworden, denn wo waren Sie seit einem Monat geblieben, als wir ein Glas tranken und eine Pfeife zusammen rauchten? Was haben Sie gemacht? Nochmals Willkommen!" Als er spricht strahlt sein braunes Gesicht vor Freude. Meister Arfoll erwidert freundlich die Grüße. Sie gehen ein paar Schritte nebeneinander. Plötzlich hakt der Priester ganz familiär seinen Arm unter Meister Arfolls Arm um Neuigkeiten zu begehren, während Rohan, als Riese der er ist, beiseite geht. Der Wanderer schüttelt traurig seinen Kopf.
„Neuigkeiten, Pater", ruft er aus, „ach, da ist nichts, nun, natürlich die alten schlechten Neuigkeiten. Rotes Blut auf dem Schlachtfeld und schwarze Trauer im ganzen Land. Ich denke nicht, dass es so länger bleibt – die Geduld der Welt ist erschöpft."
„Hm!" murmelt der Priester, mit seinem fetten kleinen Finger im Pfeifenkopf seiner Pfeife, „die Welt scheint auf den Kopf gestellt, rechtschaffender Bruder – sie steht Kopf."
Für den kleinen Priester scheint es seltsam, mehr ungewöhnlich als furchtbar zu sein. Er hat so viel Schrecken und Tod gesehen, daß er nichts Besonderes dabei empfindet und keinen besonderen Abscheu vor dem Krieg hat. In seinem Herzen lebt er pflichtgemäß, liebt die Weißen mehr als die Blauen, aber er würde niemals irgendjemand anstiften für die Weißen zu sterben. Er glaubt, das Beste wäre, nach der Salbung zu Hause im eigenen Bett zu sterben. Ungeachtet dessen glaubt er, daß die Kämpfe, große und kleine, Ausdruck eines ununterdrückbaren Elementes der menschlichen Natur seien. Er ist nicht politisch genug, um sich gegen jede Gewalt und im Besonderen sich gegen Blutvergießen einzusetzen.
Meister Arfoll fährt in einem ruhigen Ton fort:
„Ich werde Ihnen einiges erzählen, ein kleines Beispiel, aber ein Zeichen des Endes: Ich hielt mich in einem Dorf weit im Osten auf und ich betrat das Haus einer Frau, die ihre beiden Söhne im letzten Feldzug verlor und die eine Woche vorher ihren Ehemann beerdigt hatte…"
„Seine Seele ruhe in Gott!" unterbricht der Priester und schlägt das Kreuz.
„Sie saß in einem Zustand, ins Feuer starrend und ihre Augen schienen stehen geblieben und irre zu sein. Ich berührte sie an der Schulter, aber sie bewegte sich nicht. Ich sprach zu ihr, aber sie hörte nicht. Durch vorsichtige Schritte erweckte ich sie aus ihrer Trance. Sie erhob sich mechanisch, mein Pater, öffnete ihren Schrank und setzte mir Essen und Trinken vor. Dann setzte sie sich wieder vor das Feuer und ich sah, daß ihr Haar weiß war, obwohl sie noch nicht alt war. Als ich gegessen und getrunken hatte, denn ich war sehr hungrig, sprach ich erneut zu ihr und diesmal hörte sie und ich

erzählte ihr, daß ich ein Schulmeister bin und auf der Suche nach Schülern. 'Was kannst Du lehren, Meister?' fragte sie mich unerwartet und blickte mich an. Ich antwortete freundlich, daß ich ihre Kinder lehren könne, zu schreiben und zu lesen. Sie lachte, Pater, ach! Es war ein furchtbares Lachen! ‚Gehe dann und suche sie' schreit sie und zeigte auf die Tür, ‚und wenn Du sie in ihren Gräbern im Schnee gefunden hast, komme zurück und lehre *mich* die Hand zu verfluchen, die sie getötet und dort beerdigt hat. Lehre mich den Kaiser zu verfluchen, lehre mich einen Fluch der ihn stürzt! Lehre mich wie ich ihn töten und ihn ins Höllenfeuer hinabstoßen kann! Oh, meine armen Jungen, meine armen Jungen – Andre! Jaques!' Sie schrie und warf sich auf ihre Knie und ihr Haar gerät ihr zwischen die Zähne und sie spie es aus. Mein Herz tat mir weh. Ich konnte ihr nicht helfen und ich schlich mich davon."
Der Priester schüttelte dreimal nachdenklich sein Haupt. Er kennt solchen Kummer gut, aber es bewegt ihn doch etwas.
„Es ist schrecklich – es ist wahrhaftig schrecklich, Meister Arfoll!"
„Das ist aber nur ein Haus von Tausenden und Abertausenden. Die Flüche gehen zu Gott, werden sie nicht gehört?"
„Langsam, Meister Arfoll", murmelt der Priester mit einem besorgten Blick rundherum, „jemand könnte Sie hören."
„Ich habe keine Sorge", sagt der Schulmeister, „der Kaiser mag ein großer Taktiker, ein großer Ingenieur, ein großer Soldat sein, aber er ist kein großer Mensch, er hat kein Herz. Glauben Sie mir, mein Pater, das ist der Beginn des Endes. Es ist Ihr Christus gegen den Kaiser, aber Christus wird gewinnen!"
Der kleine Pater gibt keine Antwort, solche Reden sind gefährlich, denn die Zeiten sind gefahrvoll. Er zeigt entgegenkommen:
„Trotz allem, der Kaiser könnte uns Frieden geben!"
„Könnte? Oder konnte er nicht?" fragt der Wanderer unerwartet.
„Die ganze Welt ist gegen unser Frankreich", antwortet der Pater.
„Die ganze Menschheit ist gegen den Kaiser", erwidert Meister Arfoll scharf.
„Aber der Kaiser kämpft für Frankreich, Meister Arfoll. Ohne ihn würden die Engländer, Russen und Deutschen uns bei lebendigen Leibes auffressen."
Den halb erstaunten, halb entrüsteten Blick Meister Arfolls sehend, fügt er hinzu:
„Gut, aber ich bin kein Politiker!"
„Sie haben Augen, um zu sehen, mein Pater. Es ist gut in Kromlaix an der See zu sein, weit weg von den marschierenden Männern, aber würden Sie hinausgehen auf die großen Straßen, würden Sie es wissen. Es ist alles im Leben der Eitelkeit eines Mannes geopfert. Wie sollte *er* uns Frieden geben? Sein Geschäft ist Krieg. Er erklärt nun, daß es England ist, das ihm nicht

erlaubt Frieden zu machen. Er erklärt, daß sein Kampf für den Frieden sei. Er lügt, er lügt!"

„Eine harte Rede, Meister Arfoll!"

„Als er letztens durch die Straßen von Paris ritt, schrie das gemeine Volk zu ihm nach Frieden, Frieden um jeden Preis. Es war ihnen, als hätten sie zu dem großen Stein dort drüben gebetet. Er ging schweigend wie eine Marmorstatue vorüber und hörte sie nicht. Ach, Gott! Die Menschen sind erschöpft, Pater! Sie wollen ausruhen!"

„Das ist wahr", ruft Rohan in einem entschiedenen Ton aus.

Der Pater wirft einen flüchtigen Blick auf Rohan.

„Meister Arfoll lehrte Dich in vielen Dingen, so zu denken wie er. Meister Arfoll ist ein guter Mann, entweder er denkt richtig oder falsch. Aber nimm Dich in Acht, mein Sohn, hier in Kromlaix solche heißen Reden zu führen. Was Meister Arfoll kühn sagen kann, könnte Dir Deine Freiheit kosten und vielleicht Dein Leben."

Er erklärt nicht den Fakt, den die Mehrheit der Menschen wie Meister Arfoll als sinnlos betrachten, und er ist keineswegs verantwortlich für fremde Dinge, die er sagt oder tut. Eben, weil bonapartistische Beamte, die seine starke Kritik mit einem Lächeln hören würden, fassen ihn auf der Stelle. Und das ist nicht die einzige Instanz, die einen vernünftigen Mann registrieren und in ihm nichts als einen Narren sehen.

„Ich werde mich erinnern", antwortet Rohan und zuckt mit seinen breiten Schultern.

„Die Menschen haben Recht, Pater Rolland!" führt der Schulmeister fort, „der Wohlstand und der Stolz auf Frankreich sind im Geschützrauch verweht. Der Verlußt des bloßen Geldes ist das Wenigste, haben wir nicht starke Hände, um zu arbeiten? Aber wo sind die starken Hände? Die Zwangsaushebung liefert sie ans blutige Messer aus und läßt uns nur die sinnlosen Gefechte."

„Nicht ganz alle", antwortet der Priester lächelnd, „zum Beispiel Rohan hier hat ein Paar kräftige Fäuste und es gibt viele kühne junge Burschen neben ihm."

Meister Arfoll blickt etwas sonderbar auf Rohan und sagt dann mit einer noch mehr als zuvor bebenden Stimme:

„Die Zwangsaushebung ist noch hungrig – das Ungeheuer schreit nach mehr menschlichem Fleisch. Dort draußen", und er zeigt mit seiner dürren Hand ins Land, als sei diese Szene nicht weit weg, „ist ein Deserteur, oh weh, schlimmer als die Deserteure von La Bruyere, bis sie unter der wachsenden Saat liegen in einem fremden Land oder tief in der See oder unter dem Schnee. Ich sage Ihnen, Pater, Frankreich ist verlassen, es hat eine Schlange an seinem Busen genährt, es hat seine Kinder betrogen. Oh wie taub müssen sie hier draußen in Kromlaix sein, die Schreie nicht zu hören, nicht zu hören, die neue Rachel, die um ihre Kinder klagt und weint!"

Meister Arfoll hat seine Leidenschaft gesteigert und es ist schwer zu sagen wie weit er mit seiner Anklage der ‚Gottheit' gegangen wäre, wenn nicht plötzlich der Pater seine plumpe Hand auf seinen Arm gelegt hätte und flüstert:
„Schweigen Sie!"
Meister Arfoll unterbricht jäh und hört gleich darauf eine klare helle Stimme schnell verlangend fragt:
„Wer ist diese neue Rachel, Meister Arfoll?"

Kapitel VII

Korporal Derval verteidigt seine Farben

Der Sprecher dieser Frage sitzt auf einer Bank vor seiner Tür im Sonnenschein in der Hauptstraße des Dorfes. Er spielt mit seiner Hornbrille, die mit Bändern an seinen Ohren befestigt ist und er hält eine Zeitung in seiner Hand, die er gerade gelesen hat. Sein Gesicht ist so rot wie eine Hagebutte, sein gestutztes Haar ist lose, es erinnert an einen Baumstumpf mit Raureif. Seine Kleidung ist halb ländlich und halb militärisch, bestehend aus einer offenen Korporalsjacke an welcher die Schulterstücke und Verzierungen lange überlebt sind, lockere Hosen, die bis zum Knie reichen und unter dem Knie ein leichter roter Strumpf und ein alter Pantoffel, er hat nur ein Bein, das andere ist durch ein Holzbein ersetzt.
„Guten Tag, Onkel Ewen!" sagt der Pater, besorgt die Aufmerksamkeit über die letzten Bemerkungen Meister Arfolls abzulenken, während Rohan ebenfalls grüßt und seinem Onkel die Hand gibt. Korporal Derval ist der Held vieler Kämpfe, dienstbeflissener Anbeter Bonapartes und Onkel von Rohan und Marcelle zugleich. Der Korporal, der gut bescheid weiß und Meister Arfolls Gesinnung verabscheut, ist nicht zu verwirren, so daß er, nachdem er den Schulmeister gegrüßt und die Hand geschüttelt hat, seine Frage wiederholt:
„Aber was ist das für eine neue Rachel, Meister Arfoll?" fragt er und setzt seine Brille auf. Der wandernde Schullehrer in dieser Weise aufgefordert, zeigt Courage in seiner Meinung und antwortet:
„Ich sprach von den letzten Tagen Frankreichs, Korporal Derval, das andere war die Zwangsaushebung und da wir gerade davon sprechen, es scheint mir das beste Blut des Landes ist vergossen. Ich vergleiche unser armes Land mit Rachel, die sich um ihre Kinder grämt, die von ihr gegangen sind und untröstlich ist. Das ist alles."
Der Veteran antwortet nicht, steht aber plötzlich auf.

„Das ist alles!" wiederholt er mit einer Stimmer wie ein Gewitter. Als er spricht steckt er Daumen und Zeigefinger energisch in seine Westentasche, während seine rechte Hand einen Stoß in die Luft tat, dann ergreifen Daumen und Zeigefinger den Schnupftabak und gebraucht ihn kräftig mit seinen geblähten Nasenlöchern. Er wirft sich in die Brust und stampft mit seinem Holzbein auf den Boden. Wenn man ihn betrachtet kann man eine merkwürdige und komische Ähnlichkeit mit dem Kaiser feststellen. Beim flüchtigen Betrachten seiner altmodischen, abgetragenen kaiserlichen Jacke, mit seinem schwarzen Zweispitz wie der des Kaisers, mit seiner geschwellten Brust, seinen beiden langen Beinen, sieht er aus wie eine sehr schlechte und arg mitgenommene Kopie des großen Kaisers. Wie Napoleon mit einer Wellingtonnase und sechs Fuß hoch, wie - laßt uns sagen: Mr. Gomersal zu Astleys Abgang, und tatsächlich sind sehr viele Dinge an ihm ähnlich. Nur die größere Nase und sicher die Gebrechlichkeit seiner Beine weichen teilweise ab. Sieht man genauer hin, ist sein Gesicht tief bronzefarben, faltig und narbig, seine Augen sind tiefschwarz, sein Kinn und Hals gut rasiert mit vorspringenden Muskeln wie Peitschenschnüre, seine Nasenspitze scharlachrot und mit Tautropfen, seine Nasenflügel sind ausgedehnt und sehen schwarz aus, als Resultat des verschwenderischen Tabakschnupfens, welchem er verfallen ist, wie seinem großen Namensvetter ‚der kleine Korporal'. Man muß annehmen, daß er von der Ähnlichkeit mit seinem Kaiser weiß, denn er erzählt darüber und glaubt es und rühmt sich damit. Es ist der Stolz der sein Dasein erfreut. Er übernimmt die gewohnheitsmäßigen kaiserlichen Posen – Füße zusammen, Brust raus, die Hände auf dem Rücken verschränkt halten, das Haupt nachdenklich betrübt, alles im wohlbekannten Muster.
Als Marcelle oder andere Schwätzer bewundernd flüstern: ‚Sieh! Könnte man nicht sagen, es sei der Kaiser selbst?' oder ‚Gott segne uns, es könnte der Geist des ‚kleinen Korporals' sein!' Dann weitet sich jauchzend sein Herz und seine Nase bekommt ein noch tieferes Rot und er spreizt sich bis zur eigenen Schmerzgrenze wie ein Koloß, der mit beiden gespreizten Beinen über der Welt steht. Er sieht seine Nachbarn und seine Feinde weit unter sich wie so viele Könige und Prinzen. Er riecht die Luft des Kampfes aus weiter Ferne, wittert lebhaft kabarettistische Kampagnen. Er erinnert sich an seinen alten Ruhm wie sein Meister und weiß, daß er die weiteren Siege mit seinem Holzbein nicht beschleunigen kann. Nicht, daß er nicht ehrerbietig wäre. Er weiß wie weit er von seinem Idol entfernt ist. Er weiß, daß die Ähnlichkeit die eines Zwergs zu einem Giganten ist.
Seine Schwägerin ist eine religiöse Frau aber der unfruchtbare Wind des französischen Atheismus hat nicht sein und ihr Herz erreicht, so daß er an Gott glaubt und wenn auch nicht an die Heiligen, so gibt es doch einen einzigen Heiligen für ihn – St. Napoleon!

Trotz all seiner guten Qualitäten ist Korporal Derval ein ziemlich unbeliebter Mann in Kromlaix. Das Dorf liegt fernab vom politischen Leben und, das ist wie im Rest der Bretagne, dann ist da das Legitimistenfieber(9). Der Chefprediger des rechtschaffenden Volkes ließ Napoleon auskämpfen und dann ließen sie ihn allein. Natürlich konnte das so nicht sein, so verfluchen sie die grausame Zwangsaushebung und in ihrem Herzen auch Bonaparte. Es sind aber zu viele bonapartistische Schwärmer da, um unversehrt zu murren, die Einwohner halten ihre Zunge im Zaum, klagen im Geheimen und wünschen sich die Tage des alten Regimes zurück und vermeiden insbesondere jede Rede des alten Korporals.
„Das ist alles!" wiederholt der Soldat ein zweites Mal, „hm und Sie, Meister Arfoll, glauben das?"
„Ich bin mir sicher, mein Korporal."
Das Gesicht des Korporals wird so rot wie seine Nasenspitze, seine schwarzen Augen blitzen furchtbar, er nimmt grimmig seine Schnupfdose und öffnet sie erneut, nimmt eine Priese und zieht sie in seine Nase mit einem verachtenden Schnauben. Die Aktion gibt ihm Zeit die erste Bestürzung des wilden Zorns zu meistern und er antwortet höflich, aber man merkt in seiner Stimme die Erregung:
„Ihre Gründe, Meister Arfoll? Kommen Sie, Ihre Gründe?"
Der Schulmeister lächelt betrübt.
„Sie können sie mit den Augen erblicken, mein Korporal", sagt er, „Frauen säen und ernten unsere Felder, Frauen und alte Männer über fünfzig – die Blüte ihrer Jugend ist gestorben mit der blutigen Ernte des Krieges und in kurzer Zeit wird Frankreich fallen, dafür wird es spärlich eine Hand geben das Schwert zu erheben."
Meister Arfoll übertreibt natürlich etwas und als ob seine Behauptung widerlegt werden muß, kommen plötzlich zu des Korporals Tür vier große Jugendliche in der Blüte ihrer Gesundheit und Kraft, die Rohan mit einem Lächeln und einem Nicken begrüßt. Dies sind die vier Neffen des Korporals: Hoel, Gildas, Alain und Jannick. Der Korporal ist bestürzt wie jemand, der einer Gotteslästerung zugehört hat. Er zischt etwas Unverständliches, aber Hartes zwischen seinen Zähnen. Für den kleinen Priester ist es Zeit einzugreifen. Er zupft den alten Soldaten an seinem Ärmel und flüstert:
„Beruhigen Sie sich, Korporal! Erinnern Sie sich, es ist nur Meister Arfoll!"
Die Worte tun ihre Wirkung und die Gesichtszüge des Korporals entspannen sich etwas. Langsam wandelt sich sein unfreundliches finsteres Dreinschauen in ein grimmig verächtliches Lächeln, als er seinen Gegner prüft. Sein Blick ist höchst napoleonisch. Er begegnet den Umzuerziehenden als Bonaparte. Wäre er jetzt einen dieser Liliputaner begegnet, dann als König. Nichtsdestotrotz ist Ketzerei von sich gegeben worden, konnte nicht überhört werden und muss widerlegt werden. Der Korporal nimmt eine militärische Haltung an.

„Achtung!" ruft er, als ob es an eine Rotte unerfahrener Rekruten gerichtet sei. Alle schrecken auf. Die Jugendlichen, die lässig in verschiedenen Haltungen an der Wand lehnen, stehen kerzengerade.
„Achtung! Hoel!"
„Hier!" antwortet der Jüngling mit diesem Namen.
„Gildas!"
„Hier!"
„Alain!"
„Hier!"
„Jannick!"
„Hier!"
Alle stehen in einer Reihe wie Soldaten in Ehrerbietung ihres Vorgesetzten.
„Hört, alle von Euch, es geht Euch alle an. Achtung, während ich Meister Arfoll antworte."
Hier dreht er sich zum Schulmeister. All sein Zorn ist gewichen und seine Stimme ist ganz klar und ruhig.
„Meister Arfoll, ich will nicht behaupten, sie hätten Gotteslästerung getrieben, sie haben genug Kummer gehabt, der die Gedanken jeden Mannes umkehrt in welcher Art und Weise auch immer und sie sind ein Lehrer und sie reisen von Dorf zu Dorf und von Gehöft zu Gehöft, durch das ganze Land. So lernt ein Mann viel, aber Sie haben noch viel zu lernen. Ich habe meine Geschichte wie Sie die Ihre. Frankreich ist nicht gefallen, es ist nicht wie Rachel, von der Sie sprechen! Es ist groß! Es ist majestätisch! Wie die Mutter der Makkabäer(12)."
Der Vergleich ist glücklich gewählt, es ist ein patriotischer und religiöser. Der kleine Priester wird freundlich und schaut zu Meister Arfoll, als er sagt:
„So, das ist die Antwort mit der man gut leben kann!"
Jeder der Jünglinge lächelt. Sie verstehen nicht die Anspielung, aber es ist wie ein Duell ausgetragen und scheint entschieden.
Rohan lächelt auch, aber zuckt mit seinen Schultern in geheimer Verachtung. Der Korporal erwartet eine Erwiderung, aber nichts kommt. Meister Arfoll steht stumm, etwas blaß, aber mit einem mitleidigen Licht auf seinem traurigen und schönen Gesicht, welches mehr als Worte aussagt. Seine Augen ruhen mit einem mitleidigem Gefühl auf dem Korporal, das ein Mann für seinen Widersacher hat, der irregeführt wurde.
Der Veteran wirft sich erneut in die Brust, seine Medaille der Ehrenlegion hervorhebend. Und wieder, diesmal aber mit einem stolzen siegerhaften Lächeln, erhebt er seine Kommandostimme:
„Achtung! Hoel, Gildas, Alain und Jannick!"
Die Jungen stehen stramm, aber Jannick der jüngste und Humorist der Familie, blinzelt Rohan zu, so, als wolle er sagen, ‚Onkel geht los!'
„Dies sind meine Jungs, sie sind meines Bruders Söhne und sind die Meinen. Sie sehen Sie. Sie sind mein, mein Bruder gab sie unter meinen Schutz und

ich wurde ein Vater für sie und ihrer Schwester Marcelle. Ich nenne sie meine Söhne, sie sind alles, was ich habe in der Welt. Ich liebe sie, ich. Sie waren kleine Kinder, als ich sie nahm und wer hat sie seit dieser Stunde gefüttert? Ich . Ja, und wessen Hand hat ihnen mein Brot gegeben? Der Kaiser, der große Kaiser! Gott beschütze ihn und gib ihn den Sieg über seine Feinde!"
Als er spricht bebt seine Stimme vor Rührung, er hebt seinen Hut ehrerbietig und steht barhäuptig, das helle Licht brennt auf seinem Gesicht und dem schneeweißen Haar. Solch Vertrauen ist nicht zu begreifen, es ist ansteckend. Wie Dohlen, die zum Schreien verführt wurden, rufen die Jungen mit donnernden Stimmen:
„Es lebe der Kaiser!"
Der Veteran setzt seinen Hut wieder auf seinen Kopf und gebietet mit einer Handbewegung Ruhe.
„Der ‚Kleine Korporal' vergisst keines seiner Kinder, nein, nicht eins! Er hat sich erinnert an diese Vaterlosen, hat sie gefüttert, er hat es ermöglicht, dass sie das werden, was Sie hier sehen! Sie haben gelernt für ihn zum Abend zu beten und ihre Gebete haben sich verbunden mit den Gebeten von Millionen und diese Gebete brachten den Sieg für ihn auf der weiten Erde."
Meister Arfoll, zahm wie ein Lamm, bleibt ruhig. Eine Gelegenheit auf das wütende Feuer des Korporals zu antworten findet er unwiderstehlich. Während der Veteran pausiert, um Luft zu schöpfen, sagt der Schulmeister mit einer sanften Stimme ohne seinen Blick vom Boden zu erheben:
„Und was ist mit Ihren drei Brüdern, Korporal Derval?"
Der Hieb saß. Für einen Moment treibt dem Soldaten die Erinnerung weit weg, in ferne Landstriche, wo ohne Grabsteine auf ihren Gräbern die drei anderen Brüder schlafen, wo sie zu unterschiedlichen Zeiten fielen, zwei von ihnen im furchtbaren Schnee von Moskau. Der Veteran zittert und seine Augen blicken für einen Moment verlegen ins Haus, wo er weiß, dass dort seines Bruders Witwe sitzt. Die Mutter der anderen ist tot und diese lebt. Dann antwortet er hart:
„Ihre Seelen sind bei Gott und ihre Körper ruhen und sie starben ruhmvoll wie tapfere Männer sterben können. Ist es nicht besser so zu fallen, als den letzten Atemzug im Bett eines Feiglings auszuhauchen, zu sterben wie ein Soldat oder davonzurennen wie ein altes Weib oder ein Kind? Sie taten ihre Pflicht, Meister Arfoll – mögen wir alle es so gut machen!"
„Amen!" sagt der kleine Priester.
„Und nun", fährt der Bonapartist fort, „wenn der ‚Kleine Korporal' fern dort drüben seine Schnupftabakdose hinhielte", lässt er den Worten die Tat folgen, „und ruft ‚Korporal Derval, ich brauch noch mehr von Deinen Jungs', sie würden lächeln – Hoel, Gildas, Alain und Jannick – sie würden alle vier lächeln! Und ich, der alte Grenadier von Cismone, Arcola und Austerlitz, ich, Sie sehen es, mit meinem Rheumatismus und meinem

Holzbein, würde marschieren ihn zu treffen –rat-a-tat, rat-a-tatat schnell marschieren zu meinem Makkabäer!"

Exakt gesprochen, der Enthusiasmus der Makkabäer scheint ziemlich abgeklungen, als ein Begräbniszug, der vorüber zieht, die Unterhaltung wendet.

Hoel, Gildas und Alain rufen diesmal nicht ‚es lebe der Kaiser' und selbst der respektlose Jannick läßt seine Zunge schweigen.

Eine andere Stimme erklingt nun enthusiastisch:

„Und ich werde mit Dir marschieren, Onkel Ewen!" es ist Marcelles Stimme. Auf der Schwelle des Landhauses stehend mit ihren glänzenden Augen und ihren glühenden Wangen sieht sie wie ein wirklicher Makkabäer aus. Onkel Ewen wendet sich schnell und betrachtet sie mit Stolz.

„Du hättest auch ein Junge sein sollen!" ruft er aus, bemüht seine Gefühle, die seine Brust erfüllen und seine feuchten Augen zu verbergen, „ Du wirst eine der Makkabäer sein und das Biwakfeuer bewachen. Aber, mon Dieu, ich vergaß, ich Kohlkopf der ich bin, wir stehen noch auf der Straße, möchten Sie nicht eintreten, Pater Rolland?"

Nun stolziert er, klip, klap, zur Tür, steht dort, verbeugt sich mit einer für ihn ungewöhnlichen Höflichkeit, die aber üblich für die bretonischen Bauern ist. Der kleine Priester folgt mit einem freundlichen Nicken zu Meister Arfoll und die zwei verschwinden im Landhaus. Meister Arfoll steht mit Rohan mitten auf der Straße. Nach einem unschlüssigen Moment sagt er schnell mit ausgestreckter Hand:

„ Treffen wir uns heute Abend bei Deiner Mutter? Ich muß nun gehen!"

Ohne irgendeine Antwort abzuwarten entfernt er sich auf der schmalen Straße, die zur See führt und lässt Rohan in der Gesellschaft seiner Cousins und gigantischen Makkabäern zurück.

Kapitel VIII

Des Korporals häuslicher Herd

Den ganzen Tag ist Marcelle voller Aufregung, der neuen süßen Leiden wegen. Sie rennt wie im Traum hin und her, zu einer Musik, die nur ihre Ohren hören. Sie wird mal rot, mal blaß, ihre Hand zittert, als sie das schwarze Brot schneidet und Pfannkuchen macht. Sie spricht wenig und ist nett zu ihren Brüdern und sie hat ungewöhnliche Einfälle – ihre Mutter und den Korporal zu küssen. Ihre Mutter schaut sehr verwundert auf sie, ist aber etwas misstrauisch, was das wohl bedeute.

Heimlich Liebe ist süß, aber die erste Liebe ist süßer, sie bringt stille Sicherheit mit sich und die ersten Küsse der Liebe. Seit diesem Tag hat Rohan niemals darüber gesprochen, was die Herzen der beiden bewegt. Bis zu dieser Stunde hat er niemals mehr getan, als sie in der einfachen bretonischen Weise auf beide Wangen zu küssen. Nun hatten sich ihre Lippen getroffen, ihr Zustand war besiegelt. Das Treffen mit Meister Arfoll hat in ihr etwas niedergedrückt, aber die Wolken sind bald verzogen. Im Innern ihres Herzens zweifelt sie keinen einzigen Moment, dass Rohan ein guter Christ ist, im doppelten Sinne: erstens im Glauben an Gott, zweitens an den großen Kaiser.
Marcelles Religionsausbildung war zweifach:
Ihre Mutter, eine einfache Bauersfrau, die all die Leidenschaft für Kirchengebete noch in ihrem Herzen bewahrt, alten Aberglauben und Heiligenlegenden, welche die Revolution erfolglos mit Macht aus Frankreich zu vertilgen suchte. Sie ist eine treue Dienerin jedweder Zeremonie in der kleinen Kapelle, sie fällt auf ihre Knie und betet, wann immer sie an einem Kruzifix vorüberkommt und sie glaubt einfach an die Wundertaten aller Heiligen. Sie hat die Verehrung ihrer Klasse für die Könige und für die Priester und Vikare von Kromlaix angenommen, war niemals enthusiastischer Legitimist, aber sie verabscheute die Revolution. Sie war eine fruchtbare Frau gewesen. Ihr Ehemann, des Korporals älterer Bruder, war ein Fischer, welcher im großen Sturm 1796 starb und der Korporal, der als ein gemeiner Soldat von Italien nach Hause kam, sie mit einer großen Zahl hilfloser Kinder als Witwe fand– vom ältesten Andre, der im russischen Schnee schlief, bis zum Neugeborenen – Marcelle, nicht zu sprechen von Jannick, der die meiste Sonne, noch ungeboren, in das Witwenherz brachte. Dann und dort, mit seines Bruders Kinder, die sich an Hals und Knie klammerten und seines Bruders Witwe weinend an seiner Schulter, hat Ewen Derval einen Eid geschworen, dass er niemals heiraten würde, aber ein Vater für die Vaterlosen und ein Bruder für seines Bruders Frau. Und er hat Wort gehalten. Kämpfend in vielen langen Feldzügen, diente er seinem Herrn mit der Kraft der Vergötterung, er hat jede Versuchung vorsichtig vermieden, sein hart erstrebten Lohn zu vergeuden. Er hat manchmal wirklich geglaubt ein Mittler und harter Mann zu sein. Aber die kleine Familie wollte es nicht, aber der tapfere Mann ernährte sie, als wäre es sein eigenes Blut. Zuletzt bei Austerlitz, fiel er und verlor ein Bein, sein Dienst endete und seit dieser Stunde wurde er von seinem Herrn nicht mehr gebraucht. Das Entlassungsgeld war nicht knauserig und er konnte noch seinen Dienst an seinen Kindern tun wie er es versprochen hatte. Er dachte, er könnte noch länger dem großen Schatten folgen, der durch die Welt fegt. Abgenutzt, verwittert, holzbeinig, mit Medaillen dekoriert, das Herz voller Dankbarkeit und sein Gepäck voller Geschenke für die Kinder, so kehrte er nach Kromlaix ans Meer zurück. Und dort, ein Held, ein Wunder und ganz

ein Familienvater, wurde er trotz seines Junggesellenstandes ansässig und friedlich.

Der gute Korporal Ewen bewahrte durchaus all die Ausschweifungen und Unglauben eines militärischen Lebens, ein klarer Charakter und in einfacher Frömmigkeit der Seele, welche einfach die Charaktermerkmale der napoleonischen Veteranen ausmachen. Er hatte den Respekt vor Frauen durch die unzivilisierte Freiheit eines alten Soldaten ganz verloren und, wie wir schon sagten, glaubte er an Gott. Er ist sicher nicht was die Menschen einen guten Katholiken nennen, weil er selten oder nie zur Kirche geht und er hört die Messe nur einmal im Jahr, am Weihnachtstag zu Mitternacht. Er würde seinen alten Hut, wann immer die Angelusglocke in der Ferne erklingt, absetzen, und vermischt den Namen des Kaisers mit dem des Lieben Gottes beim Beten. Es kommen keine anrüchigen Scherze über seine Lippen. Ansonsten griff er mit der heiligen Lehre ein, mit welcher die Witwe Dervals ihre Kinder großzog, die ihnen die Liebe und Verehrung für Christus und den Heiligen anerzog und so, zur Ehre des Priesters, die Nachkommen einer gottesfürchtigen Frau ehrenwert durch das Leben gehen konnten.

Und in den langen Winternächten, wenn der Wind von der See stürmt und der Schnee draußen tief liegt, sitzen die Kinder wie eine Traube um den alten Veteran, während die Witwe in der Ecke an ihren Spinnrad sitzt und hören offenen Mundes die Geschichten des großen Mannes, der für sie von allen lebenden Männer gleich nach Gott kam. Unnötig zu sagen, dass sich die Geschichten tief ins Herz des kleinen Mädchens Marcelle einprägten. Sie ist leidenschaftlicher und ehrerbietiger, als ihre Brüder. In ihrer Kindheit hat sie gelernt, dass der Kaiser göttlich sei, sie gab ihm die Verehrung ihres Herzens, mit dem Vertrauen, das niemals erschüttert werden kann, mit einer Liebe, die niemals stirbt. Sie hörte von ihm früher, als sie von Gott wusste. Gott und er waren in ihrer Einbildung vermischt und mit jedem Gebet, welches sie sprach und jeder Traum, den sie träumte wurde der Kaiser heiliger und heiliger, in einem guten religiösem Licht.

An diesem Tag von allen ihren Tagen, vergisst sie beinahe ihr Idol im Taumel der neuen Freude. Dann und wann, wenn sie im Landhaus umherhuscht, fühlt sie sich von Rohans Armen emporgehoben und hört das Rauschen der sommerlichen See, fühlt ihr jungfräuliches, gelöstes Haar in ihr aufgewühltes Gesicht wehen. Es scheint ihr gut zu gehen und sie bewegt sich in ihrer anheimelnden bretonischen Kleidung im schwindenden Sonnenschein hin und her. Ihre hell gefärbte Frauenkleidung und ihr schneeweißes Mieder leuchten gegen die dunklen Wände im Dämmerlicht wie das Licht auf einem alten Interieur von Rembrandt. Es ist Wohn - und Speisezimmer und Küche in einem. Dort steht in allgemein üblicher Sitte der polierte Tisch mit einer aus dem Holz herausgearbeiteten Vertiefung für die Suppenterrine, mit dem Löffelgestell und dem an einem der großen schwarzen Querbalken aufgehängten Brotkorb darüber. An und auf den Querbalken hängen und stehen eine Menge Hausgeräte und Henkeltöpfe, Kerzen und Geräte, Ölkannen, Häute voll Schmalz, Zwiebelzöpfe, Sonntagsstiefel mit großen Lederriemen, einige Ziegenfelljacken und Speckseiten. In einer Ecke, nahe dem Kamin steht ein ‚lit clos' – oder wie die Schotten es nennen ein ‚press-bed', eine Art Alkoven, der bis zur getäfelten Decke reicht wie ein großer Kleiderschrank mit verschiebbaren Panelen, schwarz wie Ebenholz und mit altehrwürdiger Schnitzerei.

Auf der gegenüberliegenden Seite des Raumes ist ein weiteres schmales Bett. Ein großer schwarzer Topf steht in der Glut eines Torffeuers und auf seinem Deckel sind ebenfalls Glutstücken gestapelt. Alles ist sauber, frisch und hell mit den verschiedenen Gerüchen wie von frischem Linnen der Alkoven oder dem Hauch von der deutschen Pfeife des Veterans, die auf einem Sims des Kamins liegt. Ein Treppenhaus, mit uralten Schnitzereien und auch schwarz wie Ebenholz, führt in die obere Etage des Landhauses. Die Erdgeschossdielung ist durch die Hitze des ständig brennenden Feuers härter als Backsteine.

Sie hatten gerade ihre Malzeit mit Pfannkuchen und Milch beendet. Der Korporal humpelt davon, um einen Diskussionsfeldzug mit dem Nachbarn zu beginnen. Die Zwillinge, Hoel und Gildas lehnen sich gegen die Wand, Alain raucht an der Tür und Jannick hockt am Feuer, während die Mutter noch am Tisch sitzt und in ihrer Hausfrauentracht mit ihren großen Augen grübelnd in die Glut starrt. Dann beobachtet sie ruhig Marcelle, sie ermahnt die Jungen etwas ruhiger zu sein und Jannick, ihr Ungestümer, der Spaßmacher und ihr Jüngster, macht ihr seit zwei Jahren verschiedentlich grobe Scherze.

„Was ist mit Marcelle los?" fragt Hoel plötzlich, „sie hat seit Stunden kein Wort gesagt und starrt vor sich hin, so wie Jeanne es macht, die bei den Fo-Fouet lebt."

Marcelle errötet, sagt aber nichts.

„Vielleicht", deutet Gildas, der andere Zwilling, spaßhaft an, „hat sie den ‚Kourigaun' gesehen."

„Gott und die Heiligen seien davor!" ruft die Witwe und bekreuzigt sich schnell. Was für die Bretonen der ‚Kourigaun' ist, ist für die Schotten ‚banshee', es ist ein Geist der schlechte Nachricht verkündet und vielleicht auch jemandens Tod. Er erscheint auf einsamen Wegen.

„Unsinn!" sagt Marcelle

„Das Kind ist blaß", sagt ihre Mutter besorgt, „sie isst zu wenig und sie arbeitet zu hart, sie ruht nicht aus wie ihr anderen, eitel wie ‚Grand Seigneurs', wenn ihr nicht gerade Fischen seid. Dies ist ein volles Haus und die Hände zweier Frauen müssen hart arbeiten, um alles in guter Ordnung zu halten."

Dann tritt Stille ein und Marcelle schaut dankbar zu ihrer Mutter, die ihre geheime Verfassung erriet. Die Mutter senkt den Blick und schaut in das Feuer. Die Tochter beginnt eifrig den Tisch abzuräumen.

„Das ist alles sehr gut", sagt Jannick und streckt seine langen, noch ungestalten Glieder aus und grinst hintergründig mit seinem bartlosen Babygesicht, „das ist alles schön und gut, aber Marcelle tut ihre Hausarbeit nicht am ‚Tor von St. Gildas'."

Marcelle erstarrt und wieder versenkt sie sich in das Tischabräumen, nun ist sie blaß statt rot. Sie sieht mit keiner freundlichen Miene zu dem Sprecher, der nur mit einem respektlosen Abwinken und einer Grimasse antwortet.

Die Küche des Korporals

„Was meint der Junge?" erkundigt sich die Witwe.
„Er ist ein schalkhafter Knirps und ihm gehört etwas hinter die Ohren", sagt Marcelle mit leiser Stimme. Der große Schlaks bricht in wieherndes Lachen aus.

„Hole Deinen Herzerfreuenden und laß ihn versuchen", sagt er, „Mutter, frage sie weiter, ging sie heute ihr Leinen am ‚Tor von St. Gildas waschen? Und wenn sie ‚nein' antwortet, frage warum sie heute dort so lange verweilte."
Die Mutter schaut fragend zu Marcelle, die noch ganz beschäftigt ist.
„Warst Du heute dort, mein Kind?"
In der Antwort war kein Zögern.
„Ja, Mutter."
Marcelles große ehrliche Augen richten sich nun standhaft auf ihre Mutter.
„Es war ein langer Spaziergang. Warum gingst Du so weit, mein Kind?"
„Ich ging zur ‚Leiter von St. Triffin, an der Küste, um nach Rotalgen zu sehen, es war Ebbe und ich wollte das große ‚Tor' und das ‚Trou von Gildas' sehen. Dann kam die Flut, Mutter, und packte mich fast und ich hatte ernsthaft zu tun, um über das ‚große Tor' zurück zum Strand zu kommen."
Die Witwe schüttelt den Kopf.
„Wie konntest Du zu diesem gefährlichen Platz gelangen? Du wirst eines schönen Tages verloren gehen, wie Dein Vater. Eines Mädchens Arbeit ist zu Hause und nicht unten an der See. Ich habe in Kromlaix gelebt, als Mädchen und als Frau, seit nahezu fünfzig Jahren und ich sah niemals das ‚Tor', ausgenommen einmal vom Boot Deines Vaters aus, als er mich mitnahm, in den verruchten Tagen, um die Heilige Messe auf See zu hören."
Nun setzt sich die Hausfrau wieder an das Spinnrad, wo sie geschäftig zu spinnen beginnt. Sie ist eine der sparsamen tatkräftigen Frauen, für die Müßiggang der Tod bedeutet und die das Haus, das sie bewohnen in geschäftiger Arbeit in Schwung halten. Manchmal fast bienengleich in ihrer irregeleiteten Vergeudung von Energie.
„Ich will Dir erzählen", sagt Jannick aufstehend und seine Glieder streckend, „was wir an diesem Tag sahen, als wir vom Fischen heimkamen. Wir waren mit der Flut gedriftet bis dicht an das ‚Große Tor', näher, als man mit dem Boot segeln konnte, als Mikel Grallon, der Augen wie ein Falke hat, ausrief: ‚Schaut!' Und wir schauten alle zum ‚Tor'. Wir waren zu weit entfernt, um Gesichter zu erkennen, aber was wir sahen, war dies: ein Mann wie ein Fischer watete bis zur Hüfte im Wasser und trug ein Mädchen in seinen Armen. Die Flut war hoch und er trug sie durch das ‚Tor' und setzte sie am trockenen Ufer ab. Er wandte sein Gesicht dem Mädchen zu, es war Marcelle. Dann küsste der Mann das Mädchen und das Mädchen den Mann, dann trieben wir ab und sahen nichts mehr."
Die Zwillinge lachen und schauen auf Marcelle. Sie ist nun ganz ruhig und zuckt in charmanter Gleichgültigkeit mit ihren Schultern. Jannick, irritiert durch ihre Gelassenheit, wendet sich an seine Mutter:
„Mutter, frage sie, ob sie zum ‚Tor' allein ging!"
Bevor die Mutter die Frage gestellt hat, antwortet Marcelle selbst und schaut keck zu dem Schalk, der sie foltert.

„Nein, zu zweit gingen und kamen wir. Ich hatte Begleitung, wie Du schon erzähltest. Höre Mutter! Jannick ist ein Dummkopf und sieht Wunder, wo vernünftige Menschen nichts sehen würden. Ich fand einen Begleiter am Strand und er begleitete mich auch durch das Tor und danach, als die Flut anstieg, trug er mich wieder durch das Tor und dann – was der törichte Jannick sagte ist wahr, ich küsste ihn auf beide Wangen, als Dankeschön! Es war nur Cousin Rohan und nur durch seine Hilfe, Mutter, bin ich an diesem Tag nicht ertrunken."

Nun gibt es ein anderes Gelächter, diesmal auf Jannicks Kosten. Marcelles Streifzüge mit Rohan sind gut bekannt und Rohans Verbindung zur Familie ist so eng, dass sie nur kleine oder gar keine Kommentare hervorrufen. Nur die Mutter schaut ernst.

„Das ist nicht wahr", ruft Jannick ärgerlich, weil er die Lacher gegen sich hat, „als ich die Straße herunter kam, war Rohan mit dem Priester und Meister Arfoll auf der Straße und Du warst schon zu Hause, als ich hier ankam. Deshalb war der, der sie trug nicht größer als ich und er umarmte sie zu eng und zu oft, als daß es Rohan gewesen sein konnte."

Die Witwe unterbricht scharf:

„Wer immer es war – und die Heilige Jungfrau verbietet, dass Marcelle oder jedes andere Kind von mir, Lügen zu sagen, wer immer es war, Rohan oder ein anderer, Marcelle hatte dort nicht zu wandern. Es ist kein Platz für ein Mädchen, noch für irgendjemand, nur für wahnsinnige Geschöpfe, die ihr Leben in deren Hände geben wie Rohan Gwenfern. Deshalb weiß das ganze Land die Geschichte, die vom heiligen St. Gildas kursiert und man wendet sich ab von diesem Platz. Alle Menschen wissen, dass gottlose Geister dort bei Nacht umgehen und die Seelen der Mönche, die alle zusammen am heiligen Kreuz starben. Es ist eine gottlose Stelle und eben von Rohan selbst war es falsch, sich dorthin zu wagen."

Hier ist das Gespräch beendet. In dieser Nacht aber, als alles im Haus ganz still ist, fällt Marcelle heimlich an die Brust ihrer Mutter und erzählt ihr alles. Eigentlich wollte sie es für sich behalten, aber sie kann es innerlich nicht ertragen, die lieben fragenden Blicke, die sie mit zärtlicher mütterlicher Sorge verfolgen, zu täuschen. Die Mutter ist nicht ganz unvorbereitet, die Wahrheit zu erfahren. Es bereitet ihr sicherlich innerlich ein wenig Freude, aber Rohan Gwenfern ist nicht der Ehemann, den sie für ihre einzige Tochter ausgesucht hätte. Er ist zu exzentrisch und zu unbekümmert, ein zu sorgloser Messdiener und zu fleißiger Schüler des furchtbaren Meisters Arfoll, zu verführerisch für ihren altmodischen Geschmack. Und ganz tief im Innern neidet sie ihrer Halbschwester, solch einen Sohn zu haben. Seine körperliche Schönheit und sein zärtlicher Charakter sind ihr gut bekannt und sie kann ihn gut leiden, aber sie sieht auch seine ernüchternden Launen, sie ist ängstlich, dass es zu nichts Gutem führe.

Es würde absurd sein, zu behaupten, dass Marcelles Geständnis sie überraschte, denn Rohan seinerseits, achtet ihre Tochter mit mehr als vetterlicher Zuneigung. Zahllose heimliche Geschenke wie Spangen, gestickte Bänder, seidene Halstücher und anderes modisches Beiwerk, ließen sie so etwas ahnen.
Und wie es in den meisten solcher Fälle ist, hat sie abgewartet und niemals daran gedacht, dass die Gefahr zu einer Liebesbeziehung bestehen könnte. Und doch! Hier lag Amor vor ihren Augen, schlafend unter dem schneeweißen Tuch, das die Brust der Tochter bedeckt. Da sich Mutter und Tochter in wahrer Zuneigung verstehen, kommen sie bald beide zu einer Übereinkunft. Es wird beschlossen von Seiten der Mutter, dass gegenwärtig keine Notiz von den Ereignissen genommen wird und dass die ganze Familie, der Korporal im besonderen, in kompletter Ignoranz zu Rohans Gefühlen verbleibt, dass Rohan in alter gewohnter Weise im Haus empfangen wird, als wäre ein Teil der Familie und letztlich, dass nicht ein Wort Rohans Mutter zugetragen werden soll. Es wird von Marcelles Seite zugestanden, dass zu der geheimen Verlobung keine endgültige Antwort Rohan gegeben wird, dass Marcelle nicht wieder in seiner Begleitung so weit von zu Hause wandern soll oder in anderer Weise etwas zu tun, den Verdacht zu erwecken oder Ursache für einen Skandal zu sein, dass sie Rohan dazu bewegen soll zu verstehen, das Geständnis in einem Moment der Leidenschaft gemacht wurde, was in keiner Weise bindend sei und dass alles an der guten oder schlechten Meinung der Witwe und des Korporals liegt.
Natürlich ist die Witwe etwas geschockt. Konventionelle Schicklichkeit ist verletzt worden, weil zwei junge Menschen die Initiative ergriffen, anstatt sich selbst auf die Verfügung der Familie in der üblichen Art und Weise zu verlassen. Strenggenommen und in Übereinstimmung mit der Etikette, müsste Rohan einen Heiratsbitter zum Korporal schicken, der seinen Wunsch darlegt und seine Ansicht berichtet, es wäre dann die Sache des Korporals, die Witwe zu konsultieren und wenn die Witwe einverstanden ist, einfach zu erklären, ohne besondere Aufmerksamkeit den Wünschen des Mädchens in dieser Frage zu schenken, dass Rohan Gwenfern ihr zukünftiger Ehemann sei!
Eine vortreffliche Heirat, arrangiert von ihren Eltern, ist eine Heirat mit jemand, dessen Gesicht sie niemals gesehen hat und abzuschlagen für das Mädchen fast unmöglich ist. Wurde sie einmal abgeschlagen, dann war der Ruf des Mädchens ruiniert, eine Aussicht auf Heirat würde nahezu unmöglich, da ein Eheversprechen in Keuschheit zweifelhaft war.
Die Liebenden in unserem Fall sind Cousin und Cousine, die von klein auf an die Gesellschaft des Anderen gewöhnt sind, und das ist nicht weit von einem Skandal entfernt. Marcelle muß nun vorsichtig und Rohan verschwiegen sein. Die Witwe betet nun tief in ihrem Herzen, dass Marcelle mit der Zeit von ihrer Neigung zu Rohan Gwenfern kuriert wird.

Kapitel IX

St. Napoleon

Die Witwe Derval, die in dieser Nacht das Gesicht ihrer Tochter erblickt, als sie ausgezogen in der oberen Kammer steht, fühlt, dass ihre Gebete nahezu unnütz sind.

Die kleine Kammer hat zwei Betten an der Wand, jedes weiß wie Schnee aus den Linnen wie in den ärmsten bretonischen Landhäusern. In einem von ihnen schläft die Witwe, in dem anderen Marcelle, die sich gerade zur Ruhe fertig macht und sich mit ihrer Abendtoilette lange aufhält und mit einer Begeisterung, die sie vorher nicht kannte.

Die Dielen sind schwarz und kahl, die Wände sind ebenfalls schwarz und es befinden sich Haken daran, worauf verschiedene Sachen zum anziehen hängen. Das Hauptmöbel in dem Raum ist ein Tisch und eine Figur. Auf dem Tisch steht eine mit kleiner Flamme brennende uralte Öllampe. In einer Ecke steht eine große eichene Truhe, von der ein Duft von frischen sauberen Linnen kommt, daß mit kleinen Schächtelchen mit getrockneten Rosenblüten parfümiert ist. Nicht weit von der Truhe ist ein einfacher Spiegel, der in einem Rahmen an der Wand befestigt ist. Marcelle hat ihr Obergewand, ihre Holzschuhe und Strümpfe ausgezogen. Unschuldig wie Seide steht sie und löst ihr schönes, langes Haar und streicht es in ihren beiden zarten Händen. Als die dunklen Locken über ihre Schultern fallen, schaut sie auf ihr Antlitz im Spiegel und errötet bei ihrem Anblick mit den funkelnden Augen und den hellen Wangen.

Dann windet sie eine lange Locke um ihren Zeigefinger, betrachtet sich ruhig und in Gedanken sieht sie wieder die Szene mit Rohan. Sie fühlt die starken, sie umfassenden Arme und hört das weiche Murmeln der See und macht sich die Liebesküsse auf ihren Lippen wieder bewusst. Mit sich selbst zufrieden, lächelt sie und ihr Ebenbild antwortet ihr aus der Dunkelheit der Wand. Dann beugt sie sich näher, als sähe sie sich dann besser. Das Ebenbild beugt sich auch und wird heller, dann geht durch sie ein Impuls, dass sie nicht länger verweilen kann, drückt ihre roten Lippen auf die Lippen ihres Spiegelbildes für einen langen, weichen, schmeichelnden und liebevollen Kuß. Ein Kuß für sich selbst. Sie nimmt ihr gelöstes Haar und berührt es liebevoll, es ist solch ein Reichtum wie ihn nur wenige der bretonischen Mädchen besitzen. An nicht einer einzigen Locke konnte der fahrende Friseur etwas verdienen, sie bewahrt die Pracht unter ihrer Haube, als ein kostbares Gut und geheimen Besitz. Sie hat kein goldenes Haar, von dem unsere Poeten voll Leidenschaft so süß gesungen hatten und die helle Pracht so liebten. Marcelle liebte ihre Pracht ebenso und würde sie mit ins Grab nehmen.

Was ist göttlicher für dieses einfache Herz, als Schönheit, die es selbst entdeckt, nicht aus Selbstgefälligkeit, nicht aus Torheit oder Stolz, sondern in der stillen Freude an seinen eigenen Köstlichkeiten, welche eine süße Blume ermöglicht das zu fühlen, diese stille Begeisterung seines eigenen Lichts, welches im Dasein eines Sterns lebt. Von den zart liebkosenden Fingern, bis zu den kunstvoll und hübsch geformten Füßen ist Marcelle schön, so weich in fast perfekter Fraulichkeit geformt. Vollendet vom dunklen antiken Hals bis zu den mit weißen Grübchen besetzten Knie. Und sie weiß es, dieses bretonische Bauernmädchen, wie Helena und Aphrodite es wussten, nicht in ihrem Kopf und bewußt, sondern sie fühlt es in ihrer Brust, es regt sich in ihrem Herzen. Gleichsam wie ein Blume, die ihren Duft entfaltet, den sie in der Sommerluft aussendet. Zuletzt tadelt sie ihr Haar und steht für einen Moment unschlüssig, dann sinkt sie vor dem Sessel sanft wie ein Wasserfall auf ihre Knie, und verbirgt ihr Gesicht in ihren Händen und beginnt zu beten.

Rechts über ihren Kopf hängt an der Wand ein Karton, bemalt mit der Jungfrau Maria, die das gewickelte, in der Hand eine Lilie haltende und freundlich lächelnde Kind hält. Die Figuren sind mit Gold- und Silberflitter bedeckt und der Stengel der Lilie steckt in einem goldenen Blatt. Die Gesichter sind anmutig.

Marcelle betet:

„Im Namen des Vaters, des Sohnes und des Heiligen Geistes. Amen."

Sie dankt dem HERRN für sein Wohlwollen. Sie bittet IHN ihre Sinne zu erleuchten, ihre zu Gott oder die ihrer Nachbarn. Danach wiederholt sie die allgemeinen Bekenntnisse. Dann erhebt sie ihren Blick zu dem Bild und betet zur Heiligen Jungfrau. Plötzlich mit einer leisen, klaren und tiefen Stimme betet sie für die, die sie liebt und *den* sie liebt, für die Seele ihres toten Vaters, für den alten Korporal und ihrer geliebten Mutter, für ihre Brüder, Hoel, Gildas, Alain und Jannick. Zuletzt haucht sie mit leiser Stimme noch den Namen Rohan Gwenferns und sie zittert beim Beten:

„Segne meine Liebe zu Rohan, oh, gesegnete Jungfrau und gewähre mir Deine Gunst, dass ich niemals mehr sündige gegen Dich."

Dann hält sie inne. Ihr Gebet scheint beendet, für einen Moment ist sie verstummt. Dann nimmt sie die Hände vom Gesicht und ihre Augen schauen auf, nicht auf das Bild der Jungfrau und ihres Sohnes, sondern zu einem anderen Bild, bunt gemalt und nicht sehr groß, welches an der gleichen Wand hängt. Es ist das Bild eines Mannes in Uniform, auf einer Anhöhe stehend und mit dem Zeigefinger nach unten auf ein rotes Licht zeigend, welches von einer brennenden Stadt zu kommen scheint. Sein Gesicht ist weiß wie Marmor und zu seinen Füssen ducken sich Hunde, die darauf warten losgelassen zu werden, ihre Köpfe auf dem Boden gelegt. Desweiteren verschiedene grauhaarige Grenadiere, schnurrbärtige und vollbärtige mit blutunterlaufenen Augen und jeder mit seinem Seitengewehr ausgerüs-

tet. Das Bild ist grob und furchtbar gewöhnlich, aber majestätisch. Es ist eine glühende Darstellung einer Sache, die einmal mehr die kunstvolle Verarbeitung der Verderblichkeit hat.
Nicht mit einer geringen frommen Liebe und nicht mit einer geringen Verehrung betrachtet Marcelle dieses Bild. Ihre Blicke verbleiben gütig auf ihm, ihre Lippen bewegen sich, als wolle sie es küssen, dann fällt ihr Gesicht wieder wie vorher in ihre Hände, aber in größerer Geistesgegenwart.
Sie betet erneut und währenddessen schaut sie auf über ihrem Bett, auf das sie sich nun gelegt hat, das aufgehängte Gewehr und das Bajonett und darüber, auf einem hohen Bord liegend, sauber und sorgsam gebürstet und zusammengelegt einen alten Tornister, Rucksack, Kartuschenkiste, Tschako und einen Mantel. Diese Dinge sind heilig und wurden vom Korporal in manchem Krieg getragen. Er mag es nicht wie viele andere Veteranen, sie malerisch über dem Kamin zu präsentieren, er mag es lieber in der Reinheit einer Jungfernkammer. Erneut kniet sie nieder: „Und zuletzt, oh barmherziger Gott und dem Willen Jesu, Deinem Sohn und unserer Heiligen Mutter und allen Heiligen, schütze den guten Kaiser und gib ihm den Sieg über seine Feinde und werfe die Gottlosen, die ihn und sein Volk vernichten wollen, nieder und segne seine Gefallenen, dass sie den Segen erhalten, den Du uns gegeben hast. Amen. Amen!"
Und so ist er der Letzte und vielleicht nicht der Schlechteste der Heiligen, St. Napoleon, der leidenschaftslos nach unten deutet, während das Mädchen sich erhebt. Die Leidenschaftlichkeit ihres Gebets treibt ihr Tränen in die Augen. Bald hat sie sich entkleidet, die Lampe ausgeblasen und kriecht ins Bett. Schon bald danach ist sie eingeschlafen. Während das alte Bajonett, welches das Blut so mancher menschlichen Kreatur getrunken hatte, seinen Platz über ihren Kopf beibehält, werden die Gestalten der Jungfrau und des St. Napoleon Seite an Seite sie in der Nacht bewachen.

Kapitel X

Am Wasserfall

„Sprich leise, es sind die ‚Kannerez-noz'(10), die singen, duck Dich, versteck Dich, damit die ‚Kannerez-noz' uns nicht entdecken. Für ihn waschen sie ihr blutiges Linnen weiß wie Schnee und ihre Augen schauen hierher und sie singen zusammen kein irdisches Lied. Heilige Jungfrau, beschütze uns, Sohn Gottes, beschirme uns! Amen! Amen!"
Diese einfachen Worte eines alten keltischen Gebets murmelt der Wanderer, als er sich in der Nacht auf dem einsamen Weg befindet und mit furchtsamen Augen hierhin und dorthin späht. Er sieht geisterhafte Schatten seinen

Pfad bestürmen bis sein Herz hüpft, als er seitlich nicht weit ein Licht im Fenster eines Landhauses sieht. Gut, mag er die Angst der furchtsamen Waschfrauen in der Nacht haben, für sie gibt es keine Zauberphantasien in der Vorstellung eines hellen, sonnigen Platzes, aber geisterhaft, einsam und furchtbar in Dunkelheit und Tod. Verurteilt ist jener, der auf diese Weise ihn in der Einsamkeit der Nacht erblickt. Es ist *seine* Leiche, die er mit Knochenfingern wäscht und es ist sein Waschlappen, den er auf dem sternklaren Rasen neben dem Bach zum trocknen ausbreitet und es ist *sein* Grabgesang, den er singt, wenn er sich über den glimmenden Strom im schattenhaften Wald oder am einsamen Strand beugt.

Nacht für Nacht sind die ‚Kannerez-noz' geschäftig, ihre Arbeit ist nie zuende, für die lange Linie des Todes, die niemals aufhört. Manchmal in dem heimgesuchten Wald, öfter unter den schattigen Klippen, wäscht er und martert.

Und der Fischer durch seine Geschicklichkeit bei Nacht sieht ihn desöfteren in einem Rollwagen den großen Ankerplatz mit seiner Salzladung überqueren. Hier unten in Kromlaix – und gerade hier – wo die meisten Menschen sehr alt sterben, wenden sie ihr Gewerbe der verfluchten Zwangsaushebung an.

Unter dem Schatten des Menhirs, wo die Strömung dicht am ‚Tor von St. Gildas' vorbeiführt, haben Dutzende von kromlaixer Männern dieses Klippenteil offen gesehen, welches ein Geisterdorf enthüllte mit einer Silberkirche in der Mitte von wo aus die ‚Angelosglocke' läutete, einen Friedhof, hell mit silbernen Gräbern, ein Kalvarienberg(7), wo die Figuren nicht aus Stein waren, sondern weiße Skelette und weiter entfernt Häuser, die mit Silber gedeckt sind, mit rotem Fensterglas und mit Schatten, die sich im Innern bewegen. Im Geisterdorf liegt weißes Linnen wie Schnee verstreut und man sah – oh, Gott, mit lebenden Augen – ‚Kannerez-noz' dicht am Ufer geduckt gehen und man hörte sie mit ihrer furchtbaren Stimme den Grabgesang des Todes singen. Es war vergeblich Jesus und die Heilige Jungfrau und alle Heiligen anzurufen. Sicher ist, dass das Leichentuch eines Mannes gewebt war und die einzige Unsicherheit bestand darin, ob er auf dem Festland oder draußen auf hoher See sterben wird.

Unweit Mutter Gwenferns Landhaus stehen Rohan und Meister Arfoll abseits im Schatten der Klippe, schauen hinunter zum Strand, betrachten still die echte Szene auf welcher der Aberglaube basiert, sehen die Waschfrauen bei Nacht. Es ist eine stille Nacht mit etwas Wind. Der Mond wird durch langsam vorüberziehende Wolken hin und wieder verdunkelt und es sind wenige Sterne zu sehen. Und unten am Strand, murmelnd und wringend, sind die Schattengestalten zu sehen, die sich über die versteckten Wasserlachen beugen und um sie herum ist weißer Glanz wie Leinentücher. Hier und dort schimmern Laternen vom Meeresgrund oder bewegen sich

hierhin und dorthin von unsichtbarer Hand. Hinter diesen marmornen Gruppen mit blinkenden Lichtern liegt Kromlaix, das Mondlicht schimmert auf seinen Dächern, die rötlichen Lichter glimmen in seinen Fenstern – ähnlich einem Geisterdorf in einem Halbtraum.
Es ist ruhiges Niedrigwasser. Die Wasserfontainen stürzen von weit oben von dem versteckten Fluß herunter, und die Frauen und Mädchen von Kromlaix versammeln sich hier, um ihr Leinen zu waschen oder um in irdenen Krügen Wasser zu holen, während sie über das Neueste schwätzen. Bei Niedrigwasser, ob bei Tag oder Nacht, versammelt sich Alt und Jung, und so ist der Wasserfall natürlicherweise das Zentrum und Ausgangspunkt der Skandale und Gerüchte in dieser Gegend. Die Phantasie über die Kannerez kommt Meister Arfoll in den Sinn, als er die entfernte geschäftige Szenerie betrachtet.
„Es ist so, dieser Aberglaube bringt Geschichten hervor, braucht es da viel Phantasie, dass die Kannerez-noz vor Dir sind, ihre weißen Leichentücher im klaren Wasser waschen? Die Kannerez! Nicht die
schönen Mädchen wie Deine Cousine Marcelle, die mit ihren weißen Füßen im warmen Sand trippelt!"
„Trotzdem, Meister Arfoll", erwidert Rohan lachend, „es sind sehr viele dort, die würden als Kannerez passen, auch am hellen Tag. Zum Beispiel die alte Mutter Barbaik."
Meister Arfoll lacht nicht, sieht ihn mit seinen traurigen Augen an und sagt:
„Arme Frau! Arme alte Mutter mit ihren erschöpften Gliedern und ihrem gebrochenem Herzen und dass bald noch mehr brechen wird! Ach, Rohan, es ist eine schöne Sache jung zu sein und stark und schön wie Marcelle, aber es ist eine schlimme Sache alt zu werden und verachtet wie Mutter Barbaik von der Du sprachst. Hat sie nicht einen Sohn?"
„Ja."
„Einen einzigen Sohn?"
„Ja, Jannick – vom Sehen kennen Sie ihn, Meister Arfoll, er läuft lahm und hat einen großen Buckel auf einer Schulter und zwei Finger
seiner rechten Hand sind ihm niemals gewachsen!"
„Gott war sehr gut zu ihm gewesen!" sagt Meister Arfoll schnell.
„Gut? – Meister Arfoll!"
„Ja, zu ihm und zu seiner armen alten Mutter. Besser, Rohan, in diesen Tagen hinkend und lahm geboren zu sein oder taub und blind, als zu männlicher Stärke gewachsen zu sein. Glücklicher Jannick! Er wird niemals in den Krieg ziehen müssen! Mutter Barbaik kann ihr Kind behalten!"
Nun entsteht eine lange Pause. Beide Männer beobachten den Wasserfall und die See mit unterschiedlichen Empfindungen. Das Herz des Wanderschulmeisters ist voller furchtbarer Ruhe des Mitleids und der Selbstlosigkeit, Rohans Herz ist durch die stürmische Leidenschaft bewegt. Letztlich

spricht Rohan. Er scheint nach einer langen Reihe von Überlegungen zu Schlussfolgerungen gekommen zu sein und eröffnet ein neues Thema:

the fountain

„Nach allem, mein Name wird auf der Liste stehen!"
„Kein Zweifel."
„Und meine Nummer wird gezogen?"
„Vielleicht – aber Gott verhüte!"
Rohan wendet sein Gesicht völlig seinem Begleiter und lacht etwas wild, es ist ein Lachen ohne Freude darin, nur Verzweiflung.
„Gott verhüte? – Ich bin krank beim Hören Gottes Name in dem Zusammenhang!"
„Niemals ist man krank Gottes Name zu hören", sagt Meister Arfoll freundlich.

„Gott verhüte? Was verhütet Gott? Grausamkeit, Menschenschlächterei, Schlachten, Hunger, Krankheit? Nichts von dem! ER sitzt in Ruhe, wenn ER überall ist, übergibt er die Welt den Teufeln. Oh, Meister Arfoll, Sie wissen es! Sie haben es gesehen! Und Sie haben noch Vertrauen?"
Rohan lacht erneut, beinahe verächtlich. Als er so turmhoch aufragend neben der zerbrechlichen Gestalt Meister Arfolls steht, scheint er mit seinem blonden Haar und der Löwenmähne wie ein mächtiger Riese des Nordens.
„Ich habe Vertrauen", antwortet Meister Arfoll und sein Gesicht scheint schön im Mondlicht, „ich habe Vertrauen und ich denke, ich werde es behalten bis ich sterbe. Du hast nur einen kleinen Teil der Welt gesehen. Ich habe mehr gesehen. Du hast nichts ertragen. Ich habe alles verloren. Und ich sage Dir nun noch, mein Sohn, was ich sagen würde in Deiner Verzweiflung: Gott verhütet, dass ich an meinem Gott zweifle. Und merke Dir noch: ER erträgt diese Dinge. Es ist so, weil die Menschen in diesen Dingen unwissend bleiben. Wenn das Wissen der Menschen wächst, werden diese Dinge aufhören. Gott machte die Welt schön und Gott ist Freude, die Sündhaften sind unglücklich wie Du siehst und sie kennen Gott nicht."
„Wer kennt ihn dann? – Nur die, die weinen?"
„Die, die ihm helfen, Rohan."
„Wie?"
„Durch die Verwirklichung seines Gesetzes der Liebe, durch die Liebe zu allen Dingen, durch das Ertragen aller Dinge. Aber halt, mein Rohan, vielleicht ist mein Gott nicht Deiner. Meiner ist nicht der Gott des Priesters, noch der Gott Onkel Ewens, noch der Herrgott der Schlachten. ER ist die Stimme in meinem eigenen Herzen, die dem Schreien rund um mich antwortet, dort ist keine Hoffnung! Verzweiflung! Verzweiflung!"
Rohan beugt sein Haupt, aber nicht aus Respektlosigkeit. Er ist ein fähiger Schüler und er verehrt seinen Meister, aber der Geist des Zorns ist noch stark in ihm und seine Blicke sind ärgerlich. Das Blut der Gwenferns ist feurig. Die natürliche Leidenschaft und der Stolz ist bei den Menschen dieser Kultur im hohen Maße edel und unterworfen, und hier sind die Grundlagen, es bedarf nur irgendeiner unerträglichen Beleidigung oder Schmach, ihn wieder in die ursprüngliche Wut des ersten Menschen zu bringen.
„Lassen Sie mich noch einmal von der Zwangsaushebung sprechen, Meister Arfoll", sagt er mit einer Stimme, die vor Erschütterung zittert:
„Nun ist sie wiedergekommen und der Kaiser sagt zu irgendeinem Mann, folge mir! Sagen Sie mir – ist das der Wille Gottes?"
„Ist er nicht!"
„Und ein Mann, der sich das Recht nimmt dem Kaiser zu antworten: Nein, ich werde nicht folgen, denn Deine Führung ist verflucht!"
„Es gibt kein Entkommen – der Gerufene muß gehen!"
„Aber antworten Sie, würde dieser Mann gerechtfertigt sein?"

„Vor Gott wird er."
Rohan Gwenfern streckt seine Hände in die Luft.
„Dann, Sie werden sich erinnern, wann immer dieser Ruf zu mir kommen sollte, wann immer sich die blutige Hand auf meine Schulter legt und die blutigen Finger mir nach vorn zeigen, dann, und das schwöre ich jetzt, werde ich Widerstand leisten bis zum letzten Tropfen meines Blutes und mit der letzten Faser meines Fleisches, selbst wenn die ganze Welt gegen mich sein wird, sogar, was ich am meisten liebe, werde ich standhaft sein, selbst wenn der Kaiser selbst mich auffordert, ich werde ihn herausfordern. Sie mögen mich umbringen, aber sie können mich nicht zum Töten zwingen. Meister Arfoll, wenn die Zeit kommt, erinnern Sie sich an alles!"
Die Worte sprudelten wie ein Sturzbach hervor. Hätte man das Gesicht des Sprechers gesehen, es würde blutlos erschienen sein – die Lippen zusammengepresst, der Blick fest, der gesamte Ausdruck in der weißen Hitze eines leidenschaftlichen Entschlusses. Nahezu unwillkürlich bekreuzigte er sich selbst, eine Geste, der er selten folgte, aber welche er nun in der Heftigkeit seines Gefühls übernahm, als ob er Gott für seinen Schwur als Zeugen anruft. Das sieht Meister Arfoll. Die Worte scheinen wild und im Fieber gesprochen und er hatte solche rasenden Worte schon vorher gehört, aber das Ende war immer dasselbe gewesen – verzweiflungsvoller Gehorsam in ein unvermeidliches Geschick.
Einige Minuten später geben sich die Männer die Hand und Meister Arfoll geht seinen Weg durch die Klippen.
‚Gott verhüte es wirklich', denkt er, ‚dass das Los nicht auf ihn fällt! Er ist noch ein unschuldiges Lamm, er kennt nur grüne Felder und den Atem des Friedens. Ich sehe seinen ungestümen Geist in ihm – das erste Blut einer Schlacht wird ihn in ein wildes Tier verwandeln!'

Während des Dialogs ist die Szene am Wasserfall in ihrer wachsenden Lebhaftigkeit fortgeschritten. Näher betrachtet, verliert sie viel von ihrem geheimnisvollen Zauber und wird zu einem lebendigen menschlichen Bild.
In der Mitte zwischen der Ebbe- und Flutmarkierung schimmern zahlreiche Tümpel und die Frauen schöpfen das frische Wasser aus diesen Löchern. Rund um die Tümpel, auf Brettern kniend und quer auf den Booten und manchmal eben auf einer Schindel mit ihren nackten unbedeckten Knien sind geschäftige Gruppen von Frauen und Mädchen mit ihren weißen Hauben, waschend und ihr Linnen mit Schlaghölzern schlagend, lachend und fröhlich plaudernd, kreuzfidel wie eine schwesterliche Krähenschar, welche der Mond in ihren Baumwipfeln aufgeweckt hatte. Der Strand glänzt noch in der Ebbe, bestreut mit verfilzten Schilf und schimmernden Quallen. Die Luft ist warm und gewürzt mit dem Geruch des Ozeans und jeder Luftzug trägt die Nachteulen vom Inland und die großen Mücken zum sandigen Platz der Leute. In Abständen kommt von der dunklen See der

Schrei irgendeiner von der Nacht überraschten einsamen Möwe. Eine große kurzsichtige weiße Eule fliegt ungeschickt zwischen den zerklüfteten Felsen und dem Wasserfall äußerst aufgeschreckt umher und verschwindet im Dunkel, jenseits des Kliffs. Einzelne Tümpel sind dem häuslichen Gebrauch vorbehalten und an diesen sind junge Mädchen und Kinder mit irdenen Krügen und hölzernen Eimern, manche stehen zusammen, andere kommen und gehen. Zwischen den Verweilenden steht Marcelle, auf dem Kopf ihren Krug balancierend, ihr Blick geht zu den Gruppen der Frauen, die nah bei ihr im Mondlicht stehen und sich unterhalten. Sie hat keinen guten Stand in der Versammlung, in den Augen der Frauen sind es zwei Hindernisse: erstens ihre Schönheit und zweitens die Verbindung zu dem alten Korporal. In der Regel ist die Szenerie von außergewöhnlicher Lebendigkeit und Fröhlichkeit. Jede Art von öffentlichem oder privatem Interesse wird dort diskutiert und analysiert. Persönlichkeiten werden mit den Eigenheiten der Zungen geschlagen, härter als mit hölzernen Schlägeln ihrer Eigentümer, die Schwächen der Freunde und Nachbarn werden nach außen gekehrt und gut geschrubbt, inmitten einer blinden Schar von Schwätzern. Nicht einmal in der Frauenversammlung in dem großen Stück von Aristophanes war unablässigeres Geschnatter. Die losen Scherze nehmen hier ihren Platz in Anspruch, so wie bei Beranger(13). Außerdem sind dort sittsame, ehrbare Ehefrauen, demütig wie Mäuse vor ihren Ehemännern, gottesfürchtig, liebevoll, gütig. Sie schwatzen nur zusammen über die Geheimnisse ihres Frauenstandes, obgleich sie manchmal grob lachen, aber ohne zu verletzen. Und die jüngere Weiblichkeit, die zusammen steht und ihre Liebesaffären, mit viel Kichern und Flüstern, aber ohne Ungezogenheiten bespricht. Es sind liebliche Mädchen unter ihnen, aber keine so wie Marcelle. Marcelle ist vornehm wie ein ‚grande dame' und niemals lässt sie sich zu einer Torheit herab, deshalb wird sie als hochmütig angesehen, nicht alle lieben sie, die einen mehr, die anderen weniger.
So steht sie lange im Mondlicht, schön und glücklich wie Marguerite bevor sie das Lied ‚Meine Ruh' ist hin, mein Herz ist schwer' lernte.
Manchmal geht es im Geschwätz der älteren Frauen um sie und sie hört eine Weile nicht hin. Diese Nacht ist lachend, schwatzend und singend genug und dies wird dann und wann durch nachdenkliche Stille unterbrochen, die zeitweise von leisem und besorgtem Flüstern gestört wird.
„Oh, mein Gott! Es ist alles wahr genug, kleine Joan, dass irgendeine von uns, unser aller Schmerz erfahren wird!" ruft eine der Frauen.
„Es wird für Kromlaix ein schlimmer Tag sein", sagt eine andere und schaut vom Tümpel auf, über dem sie lehnt, „unser Piarik wurde das letzte Mal genommen und er ist bis jetzt noch nicht zurückgekommen."
„Oh, aber er lebt!" sagt die erste Sprecherin, „ja, er lebt!"
„Es ist unser Haus, das das Glück hatte", schreit eine besorgte Große mit grauem Haar, deren braune Arme geschäftig im gleichen Tümpel hantieren,

„mein Jannick und mein Gillarm sind gegangen, ohne den Segen eines Priesters zu erhalten oder einen Freund zum Gebet für ihre Seelen zu Gott!"
Sie tut einen tiefen Seufzer, während ihr Gesicht sich im Schmerz verzieht, aber sie hat ein großes menschliches Herz, welches ihr eher brechen würde, als dass man Tränen rinnen sähe.
„Nein, etwas ist nicht wahr",sagt das Mädchen, das sie Joan nennen, ein kleines, aber erwachsenes Mädchen, welches etwas lahm läuft, „aber die Zeit ist nicht reif und manche sagen der Kaiser selbst weiß nicht einmal seine Pläne. Es mag in einem Jahr oder in zwei Jahren sein, niemand kann es sagen, Pater Rolland erzählte der Mutter heute, als sie so besorgt um Hoel und Leon war, dass die Listen nicht so viele beinhalten. Die Männer sollen nicht für lange fort, sie sollen friedlich sein."
„Man kann nicht verstehen, warum der Kaiser keinen Frieden macht. Ist er nicht der Befehlshaber? Wenn man Befehlshaber ist wie er, ist es leicht doch Frieden zu machen."
Die große Frau, die vorher sprach, gibt einen wütenden Lacher von sich.
„Der Kaiser!- sagt der Teufel und alles ist gesagt, als ob der Teufel Frieden macht!"
Das ist mehr, als Marcelle hören kann.
„Still, Yvonne Penvenn, Du hast nicht das Recht solche Dinge zu sagen und für Deine Söhne ist es besser sie sind dort, wo sie gebraucht werden, kämpfend und fluchend auf der Bühne."
Yvonne hob ihr verhärmtes Gesicht und starrt auf die Sprecherin, aber Marcelle ließ sich nicht entmutigen.
„Du weißt gut, dass das was ich sagte wahr ist und der liebe Gott weiß, ich habe Mitleid mit Dir, aber Du solltest so etwas nicht sagen! Es sind die Engländer, die dem Kaiser verwehren Frieden zu machen."
Alle wurden aufmerksam, Marcelle sprach als jemand, der Autorität besitzt.
„Mein Onkel Ewen sagt, der Kaiser wäre froh einzuhalten, aber die Engländer hätten alle Könige mit ihrem Gold gekauft und wollen ihn nicht dulden. Hast Du den Mann gesehen, der einen Schwarm Wespen um sich hatte und zum Markt ging und die Dünen von Traonili überquerte? So ist es auch hier. Sie können nicht den großen Kaiser verletzen, diese preußischen und englischen Wespen. Aber sie können ihm Ärger bereiten – sie können ihn davon abhalten Frieden zu schließen!"
Ein allgemeines Gemurmel der Stimmen ist die Antwort. Irgendjemand ist mit Marcelle einverstanden, viele sind anderer Meinung – jeder spricht gemäß seiner Interessen in dem Spiel.
„Aber warum ist dann der Sergeant in solcher Eile bei der Aufstellung der Liste? Geht es darum, nicht alle zu ziehen – oder nur für sechs Monate oder eine Jahr – warum sollte er solch eine Eile haben, die Namen zu bekommen? Ich für meinen Teil, verstehe das alles – der Kaiser hat einen neuen Plan in seinem Kopf und wir sollen noch vor der Ernte davon hören."

Ein allgemeiner Seufzer folgt dieser unpopulären Prophezeihung. Als die Sprecherin geendet hat, kommt eine fast doppelt so alte kleine Frau in die Gruppe gehumpelt, in der einen Hand einen Gehstock, in der anderen einen Stab mit einem Gefäß, das sie auf einer Schindel niedersetzt und sie ringt nach Atem, sie nimmt den Stock in beide Hände und stützt ihr Kinn auf ihren Handgelenken ab. Sie begutachtet mit ihren schwarzen Augen die Sprecherin. In der Zwischenzeit antwortet das junge Mädchen, welches sie Joan nennen:

„Komme, was da wolle", sagt sie salbungsvoll, „es gibt letztlich diesen Trost, dass der Kaiser das alles nicht will. Jeder Mann hat seine Chance und die Lose sind in Gottes Hand, das ist es."

„Und manche können eine Kerze für die Garde in Notre Dame anzünden", sagt eine andere, „da ist noch Hoffnung, aber den Kaiser zu tadeln ist nicht fair."

Die das sagt ist eine junge Mutter und all ihre Kinder sind kleine Grünschnäbel, welche spät die Geborgenheit ihrer umschließenden Arme verlassen hatten. So, um was sorgt sie sich? Ihr Ehemann ist an den Dorschbänken in Neufundland fischen und so ist ihre Familie gesichert.

„Ich schreie, wenn unser armer Antonin stirbt und wie ein Blatt im Wind fällt", sagt ein Mädchen, das noch nichts gesagt hatte und die den Krug, der zuletzt gekommenen alten Frau füllt, „aber jetzt sorge ich mich nicht, ob Gott ihn nimmt oder die Zwangsaushebung."

Ein ergreifendes Gemurmel antwortet ihr. Die alte Frau steht unbewegt auf ihrem Stock gelehnt, als ob sie fasziniert ist.

„Wir für unseren Teil sind sicher", ruft Joan, „ich habe nur einen Bruder und der Kaiser nimmt nicht den einzigen Sohn."

Marcelle, die sich langsam zurückziehen will, wendet sich heftig bei dieser Aussage um:

„Es ist eine gute Sache", schreit sie mit einem verächtlichen Lacher, „drei erwachsenen Brüder zu verlieren und keiner von ihnen war ein Feigling. Einer aus meiner Familie wird letztlich auf den Kaiser schauen. Würde ich ein Mann sein, ich würde gehen."

Ein oder zwei Mädchen echoten diese Aussage: Es ist so leicht couragiert zu sein, wenn man selbst nicht in Gefahr ist.

„Aber was den einzigen Sohn betrifft", fährt sie fort, „der Kaiser hat jetzt anders entschieden. Jeder starke Mann bekommt seine Chance, alle werden nach dem Willen des Kaisers gehen müssen, ausgenommen die Blinden und die armen Idioten. Was dann? *Es lebe der Kaiser!*"

Nicht eine Stimme antwortet ihr, die Frauen begutachten es in grimmiger Stille und machen Zeichen untereinander. Nur die kraftlose alte Frau, die sich auf ihren Stock stützt, wehklagt gänzlich leise, humpelt hinüber zu Marcelle und ergreift ihren Arm:

„Das ist falsch, Marcelle Derval!"

„Was ist falsch, Mutter Goron?"
„Daß der einzige Sohn gezogen wird. Das ist, was der Sergeant sagt, aber es ist falsch."
„Du hast recht, Mutter Goron", murmeln verschiedene Stimmen zustimmend und ärgerliche Gesichter drängen sich um Marcelle. Die alte Frau zittert wie Espenlaub und ihre dünne Stimme piepst verzweifelt:
„Ach, Gott, es kann nicht wahr sein. Der Sergeant sagt, dass niemand befreit wird – nicht einer von allen, aber das kann nicht wahr sein! Ich sprach mit dem Sergeanten und er sagte der Kaiser braucht Männer – tausende, millionen - jetzt. Es ist den Deutschen an die Gurgel zu gehen, so sieht es aus! Aber der Kaiser soll meinen Jungen nicht bekommen. Ich hatte gebetet, dass der Kaiser siegen möge, während er mir meinen Jungen lässt. Ich sagte, ich *hatte* gebetet für den Kaiser jede Nacht. Die anderen sind tot und sie starben jung – und ich habe nur noch Jan."
Marcelle ist gerührt und legt ihre Hand langsam auf die der alten Frau.
„Weine nicht, Mutter Goron!" sagt sie, „der Sergeant weiß das alles auch, dass Du niemand hast außer Jan. Er wird ihn nicht in die Liste schreiben und wenn er auf der Liste steht, wird er es nicht dulden, dass er geht."
„Mein Fluch über all dem!" schreit die alte Frau wütend.
„Mein Jan ist groß und stark und sie nahmen immer die starken und großen. Ach sie sind arglistig, sie betrügen beim Ziehen und tun das Beste. Und der Kaiser macht sie wieder fertig. Aber sie sollen nicht meinen Jan haben!"
Mit einem mitleidigen Blick geht Marcelle weg, geht langsam zum Strand hinunter, der im Mondschein liegt, der nun heller scheint und sich wie Silber auf den Sand und die See legt. Als sie die Schatten des Dorfes erreicht, trifft sie eine dunkle Gestalt und eine leise Stimme flüstert ihren Namen:
„Marcelle!"
„Rohan!"
Sie küssen sich still im Mondlicht und dann hebt Rohan seine Hand, um den Wasserkrug zu tragen.
„Laß ihn mich tragen, er ist schwer!"
„Nein, er ist ganz leicht!"
Er besteht darauf, aber sie will es nicht dulden, dass er ihre Bürde nimmt, so folgt er ihr so.
„Du warst spät beim Wasserfall. Marcelle, die Gezeiten haben gewechselt."
„Ja."
Das ist alles, was sie sagen, bis sie in die Nähe der Tür des Korporals sind. Rohan ist außergewöhnlich schwermütig und schweigsam, aber bei Marcelle ist eine köstliche Freude in seiner stillen Begleitung.
„Willst Du nicht hereinkommen?" fragt sie und stellt den Krug ab. Die Straße ist leer und sie sind ganz allein.
„Nicht heute", antwortet Rohan.

Sie halten sich bei der Hand und sie beugt sich zu seinem Gesicht. Plötzlich fährt sie lachend zurück und sagt:
„Nach allem, dann ist die Nachricht wahr!"
„Welche Nachricht?" fragt er und küsst sie.
„Es wird noch mehr Krieg geben. Der Kaiser ist versessen auf die Deutschen."
Es ist, als ob die Lippen eines Leichnams ihn berühren, er weicht zurück und erschauert!
„Was ist los?" fragt sie weich.
„Es ist nichts, nur die Nacht ist kalt. Und so soll nun noch mehr Krieg sein? Das ist eine alte Nachricht, sie überrascht nicht."
Er versucht seine Emotionen zu unterdrücken, die ihn fast überwältigen, seine Stimme zittert aber nicht. Plötzlich und absolut das erste Mal geht dem Mädchen ein Licht auf, sie schaut in sein Gesicht, dass dieser Mann, ihr Liebster, mit den anderen gerufen werden könnte. Ein stechender Schmerz geht durch ihr Herz.
„Ach, Rohan", sagt sie, „ich habe vergessen, was ich niemals angenommen hätte: die einzigen Söhne werden auch gezogen!"
Rohan lacht. Das Lachen hat eine große Wut in sich, welche Marcelle in ihren Empfindungen kaum bemerkt.
„Was dann?" fragt er.
Das Mädchen lässt den Kopf hängen, noch mit ihren Händen in den seinen sagt sie leise:
„Und Du!"
Es folgte eine Pause. Rohan erschauert und antwortet nicht. Plötzlich kommt das Mädchen ganz dicht an ihn heran und legt ihre Arme um seinen Nacken, so dass er ihren Herzschlag gegen den seinen fühlen kann, küsst ihn aus eigenem Antrieb leidenschaftlich auf die Lippen.
„Mein Rohan, mein tapferer Rohan! Es ist wahr, Dein Name ist darunter und möglicherweise wirst Du gezogen und wenn es so ist, musst Du mich verlassen – Du musst weggehen und dem großen Kaiser dienen und für Frankreich kämpfen. Ich werde nichts Falsches sagen – ich bete, dass Du nicht gehen musst. Aber wenn Du gehst, werde ich nicht weinen. Ich werde tapfer sein. Es ist hart, sich den Geliebten mit jemandem zu teilen, ach ja, es ist hart, aber es ist für den Willen des großen Kaisers und was würden wir nicht dafür tun? Wenn es sein und Gottes Wille ist, werde ich nicht traurig sein. Nein, denn ich werde stolz sein!"
Sie fährt sich mit den Händen über die von Tränen feuchten Augen.
In dem Moment ruft eine Stimme von des Korporals Schwelle laut:
„Marcelle!"
Schnell küsst sie ihren Geliebten noch einmal, nimmt ihren Krug auf und entfernt sich schnell, lässt Rohan im Schatten der Straße still zurück. Er hatte ihr weder geantwortet, noch hatte er sie unterbrochen, er war zu überrascht

und zu krank im Herzen. Ihr schneller Kuß schien ihm furchtbar. Nun ahnt er, wie sich ihr Fühlen voneinander entfernt hatte, wie verschieden ihre Seelen beten wie sie verschiedene Götter verehren. Und trotz allem steigt seine Liebe Welle für Welle in ihm hoch, immer stärker, bis zu einem leidenschaftlichen Exzess und dem neuen Schrecken, der ihn verfolgt, er scheint als Mann verrückt zu werden. Dennoch läuft er noch Stunden im Mondschein durch die Nacht. Manchmal das geliebte Gesicht wieder heraufbeschwörend und von der Leidenschaft sich umarmt fühlend, manchmal schaudernd, wenn er sich an all die Blindgläubigkeit und Verehrung des Herzens erinnert, welches mehr als einmal gegen sein eigenes gepresst wurde. Mehr als einmal streckt er mit einem stummen Schrei seine Hände zu Himmel:
„Ich habe es geschworen, oh mein Gott! *Niemals, niemals!*"

Kapitel XI

Der rote Engel

„Ich werde diese Nacht durch das Land Ägypten gehen und werde töten alle Erstgeborenen bei Menschen und Tieren und gegen alle Götter Ägyptens werde ich verrichten das Urteil: Ich bin der HERR! Und das Blut wird sein für ein Zeichen über den Häusern wo mein Volk ist."
So flüsterte Jehovah in die Ohren Moses und Aaron vor langer Zeit in Ägypten und die Osterlämmer wurden getötet und der Engel des HERRN bewegte sich über den Häusern wo das Blut als Zeichen gesetzt wurde und die Auserwählten des HERRN wurden geschont und alle Heerscharen des HERRN gingen aus dem Ägyptenland.
So war es vor langer Zeit in Ägypten und es war sicherlich letztlich für die, die der HERR liebt. So war es nicht in Frankreich zu Beginn dieses Jahrhunderts, Gott war still, weit entfernt und es gab keinen Moses oder Aaron, ihre Lieben aus dem verruchten Land zu führen. Und anstatt Gottes Osterlamm und das Blut des Lamms war über den Häusern der Menschen eine große Finsternis und tatsächlich Blut über den Häusern, aber nicht das der Lämmer. Nahezu auf jeder Schwelle dort zeigt sich ein rotes Zeichen, nicht Gottes Zeichen, sondern Kains, ein Zeichen, nicht der Rettung, sondern des Verderbens.

Wie ein ermatteter Sturm flog er über die Erde, Napoleon eilte von Moskau nach Paris, durch den Verlußt von 5oo ooo Männern erschrocken, wenig achtgebend auf die Schreie und Tränen der unzähligen Witwen und Waisenkinder. Wie wurde er empfangen durch das Volk seines Imperiums? Mit

Flüchen und Stöhnen, mit leidenschaftlichen Gebeten und Apellen? Im Gegenteil, mit Segen und jauchzendem Beifall. Die Städte seines Imperiums – Rom, Florenz, Milano, Hamburg, Mainz, Amsterdam – zogen sich die eleganteste Kleidung an und flochten Lilien in ihr Haar. Die öffentlichen Beamten strömten hin ihre Beglückwünschungen zu offerieren.

„Was ist Leben", schreit der Prefekt von Paris, „im Vergleich mit den großartigen Interessen, welche auf dem Haupt des Thronfolgers beruhen?"

„Der Grund", schreit M. de Fontagnes, der Großmeister der imperialen Universität, „der Grund dieses Geheimnisses ist die Kraft und der Gehorsam und Preisgabe aller Ideale zu dieser Religion, die Personen als Könige heilig, stellen sich selbst nach dem Ebenbild Gottes dar!"

In dieser Weise tanzen und phantasieren die gottlosen, parfümierten Erzpriester des kaiserlichen Götzen und gedeihen furchtbar.

Und in der Zwischenzeit öffnet sich der Himmel und begräbt die große Armee tiefer und tiefer im stummen Schnee.

Und in jedem Heim ist ein leerer Platz, in jedem Haus ist ein schmerzendes Herz und aus jeder Ruine zu Hause ergeht ein bitterer Schrei: ‚Wir flehen dich an uns zu hören, oh HERR!'

Aber der HERR meint, die, die da schreien sind weder Jehovah, noch all die Ungesehenen und all die Dankbaren, noch irgendein Gott des kalten Himmels, woher dieser Schnee, der den Tod zudeckt,

kommt.

Der Herr der gebrochenen Herzen ist Napoleon, der sich den Gottessitz widerrechtlich aneignete und seinen entsetzlichen Machtanspruch quer durch eine verwüstete Welt flüsterte.

„Wir flehen Dich an, oh HERR, uns zu hören!"

Er brütete in der Mitte seiner Stadt und seine Augen begutachten die stille Erde wie eine Spinne im Zentrum ihres Netzes, so liegt er und wartet er, inmitten seiner Stadt.

Die Kreaturen, die Paris in diesen Geburtswehen hervorbrachte, welche die Welt schockten, das Kind der Revolution, das mit einem Schrei begann, mit dem Klirren der in Ketten gelegten Seelen endete, der Soldat geriet ins Feuer, der König-Zerstörer und König-Befreier wusste nun wahrhaftig, was er wollte – die Offenbarung: Herr über Europa, Meister und Diktator der Erde sein zu wollen. Was wunderts, wenn der gemeine Mann in seinem Wahnsinn betend in seiner Gegenwart niederfiel, als wäre er der wahre Gott.

„Wir flehen Dich an, uns zu hören, oh HERR!"

Wenn er es hört, lächelt er. Wenn er es versteht, lächelt er auch! Und wir können wirklich glauben, dass er weder hört noch versteht.

Eine Offenbarung kann man nicht verstehen, er hat keine Weisheit, er kann nicht hören, er hat keine Ohren. Er hat weder Augen noch Verstand, noch

Herz, noch Ohren. Er schaut nicht herab, er kann sich Gott nicht vorstellen. Er schaut nicht aufwärts, er kann Menschlichkeit nicht wahrnehmen.

Blind, taub, vernunftswidrig, mitleidslos, schrecklich, sitzt er als Gott – ein ‚Erd-Gott'-, giftig und zum Sterben geboren.

Wir werden hier sehen wie fremde Redner und Dichter ihn nannten: einen großen Mann. Wenn er einer gewesen wäre, so müsste er die höchste menschliche Gnade haben wie wirklich viele seiner Äußerungen und Handlungen es zeigen zu scheinen. Die Erklärung ist einfach. Große Männer verschiedener Bereiche sind groß durch ihr Negieren der gewöhnlichen menschlichen Eigenschaften. Voltaire war groß, weil er nicht Verehren konnte. Rousseau war groß, weil er kein Schamgefühl hatte, Napoleon war groß, weil er als Herrscher perfekt unfähig war, die Konsequenzen seiner eigenen Handlungen zu erkennen, er hatte keinen Abschluß der Fakultät, wie es die gemeinen Menschen wählen, Menschen, die keinen Respekt vor etwas Großem haben. Es ist kurios, als illustriert das die Wahrheit: dass Nopoleon es bedauerte, als er die Leiden sah.

Er war nicht in der Lage physische Schmerzen in jeder Form zu betrachten wie auch Goethe es vermied.

Als ein menschliches Wesen hatte er seine menschlichen Gefühle. Als ein großer Mann, als der Eroberer von Europa war er einfach eine ungebildete und verantwortungslose Kraft, ohne Augen und Ohren oder Herz und Verstand, eine Maschine, die durch einen blinden erbarmungslosen Willen arbeitet, Dunkles zu ersinnen, und immer ein verhängnisvolles Ende zu finden. Er war im Unrecht, obgleich er erklärte die Wahrheit zu vertreten und die durch eine Art ‚Mann in Rot', sein Vertrauter, begleitet wurde ... Dieser Vertraute, wie auch immer, war seine eigene übernatürliche Erfindung.

In Wahrheit war Napoleon der Frankenstein, ein Kriegsungeheuer, welches er selbst kreiert hat und welches von Anfang an nie erduldete, daß er in Frieden schlafen kann. Er mag zwar wie ein Gott zum Volke gewesen sein, aber das Ungeheuer, das er war, war ein Sklave.

„Du hast mich aus einer Verwirrung ausgedacht, ernährst mich, mein Essen sind Menschenleben. Du hast mich aus den mächtigen demokratischen Elementen heraufbeschworen – bekleide mich, meine Kleidung soll aus vaterlosen Kindern gewebt sein. Du hast mich geformt und genährt und mich gekleidet in Gottes Namen – finde mir eine Brücke, dass meine Rasse erstarken möge und der Erde innewohnt."

Und der Name der Brücke war Tod.

„Wir flehen Dich an, uns zu hören, oh HERR!"

Vielleicht hat er gehört, vielleicht hört er und war unschlüssig. Aber das Ungeheuer fährt fort: „Schnell, mehr Essen, ich bin hungrig, mehr Kleidung, weil ich nackt in Lumpen laufe, und eine andere Brücke, für die, die Du mir gabst und für die es zu kalt war. Verleugne mich und ich werde Dich ver-

schlingen: Dich und Deinen Samen und Dein Imperium und Deine Hoffnung, für immer!"
So schreit der Kaiser in dem dunklen Jahr 1813:
„Frieden, Ungeheuer! Und ich werde Dir befehlen", und er verließ das Feld und ging in die Dunkelheit seiner geheimen Kammer, er bewegt sich lächelnd fort, inmitten der Anbetung seiner Kreaturen und Blumen wurden zu seinen Füßen gestreut, während Musik sein Ohr erfüllt. Mehr Futter war bereit, mehr Kleidung wurde gewebt. Eine andere grausige Brücke war bald vorbereitet, der Name der Brücke war ‚Blutbad', der jüngst geborene von drei Schwestern, deren Namen ‚Hungersnot' und ‚Feuer' waren.
So kehrt Napoleon zu dem Ungeheuer zurück und schreit zu ihm:
„Sei Du mein ‚Roter Engel', fahr schnell über das Land in der Dunkelheit der Nacht, und wenn Du an jede Tür gehst, setze Dein rotes Zeichen und welches Haus Du markierst wird seinen besten Geliebten für Dich und Deine Brücke gewähren. Für mich, Napoleon! Und das Blut soll als ein Zeichen über den Häusern sein, wo unsere Opfer sind!"
„Wir flehen Dich an, uns zu hören, oh HERR!"
Der Schrei erschallt, aber was nützt er?
Der gottlose Engel flog über die Erde und unten waren die roten Zeichen an den Türen. Und die Zahl der neuen ausgewählten Kinder Frankreichs waren zweihundertzehntausend und auf seinem Ruf folgten sie, in jeder Wohnung und kein Osterlamm wurde geschlachtet, aber jeder Einzelne der Zweihunderttausend schenkten ihm sich selbst als Lamm zum Opfer, bevor die Heere Napoleons erneut aus Frankreich ausrückten.

Kapitel XII

Korporal Derval hält eine Ansprache zur Zwangsaushebung

Dieser Frühlingstag ist hell in Kromlaix, die Fische sind reichlich und die Leute haben nie an eine hoffnungsvollere Zeit gedacht. Die Luft ist voller süßer Düfte, der Himmel ist blau und friedlich, die See wie ein Spiegel. Doch die Schatten kriechen näher und die gefürchtete Stunde der Ziehung der Lose ist herangerückt.
 Es ist nun sicher bekannt, dass Napoleon seine verderbliche Hand erhoben hatte, als Signal für die Zwangsaushebung. Dem ging voraus, dass Hunderte von Kohorten der Nationalgarde – eine Art Bürgerwehr, eine Erklärung unterschrieben, dass sie unter keinen Umständen die Grenzen überschreiten würden. Sie aber wurden den regulären Truppen an der Front zugeordnet. Während die Matrosen und Seeleute der französischen Flotte sich von der See her versammeln und von den Seehäfen und Dörfern, welche sie besetzt

hatten, gingen in die Korps der Artillerie ein. Dann setzte der Senat dem Ganzen die Krone auf und beschloß für den Kaiser - in Erwartung der Zwangsaushebung von 1814 – eine Stärke von zweihunderttausend unerfahrenen Rekruten, die mit den Seeleuten und der Jugend der Nationalgarde vereint würden, dass die neue Armee 340.000 Mann umfassen soll. Da gab es viel öffentlichen Lärm und Jubel, viel Geschäftigkeit der Funktionäre und eine Freude der Körperschaften, aber an den häuslichen Herden war große Stille und große Furcht. Es war schon bald nah und fern bekannt gemacht worden, dass infolge der großen nationalen Verlußte und die unermessliche Schwächung der lebenden Bevölkerung während der letzten Feldzüge, die alten Vorwände der Befreiung vom Dienst nicht erlaubt wurden. Alle Söhne wurden genommen. Eine strenge Musterung folgte und nur wenige entkamen, die zu schwach oder deren körperliche Gebrechen zu offensichtlich waren. Jeder Zwangsausgehobene, der eine unheilvolle Nummer zog, mußte gehen. Einen Stellvertreter zu kaufen stand außer Frage. Manche Barmherzigkeit wurde aufgebracht für Leute, die sofort Geldzahlungen aus Todesangst der Aussetzung leisteten.

Die Ziehung fand in der kleinen Nachbarstadt St. Gurlott statt. Der Morgen des unheilvollen Tages kam bald und kam mit blauen Himmel, weißen Wolken und den lindesten Winden von der See.

Als die Sonne langsam steigt, taucht sie den Ozean in ein zartes Rosa und scheint hell über dem kleinen Dorf.

Ein Kopf in einer roten Nachtmütze streckt sich aus der Haustür von Korporal Ewens Haus und die Augen des Korporals schauen mit einem billigendem Blinzeln nach dem Wetter.

„Bei der Seele des St. Gildas!" murmelt er zu sich selbst, „es ist ein gutes Omen. Der Morgen von Austerlitz(14) war nicht sonniger."

Hier tut er einen Seufzer und schaut verächtlich zu seinem Holzbein herab, das in Austerlitz passierte. Dann humpelt er ins Haus, macht Morgentoilette, rasiert sich sorgfältig, bürstet seine beste Uniform, poliert seine roten Knöpfe bis sie wieder glänzen und spricht mit sich selbst wie irgend eine Dohle in der Zurückgezogenheit ihres Käfigs. Als er mit seinen Verrichtungen fertig ist, setzt er sich hemdsärmelig vor das Feuer, das er immer eigenhändig anzündet und beginnt seine übliche Pfeife vor dem Frühstück zu rauchen. Er ist ein Frühaufsteher und beständig ist seine erste Arbeit im Haus Feuer zu machen. Er will auch bei jeder Gelegenheit sein Frühstück mit der Geschicklichkeit eines alten Soldaten selbst bereiten. Hoel und Gildas, die Zwillinge schnarchen noch in ihren Alkoven in der Küche, die anderen Zimmer, einschließlich dem des Korporals, liegen oben. Die erste, die die schwarze hölzerne Treppe herabsteigt ist Marcelle. Sie setzt sich die Kappe auf und ihr Gesicht ist sehr blaß. Bei ihren Schritten wendet sich der Korporal, nimmt seine Pfeife aus dem Mund und als sie herkommt, um ihn auf seine wettergezeichneten Wangen zu küssen, ruft er schnell aus:

„Du, Kleine! Aber wo ist Deine Mutter?"
„Sie schläft noch, ich wollte sie nicht wecken, es ist noch früh."
Onkel Ewen macht geschwind einen Zug und schaut ins Feuer. Es war noch nie vorgekommen, dass die geschäftige Witwe nach ihrer Tochter noch im Bett liegend vorgefunden worden wäre. Aber der Korporal macht sich so seine Gedanken und vermutet die Wahrheit. Hell wie der Tag scheint es ihm, dass es für sie ein Tag des Kummers ist. Und die ganze Nacht hindurch hatte sie geweint und an ihre drei toten Söhne gedacht und gebetet, dass ihr der liebe Gott ihr dieses bei denen, die ihr übrig geblieben sind, ersparen möge.
„Hmm!" brummt der alte Soldat und blickt flüchtig zu den schlafenden Zwillingen.
„Sie sind auch gesund. Hoel! Gildas! Es ist Zeit aufzustehen!"
In der Zwischenzeit geht Marcelle zu Tür, lehnt sich gegen den Türpfosten an und schaut auf die Straße. Die jungen Riesen stehen auf und sitzen schon bald bei ihrem Onkel am Feuer. Plötzlich kommen Alain und Jannick herunter, schauen sehr verdrießlich und verschlafen aus, zuletzt kommt Mutter Derval selbst, weiß wie ein Geist und sehr still. Derweil steht Marcelle auf der Straße und läuft durch das kleine erwachende Dorf. Heller und heller wird das Licht. Fenster und Türen werden geöffnet, Köpfe schauen heraus, Stimmen kann man hören und plötzlich kommt ein kleines Mädchen vorbei, geht zum Wasserfall, es ist Niedrigwasser. Das kleine Mädchen trägt eine saubere weiße Haube, Holzschuhe und einen gestärktes hellfarbenes Sonntagskleid.
„Wie, Marrianic", ruft Marcelle, „bist Du auf dem Weg zu St. Gurlott?"
„Ja." Antwortet Marrianic lebhaft, „ich gehe mit Mutter und Onkel Maturin und meinen Brüdern. Dort wird große Freude sein . . . ich muß mich jetzt beeilen, meine Mutter wartet auf das Wasser."
Und sie rennt die Straße hinunter, heiter lächelnd und sich selbst ein altes keltisches Lied singend.
Die Zwangsaushebung scheint für sie etwas Vergnügliches zu sein, aber sie ist zu jung, diesen großen Kummer zu verstehen. Marcelle atmet durch. Ihre Begeisterung für den großen Fall schwindet und irgendwie bedrücken sie die Tränen der Mutter und sie denkt sehr betrübt an ihre drei toten Brüder – und, ja – an Rohan. Sie ist selbstsüchtig genug, trotz ihrer Prinzipien zu beten, dass Rohan nicht genommen werden sollte. Das erste Nippen an der Liebe war so köstlich gewesen und ihre Natur ist auf solche leidenschaftlichen Elemente eingestellt, dass sie es nicht ertragen kann, so schnell ihren Liebsten zu verlieren. Die Sonne ist voll aufgestiegen und Kromlaix steht wie ein großer Bienenstock im Sonnenschein, mit seinen Einwohnern, die sich ein und aus bewegen. Alle tragen ihre besten Kleider. Die weißen Kappen und farbigen Röcke und Mieder der Frauen leuchten heiter in der Sonne. Die Männer schlendern hierhin und dahin, manche in farbigen

baumwollenen Nachtmützen, manche in breiten Hüten aus Filz, viele in lockeren Hosen und Holzschuhen, aber die Mehrzahl in dichtanliegenden langen Hosen, schwarzen Gamaschen und einfache Lederschuhen. So früh wie es ist haben manche sich bereits auf der Straße nach St. Gurlott ins Landesinnere gemacht.

Zurück im Haus findet Marcelle das Frühstück fertig, ihre Mutter beugt sich über das Feuer, der Korporal und seine drei Neffen und seine Nichte sitzen um den Tisch und essen Schwarzbrot. Jeder der Männer hat auch einen Zinnkrug vor sich und auf dem Tisch ist ein Steinkrug mit Apfelwein. Der Korporal nimmt lebhaft seinen Krug und an die Adresse der ‚Makkabäer' gewandt:

„Achtung! Ich trinke auf den Kaiser!"

Die anderen stimmen mit einer gewissen Begeisterung zu, der Apfelwein ist gut und außerdem ein außergewöhnlicher Luxus. Marcelle hat sich gesetzt und bricht ein Stück Brot, aber ihre Mutter bleibt abgewandt.

„Mutter, Mutter", ruft Onkel Ewen vorwurfsvoll sanft die Witwe, „komm! Du wirst uns das Herz brechen. Habe Mut! Nun sieh, alle Welt wird nicht gezogen und vielleicht niemand der Deinen. Und wenn das Schlimmste des Schlimmen eintritt, kleine Frau, wirst Du stolz dem Kaiser in seinem Kummer gedient haben und er wird, den du liebst, sicher und gesund zurückschicken."

Die Antwort der Witwe ist ein tiefer Seufzer. Wie für die jungen Männer, schaut sie etwas freundlicher. Sie sind nicht alt genug, sich über die Gefahr die ihnen bevor steht, bewusst zu sein und deshalb besitzen sie alle eine gewisse Kampflust und einen unerfahrenen Mut, welcher die Begeisterung des Onkels Ewen nahezu zu einem innigen Gefühl entwickelt.

„Ich für meinen Teil", verkündet Hoel, „ich werde meine Chance nutzen. Wenn ich gehen muß, gehe ich. Es liegt in Gottes Hand."

„Wenn die Ziehung leidlich ist!" sagt Gildas plötzlich finster.

Der alte Korporal haut mit der Faust auf den Tisch.

„Dunkle Seele! Daß der Kaiser so etwas nicht hört! Wer zweifelt am Kaiser? Was Hoel sagt ist richtig – es ist Gott, der die Nummern mischt und wer sie zieht. Der, den Gott auswählt, sollte stolz sein. Schau auf Deine Schwester Marcelle! Wäre sie ein Mann, würde ihr das Herz brechen, wenn sie nicht gehen würde."

„Es ist gut reden", sagt Hoel, „wenn man eine Frau ist."

„Bah! Dann höre, ich der ein Mann ist", sagt der Korporal, den Fakt vergessend, dass sein Neffe auf ihn nahezu immer hört, „so wird das gesehen, Mutter! Wenn die Zeit für den Mann kommt, wenn der Engel mit dem weißen Gesicht ankommt und klopft, müssen wir gehen und ihn einlassen. Es ist keine Frage, wo es ihn trifft, auf dem Land oder auf See, hier oder dort, er wird gefunden werden, es könnte morgen sein, siehst Du, es könnte zwanzig Jahre später sein, es könnte sein, wenn er ein Säugling an der Brust ist, es könnte sein, wenn er ein alter Stumpf ist wie ich. Ja, das ist Gottes Weg! Du kannst nicht länger leben, wenn Du zu Hause bleibst, wenn es Gottes Wille ist, dass Du sterben sollst."

„Das ist wirklich wahr, Onkel Ewen", sagt die Witwe, „aber ..."

Der Korporal winkt mit einem grimmigen Lächeln ab:

„Schau auf *mich*, Mutter! Schau auf Deines guten Mannes Bruder, kleine Frau! Ich war ein Soldat gewesen – ich habe alles gesehen – ich war betäubt vom Donner und Gewehrpulver, ich – und noch lebe ich. Corbleu! Ich lebe, und bis auf dieses verdammte Holzbein, so gesund wie jeder andere Mann. Bin ich nicht dem ‚Kleinen Korporal' nach Ägypten, nach Italien und quer über die Alpen gefolgt? War das nicht diese rote Arbeit, kleine Mutter? Ich kenne den General von Cismone, Jungs und ich lebte um den gekrönten Kaiser von Frankreich zu sehen! Und ein Jahr später verlor ich mein Bein! Ein Bein – bah! Wenn es beide gewesen wären, hätte ich auch gelacht, weil es für den Kaiser war. Aber, siehst Du, ich starb nicht – ich lebe, dass ich Dir dies alles erzählen kann. Ich hatte rund um mich Geschosse gehabt wie Regen, aber ich wurde niemals getroffen. Warum, kleine Mutter? Weil jedes Geschoß durch die HAND gezeichnet, Du verstehst, und nicht ein Mann fällt, wenn es nicht Gottes Wille ist."

In dieser Weise redegewandt, manchmal an seine Neffen, manchmal an seine Schwägerin und Marcelle sich wendend, bemühte sich der Veteran den Haushalt mit Vertrauen und Mut zu begeistern. Er ist bis zu einem gewissen Grade erfolgreich, sogar die Mutter ergreift eine Art Frohsinn. Onkel Ewen war nicht müßig gewesen. Von Tür zu Tür stolziert er, wo er immer auf Freundlichkeit stößt, humpelt herum, in seiner alten Uniform mit dem Kreuz der Ehrenlegion auf seiner Brust, seine Nase erhoben, als rieche er den Kampf in der Nähe, sein Gesicht rot vor Enthusiasmus, dass er alle von Kromlaix für den Kaiser hätte werben können. Solch Enthusiasmus ist ansteckend. Und die jungen Fischer beginnen zu lachen und prahlen, als wäre die Zwangsaushebung ein guter Spaß wie andere Ereignisse, sie entschließen sich, nicht das Hasenpanier zu ergreifen.

So, an diesem hellen Morgen der Ziehung der Lose scheinen alle ganz freudig. Zitternde Stimmen oder nasse Wangen waren bald in der gezeigten bäuerlichen Pracht vergessen – gestickte Damenwesten, seidene Mieder, helle Kleider, schneeweiße Hauben, Ornamente von grobem Silber und Gold. Tatsächlich haben sich viele der armen Mütter in der Frühe davongestohlen, um unter dem Kruzifix zu knien und ein Gebet mit der dringenden Bitte an den in Stein gehauenen Gesegneten der zu richten.

Aber nun scheint alle Betrübnis vergessen. Da ist ein Lachen und Schreien in den versammelten Gruppen und mehr als ein Mann hat zu tief ins Glas geguckt.

Frisch und prächtig glitzert die See, glücklich und froh scheint das Dorf mit seinen dichtgedrängten schwarzen Booten, die wie eine Schar Kormorane auf dem Wasser liegen.
Und über Allem, die Szene dominierend, steht der Menhir – schwarz, abschreckend wie ein kaiserliches Idol, auf seine Kreaturen herabschauend...
Der Korporal macht sich an der Spitze seiner drei Neffen und der Nichte auf den Weg. An seiner Seite geht Marcelle, sehr blaß, mit einer Haube, weiß wie Schnee, ihre Zipfel reichen bis zu ihren Hüften und ihre Füße stecken in schönen Schuhen mit Schnallen. Dann hört man eine Weise phantastischer Musik. Jannick nimmt sein ‚biniou' – den bretonischen Dudelsack – und spielt mit langausholenden Tönen in ein Dutzend Farben und Alian bläst dazu seine thin whistle.
„Vorwärts!" sagt Onkel Ewen. Da ist ein Frohsinn auf der Straße und zu dieser kleinen Abteilung stoßen bald viele junge Männer, Freunde der ‚Makkabäer'. Zu ihnen stößt ein schlanker, finster aussehender junger Fischer, den der Korporal mit Namen begrüßt:
„Guten Morgen, Mikel Grallon!"
Mikel antwortet und gesellt sich zu der Gruppe, drängt sich so nah wie möglich zu Marcelle, die sein Herandrängen mit höflicher Gleichgültigkeit wahrnimmt. Ihre Gedanken sind weit weg. Sie schaut nach einer großen Gestalt die Straße auf und ab, aber sie ist nicht hier.
„Es ist spät", murmelt er, „die Pest auf ihn, im Bett zu liegen, an so einem Tag wie diesem!"
„Nach wen halten Sie Ausschau?" fragt Mikel Grallon, als sie in der Nähe des alten ‚Kabaretts' anhalten und über dessen Tür getrocknete Mistelzweige hängen.
„Nach einem anderen Schaf meiner Herde", antwortet Onkel Ewen, „sein Name ist auf der Liste, aber er ist noch aufgehalten."
Grallon lächelt bedeutungsvoll.
„Wenn Sie Rohan Gwenfern meinen, befürchte ich, dass er nicht kommen wird. Ich traf ihn gestern Nacht und er erzählte mir, dass er zu beschäftigt sei, um zu kommen. Und Sie oder ein anderer in seinem Namen ziehen soll."
Der Korporal ist entsetzt. Diese Aussage scheint ihm gottlos zu sein.
„Zu beschäftigt, dem Ruf des Kaisers zu gehorchen! Zu beschäftigt seinen Dienst zu verrichten wie ein Mann, an dem Tag aller Tage! Die Seele einer Krähe! Es ist dumm!"
Der Korporal schüttelt seinen Kopf und will das nicht glauben
„Bei den Knochen des gesegneten St. Gildas!" sagt er, nennt den Namen des heiligen Patrons, der oft durch die Frau seines Bruders angerufen wurde, „es ist unerhört, es ist nicht wahr, Mikel Grallon. Wenn Rohan das gesagt hat, wollte er Dich aufziehen. Ich sehe es deutlich, Jungs! Der Schurke hat einen

anderen Weg genommen und eilt in die Stadt, um als erster da zu sein. Vorwärts! Wir werden ihn dort finden!"
Alain und Jannick scherzen laut und die ganze Schar wendet sich wieder der Straße zu. Marcelle sagt nichts, aber sie erinnert sich, dass einige Abende zuvor Rohan andeutete, nicht da zu sein.

‚Aber wenn ich nicht da bin', setzte er hinzu, ‚so ziehe Du oder Onkel Ewen in meinem Namen, es bedeutet wenig und für das Glück ist es dasselbe und wenn das Los gegen mich ist, werde ich ein Kämpfer sein, als hätte ich es selbst gezogen', dies hatte er im Zwielicht gesagt und seine Stimme war fest und glücklich und zugleich unglücklich .

Als sie das Dorf verlassen und auf der Landstraße eilen, finden sie ihn auch hier in den vielen anderen Gruppen, die denselben Weg gehen, nicht. Es sind Frauen, jung und alt, junge Fischer und kleine Jungen und Mädchen unterwegs. Als sie die Kirche erreichen, das Kruzifix sehen, hören Alian und Jannick auf zu spielen, der Korporal nimmt seinen Hut ab und Marcelle und ihre Brüder knien für einen Moment nieder. Der kleine Priester steht mit seinem Vikar an der Kirchentür, ein gespensterhafter junger Mann, frisch vom College. Pater Rolland streckt seine fette Hand zum Segnen aus und kommt heran.

Die Stadt St.Gurlott liegt gute zwölf englische Meilen entfernt, inmitten eines fruchtbaren Tales, aber die Straße dorthin führt durch eine Einöde von Heide und enorm große Granitfelsen, die meisten sind düster anzusehen. Es ist eine alte Handelsstraße zwischen den Büschen von Heide und Thymian, gut ausgefahren, dazwischen leuchten die kleinen gelben Sterne des Blutwurz. Wenn eine Lerche in der blauen Luft singt, dann singen tausende mit.

Kapitel XIII

Die Ziehung der Lose.
Die Nr.1

Trotz seines Holzbeines läuft Onkel Ewen ritterlich vorwärts, aber nach einigen Meilen ist er froh, in einer Kutsche, die gerade entlang kommt, mitzufahren, die voller hell gekleideter Mädchen ist und von zwei kleinen fetten Ochsen gezogen wird. Auch Marcelle findet einen Platz, während die Musikanten Alain und Jannick mit Hoel und Gildas und den Restlichen dahinter folgen. Es geht entlang der Landstraße wirklich sehr fröhlich zu! Marcelle schaut überall nach ihren Liebsten, aber er ist nirgends zu sehen.

Nicht weit von der Stadt, die nun schon im Sonnenlicht vor ihnen zu sehen ist, erblickt Macelle die alte Mutter Goron, die in den Arm ihres Sohnes, ein kraftvoll aussehender Jugendlicher, der sehr schlicht gekleidet ist, eingehakt geht. Als sie herankommen sind bittet er um einen Platz in der Kutsche für seine Mutter, die erschöpft und ermattet scheint. Als er sie hochhebt wird sie ohnmächtig. Als sie wieder zu Bewusstsein kommt, spricht sie kein Wort, sondern starrt wie in einem Traum vor sich hin. Sie ist sehr schwach und kraftlos und die mentale Angst und die körperliche Ermattung sind zuviel für sie. Ihr Sohn läuft dicht an der Seite der Kutsche und hält ihre Hand fest und will sie nicht loslassen.

Zuletzt überqueren sie eine einfache Holzbrücke und erreichen die Stadt. Es ist die anziehendste, der kleinen alten Städte, mit zahlreichen kleinen Häusern aus Granitsteinen und mit der Tür zu den schmalen Straßen, überall sind altertümliche Kirchen. Jede Straße ist mit Menschen gefüllt und jede Kirche ist voller Leute. Auf dem Marktplatz, den sie bald erreichen, stehen Kutschen mit Neuangekommenen, hölzerne Verkaufsstände sind errichtet auch für Erfrischungen. Ströme von Männern und Frauen treffen zusammen und alle Arten von Szenerien spielen sich ab – von der wehklagenden Gruppe Frauen, die um eine arme Frau, deren Sohn eine unheilvolle Nummer gezogen hatte herumsteht, bis zu den lachenden Wortgeplänkel der lärmenden Farmermädchen mit ihren Verehrern. In der Ecke des Platzes steht ein elendes Steingebäude an dessen Vorderfront die Militärbeamten in ihrem lächerlichen Gefieder umherstolzieren. Es ist das Rathaus in dem die Ziehung eben begonnen hat.

An der Oberfläche werden Zeichen der Unzufriedenheit und des Kummers sichtbar. Alles ist getan worden, der Angelegenheit den Anschein einer Festlichkeit zu geben. Fahnen hängen von manchem Hausdach, von allen Seiten hört man Musik und überall sind alte Soldaten und Vertreter der Regierung, die zwischen dem Landvolk umhergehen, sich unterhalten und Geschichten des glorreichen Imperiums erzählen. Manche der jungen Männer, die ihr Schicksal an diesem Tag zu nehmen gezwungen sind, sind hoffnungslos betrunken, ein Ringkampf beginnt hier und dort und Hiebe werden ausgeteilt und eingesteckt.

Auf all den Gesichtern, die hier versammelt sind, sind nur die der älteren Frauen voller Verzweiflung.

Von seiner Kutsche steigend und seine kleine Prozession anführend, macht Onkel Ewen bald seinen Weg zum Rathaus. Marcelle hält sich nervös an seinem Arm und schaut noch nach jeder Seite nach Rohan. Der Korporal ist bekannt und es wird für ihn Platz gemacht.

Die Beamten sind instruiert: Nicht taugliche Kriegsveteranen des Imperiums mit Respekt zu begegnen, sie familiär zu begrüßen und lächelnd zu ihren Diensten zu sein.

„Onkel", flüstert Marcelle, als sie die Schwelle unter den bewundernden Blicken der ‚Frechdachse' überschreiten, „ Onkel, Rohan ist nicht hier."

„Verflucht!" ruft der alte Korporal, „aber vielleicht ist er drinnen."

Als sie die ‚heiligen Hallen' erreichen, nimmt der Korporal seinen Hut ab, zwängt sich seinen Weg durch die Menge und zieht Marcelle hinter sich her. Bald hat er das Innere des Rathauses erreicht. Er sieht sehr vornehm und imposant aus. Am oberen Ende des Saales steht ein großer Tisch, auf welchem die schicksalshafte Wahlkiste steht. Hinter dem Tisch sitzt der Bürgermeister – ein grimmiger, wichtigtuerischer kleiner Mann – mit den anderen Magnaten der Stadt, darunter ein Offizier. Der Bürgermeister hat einen militärischen Blick und trägt eine blaue Schärpe, die mit verschiedenen Orden dekoriert ist. Hinter ihm stehen eine Reihe Gendarmen in Bereitschaft. An einem Ende des Tisches sitzt ein Sekretär mit einem großen offenem Buch, bereit jeden Namen nach den gezogenen Zahlen zu registrieren und am anderen Ende steht barhäuptig ein grauhaariger Sergeant der Großen Armee, bereit die Nummer zur Erbauung der Öffentlichkeit laut vorzulesen.

Jedes Dorf oder jeder Flecken ist einzeln und in alphabetischer Reihenfolge aufgeführt. Jeder, dessen Name auf der Liste steht und laut verlesen wird, kommt persönlich vor oder lässt von einem Stellvertreter das Los ziehen. Nach dieser Ziehung gibt es noch eine einzige Möglichkeit zu entkommen. Etwa in einer Woche würde die medizinische Untersuchung beginnen, wenn bei dieser Zwangsuntersuchung jemand dann als untauglich eingestuft wird, wird er ausgetauscht mit dem, dessen Name die nächste Nummer trägt. Wenn die Anzahl jeden Distrikts erreicht ist, ist die Zwangsaushebung beendet und die Zwangsausgehobenen werden marschieren.

Nun, die Zahl der Männer, die von jedem Flecken gefordert wird, ist festgelegt. So kam jeder her, um seine Schicksalszahl zu erfahren. Aus Kromlaix fordert der Kaiser fünfundzwanzig Ausgehobene. So dass jeder, der eine Zahl unter fünfundzwanzig zieht, marschieren muß und über fünfundzwanzig ist frei, immer unter der Maßgabe, dass alle 25 für tauglich befunden werden. Die Männer aus Kromlaix müssen nicht lange warten, bis sie an der Reihe kommen. Der Nachbarort Gochloän war verfügt und als jeder Name vorgelesen wird, kommen schlechte oder gute Kommentare von den Besuchern. Onkel Ewen schaut kritisch, als Name für Name vorgelesen wird, während Marcelle noch überall nach Rohan Gwenfern umherschaut. Zuletzt ruft der Beamte am Tisch Kromlaix auf. Die Männer aus Kromlaix drängen sich zum Tisch vor, während der Sergeant schnell die Namen liest: Marcelles Brüder, Mikel Grallon, Jan Goron und Rohan Gwenfern, in einer langen Liste noch weitere Namen. Die Menschenmenge nahe dem Korporals ist in Bewegung und die, deren Namen in alphabetischer Reihenfolge genannt sind, drängen nach vorn. Aber der Korporal behauptet seinen Platz und Marcelle steht neben ihm und seine Neffen dicht hinter ihm.

Nun, wie schon gesagt, Onkel Ewen ist eine gut bekannte Persönlichkeit und so flüstert er mit dem Beamten und der Beamte mit dem Bürgermeister, dann lächeln alle drei.

„Guten Tag, Korporal!" sagt der Bürgermeister nickend. Er kennt seine Rolle gut, denn er ist nicht der Mann, der einen Veteran Napoleons übersieht oder schroff abfertigt. Der Korporal salutiert und errötet voll Stolz, als er sich in seiner Gefolgschaft umsieht.
„Seien Sie willkommen", sagt der Bürgermeister wieder, „und ich sehe Sie bringen uns eines alten Soldaten bestes Geschenk – einen Blumenstrauß von mutigen jungen Burschen für den Kaiser. Aber wer ist das schöne Mädchen an Ihrer Seite? Ich bin sicher, sie ist nicht auf meiner Liste!"
Darüber lachen alle und Marcelle errötet, während der Korporal erklärt:
„Sie ist meine Nichte, mein Herr und dieses sind ihre Brüder, deren Namen dabei sind."
Der Magnat nickt und das Geschäft geht weiter. Name auf Name wird aufgerufen und Nummer für Nummer laut gelesen. Während jeder Mann vom Tisch zurück kommt und sich zu seinen Freunden gesellt. Manche kommen glücklich zurück und viele von ihnen haben eine schreckliche Nummer gezogen. Die unter 25 gezogen haben lachen am meisten, aus purer Gleichgültigkeit oder aus Verzweiflung.
„Alain Derval!"
Alain übergibt seine Flöte Jannick und geht vor. Er grüßt die Autoritäten und steckt seine Hand in die Ziehungskiste, während Onkel Ewen genau beobachtet, sich selbst in Positur stellt und noch fester auf seinen Beinen steht.
Alain zieht ein Los heraus, liest es schnell und ohne eine Regung in seinem Gesicht, gibt er es dem Sergeanten.
„Alain Derval – 173!"
Alain kommt zurück mit reeller oder gespielter Enttäuschung auf seinem Gesicht.
„Das ist mein Glück…" flüstert er zu Marcelle.
„Gildas Derval!"
Der große Zwilling dieses Namens geht vor, während die am Tisch mit Bewunderung seine Proportionen genau betrachten.
„Was für ein Mann!" flüstert der Bürgermeister zu seinem Nachbarn. Der Veteran beobachtet mit einem finsteren Lächeln, während Gildas phlegmatisch seine Nummer zieht und sie rasch liest. Die Zahl lesend, verfinstert sich sein Gesicht und es scheint ihm nicht gut zu gefallen. Aber er zuckt mit den Schultern, als er dem Sergeanten das Los gibt.
„Gildas Derval – 16!"
„Es lebe der Kaiser!" sagt der Korporal, während Marcelle einen kleinen Schrei ausstößt. Gildas kommt gebeugt zurück und als der Korporal ihm die Hand schüttelt bekundet er ein wenig Enthusiasmus.
„Aber ich habe keine Sorge, dass sie Hoel ebenfalls ziehen!"
„Hoel Derval

Der andere Zwilling schreitet vor und als ob er begierig wäre sein Schicksal zu erfahren, fasst er schnell in den Kasten. Einen Moment später ruft der Sergeant:
„Hoel Derval – 27!"
Der Korporal stutzt, Marcelle holt tief Luft. Hoel selbst schaut sprachlos. 27 ist sehr gut, wenn alle 25 die medizinische Musterung überstehen, aber das ist kaum möglich.
Hoel kommt zurück und gesellt sich zu Gildas mit einem nervösen Grinsen. Dann entsteht hier eine kleine Pause, die Beamten schreiben geschäftig in ihre Bücher und Marcelle flüstert zu ihrem Onkel:
„Onkel Ewen! Es ist sehr seltsam, dass Rohan nicht hier ist. Was ist zu tun? Er wird getadelt und vielleicht bestraft."
Der Korporal überlegt.
„Es gibt nur einen Weg! – ich werde für ihn ziehen!"
Marcelle schaut für einen Moment nach unten, dann sagt sie schnell:
„Nein, laß mich! Er hatte die Erwartung, dass ich es tue, wenn er nicht kommt."
„Corbleu!" sagt der Korporal, aber sie werden lachen…"
„Schweig!" sagt Marcelle.
Das Geschäft lebt wieder auf und der Sergeant ruft laut:
„Jannick Goron!" Goron geht von seiner Gesellschaft nach vorn, während seine schwache Mutter, weißer als der Tod, ihn mit zärtlicher Gewalt zurückhält. Er ist auch sehr blaß und seine Hand zittert, als er sein Los zieht und ohne es zu öffnen und zu wissen in seiner Nervosität gibt er es dem Sergeant.
„Lese es erst!" sagt der Sergeant.
Der junge Mann, mit einem ergreifenden Blick zu seiner Mutter, öffnet es und liest mit tiefer Stimme:
„200!"
„Jan Goron – 200!" sagt die stereotype Stimme. Durch einen Nebel aus Freudentränen geht Goron zurück zu seiner Mutter, die durch die gute Nachricht ohnmächtig geworden ist. Nicht eine Seele hier missgönnt dem liebenden und folgsamen Sohn sein großes Glück.
„Mikel Grallon!"
Der Fischer kommt nervös vor, seine Mütze in der Hand. Er ist kreideweiß und in seinen kleinen schlauen Augen sieht man die Furcht. Er beugt sich wegen irgendetwas zu den Autoritäten und steht zögernd.
„Ziehe, mein Freund!"
Grallon zieht und hatte Glück.
„Mikel Grallon – 99!"
Grallon schleicht zurück zu seiner Gruppe und schaut vergnügt zu Marcelle, als ob er in seinem großen Glück nach ihrer Sympathie trachtet. Aber Marcelle ist totenbleich und mit ihren Blicken fixiert sie die Kiste mit den Losen

und betet für sich selbst. Es tritt wieder eine Pause ein, dann laut und deutlich der Name:
„Rohan Gwenfern!"
Keiner bewegt sich. Der Korporal schaut auf seine Nichte und sie auf ihn.
„Rohan Gwenfern!" wiederholt die Stimme.
„Wo ist der Mann?" fragt der Bürgermeister, wartet und runzelt die Stirn.
Der Korporal geht mit Marcelle vor.
„Mein Neffe ist nicht hier, mein Herr, er ist krank, aber dafür werde ich oder meine Nichte in seinem Namen ziehen."
„Was sagst Du, Kleine, Dein Schatz vielleicht?"
„Ich bin seine Cousine", sagt Marcelle einfach.
„Und Cousine auf gut französich, Kleine, bedeutet oft auch Schatz! Gut! Du wirst für ihn ziehen und bringe ihm Glück!"
Sämtliche grimmigen Beamten schauen freundlich, als Marcelle ihre schöne Hand in die Box steckt. Sie lässt sie dort, dass der Offizier lächelt. Sie betet noch.
„Komm!" sagt der Offizier, streicht seinen Schnurrbart und nickt ermutigend. Sie zieht das Los heraus und gibt es dem Korporal, der öffnet es, liest es mit Erstarren und stößt einen gewöhnlichen Fluch aus.
„Lesen Sie, Korporal!" sagt der Offizier, während Marcelle unruhig auf ihren Onkel schaut.
„Es ist unglaublich!" sagt Onkel Ewen, und mit einer anderen befremdenden Stimme:
„ Eins!"
Er übergibt das Papier.
„Rohan Gwenfern – eins!" schießt der Sergeant heraus, während Marcelle an ihrem Onkel hängt und ihr Gesicht in seinen Arm drückt.

Kapitel XIV

Ein Tag auf See

Hätte der Korporal und seine Gesellschaft auf ihrem Weg nach St. Gurlott im Zentrum von Kromlaix ihre Blicke auf den Ozean gerichtet und aufmerksam das Wasser beobachtet, so hätten sie weit draußen auf See einen schwarzen Fleck wahrgenommen, mal sichtbar, dann wieder in der Tiefe des Wellentals versteckt.
Dieser schwarze Fleck ist ein Boot, ein kleines Fischerboot mit einem roten Rahsegel und dem Steuerruder, festgemacht leewärts, schaukelt es leicht vor

und zurück, nun trefflich liegend, wieder zurückfallend mit dem leichten Wind der morgendlichen Briese.
Am Heck sitzt ein junger Mann, unruhigen Blickes und gedankenversunken. Manchmal schaut er zur Küste, wo das kalte Morgenlicht entlang des Kliffs und auf den Dächern des Dorfes schimmert. Zum Anderen richtet er seinen Blick sehnsüchtig seewärts, wo weit entfernt, an der dämmrigen Horizontlinie entlang, die weißen Segel der englischen Handelsschiffe undeutlich zu sehen sind und die in Richtung Westen langsam vorbeiziehen.
Rohan Gwenfern ist vor dem Hellwerden aufgestanden, sein Innerstes hat ihn angetrieben, mit Segel und Ruder hinaus auf See, bis zu einer Distanz etlicher Meilen vom Festland entfernt. Als das Wasser ihn auf jeder Seite umgibt, kann er frei atmen und er fühlt sich verhältnismäßig sicher. So auf den Wellen schaukelnd, sieht er das Dorf erwachen, es steigt grauer Rauch zum Himmel auf, er sieht an den hellen Punkten, dass die Einwohner aufgestanden sind, hört schwach den Klang der Musik, vermischt mit weit entferntem Landgeschrei.
Er hat so ein Bild schon oft gesehen, aber niemals mit solchen Empfindungen wie an diesem Tag. Vorher hat er mit einer süßen Gleichgültigkeit die Szenerie beobachtet, aber jetzt starrt er mit widerwärtiger Faszination dorthin.
Sein Haar ist wild zerzaust und sein Gesicht ist von vielen schlaflosen Nächten ganz blaß. Seine Augen sind blutunterlaufen, seine Augenbrauen zusammengezogen, aber nichts kann die Schönheit dieses jungen Mannes zerstören oder beeinträchtigen. Die vollen träumerischen Brauen, die schwärmerischen Augen, das aufrechte lebendige Lächeln, dies alles bewahrt die löwenhafte Liebenswürdigkeit. Es ist keine Wildheit in seinem Blick, aber eben etwas Gefahrvolles – die Kraft des unbesiegbaren Willens.
Plötzlich schauert es dem jungen Mann wie aus Angst, er schaut um sich, als erwartet er unwirkliche Verfolger aus den Wellen steigen und lacht über sich selbst, manchmal ist er etwas hysterisch und hat einen erschöpften, wartenden und lauschenden Blick, wie es ein armes gejagtes Tier erträgt, wenn es gefangen wird, er vernimmt Stimengewirr und den Klang herannahender Schritte.
Nun, er hatte alles überdacht, wieder und wieder und je mehr er darüber nachdachte, desto mehr entstand in seiner Seele der Entschluß. Er weiß, sein Name steht letztlich auf der Liste der Zwangsaushebung, dass der schreckliche Tag angebrochen ist und er noch vor dem Abend sein Schicksal hören würde. Er weiß auch, dass seines gefallen ist, und das Ärgste was passieren kann, wovor er sich fürchtet – dem Tod widerstehen. Er fühlt mit welcher Kraft er kämpfen würde. Daß dieses Land, seine Dorfkameraden, seine eigenen Beziehungen, vielleicht eben sogar Marcelle, würden gegen ihn sein. Aber das kann ihn letztlich nicht in seinem Entschluß erschüttern. Er würde dem Scheusal seiner Abscheu nicht dienen, er würde lieber sterben.

Es würde sehr langwierig und schwer sein, die langen und vielen Gedankengänge und Empfindungen, die in Rohan Gwenferns Herzen erwachten zu beschreiben, seine Abscheu und Furcht vor dem allgemeinen Krieg. Wir können nicht mehr tun, als ganz flüchtig in die Entwicklung seines Geistes zu blicken.

Er ist ein Mann, dessen Leben sehr einsam war und in seiner Einöde entwickelte sich sein Geist nach Innen gerichtet, verstärkte die natürlichen Instinkte des Erbarmens und der Gefühle, kombiniert mit seiner ungewöhnlichen Freude an der physischen Freiheit, er besitzt eine einzigartige Sympathie mit einer Anziehungskraft für Dinge, die frei sind wie er selbst. Er haßt Blutvergießen in jeder Form und sein tägliches Credo ist Friede – Frieden mit Gott, mit Männern und Frauen, zu den edlen Vögeln, die in den Kliffs ihr Nest bauen, zu den schwarzen Robben, die dicht in den Höhlen an ihn herankommen und ihn fast mit menschlichen Augen ansehen. Seine ungeheure physische Kraft hat er niemals boshaft eingesetzt und eben nur bei Ringkämpfen auf den Festland, schwach ist er manchmal mit seinen Cousins umgegangen. Er hat niemals grausam oder brutal gekämpft. Daß er sich erfreut an seiner Stärke ist unzweifelhaft, aber er hat die Neigungen eines Mannes, als auch den Großmut eines kräftigen Tieres. Kühnheit, die ihm auf gewisse Weise kein Glück brachte, wie wir bereits sahen. In Verwegenheit hat er keinen Ebenbürtigen, nicht in dem Kliff oder auf der See und seine beständigen Erforschungen offenbaren ihm jedes Geheimnis der felsigen Küste. Dies zeigt etwas mehr über seinen Abenteuergeist.

Nur die Furcht, dass er bei der Zwangsaushebung gezogen wird lähmt ihn, erfüllt sein Herz mit üblen Schrecken eines Feiglings, es scheint, dass seine enorme Kraft ihn sein Innerstes zu zersprengen droht und lässt ihn bis in die Seele erzittern.

Vorurteile, Leidenschaften und Neigungen wie sie Rohan Gwenfern fühlt, wachsen nicht von allein in einer Bauernbrust. Als großartiger Naturmensch hätte er niemals die Gefühle der Liebe oder des Schreckens, des Entzückens, der Freiheit oder der Angst erfahren, wenn er nicht Meister Arfoll kennengelernt hätte.

Noch unter dem Eindruck der Lehren des verstorbenen Paters, dem Vorgänger Pater Rollands, war Rohan mit diesem anderen Lehrer zusammengetroffen. Dieser wandert über die Felder und Klippen. Viele neue Unterrichtsstunden hatte er heimlich erhalten, während sie unter manchem einsamen Dolmen (5) oder in mancher hellen Nacht an einem abgelegenen Ort an der Küste saßen. Er hörte die unteren Kadenzen der Psalme gemischt mit unbekannten Geschichten aus der Zeit der Kriegsschrecken und folgt in Gedanken, vielleicht in derselben Stunde, dem Geheimnis der Geburt Jesu und dem Greuel des Tods des Marat (3). In dieser Weise legte Meister Arfoll überall den Samen. Der größte Teil fiel auf unfruchtbaren Boden – auf gefühllose Natur, das er nicht verstehen konnte. Manchmal, wie in unserem

Fall aber, fruchtete er, dass der Säer erstaunt war. Schon bald glich Rohans Abscheu gegen Tyrannei und Blutvergießen dem von Meister Arfoll selbst und endete in seinem tiefen Abscheu gegen das napoleonische Phantom. Und je mehr Rohans Denken wuchs, desto mehr Nahrung erhielt es wie in einem dunklen Glas bekam er blutige Einblicke in die Geschichte der Gesellschaft, er sah die weißen leuchtenden Füße eines Heilands der über das Wasser geht in einer Welt, die noch unversöhnt ist, er hörte die furchtbare Verspottung Voltairs und über den emotionalen Deismus(15) von Rousseau(16), den sein Lehrer für ihn in die bäuerliche, bretonische Sprache übersetzte. Er lehrte die Sünden der Könige und die Rechtschaffenheit der Revolution zu verstehen, er lehrte Robespierre (17) zu verabscheuen und Lafayette(18) zu lieben.

Der Einfluß der Welt war ohne Tiefe, dafür förderte es seinen Enthusiasmus der physischen Freiheit. Schwebend vom höchsten Kliff von Kromlaix, schwimmend in der dunkelsten unterirdischen Höhle, wo Robben gebären, kletternd im Wasser. Er erfreut sich seiner Freiheit umsomehr wie er lernt, dass sie einzig ist. Er macht sich selbst ein Bild von den unterjochten Generationen, die von wahnsinnigen und grausamen Führern zu Elend und Tod geführt wurden. Er dankt Gott, der ihn zum einzigen Sohn einer Witwe machte.

Langsam, Jahr für Jahr unter Meister Arfolls gelegentliche Unterweisung, bekam er ein Bewusstsein der Humanität, über das Fehlschlagen der Französischen Revolution, die die gewaltigste ihrer Chancen verlor, stattdessen beherrschte Frankreich und die ganze Welt die heilige Göttin der Freiheit, eine mächtige Kraft. Mit seinen eigenen Augen, Jahr für Jahr, sah er die Engel der Zwangsaushebung über Kromlaix herfallen und an den Türen ein Zeichen aus Blut machen. Mit seinen eigenen Ohren, Jahr für Jahr, hört er die Witwen klagen und die Kinder weinen. Mit seiner eigenen Seele und eigener Vernunft, noch stärker, als jenes Jahr näher rückt, das ihn treffen kann, hatte er die herrschende Kraft als Abscheulichkeit eingeschätzt und betete, während er sich noch an seiner Stärke und Freiheit erfreut, für die Märtyrer der Generale und des Imperiums.

Und nun ist vielleicht seine Stunde gekommen.

Was für mächtige, liebende Arme dieser großen, ruhigen See! Was für ein sanfter Schlag ist in diesem feierlichen Herz, wie es uns in seine Arme hebt und uns an seine Brust drückt! Der stürmische Geist Rohans wächst lautlos, als er aufsteht und die Stille des Morgenlichts fühlt.

Die Freiheit des Wassers ist mit ihm, er atmet nun ruhig. Wie eine fliegende Seemöwe bald versteckt, bald sichtbar, steigt das Boot auf den großen glatten Wellen. Er hört das Läuten der Kapellenglocke, er sieht das Dorf erwachen, er vernimmt das Brummen der Musik. Dann ist alles still. Als die Stunden vorüberziehen, die Seebriese sich etwas wenig verstärkt, lässt er

das Boot mit dem Wind treiben. Sein Blick strahlt und seine Sinne der Freiheit wachsen. Er vergisst nahezu seine Angst im Entzücken der schnellen Bewegung des Bootes. Es ist Mittag und er ist immer noch auf dem Wasser.
Zu dieser Zeit erreicht er einen großen Fleck, der mit der schwarzen Masse aus Trottelblumen und Sturmtauchern besteht, darüber segeln Möwen und Seeschwalben und kreischen. Als das Boot zwischen ihnen ist, lässt sich kein Vogel stören, er hätte sie mit der Hand erreichen können.
Er lehnt sich über die Bootsseite und plötzlich, wie ein leuchtendes Aufblitzen, sieht er zahllose Schwärme von Heringen ziehen, dicht gefolgt durch den dunklen Schatten der Raubfische, von wenigen Katzenhaien bis zum nichttropischen Hai. Es ist eine zuckende Bewegung und eine Sorge um das Leben unter ihm, über und um ihn Aufregung und diese raschen Bewegungen.
Als er so übergebeugt in das Wasser starrt, ergreift ihn eine schlimme Phantasie: In den zahllosen Kreaturen des Meeres scheint er das Vorüberziehen großer Armeen zu sehen, verfolgt von mächtigen nach Blut lechzende Legionen. Das Geheimnisvolle und das Schreckliche in der Tiefe beunruhigen ihn und er wendet sein Gesicht ab und zum Sonnenlicht. Die Raubvögel töten und fressen, die Tümmler rollen über und über in langsamer Verfolgung der Nahrung und eine halbe Meile davon taucht eine Walnase auf, spritzt und sinkt wieder.
Vorher schien alles schön und freudig, nun scheint es sehr grausam und furchtbar zu sein. Er ist konfrontiert mit dem Gesetz des Lebens, dass ein Ding der anderen Beute ist. Und hier in der Tiefe seiner eigenen persönlichen Furcht, erkennt er nahezu das erste Mal, die ganze Grausamkeit der Natur.
Nun beruhigen sich seine Gedanken etwas.
Nach all dem denkt er, die Chancen nicht gezogen zu werden sind gegen ihn und die Zwangsaushebung, das weiß er, hatte ein geheimnisvolles Geschick, die stärksten Männer herauszufinden, Gott mag gut sein, doch noch schone ich ihn.
Dann geht er im Kopf die Namen der Dorfkameraden durch, wer wie Mikel Grallon immer und immer wieder entrinnt, obgleich sein Name wiederholt auf der Liste stand. Er ist vielleicht noch zu frei und war gelegentlich zu glücklich, so klug wie Meister Arfoll, die Schmerzen anderer zu fühlen. Seine Empfindungen sind nun wie bei den starken Tieren, die ihn umgeben. Jeder wohltätige Mann fühlt auch für seine Kameraden. Es ist so, sein Entkommen würde das Schicksal eines anderen Mannes sein. Dies sind Spitzfindigkeiten der Sympathie, die er noch im Schmerz lernen muß. Es ist ein Tag des Schmerzes und der unerträglichen Ungewissheit.
Wenn er sein Schicksal wüsste, würde er vorbereitet sein, aber er kann es noch nicht wissen. Er muß warten und warten. Er ist es gewohnt für einen

langen Tag ohne Essen auszukommen und er hat weder gegessen noch getrunken. All sein Hunger und Durst sind sind in seinen Blicken, die das Festland beobachten.

Und da! Wie ein Hauptanziehungspunkt in einem Prospekt, sieht er den schwarzen Menhir wie eine unheilvolle und imperiale Gestalt, getürmt über Kromlaix und grüßt ihn noch weit von zu Hause. Der Tag neigt sich. Eine Landbriese erhebt sich erneut und er hält für eine Meile dagegen, vor sich die Küste, die Sonne neigte sich so weit, dass der rote Schatten auf das Boot und neben ihm auf die See fällt. Kromlaix glänzt in den Strahlen der Abendsonne und er kann den Christusstein sehen, mitleiderregend, hoch oben auf dem Berg.

Plötzlich stutzt er und lauscht wie ein wildes erschrockenes Tier.

Dann steht er im Boot auf und starrt begierig auf den Berg, wo das Sonnenlicht die alte Kirche und den weiße Weg zu seinem Tor beleuchtet. Er ist allein, kein anderes Boot ist auf dem Wasser. Das ganze Dorf scheint verlassen und ruhig. Vom Festland scheint er den Klang von Musik und menschlichen Stimmen zu hören. Ja, sie sind ganz hörbar, sie kommen zurück, sein Schicksal ist bekannt. Er schaudert und fröstelt. Die Klänge kommen näher und näher. Er erkennt die Pfeifen der biniou (19) und die Stimmen der Menschen, die die Nationalhymne singen.

Er wartet und wartet, lauscht und beobachtet, bis die Gesellschaft über den Berg kommt: Die Zwangsausgehobenen marschieren vom Wein halb betrunken, Fischer und Dorfbewohner durcheinanderschreiend, rennend und lachend die Mädchen in hellfarbenen Kleidern und der Dudelsack spielt. Sie kommen über den Berg und wenden sich dem Kirchtor zu und der kleine Pater kommt heran und segnet sie und fragt nach den Neuigkeiten. Rohan kann das alles sehen. Er kann des Paters schwarze Figur in der Gesellschaft erkennen. Dann kommen sie rasch herunter. Sein erster Impuls ist an Land zu gehen und sie zu treffen. Unnötig zu sagen wie begierig er den ganzen Tag gewesen war, den Ablauf des Tages zu erfahren, ob sein Name gezogen wurde. Wer hat in seinem Namen gezogen, und ob seine Nummer Glück oder Unglück brachte. Begierig wie er ist hätte er gern all das gewußt, wenn es ihn auch schaudert es zu hören. Je näher die Gesellschaft kommt, desto bedrückter wird ihm das Herz. Er sieht die Kinder und alten Frauen aus den Haustüren kommen, er hört wie das kleine Dorf geradezu geschäftig wird. Er beobachtet die Gesellschaft die aus der Stadt kommt, wie sie näher und näher marschiert, er hört das Gemurmel der vielen Stimmen. Dann, anstatt an Land zu eilen, wendet er sein Boot und flieht mit vollem Segel hinaus auf See.

Die Nacht ist hereingebrochen und die Lichter Kromlaix' blinken wie Sterne auf der Wasseroberfläche, als Rohan Gwenfern sein Boot in eine kleine Bucht nahe seiner Mutter Haus steuert. Hier ist alles ruhig, obwohl ein undeutliches Gemurmel vom Dorf kommt. Er zieht das Boot mit Hilfe einer hölzernen Winde und einem Seil auf den Kies und macht es sicher über der Hochwassermarke fest. Im Schatten der Felsen bleibend, nähert er sich der Tür seines Zuhauses. Als er näher kommt, hört er eine Stimme.

Der Biniouspieler

Er hält an, horcht und gewahrt bei der Tür dunkle Gestalten versammelt. Er zögert einen Moment, nimmt seinen ganzen Mut zusammen und entschließt sich weiterzugehen. Im nächsten Moment findet er sich selbst umringt von einer lebhaften Gruppe und als das Licht von der Tür auf sein Gesicht fällt, stoßen sie ein Geschrei aus.
„Hier ist er endlich!" ruft eine Stimme in welcher er Mikel Grallon erkennt. Dann eine andere, die von Gildas Derval, die in einem überlauten Ton ruft: „Vive l' Empereur! Und ein dreifaches Hoch auf die Nummer eins!"

Kapitel XV

Der ‚König' der Zwangsausgehobenen

Während das Geschrei an sein Ohr dringt und der Dudelsack draußen zu spielen beginnt, bahnt sich Rohan seinen Weg in das Haus. In dem Moment, als er die Schwelle überschreitet, sieht er, dass die Küche voller Männer und Frauen ist. In der Mitte mit dem Rücken zum Feuer steht der Korporal Derval. Auf einem Stuhl dicht am Feuer, sich das Gesicht mit der Schürze bedeckend, der Körper bebend wie im Todeskampf, sitzt die Mutter, leise weinend und rund um sie sind die mitfühlenden Frauen versammelt, manche kauern zu ihren Füßen, andere beugen sich über sie und reden ihr zu. Die Szene erklärt sich von selbst auf einen Blick und Rohan Gwenfern weiß sein Schicksal. Blaß wie der Tod schreitet er quer durch die Diele zu seiner Mutter. Im Laufen wird er begrüßt mit deutlichen und undeutlichen Zurufen. Der Korporal hört auf zu sprechen, die Mutter nimmt Schürze vom Gesicht und streckt ihre zitternden Hände ihrem Sohn entgegen.
„Rohan! Rohan!"
Kaum dass er seine Mutter ansieht, richtet sich sein Blick ernst den anderen zu:
„Was ist los? Was wollt ihr alle hier?"
Manche Zunge antwortet ihm, aber in dem Stimmengewirr ist alles unverständlich.
„Ruhe!" schreit der Korporal grimmig.
„Ruhe, alle! Höre Rohan, ich werde Dir erzählen was los ist. Verdammt! Diese Frauen machen einen taub! Sie sagen ich bringe Dir schlechte Nachrichten, aber das ist falsch, das sagte ich ihnen. Dein Name ist gezogen worden und Du wirst dem Kaiser dienen – das ist alles!"
„Nein, nein!" schreit Mutter Gwenfern, „er kann nicht gehen! Wenn er geht werde ich sterben!"
„Unsinn, Mutter!" sagt der Korporal, „Du wirst leben und wirst ihn zurückbekommen und dekoriert mit Ruhm. Ha, ha, Junge, Du wirst ein Grenadier, der Kaiser liebt Kameraden und Du wirst bald Korporal sein. Reiche Deinem Cousin die Hände. Er ist ebenfalls gezogen."
Gildas, der jetzt gerade eintritt, kommt heran, hält seine Hand hin und hat einen Schluckauf. Es ist offensichtlich, dass er zuviel getrunken hat, seine Augen sind glasig und er schwankt. Ohne von der ausgestreckten Hand Notiz zu nehmen, schaut Rohen funkelnden Blicks in die Runde.
„Ist es wahr?" keucht er, „sagt mir – ist irgendeiner nüchtern?"
Das Gesicht des Korporals verfinstert sich. Jan Goron kommt vor und legt seine Hand auf Rohans Schulter. Sie sind alte Freunde und Kameraden.
„Es ist wie sie sagen. Gott war gut zu mir und meiner Mutter, aber Du wurdest gezogen."

Nun gibt es ein allgemeines Gemurmel des Mitleids von den alten Frauen und ein Wehklagen von Mutter Gwenfern. Wie ein Betäubter steht Rohan still, nun ist sein Schicksal gekommen. Einzelne Männer scharen sich um ihn, einige mitfühlend, andere mit Scherzen und Lachen. Jetzt gibt Jannick Derval einen heiteren Tusch mit seinem Dudelsack und es ist eine laute Unruhe der Fröhlichkeit, in welche die Ausgehobenen einstimmen.

„Hände weg!" schreit Rohan grimmig und bahnt sich mit seinen Armen den Weg und setzt hinzu, während die Menschen vor ihm zurückschrecken, „Es ist falsch! Ihr tut das, um einen Scherz mit mir zu treiben. Wie kann ich gezogen sein? Ich war nicht dort!"

Der Korporal, der wie die anderen, auch etwas getrunken hatte, antwortet mit einem Wink zu den Gezogenen:

„Oh, ja, das ist alles sehr gut, aber der Kaiser ist schon auf diesem Weg, mein Bursche. Der, der sich in einer Ecke versteckt, soll sich schämen, wie will er als Mann fortbestehen? Danke Du für das große Glück, dass Du einen tapferen Onkel hast, der dort anwesend war und Deine Abwesenheit erklärte. Es ist alles in Ordnung! Vive l' Empereur!"

Rohan bebt am ganzen Körper.

„Es ist der Wille Gottes", sagt eine alte Frau.

„Du hast in meinem Namen gezogen!" schreit Rohan.

Onkel Ewen nickt, fährt aber fort zu erklären:

„Du warst nicht dort, mein Bursche. Dein Dienst ruft Dich, aber Du warst sonstwo. Ja, ich würde für Dich gezogen haben, aber meine gute Marcelle war da und sie bat zu ziehen, sagte, dass Du sie gebeten hast es zu tun, wenn Du nicht kommst. Verdammt, wie sie lächelten, als die Kleine vor kam und ihre Hand in die große Kiste steckte. Sie suchte eine längere Zeit und ich dachte bei mir, sie fühlt nach einer glücklichen Nummer, ‚Mut' schrie der Bürgermeister und sie zog es heraus!"

„Marcelle?"

„Habe ich es nicht gesagt, mein Bursche? Oh, sie ist eine mutige Kleine und bringt beiden Glück, Dir und dem Kaiser. Du solltest stolz sein! Auf diese Weise bist Du der Kopf aller aus Kromlaix! Du bist der König der Ausgehobenen – und alles durch die kleine Hand, die für Dich zog und ausrief ‚Nummer 1'!"

„Rohan Gwenfern – Nummer eins!" brüllte Gildas, die Stimme des Sergeanten nachmachend. Da gab es einen Lacher. Jannick bot wieder einen Tusch auf seinem Dudelsack.

Das Trinken kreist frei und die Gezogenen, wie auch immer ihre geheimen Gefühle seien, sind öffentlich laut. Versammelt, um die Tür und geschart im Zimmer, rufen laut nach Rohan, zu ihnen zu kommen. Gildas am meisten von ihnen. Aber es ist keine echte Freude oder Enthusiasmus da. Keine Frau lächelt und viele weinen bitterlich. Plötzlich nimmt das Geschrei ab und in

das Haus kommt ein Trupp junger Mädchen, die die Nationalhymne singen. An ihrer Spitze Marcelle.
Blaß vor Erregung, ein hektischer Fleck brannte auf beider Wangen. Sie betritt das Zimmer, dann sieht sie Rohan, sie unterbricht plötzlich und schaut ihn mit fragenden Augen an.
Er hat sich weder bewegt noch hat er gesprochen, seit dem ersten Augenblick, als der Korporal ihren Namen nannte. Er hatte den Korporal reden hören und die Gezogenen redeten wild durcheinander.
Nun, als Marcelle eintritt wendet er seinen Blick schnell ihr zu, dann wendet er sich ab und es verstärkte sich die Blässe. In seinem Herzen beginnt ein harter Kampf um das Mädchen. Wenn sie die Unglücksnummer gezogen hatte, war sie sicher erschrocken und wie betäubt. Dann gab sie sich selbst die Schuld und ihre Verehrung für den Kaiser war in ihrem Herzen gesunken, bis sie durch den Enthusiasmus ihres Onkels wiederkam. Sie vergaß die Selbstvorwürfe und sie entschied sich zu einem heroischen Akt in allen folgenden Szenen.
Wenige der Gezogenen nehmen sich ihr Pech zu Herzen und sie rechneten nicht mit irgendeinem Widerstand von Rohans Seite.
Tatsächlich hatte Marcelle oft von seinem Widerwillen zum Kriegsdienst und der Zwangsaushebung gehört, aber da waren noch die anderen Männer von Kromlaix
Und außerdem, wenn die Stunde kommen würde und sie werden gerufen, würden sie heiraten und gehen.
„Schau, Rohan", sagt sie und hält eine Rosette mit einem langen farbigen Band in ihrer Hand, „schau, ich habe es für *Dich* mitgebracht!"
Jeder der Gezogenen trägt ein ähnliches Abzeichen und der alte Korporal, um das Bild zu vervollständigen, hat eins an seine Brust geheftet. Als Marcelle vor geht lassen alle sie hochleben.
Rohan schaut sehr wütend.
„Bleib zurück! Berühre mich nicht!" ruft er mit ausgestreckten Armen.
„Hört ihn!" ruft Mikel Grallon spöttisch.
„Der Junge ist verrückt!" sagt der Korporal.
„Rohan, Du verstehst nicht?" sagt Marcelle, durch den Blick ihres Liebsten erschrocken, „ich zog für Dich wie ich gebeten wurde und ich wünschte nicht, dass Du gehen mußt, Gott wollte das so und Du wirst dem guten Kaiser mit Gildas und den Anderen dienen. Sei nicht ärgerlich, mein Cousin, dass es so ist. Ich habe es von Deinen eigenen Lippen und ich zog in Deinem Namen und Du bist auf diese Weise der Anführer der Gezogenen und dies ist Dein Abzeichen, laß es mich nun an Deine Brust heften."
Aus der Tasche ihrer bestickten Schürze zieht sie Nadel und Faden und kommt näher. Er bewegt sich nicht, aber sein Gesichtsausdruck ist verkrampft, sein Blick ist auf den Boden gerichtet. In einem Augenblick hatten

ihre zarten Finger die Rosette an seine Jacke geheftet. Ein weiterer Hochruf erklang und der Korporal nickt, als wolle er sagen: ‚Das ist gut!'
„Und nun: Vorwärts!" schreit der Korporal, „wir werden auf Dein Wohl trinken."
Es kommt Bewegung in Richtung Tür auf, aber plötzlich stutzt Rohan, als wäre er aus einer Trance erwacht und schreit:
„Bleibt stehen!"
Alle bleiben stehen und lauschen. Mutter Gwenfern schleicht sich zu ihm und ergreift seine Hand.
„Ihr seid alle verrückt, denke ich, und es scheint, ich werde auch verrückt. Was ist das, was Du mir über die Zwangsaushebung und dem Kaiser sagen willst? Ich versteh das nicht. Ich weiß nur, Du bist verrückt und mein Onkel ist der Verrückteste von allen. Du sagst, dass mein Name gezogen wurde und ich gehen muß getötet zu werden oder zu töten? Ich sage Dir, nur Gott kann meinen Namen ziehen und ich will nicht einen Fuß bewegen – niemals, nie. Zur Hölle mit Eurem Kaiser! Die Hölle soll ihn und seine Zwangsaushebung verschlingen! Ich übergebe ihn wie dieses Band, dass Du mir gegeben hast, den Flammen."
In rasender Wut und unter Tränen reißt er sich die Rosette von der Brust und wirft sie ins Feuer. Es gibt ein leises Gemurmel und Mutter Gwenfern weint laut.
„Schweig, Mutter!" sagt er, dann wendet er sich wieder an die Gezogenen und an den Korporal:
„Euer Kaiser kann mich töten, aber kann mich nicht zwingen Soldat zu sein. Vor Gott verneine ich sein Recht mich zu berufen für ihn zu kämpfen, für einen Teufel. Wenn jeder Mann Frankreichs mein Herz hätte, er würde keinen Tag weiter regieren, er würde keine Armee haben, kein Schaf zum Schlachten führen. Geht zu Euerm Kaiser und tut sein blutiges Werk – ich werde zu Hause bleiben."
Die ganze Zeit blickte er nicht einmal zu Marcelle. Nun wendet sie sich schreiend an ihn:
„Rohan! Um Gotteswillen, sei still! Das sind törichte Worte."
Er schaut sie nicht an, noch antwortet er ihr. Gildas Derval bricht einen groben Ausruf aus:
„Es scheint mir es gibt nur ein Wort für meinen Cousin Rohan: *Er ist ein Feigling!*"
Rohan stutzt, hält sich aber unter Kontrolle, schaut gelassen auf den Sprecher. In der Zwischenzeit erlangt der alte Korporal, der vor Verwunderung und Entrüstung wie paralysiert dasteht seine Sprache wieder:
„Achtung!" ruft er laut, rot vor Leidenschaft, „Gildas hat recht und Rohan Gwenfern ist ein Feigling, aber er ist etwas mehr. Er ist ein ‚Chouan'(22) und er ist gottlos. Höre Du, der geht wie ein Mann für sein Land kämpfen aber dieser Mann ist ein Feigling, ein Chouan und er ist gottlos, Mutter Gwen-

fern, Dein Sohn sei verflucht! Marcelle, Dein Cousin ist ein Hund! Er sprach verräterische und verfluchte Worte. Er hat den heiligen Namen unseres Vaters, den Kaiser verflucht, aber noch lebt er!"
Die Situation ist nun furchtbar. Rohan steht aufrecht, Angesicht zu Angesicht zu seinem Onkel und den anderen Gegnern gegenüber, immer noch die Hand seiner Mutter ergriffen.
Mutter Gwenfern, die arme Frau, kann solche Worte, die über ihren Sohn ausgestoßen wurden, nicht erhören und sie schreit durch ihre Tränen:
„Ewen Derval, Du bist boshaft, so von meinem Jungen zu sprechen!"
„Schweig, Mutter!"
Der momentane Sturm ist vorüber und Rohan steht nun gebändigt.
„Achtung!" schreit wieder der Korporal, „wir werden nachsichtig sein – vielleicht ist dem Jungen nicht gut, ist verzaubert – wir wollen versuchen so zu denken, meine Tapferen. Möge er morgen kommen und den guten Kaiser um Vergebung bitten, und bete, daß Dir erlaubt wird sich zu den Anderen zu gesellen, die für ihr Land kämpfen. Wenn nicht, merke Dir, werden wir kommen Dich zu holen, Du sollst uns nicht ohne Grund entehren. Er denkt, er ist sehr stark, aber was ist die Stärke eines Mannes gegen unsere, gegen die des Kaisers? Ich sage Euch wir werden ihn jagen, wenn es nötig wie einen Fuchs, wie einen Hund, und seht, ich, sein Onkel werde Euch anführen ... Ja, Mutter, ich werde sie anführen ... Mit oder ohne seinen Willen, er wird zu Euch stoßen, denkt daran und wenn er unfreiwillig geht, wird der erste Schuß in seinem ersten Kampf ihn finden und den Feigling niederstrecken!"
Rohan sagt nichts und steht mit einem grausigen Lächeln auf seinem entschlossenen Gesicht. Worte sind nun nutzlos, seit die furchtbare Stunde gekommen war.
Nun herrscht eine Totenstille, in der die Männer ärgerlich genug auf den Revoltierer schauen. Marcelle schleicht sich heran und steht zwischen Rohan und ihrem Onkel.
„Deine Worte sind zu hart, Onkel Ewen und Du verstehst nicht. Rohan meint es nicht so, was er sagte. Er sprach aus Leidenschaft und dann sagen Männer nicht ihre wahre Meinung. Er ist kein Feigling, sondern ein mutiger Mann, ja der Mutigste hier!"
Darauf gibt es ein allgemeines Seufzen.
„Sei still, Marcelle!" sagt der Korporal.
„Ich werde nicht still sein, es ist mein Fehler, es ist so, dass ich für meinen Cousin Unglück gebracht habe. Rohan, wirst Du mir vergeben? Ich betete, dass es nicht so sei, aber Gott hat es gewollt – Gott und seine Heiligen werden über Dich wachen, wenn Du in den Krieg ziehst!"
Rohan schaut traurig in das Gesicht des Mädchens und als er die tränenden Augen sieht, die zitternden Lippen, ist sein Herz bewegt. Er nimmt ihre Hand und küßt sie vor allen.

Ein hässliches Gesicht drängt sich plötzlich zwischen sie.
„Ist es nicht schade", schreit Mikel Grallon, „zu sehen wie ein schönes Mädchen einem Feigling verfällt . . ."
Er kann nicht zuende sprechen und Rohan, sich kaum bewegend, streckt seine Hände aus und schubst ihn hin. Grallon fällt wie ein Klotz. Ein wilder Schrei kommt von allen Männern, die Frauen kreischen, Marcelle schreckt zurück und Rohan bahnt sich seinen Weg und schreitet zur Tür.
„Haltet ihn, ergreift ihn, tötet ihn!" schreien einige Stimmen.
„Sperrt ihn ein!" schreit der Korporal.
Aber Rohan schleudert seine Gegner nach rechts und links, wie Kegel. Sie fallen und keuchen. Gildas und Hoel stürzen vor, ihre großen Gestalten zittern vor Wut. Rohan wendet sich plötzlich um, steht ihnen gegenüber und im nächsten Augenblick sind sie über ihm, er wirft sich selbst vorwärts wie zwei riesige kämpfende Schafsböcke. Es ist nur für einen Moment, dass Rohan zögert, weil er sich daran erinnert, dass seine Gegner seine Cousins sind und die Brüder von Marcelle. Dann, mit einem geschickten Trick, wohlbekannt in der Bretagne, stellt er dem Riesen Hoel ein Bein und hält sich fest am Riesen Gildas. Nun, Gildas ist nicht ganz auf der Höhe zu einem Kampf mit Rohan und jetzt unterliegt er fast, im nächsten Moment liegt er schreiend und fluchend an der Seite seines Bruders.
Rohan wendet sein blasses Gesicht schnell zu Marcelle und geht unbehelligt in die Dunkelheit hinaus.

Spät in der Nacht sitzt der kleine Pater im Pfarrhaus gemütlich vor dem Feuer. Sein Raum ist möbliert mit einem eichenen Tisch, strohgestopfte Sessel und ein Bett mit dunklen Stoffvorhängen mit Motiven von Heiligen. Ein schwarzes Kreuz aus Ebenholz ist aufgestellt und davor ein kleiner betender Gott. Der kleine Pater liest, aber nicht sein Gebetbuch, sondern eine gepfefferte Geschichte der Rolle der Kirche in der vorangegangenen Revolution, als es laut an der Tür klopft. Die Haushälterin weist auf einen männlichen Besucher, den Pater Rolland auf einen Blick als Rohan Gwenfern erkennt. Als sie allein im Raum sind, sagt Rohan in einer leisen, eindringlichen , jedoch respektvollen Stimme, blaß wie der Tod zum Pater gewendet, mit der Hand auf den Tisch gestützt:
„Pater Rolland, ich bin gekommen um Sie um Hilfe zu bitten."
Der Priester stutzt, schließt sein Buch und weist zu einem Sessel und sagt:
„Setz Dich."
Rohan schüttelt den Kopf und bleibt stehen.
„Ich bin bei der Zwangsaushebung gezogen worden. Meine eigene Hand zog aber nicht die furchtbare Nummer und ich möchte vielleicht protestieren, weil ich bei der Ziehung abwesend war, aber es ist egal – ich weiß aus erster Hand, es gibt kein Entrinnen. Der Kaiser wählt die starken und ich bin stark. Pater Rolland, ich werde niemals in den Krieg ziehen. Ich habe es hin

und her überdacht und ich will lieber sterben. Sie schauen erstaunt, als würden Sie nicht verstehen. Gut, verstehen Sie dies – ich will kein Soldat sein. Das ist so sicher wie der Tod, so unabänderlich wie das Grab."
Pater Rolland erinnert sich eines solchen Falles von früher – mancher weinenden Mutter und unglücklichen Sohn, die zu ihm kamen, um seine Hilfe baten – aber keiner hatte so gesprochen wie dieser junge Mann. Sie waren in Tränen gekommen und sind in Tränen, resigniert gegangen. Dieser Mann, im Gegensatz, ist in schrecklicher Aufregung, ist tränenlos, stolz, beinahe anmaßend. Er steht aufrecht und seine Augen weichen nicht denen des Priesters aus. Pater Rolland hebt seine Schultern und reibt sich die Hände.
„Du bist gezogen? – Ich bedaure das für Dich, mein armer Kamerad, aber Du musst Dich unterwerfen."
„Es gibt keine Möglichkeit der Befreiung?"
„Keine."
„Obwohl ich meiner Mutter einziger Sohn bin?"
„Oh, das bedeutet nichts. Sogar die Lahmen und Krüppel werden heutzutage gerufen. Es ist hart, aber der Kaiser braucht Männer."
Es folgt eine Pause, in der Rohan den Priester fixiert, des Letzteren zum Unbehagen. Schließlich spricht er:
„Sehr gut, Pater Rolland – Sie haben meine Entscheidung gehört. Der Kaiser will mich nicht entbehren, mein Landsmann will mir nicht helfen, so komme ich zu *Ihnen*."
„Zu mir!"
„Zu Ihnen. Sie sind ein heiliger Mann, Sie haben die Möglichkeit mir die Absolution zu erteilen, die Seele auf den Tod vorzubereiten, Gott auf Erden zu repräsentieren. Ich wende mich gegen den Kaiser, an Ihren Gott, Ihren gekreuzigten Christus. Ich sage zu IHM und zu Ihnen, daß Krieg abscheulich ist, daß der Kaiser ein Teufel ist, daß Frankreich eine Schlachtbank ist. Ich halte das Gottesgesetz ein, das ist: ich werde niemals töten, ich werde dem Kaiser nicht gehorchen. Das heißt, ich Verweigere Gottlosigkeit, weil ich vom Teufel verführt werden soll. Ihr Gott ist ein Gott des Friedens, Ihr Christus starb eher, als dass er die Hand gegen seine Feinde erhob. Sie sagen, Ihr Gott lebt, Ihr Christus herrscht – lasst IHN jetzt mir helfen! Es ist wegen SEINER Hilfe, dass ich gekommen bin."

Es ist schwierig zu sagen, ob des Sprechers Art ganz seriös war oder teilweise ironisch. Sein Ton schien sicher verzweifelt aggressiv. Er steht ganz still, noch immer totenblaß, aber seine Stimme zitterte nicht. Pater Rolland ist schwankend. Er selbst ist teilweise kein Freund des Kaisers, aber solche Worte scheinen unter diesen Umständen furchtbar zu sein. Er antwortet:
„Mein Sohn, Du solltest knien, wenn Du nach der Hilfe von Gott fragst, solltest ein reumütiges Herz haben und einen demütigen Geist und beten.

ER bewilligt viel – vielleicht alles. Es scheint mir Du bist zornig. Im Zorn kann man nicht Christus begehren. Amen!"
Rohan antwortet noch einmal im selben Tonfall:
„Ich weiß das, ich hörte das schon vorher, ich hatte oft gebetet, aber heute Nacht werde ich meine Knie nicht beugen. Lassen Sie mich fragen, Pater Rolland – Sie, der ein Mann Gottes ist, mit einem Herzen für die Armen – ist es richtig, dass diese Kriege stattfinden? Ist es richtig, dass fünfhunderttausend Männer im Schnee des vergangenen Jahres umkommen sind? Ist es richtig, dass der Kaiser nun nahezu vierhunderttausend weitere ruft? Das ist nicht alles. Sind nicht Männer Brüder? Hat das nicht Paris bewiesen? Ist es gut für Brüder einander zu morden, zu foltern, bis zu den Fußknöcheln zu waten im Blut der Anderen? Ist das alles richtig, dann merken Sie, Christus ist falsch und es gibt keinen Platz in der Welt für Ihren Gott!"
Dies ist furchtbar. Der Priester springt verletzt auf und schreit laut:
„Keine Gottlosigkeit!"
Dann, vor dem Feuer stehend, fährt er fort:
„Du verstehst diese Dinge nicht. Ich will nicht sagen, dass Du keinen Grund hast zu Klage, aber wie Du was sagst, es gab schon immer Kriege, so steht es im Buch Gottes. Menschen sind streitsüchtig wie Du, so sind Nationen und die einzelnen Nationen oder der einzelne Mensch, es ist alles eins. Wenn Dich ein Mann angreift, mein Bursche, würdest Du nicht zurückschlagen? Und Du würdest nicht Dein Recht verteidigen? Und eine Nation hat Rechte wie Du."
Rohan lächelt wunderlich.
„Ist es das, was Ihr Christus sagt? Sagt ER nicht eher: ‚Wenn ein Mensch Dich schlägt, halte ihm noch die andere Wange hin?'"
Der Priester schluckt und schaut konfus, dann sagt er:
„Das sind Buchstaben, mein Bursche, wir aber müssen auf den Geist schauen. Oh, ja, der Geist ist die Sache! Nun, wir sind allein und ich will Dir etwas ehrlich sagen: Ich liebe den Kaiser nicht, er hat den Heiligen Vater roh behandelt und er ist nicht der König des ‚göttlichen Rechts'. Aber er ist nun mal da und jeder von uns muß gehorchen – die Kirche wie auch Ihr anderen. Ich werde noch etwas anderes anführen, Rohan, ‚Vergeltung zu Cäsars Dinge ist Cäsars Sache und Gottes Dinge sind Gottes Angelegenheiten'. Nun das ist der Weg, die Dinge zu beurteilen. Deine Seele gehört Gott und ER wird über sie wachen und Dein sterblicher Körper gehört in der Zwischenzeit zu – Cäsar, mit anderen Worten, dem Kaiser!"
Rohan kann nicht sofort antworten, er läuft im Raum auf und ab.
Der kleine Pater denkt, dass er ihn beruhigt hat und sagt mit einer ruhigen Stimme:
„Laß uns beten!"
Rohan stutzt.
„Zu wem?" fragt er mit einer hohlen Stimme.

„Zum lieben Gott."
„Dem meine Seele gehört?"
„Oh, ja, Amen!"
Der Priester bekreuzigt sich und tritt an den Betstuhl.
„Aber nicht mein Körper?"
„Nicht Dein Körper, welcher Staub ist."
Der Priester ist gerade dabei auf seine Knie zu sinken, als Rohan seine starke Hand auf dessen Schulter legt.
„Nicht heute Nacht, Pater Rolland, ich habe genug gehört, ich weiß jetzt, dass Sie mir nicht helfen können."
„Wie soll ich das verstehen, mein Sohn? Komm, beten wird Deinen Geist beruhigen und höre die stille Stimme Gottes."
„Nein, ich kann nicht beten, zuletzt vor allem nicht zu IHM."
„Was?"
„Seien Sie nicht böse, Pater Rolland, ich bin nicht von der Angst besiegt. Sie sind ein guter Mann, aber Ihr Gott ist nicht für diese Welt, aber es ist diese Welt, die ich liebe."
„Das ist Sünde."
„Pater, ich liebe mein Leben und meine Stärke und die Frau in meinem Herzen und meine Mutter – all das liebe ich und den Frieden. Sie können mir erzählen, mein Körper ist Staub, gut, für mich ist er kostbar und meine Seele sagt: ‚Andere Menschen fühlen ihren Körper ebenfalls als kostbar und ich habe geschworen niemals einen Mord zu begehen, auf niemandens Geheiß. Ich werde mich selbst verteidigen, wenn ich kann, das ist alles. Verteidigung mag gerecht sein. Gute Nacht."
Er ist an der Tür, als Pater Rolland, dessen Humanität groß ist und der wirklich Leiden jeglicher Art verabscheut, ruft lebhaft:
„Bleib stehen! Bleib stehen! Mein armer Kamerad, ich werde Dir helfen, wenn ich kann."
„Das können Sie nicht", wiederholt Rohan, „noch kann mir Ihr Gott helfen, Pater Rolland. ER starb vor langer Zeit und ER wird nicht wiederkommen, es ist der Kaiser, der die Welt beherrscht, nicht ER."
Bevor noch ein weiteres Wort fällt, ist Rohan gegangen. Der kleine Priester sinkt in den Sessel und trocknet den Schweiß auf seiner Stirn.

Zu dieser Stunde, während Pater Rolland und Rohan Gwenfern miteinander sprechen, ist Marcelle auf ihren Knien in der kleinen Kammer.
Sie ist allein, die arme, weinende Mutter hat sich von den anderen zurückgezogen. Und unten sind zornige Diskussionen im Gange, manche trinken heftig, andere klagen Rohan Gwenfern öffentlich an. Natürlich glaubt keiner, dass Rohan ernsthaft der Zwangsaushebung widerstehen wird, da gibt es keine Chance. Für das Land sind das alles Deserteure und kein Boot sticht mit solchen Zeichen in See. Für alle ist er ein Feigling und der be-

schwipste Riese Gildas ist von allen beim Anklagen der Lauteste. Und Marcelle betet unter zwei Bildern, der Jungfrau Maria mit dem Kind und dem heiligen Napoleon. Für die Seele ihres toten Vaters, für den alten Korporal und ihrer Mutter, für ihre Brüder, hauptsächlich für den armen Gildas, der gezogen wurde und letztlich haucht sie den Namen von Rohan Gwenfern.

„Segne meine Liebe zu Rohan, oh, Heilige Mutter und bringe ihn zu mir zurück aus dem furchtbaren Krieg und mache, dass er mir vergibt, dass ich seinen Namen zog und gewähre mir nun sein Wohlwollen, dass ich niemals mehr sündige."

Sie schaut auf den Kaiser, wie es ihr abendlicher Brauch ist.

„Und, oh, barmherziger Gott und Jesus, um Deines Sohnes willen und unserer Heiligen Mutter und all den anderen Heiligen, schütze unseren guten Kaiser, für den mein armer Rohan und Gildas, mein Bruder, kämpfen gehen und gib ihm den Sieg über seine Feinde und bringe ihn sicher wieder zu uns. Amen."

Sie steht auf, geht quer durchs Zimmer zum Fenster. Der Mond scheint hell, denn es ist Vollmond. Sie kann weit draußen auf dem Wasser das ruhige und nebelhafte Licht sehen und die Firste der Häuser sind auf den offenen Straßen hell, aber die Häuser werfen lange Schatten. Jetzt bewegt sich etwas im Schatten des gegenüberliegenden Hauses, sie sieht die Gestalt eines Mannes, der zu ihrem Fenster schaut. Liebe hat wundervolle Zeichen und sie erkennt Rohan Gwenfern. Sie schleicht dicht an das Fenster und öffnet es. Der Mond bescheint ihre schneeweiße Haube und das Mieder, als sie sich hinauslehnt und leise flüstert:

„Rohan! Rohan!"

Er antwortet diesem Ruf nicht, denn die Zeit ist noch nicht gekommen. Er schaut nicht länger und bewegt sich vorwärts ins offene Mondlicht, überquert unten die Straße, ohne noch einmal zurückzuschauen.

Kapitel XVI

Die Segnung eines guten Mannes

An einem hellen sonnigen Tag, etwa eine Woche nach der Ziehung der Lose versammelt sich bei der Stadt St. Gurlott, zwanzig Meilen entfernt, auf einer grünen Wiese eine merkwürdige Gruppe. In der Mitte sitzt ein älterer Mann mit einem Buch in seiner Hand, liest laut und klar im gleichmäßigen Tonfall. Um ihn herum sind acht Leute versammelt. Manche schauen über seine Schultern, andere sitzen auf dem Boden, einige ein wenig lässig und gleich-

gültig, die meisten aber sind aufmerksam. Der Vorleser ist Meister Arfoll, die anderen sind seine Schüler.
Der Älteste ist ein gutmütiger, aber töricht aussehender Bauer von vielleicht fünfundzwanzig Jahren, der eine breite Biberfellmütze trägt und ein altmodischen rostigen Handkoffer, schwarzes Jacket, locker fallende schwarze Hosen und schwarze Gamaschen. Er sitzt mit weit geöffneten Mund und Augen, ein Model des Stumpfsinns und der Wissbegierde. Neben ihm ist ein schlanker Jugendlicher von achtzehn Jahren, mit dichtem rasiertem Haar wie ein Mönch oder ein religiöser Student, aber auch er ist ein Landarbeiter, oder eines Farmers Sohn. Neben ihm zwei dralle gleichaltrige vierzehnjährige Mädchen mit hellen Röcken, großen Hauben und Pantoletten, dann zwei unbeholfene und krank aussehende Jungen. Und zuletzt die über die Schultern des Meisters Arfoll schauenden – ein kleiner Junge und ein kleines Mädchen von sechs, die am meisten denkbar komischen Gestalten. Der Junge exakt so angezogen wie der Erwachsene Bauer – in schwarzen Sachen und winzigen Holzschuhen und einen breitkrempligen Hut, das Mädchen mit einer riesigen Haube, deren Enden ihr bis auf die Hüfte reichen, ein schwarzes Mieder, einen sehr steifen schwarzen Rock, schwarze Strümpfe, die in schwarzen Schuhen stecken. Die Kinder sehen feierlich aus wie ein alter Mann und seine Frau. Das Mädchen flechtet Primeln in ihrem Schoß, der Junge hat seine kleinen Hände in das Hüftband seiner Hose gesteckt. Hier und da über das Land verstreut, manchmal umgeben von Tannen, meist aber ungeschützt, stehen eine Anzahl kleiner Gehöfte, von welchen diese Schüler kommen. Die grüne Wiese auf der sie sitzen ist Teil eines großen Flachlandes, das breite grüne Weideland ist mit Heide und Stechginster durchsetzt und erstreckt sich entlang der niedrigen Granitkliffs der See.
Alles ist sehr ruhig und still und Meister Arfoll, der hier auf einem niedrigen Hügel sitzt, kann den Verlauf der Seeküste viele Meilen weit verfolgen. Die blaue Steilküste dehnt sich in die Ferne aus, die cremweiße Brandung bricht in die sandigen Buchten, das dunkelblaue Wasser bewegt sich weich im Windschatten. Hier und da auf dem Flachland reckt sich ein Menhir und Dolmen sind zu sehen, andere liegen umgestürzt zwischen dem Stechginster. Keine zwanzig Yards von der Anhöhe ist ein moosbewachsener Dolmen so hoch, dass ein großer Mann darin aufrecht stehen kann. Er wirft seinen dunklen Schatten auf das Gras.
Meister Arfoll hört auf zu lesen, dann wendet er sich lächelnd an das kleine Mädchen und sagt:
„Nun, meine kleine Katel, lese nun nach mir!" Das Mädchen kommt näher und steckt ihr kleines Gesicht in das Buch und folgt Meister Arfolls Finger wie er langsam der Zeile folgt. Es ist das Neue Testament, was sie liest, welches in modernes französisch übersetzt ist. Als sie einen Abschnitt mit

vielen Fehlern und Verwechslungen der bretonischen und französischen Eigentümlichkeiten gelesen hat, streicht ihr der Lehrer über den Kopf.
„Gut", sagt er und Katel errötet vor Entzücken. Dann versucht es der kleine Junge, hat aber weniger Geduld und Erfolg. Sein französisch ist äußerst unverständlich.
„Nimm Dir Zeit, Robert", sagt der Lehrer, aber er fährt nicht besser als zuvor fort. Jetzt liest der erwachsene Bauer, aber es ist schlecht. Seine Aussprache der Buchstaben ist grausam und das kleinste Wort mit nur einer Silbe ist jenseits seiner Bedeutung. Dennoch, er scheint großes Vergnügen bei der Jagd nach Wissen zu haben. Und die anderen Schüler, besonders die kleine Katel, lachen geradeheraus über seine Fehler, er grinst nur und kratzt sich seinen Kopf mit äußerst gutmütigem Humor.
Es ist eine Szene für einen Maler. Die Sonne scheint hell auf die glückliche Gruppe, aber auf Meister Arfolls Gesicht zeigen sich sanft die Sorgenfalten. Die altmodischen Trachten seiner Schüler heben sich vom Schimmern der Felder, vom Stechginster und den Farmen auf der Ebene um sie herum und von der glitzernden See ab. Von dem Kliff segelt geschmeidig ab und zu eine weiße Seemöwe und fliegt über ihre Köpfe. Rechts über dem Dolmen. Immer höher und höher steigend, singt eine Lerche.
Dann nimmt Meister Arfoll das alte verwitterte Buch, schlägt die abgenutzten Seiten auf, liest einen Teil eines Kapitels, übersetzt es schnell und laut ins melodische Bretonisch. Es ist das vierzehnte Kapitel Lukas und der Teil, den er liest ist das Gleichnis eines Mannes der ein großes Abendmahl gibt. Alle hören aufmerksam zu, es ist eine Geschichte wie ein Märchen, das beim abendlichen Beisammensein erzählt wird. Alle horchen mit offenem Munde. Als er endet, sagt er plötzlich:
„Meine Kinder, lasst uns beten!"
Alle knien um ihn, vom Bauer bis zur kleinen Katel, die in der Zwischenzeit mit ihren kleinen Fingern einen Rosenkranz aus Eicheln machte und ihn sich um den weißen Hals hängt.
Und das ist Meister Arfolls Gebet:
„Sende aus, ich flehe Dich an, oh HERR, Deine Gunst in die Herzen dieser Deiner Kinder, dass sie, wenn die Zeit kommt, DICH kennen werden und nicht den Antichrist, mögen sie immer DEINEN göttlichen Beistand in sich fühlen, mögen sie DEINE Wahrheit und DEINE Allwissenheit erkennen. Noch kommen und gehen über die Erde rohe Bestien über die Felder. Erleuchte sie, denn sie brauchen Licht. Amen! Lehre sie, denn sie sind Willens nachzudenken. Amen! Gebe ihnen Kraft, dass sie nicht knien vor irgendeiner Grabinschrift irgendeines gottlosen Mannes. Amen! Mögen ihre Seelen durch das Leben das große Evangelium der Liebe und des Friedens erfahren und mögen sie beim großen Abendmahl auf IHN treffen, wenn die Tage ihres Lebens vorüber sind. Amen! Amen!"
Bei jeder Wiederholung des ‚Amen' bekreuzigt sich die kleine Katel energisch. Für keinen der Schüler scheint sich das Gebet von anderen Gebeten zu unterscheiden, obwohl Meister Arfoll es mit tiefgründigem Sinn improvi-

103

sierte, wie es sein Brauch ist. Dann stehen alle auf und es bildet sich in der Mittagssonne um Meister Arfoll eine Traube.

„Es ist genug für heute", sagt er mit der Hand auf dem Kopf der kleinen Katel, „morgen werden wir uns hier wiedertreffen, meine Kinder, um die gleiche Zeit."

„Meister Arfoll!" sagt die kleine Katel.

„Ja, Kleine?"

„Mutter ist verdrießlich, dass Sie noch nicht bei ihr waren, seit sie nach Traonili kamen. Sie bat mich, Ihnen zu sagen, dass sie ein Paar Lederschuhe und noch Anderes für Sie hat."

Der Schulmeister lächelt freundlich.

„Sag Deiner Mutter, dass ich sie heute Abend besuchen werde."

„Nein, das ist nicht fair", ruft eines der anderen Mädchen aus, „Sie versprachen Tante Nola, uns zu besuchen."

Dies sagte sie heftig, aber mit einem Knicks.

„Wir werden sehen, wir werden sehen", sagt Meister Arfoll und nickt mit dem Kopf.

„Nun eilt heim, die Angelusglocke für das Mittagsgebet erklang schon. Guter Penvenn, bis morgen. Geduld! Sie werden noch ein guter Schüler sein!"

Die letzten Worte waren an den ältesten der Klasse gerichtet, der grient erfreut, statt einer Antwort und in einer vertrauten Mundart drückt der Schulmeister schon bald seinen Bruder Mikel Penvenn, auf dessen Farm er einmal arbeitete.

Einen Moment später ist die ‚Schule' zerstreut. Penvenn geht seinen Weg gerade quer über die Ebene, die jungen Mädchen und der Jüngling gehen langsam und scheinbar ziellos und die zwei Jungen rennen ohne Schuhe schreiend quer über die Wiese, die kleine Katel und ihr Bruder trotten Hand in Hand zu der nahe gelegenen Farm.

Während der Schulmeister mit verträumten Augen das Zerstreuen seiner kleinen Herde beobachtet, ist es vielleicht gut, die Eigentümlichkeit seiner seltsamen göttlichen Berufung zu erklären:

Vor der großen Revolution war die Bretagne von umherziehenden Lehrern überfüllt, von der Kirche ausgebildet, zogen sie von Dorf zu Dorf und von Farm zu Farm, den Kindern die lateinischen Gebete, das ‚Angelus Domini' und den Katechismus lehrend. Das waren im Allgemeinen Männer, deren Hoffnungen dem Priesterstand zu folgen nicht erfüllt wurden. Ihr Leben war hart, ihre Nahrung gewöhnlich, ihr ganzer Beruf ernährte sie nur durch Bettelei. Ihren Unterricht gaben sie zu jeder Stunde und unter allen Umständen. Manchmal auf den Feldern, in den Arbeitspausen, manchmal im Stall, manchmal unter dem Kreuz auf einer Landstraße, manchmal unter einem Dach, manchmal draußen. Ihre Bezahlung war miserabel, sechs Sous monatlich von jeder Familie oder Geschenke wie Speck, Honig, Leinen oder

Getreide, etwa in diesem Wert. Deshalb mussten sie einen Nebenverdienst haben. Sie waren willkommen geheißen mit Bett und Tisch, wo immer sie bleiben wollten und hatten gewiß große Achtung unter den ungebildeten Leuten. Ein Geruch der Heiligkeit hing über sie. So trugen sie ihr Wissen von Dorf zu Dorf, bis sie zu schwach wurden und nicht länger zu Fuß reisen konnten. Einige von ihnen konnten es bewerkstelligen für ihr Alter ein altes Maultier oder einen Esel zu haben, dass sie getragen werden konnten. Sie aßen auf den Feldern oder in Straßengräben und zuletzt, wenn sie ganz altersschwach waren, um Unterricht zu geben, wurde mancher zum Berufsbettler und erbettelte sein Brot von Tür zu Tür.

Mit dem glühendem Atem der Revolution zerstreuten sich diese umherziehenden Schulmeister wie Funken, die meisten von ihnen verschwanden für immer.

Während der späteren Jahre des Kaiserreiches in denen die Rolle Napoleons als der Vater der Revolution erschien und als Einführer einer neuen und heiligen Regierungsform, kehrten viele von ihnen, ihrer göttlichen Berufung folgend, zurück.

In der Zeit der Revolution muß Meister Arfoll etwa dreißig Jahre alt gewesen sein, aber keiner im Distrikt der Bretagne erinnert sich, sein Gesicht vor dem Beginn des neuen Jahrhunderts gesehen zu haben. Sein erstes Erscheinen war am Grab eines älteren Mannes und er trug in seinen Gesichtszügen die Zeichen irgendwelcher schrecklichen Erlebnisse oder Leiden und vieles an seinem Äußeren war wild und seltsam, so dass sein gesunder Verstand oft in Frage gestellt wurde. Keiner weiß, ob er jemals in einem kirchlichen Seminar studiert hatte, ob er in der Bretagne geboren war oder nicht. Es wurde allgemein berichtet, dass er ein Einwohner einer der großen Städte gewesen ist und dass er dort, während des Terrors, solche schlimmen Erfahrungen gemacht hat, die frühzeitig sein Haar ergrauen ließen.

Wie auch immer, so könnte es gewesen sein, die Leute kennen und lieben ihn. Ein guter Mann, was auch immer seine Meinung ist, zudem Meister Arfoll niemals mit seiner Meinung prunkt. Er ist willkommen in fast allen Farmen und kleinen Landhäusern und wenn er krank war, hatte er immer schwarzes Brot und fand Kresse am Bach. Sein Leben könnte man in bestimmter Hinsicht hart nennen, aber es war nichtsdestotrotz das Leben nach seinem Wunsch.

Die Schüler sind nun schon außer Sichtweite und Meister Arfoll wendet sein Gesicht der See zu. Er hatte seine ‚Saat ausgesät' und er ist glücklich darüber. Ein edles Licht schläft in seinem verhärmten Gesicht. Seine Bibel mit einer Hand festhaltend, beide Hände auf dem Rücken, so wendet er sich zu dem moosgrauen Dolmen. Als er so geht, hört er plötzlich ein Geräusch hinter sich und gleichzeitig spürt er eine Hand, die sich auf seine Schulter legt. Er wendet sich schnell um und ist total überwältigt, vor ihm steht Rohan Gwenfern.

Meister Arfoll erkennt auf den ersten Blick nicht gleich diesen Menschen, der Mann ist entsetzlich verändert. Sein Haar ist wild, sein Bart ungeschoren, seine Augen sind blutunterlaufen und eingesunken, sein Gesicht verhärmt und blaß. Es bedarf nicht viel Zeit der Jagd, einen Menschen in ein Tier zu verwandeln und Rohan hat den wilden horchenden Blick eines Gejagten. Er scheint beinahe wie ein Mann, der aus dem Grab gestiegen ist, seine Kleidung ist zerrissen und mit Lehm verschmiert, ein Ärmel seines Jackets ist abgetrennt und sein Arm ist bis zum Ellenbogen nackt und als Krone des Ganzen ist er barfuß. Seine große und kraftvolle Gestalt hat ihn meist verraten. Trotz seiner wilden Erscheinung ist er noch gut bei Kräften. Das Haupt ist noch das eines Löwen, die Haare noch golden, die Augen voll Fernweh, träumerisch und mit Löwenblick.
„Rohan?", stößt letztlich halb fragend Meister Arfoll aus, er nahm an Rohan wäre viele Meilen entfernt und konnte kaum seinen Augen trauen.
„Ja, ich bin es", antwortet Rohan mit einem kräftigen Lacher, als verspotte er sein eigenes Aussehen und setzt hinzu, sich dabei das Haar aus den Augen schiebend:
„Ich hatte mich im Dolmen versteckt und wartete darauf, dass Du mit Deinen Schülern zuende bist. Es war ein düsteres Grab für einen lebenden Menschen. Ich dachte Du kommst nie zuende."
Er lacht erneut. Er hat eine so sonderbare, ruhelose Unbekümmertheit in seiner Art und seine Augen schauen instinktiv in diese Richtung und um ihn herum. Der Schulmeister legt seine Hand auf seinen Arm und schaut besorgt in sein Gesicht.
„Rohan, wie ist es? Was ist passiert?"
Rohan beißt die Zähne zusammen und antwortet:
„Es ist gekommen wie ich es befürchtete, das ist alles."
„Was ist gekommen?"
„Die Zwangsaushebung."
„Das weiß ich, aber dann?"
„Ich wurde gezogen", antwortet Rohan, „vor zehn Tagen war die Ziehung und vorgestern war die Musterung. Eine Woche ist es her, dass ‚alt Pipriac' und eine Reihe Soldaten mir den ersten Besuch abstatteten, den ich teuer bezahlen sollte. Unglücklicherweise war ich nicht zu Hause und konnte mich nicht mit ihnen unterhalten."
Er lacht wieder, es ist ein Lachen voller Wut und Angst.
Nun ist dem Schulmeister alles klar und unendliches Mitleid erfüllt sein Herz.

„Mein armer Rohan!" sagt er leise, „ich habe gebetet für Dich, seit wir uns trennten. Es ist ein böses Schicksal, mein Sohn, ein schlimmes Schicksal. Aber Deine Art zu rebellieren –Gott helfe Dir – ist schrecklich!"
Rohan dreht sein Gesicht weg, um seine Tränen, die seine Augen trüben, zu verbergen. Diese besorgten Worte schockieren ihn wie ein Zauber. Plötzlich nimmt er beide Hände des Schulmeisters in die Seinen.
„Ich wusste, dass es so kommen würde und so kam es auch. Ich dachte, ich beachte die Ziehung einfach nicht, aber die Nummer wurde in meinem Namen gezogen. Als die Ausgehobenen zurückkamen, widersetzte ich mich ihnen und dem Kaiser. Man sagt, ich war widerspenstig. Dann kam eine Nachricht die mich zum Erscheinen nach Traolini kommandierte. Ich ging aber nicht, sondern ich blieb zu Hause. Danach kamen sie, um mich zu arrestieren. Meine eigenen Freunde waren die Schlimmsten, weil sie nicht ertragen konnten, dass sie gehen mussten und ich sollte entkommen. Vor vier Tagen verjagten sie mich von zu Hause. Ich lachte über sie, weil ich wusste, der Weg ist tausendmal besser als ihrer. Gut, ich war verzweifelt, ich dachte an sie, als sie marschierten. Ich folgte ihnen zwei Nächte, fragte nach ihren Weg. Gestern war ich in einem Dorf hier in der Nähe fast in eine Falle geraten, ich musste die Holzschuhe wegschleudern und losrennen, aber ein Soldat fasste mich beim Ärmel, wie Du sehen kannst. Es ist ein heißes Eisen, Meister Arfoll. Es ist so, als wenn sie Wölfe im Wald von Bernard jagen."
Er sprach schnell und ängstlich, dass ihn irgendjemand hören könnte. Während der Rede wurde das Gesicht seines Freundes blasser und gefahrdrohender. Am Ende schüttelte er traurig den Kopf und war still.
Rohan fährt fort:
„Ich sagte mir in der Nacht, dass ich sie in Traonili finden muß. Am Morgen folgte ich, wenn Fremde auftauchten, mich verbergend, ihrer Spur. Bis Du hier her kamst, aber Du warst nicht allein. Ich verbarg mich dort drüben und wartete. Ich befürchtete schon, dass Du in Begleitung zu den Farmen gehst. Als Du allein warst, kam ich hervor."
Die Ebene ist abgelegen und so gehen sie zusammen Richtung See. Der Rasen ist weich und grün, der Stechginster rundum wächst brusthoch, die Finken zwitschern auf jedem Zweig und viele Lerchen singen in der Luft. Hier und da wachsen Büschel von Schlüsselblumen und wilde Veilchen, die sich im Rasen recken. Unten funkelt die See und die rötlichen Küstenfelsen werfen lange Schatten.
„Sag mir, was kann ich tun?"
Meister Arfoll beginnt, nachdem er tief darüber nachgedacht hatte:
„Mein Sohn, es ist schrecklich! Ich bin wie betäubt. Ich kann Dir nicht raten, ich sehe keine Hoffnung."
„Keine Hoffnung?"
„Nicht eine."
„Und das heißt?"

„Dich selbst den Behörden auszuliefern und um Vergebung bitten, sie werden sich über Dich freuen. Ansonsten sehe ich keinen Weg. Wenn sie Dich später finden, so ist das Dein Tod."
Rohan macht eine verächtliche Geste.
„Das weiß ich, in jedem Fall kann ich sterben, aber sie sollen mich nicht lebend gegen meinen Willen zwingen. Aber sag, ist das Dein Rat, dass ich mich selbst aufgeben soll?"
„Ich sehe keinen anderen Weg."
„Daß ich ein Soldat des Kaisers werden muß?"
„Wenn es gegen Deinen Willen ist, Gottes Wille spricht Dich frei, Rohan, es ist ein Mann gegen die ganze Welt."
„Weiter."
„Und eben im Kampf kannst Du Gott dienen. Du wirst eine Waffe tragen, aber es wird bei Dir liegen irgendeiner Kreatur das Leben zu nehmen und dann wirst Du lebend zurückkommen, wenn alles getan ist."
Rohan hört mit gesenktem Blick.
„Wie weiter?" fragt er.
„Nichts weiter, ich weiß keinen anderen Ausweg, mein Sohn."
„Ich kann nicht anders entkommen? – Aus Frankreich heraus? In ein anders Land?"
Meister Arfoll schüttelt seinen Kopf und bekräftigt:
„Auf diesem Weg liegt Vannes, auf jenem Nantes und Brest und zwischen diesen Städten sind tausende Dörfer. Auf jeder Straße, jeder Bühne lauern sie auf Deserteure."
„Wenn ich Morlaix erreichen könnte, dort liegen Schiffe!"
„Es ist unmöglich. Von hier bis Kromlaix ist der einsamste Teil der Bretagne, alles Restliche ist voller Augen. Keine Verkleidung würde sicher sein. Deine Schlauheit als *ein* Mann, steht gegen hundert. Du hast es schon zu spüren bekommen. Wenn sie Dich entdecken würden, gibt es keine Gnade!"
Rohan scheint nicht sonderlich erstaunt. Er hatte Meister Arfoll nicht gefragt in der Absicht eines Mannes, der viel Hoffnung übrig hat, sondern mehr als ein Mann, der all seine Chancen abgewogen hat und sie im Voraus weiß. Als der Schulmeister geendet hatte, sagt Rohan ruhig:
„Ich gebe mich selbst auf. Muß ein Soldat des Kaisers werden! Gut, das ist nicht die Hilfe, die ich mit erhoffte."
Nach einer Pause fährt er schnell fort:
„Mein Vater, laß mich Dich so nennen, verurteile mich nicht, Du denkst ich bin leicht zu bezwingen und wankelmütig in meinem Entschluß. Du rätst mir, als wäre ich die kleine Katel drüben oder ihr Bruder oder ein anderes Kind. Das ist nicht fair, denn ich bin ein Mann. Wenn ein Mann vor Gott schwört, so heißt das: Halten oder sterben. Mein Vater, erinnerst Du Dich an die Nacht, als wir die Frauen am Wasserfall beobachteten und als ich Dich fragte, ob ein Mann berechtigt sei es zu tun?"

Meister Arfoll nickt zustimmend sein Haupt. Seine Augen begehren Rohans Gesicht mit einem neuen Erstaunen und er sieht dort eine Seele im offenen natürlichen Widerspruch mit der Unmenschlichkeit der Menschen. Er fühlt den Vorwurf, denn er gab seinen Ratschlag wie zu irgendeinem anderen Geschöpf. Hoffend auf das Beste. Aber nun wird er daran erinnert wie an Vieles aus früheren glücklicheren Tagen, Rohan Gwenfern ist kein gewöhnliches Geschöpf und das macht ihn zu einem einzigartigen Naturcharakter.
„Ja, Du erinnerst Dich!" fährt Rohan fort, „ja, Dein Rat war rücksichtslos, dafür meinen Schwur zu brechen. Ich sagte, ich würde niemals Ursache für den Tod einer anderen Kreatur sein, dass ich nie jemals töten werde. Die Zeit ist gekommen und ich werde geprüft. Du sagst, es gibt kein Entrinnen, aber – wie ich schon sagte, ich kann sterben."
All die wilde Unbekümmertheit ist vergangen und er spricht nun mit leiser Stimme, feierlich und edel. Sein Tonfall und seine Blicke sind nicht mißzuverstehen, sie drückten einen festen Willen und Entschluß aus. Meister Arfolls Saat hatte Früchte getragen, es war nun der Zögling, der lehrte und den Meister ermahnt. Tränen sind auf Meister Arfolls Wangen und Rohan sieht sie, sieht sie und ist davon erschreckt.

Sie laufen langsam weiter, bis sie an den Rand des Kliffs kommen und unter sich die See sehen, die auf den dunklen gerippten Sand rollt. Dann setzt sich Rohan auf einen Felsen, dicht an den Rand und lehnt seine Wange auf seine flache Hand und schaut seewärts. Jetzt sagt er in der ruhigen Art eines Fischers, der eine Bemerkung zu einem anderen macht:
„Es wird heute Nacht Wind geben und Regen. Schaue auf die Wolkenwand, die sich im Südwesten bildet."

Rohan

Meister Arfoll antwortet nicht. Niemals war er so schweigsam. Nach einer Pause, ohne seine Haltung zu verändern spricht Rohan erneut:
„Meister Arfoll, Du bist nicht böse?"
‚Böse'! Mit diesen Tränen, die sich in seinen Augen sammeln, mit dem angekündigten Leid, das noch in seinem Gesicht geschrieben
steht! Er wendet sich zu Rohan und antwortet ihm, seine Hand auf seine Schulter legend:
„Ich bin ärgerlich über mich selbst. So schwach zu sein! Sich so hilflos zu fühlen! Zu wissen, dass solche Dinge passieren und so unfähig zu sein, eine Hand zu reichen! Mein Sohn, ich verdiene Deinen Tadel, Du hast Recht und ich bin im Unrecht. Es ist falsch es gottlos ruhig hinzunehmen, besonders jemanden das Leben zu retten.
Es ist abscheulich ein Schwert zu ziehen für einen Mann, der Frankreich selbst droht. Ich weine um Dich wie für mein eigenes Kind, Dich so unglücklich zu sehen, so verfolgt und ich sage mir in meinem Herzen ‚Gott segne ihn! Er hat Recht. Er ist ein tapferer Mann und wenn ich wirklich sein Vater wäre, würde ich stolz auf so einen Sohn sein'."
Lange bevor er seine Worte beendet hatte steht Rohan auf, streckt seine Hände aus und sagte:
„Mein Vater, Du hast die Worte ausgesprochen, wegen denen ich kam."
Er steht bebend da, das Sonnenlicht spielt mit seinem Haar und auf seinem Gesicht ein Blick, der, würde ein Poet oder Musiker es gesehen haben, Begeisterung genannt worden wäre.
„Ich kam wegen dieser Worte! Alle sind gegen mich, Gott schütze meine Mutter und Dich! Alle sind gegen mich, sogar die Eine, die ich am meisten auf der Welt liebe. Ein guter Vater würde lieber seinen Sohn tot sehen, als in Unehren zu leben und Du bist in dieser Weise mein guter Vater. In den Krieg zu ziehen ist unehrenhaft, obwohl sie denken, es sei ehrenhaft. Du hast mich stark gemacht, mein Vater – stark und glücklich. Segne mich nun und lasse mich gehen!"
Meister Arfoll stutzt und zittert.
„*Meinen* Segen zu geben ist nicht viel wert, Rohan! Das würdest Du auch sagen, wenn Du alles wüsstest."
Und Rohan sinkt auf seine Knie und schaut in Meister Arfolls Gesicht.
„Segne mich, mein Vater! Du bist der einzige gute Mensch, den ich kenne. Die Leute sagen Du warst einst ein Priester. Deine Worte, Deine Liebe hat mich zu dem gemacht, was ich heute bin und Dein Segen wird mich besser machen und noch stärker. Du hast mir gesagt, dass ich im Recht bin, Gott wird mich loben, ich werde im Recht sein. Nun, segne mich! Und überlasse den Rest Gott."
Er verneigt sein Haupt und dann und dort berührt er sein Haar mit sanften Händen und erhebt sein bleiches Gesicht zum Himmel, Meister Arfoll segnet ihn.

Kein Vergleich zu dem geringen Segen der Heiligen, die aus dem Kalender bekannt sind.

Kapitel XVII

In der stürmischen Nacht

Rohan Gwenferns geübte Augen hatten sich nicht getäuscht, es wurde Nachmittag und das schlechte Wetter ist gekommen. Er hatte sich schon von Meister Arfoll getrennt, der sich in die friedliche Farm, wo er gerade wohnt, zurückgezogen hat. Am Rand des Kliffs geht Rohan seinen Weg. Die gelb blühenden Stechginsterbüsche sind hier mannshoch gewachsen und mehr als einmal muß er sich nach unten beugen, um seinen Pfad zu finden. Fast kriechend wie eine Raupe sucht er manchmal den Pfad auf der Oberfläche des Kliffs, das von der Sonne hier und da in ein rosiges Licht getaucht ist und silbern vom Glimmer und Feldspat glitzert. Je weiter er geht, desto mehr wächst die Einsamkeit in dieser Einöde. Nicht eine Seele ist auf diesem schwindelerregenden Pfad, der sich gemächlich um den großen vorgelagerten Pointe du Croix windet, zu sehen. Sein Gesichtsausdruck ist nun ziemlich ruhig. Der wilde Jagdblick ist verschwunden und ist durch betrübte Selbstbeherrschung ersetzt. Zu seinen Füßen brechen sich die dunklen Wellen, die weißen Möwen schweben über seinem Kopf, die Ziegen klettern auf den Felsen. Er läuft langsam und furchtlos seinen Pfad, er fühlt sich eins mit der Natur, dieses Glücksgefühl und die Freiheit dieser Einsamkeit, die keine ist, eine Einsamkeit in der er nicht ganz allein ist. Er liebte schon immer solche Freuden, nun liebt er sie beinahe bis zum Wahnsinn, für ihn war es wie: Ein Mann gegen die ganze Welt. Er ist in Rebellion gegen seine Freunde. Er hat sich geweigert dem Phantom zu folgen wie es seiner Generation zukommen soll. Statt gebunden sein wie ein Sklave im Soldatenrock und des Soldaten Menschenschlächterbürde, ist er frei – er kann gehen und leben wie es ihm gefällt und wenn es nötig ist, kann er sterben wie er es möchte.

Nicht ein Seevogel fliegt jetzt, kein Anzeichen von schwimmenden Tieren im Wasser. Das Herz der Erde schlägt mit ihm – er kann es fühlen, als er sich selbst in das weiche grüne Gras legt. Das lebende Wasser hüpft und erfreut sich mit ihm. Er kann es sehen, glitzernd Meile für Meile in rhythmischer Freude. Die Luft frohlockt und weht freudvoll über ihm, er trinkt sie langsam in seine Brust und seine Kraft wächst. Es ist schon etwas, nach all dem, ein Mann zu sein. Es ist mehr, aufgenommen zu sein in das Sakrament der

Natur, teilzuhaben an all diesen Wesen der Schöpfung, welche die Grausamkeit der Menschen beweint.
Die letzte Berührung mit diesem Sakrament kam von einer Segnung durch einen guten Mann. Bevor sie ihm gegeben wurde, war er schwach und ängstlich, nun ist er zurück in der Natur, glücklich und umgewandelt. Ja, gegenwärtig glücklich, weil es die unermesslichen Schätze des Mutes und des Selbstvertrauens, die sich in einer menschlichen Brust verbergen, hervorzog. Rohan Gwenfern hat sich immer seinen Kameraden gegenüber überlegen gefühlt, weil er verbunden war mit seiner naturbedingten Wohltätigkeit und leidenschaftlichen sinnlichem Stolz. Gegenwehr entwickelte seinen Stolz zur Leidenschaft. Er weiß um den schrecklichen Unterschied zu ihnen und er war so weit, sie zu treffen.
Dies sind die Gefühle und Gedanken, die sein Herz für viele Meilen beherrschen und lassen ihn beinahe seine Mutter und Marcelle vergessen. Als der Nachmittag dämmert und das Wetter beginnt sich vom Sonnenschein zu einem feinen düsteren Regen zu wandeln, beginnt er wieder sich seiner Einsamkeit bewusst zu werden.
Nun erreicht er die äußerste Grenze des Pointe du Croix. Er ist einsamer als der Tod. Der Regen fällt nun heftiger. Eine schiefergraue Wassermasse erhebt sich über die Spitze, verändert sich in bläuliches Weiß, schwebt und bricht in einem vielfachen Wasserfall rechts über die äußeren Felsen. Der Krach ist fürchterlich wie der Krach von zahllosen Streitwagenrädern, wie das Brüllen von tausend Kanonen. Auf dem äußersten Platz, der Sicherheit bietet, sitzen Scharen hunderter Kormorane, schwarze und grüne, obwohl der Wasserfall aus Schaum jeden Augenblick dicht zu ihren Schwimmfüßen herunterbricht. Manche von ihnen schlafen mit ihren Köpfen zwischen ihren Flügeln.
Hier sitzt nun Rohan und rastet, weit entfernt von Blicken Sterblicher. Die Kormorane unten sitzen etwa dreizehn Yards entlang, aber keiner von ihnen beachtet ihn. Zwei Raben, ein Männchen und ein Weibchen kreuzen ständig über seinem Kopf hin und her, gleiten in schönen Kreisen und jagen in dem Kliff wie Falken auf Raub. Oft schweben sie so dicht, dass sie mit einem Stein getroffen werden könnten.
Jetzt nimmt er aus seiner Brusttasche ein Stück schwarzes Brot und beginnt zu essen. Er schaut sich nach Wasser um, aber keins ist nahe, so fängt er den Regen in seiner hohlen Hand und trinkt und ist erfrischt. Das ist nichts Neues. Hunderte Mal tat er das aus lauter Vergnügen, nun tut er es aus reiner Notwendigkeit. Noch niemals, wie auch immer, besaß Einsamkeit so bittere Würze. Hier, allein auf dem vorgelagerten Berg Pointe du Croix sitzend, sinnt er nach einen Plan. Als er aufsteht und weiter geht, sind seine Ideen wohldurchdacht und er lenkt seine Schritte ostwärts in Richtung heimatliches Dorf. Die hereinbrechende Nacht findet ihn eilend in einem

heftigen Sturm und Regen auf dem vereinsamten Weg im Moorland, genannt Vilaine.
Nicht ein Haus ist zu sehen, kein Zeichen von Menschen in irgendeiner Form. Herden von Wildrindern, im Regen zusammenstehend und am Rande des Kliffs Herden von wilden Ziegen. Mehrere Reihen von Menhiren bedeckt diese Ebene wie Reihen von versteinerten Riesen und wenn der heftige Regen sie überspült, läuft es wie dunkle Tränen über ihre zerklüfteten Wangen, sie scheinen zu leben und beginnen sich zu bewegen, als Antwort auf den Geist des Sturms.
Inmitten dieser steinernen Phantome flieht Rohan. Glücklicherweise hat er nun Rückenwind, der ihn antreibt. Manchmal macht er eine Pause im Schutz eines Menhirs, eilt aber einen Moment später schon wieder weiter. Die Nacht wird dunkler und dunkler, bis er kaum noch ein Yard weit auf der Ebene sehen kann. Der Regen fällt in Strömen und der Wind heult. Über ihm ist eine wirre Bewegung und ein ständiges Gemurmel – der Klang der brausenden Wolken des weiten Himmels und des Regens. Zu seiner Linken sind die Bewegung und das Rauschen nicht weniger furchtbar, das von der sturmbewegten See über die Küste zu ihm heraufklingt. Himmel und Ozean scheinen sich zu vereinigen wie in dem ehrfurchtgebietenden prometeischen Sturm. Wehe dem Reisenden auf der Ebene von Vilaine in dieser Nacht, wenn es ein anderer, als Rohan Gwenfern gewesen wäre.
Aber Rohan erkämpft sich instinktiv seinen Weg. Er war schon mehr als einmal auf der großen Ebene gewesen und er kennt durch die Anordnung der vielen Menhire wie er seine Richtung beibehält. Naß bis auf die Haut, so furchtbar eingeweicht, dass der Wind Teile seiner Kleidung in Streifen abreißt, barhäuptig und barfuß eilt er weiter wie ein Boot, dass mit gesetzten Segeln vor dem Wind treibt. Plötzlich hält er inne und starrt zurück. Ein Aufleuchten eines roten Lichts, das von der Meeresoberfläche steigt und die Dunkelheit erleuchtet. Zuerst nimmt der Aberglaube von ihm Besitz. Er schreckt ängstlich zurück, aber im nächsten Moment findet er wieder zu sich selbst, schleicht weiter vorwärts und schaut erneut.
Der Lichtschein hält an, mal heller, mal dunkler wie der Schein eines Leuchtturms.
Plötzlich, anstatt seinen Weg fortzusetzen, rennt er in die Richtung des Lichts. Der Regen fällt heftig und der Sturm heult und er sieht schon bald alles klar – ein großes rotes Feuer brennt an der äußersten Grenze des Kliffs und sendet einen Lichtschein über die ungestüme See aus. Er schleicht näher und sieht deutlich einige Dutzend Gestalten immer wieder um das Feuer rennen wie die Teufel in der Hölle. Ein gewöhnlicher Bretone hätte sich bekreuzigt und wäre geflohen. Solch eine Erscheinung in dieser Einsamkeit zu sehen und in solch einer Nacht könnte wirklich das tapferste Herz erschrecken. Rohan ist nicht entmutigt. Er hält inne und schaut. Nun hört er deutliche Stimmen, die durch den Wind hergetragen werden. Er duckt sich

tief, fast bis auf den Boden und schleicht sich noch fünfzig Yards dichter heran und sieht noch einmal mit Schauder zu. Dicht am Rande des Kliffs ist, mit dicken Stricken, die an einem großen Stein befestigt sind, ein eiserner Käfig in dem ein Feuer aus Mooreiche, Reisig aus Stechginster und getrocknetem Torf brennt. Als die Flammen durch den Sturm auflodern und hervorschießen, sind sieben oder acht Männer und zwei oder drei alte Frauen zu erkennen. Einige rennen immer wieder um den Käfig, jeden Augenblick das Licht zur See versperrend, andere sitzen im Gras, geblendet von den Flammen, ihre Gesichter furchterregend beleuchtet. Eine alte Frau wie die Hexe von Endor, beugt sich über die Flammen und schwatzt heftig, während sie sich ihre dünnen Hände wärmt.
Wenige Yards von dieser Gruppe steht ein niedriger Menhir, teilweise überdacht, der ihn vor dem strömenden Regen schützt, in seinem Schatten lauscht und beobachtet Rohan.
„Kein Glück für Penruach diese Nacht!" sagt eine Stimme, „es ist zu dunkel da draußen, um unser Feuer zu sehen."
„Es ist wie St. Lok es bestimmt", krächzt die alte Frau, „wenn er meint uns Glück zu senden, so wird das Glück kommen."
Rohan schauderts. Er weiß nun in welcher Gesellschaft er sich befindet. Die Gestalten, denen er zusieht sind Fischer aus Penruach, welche dem Strandgutraub nachgehen, trotz der strengen Gesetze, die nach der Revolution kamen, war es nicht möglich, dem ein Ende zu machen: nämlich jedes passierende Schiff irre zu leiten und zu plündern. Dieser St.Lok welchen das alte Weib beschworen hatte, war auch ein Strandräuber gewesen. Wenn man den Überlieferungen glaubt, war er ein antiker Christ, der seine Zeit damit verbrachte, die Schiffe von Ungläubigen zu locken, zu überfallen und zu zerstören und zur Strafe zu kononisieren. Waren sie nicht überlegen, lockten sie die Schiffein in die schwarze Enge gefährlicher Riffe, die teilweise verdeckt und teilweise unter Wasser sind.
Im Dunkel der Nacht kann Rohan die aufleuchtenden schaumweißen Wellenbrecher weit draußen auf See sehen, und wo immer das unheimliche Licht des Käfigs in einem langen Schein auf das Wasser fällt, beleuchtet es nur das Weiße der Gischt oder die schwarzen Ränder der Felsen. Rohan zögert. Er kennt und verurteilt diese schreckliche Arbeit der Gestalten, aber er weiß auch um seine eigene Gefahr und muß mit Vorsicht handeln. Sein Entschluß ist bald gefasst und er handelt.
„Lok! Lok! Schicke uns ein Schiff!" ruft eine andere Frau und zitiert die erste Zeile eines alten Doppelverses.
„St. Lok ist taub, so scheint es!" setzt sie verbittert hinzu.
„Schrei nicht so laut, Mutter", ruft ein Mann, „es ist genug, den Tod zu wecken. Komm trink! Glück für St.Lok und Glück für die Menschen von Penruach!"

Eine Flasche wird den Frauen gereicht und sie setzen sie an ihre Lippen. Während sie trinken, durchbricht ein wilder Schrei, bestürzend und schrill, die Nacht.
Alle, Männer und Frauen in gleicher Weise, springen auf ihre Füße.
„Seht!" schreit ein Mann, „ein Augenpaar, ein Augenpaar!" und deutet zu dem Menhir.
Auf der Spitze des Steines steht eine riesige Gestalt mit winkenden Armen und schreit übernatürlich. Sein Äußeres scheint unförmig und blutig, sein Gesicht furchtbar. So hoch erhoben, scheint es unbeschreiblich furchterregend. Und die kühnsten Männer sind panisch erschrocken.
„Es ist St. Lok selbst!" schreit einer, in die Nacht zurückfliehend.
„Ein Geist, ein Geist", sagen andere, stolpernd, schreiend, fliehend und sich zerstreuend wie die Gischt in der Dunkelheit.
In einer Minute ist der Platz verlassen und Rohan klettert schmunzelnd herunter. Seine Strategie hatte Erfolg:
Mit Händen und Füßen die Spalten des Steins nutzend, hatte er leicht die Spitze erreicht und zeigte sich den Strandräubern. Nicht ohne Gefahr, denn die See tobte ihm zu Füßen und ein heftiger Windstoß hätte ihn herunterwerfen können.
Nun springt er herunter geht zum Käfig und mit all seiner Kraft löst er ihn von den Seilen und dem Stein und stürzt ihn in die kochende See. Für einen Moment beleuchtet er das Wasser, dann versinkt er und verschwindet. Die Dunkelheit, die folgt, ist so groß, dass Rohan, dessen Augen vom Licht geblendet, zuerst nichts unterscheiden kann. Überwältigt von der Heftigkeit des Windes und des Regens, wirft er sich selbst auf den Boden, erhebt sich augenblicklich wieder, als sich seine Augen an die Dunkelheit gewöhnt hatten und setzt still seinen Weg fort.

Kapitel XVIII

Die Gebete zweier Frauen

Die Ziehung war vorüber, die medizinische Musterung fand statt und die Zwangseingezogenen kennen ihr Schicksal.
Gildas Derval bestand die Musterung mit fliehenden Fahnen und ist zu dieser Zeit von Brandy und kriegerischer Inspiration volltrunken. Er prahlt damit wie ein alter Veteran. Nun, er ist so glücklich, dass ihm sein Herzenswunsch gewährt wurde und Hoel ist ebenso ein Eingezogener. Hoel hatte die Siebenundzwanzig gezogen und als zwei der niedriger Gezogenen wegen Dienstuntauglichkeit ausschieden, nicht zu sprechen von Rohan, rückte er auf und kam in die Gruppe der Fünfundzwanzig. Der Korporal

war in seinem Element, die Zwillinge voller Prahlerei, die Mutter untröstlich. In ein paar Tagen würden sie ihren Befehl erhalten und müssen marschieren. In der Zwischenzeit begann das ‚Ach und Weh' über die widerspenstige Nummer Eins!
Ein Trupp Gendarmen aus St. Gurlott , angeführt von alten Jacques Pipriac, jagen Tag und Nacht durch die Dörfer, während die Eingezogenen sie soweit wie möglich unterstützen. Alles vergeblich. Seit dem ersten Versuch ihn zu arretieren, war Rohan unsichtbar.
„Verflucht!" schreit Pipriac eines Tages die arme Mutter Gwenfern an, als sie das vierte oder fünfte Mal ihre Wohnung durchsuchen.
„Könnte ich ihn fassen, so sollte er sich freuen. Du hast ihn versteckt – leugne nicht! Heraus mit ihm, zum Teufel!"
Und sie stechen mit ihren Bajonetten in die Matratzen, räumen die Schränke aus, die viel zu klein sind einen Hund zu verbergen und schauen nach den unmöglichsten Stellen, während Mutter Gwenfern bitterlich sagt:
„Ach, Sergeant Pipriac! Ich dachte niemals, dass sie so furchtbar zu seines Vaters Sohn sein können!"
Der Sergeant, ein kleiner Einäugiger, mit einer Alkoholhakennase, sehr närrisch auf die Flasche, zwirbelt seinen grauen Schnurrbart und blickt finster drein. Er war ein guter Freund ihres Mannes gewesen und sein gegenwärtiges Verhalten scheint undankbar.
„Verflucht! Man muß seinen Dienst tun. Mutter, Dein Sohn ist ein Narr, wäre ich nicht hinter ihm her, so wäre es ein anderer, der diese üble Arbeit macht. Komm, laß uns ihn haben und ich schwöre Dir bei den Gebeinen des St. Triffin, dass ihm verziehen wird und er ein tapferer Soldat des Kaisers wird."
Während einer der Gendarmen seinen Kopf in den Kamin steckt und ein anderer seine Nase schwarz macht, als ob er erwartet den Flüchtling dort zu finden, antwortet die Mutter:
„Ich habe es Ihnen gesagt, er ist nicht hier! Ich weiß nicht, wo er ist. Vielleicht hat er ein Schiff gefunden und ist nach England gegangen!"
„Dieser Teufel, nach England!"
„Ja, Sergeant Pipriac."
„Bah, das ist nicht so einfach und er weiß es genau, dass er sich nur selbst vertrauen kann in einem Land der wilden Tiere. Nein, er ist hier. Ich weiß es, ich rieche es wie ein Hund eine Ratte riecht. Verdammt! Daß der Sohn meines besten Freundes Raoul Gwenfern sich als Feigling entpuppt."
Die blassen Wangen der Witwe erröten.
„Er ist kein Feigling, Sergeant Pipriac."
„Er will nicht kämpfen. Er schleicht sich fort und versteckt sich. Er hat Angst."
„So ist er nicht. Mein Rohan hat vor nichts Angst, will aber niemals ein Soldat werden."

Der alte Freund schnipst mit den Fingern.
„Wenn ich ihn hier hätte, würde ich ihm die Leviten lesen. Ach, er würde sich ein Beispiel an seinen zwei tapferen Cousins nehmen, Hoel und Gildas. Diese sind Männer wie man sie mag! Jeder könnte einen Ochsen erdrosseln. Und ihr Onkel, der Korporal, Mutter Gwenfern, das ist ein Mann!"
Sich an die Truppe seiner Gendarmen wendend, schreit er:
„Schultert die Gewehre! Marsch! Der Fuchs ist nicht hier."
Dann wendet er sich an der Tür noch einmal um, als ob er sein Gewissen beruhigen will und ruft:
„Guten Tag, Mutter, aber denke daran, wir werden wiederkommen, es ist nicht unsere Schuld, es ist der Befehl des Kaisers. Nimm meinen Rat an und überzeuge ihn, eines Tages ist es zu spät. Nun, denn – Marsch!"
Sie sind gegangen und die Witwe ist allein mit ihren Überlegungen. Sie sitzt still nachdenkend vor dem Feuer. Sie ist eine große Frau mit aschgrauem Haar. Sie ist die Halbschwester von Margarid Maure, die den Fischer Derval, Bruder des Korporals, heiratete. Sie ist eine sehr ruhige, zurückgezogene Frau. Entsprechend ihrer Einstellung hat sie selten ihre Schwester oder deren Kinder gesehen. Die Leute denken, sie sei ungesellig und melancholisch. In Wahrheit ist ihr Herz erfüllt mit der Liebe zu ihrem einzigen Sohn. Als sie dem Sergeanten sagte, sie wisse nicht, wo sich Rohan aufhält, sagte sie die Wahrheit. Sie hat ihren Sohn schon einige Tage nicht gesehen und sie ist der Hoffnung, dass er entkommen und in Sicherheit ist.

Arme Frau, sie weiß wenig wie das Land mit Fallen und Fallstricken für Deserteure übersät ist und wie schwierig es ist, den wachsamen Augen der öffentlichen Beamten zu entgehen. Von Beginn an hatte sie Rohans absichtlichen und furchtbaren Aufruhr bedauert. Jeder sagt er sei feige. Sogar seine eigenen Blutsverwandten wenden sich gegen ihn, das ganze Dorf redet nicht gerade schmeichelhaft von ihm. Zwanzig Mal am Tag bringen ihr die Klatschbasen Neuigkeiten, welche sie erschrecken und ihr armes Herz schlägt schmerzvoll und ihre Lippen werden blau. Keiner denkt, dass Rohan sich für lange verstecken kann und wenn sie ihn fangen, würde er erschossen wie ein Hund. Weit besser folgert sie, er hätte gehorcht und auf die Hilfe des lieben Gottes vertraut. Manche waren gegangen und sind sicher wieder heimgekehrt. Zeugnis dafür ist Onkel Ewen, der bedeckt mit vielen Wunden war. Ihr Herz ist hart gegen den Kaiser, aber nur an Tagen des Kummers, sie ist hart geworden gegen Gott. Und der Kaiser ist wie Gott – so groß, so sehr weit weg!
Sie sitzt und hört auf den Wind, welcher diesen Nachmittag aufkommt und auf den Regen, der gegen die Tür trommelt. Näher zu ihr schleicht sich mit geschlossenen Augen Jannedik, die Ziege, der Liebling ihres Sohnes und nun ihre einzige Begleiterin.

Es ist ein kleiner Raum, einfach möbliert mit einem gewöhnlichen Eichentisch und Stühlen. Der Flur ist zu ebener Erde und schwarze Deckenbalken spannen sich oben. An der Wand hängen Fischer- und Vogelfangnetze, eine Vogelstange und Haken und Vieles mehr. In der Nähe der Feuerstelle klebt ein Farbdruck eines Gemäldes aus Notre Dame de la Garde, es zeigt Schiffbrüchige Seeleute auf einem Floß kniend und barhäuptig, während ein nacktes Kind mit einem Glorienschein um seinen Kopf, auf der See laufend, zu ihnen kommt.

Der Nachmittag ist sehr kalt und düster und sie kann von ihrem Platz aus die stöhnende See hören, so klingt es, wenn ein Unwetter heranzieht. Jetzt erhebt sich Jannedik, spitzt ihre Ohren und lauscht. Sie hat sehr gute Ohren, wie ein Wachhund, wenn sie noch warnend bellen könnte. Sie hat Recht, irgendjemand kommt. Plötzlich bewegt sich die Türklinke. Mutter Gwenfern dreht sich erst nicht um, weil sie es gewöhnt ist, dass die Nachbarn kommen und gehen, sie denkt es ist einer von ihnen. Aber als Jannedik sich wieder an den Herd legt wendet sich Mutter Gwenfern um und sieht ihre Nichte Marcelle in einem langen schwarzen Mantel, der vom Regen ganz durchnässt ist. Sie hatten sich seit der Nacht der Ziehung nur einmal gesehen, denn Mutter Gwenfern war sehr ärgerlich und verbittert gewesen. Als sie nun sieht, wer es ist, wird sie ganz blaß und ihr Herz beginnt zu rasen, als sie, ohne zu grüßen sich abwendet und ins Feuer starrt
„Ich bin es, Tante Loiz", sagt Marcelle sachte. Es gibt keine Antwort. Die Witwe fühlt noch ihr Herz voller Zorn gegen die Dervals und will Marcelle nicht sehen.
„Ich kann es nicht ertragen, daran zu denken, dass Du hier ganz allein sitzt, obwohl mein Onkel es nicht wünscht, kam ich herüber. Oh, Gott, Du bist so allein! Es ist furchtbar, wenn die ganze Welt gegen jemandem einzigen Sohn ist."
Die Witwe verharrt im Sessel und sagt, weiter ins Feuer schauend:
„Es ist noch furchtbarer, wenn die eigene Blutsverwandtschaft uns am meisten haßt. Es war ein schlimmer Tag, als meine Schwester einen Derval heiratete. Für Dich sind alle gleich, obwohl Ewen Derval der Schlimmste ist. Eines Tages, wenn Du verheiratet bist, wirst Du wissen, was es von mir zu ertragen galt und Du wirst dann mit mir Mitleid haben."
Ihren Mantel an die Wand hängend, kommt Marcelle näher, setzt sich an die Seite der Witwe auf die Bank. Die Witwe schreckt etwas zurück, sagt aber nichts. Marcelle starrt nun auch in das Feuer, lehnt sich vor, um ihre Hände zu wärmen und sagt:
„Du bist ungerecht zu mir, Tante Loiz. Ich habe jetzt schon Mitleid – oh, Gott und wie ich mitleide! Onkel Ewen bedauert Dich auch und er ist so beunruhigt und niedergeschlagen, dass er schwerlich einen Bissen nimmt.

Unser Haus ist genauso traurig wie dieses. Hoel und Gildas gehen beide und Mutter tut nichts, außer weinen."
Es ist ein merkwürdiger Anblick, diese beiden Frauen zu sehen, die eine so alt und grau, die andere so frisch und schön, beide Seite an Seite auf der Bank sitzend, sich aber nicht ansehend, aber beide sprechen und hören und starren ins Feuer. Jannedik scheint ihre eigene Meinung zu der Sache zu haben, denn sie steht auf und legt ihren großen Kopf auf Marcelles Knie. Nun tritt eine lange Stille ein und der Wind und die See heulen draußen noch lauter. Letzten Endes sagt die Witwe in der gleichen leisen Stimme:
„Warum bist Du gekommen, Kind? Was brachte Dich hierher?"
„Ach, Tante Loiz, kannst Du es nicht erraten? Ich kam, um nach Rohan zu fragen, ob er noch sicher ist."
Die Antwort ist ein kurzer harter und bitterer Lacher.
„So! Ja, er ist sicher, wenn Du es wissen willst. Du kannst zu denen die Dich sandten zurückgehen und erzählst ihnen alles von mir." Mit einer steigenden Wut in der Stimme fährt sie fort:
„Ich weiß sehr wohl, warum Du gekommen bist, Marcelle Derval. Du wünschst herauszufinden, wo mein armer Junge sich versteckt hält und dann verrätst Du ihn an Ewen Derval und seinen anderen Feinden. Du bist eine Närrin und möge Gott Dich für Deine Gottlosigkeit bestrafen, obwohl Deine Mutter von meinem Blut ist."
Marcelle ist ein hochempfindliches Mädchen und es ist zweifelhaft, ob sie anders geworden wäre, wenn sie von einer anderen Mutter geboren worden wäre. Sie ist ganz sanft, legt ihre Hand auf den Arm ihrer Tante und sagt:
„Nicht das, sprich nicht so, um der Liebe Gottes Willen!"
Etwas in dem Ton macht die Witwe stutzig, sie wendet sich und sieht, dass Marcelles Augen voller Tränen sind.
„Marcelle, was meinst Du? Warum weinst Du?"
Der Ton ist streng, aber der Blick der Sprecherin ist freundlicher. Marcelle steht auf, sie zittert.
„Das macht nichts. Du denkst ich habe kein Herz. Gut, ich werde gehen, weil Du mir nicht traust, ich habe nicht das Recht Dich zu belästigen. Aber wenn Du wüßtest. Wenn Du wüßtest!"
Sie wendet sich um, als ob sie gehen will, aber die Witwe streckt ihre hagere Hand aus und hält sie zurück.
„Marcelle, sprich!"
Marcelle steht bewegungslos und schaut noch immer zitternd ihrer Tante ins Gesicht.
„Dann hat Rohan niemals darüber gesprochen, Tante Loiz! Aber ich gab ihm das Versprechen nichts zu sagen!"
„Ich verstehe nicht!"
Aber die Witwe beginnt durch das neue Licht auf ihren Wangen sehr gut zu verstehen.

„Ich liebe Rohan, Tante Loiz! Ich weiß nicht, ob es zu spät ist, aber ich liebe ihn tief und ich kann nicht ertragen, dass Du solch harte Dinge zu mir sagst – und er hat mich gefragt, ob ich seine Frau werde!"
Die Witwe stößt einen Ausruf aus. Die Erklärung überrascht sie nicht so sehr, denn sie hatte selbst schon oft den Verdacht, aber es überrascht sie in diesem Moment, unter diesen Umständen. Sie schaut lange auf Marcelle, die den Kopf hängen lässt und abwechselnd rot und blaß wird. Zuletzt sagt sie in einem milderen Ton als zuvor:
„Setz Dich, Marcelle!"
Marcelle setzt sich wieder an ihre Seite, getröstet und gestärkt, weil sie alles gestanden hatte. Es entstand nun eine lange Stille. In der Erinnerung der Witwe zog die Vergangenheit vorüber und staunt noch über viele Dinge wie in einem wachen Traum. Marcelle beginnt zu denken, dass sie jetzt ärgerlich sei, als sie mit einer leisen Stimme, als spreche sie mit sich selbst:
„Wenn Du ihn liebst, wie Du sagst, ist es befremdlich, dass Du ihm kein besseres Glück gebracht hast!"
Dies ist ein Hieb der sitzt, denn das hatte sich Marcelle auch schon oft selbst gefragt.
„Das ist befremdlich wie Du sagst!" sagt sie, „oh, es war schrecklich für mich, denn ich hatte gebetet für eine glückliche Chance. Tante Loitz, ich tat es im guten Glauben. Er bat mich für ihn zu ziehen, denn er war ja nicht da und niemand aus seiner Familie. Die schwarze Marke wäre gegen ihn gegeben worden. Onkel Ewen schützte ihn, in dem er sagte, er wäre krank. Und nun, Tante Loiz, wenn er doch nun gehen würde! Onkel Ewen hat Einfluß und Rohan würde verziehen, er könnte sich entschuldigen. Oh, wenn er sich nur selbst einmal vergeben würde! Hoel und Gildas gehen beide und er hätte Kameraden. Wir zwei würden Tag und Nacht für ihn beten, während er fort ist, würden wir das nicht, Tante Loiz? Ach, würde er doch vernünftig sein!"
Jetzt sind die beiden Frauen zusammengerutscht und halten einander die Hände und beide weinen. Es ist ein Segen, die Witwe fühlt nun, dass sie mit jemandem weinen kann, der ihren Sohn liebt, während alle anderen gegen ihn sind. Sie sagt unter Tränen:
„Nichts ist unmöglich!"
„Wenn ich ihn nur sehen und mit ihm sprechen könnte! Aber es ist schwer zu verstehen. Ach Gott, den jeder hört, gerade auch Kinder, sag, warum ist unserem Rohan bange – es bricht mir fast das Herz."
„Ihm ist nicht bange, Marcelle!"
„Das ist es, was mich so befremdet. Ich weiß, er ist tapferer als alle anderen. Und nun, schau, handelt er nicht wie ein Mann. Wenn der Kaiser seine Kinder ruft, bleibt er weg. Während all die anderen ehrlich die Chance nehmen, bleibt er fern. Als seine Nummer gezogen wurde, versteckte er sich, er, der so stark ist. Was soll ich antworten, wenn Gildas und Hoel

sagen, dass er Angst hat und Onkel Ewen jammert erst, ‚Schande über seinen Namen'?"

„Er ist so dickköpfig! Meister Arfoll hat seinen Kopf mit gefährlichen Ideen gefüllt."

„Du hast recht", sagt Marcelle lebhaft, „es ist Meister Arfoll zuzuschreiben. Ach, er ist ein sündhafter Mann, kein Freund des guten Kaisers, oder Gottes."

Auf diese Weise unterhalten sich die zwei Frauen, bis das Eis zwischen ihnen gebrochen ist und sie sich ganz versöhnen. Mutter Gwenfern hätte niemals geglaubt, dass Rohan sich der kaiserlichen Macht widersetzt und mehr als ihr Herz schmerzt sie der Gedanke der Trennung von ihm, die schreckliche Ungewissheit seines gegenwärtigen Schicksals ist noch schmerzvoller. Über Meister Arfoll ist sie der gleichen Meinung. Sie kann dieses ungewöhnliche Handeln nicht verstehen und in ihrem Aberglauben hatte sie oft mit großer Furcht auf ihn geschaut. Er ist zu geschickt, als dass er ein sicherer Ratgeber für ihren Sohn sei. Niemals ging er zur Messe oder zur Beichte und man sagt, er hätte sich in seiner Jugend mit irgendwelchen Heldentaten strafbar gemacht. Ach, hätte ihr armer Rohan niemals solch einen Lehrer kennengelernt! So denkt sie und so denkt auch das aufgeregte Mädchen an ihrer Seite. So nach und nach kommt es dazu, dass Mutter Gwenfern Marcelles kleine Hand in ihren eigenen zitternden Fingern hält und sie sanft mit gütigen Worten beruhigt.

„Du bist ein gutes Mädchen und ich könnte mir keine bessere Tochter wünschen, wenn es sein könnte. Es war nicht Dein Fehler, dass Rohan in dieser Weise zu Dir sprach, anstatt erst mit mir darüber zu sprechen. Männer tun närrische Dinge für ein Mädchen und Rohan war nicht klug – Gott helfe ihm! Oh, mein Sohn, mein Sohn!"

Und sie beginnt erneut bitterlich zu weinen, wiegt sich vor und zurück, während Marcelle vergeblich versucht sie zu beruhigen. Nein, nicht vergeblich, es war Trost in der Berührung der weichen jungen Hände und der Klang der gütigen Stimme, allein das atmen und die Gegenwart von jemand, der ihren Jungen liebt.

Die zwei Herzen schlagen zusammen und die Hände umklammern sich und die Frauen weinen zusammen. Plötzlich sinken sie auf ihre Knie, während Jannedik, die Ziege, mit ihren großen braunen Augen erstaunt blinzelt. Beide Frauen beten, dass der Mann, den sie lieben von seinem Entschluß ablassen möge, möge eintreten und zu der unvermeidlichen Bestimmung stehen, möge sich selbst und der Hand Gottes vertrauen, der ihn den Krieg hindurch behütet.

Durch solch Gebet, durch das Gebet seiner Nahestehendsten und Liebsten, ist ein Mensch leicht von einem schier unabänderlichen Entschluß abzubringen, wo Kraft und Stärke nicht viel, aber Tränen und eine junge Liebe viel nützen, den Sinn der Seele zu irgendeiner unabänderlichen Pflicht zu wandeln. Die kleinen Hände eines Kindes mögen auf dieser Weise gerade den Mann zur Gerechtigkeit, den rechtschaffenden Mann zur Rechtschaffenheit bringen. Einzutreten für Gerechtigkeit und Rechtschaffenheit ist schwer und ehrfurchtgebietend, während sich zu beugen und küssen süß ist. Wenn eines Mannes Haus mit Gefühlen gegen ihn gewappnet ist, wenn, anstatt Hilfe und ein Schwert, er in seinem eigenen Herz nur Schwäche und die Liebe, die ihn nicht versteht, findet, muß sein Entschluß und sein Glaube wirklich stark sein, wenn er noch auf den furchtbaren Höhen Gottes auf und ab wandelt.

Kapitel XIX

Unten an der Küste

Als Marcelle aus dem Landhaus der Witwe heraustritt, sind ihre Tränen alle getrocknet und geschwind läuft sie durch den Regen in Richtung des Dorfes. Der Wind erhebt sich über der See und es kündigt sich stürmisches Wetter an. Die Fischerleute ziehen ihre flachen Boote höher an das Ufer und bringen ihre Netze und Seile zum Schutz nach drinnen, während einige alte Männer in ihren Nachtmützen und blauen Wollhemden gleichgültig rauchen und ihre Köpfe zur See zu nicken. Die Flut ist zu dreiviertel angestiegen. Alle Wasserfälle sind lange schon geflutet. Anstatt sich auf der Hauptstraße des Dorfes zum Inland zu wenden, geht Marcelle den Weg zwischen den ‚calogen', das sind umgedrehte Boote, die nun in ‚Häuschen' und Vorratslager umfunktioniert worden sind und in Gruppen am Strand über der Hochwassermarke liegen. Die meisten dieser ‚caloges' haben eiserne Schornsteine, um den Rauch abziehen zu lassen und auf ihren Dächern, beziehungsweise Kielen, wächst Gras und auf mehr als einem der Dächer grasen zufrieden Ziegen. Viele der Türen sind geschlossen, wegen des sonst hereinwehenden Windes. Auf einigen Schwellen sitzen Männer oder Frauen geschäftig an Netzen knüpfend und Kinder krabbeln malerisch umher. Dies ist das Unterdorf, nur von Fischern bewohnt und mit einem ziemlich niedrigen sozialen Status, gegenüber dem solideren Oberdorf.

Marcelle findet, was sie sucht: eine Steinhütte, die oberhalb dieser Amphibienwohnungen steht. Hier auf der Schwelle der Eingangstür sitzt in einem altmodischen Sessel ein Mädchen, welches mit Wolle kämmen und Spinnen beschäftigt ist und für sich selbst singt.

„Willkommen, Marcelle!" sagt sie und benutzt den gebräuchlichen bretonischen Gruß.

„Gott sei mit Dir, Guineveve!" antwortet Marcelle lächelnd, an der Tür stehend, schaut sie den flinken Fingern zu.

„Wo ist Mutter Goron?"

„Du würdest sagen, sie ist um zehn Jahre jünger, sie singt bei jeder Arbeit und ist niemals müde, sie betet jede Nacht für den Kaiser, weil er ihr nicht den Jan fortnahm", antwortet Guineveve.

Eine schwache Farbe überzieht ihre Wangen während des Sprechens, aber ihr Gesicht unter der straff sitzenden weißen Haube, bleibt sonst blaß. So wie sie hier sitzt, in ihren dunklen Kleidern mit dem weißen Mieder und Ärmeln, in ihrem blauen Rock und Strümpfen und den Lederschuhen mit den Schnallen, würde so mancher Mann aus Kromlaix sagen : ‚Das ist ein Mädchen, mit dem ich die ganze Nacht durchtanzen könnte!'

Sie ist nicht in Kromlaix geboren, sie stammt aus Brest. Als sie noch ein kleines Kind war, ein oder zwei Jahre alt, starben ihre Eltern und Mutter Goron, die eine entfernte Verwandte ist, brachte das Kleine mit hierher, wo sie eine Pension unterhielt, die sie von ihrem Ehemann Jacques Goron erbte, der wiederum bei der Marine war und in einem Lazarett starb.

Von diesem Tag an betrachtete Mutter Goron Guineveve als ihr eigenes Kind, neben ihren einzigen Sohn Jan.

„Gibt es etwas Neues?" fragt sie und schaut nach einer Pause schnell auf.

„Nichts, Tante Loiz weiß nicht wo er ist. Er ist schon einige Nächte nicht zu Hause gewesen und sie macht sich große Sorgen."

„Es ist sehr gefahrvoll."

„Er ist ganz verzweifelt und wütend. Mir schaudert es manchmal davor, dass er sich in seiner Wut selbst ertränkt. Wenn ich nur mit ihm sprechen könnte!"

Sie sprechen natürlich über Rohan und ohne Namen zu nennen vertrauen sich die Mädchen einander und verstehen sich.

„Gildas muß gehen?" fragt Guineveve plötzlich.

„Ja und Hoel."

„Deine Mutter hat Alain und Jannik, und dann ist noch Onkel Ewen hier. Aber es ist fürchterlich für eine Frau, die nur einen Sohn hat. Wenn der Kaiser Jan genommen hätte, wäre Mutter gestorben."

„Aber Tante Loiz betet, dass er gehe!"

„Das ist ein Unterschied. Ach, sie hat Mut. Wenn ich einen Sohn hätte, mein Herz würde brechen."

„Ihr schmerzt es auch", antwortet Marcelle, „das ist der Weg der Frauen, ich für meinen Teil, wenn ich einen Sohn hätte und er wäre ängstlich, könnte ich ihn niemals mehr lieben. Bedenke wie schrecklich es für den guten Kaiser wäre, wenn alle seine Kinder so dächten, für wen hat er so viel getan, würde er umgebracht, was würde dann aus Frankreich werden? Wenn Rohan richtig denken würde, dann würde er sich nicht verstecken."

„Vielleicht ist er ängstlich", seufzt Guineveve, „gut, es ist kein Wunder!"

Marcelle beißt ihre weißen Zähne zusammen und zittert.

„Wenn ich das dächte", sagt sie, „würde ich ihn für immer und ewig hassen. Ich würde vor Scham sterben. Was ist ein Mann, wenn er kein Herz eines Mannes hat, Guineveve? Er ist nicht mehr, als ein Fisch in der See, die davonflitzen, wenn man die Hand hebt. Nein, nein, er ist mutig. Aber ich will Dir erzählen, was ich denke: Meister Arfoll hat einen Zauber über ihn gebracht, er ist verhext!"
Marcelle sprach bildlich, nüchtern und einfach und glaubt, dass der Schulmeister Rohan auf teuflische Weise beeinflusst hat.
„Aber Meister Arfoll ist ein guter Mann!" sagt Guineveve.
„Du magst so denken, wenn Du willst, aber ich habe meine eigenen Gedanken. Es wird gesagt, er wäre ein Priester gewesen und nun hat er mit keinem Priester Freundschaft, außer mit Pater Rolland, der ist Freund mit jedermann. Er hat Fürsorge für Mensch und Vieh und sie wirkt wie Magie. Ich hörte einst in St. Gurlott, dass er Teufelsaugen hätte."
Guineveve schaudert, auch sie hat ihren Aberglauben, wie könnte sie sich ihm enthalten, dagegen ankämpfen, so allein und in unkultivierter Atmosphäre?
So wie Marcelle sich selbst überlassen ist, so ist sie es selbst auch. Aber sie schaut auf und sagt mit einem traurigen Lächeln:
„Ich glaube das von Meister Arfoll nicht und Du sprich nicht davon zu Mutter Goron – er tat ihr einen großen Dienst vor langer Zeit und sie denkt, er ist ein Heiliger, wie einer der Engel Gottes. Ach ja, er hat das Gesicht eines guten Mannes!"
Marcelles Augen leuchten auf und ihr ist als müsste sie ihre Beschuldigung wiederholen. Sie ist ärgerlich, als Jan Goron eilig vorbei zur Tür geht. Er bleibt stehen, überrascht Marcelle hier zu sehen, dann wendet er sich lächelnd an Guineveve, deren Gesicht sich durch sein Erscheinen erhellte.
„Willkommen, Jan!" sagt Marcelle.
Goron schaut zu ihr mit der Furcht eines Lauschers, dann sagt er in einer leisen Stimme schnell:
„Ich habe Neuigkeiten, Marcelle! Er ist nicht sehr weit weg!"
Darüber stößt Marcelle einen Schrei aus und er legt seine Hand auf ihren Arm.
„Schweig! Komm herein, der Regen ist heftig!"
Als sie drinnen stehen, erblicken sie die arme alte Mutter Goron geschäftig vor dem Feuer.
Er setzt nun hinzu:
„Er wurde gestern in Ploubol gesehen, ein Mann erkannte ihn und er wurde beinahe gestellt. Er warf die Gendarmen nieder und das macht seine Lage noch schlechter. Es gibt kein Entkommen, er wird bald gefasst. Als er zuletzt gesehen wurde, ging er in Richtung Traonili."
Marcelle ringt ihre Hände verzweifelt.
„Ach, Gott, er ist verloren – er ist verrückt!"

„Hast Du die Bekanntmachung gesehen?" fragt Goron mit der gleichen leisen Stimme, „ sie haben Posten der Straße entlang, einer steht am Kichentor und ein anderer an Eurer eigenen Tür. Sie verbieten einem Deserteur Obdach zu gewähren. Sie sagen, dass jeder Gezogene, der sich verweigert wie ein Hund erschossen wird. Es würde keine Gnade geben – es ist zu spät."
Goron ist tief bewegt, für ihn ist er der einzige Mann in Kromlaix, dem er freundschaftlich zugetan ist, auf ihn kann Rohan als Freund zählen.
In seinem Charakter und ganzen Wesen, ist eine Vornehmheit, ähnlich wie bei Rohan selbst. Und wer das ruhige Licht in seinen Augen sieht, wenn er auf Guineveve schaut, konnte sicher sein, dass er auch liebt und wurde er wiedergeliebt?
Als Goron die Proklamation gegen die Deserteure erwähnte, wurde Marcelles Herz totkrank.
Er hatte ihr nicht erzählt, was er mit eigenen Augen gesehen hatte: Der alte Korporal Derval selbst mit seiner Pfeife im Mund, begleitet vom Gendarmen Pipriac und gefolgt von Gildas und Hoel, stolzieren herum und befestigen mit ihren eigenen Händen das Papier, das nun an seiner eigenen Tür zu sehen ist! Marcelle ist nicht eines der Mädchen, das seinen Mantel nach dem Winde hängt. Sie hat kämpferisches Blut in ihren Adern und ist ganz imstande buchstäblich und im übertragenem Sinne, ‚ständig schußbereit' zu sein. Aber dieser zermürbende Schrecken überwältigt sie und sie wird kleinmütig. All die Erinnerungen an die glücklichen Tage in der Kathedrale von St. Gildas schwimmen vor ihren Augen. Sie fühlt die sie umfassenden Arme, die Küsse und dann scheint sie wieder ihren Liebsten zu erblicken wie er in der Nacht der Zwangsaushebung mit wildem Blick erschien, leidenschaftlich, alles schmähend, was sie für heilig und erhaben hält. Es war sonderbar, als veranschaulichte das die Stärke ihres Charakters, dass sie sich noch beharrlich und fest weigert zu glauben, dass Rohan in seinem außergewöhnlichen Verhalten, tatsächlich durch die niederen Beweggründe der Feigheit und Angst sich berufen soll. Sie entschloß sich eher zu denken, dass er Opfer von irgendwelchen teuflischen Einflüssen wie die eines ‚weisen Mannes' wie Meister Arfoll ist, der weiß, was man erfindet zu träumen, dass er unter Gemütsbewegung handelte, was in ihrer einfachen Idee nur beides sein konnten: verräterisch und niederträchtig.
Tatsächlich erinnert sie sich unter einem Schauer an seine alte Äußerung hinsichtlich des Kaisers, aber diese, so war sie immer überzeugt, wurden gemacht, als er ‚nicht ganz bei sich' war.
Sie sagt nichts, lehnt ihre Stirn gegen die Tür, starrt traurig in den Regen hinaus. All die schönen Träume ihrer jungen Liebe scheinen ausgelöscht und befleckt durch Nebel und Tränen.
„Marcelle", flüstert Guineveve und nimmt ihre Hand, „gräme Dich nicht, alles wird noch gut werden!"

Es gibt keine Antwort, aber ein betrübtes Zeichen und das blasse, entschlossene Gesicht zeigt einen Ausdruck verzweifelten Schmerzes.

„Nach all dem", sagt Goron mitfühlend, „könnte ihm vergeben werden, denn der Kaiser will Männer. Wenn er nur kommen würde – aber eben jetzt!"

Marcelle ist noch still und plötzlich küsst sie Guineveve auf beide Wangen und streckt Goron ihre Hand hin.

„Ich muß nun gehen", sagt sie, „Mutter wird sich wundern, wo ich bleibe."

Langsam geht sie im Regen, der immer noch fällt und heftiger und heftiger wird, durch die Straßen des Dorfes. Sie sieht nichts – sie ist gefangen in einem Traum, obgleich es ihr nicht anzusehen ist. Sie geht mit zusammengepressten Lippen und ihren großen Augen, mit ihren Mantel, der sie umschließt, auf ihren Füßen, die fest und leicht wie immer über den Boden gehen. Man könnte kaum denken, dass sie große Sorgen hat.

Die weite See braust schon auf und schreit hinter ihr, als sich umwendet und in ihrer Seele ein Sturm zu toben beginnt, heftiger als auf jeder See.

Kapitel XX

Das Blut des Christus

Ein paar Tage nach der medizinischen Musterung der Eingezogenen, kam der Marschbefehl. Sie gingen von zu Hause nach Traonili, von dort nach Nantes und dann, nachdem sie ihren Regimentern zugeteilt worden sind, an das rechte Rheinufer.

Die Erfahrungen des vorherigen Jahres brachten dem Kaiser keine Weisheit und sein Kampf mit dem Schicksal war von Beginn an in einem ungeheuren Größenverhältnis, als je zuvor. Der Verlußt von 500.000 Mann mit all ihren Waffen, Munition und Artillerie, hatten ihn nicht eingeschüchtert oder entmutigt. Er hob nur seinen Finger empor und neue Legionen mussten kommen und ihren Platz einnehmen. Inzwischen hatten sich Preußen und Russland verbündet, der Tugendbund hatte sich gebildet und ganz Deutschland war aufgestanden. Am 16. März, noch vor der Zwangsaushebung, erklärte Preußen den Krieg. Und nun preschte der Patriotismus der germanischen Jugend vor wie ein Vulkan. An der Spitze dieses Heeres stand der ergebene Blücher, ein Zögling Friedrichs des Großen. Als ob das noch nicht genug wäre, verbündete sich Schweden mit der Konföderation gegen Bonaparte. Die Franzosen hatten schon Berlin geräumt und zogen sich an die Elbe zurück.

Aber unsere Geschichte berührt nicht die Bewegungen der großen Armeen, sondern die Schicksale der bescheidenen Idividuen.

Die Aufforderungen zum Marsch sind eingetroffen und der Haushalt Derval ist geschäftig und kummervoll. Zuletzt kommt der Abend der Abreise und die Gezogenen sind weiterhin entschlossen. Alle wollen in der ersten Morgendämmerung zusammen aufbrechen.
In dieser Nacht ist ein geschäftiges Versammeln in der Küche des Korporals. Sergeant Pipriac ist da und seine Augen sind vom Brandy rot; Mikel Grallon und verschiedene andere Freunde der Zwillinge sind versammelt, um ein Glas auf die Trennung zu trinken. Die Mutter ist oben beschäftigt, rennt herum und packt liebevoll das Bündel mit der Kleidung ihrer Söhne und weint bitterlich, während Marcelle vergebens versucht sie zu trösten. In vielen Häusern ist in dieser Nacht ein solches Weinen.
Die Zwillinge sind schwermütigen und niedergedrückten Herzens, denn die Zeit ist nun wirklich gekommen. Auch Onkel Ewen ist aufgeregt, er kennt die schrecklichen Vorgaben des Krieges, aber er gibt sich gegenüber seinen Neffen sehr zuversichtlich.
„Einer Sache werdet Ihr nicht umhin kommen, meine Burschen", sagt er, seine Pfeife stopfend, „und das ist, ach, die harten Worte des Ausbildungssergeanten. Ihr sollt zu richtigen Soldaten gemacht werden! ‚Augen rechts!', ‚Augen links!' ‚erste Position' ‚zweite Position' ‚präsentiert das Gewehr!' Bah! Das wird in Fleisch und Blut übergehen, denn das ist das A und O eines Soldaten! Sie werden Euch damit drillen und ihr werdet es lernen und Ihr werdet erfolgreich sein. Da ist noch eine andere Sache, die Ihr wissen müsst. Wenn Ihr an die Kavalerie geratet, dann grabt Euch nicht auf die alte Weise ein, sondern wendet Eure Ellenbogen an und gebt einen Schlag auf die Handgelenke – so!" Hier illustriert der alte Haudegen die Aktion mit seinem Stock.
„Das ist der Trick und Ihr werdet ihn bald lernen."
„Ich glaube schon", sagt Gildas schwermütig, „die Russen und die Preußen können diesen Trick auch anwenden!"
„Wenn Du einmal Schießpulver hast, ist alles in Ordnung", entgegnet ihr Onkel, „und das Beste dabei ist, Du wirst es noch einmal machen. Es soll keine Verzögerung geben. Es wird keine Verzögerung geben, keinen Ärger, ihr geht geradewegs bis an den Rhein, geradewegs in den Mittelpunkt des Spaßes."
„Ich wünschte, ich würde auch gehen!" bemerkt Alain, „es wäre mein Glück."
„Komm, komm", sagt Hoel, „Du warst bleicher als der Tod an dem Tag der Ziehung und Du hättest Deinen rechten Arm gegeben, um nicht zu gehen."
„Da wusste ich noch nicht, dass Ihr zu zweit geht."
„Deine Gelegenheit wird kommen", sagt der Korporal, „und Deine auch Jannick. Ich sage Euch noch einen anderen Kniff, Jungs!" fährt er fort und wendet sich zu den anderen, „befreundet Euch mit dem Korporal und auch mit dem Sergeanten, wenn Ihr könnt. Ein Glas Brandy geht einen langen

Weg und viele von ihnen kommen zurück. Vergeudet nicht Euer Geld an die Marketenderinnen, die all Eure Kameraden wie tolle Gezogene behandeln. Behandelt aber gut den Korporal, wenn er Willens ist, so werdet Ihr einen Freund in der Not haben. Erschreckt nicht über seine mürrische Art, begegnet ihm mit Demut und er wird zufrieden sein."

„Alles klar, Onkel Ewen", antwortet Gildas und erhebt ein Glas Brandy, „auf sein Wohl, wer immer er ist!"

„Ich selbst habe nach Euren Schuhen gesehen, mein Burschen", fährt der Korporal fort, „jeder zwei Paar, aber keine neuen, weich wie Seide am Fuß und aus bestem Leder. Ich habe manchen Gezogenen gesehen, der lahmte, bevor er Nantes erreichte, weil er in neuen Schuhen losging. Hier sind Eure Tornister! Ihr werdet ihn zuerst lästig finden, aber der wahre Trick ist, ihn dicht und klein auf dem Rücken zu schnüren, nicht lose wie törichte Gezogene es tun."

Onkel Ewen gibt ruhig seine Instruktionen aus seinem Leben, er konnte sonst nicht helfen, er fühlt sich sonst untätig.

Mikel Grallon ist der Einzige der darüber lacht. Heftig, wieder und wieder, schlägt den Zwillingen auf den Rücken, bietet ihnen seine Hand und stößt mit ihnen an. Aber das Trinken heute Nacht hat nicht den Effekt, ihre Herzen zu erleuchten. Sie wissen oben ihre Mutter in Tränen, und dass Marcelle sich auch grämt.

Sie sehen klar genug, dass Onkel Ewens Rede gezwungen war und dass eben auch Sergeant Pipriac ihn in seiner rauen Art bedauert. Sie gehen zum ersten Mal für ‚Ehre' und sie würden eher einen großen Handel machen, um zu Hause zu bleiben.

Spät am Abend, während die Gesellschaft in der Küche trinkt, raucht und schwatzt, verlässt Marcelle still das Haus und geht zur Straße, die aus dem Dorf führt.

Der Vollmond scheint, aber gewaltige Wolken verdunkeln bei starkem Wind seinen Schein und die Nacht ist teilweise sehr dunkel. Von Zeit zu Zeit fallen Regenschauer und zwischen den Schauern schaut der Mond mit einem wehmütigen Gesicht hervor.

Mehr rennend als laufend, mit nichts weiter bekleidet, als ihre einfache Hauskleidung, ungeschützt vor den Schauern, geht Marcelle ihren Weg zu den Bergen, passiert die Kirche mit ihrem Friedhof und dem Kruzifix, an dem sie sich eifrig bekreuzigt und dann, einige hundert Yards weiter, verlässt sie die Straße und überquert die offene Heide.

Sie ist jetzt vom Tempo außer Atem und ihre Augen schauen furchtsam nach jeder Seite, als sie durch die Finsternis ihren Weg verfolgt. Der Pfad ist ihr augenscheinlich bekannt und obwohl sie verschiedene Male strauchelt, verlässt sie nicht den Weg.

Auf einmal stoppt sie bestürzt, aber dann schaut der Mond in seiner vollen Pracht hervor und sie rennt in die richtige Richtung weiter. Zu dieser Zeit hat sie das Dorf schon anderthalb Meilen hinter sich gelassen. Sie ist in der Mitte der einsamen Heide, auf der dicht verstreut große graue Granitsteine liegen, hier und da kleine Büschel von Zwergtannen und wildem Stechginster.
Ein weiterer Schauer geht nieder, löscht das Mondlicht aus und der Wind heult trostlos. Noch mit schnell schlagendem Herz schleicht Marcelle weiter. Als das Mondlicht wieder mit voller Helligkeit scheint, findet sie, was sie sucht: Im Mondlicht aufgetürmt, ein kolossales granitenes Kreuz, sie schaut auf und sie sieht den Körper Jesus, gesenkten Hauptes und in die Finsternis starrend. Die Büschel darunter sind alles wilde Sträucher, monströses Unkraut, Lolch (11), Nesseln und Fingerhut, höher als eine Männerbrust.
Marcelle zittert, als sie nach oben schaut und bekreuzigt sich schnell. Dann schleicht sie weiter zur Basis des Kreuzes. Sie findet ein Becken aus blutrotem Granit, quer zersprungen, aber noch fähig das Regenwasser und den Tau zu halten. Es ist vom letzten Schauer randvoll und sein Inhalt ähnelt Blut. Nun, dieses einzelne Basin wird in der Gegend ‚Blutlache des Christus' genannt und ist in den Augen der Dorfbewohner heilig – heiliger als die Quelle für das Weihwasser für die Kirche selbst. Weil unzweifelhaft der Tau des Himmels in das Basin fällt, besitzt es die Eigenschaft des Blutes von Christus und kann Krankheiten heilen, wenn der Kranke Vertrauen darin hat. Das ist nicht alles. Es gibt den Aberglauben, dass, wenn ein Mann oder eine Frau bei Vollmond dorthin geht, und irgend einen Gegenstand, ein Kleidungsstück, oder etwas anderes, das am Körper getragen wird in das Basin taucht, dann ist dieses leblose Stück gesegnet und hat die Kraft, den Träger vor Gefahren und dem Tod zu bewahren. Nur eine Bedingung ist an diese Segnung geknüpft – das Eintauchen muß in totaler Einsamkeit geschehen und es muß als Geheimnis allen Lebenden gegenüber bewahrt werden.
Auf den Knien vorwärtskriechend, inmitten des hohen Unkrauts um sie herum, spricht Marcelle ein kurzes Gebet. Dann nimmt sie von ihrer Brust zwei Medaillons, nimmt sie beide in ihre rechte Hand und taucht sie langsam in das granitene Basin. Zitternd, mit einem ‚Ave Maria' schließt sie ihre Augen und wiederholt ein Gebet und erwähnt die Namen von Hoel und Gildas. Als sie endet, gleitet ihre weiße Hand hinein und zieht die Medaillons wieder hervor.
„Christus, sei mit mir!" sagt sie auf bretonisch und steckt sie eilig in ihre Brust. Die Medaillons sind aus Kupfer und jedes so groß wie ein Kronenstück. Sie hat sie vor langer Zeit vom Korporal bekommen und hat sie als Heiligtum bewahrt. Aber nun, wenn die Zwillinge weggehen, will sie jedem von ihnen eins geben, natürlich ohne die Erklärung, dass sie einen besonderen Zauber hätten. Es sind ansehnliche durchbohrte Medaillen das Lorbeerbekränzte Antlitz des Kaisers, auf der anderen Seite eine Szene einer bluti-

gen Schlacht, mit der Inschrift ‚Austerlitz'(14). Ihre Aufregung ist größer geworden, ihre Aufgabe ist erledigt und sie geht davon. Plötzlich, nach wenigen Meilen, hört sie Schritte hinter sich. Sie wendet sich schnell um, aber die Dunkelheit lässt sie nichts erkennen. Sie bekreuzigt sich und beginnt zu rennen. Die Schritte bleiben hinter ihr. Sie hält mit Schrecken inne und schaut zurück. Für einen Augenblick scheint der Mond und sie kann eine irdische oder nicht irdische Gestalt wahrnehmen, die ihr folgt. Ein weniger beherztes Mädchen wäre unter der Anspannung der Gefühle in so einer Nacht ohnmächtig geworden. Es gibt wahrlich keine Frau respektive Mann in Kromlaix, die zu so einer Stunde aufs Geratewohl wie sie es tat, allein zur Blutlache des Christus gehen. Marcelle ist schreckerfüllt, aber sie bewahrt ihre Sinne. Als sie die Gestalt näher kommen sieht, flieht sie erneut. Aber die Gestalt scheint zu fliehen wie sie und sie hört die Schritte hinter sich herkommen, näher und immer näher, sie rennt und rennt bis sie außer Atem ist. Die Schritte kommen näher und sie kann hinter ihrem Rücken das heftige Atmen hören. Mit einer äußersten Überwindung dreht sie sich herum, entschlossen ihrem geisterhaften Verfolger ins Gesicht zu sehen. Dicht bei ihr, mit einem weißen vom Mond beschienen Gesicht ist es ein Mann und bevor sie ihn klar erkennen kann spricht er mit einer leisen Stimme ihren Namen.
„Marcelle!"
Sie erkennt die Stimme sofort, als die ihres Liebsten. Unnötig zu sagen, dass sie schon lange daran dachte und darum betete ihn zu treffen. Sie schreckt zurück und antwortet nicht Der Mond kommt hervor und beleuchtet seine Gestalt von Kopf bis Fuß. Kopf und Füße sind unbekleidet, seine Figur scheint fremd und entstellt, das Haar fällt wild und lang über sein Gesicht. Er erscheint undeutlich vor ihr wie ein großes Phantom und seine Stimme klingt hohl und etwas fremd.
„Marcelle, hast Du mich vergessen? Ja, ich bin es und Du bist erschrocken!"
„Ich bin nicht erschrocken", antwortet Marcelle, sich erholend, „aber Du überraschst mich – ich dachte es wäre ein Geist."
„Ich ruhte dort drüben und ich sah Dich zu Blutlache des Christus kommen!"
Marcelles Antwort ist folgerichtig:
„Du sahst mich! Dann hast Du meinen Zauber gebrochen."
„Nicht ganz", antwortet Rohan kalt, „ich wusste nichts von Deinem Vorhaben und ich konnte Dich nicht sehen, als Du knietest. Es ist eine kalte Nacht für Dich, um draußen zu sein. Da, Du zitterst – eile nach Hause."
Er spricht, als wäre nichts zwischen ihnen, als ob er irgendeinem Freund einen Rat gibt. Seine Stimme klingt kalt und klar. Sie antwortet im gleichen Ton:
„Hoel und Gildas ziehen morgen in den Krieg und das ist es, was mich hierher brachte. Sie werden sich schon wundern, wo ich bleibe."

Sie macht eine Bewegung, als wolle sie gehen. Er macht keine Anstalten ihr zu folgen. Sie wendet wieder ihren Kopf:
„Es ist befremdlich Dich hier zu sehen, ich dachte Du bist weit fort. Sie suchen Dich überall."
Rohan nickt:
„Ich weiß es."
„Am Haus Deiner Mutter steht Tag und Nacht eine Wache und bei uns auch. Es sind Gendarmen aus St. Gurlott im Dorf, mit Pipriac an der Spitze. Es ist ein Papier an die Häuser geheftet und Dein Name steht darauf und es ist eine Belohnung ausgesetzt."
„Das weiß ich auch."
Immer noch so kalt und ruhig. Er steht bewegungslos, schaut auf sie, als ob er auf das Grab seiner verlorenen Liebsten schaut. Sie kann es nicht länger aushalten. Verwirft ihre verrückte Vortäuschung der Gleichgültigkeit, springt vorwärts und schlingt ihre Arme um seinen Nacken.
„Rohan, Rohan! Warum sprichst Du so mit mir?"
Er wehrt sie nicht ab, aber als sie fortfährt befreit er sich sanft von ihren Armen:
„Wir wissen nicht was geschah – ich habe ein gebrochenes Herz – Gildas und Hoel gehen. Sie sind wütend auf Dich, alle. Es ist schrecklich!"
„Aber *Du!*"
„Und ich – mein Rohan ich bin immer auf Deiner Seite. Sie sagen, Du wärst ängstlich, ich aber sagte ihnen, dass sie lügen. Sie sind alle mit mir böse, weil ich Dich verteidige. Küß mich, mein Rohan! Willst Du mich nicht küssen?"
Und nachdem seine kalten Lippen sich nähern und schon dicht an ihren sind, sagt sie:
„Ach, mein Rohan, ich weiß Du bist weise. Es ist nicht zu spät und es wird Dir vergeben, wenn Du mit den anderen marschierst. Komm mit! Ach, danke Gott, dass es so ist! Onkel Ewen wird Fürsprache einlegen und Gildas und Hoel werden Dir die Hand reichen und alles wird gut sein!"
Sie schaut mit leidenschaftlichem Vertrauen und Hoffnung hoch in sein Gesicht, als sie geendet hatte, küsste sie ihn mit ihren warmen Lippen. Mit ihren weißen Armen um seinen Nacken, mit zärtlicher Brust gegen seine eigene. Er steht entsetzt.
„Marcelle, Marcelle!" schreit er mit herzzerreißender Stimme.
„Mein Rohan!"
„Du verstehst immer noch nicht, mein Gott, wirst Du das nie verstehen? Das ist es nicht, es ist nicht so, dass ich meine Meinung geändert habe. Ich kann nicht mitkommen. Ich werde mich im Leben niemals selbst aufgeben!"
Da sind nun keine warmen Arme mehr um ihn. Marcelle hat sie überrascht zurückgezogen.
„Warum dann, kamst Du nach Kromlaix zurück?"

„Dich zu sehen! Mit Dir noch einmal zu sprechen, in beiden Fällen lebend oder tot."

Zitternd und weinend nahm Marcelle seine beiden Hände in die ihren. Seine sind eiskalt.

„Du wirst mitkommen! Aus Rücksicht auf mich, für Deine Marcelle! Ach, brich mir nicht das Herz – laß mich nicht hören, dass sie Dich einen Feigling nennen. Und wenn nicht aus Rücksicht auf mich, dann wegen Dir selbst. Du kannst ihnen nicht entkommen. Sie werden Tag und Nacht hinter Dir her sein, Du wirst sterben, Mutter Gottes – ja, sterben. Mein Rohan, der Kaiser wird gut zu Dir sein – komm mit!"

„Und in den Krieg ziehen?"

„Was dann? Du wirst zurückkommen, wie Onkel Ewen, alle werden auf Dich schauen und wissen, dass Du ein tapferer Mann bist."

„Und Du?"

„Ich werde Deine Frau sein, Rohan! Ich schwöre es, Lieber. Ich werde Dich lieben, ich werde Dich lieben."

„Und wenn ich sterbe?"

„Dann werde ich Dich noch mehr lieben, und ich werde Trauerflor an meinem Arm tragen, bis ich alt bin, ich werde niemals einen anderen Mann heiraten. Du wirst in Kämpfen für den Kaiser gestorben sein, mein tapferer Soldat. Du wirst im Himmel auf mich warten und ich werde zu Dir kommen und ich werde Dich dort küssen."

Es ist eine große Leidenschaft in ihrer Stimme, in ihren Worten und in ihren Küssen, um wie ein Regenguß alle Zweifel hinwegzuspülen. Ihre Tonlage, ihre Blicke, ihre lebendige Gestalt, alles spricht aus Liebe, sie klammert sich an ihn und zieht ihn fort. Er schüttelt sich vor ihrem ungestümen Appell. Sein Herz ist offen, sein Verstand zweifelt und seine Augen schauen wild hinauf zum bewölkten Mondscheinhimmel, aber er bleibt unveränderlich.

„Marcelle, es ist unmöglich. Ich kann nicht gehen!"

„Rohan, Rohan!"

Er schwankt, als wäre er überwältigt und hält seine Hand auf sein Herz. Sein ganzer Körper zittert. Es scheint, als bliebe er nicht standhaft, aber ein Schauer geht durch den Körper und ohne es zu merken, ist er auf die Knie gesunken.

„Ich kann nicht gehen – es ist ein Schwur, lebe wohl!"

Sie schaut erstarrt auf ihn, als errate sie seine tiefste Seele. Ein schrecklicher Gedanke ergreift sie.

„Rohan, sprich! Um Gottes Willen, steh auf und sprich. Ist es wahr, was sie sagen, dass Du *Angst* hast?"

Er steht wieder auf seinen Füßen und schaut sie fremd an.

„Sprich, Rohan!"

„Ja, es ist wahr."

„Daß Du Angst hast, dass Du ein Feigling bist…"

„Das ist alles wahr", antwortete er und wenn es hell gewesen wäre, hätte sie ein fremdes Lächeln auf seinem gefolterten Gesicht gesehen.
„Ich will dem Kaiser nicht dienen. Ich will nicht in den Krieg ziehen, weil – gut – weil ich Angst habe."
Er erklärt seine Furcht nicht weiter, hätte er es getan, hätte sie es nicht verstanden. Er fährt fort:
„Es wäre besser, Du würdest es verstehen, für immer, dass ich niemals kämpfen werde. Als Soldat kämpfen, das ist gegen mein Herz und das ist alles. Ich glaube Deine Liebe will mich dazu bringen, aber ich habe nicht den Mut das zu tun, um was Du mich bittest. Du zitterst, es ist kalt. Eile nach Hause!"
Ihr Herz scheint nun gebrochen. Nicht in Wut, nicht im Zorn wendet sie sich von ihm ab, sie quält ihn mit schmerzlichen Tränen.
In diesen Regionen, wo die physische Kühnheit des Mannes als wichtigste Eigenschaft angesehen wird, ist ein Feigling niedriger als ein Wurm, verdorbener als ein Aussätziger. Und sie hatte einen Feigling geliebt!
Wäre sie welterfahrener, hätte sie erraten, dass er sich selbst brandmarkt mit diesen schlimmen Namen, den man selbst schwer ertragen kann. Aber sie ist nicht so klug und sein eigener Glaube ist ihr näher und schürt diese Behauptung, die sie erschreckt. Nahezu unbewusst schleicht sie sich unter Trauer fort.
„Marcelle, willst Du mir nicht Deine Hand geben, willst Du nicht Aufwiedersehen sagen?"
Sie hält inne, aber sagt nichts. Er nimmt ihre Hände und küsst sie leicht auf jede Wange.
„Lebe wohl, Marcelle! Du kannst mich nicht verstehen und ich gebe Dir keine Schuld. Und wenn sie mich verleumden, denke nicht im Zorn an mich, Gott ist mir gütig und eines Tages denkst Du vielleicht besser von mir, lebe wohl, lebe wohl!"
Er will schluchzend davongehen, als sie ihn am Arm fasst und leidenschaftlich sagt:
„Sie werden Dich finden, sie werden Dich töten – das wird schlimm! Wohin willst Du gehen? Wohin willst Du flüchten?"
„Gott wird mir helfen Zuflucht zu finden, und ich glaube nicht, dass sie mich finden. Behalte mich in Deinem Herzen!"
Nun geht er tatsächlich.
Eine Stunde später ist Marcelle im Landhaus zurück und versucht ihre Mutter zu trösten. Es ist Mitternacht, als Hoel und Gildas zu Bett gehen und in einen tiefen Schlaf fallen.
Bevor es dämmert stehen sie auf. Der Korporal sitzt mit der Pfeife im Mund vor dem Küchenfeuer. Er ist aufgeblieben, um seine Neffen zur rechten Stunde zu wecken und ihnen später eine kurze Strecke auf der Straße nachzusehen.

In der Zwischenzeit wandert Rohan Gwenfern durch die Dunkelheit wie ein finsterer Geist der Nacht. Ergriffen vom Inhalt des letzten Gesprächs mit seinem liebsten Menschen auf der Welt, ist er dennoch in seinem verzweifelten Widerstand gegen ein verleumderisches Schicksal entschlossen, in welchen sie gegen ihn befangen zu sein scheint, er ist hin und her gerissen, er weiß nicht so recht wohin.
Die leidenschaftliche Liebe in seinem Herzen kämpft genauso leidenschaftlich gegen die kalten Gedanken in seiner Seele. Er kann Marcelles Umarmung noch fühlen und die süßen Küsse. Er weiß, mancher Mann hätte sein Seelenheil gegeben.
Er hatte seit zwei Tagen und Nächten nicht geschlafen. Während er sich müde von Kromlaix zurückschleicht, regnet es und mit jedem Schauer scheint es dunkler zu werden. Krank und erschöpft geht er zum Kreuz zurück und dort legt er seinen Kopf gegen den Stein, teilweise durch die Steinfigur über ihm vor dem Regen geschützt und ganz verborgen im hohen Gras und dem Ginster, welcher bis über seinen Kopf reicht, fällt er in einen tiefen Schlaf. Als er schläft hat er einen Traum.

Kapitel XXI

Der Traum

Er scheint in seinem Traum immer noch auf demselben Fleck zu liegen, wohin er sich hinlegte und einschlief. Sein Blick auf die Kruzifixfigur über ihm gerichtet. Alles um ihn ist sehr dunkel, der Wind heult und der Regen fällt noch heftig herab und plätschert traurig in die Granitschale. Er liegt zusammengekauert zwischen dem nassen Gras und dem Unkraut, beobachtet fasziniert und lauscht, ohne zu wissen, auf was.

Sein Herz schlägt schnell, jeder Schlag in seinem Innern ist schauererregend, er wird durch eine unbekannte Bewegung über ihm und einem unnatürlichen Klang aufgeschreckt.
Er hört genauer hin und diesmal sind seine Ohren durch ein leises Stöhnen einer menschlichen Stimme aufgeschreckt. Es kommt wieder und bleibt, zu seinem Entsetzen bewegt die Figur am Kreuz ihren Kopf von einer Seite zur anderen. Nicht wegen des Schmerzes, nicht völlig bewusst, sondern wie ein Schläfer, der seinen Kopf bewegt, langsam aus seinem tiefen Schlaf erwachend. Das Herz versagt ihm fast, eine Stumpfheit wie im Tod ist über ihm. Er will fliehen, aber seine Glieder gehorchen seinem Willen nicht. Er versucht zu schreien, aber der Schrei gefriert in seiner Kehle. Für einen Moment

scheint es, dass er ohnmächtig wird. Als er erneut aufschaut, ist das Kreuz oben leer und die Gestalt steht auf ihren Füßen!
Der Regen hört auf, der Wind weht lau und durch die Wolkenfetzen schaut der Mond herunter. Schwarz erscheint gegen das Mondlicht das Kreuz, während zu seinen Füßen auf schimmerndem Marmor Christus steht. Seine Augen sind nun offen und sehen nach unten auf den zusammengekauerten Körper Rohans. SEINE Arme und Beine bewegend und von seinen Lippen kommt Atem. ER sagt mit sanfter Stimme:
„Steh auf!"
Der verzauberte Körper Rohans gehorcht dem göttlichen Willen und erhebt sich wieder und steht aufrecht und in diesem Moment fällt all seine Furcht von ihm und er starrt ihn an, spricht aber kein Wort. Das Gesicht beruhigt sein Herz durch seine Schönheit wie das Mondlicht die See beruhigt. Er würde gern wieder niederfallen in Verehrung, nicht vor Schrecken, sondern vor Freude. Dann sagt Christus:
„Folge mir!"
Wie ein Geist bewegt er sich, kaum die Erde berührend, ER ist vom Sockel des Kreuzes herabgestiegen und bewegt sich still weiter. So wie ein Mann einem Geist folgt, furchtsam die Vision zu verlieren, noch ängstlich sich zu sehr zu nähern, folgt Rohan.
Die Nacht ist schwarz, aber ein blasses Licht auf dem Boden zeigt vor IHM den Weg. Leise und geschwind gehen sie. Rohan kommt es im Traum so vor, als bewegt er sich ohne seine eigene Willenskraft, aber als ob ihm durch eine unsichtbare Hand geführt und geholfen wird. Die Wälder und Felder scheinen sich zu bewegen wie ziehende Wolken vor dem Wind. Die Erde unter ihren Füßen schwingt nach ihnen wie die windbewegte See. Wie es scheint folgt Rohan nun bewusst. Seine Sinne scheinen zeitweise zu fliegen, seine Augen sind geschlossen und immer, wenn er die Augen öffnet, sieht er den weißen Christus vor sich dahingleiten, immer wieder innehaltend schaut er in die Runde mit dem bleichen Mondlicht auf SEINEM Gesicht und mit göttlichen Augen ihn heranwinkend.

Die Zeit bewegt sich im Schlaf schnell in die Ewigkeit – sie kann nicht in irdischen Minuten gezählt werden und Rohan scheint in seinem Traum seinem Führer Stunde um Stunde zu folgen. Durch einsame Wälder, über die Gipfel vom Mond beschienener Berge, über gespensterhafte Flüsse, die im Mondschein schimmern, einsame Wasser, lautlos wie der Tod, durch schlafende Dörfer und grüne Täler. Wohin sie auch kommen alles schlummert. Alle Augen auf der Erde sind versiegelt. Dann kommen sie durch dunkle Straßen von Städten, schleichen entlang der Häuserschatten, bis sie wieder ins klare Mondlicht gleiten. Zuletzt passieren sie einen ausgedehnten Pfad eines kultivierten Waldes und kreuzen einen offenen Raum, wo Wasserfälle stürzen. Die Gestalt hält inne vor einem großen Gebäude mit Fens-

tern aus Glas, das im Mondlicht leuchtet, überall dehnt sich grüner Rasen aus, die Blumen blühen und Quellen sprudeln, aber alles steht kalt und still. Die Gestalt geht weiter, steht dann vor einer Tür und erhebt die Hand. Die Tür öffnet sich und ER geht, dicht von Rohan gefolgt, hinein. Die Flure sind dunkler als der Tod, aber der unbekannte Lichtschein lässt vor den Füßen die Dinge erkennen. Sie gehen durch mehrere Räume, manche ausgedehnt und dämmrig, bewohnt nur vom einsamen Mondlicht. Andere dunkel und mit Gardinen, voll vom leisen Atmen schlafender Männern und Frauen – entlang der stillen Durchgänge, wo der Wind bei ihrem Kommen, sanft wehklagt. Hinauf über gespenstische Stufen, wo an den Wänden gemalte altertümliche Gesichter schimmern, marmorne Büsten und Statuen, überall Staub; weil es keine Bewegung gibt, nichts Lebendiges, alles ist schlafend, wie überall das Mondlicht, ängstlich inmitten der Dunkelheit. Obgleich sie durch hohle Gänge und leere Flure schreiten, gibt es keinen Widerhall der Schritte und die Türen öffnen sich ohne Geräusche und die Schläfer bewegen sich nicht auf ihrem Ruhekissen. Das einzige Geräusch das schwache Säuseln des Windes in den sonst stillen Höfen.
Wieder verblasst der Traum und Rohans Bewusstsein scheint zu schwinden. Als er sein inneres Auge wieder öffnet, kommt er in den Schatten einer zugehangenen Tür und mit einer Hand den Vorhang öffnend, steht hochaufgerichtet Christus neben ihm, mit dem Finger zeigend. Davor, mit dem Rücken zu beiden sitzt geschäftig schreibend ein Mann am Tisch. Der Raum in dem er schreibt ist eine Art Vorzimmer und durch die offene Tür im Innern des Raumes kann man ein großes verhangenes Bett sehen. Auf dem Tisch steht eine Lampe, die ihr Licht auf das Papier vor ihm wirft, aber den übrigen Raum im Dämmerlicht lässt. Es scheint, als ob Rohan mit allen Fasern seines Herzend das Gesicht dieses Mannes sehen will, aber es bleibt verborgen und über dem Tisch gebeugt. Stunden scheinen zu vergehen, er bewegt sich nicht. Er ist schon zum Schlafengehen ausgezogen und, obwohl alle Welt ruht, schreibt und arbeitet er noch. Rohans Seele empfindet Widerwillen. Es scheint sich vorzustellen, dass diese eine Gestalt erwacht und schrecklich allein ist, während all die Herzen der Schöpfung lautlos und still sind.

Der Traum verblasst. Als Rohan wieder schaut, ist der Raum leer, aber auf den Tisch brennt die Lampe, obwohl die Gestalt des Mannes gegangen war. Er wendet seinen Blick aufwärts und sieht den Heiligenschein seines Führers, der auf den Tisch deutet, seine Lippen formen sich zu einem Wort, ehe er es ausspricht:
„Lies!"
Er durchquert den Raum und beugt sich über den Tisch. Er ist bedeckt mit beschriebenen Seiten in einer klaren Handschrift, aber seine Blicke sehen nur

eine Seite, auf welcher die Tinte kaum getrocknet ist und nur zwei Worte enthält – seinen Namen, Rohan Gwenfern.
Als er liest fühlt er in seinem Traum den verwirrten kranken Schrecken eines halb niedergeschmetterten Mannes. Er scheint dunkel zu verstehen, dass sein Name so geschrieben, etwas Schicksalhaftes und Furchtbares bedeutet, außerdem kann er nicht genügend den Sinn erfassen – das ‚Wie' und ‚Warum'. Alles, was er zu wissen scheint, ist die Ehrwürdigkeit dieses einen Mannes, wach zu sein, wenn alle Geschöpfe schlafen, den Namen niederzuschreiben, als ob es ein Urteil wäre. Rohan weiß nicht welches Schicksal für ihn bestimmt ist, er kennt die Ähnlichkeit des Mannes mit jemandem, dennoch erfasst ihn Schrecken und er fällt auf seine Knie, das Gesicht zu seinem Führer aufschauend und stumm Hilfe ersuchend für irgendwelches Unglück, das er nicht kennt. Durch eine plötzliche Eingebung geht Christus in das Innere des Raumes und zieht die schweren Vorhänge am Bett zurück und Rohan sieht deutlich im Mondschein, das Gesicht des Mannes in Ruhe und Schlaf. Er geht vorwärts im Verlangen das Gesicht zu betrachten und er erkennt es. Weiß wie Marmor mit geschlossenen kalten Lidern und die Lippen noch im Schlaf entschlossen, ein steinernes Gesicht – solches wie er oft im Wachen, geschmückt mit Münzen und Medaillen aus Metall, gesehen hatte und einfache Fotos, die an den Wänden des Landhauses hängen – das Gesicht des großen Kaisers.
Und der Kaiser schläft so ruhig, dass man nicht einmal seinen Atem in der Kammer hört. Und Rohan schleicht näher mit fasziniertem Blick, die Gesichtszüge wuchsen mehr und mehr in ihrer marmornen Blässe, so dass Rohan in seinem Traum denkt: er schläft nicht, er ist tot. Seine Hand auf der Bettdecke sieht auch aus wie aus Marmor. Eine weiße Hand wie die einer Frau, eine kleine Hand, die sich festklammert wie bei einem schlafendem Kind. In diesem Moment, welch Wunder, öffnet er seine Augen und er findet Rohan allein, die Gestalt des Christus war fort. Die Lampe in der anderen Kammer brennt noch, aber etwas dunkler. Er ist allein am Bett des großen Kaisers, beobachtend, öfter von Kopf bis Fuß erschauernd. Befremdlich genug, die übernatürliche Gegenwart hat eine Quelle der Kraft. Das kann nur ein furchtbarer Sinn des Schreckens bedeuten, Hilflosigkeit erfasst ihn und er will fliehen. Aber er kann sich nicht bewegen – er kann seinen Blick nicht abwenden. Hier mit diesem schrecklichen Meister allein zu sein, sich hier zu demütigen und den Kaiser wie tot liegen zu sehen – ist zuviel für seine Seele. Er kämpft verzweifelt und erhaben und zuletzt im Todeskampf. In seinem Traum stößt er einen wilden Schrei aus. Der Kaiser bewegt sich nicht, aber in dem Moment des Schreis wird er aus dem anderen Raum beantwortet, es entsteht ein Stimmengewirr, ein Fußgetrappel, ein Hin- und Hereilen. Er versucht erneut zu fliehen, aber er ist noch immer hilflos, die Schritte kommen näher und näher und während die Türen des Vorzimmers aufspringen und es treten blasse Gesichter ein und Soldaten stürzen auf ihn

mit aufblitzenden Schwertern, um ihm das Leben zu nehmen, er fällt in Ohnmacht – und erwacht.

Er liegt noch hier wie er sich hinlegte, zwischen den hohen Kräutern am Fuße des Kreuzes, die Dämmerung bricht gerade an und die Luft ist sehr kalt. Der steinerne Christus hängt über ihn, den Kopf gesenkt und naß durch den langen Regen in der Nacht.
Er ist gerade dabei sich zu erheben, um sich zu irgendeinem sicheren Obdach fortzuschleichen, als ihm der Klang von Stimmen an sein Ohr dringt und das Getrampel von sich nähernden Schritten. Nun erinnert er sich wie nahe er der Hauptstraße ist. Er wirft sich flach in das hohe Gras, er liegt versteckt und still. Die Schritte kommen näher, die Stimmen singen ein vertrautes Lied. Rohan schaudert es, als er in seinem Versteck die Stimmen von Gildas und Hoel Derval erkennt. Dann ist eine Pause auf der Straße, eine plötzliche Stille. Dann ruft eine andere, die unverkennbare Stimme des alten Korporals:
„Vorwärts!"
Die Schritte ertönen erneut, die Stimmen nehmen den Gesang wieder auf. Alle laufen unten in der Senke auf der Straße dicht am Kreuz vorbei. Rohan bewegt sich nicht bevor wieder Stille eingetreten ist. Die Gezogenen aus Kromlaix, die von vielen Freunden und Dorfbewohnern aus dem Dorf begleitet werden, sind seit der Dämmerung auf ihrem Weg zur Armee des Kaisers auf den Anhöhen des weit entfernten Rheins.

Kapitel XXII

Mikel Grallon

Von diesem Tag an ist das Schicksal Rohan Gwenferns für viele Tage und Wochen unbekannt geblieben.
Nachforschungen zu seinem Verbleib wurden überall betrieben. Sein Name ist viele Meilen im Umkreis in jedem Dorf bekanntgegeben worden. Ein Kopfgeld wurde für seine Ergreifung, tot oder lebendig, ausgesetzt – aber alles ist ohne Erfolg.
Die letzte Gelegenheit bei der man ihn öffentlich gesehen hatte, war in der denkwürdigen Nacht der Aushebung, als er seine Bitte an Pater Rolland richtete, dessen Standpunkt eindeutig war und Rohan Selbstmord begehen wollte. Nur eine Person wusste es vielleicht besser und das war Marcelle Derval.

Nicht ein Wort verriet sie über das Treffen unter dem Kreuz, in der Nacht vor dem Abmarsch der Gezogenen.
Über dieses Subjekt Rohan ist der Korporal ungehalten und er lässt keine Gelegenheit aus, seine Denunziationen auszustoßen. Marcelle protestierte nicht länger, für sie ist alles vorüber, seit Rohan entweder verrückt oder noch Schlimmeres als verrückt geworden ist. Wenn Onkel Ewen es als Tatsache hinstellt, dass , während all die anderen Gezogenen aus Kromlaix gute und ehrliche Männer sind, Rohan Gwenfern ein Lump und Feigling ist, kann sie als Antwort kein Wort hervorbringen, denn hatte Rohan nicht selbst gesagt, dass er Angst hat und hatte sie nicht mit ihren eigenen Augen in seinem Gesicht gesehen wie sich der kranke Schrecken und ein physischer Feigling sich fühlt?
Es ist schrecklich daran zu denken, es ist eben schlimmer als der Tod selbst! Ihre Leidenschaft hat sich selbst genährt über seine glorreiche Mannhaftigkeit, über seine mächtige physische Kraft und Schönheit, über die Kraft und Würde seiner Natur und auch in seiner Tapferkeit, Kühnheit und Geschicklichkeit bei mannigfachen Gelegenheiten. Sie hatte über ihn triumphiert und glorifizierte ihn als eben eine schwache Frau, und nun? Es ist beinahe unbegreiflich zu denken, dass er im Fieberwahn war. Verglichen mit Hoel, bei dem sie weiß, dass er furchtsam ist und Gildas, wo sie selbst einschätzt, dass er dumm ist. Der ganze löwenartige Blick hat nach all dem nichts zu sagen! Wie ein Krüppel an Krücken, wenn der Kaiser ruft hatte man edel zu sein und sich gut zu betragen. Besser, dachte sie, tausendmal besser wäre Rohan von der schwindelerregenden Höhe der Klippe von Kromlaix gesprungen und wäre so als wahrer Mann umgekommen und sie erinnert sich ihrer Jugend an dieser Küste wie übermütig er war. Außerdem fühlt Marcelle ihr eigenes Gewissen sich gegen sie verteidigen, wenn solche Gedanken ihr im Kopf herumgehen. Niemals bisher, seit dem letzten Treffen, fühlt sie so stark die Kluft zwischen Rohans Seele und ihrer eigenen. Und niemals seitdem muss sie sich selbst fragen: vielleicht verstehe ich es nicht.
Manchmal, in Blicken und Worten, setzt sich in ihrem Gefühl der Einfluß einer starken moralischen Natur durch, standhaft und furchtlos, außerdem liebend, gegen ihr Vorurteil und ihrer Unwissenheit. Und dieses Gefühl erweckt Furcht, ließ die Liebe auffrischen und ließ Rohan wieder in dem Licht erscheinen, das ihm entspricht. Sie kann es besser ertragen zu denken, dass er sündhaft und verrückt sei, als ihn als einen wütenden Feind des Kaisers zu sehen und als ihn sich als einfachen Feigling vorzustellen.
Wenn die stetige Verurteilung länger als einen Tag anhält, können wir wahrhaftig glauben, dass Marcelles Liebe sich in Abneigung wandelt, dass ihre Hand bereit ist ihren Geliebten niederzustrecken.
Nun, Feigling oder nicht, oder beides, er ist verschwunden und wenn er lebt, trotz der vielen Zweifel, weiß kein Mensch, wo er sich verbirgt. Die Nase des Sergeanten Pipriac, gerötet durch den Brandy, aber immer intakt

wie die eines alten Hundes, kann den Fuchs im Dorf oder außerhalb nicht riechen. Einhundert Spione sind bereit sich die Belohnung zu verdienen, aber es gibt keine Gelegenheit. Des Pfarrers Vermutung verwandelt sich in allgemeine Gewissheit und es gilt überall als erwiesen, dass Rohen Gwenfern sich davongemacht hat, entweder durch Sprung von einem der hohen Kliffs oder durch Selbstertränken in der See.
Als Wochen vergangen sind und keine Spur des Flüchtigen gefunden wurde, beginnt auch Marcelle das Schlimmste zu befürchten und ihre stillen Vorwürfe erstarben in namenloser Furcht. Aber sie hat ihre Mutter zum Trost, die tägliche Hausarbeit und das Besuchen der Wasserfälle lassen sie keine unnütze Stunde haben. Sie ist total mit ihrer Arbeit beschäftigt. Obgleich ihre Wangen blaß sind und ihre Augen oft von Tränen getrübt, ist ihr Schritt fest wie immer – ihr Herz und ihre Lippen sind still und verschließen ihren Gram.
Nur wenn sie sich nach unten zu Mutter Gwenfern stielt, um über Rohan zu flüstern, oder, wenn sie weinend ihren Kopf in Guineveves Schoß legt, dann findet ihr Kummer Ausdruck.
Eine empfindliche, aber heilsame Zerstreuung in dieser Periode beginnt mit dem Verhalten von Mikel Grallon.
Grallon, den sie mehr als einmal seiner Ergebenheit zu ihr verdächtigt, beginnt nun unmissverständlich zu zeigen, dass er seine Absicht nicht aufgegeben hat. Er kommt plötzlich am späten Abend herein, um mit dem Korporal zu rauchen, kleine Geschenke mitzubringen wie frischen Fisch für die Witwe und bescheiden Stunde um Stunde die Geschichten des Korporals anzuhören. Aber Marcelle, sehr erfahren in der Soziologie Kromlaix, weiß gut, dass solches Benehmen Unheil bedeutet oder mit anderen Worten Heiratswerbung ist. Es ist in Kromlaix nicht für einen Junggesellen Brauch, sich direkt an das Mädchen seiner Wahl zu wenden, dies ist die letzte Stufe der Werbung. Die Vorbereitungen bestehen in Gefälligkeiten für die Eltern des Hauses, eine sehr alltägliche Berechnung seiner eigenen weltlichen Besitztümer und sehr genaue Erkundungen des Wertes der Brautmitgift.
Nun, Grallon ist ein erfolgreicher Mann, zu einer erfolgreichen Familie gehörend. Er ist Kapitän eines eigenen Schiffes, der ohne besondere Geschicklichkeit den Gewinn des Meeres erntet. Sein sittliches Verhalten ist tadellos, obgleich Sittlichkeit das Wenigste und er in jeder Hinsicht ein annehmbarer Mann ist. Wie auch immer, er ist keine angenehme Person. Seine dünnen festen Lippen, seine kleinen klaren Augen, seine schmale Stirn und seine dicht zusammenstehenden Augenbrauen deuten auf einen seltsamen und gewinnsüchtigen Charakter hin. Sein Kopf, der auf breiten Schultern sitzt, ist zu klein in der Symmetrie, obgleich sein heller wettergezeichneter Nacken Gesundheit und Kraft verrät. Ihm fehlt der offene Ausdruck eines unverfälschten Fischers. Sein Leben ähnelt eher gefalteten Blättern, als einer geöffneten Blume. Der Wind, der in eine geöffnete Blüte

bläst, die sich dann schließt, so ist sein Gesicht, wenn er die Gesichtszüge enger zusammenschließt, so dass kein Blick hinter seine verborgene Seele fällt. Er geht mit einem Lächeln, einem geheimnisvollen und einem befriedigten Lächeln, weil sein Geheimnis gut bewahrt bleibt. Der große Charakter dieses Mannes ist seine Beharrlichkeit. Was auch immer er tut, er scheut keine Anstrengung Erfolg zu haben. Wenn er sein Herz an ein Objekt gehängt hat, ist das Fremde bei seinen Unternehmungen nicht mehr sicher. Als er begann zu ‚werben', sah Marcelle ‚rot', obgleich seine Werbungen sich nur auf zwei oder drei Abende in der Woche beschränken. Bei seinen Besuchen wechselt er kaum ein Wort mit ihr. Sie weiß aber gut, was seine Besuche bedeuten. Jeden Abend, wenn er hereinkommt, versucht sie sich zu entschuldigen, um das Haus zu verlassen und wenn sie genötigt wird zu bleiben, fällt sie in fieberhaftes Unwohlsein. Mit seinen beharrlichen Augen beobachtet er sie mit einer stummen Bezauberung und mit einer unmissverständlichen Bewunderung. Jannick, der sieht wie die Dinge stehen, findet eine gute Zielscheibe für seinen Spott in Grallon und ist nicht gänzlich seinen Geschenken wie neue Schmuckbänder für den Dudelsack, unterworfen. Er liebt es seine Schwester zu kämmen, als Zeichen seiner Geschwisterliebe.
Nur mit ängstlichen Unwillen, der aus seiner Unverschämtheit resultiert, konnte sie ihn länger ertragen, aber weder antwortet sie ihm, noch beachtet sie ihn, es werden nur ihre Wangen blass und ihre Lippen bebend.
Eine Bürde liegt auf ihrem Herzen, eine schreckliche Angst und Verzweiflung. Sie horcht auf eine Stimme, draußen von der See oder aus einem Grab und sogar im Schlaf lauscht sie noch. Aber eine Stimme erklingt nie.

Kapitel XXIII

Korporal Dervals Hobby ist Reiten

Korporal Derval raucht schnell, sein Gesicht läuft rot an wie der Kamm eines Hahnes, seine schwarzen Augen leuchten, der Puls schlägt in seinen Schläfen wie Trommeln und in Gedanken ist er weit weg. Als der graue Rauch vor seinen Augen aufsteigt, ist es, als wäre es Rauch der Kanonen und durch den Nebel sieht er – nicht das Interieur seines bretonischen Hauses mit den erstaunten Gesichtern um ihn herum, sondern ein geisterhaftes Kampffeld, wo eine vertraute Gestalt mit einem wettergezeichneten Hut und grauem Übermantel sitzt, mit einem schweren, tief zwischen seinen Schultern gesunkenen Kopf, den Kampf, von seinem Sattel aus mit steinerner Ruhe wie eine Reiterstatue, beobachtend.

Die Stimme des kleinen Paters, der auf der Herdseite sitzt, ruft ihn zurück in die Gegenwart:
„Korporal Derval!"
Der Korporal stutzt, nimmt seine Pfeife aus dem Mund und ordnet sich selbst ein ‚Achtung' an. So wird ihm seine Umgebung wieder bewusst. Ein helles Feuer brennt im Herd, die Tür ist vorsorglich geschlossen, weil ein heftiger kalter Wind weht. Mutter Derval sitzt in der Ecke am Spinnrad und dicht bei ihr sitzt Marcelle und näht. Seine kleinen fetten Füße am Feuer wärmend, sitzt der Pater, ebenfalls rauchend, mit gelösten Halsband und einem Glas Brandy in der Hand. Alain und Jannick, die übriggebliebenen Makkabäer, sitzen in unterschiedlichen Haltungen in der Kammer gegen die Wand gelehnt, nicht weit von Marcelle. In seiner Fischertracht mit einem, vom ständig der See Ausgesetztsein, leicht tabakbraunen Teint, ist da noch Mikel Grallon.
Obgleich der Jahreszeit nach Frühsommer ist, halten sie eine Art abendliches Zusammensein oder häusliche Versammlung ab und der alte Korporal spielt wie üblich die Rolle des Hellsehers. Der kleine Pater nimmt seine Pfeife aus dem Mund und zuckt aus Protest seine Achseln.
„Aber sehen Sie, mein Korporal, des Kaisers Behandlung des Heiligen Vaters, des Papstes in Rom!"
Der Korporal runzelt seine Augenbrauen und bläst energisch den Rauch in den Raum. Alle schauen zu ihm, als ob sie neugierig auf seine Antwort sind. Die Mutter tut einen zweifelnden Seufzer.
Der Korporal ist bald bereit:
„Verzeihen Sie, mein Herr Pater, Sie verstehen nicht. All das ist eine Abmachung zwischen dem Kaiser und dem Heiligen Vater! Es gibt Einige, die sagen, der Kaiser wirft SEINE HEILIGKEIT in einen Kerker und hält ihn bei Brot und Wasser. Narren! SEINE HEILIGKEIT befindet sich in einem Palast und isst auf Silber und Gold und wird als Heiliger geehrt. Verstehen Sie nicht falsch, mein Herr Pater, der Kaiser ist nicht kirchlich. Er fürchtet Gott. Ich weiß es, sagte ich es nicht? Habe ich es nicht mit meinen eigenen Augen gesehen und mit meinen eigenen Ohren gehört? Er ist gottesfürchtig, der Kaiser und er wurden durch Gott gesendet, die Geißel der Feinde Frankreichs zu sein."
Mikel Grallon nickt beifällig.
„Richtig, Onkel Ewen!" ruft er aus, „er hat ihnen das Tanzen gelehrt, diesen Deutschen und diesen Engländern!"
Der Korporal richtet sich, ohne seinen Kopf zu wenden, an die Adresse des Paters, der an seinem Brandy nippt, in der Art eines Mannes, den man gegen seinen Willen und seinem Standpunkt überzeugen will.
Aber der Priester, ein guter Gefolgsmann, hat einige strenge Überzeugungen verschiedener Art und haßt Polemik, besonders am Kamin und so widerspricht er nicht länger.

„Sie wissen es nicht. Sie sind anders", setzt der Veteran das Gespräch fort, „ aber es ist eine große Sache, auf einen Mann wie ihn aufzusehen, mit ihm zu sprechen, zu fühlen und er atmet wie du und ich!"
„Wie Sie es taten, Korporal!" sagt der Priester zustimmend.
Marcelle schaut mit einem Lächeln voller Bewunderung zu ihrem Onkel. Alle Augen schauen ihn an.
„Und wie ich es tat!" sagt der Veteran stolz und ohne Scham über seinen Hochmut.
„Ja, so wahr ich hier bin! Ich stand von Angesicht zu Angesicht ihm gegenüber und sah ihm in die Augen, so wie ich jetzt in Ihre schaue, Pater Rolland! Zuerst in Cismone, dann noch ein zweites Mal. Ich kann ihn jetzt noch deutlich sehen, ich kann noch seine Stimme hören, so als höre ich Eure. Machmal höre ich sie im Schlaf und ich springe auf und fühle mein Gewehr, schaue auf und bilde mir ein, ich sehe die Sterne über mir, weit über dem offenen Lager. Ich denke, wenn er käme und erneut mit mir spräche, ich würde in meinem Grab erwachen."
Seine Stimme wird nun sehr leise und seine klaren Augen befeuchten sich wie ein Adler im Halbschlaf und schauen sanft auf das Feuer. Der Torf ist hellrot und als sich die Färbung ändert, sieht er darin Formen sich bewegen und es steigen Gesichter auf wie irgendeine Gespensterarmee in einem Traum. Es gibt eine Pause.
Plötzlich wird die Erregung seiner Gefühlswelt abgelöst, der Korporal nimmt eine helles glühendes Stück Torf aus dem Feuer und zieht lebhaft an seiner Pfeife, legt es auf den Pfeifenkopf, weil die Pfeife ausgegangen ist.
Sich räuspernd und mit seiner plumpen kleinen Hand die Qualmwolken, die er selbst ausgestoßen hat, auseinanderwedelnd, spricht der Pater erneut:
„Korporal Derval!"
Der Veteran dreht seine Augen weiterrauchend dem Sprecher zu und hört aufmerksam zu.
„Wieviel Jahre ist diese kleine Begebenheit von Cismone her?"
Die schwarzen Augen des Korporals glänzen und ein erfreutes Lächeln überstrahlt sein sonst grimmiges Gesicht. Nach einer bedächtigen Pause setzt er seine Pfeife auf den Kaminsims, dich bei dem zinnernen chinesischen Altar und verschiedenen metallenen Heiligen, dann lehnt er sich vor, schürt das Feuer mit seinem Holzbein und zuletzt dreht er sich zu dem Priester herum, runzelt die Augenbrauen, als ob er sich mit einer schwer verständlichen Berechnung beschäftigt und reibt seine Hände fest zusammen. Er antwortet mit einer Stimme, die von einem ganzen Regiment hätte gehört werden können:
„Es war in der Nacht des siebzehnten September, im Jahre 1796."
Als ob die Worte einen Zaubern gehabt haben, die Gesellschaft konnte nicht erschauernder und ergriffener schauen, um ganz aufrichtig zu sein, müssen wir einräumen, dass dies eine bekannte Geschichte ist, die schon in mancher

Nacht wieder und wieder erzählt wurde. Aber manche Geschichten sind immer neu und dies ist eine davon. Onkel Ewens ist der köstlichen Annahme, dass er eine ausführliche Neuheit erzählt. Das niemals fehlende Gemurmel der erfreuten Ungläubigkeit und Erstaunen, auf welche er wartet bei jeden wichtigen Abschnitt des Ereignisses, der Enthusiasmus des Sprechers und die verzückte Aufmerksamkeit aller Anwesenden, macht das Ereignis immer erhaben.
Diejenigen, die Onkel Ewen kennen und noch nicht seine Anekdote von Cismone hören durften, kennen ihn wenig und waren nie ins Vertrauen seiner kriegerischen Brust gezogen worden.
Jeder Anwesende in dieser Nacht hat es schon ein Dutzend Mal gehört, außer einem Anwesenden – Mikel Grallon, der ein wenig gelangweilt schaut, richtet seinen Blick verliebt auf Marcelle, scheint begierig zu sein *sie* zu hören.
Alain Derval hört mit verdrießlichem Interesse, aber Jannicks Gesicht ist hell und heiter, er hatte nicht die Aushebung zu fürchten, die aber noch im Herzen seines erwachsenen Bruders Eindruck hinterließ. Die Mutter unterbricht das Spinnen. Der kleine Pater nickt mit seinem Kopf wie eine Bachstelze am Boden. Marcelle legt ihre Näharbeit in den Schoß und schaut mit einem Blick der lebhaften Rührung und Erwartung zu ihrem Onkel.
Der Grenadier, voll von den außergewöhnlichsten Empfindungen, dem Stolz eines Propheten, der im eigenen Land verehrt wird, fährt fort und als er spricht, erblassen die Personen um ihn wieder und wieder.
„Wir verließen Trent am sechzehnten, Pater Rolland, es war im Morgengrauen. Es war ein langer Marsch. Zehn Meilen des verfluchten Landes, verschärftes Tempo. Am Abend erreichten wir ein Dorf, den Namen habe ich vergessen, aber es war ein ganz kleines Dorf an einem Berg. Diese Nacht waren wir so erschöpft, dass wir schwer wach wurden. Es verbreitete sich an der Front, dass der Kaiser – ach, er war da nur General – dass General Bonaparte bei uns war und wir glaubten es, wir hätten schwören können, dass er in der Nähe war. In den Lazaretten, Pater, gingen die Doktoren von Bett zu Bett fühlten die Pulse und sagten: ,Hier ist Fieber, hier ist Gesundheit, hier ist der Tod.' Als *er kam,* schauten die Verwundeten auf und waren froh. Als er ging sanken sie zurück und stöhnten. Alle Wachen weit weg fühlten ihn, jedes Herz schlug schneller bei seinem Kommen und langsamer, als er ging. Nun, das ist der Weg in der Armee, seine Pulse schlugen entlang der Linien, man konnte sagen: ,Der General! ist gekommen – er ist nah –er ist hier – er ist gegangen – er ist zehn Meilen entfernt!'"
Hier macht er eine Atempause und Mutter Derval stößt einen tiefen Seufzer aus. Armes Herz! Sie denkt nicht an den Kaiser, sondern an ihre zwei großen Söhne, die bereits in der Armee sind.
Der Korporal hört den Seufzer und beeilt sich fortzufahren:

„Der Mond stand noch hoch, als wir am Morgen weitermarschierten. Wir waren in drei Kolonnen eingeteilt wie die drei großen Winde des Äquinoktiums(24) und wir stürzten auf die Österreicher hinunter, die stark in Primolano postiert waren. Mein Gott, wir husteten ihnen etwas und überrumpelten sie, wir schlugen uns unseren Weg durch sie. Mikel Grallon, Du hast doch schon ein Boot untergehen sehen? – zerschmettert! Das war unsere Devise. Unsere Kavallerie zerschlug den Rückzug und Tausende legten ihre Waffen nieder. Dies wäre für einen einfachen General genug gewesen, aber der ‚Kleine Korporal' war nicht zufrieden. Vorwärts! Hieß es! Wurmser war in Bassano und Mezavos marschierte nach Verona. Wir steckten unsere Bajonette auf bis wir Cismone erreichten. Es war Nacht und wir waren total erschöpft. Die beste Nachricht war, als wir den Befehl zum Halt erhielten."
Hier hält, passend zur Aktion, Onkel Ewen in seiner Erzählung inne. Der Priester nickt billigend durch seine Rauchwolken.
„Nun, ich hatte einen Kameraden in diesen Tagen, ein großer Anhänger, mit einer Augenfarbe bald wie Gold und sein Name war Jacques Monier und war im Landesinneren geboren, an der Rhone. Wir waren wie Brüder, wir teilten Essen und Trinken und in mancher Nacht lagen wir uns in den Armen, um uns zu wärmen. Nun, in der Nacht des Siebzehnten, Jacques lag mit seinen Füßen zum Feuer, wo wir es uns auf der nackten Erde gemütlich gemacht hatten und ich war gegangen, um Wasser zu finden. Als ich zurückkam, stand Jacques auf seinen Füßen, hielt einen halben Laib schwarzes Brot in seiner Hand, neben ihm im Schein des Feuers stand, wer denkt ihr? – der General selbst. Er war von Schlamm und Regen von Kopf bis Fuß vollgespritzt, er sah aus wie ein gewöhnlicher Soldat, aber ich kannte ihn schon. Er wärmte seine Hände über dem Feuer und Jacques sagte, als er ihm das Brot reichte ‚Nimm es ganz, mein General!' Als ich das sah, schaute ich in das Gesicht des Generals und es war vor Hunger weißer als der Tod. Glaubt mir, es ist wahr, ich wollte Euch damit nur erzählen, was Hunger ist."
Ein Gemurmel höchsten Erstaunens macht im Raum die Runde, nicht dass der Fakt neu ist, sondern, dass solch eine Ausdrucksweise der Gefühle fachmännisch ist.
„Nahm der Kaiser den halben Laib?" fragt Pater Rolland.
„ ‚Nimm alles' sagte Jacques, ein halber Laib ist nicht viel'. Nun Ihr hättet das Lächeln des Generals sehen sollen. Er antwortete nicht, aber er nahm das Brot in seine Hände und brach sich ein Stückchen ab und begann zu essen und gab den Rest Jacques zurück. Dann war ich an der Reihe! Ich hielt in meiner Hand den kleinen Zinntopf, halb voll mit Wasser und ich schüttete etwas Brandy hinein, den ich mir in meiner Flasche aufgehoben hatte und ich gab den Topf dem General. Hier ist er – derselbe – ich hob ihn als Andenken auf."

Während des Sprechens nimmt er von einem Haken über dem Feuer die Feldflasche, welche Pater Rolland gründlich von allen Seiten in aufrichtiger Bewunderung prüft.
‚Trink, mein General' sagte ich salutierend. Oh, ich hatte Mut in diesen Tagen! Er trank und als er den Brandy schmeckte, lächelte er wieder! Dann fragte er uns nach unseren Namen und wir sagten sie ihm. Dann musterte er uns streng, hüllte sich in seinen Mantel und entfernte sich. Jacques und ich setzten uns an das Feuer, vertilgten das Brot, den Brandy und das Wasser und sprachen über den Kaiser, bis wir einschliefen."
„Das war ein wertvolles Abenteuer!" bemerkt der Priester, „und der General erinnert sich an Sie, für Ihre Dienste, kein Zweifel?"
Der Korporal nickt.
„Der General erinnert sich an alles", antwortet er, „neun Jahre danach hatte er es nicht vergessen!"
„Neun Jahre!" stieß der Priester aus, „es war eine lange Zeit zu warten, Korporal, gab er Ihnen eine Belohnung?"
Onkel Ewen wird rot, aber er antwortet promt:
„Welche Belohnung würden Sie für ein trockenes Stück Brot und einen Schluck Brandy geben, was jeder einem Bettler an der Tür geben würde? Außerdem, der General hat an mehr zu denken und das alles geschah wie im Traum. Nicht, dass wir letztlich unsere Belohnung missen. Wenn die Zeit kommt, wird er sich erinnern."
„Das ist sicher", sagt Mikel Grallon.
„Sag es Pater Rolland", sagt Marcelle, „er kennt es noch nicht."
Der Korporal zögert lächelnd.
„Ja, ja, lassen Sie uns alles hören!" sagt Pater Rolland.
„Es war im Jahre 1805, im Lager von Boulogne. Große Veränderungen gingen vor sich. Der ‚Kleine Korporal' erklärte sich zum erblichen Kaiser von Frankreich, aber Jacques Monier und ich waren noch in den unteren Dienstängen. Wir dachten, der General hätte uns vergessen und es wäre ein Wunder, wenn er es nicht hätte, wenn man sieht wie geschäftig und schnell er die Kronen ihrer Könige erledigte. Die große Armee war dort und wir, die Grenadiere waren an der Front. Dieser Tag der Inthronisation war vom General festgelegt Kreuze und Medaillen zu vergeben. Solch ein Tag!
Der Nebel kam von der See wie Rauch aus einem Kanonenrohr. Auf einem ansteigenden Hügel über der Stadt war ein Thron – der große eiserne Sessel des mächtigen Königs Dagobert und unterhalb des Thrones waren die Lager der großen Armee und rechts vor dem Thron war die See. Als der Kaiser sich auf den Thron setzte, war unser Beifallsgeschrei so laut, dass der Himmel hätte einstürzen können – vive l' Empereur! Man könnte sagen es wären die brüllenden Wellen der See gewesen. Aber seht, gerade in diesem Moment teilt sich der Nebel auf See und die Sonne scheint, man hätte annehmen können, das vollbrachten wir. Ach Gott! Solch ein Schwenken von

Fahnen, glitzernde Bajonette, aufblitzen der Schwerter, solche Höhepunkte gibt es nur einmal im Leben. Ich könnte noch die ganze Nacht erzählen und hatte erst ein Zehntel von dem Wunder dieses Tages erzählt. Aber ich will weitererzählen was mit Jacques Monier und mir weiter geschah. Als der Kaiser vorbei ging – wir waren in der vordersten Reihe - , man beachte, stoppte er, nahm eine große Dosis Schnupftabak aus seiner Wamstasche, mit dem Kopf zur Seite gebeugt, etwa so studierte er unsere Gesichter und dann leuchtete sein Gesicht auf und er kam ganz nah. Das ist es was er sagte, oh, dass ich ihm seine Stimme geben kann! ‚Komm, ich habe Cismone nicht vergessen, noch das Stück Brot und Brandy und Wasser.' Dann ging er lachend und sprach mit dem Marschall Ney(30), der dicht bei ihm stand und Ney lachte und zeigte seine weißen Zähne und schaute in unsere Richtung. Nun, dann kam der große Kaiser zu uns und gab jeden von uns das Kreuz mit seiner eigenen Hand und salutierte uns als Korporale. Ich will Euch sagen, meine Augen wurden feucht, ich hatte wie ein Mädchen schreien können, aber bevor wir wussten wie uns geschah, war er gegangen."
Korporal Derval fuhr sich mit seinem Ärmel über die Augen, welche durch die wahre Erinnerung an dieses Gespräch und seines ehrenwerten Begleiters wieder feucht geworden sind. Er stopft über dem Feuer mit seinen lebhaften kleinen Finger den Pfeifenkopf, während ein untergründiges Gemurmel durch den Raum geht.
„Der Kaiser hat einen guten Kopf, sich zu erinnern", bemerkt der kleine Pater, „mir wurde erzählt, dass ein guter Hirte alle Gesichter seiner Herde erkennen kann, aber das ist noch bewundernswerter. Wie lange Zeit, sagten Sie, verstrich seit Cismone, bevor Sie ihn wiedertrafen?"
„Neun Jahre", antwortet der Korporal.
„Neun Jahre!"wiederholt der Pater, „und in diesen neun Jahren, mein Korporal, welche Kämpfe, was für Gedanken, welch verwirrende Gesichter! Wieviel musste getan werden, wieviel musste gedacht werden. Oh, er ist ein großer Mann! Und war es das letzte Mal, dass Sie ihn sahen?" setzt er nach einer kurzen Pause hinzu.
„Ich sah ihn noch einmal", sagte der Korporal, „nur noch einmal."
„Und dann?"
„Es war nur ein oder zwei Monate später – der erste Dezember. Es war am Abend der ruhmvollen Schlacht von Austerlitz."
Ein Schauer ging bei der Nennung dieses magischen Namens durch die Versammlung. Der Korporal erhebt stolz sein Haupt und schaut absolut napoleonisch aus wie er seine Hörer überragt. Der Pater stutzt. Mutter Derval seufzt tief und schaut auf das Holzbein des Korporals.
Alain und Jannick wachsen feierlich, Mikel Grallon stiert äußerst merkwürdig zu Marcelle, deren blasses Gesicht ein fremdes Lächeln zeigt.
Der Korporal fährt fort:

„Wir lagen beobachtend und wartend dort, 70 oder 80 000 von uns. Manch einer erinnerte sich, dass in dieser Nacht erst vor einem Jahr der Kleine Korporal zum Kaiser gekrönt wurde, dies ging durch die Reihen. Wir sammelten Äste und Strohbunde für Freudenfeuer und setzten sie in Brand zu den Ausrufen ‚vive l' Empereur!' Es war stockdunkel, aber unsere Feuer leuchteten rot. Ich sah ihn reitend mitten unter uns. Der Ruf ging wie ein Lauffeuer durchs ganze Lager, aber er passierte wie ein Geist, sein Kopf war zwischen seinen Schultern eingezogen, seine Augen schauten weder nach links, noch nach rechts. Er ritt ein weißes Pferd und Jacques sagte, er schaute wie der weiße Tod, der die Reiter in Russland verschlang! Armer Jacques! Er nahm am nächsten Tag seinen letzten Urlaub und ich, meinen Marschallstab!"

Dies sagend streckt der Veteran sein Holzbein aus und betrachtet es mit einem Blick, halb traurig, halb heiter. Der respektlose Jannick kichert – aber nicht aus Spaß.

„Und Sie haben ihn niemals wiedergesehen?" sagte der Pater, „das war das Letzte Mal?"

Der Korporal nickt langsam und wiederholt, in der Weise eines chinesischen Mandarins an der Tür eines Teeverkäufers. Er will gerade weitersprechen, als die Tür plötzlich aufgestoßen wird und gefolgt von vier oder fünf Gendarmen, Sergeant Pipriac in den Raum stürzt.

Kapitel XXIV

Der schreckliche Tod

Sergeant Pipriac ist gespenstisch blaß und in der Mitte seines Gesichts scheint in einem unheilvollen Licht seine helle bardische Nase, während sein eines Auge wie das Auge eines Zyklops schrecklich funkelt. Seine Stimme stockt, teils durch die Zecherei, teils durch nervöse Erregung und mit seinen Beinen stolperte er mehr herein und das in furchtbarer Aufregung. Seine Männer sind ebenfalls blaß, aber viel ruhiger.

„Seele einer Krähe", ruft der Korporal, „was ist los?"

Der Pater steht von seinem Platz am Feuer auf.

„Man könnte sagen, dass der Sergeant einen Geist gesehen hat", ruft er aus.

Sergeant Pipriac starrt zu Korporal, dann zum Pater, dann zu allen im Raum, bis er seine Stimme wiederfindet.

„Und man könnte sagen: richtig!" japst er.

„Verdammt! Man ist nicht so weit entfernt. Schaut wie ich noch zittere – ich, Pipriac, der keine Angst vor dem Teufel hat. Ein Glas Wasser, Mutter – dafür, dass ich lebe, ich bin geschockt."

Der Korporal stampft hinüber zum Tisch und gießt ein Glas Brandy ein.
„Nimm, Kamerad", sagt er mit einem Nicken, „es ist besser als Wasser. Und nun", fährt er fort, während Pipriac den Brandy trinkt, „was ist los? Und wen oder was haben Sie gesehen?"
„Ich werde es Ihnen erzählen", sagt Pipriac, während er mit einem großen baumwollenen Taschentuch, prächtig verziert mit einem Portrait des Marschalls Ney, der auf seinem Kriegsroß sitzt, seine Brauen abwischt.
„Was ich gesehen habe? Eintausend Teufel! Nun, ich habe ihren eigenen teuflischen Chouan von Neffen gesehen!"
„Rohan?" stößt der Korporal mit einer Donnerstimme aus, während die Frauen vor Schreck und Entsetzen aufspringen und der kleine Pater in Erstaunen die Hände gen Himmel hebt.
„Ja, Rohan Gwenfern – den Mann oder den Geist des Mannes, es ist das Gleiche. Dort ist immer eine Seele, ich kann es bei den Kleidern des Mannes schwören. Sehen Sie, wir haben ihn fast vollständig ausgezogen. Ein Aal mag nicht aus seiner Haut schlüpfen können, sagt man, er, von dem wir hier sprechen, kann es. Pierre! Andre! Wo ist die Beute?"
Die letzten Worte sind an seine Gendarmen gerichtet. Einer von ihnen steht auf und holt eine Bauernjacke und ein anderer einen breitrandigen Hut.
„Wenn ein Geist Kleider tragen kann, diese gehören ihm. Nun es wird so sein, er wird sie niemals mehr brauchen."
Die Kleidungsstücke wandern von Hand zu Hand, aber es beweist nicht, dass sie das Eigentum des Flüchtigen seien. Der Mantel ist auf dem Rücken zerrissen, als ob ein Handgemenge stattfand.
In einen Sessel im Flur sinkend, setzt sich Pipriac, bis er seinen Atem wiederfindet, aber gänzlich gelingt es ihm nicht, bis er ein weiteres Glas seines Lieblingsstimulators trinkt. Dann sagt er grimmig schauend zum Korporal:
„Sein Blut ist nicht vergossen. Es ist nicht mein Fehler."
Das grimmige Stirnrunzeln in seinem Gesicht bei der Nennung von Rohans Namen hat sich entspannt. Er will gerade sprechen, als Marcelle, weiß wie der Tod, zwischen ihn und Pipriac tritt und sagt:
„Was meinen Sie, Sie haben nicht . . ."
Ohne den Satz zu beenden prüft sie die Bajonette der Gendarmen mit einem Blick des Schreckens, der unmissverständlich ist. Pipriac schüttelt den Kopf.
„Es ist nicht so", antwortet er, „alt Pipriac ist schlecht, aber nicht so schlecht, das zu tun, meine Liebe. Verdammt! Ist er nicht seines Vaters Sohn und waren wir, Raoul Gwenfern und Pen Pipriac, nicht zusammen Kameraden? Beim Körper des Kaisers, ich habe dem Schurken kein Haar gekrümmt."
„Gott sei Dank!" ruft der kleine Pater, „dann ist er entkommen."
Pipriacs betrunkene Augen zwinkern bezeichnend, unsympathisch zu sein besteht nicht unbedingt darin grausam zu sein.

„Ich werde nun den Hergang erzählen", sagt er, „für Sie und dem Korporal und den anderen hier. Sie wissen, dass wir ihn für tot gehalten haben, wir durchsuchten Himmel, Erde und Hölle nach ihm, ohne Erfolg. Es schien, dass es keinen Platz für ihn gab, als den Grund des Meeres. Nun, Sie können abschätzen, dass es ein ganz anderes Geschäft war, mit meinen Männern heute Nacht herumzustreifen, aber weder hier noch da war etwas. So kamen wir an dem großen Stein drüben entlang, zurück von einem Besuch in einer kleinen Farm, wo der Brandy gut ist", hier zwinkert Pipriac wieder teuflisch, „als wir ganz in unserer Nähe im Mondlicht, mit dem Rücken zu uns einen Mann sahen. Ich erkannte ihn gleich, obwohl ich sein Gesicht nicht sah. Aber ich muß zugeben, als er sich herumdrehte und zu uns schaute, dachte ich es wäre sein Geist, weil ich ihn tatsächlich für tot gehalten hatte. Armer Teufel! Er sah mager und kümmerlich aus wie ein Gespenst und im Mondschein, weiß wie der Tod. Korporal, es war Ihr Neffe, Rohan Gwenfern."
„Er ist nicht mein Neffe", knurrt der Veteran und seine Stimme zittert.
„Ich weiß nicht wie es geschah, aber wir waren im nächsten Moment auf ihm, ich, Andre, Pierre und die anderen. Andre war der Einzige, der ihn festhielt, er schüttelte den Rest ab, als wären wir Mäuse. Bevor wir zur Besinnung kamen, war er zwanzig Yards entfernt, er schleifte Andre zum Rand des Kliffs mit sich fort. Teufel! Er war beim Tragen eines Mannes wie ein Löwe aus Algerien. Andre ließ sein Gewehr fallen und verlor seinen Hut und er schrie nach uns, ihm zu helfen. Der Deserteur konnte ihn nicht abschütteln. Wir setzten unsere Bajonette auf und liefen zu ihm."
In der Aufregung seiner Geschichte ist Sergeant Pipriac auf seine Füße gesprungen und ist im Nu von all seinen Zuhörern umringt.
Marcelle klammert sich an den Arm ihres Onkels und hört wie versteinert zu und ihre großen Augen sind auf das Gesicht des Sprechers gerichtet.
„ ‚Keine Gewalt', schrie ich aus, „eintausend Teufel hielten ihn am Leben! Als wir ihn erneut festnahmen, wir befanden uns keine zehn Yards von der Kante des großen Felsens, Sie kennen ihn, er ist wie eine Mauer. Die Gezeiten waren gerade in der Flut und das Wasser war weit unten schwarz. Wir fielen alle auf ihn, wir alle sechs und schon bald hatten wir ihn unten. Es kostete all unsere Kraft, das kann ich versichern. Nun, wir hatten ihn sicher und er konnte sich nicht bewegen."
„Bravo!" sagt Mikel Grallon.
„Es ist sehr gut zu schreien ‚bravo!' " sagt jähzornig der Sergeant, „aber ich muß Ihnen sagen, der Teufel selbst hätte ihn nicht halten können! Er lag für eine Minute ganz still, dann begann er zu ringen. Haben Sie als Fischer schon einmal versucht, einen Meeraal zu halten, so war es mit ihm. Bevor wir wussten, was er wollte, rang er immer näher an den Abgrund des Kliffs!"
Ein leiser Schrei von Marcelle, eine nervöse Bewegung unter den Männern. Dann fuhr Pipriac fort:

„Wir waren sechs gegen einen, ich sage Ihnen, wir konnten ihn nicht stoppen. Ich hielt wie erstarrt an ihm fest, mit beiden Händen krallte ich sein Jacket, die Anderen griffen seine Arme und Beine. Aber als ich sah, was er vorhatte, als ich die schwarze See rechts unter uns brüllen hörte, blieb mir das Herz stehen. Ich sah, es gab nur einen Ausweg und ich löste eine Hand und ergriff das Bajonett von Andre, es war nicht aufgeschraubt, bereit ihn zu erstechen. Dann rief ich aus: ‚Eintausend Teufel, halte still, oder ich werde Dich erstechen!' Er schaut auf zu mir mit seinem weißen Gesicht und biß die Zähne zusammen. In dem Moment rollt er sich, auf den Bauch, schlüpfte aus seinem Jacket, riß sich selbst los und war am äußersten Rand des Kliffs. Himmel, Sie sollten nicht dort gewesen sein! Die lose Erde an der Kante brach unter seinen Füßen, wir standen alle hinten, nicht in der Lage einen Schritt in diesem Abenteuer zu tun und bevor wir einen Atemzug taten, war er abgestürzt."

Ein lauter Schmerzensschrei kommt von Mutter Derval, vermischt mit Gebeten und Schluchzen und die Witwe sinkt schreckerfüllt auf die Knie. Und Marcelle steht unverändert still wie gefroren, bewegungslos. Der alte Korporal schaut bleich und bewusst ergriffen, während der kleine Pastor seine Hände erhebt und schreit:

„Grausig! Hinunter in den Abgrund?"

„Es war ein grausiger Moment, alles war unten stockdunkel und wir konnten nichts erkennen. Aber wir horchten und wir hörten etwas schwach unter uns, wie das Aufschlagen eines Eies."

„Schrie er? Rief er?" riefen verschiedenen Stimmen.

„Nicht er, er hatte dafür keine Luft mehr, er stürzte hinunter in seinen Tod, gerade wie ein Stein und wenn er den Felsen entkam, so ist er in der See ertrunken. Korporal Derval, sagen Sie nicht, es war irgendein Fehler des alten Pipriac! Ich wollte ihn retten! Aber er wollte nicht gerettet werden. Beim Ringen berührte ich ihn, aber das war ein Zufall und ich wollte ihn von seinem Tod zurückhalten. Zog an seinem Jacket, Pierre, zeig es dem Korporal und den Anderen."

Der Gendarm der Pierre genannt wurde, hält das Jacket hoch, während der Sergeant fortfährt:

„Dort ist ein Riß durch den rechten Ärmel. Rechts aufgeschlitzt und der linke ist naß, sehen Sie, das war, als ich ihn während des Kampfes verletzte."

„Gott hilf uns!" ruft der Pastor schreckerfüllt, „mein armer Rohan!"

„Bah, warum gab er nicht nach?" knurrt Pipriac, „ aber es kann niemand sagen, es war der alte Pipriac, der ihn tötete. Er war bereit sich selbst umzubringen und vielleicht einige von uns mit, das war, sage ich Ihnen, sein Spiel. Deshalb entschuldige ich mich, ihn verwundet zu haben. Auf diesem Jacket muß Blut sein. Andre, laß mich Dein Bajonett sehen."

Der Gendarm Andre kommt vor und hält seine glitzernde Waffe hoch, die jetzt an dem Gewehr befestigt ist.

„Heilige Jungfrau, schaut dort!" ruft Pipriac, „ja, es ist Blut!"
Alle Versammelten schauen auf die Waffe, alle, nur nicht die Witwe Derval, die noch immer auf ihren Knien liegt und zu Gott wehklagt, in einer leisen monotonen Art der trauernden Frauen der Bretagne.
„Ja, es ist Blut!" sagt eine Stimme.
Unter den Gesichtern ist das von Marcelle, das konzentriert auf die Stelle starrt. Das Mädchen steht noch immer unbeweglich, ihre Lippen aufeinandergepresst, in schrecklicher Faszination ihr Augen weit offen. Sie kann das glänzende Blatt im Licht glitzern sehen, dann die dunkelroten Streifen schimmernd, aber eben dann, wird sie ohnmächtig.
„Es ist das Letzte, was Sie von Rohan Gwenfern sehen werden auf dieser Welt." sagt Pipriac nach einer Pause, „ja es ist Blut und kein Versehen!"
Als er das sagt befeuchtet er seine Finger mit den Lippen und fährt damit bedächtig über die Schneide, dann hält er seine Finger hoch zum Licht und zeigt es feucht und rot. Ein Murmeln des Schreckens geht im Raum umher, während Marcelle ohne einen Laut von sich zu geben wie tot auf den Fußboden sinkt.

Zeitig am nächsten Morgen als ‚morte mer' ist, also stehendes Niedrigwasser, versammelt sich eine Gruppe Dorfbewohner rechts unter dem großen Felsen, auf dessen Spitze der kolossale Menhir steht.
Nach oben zu sieht der Felsen wie eine steile Wand aus, aus Konglomeraten und Granit, nur für die Füße einer Ziege zugänglich wie jetzt gerade, wo sich eine von ihnen zaghaft, weit oben für kurze Zeit in den Spalten der Steine wachsenden spärlichen Kräutern ernährt. Es ist Jannedik, die dem Leser bereits bekannt ist. Sie Schaut von Zeit zu Zeit von ihrer schwindelerregenden Höhe herunter, sie untersucht schmatzend die Abstiege nach unten und dann geht sie gemächlich mit ihrem Imbiß vorwärts.
Rechts am Fuße des Felsens liegen Teile loser Erde und Felsbrocken, die vor kurzem abgebrochen sind, aber keine Spur vom Körper Rohan Gwenferns. Bei Hochwasser spült die Flut den Fuß des Felsens stark aus, das Wasser ist schnell und tief, so dass die Vermutung nahe liegt, dass Rohan, nachdem er heruntergefallen ist, in der See liegt und mit dem zurückweichendem Wasser der Ebbe fortgespült worden ist.
Pipriac und seine Begleiter, durch Korporal Derval verstärkt, untersuchen jeden Winkel und Spalte an der Küste, stoßen mit Stöcken und Bajonetten in jeden möglichen und unmöglichen Platz und es schwören alle, ihren Dienst zu ihrer Befriedigung getan zu haben. Die Frauen versammeln sich in Gruppen und wehklagen. Die Dorfbewohner, mit Mikel Grallon, Alain und Jannick Derval, gaffen, spekulieren oder sind einsilbig. Verschiedene Boote suchen auf offener See, sonst ist Totenstille. Durch ihren ungewöhnlichen Mut aufrechterhalten, kommt Marcelle, mit all ihrer unterdrückten Seelenqual in ihrem Herzen und ihrem durch tränenlosen Kummer gefolterten

Gesicht, herunter. Seit sie in der letzten Nacht ohnmächtig war, sie hatte noch niemals so ihr Bewusstsein verloren, hatte sie ein wenig geweint und kaum ein Wort gesprochen. Zu groß war der Schrecken noch in ihr und sie kann noch nicht das Ausmaß ihres Leids erfassen. Sie hat noch nicht einmal gebetet.
Das Urteil der versammelten Männer ist einmütig. Rohan muß durch den Absturz getötet worden, sein Körper muß aller Wahrscheinlichkeit nach gesunken und muß durch die Ebbe ins tiefe Wasser gesogen worden sein. Es gibt nur eine geringe Chance ihn eines Tages zu finden, aber tatsächlich wird er niemals an der Wasseroberfläche auftauchen und für immer verloren sein.
„Und unter uns", sagt Pipriac grimmig blinzelnd, „er ist wo er ist, dort unten begraben, drüben wie mit einer Kugel im Herzen. Er wäre erschossen worden und er wusste das. Sagt aber nicht, der alte Pipriac hätte ihn getötet. Wie auch immer, es war nicht mein Fehler, aber Dienst ist Dienst, das geht vor."
Mikel Grallon, für den diese Bemerkungen gemacht wurden, stimmt mit ihm ganz überein. Der ‚ehrliche' Mikel ist unermüdlich, bei allem Respekt, in der Unterstützung der allgemeinen Sache und im Überzeugen Marcelles, dass ihr Cousin unter keinen Umständen hätte entkommen können. Er ist in manchen Dingen ein wenig zu eifrig und, in anbetracht der Katastrophe, welche jetzt passierte, ist er zu heiter in seinem Gemüt.
Die Gruppe am Fuß des Felsens verlassend, geht Marcelle die Küste entlang in Richtung Mutter Gwenferns Landhaus. Die Sonne scheint auf die See und in ihr liebliches Gesicht und ihr ist nicht recht bewusst, dass eine schwere Last auf ihrem Herzen liegt. Sie drückt die Türklinke, tritt ein und findet die Witwe in ihrer üblichen aufrechten Haltung vor dem Feuer. Ihr graues Gesicht ist starr und tränenlos, ihre Lippen aufeinandergepresst. Nahe beim Feuer steht Jan Goron, der mit sanfter Stimme zu ihr spricht, als sie eintritt aber schweigt. Sie zeigt kein Anzeichen von überwältigendem Kummer. Ihr Gesichtsausdruck ist stark verwandelt und verzweifelt. Die Nachricht der außergewöhnlichen Katastrophe hat sie nicht umgeworfen, vielleicht ist es der große Schreck im Augenblick. Leise wie ein Geist geht sie durch den Raum und setzt sich vor das Feuer.
„Es gibt keine Hoffnung", sagt sie mit leiser Stimme, „alle sagen das, Tante Loiz."
Kein Wehklagen kommt von den Lippen der Witwe, nur ein tiefes Erschauern. Goron, dessen ganze Art durch die nervöse Erregung bezeichnend ist, schaut klar zu Marcelle und sagt:
„Ich war vor den anderen heute Morgen dort. Ich konnte keine Spur finden. Es ist ein schrecklicher Tod!"

Kapitel XXV

Das Junifest. Eine Erscheinung

Ein Monat ist seit der denkwürdigen Nacht des Kampfes auf dem Kliff vergangen und es ist der Morgen des Junifestes. Die Seenelke(19a) blüht, der Lavendel steht in voller Blüte, das Getreide stößt seine grünen Finger aus der fruchtbaren Erde und die Felder hinter den Felsen duften nach Thymian. Der Himmel ist ein goldenes Gewölbe, die See ist ein Spiegel aus Glas, die Erde lebt mit einem schlagenden Herz.

In dieser Jahreszeit zu leben ist schön, aber zu leben und jung zu sein ist das Paradies auf Erden. Dort ist ein grünes Tal der Wiesen hinter dem Kliff und in diesem grünen Tal sind die Überreste eines Dolmens. Zu diesem Dolmen strömen sie von Kromlaix mit Musik und Gesang, glücklich wie die Hirten in den goldenen Landstrichen Arkadiens (20).

Junge Männer, Mädchen und Kinder kommen gemeinsam fröhlich zusammen. Hier in Kromlaix in üblicher bretonischer Tracht. Junge Menschen aber unter sechzehn Jahren sind von dem Fest ausgeschlossen, was allerdings niemals geltend gemacht wird und in der Tat kaum bekannt ist.

Die einzigen Mitglieder der Bevölkerung, die rigoros ausgeschlossen werden, sind die verheirateten beiderlei Geschlechter. Das kirchliche Fest ist ein Fest der Jugend und der Unschuld und nicht eher wird ein Jüngling oder Mädchen die Pforte der Jungfernschaft betreten, als seine oder ihre festlichen Tage für immer vorüber sind.

Jeder Jugendliche hat ein Instrument zu spielen, das ist das Erfordernis. Alain Derval ist dort mit einer neuen Blockflöte, kürzlich in St. Gurlott gekauft und Jannick ist vorn mit seinem ‚biniou' – dem bretonischen Dudelsack und ein halbes Dutzend weiterer ‚binious' an seiner Seite. Unzählige Flöten, beides, Blech- und Holzflöten. Die Krone von allem, die Lerchen in der Luft, hoch über den Köpfen, singen als Rivalen ihre wildesten und lautesten Lieder. Rund um die Überreste des Dolmen, gekleidet in allen Farben des Regenbogens, die Gruppen sonnengebräunter Mädchen und Burschen, manche sich balgend und manche zwischen den Schlüsselblumen herumtollend, andere winden Gänseblümchenketten, manche rennen und schreien, während Stimmen plappern und ein Musikpotpourri erklingt. An jedem breiten Hut eines jeden Mannes oder Burschen steckt ein Getreidehalm und an der Brust jeden Mädchens ist eine Flachsblüte einzeln oder mit Heide und anderen Blüten gemischt.

Gerade kommen diese Gruppen aus Richtung Kromlaix, als käme eine kleine Prozession, wie man sie früher sah, während der Thalysia und Theocritus, die in göttlichen Versen sangen. Eine Schar kleiner Kinder rennt singend vor allen, ihre Hände voller Blumen, dahinter eine Gruppe junger Männer, eine Art rustikalen Sessel tragend, in welchem Guineveve sitzt, in ihrem Schoß sind Butterblumen und Blüten von Flachs. An ihrer Seite, lachend und redend und sich Blumen ansteckend, trottet Pater Rolland, lebhafter als jeder hier. Seine Anwesenheit unterbricht kaum die Idylle und die altertümliche Schönheit des Bildes. In seinem schwarzen Mantel wird er trotzdem kaum wahrgenommen in dem Schimmern der Farben um ihn herum. Er nimmt seinen Hut in die Hand und sein rundes Gesicht ist braun wie das eines Satyrs und er fällt in den Chorgesang ein. Der kleine Pater ist nicht totzukriegen und er hat genug griechischen Geist in seinem Blut. Es ist, wie auch immer, eine nahezu beispiellose Sache Pater Rolland bei solcher Versammlung zu erblicken. Das Fest ist ein heidnischer Brauch und wird in manchen Kirchspielen gemißbilligt, besonders durch Priester der neuen napoleonischen Erlasse und Pater Rolland, obgleich er kein Frömmler ist, will diesen harmlosen glückliche Tag nicht verhindern und war zuvor niemals zu solch einem Anlaß anwesend. Sein Kommen ist für alle nicht unerwartet und er wird von allen Seiten mit einem ländlichen ‚Willkommen' gegrüßt. Dicht bei dem Druidenstein des Dolmens setzen die Männer ihre Last ab, während Pater Rolland dabeisteht und seine Brauen mit einem seidenen Taschentuch abwischt. Dann reicht Jan Goron, der einer der Träger gewesen ist, Guineveve seinen Arm und platziert sie auf einem Hügel zwischen einer Gruppe Mädchen, die sie mit Namen begrüßen und ihr zwischen sich Platz machen. Die Augen Guineveves strahlen hell und sie spricht schnell zu ihren Kameradinnen in bretonisch. Es muß etwas amüsantes sein, denn sie lachen alle und klatschen in die Hände.

In diesem Moment hebt Pater Rolland seine Hand, die Musik und das Lachen verstummen, jedes Gesicht sieht in die selbe Richtung und alle werden ganz still, nur die Lerchen singen in einer Ekstase des Triumpfes über den Köpfen weiter, als hätten sie alle anderen Konkurrenten geschlagen. Pater Rollands Gesicht ist sehr ernst geworden. Jeder um ihn herum wird auch ernst.

„Jungen und Mädchen", sagt er in bretonisch, „ihr wißt, was mich hierher brachte? Ihr könnt es nicht erraten, so werde ich es euch sagen: Es ist einfach traurig genug. Es ist richtig, dass ihr vergnügt seid, meine Burschen, weil ihr jung seid und weil eine gute Ernte sein wird, aber es ist auch richtig an den Tod zu erinnern."

Hier bekreuzigen sich der kleine Pater und alle anderen Mitglieder der Gesellschaft ebenfalls.

„Seit dem letzten Jahr, als ihr euch hier versammelt hattet, fanden Traurige Ereignisse statt. Mancher wurden durch die Aushebung fortgeholt, manche sind gestorben und sind begraben und andere sind krank. Aber es ist nicht irgendeiner, von dem ich sprechen möchte, sondern von dem armen Burschen, der der Patron letztes Jahr war und der nun – ach Gott! Wo ist er jetzt? Laßt uns hoffen zu Füßen des heiligen St. Gildas selbst und hoffen auf die gesegnete Jungfrau!"

Wieder, wie automatisch, machen sie das Zeichen des Kreuzes, sogar die kleinen Kinder tun es, andere unüberlegt und gleichgültig, aber alle wissen: der kleine Pater spricht von Rohan Gwenfern.
Es ist Brauch jedes Jahr für die jungen Menschen unter sich eine Art König und Königin zu wählen, die die Belustigungen leiten und für den Tag herrschen sollen, und letztes Jahr war Rohan der König und Marcelle die Königin oder in den Dialekt des Landes zu übersetzen: ‚Patron' und ‚Patroness'.
„Ich möchte ihn weder loben noch tadeln, der gegangen ist, er war vielleicht närrisch und auf falschem Weg, bedenkt man, dass er aus einer guten Familie kam und es war eine Freude seine Stärke zu sehen. Nun, er ist tot und es ist zuende – Friede seiner Seele! Wenn ihr so ausgelassen seid vergesst ihn alle zusammen nicht! So auch Marcelle Derval, da bin ich sicher, die letztes Jahr seine Patroness war, es ist herzzerreißend, aber ich bin sicher sie wird sich heute hier anschließen."
Hier grüßen alle seine Zuhörer ihn mit lautem Gemurmel und alle Köpfe wenden sich in eine andere Richtung. Dann, zu seinem Erstaunen, sieht er Marcelle selbst aufstehen und zu ihm kommen. Sie hat keine Trauerkleidung an, sondern eine safrangelbe Kappe, ihre Kleidung ist dunkel und ungeschmückt und ihr Gesicht ist bleich und matt.
„Ich bin hier, Pater Rolland", sagt sie, als sie sich treffen.
„Gesegnet sei der Heilige", stößt der Pater aus, „gut, mein Kind, Deine Art ist richtig, die Sorgen abzulegen, das ist mutig und ich bin erfreut."
Nichtsdestotrotz schaut der Pater sehr ernst. In seinem tiefsten Herzen denkt er, Marcelle sei ziemlich gefühllos und er wäre zufriedener, wenn er festgestellt hätte, dass sie dem Fest fern geblieben wäre.
„Zuerst dachte ich nicht, dass ich kommen würde", sagt sie, als sie heran ist, „aber Guineveve bat mich und zuletzt war ich einverstanden. Es ist Guineveves Willen, dass ich gekommen bin und auch für Frau Goron. Mein Cousin Rohan ist heute nicht hier und wird auch niemals wieder hier sein, aber ich weiß, was sein Wunsch gewesen wäre. Er würde gewünscht haben, dass Jan Goron Patron wird und Guineveve die Patroness und das ist auch mein Wunsch."
Es ist einen Moment lang still, dann ertönt ein Schrei und Beifall.
„Ja, ja!" ruft die ganze Gruppe der Burschen und Mädchen, nur ganz wenige andersdenkende rufen:
„Nein, nein!"
Aber die Angelegenheit war schon lange vorher entschieden und darum ist Goron der Begleiter Guineveves auf dem Weg hierher.
„Die Segnung der Heiligen sei mit Dir, Marcelle Derval", sagt der Pater, „Du hast ein freundliches Herz, obgleich zu diesem Zweck, Guineveve ein Mädchen unter Tausenden ist. Nun, Jungs und Mädchen, ist das Eure Wahl?"

Die Antwort ist unmissverständlich und fast einmütig.
Und tatsächlich, in der Mitte auf einer Girlande, auf einem Hügel unter den anderen Mädchen sitzt Guineveve, erfreut sich ihrer Herrschaft mit höchstem und perfektem Glück, helles Gesicht, Freude im Herzen und in ihrem Schoß Blumen, während Goron, hell gekleidet als ein Bräutigam über ihr steht nach unten mit großer Bewunderung und Liebe in ihre Augen schaut.
Marcelle sieht das alles, die hellen glücklichen Gesichter und ihre Gedanken wandern zurück ins vergangene Jahr, als sie und Rohan von ihrer Leidenschaft nichts wissend, sich auf demselben Platz vergnügten. Ihre Wangen wurden noch weißer und für einen Moment sieht sie alles verschwommen. Dann sagt sie zu sich selbst: ‚Keiner soll es wissen! Ich werde mich wegschleichen, sobald ich kann, es scheint allen furchtbar zu sein, dass Rohan tot ist!'
Nach wenigen Worten hebt Pater Rolland seine Hände und verkündet eine Segnung und alle knien in aller Stille ins Gras nieder und beten. Dies geschieht in wenigen Minuten und bevor sich alle erheben können ist der Pater schon auf dem Weg zurück ins Dorf. Die Pfeifen und Binous erklingen wieder, Sport und das Herumtollen setzt wieder ein, alle Stimmen unterhalten sich wie Stimmen von unzähligen Vögeln und mit größer werdender Freude geht das Fest weiter.
Es ist Brauch, dass der neue Patron und die Patroness die Gavotte(21) oder den Volkstanz anführen. So führt Goron Guineveve und der Tanz beginnt. Ein Paar nach dem anderen schließt sich an, alle Hand in Hand vereint, bis eine lange Schmuckkette strahlender junger Körper, hüpfend, schreiend, verschlungen und um sich drehend, entstanden ist. Die meisten machen ungewöhnliche Schritte mit dem Absatz und den Zehenspitzen, bis den Augen schwindlig vom Zusehen werden.
„Marcelle, willst Du mit mir tanzen?" sagt eine Stimme in ihr Ohr. Sie steht zuschauend wie in einem Traum, als sie die Stimme hört, aber sie schaut sich nicht um, denn die Stimme ist ihr gut bekannt.
Ich werde heute nicht tanzen, Mikel Grallon."
„Da ist schade", sagt Mikel schnell, er ist zu klug, seinen Ärger zu zeigen, „eine Runde, komm!"
„Nein, ich gehe nach Hause."
„Nach Hause gehen, aber das Vergnügen hat gerade erst begonnen! Aber willst Du den Zauber auf den Liebes-Stern legen, bevor Du gehst?"
Es ist Brauch, dass an diesem Tag jede ledige Frau eine Flachsblüte und jeder ledige Mann ein Getreidehalm auf den Stein des Dolmens hinterlässt.
So lange wie die Blüte und der Getreidehalm ihr Frische erhalten sind die Herzen der Besitzer treu. Wenn sie welken, bevor eine Woche verstrichen ist, wird alles falsch sein.
Marcelles Antwort:

„Ich habe keinen Blumenstrauß mitgebracht und ich werde den Zauber nicht nutzen. Alles ist töricht, ich werde nicht bleiben."
Und wirklich, nach kurzer Zeit schleicht sie sich von der Gesellschaft fort, welche vergnügtes Lachen bis in einiger Entfernung hinter ihr noch hören lässt. Sie eilt gebrochenen Herzens heimwärts. Sie läuft schnell, sie versucht vergebens Mikel Grallon abzuschütteln, der ihr dicht folgt und zungenfertig auf sie einredet.
„Du wirst Dir Deine Finger nicht schmutzig machen müssen oder schwere Lasten tragen, nein, nicht einmal einen Tropfen Wasser von der Quelle holen müssen und ich werde Dich manchmal nach Brest zu Besuch bei meinem Onkel mitnehmen, dem gehört das ‚Kabarett' und Du wirst Schuhe haben und neue Kleider aus Nantes. Und wenn der liebe Gott uns Kinder sendet, so soll einer der Jungs ein Priester werden!"
Das war für einen Freier deutlich gesprochen, aber Marcelle ist nicht schockiert. Das Höchste für eine bretonischen Mutter Ehrgeiz ist ein Sohn in der Priesterschaft zu haben, überdies ist Marcelle bewusst in keinster Weise etwas versprochen zu haben, besonders weil sie weiß, dass der Sprecher Gründe genug hätte es auszuplaudern.
„Ich werde niemals heiraten", antwort sie zurückhaltend.
„Unsinn, Marcelle! Der gute Korporal und Deine Mutter wünschen es und ich werde Dich ohne Mitgift nehmen. Du selbst bist es, die ich wünsche, denn ich besitze selbst genug. Ich habe es mir in den Kopf gesetzt . . . Du wirst sehen, meine Mutter hat einen großen Schrank leinener Wäsche vorbereitet, wenn ich Dich heimführe: weicher als Seide und weißer als Schnee, Dein Herz wird hüpfen und es riecht so angenehm."
Marcelle sieht ihn indirekt flüchtig, beinahe zornig, an.
„Ich habe Dir schon zwanzigmal gesagt, dass ich Dich nicht will. Wenn Du noch einmal davon anfängst, werde ich Dich hassen, Mikel Grallon."
Mikel blickt finster, er kann nichts tun. Seine Brauen sind unfreiwillig gekraust und ein bedrohliches Licht schießt aus seinen Augen.
Nun tut er einen falschen Schritt und verliert sein Maß:
„Ich weiß, warum Du mich so behandelst. Du denkst an diesen chouan von einem Cousin!"
Marcelle dreht sich plötzlich zu ihm um.
„Wenn er ein chouan ist, Du bist schlechter. Er ist tot – seine Seele ist bei Gott und es ist nicht an Dir, so über ihn zu sprechen."
Mikel sieht seinen Fehler und beeilt sich, ihn wieder gut zu machen.
„Sei nicht böse, ich meinte es nicht so, Rohan Gwenfern war ein guter Kamerad, aber sieh, er ist tot, außerdem warst Du seine Cousine und der Bischof hätte nicht eingewilligt. ‚Ein ertrunkener Mann, kann kein trockenes Mädchen vergnügen' sagt das Sprichwort. Schau doch, Rohan war arm, mein kleiner Finger ist mehr wert, als sein ganzer Körper. Ich bin ein leidenschaftlicher Mann. Ich sage es so, obgleich ich das nicht sagen wollte."

Noch mehr in ähnlicher Weise gibt er von sich, aber alles mit dem gleichen Ergebnis, zuletzt verlässt er sie und geht zurück zum Fest, unzufrieden mit sich selbst, mit ihr, mit allen Geschöpfen. Ihre letzten Worte waren, als sie das Dorf erreichten:
„Geh zurück und suche Dir eine Bessere, ich werde niemals heiraten, außer einen Mann und dieser Mann liegt tot auf dem Grund der See."

In dieser Nacht tritt noch ein Ereignis ein, an welches man sich noch viele Jahre lang im abergläubischen Kromlaix erinnert.
Eine Gruppe Fischer, die spät vom Hummerfang nach Hause kehren und auf der glatten See im Schatten des riesigen Kliffs rudern, sehen plötzlich eine Erscheinung. Es ist Mondschein, außerdem ist Sommer, ein schwarzer Schleier überzieht den Himmel. Im Schatten des Kliffs ist alles schwarz und still, ausgenommen der erhebende Schrei der unsichtbaren Vögel und an den Felsen und dem Strand das Stöhnen der See. Es ist kein Windhauch zu spüren und die Männer rudern erschöpft heim. Mit eingezogenen Segeln und umgelegten Masten, als plötzlich ihre Augen geblendet durch einen Strahl prächtigen Lichtscheins aus dem ‚Tor' der Kathedrale von St. Gildas.
Nun, wir haben vorher schon gesehen, dass die Kathedrale bekannt ist zum Jagen, aber dort ist kaum ein Mann in Kromlaix, der sie nach Sonnenuntergang zu Fuß oder segelnd betreten hat.
In der gegenwärtigen Situation ist Hochwasser und die Kathedrale ist mit dem flüssigen Malachit der See geflutet. Sie richten ihre erschrockenen Blicke auf eine Brüstung des Tores, bevor sie das Licht bemerken und hineinschauen, jeder Mann bekreuzigt sich und murmelt ein Gebet. In dem Moment sind sie aus Furcht wie versteinert. Die ausgedehnte Kathedrale ist erleuchtet und ganz oben auf dem moosigen Altar steht eine gigantische Gestalt, eine Fackel roten Feuers haltend. Der Schein erleuchtet die Wand des Kliffs, ausgenommen den zitternden großen Schatten, der bis zum Himmel reicht. Sein Schatten ist dunkel und entstellt, sein Gesicht ist kaum zu erkennen, aber jeder Mann, der es sieht, ist der Meinung, dass die Erscheinung der gesegnete St. Gildas ist.
Die Ansicht ist nur momentan, denn ehe es anhält, kommt ein anderer Schrecken hinzu. Am Fuße des Heiligen schleicht eine dunkle Gestalt, nur der Kopf ist wahrnehmbar. Dieser Kopf ist Ehrfurcht hervorrufend, geschmückt mit grässlichen Hörnern und mit abscheulich leuchtenden Augen im Gesicht des Gildas. Die Männer bedecken vor Schrecken ihre Augen und stoßen Schreckensschreie aus. Sofort löscht das Licht aus, die Gestalt verschwindet und die ganze Kathedrale ist stockdunkel. Krank und vor Schreck betend, halb ohnmächtig und außer sich, rudern die Fischer fort. Sie haben in diesem Moment der Schreckminute genug gesehen. Sie hatten nicht nur den schrecklichen Heiligen so nahe bei Gott wahrgenommen, sondern

hatten in der Gestalt zu seinen Füßen, welche zweifellos fürchterliche Buße für die frevelhafte Menschheit tut, die greulichen Gesichtszüge des Bösen selbst gesehen.

Kapitel XXVI

Mikel Grallon macht eine Entdeckung

Am Tag nach der übernatürlichen Vision in der Kathedrale von St. Gildas geht die Geschichte bei allen in Kromlaix um. Keiner fragt im Moment nach der Glaubwürdigkeit der Augenzeugen. Es ist wirklich jeder dazu bereit, ohne Frage alles Übernatürliche zu glauben und gegenwärtig ist die Vorliebe zum abergläubischen vorherrschend. Es mag nichts Außergewöhnliches in der Erscheinung des Heiligen im Mondschein zu sein, er wurde aber noch nie, so lange sich die ältesten Bewohner erinnern können, in Begleitung von ‚Meister Roberd', die gehörnte, huflische Berühmtheit gesehen. Erfolg ermutigt die meisten ängstlichen Geschichtenerzähler und die Augenzeugen finden ihre Zuhörer, die bereit für alle und jede Ausschmückung sind und geben ihnen alle Freiheit für ihre abergläubischen Vorstellungen.

„Er hat zwei große Augen, jedes ist rot wie eine Bootslaterne", sagt einer von diesen ehrwürdigen und alten Fischern, „und sie schauen aus dem gesegneten Heiligengesicht, blutunterlaufen und glitzernd. Ein Aufblitzen von ihnen würde einen sterblichen Mann austrocknen, aber der gesegnete Heilige hält seine Fackel hoch und lässt ihn durch seinen Glauben, Wort für Wort, zu einem guten Christen werden."

Der Sprecher liegt am Strand umgeben von einer Gruppe Männer und Jungen, unter ihnen ist Mikel Grallon.

„Laßt ihn durch seinen Glauben gehen?" echote einer aus der Gruppe.

„Wieso weißt Du das, alt-Evran? Du kannst nicht hören?"

Der erste Sprecher nickt scharfsinnig seinen Kopf.

„Frage Penmarch! Frage Gwesklen! Sie waren auch dort. Ich für meinen Teil, ich glaube an Meister Roberd und wiederhole die gesegnete Litanei und Gott weiß, er wurde vor einhundert mal einhundert Jahren verbrannt, dann ist es so gekommen, wie es ist. Eine Sache ist sicher – hier stand der gesegnete Heilige und dort kniete der ‚Schwarze' und jeder weiß, dass es eine Art Buße ist, die der Heilige auf heiligem Grund ihm auferlegte."

Ein verwundertes Gemurmel macht die Runde. Dann sagt Mikel Grallon mit heftig gerunzelten Augenbrauen:

„Es ist merkwürdig genug. Eine Fackel in der Hand, sagst Du?"

„Eine Fackel. Ein großes lebhaftes Licht wie ein Komet, Mikel Grallon. Es machte uns fast blind, als wir es sahen."

„Und der Heilige – Ihr saht ihn ganz deutlich?"
„Bin ich blind, Mikel Grallon? Er stand dort. Ich würde sagen, es war ein Engel vom Himmel. Gwesklen sagt, er hatte große Flügel. Ich für meinen Teil sah keine Flügel, aber ich will Euch erzählen, was ich sah – des Teufels Füße, es waren große gespaltene Hufe, schrecklich das zu erblicken."
Nun tritt eine längere Pause ein.
Mikel Grallon murmelt, als wäre es nicht für die Versammlung, sonder für sich selbst:
„Nach all dem, nehme ich an, dass es ein Mann gewesen ist!"
Der alte Fischer starrt mit ausgedehntem und bestürztem Erstaunen auf Grallon.
„Ein Mann!" echot er, „ Heiliger, hilf uns, ein Mann!"
Die Anderen wiederholen diese Worte und starren auf Grallon, als wäre er irgendeiner schrecklichen Gotteslästerung schuldig.
„Ein Mann in der Kathedrale von St. Gildas, als Tod in der Nacht!" ruft er mit einem verächtlichen Lachen aus.
„Ein Mann, so groß wie ein Baum, strahlend wie Mondlicht und mit Flügeln, mit Flügeln! Ein Mann lehrt Meister Roberd den Glauben! Mikel Grallon, bist Du verrückt?"
Grallon ist in der Minderheit, viele seiner Dorffreunde sind ohne offenkundigen Aberglauben. Er wird durch eine ganze Reihe von Nachbarn als zudringlich und unverschämt betrachtet. Aus diesem Grunde nimmt er den Charakter eines frommen Mannes an und will ihn nicht verlieren.
„Oh, ich sage nichts!" bemerkt er, „was solche Dinge betrifft und die Kathedrale ist ein furchtbarer Ort. Aber ist es nicht ungewöhnlich, dass der Heilige ein Licht trägt?"
„Ungewöhnlich?" grunzt der Fischer, „und was ist das Ungewöhnliche daran, Mikel Grallon? War es nicht stockdunkel ohne auch nur ein bißchen Mond oder Sterne und wie sollte der gesegnete Heilige seinen Weg sehen, ohne eine Fackel mit Feuer ihn zu leuchten? Ungewöhnlich – oh! Es würde ungewöhnlich gewesen sein, wenn der Gesegnete dort mit Meister Roberd in der Dunkelheit gestanden hätte wie ein armseliger sterblicher Mensch."
Diese Antwort ist so überzeugend, das kein anderes Wort notwendig macht. Und wirklich, Mikel Grallon scheint wie ein taktloser Mensch zu denken, solche sehr absurden Andeutungen zu machen.
Das ist fraglos die Meinung seiner Zuhörer und als Grallon ins Dorf weggeht und die Gruppe hinter sich gelassen hatte, bemerkt der alte Seemann mit zuckenden Schultern:
„Mikel Grallon gibt sich als einen sensiblen Mann, denn er ist verliebt, ihr wisst es und vielleicht ist es deshalb, dass er wie ein Narr spricht."
Zweifellos hier erliegt der wetterkundige Ehrenwerte einem Fehler, denn Mikel Grallon ist kein Narr. Er ist nur ein sehr misstrauischer Mann, der niemals alle Dinge für erwiesen hinnimmt, alles zu akzeptieren, außer

natürlich die Dogmen der Religion, in die er hineingeboren ist und aufgezogen wurde. Physisch ist er furchtsam, intellektuell ist er kühn. Wäre er tatsächlich ein Zeuge der Vision in der Kathedrale gewesen, hätte er möglicherweise den Schrecken seiner Kameraden voll und ganz geteilt und die übertriebene Geschichte weiterverbreitet. Es ist natürlich einfach im hellen Tageslicht darüber zu urteilen, man muß die kürzlichen Ereignisse als Torheit und Dummheit einschätzen. Dem Mann gegenüber, der alles erzählte, hat er nahezu unfreiwilligen Argwohn, aber mehr aus Instinkt, als aus dem Prozess des Denkens. Mikel kommt zu dem Schluß dem allgemeinen Volk gegenüber vorsichtig zu sein. Überdies ist seine Zeit voll ausgefüllt mit seinen Bemühungen zur Werbung um Marcelle Derval.

Nun, er hatte letztens nicht übertrieben, als er sagte, dass das Gesuch vielversprechendes Gehör des Vorstands des Haushaltes Derval fand. Durch zahllose kleine Aufmerksamkeiten, nicht zuletzt durch seine Ausdauer des Zuhörens der Geschichten, ohne offensichtliche Ermüdung, die wieder und wieder erzählt wurden und welche unverändert das gleiche kaiserliche Zentrum des Interesses waren, gewann er das Vertrauen. Er war ganz erfolgreich das Herz des Korporals zu gewinnen, während in den Augen der Mutter Derval er eine leise sprechende, fromme Person einer vortrefflichen Familie ist, gut möglich eine Frau zu unterhalten und ehrenwert der Wertschätzung eines tugendhaften Mädchens. In Alain und Jannick fand er tolerante Verbündete, solange er sie braucht. Den sündhaften humorvollen Jannick nimmt er mit kleinen Geschenken, die Jugendliche so lieben, für sich ein. Deshalb kann er mit Recht sagen, ein bereits anerkannter Bewerber in den Augen der ganzen Familie zu sein. Wäre Marcelle ein Mädchen anderen Charakters gewesen, ohne Eigensinn und mehr unterwürfig, die Verlobung hätte als beschlossen gegolten. Für den Freier aber leistet die Hauptperson unglücklicherweise entschlossen Widerstand, doch sie alle kennen ihren Charakter zu gut, um harte Maßnahmen zu ergreifen. Die Etikette für ein Mädchen aus Kromlaix unter diesen Umständen ist: anstandslos das gute oder schlechte Glück, welches ihr Vormund für sie auswählte in deren Händen zu belassen und im letzten Moment zu erfahren und das Objekt, welches die Familie auswählte, zu erblicken. Marcelle hat den Weg gewählt, ihrer eigenen Neigungen zu folgen und ist nicht gewillt ihre Gewohnheit bei der Suche nach einem Ehemann zu ändern. Gerade jetzt, da sie an ihre große Liebe denkt, ist es schrecklich für sie. Nun fühlt sie verstärkt, dass Rohan tot ist, denn all ihre alte Leidenschaft sprang von ihr ab und sie beginnt einzutauchen in den bitteren Basilikumtopf der Erinnerung, mit geheimen nächtlichen Tränen. Sie vergisst all seinen Aufruhr, all seine Beschimpfungen gegen den Kaiser. Nein, der Kaiser selbst ist vergessen in ihrer nun plötzlichen Erleuchtung durch ihren neuen und leidenschaftlichen Kummer. ‚Ich habe ihn umgebracht!' sagt sie sich immer wieder, ‚hätte ich nicht das Los gezogen mit der Unglücksnummer, würde er noch leben, aber er ist tot und ich habe ihn getötet und ich würde auch lieber tot sein.'

In dieser Stimmung nimmt sie Trauer an – eine gelbe Haube, Kleid in einer dunklen, düsteren Farbe. Es gibt keine junge Witwe weit und breit, die so sehr trauert. Noch verbirgt sie vor jedem das Geheimnis ihres Verlustes.

„Sage ihnen allen, Mutter, ich sorge mich nicht darum. Ich liebte meinen Cousin Rohan. Ich werde ihn lieben, bis ich tot bin."

Nach einiger Zeit kommt das natürlich Mikel Grallon zu Ohren. Ehrenwerter Mikel, auch unter diesen Umständen beharrt er weiter und macht Marcelle weiter den Hof. Dieses Verhalten ist so einzigartig in seiner Hartnäckigkeit, dass es sogar höchstes Erstaunen beim Korporal erweckt.

„Seele einer Krähe!" sagt er, „hast Du keinen Mut? Sie sieht Dich zu wenig – laß sie wissen, dass Du weißt, Du gewinnst. Mädchenherzen muß man im Sturm nehmen."

Mikel Grallon seufzt.

„Es geht nicht, Onkel Ewen. Sie denkt zuviel an Einen, der tot ist."

Korporal Derval blickt finster, erwidert aber nichts. Er weiß gut wen Grallon meint und denkt, dass er ohne Gewissensbisse mehr Empfindsamkeit und mitleidsvoll seines unglücklichen Neffen fühlt, er möchte nicht über den Gegenstand diskutieren. Unter jeden anderen Umstand wäre er grob mit Marcelle umgegangen, weil sie die Verbindung zu ihrem Cousin geheim gehalten hatte, aber die Bluthunde der Aushebung hatten ihn fangen wollen und der Mann, sein eigen Fleisch und Blut ist zu Tode gejagd worden – und nun nach alldem, ist Schweigen das Beste.

Es kann nicht in Abrede gestellt werden, dass der Korporal in dieser Periode eine innere Unruhe zeigt, unwürdig eines Veterans. Er, der eine letzte verzweifelte Hoffnung hat, marschiert hinauf zu den einzelnen Kinnbacken einer Kanone. Nun zappelt er unruhig in seiner Kaminecke, wenn immer die großen stillen Augen seiner Nichte ihn anschauen. Er fühlt sich schuldig, unbeholfen, nahezu feige und ist froh wenn Mikel Grallon ihm Gesellschaft leistet.

Aber, wie bereits angedeutet, Grallons Aufmerksamkeiten nehmen schnell ab, gleich nachdem die denkwürdige Vision der Fischer am Tor von St. Gildas war. Man kann sagen, wenn man genau hinsieht, dass der Mann ein Opfer von folterndem Kummer ist. Seine Wege sind geheimnisvoll und mysteriös, mit Liebe zur Einsamkeit und er ist mehr als sonst verschwiegen. Seine Tage vergehen oft im einsamen Umherwandern zwischen dem Kliff, seine Nächte mit einsamen Segeltouren auf See. Von dem Kliff bringt er kein Gras oder Meerfenchel(19a) mit und von der See keinen Fisch. Als Geschäftsmann wurde er ungewöhnlich inaktiv. Man kann kaum ein ähnliches Exemplar finden, das der Melancholie durch erfolglose Liebe so verfallen ist.

Es ist ein nasser Tag, während einer seiner langen Wanderungen tritt er an die ‚Leiter des St. Triffine' und sieht sich einer Frau gegenüber, die auf einen Stab gelehnt und einen Korb trägt. Sie ist sehr blaß und atmet schwer vom Aufstieg und als sie ihm begegnet werden ihre Lippen blau und eine dumpfe Farbe kommt in ihre Wangen.

„Was, Mutter Gwenfern!" ruft er aus, „Sie sind die letzte Frau, die ich bei diesem Wetter hier zu treffen vermutete. Soll ich Ihren Korb tragen? Sie müssen müde sein."

Als er seine Hand ausstreckt, um ihr die Last abzunehmen, schreckt sie erschauernd zurück. Ein dicker dunkler Regen fällt und ihr Mantel ist tropfnaß.

„Barmherziger Gott, Mutter! Sie sind blaß wie der Tod, Sie haben Fieber und werden krank."

Als er spricht beobachtet er sie mit einem ungewöhnlich durchdringenden Blick, im starken Widerspruch zu seiner gespielten Arglosigkeit. Sie kämpft die ganze Zeit um Atem, letztlich findet sie ihre Sprache wieder:

„Ich habe Rotalgen gesammelt. Du bist Mikel, es ist ein weiter Weg, ich wollte nicht so weit gehen."

„Für alte Glieder ist es nicht gut so strapaziert zu werden", antwortet Grallon einfach, „in Ihrem Alter, Mutter, sollten Sie sich ausruhen. Sehen Sie, es ist doch sonderbar, was all die Nachbarn sagen."

„Was ist sonderbar?" fragt die Frau scharf.

„Vor noch nicht langer Zeit saßen sie immer nur vor Ihrem Feuer oder waren in Ihrem Landhaus beschäftigt. Nicht einmal an einem freien Tag gingen Sie über Ihre Schwelle und wir alle dachten, es wäre Ihre Krankheit und bedauerte dies. Jetzt, seit Sie Ihren Sohn verloren – Friede seiner Seele – bleiben Sie nicht mehr zu Hause. Sie wandern immer auf und ab, als ob Sie nicht Ihren Frieden finden."

„Das ist wahr", erwidert Mutter Gwenfern, schaut auf ihn und fixiert ihn mit ihren kalten erschrockenen Augen.

„Ich kann nicht ruhen, seit", sie macht unter Erschauern eine Pause, „seit sie meinen Jungen getötet haben."

„Oh, ja", sagt Grallon und zwingt sich einen Blick der Sympathie in sein Gesicht, „aber Mutter, bei solchem Wetter!"

„Wenn jemand ein gebrochenes Herz hat, so können es Wind und Wetter nicht besser oder schlechter machen. Guten Tag, Mikel Grallon."

Als die große Gestalt der alten Frau sich in Richtung des Dorfes entfernt, beobachtet Grallon sie mit einem seltsamen und arglistigen Blick. Als sie nicht mehr zu sehen ist, steigt er schnell die Leiter hinab zum Seeufer, läuft schnell den Strand entlang und kommt so nah als möglich an die Kathedrale, aber die Flut ist zu hoch für die Passage um das Tor. So steht er an der Wassergrenze wie einer, der in einer tiefgründigen Medidation sich befin-

det. Dann, als ob eine Idee plötzlich über ihn kommt, beginnt er neugierig die Sandküste zu untersuchen.
Schon bald entdeckt er menschliche Fußspuren, gerade wo das zurückweichende Wasser dunkle und nasse Stellen hinterließ. Die großen Abdrücke von Holzschuhen sind zahlreich und unverkennbar – Mutter Gwenfern war hier an der Grenze des Wassers hin und her gewandert. Auf einmal bückt er sich schnell über einen Sandfleck, weich wie Wachs und nimmt klar und deutlich einen Abdruck eines nackten menschlichen Fußes wahr.
Mit einer ungeduldigen Wissbegierde, eines Forschers der Naturwissenschaften angemessen, der irgendwelche Kurzzeichen über allgemeine Objekte überlegt, untersucht Mikel Grallon diesen Fußabdruck in jeder möglichen Weise und Lichteinfalls. Mißt längs und quer, bückt sich mit einer außerordentlichen Faszination noch tiefer darüber. Der unsterbliche Crusoe war nicht wissbegieriger, als er *seinen* fremden Fußabdruck an der wilden Küste entdeckte. Nach Beendigung seiner Untersuchungen lächelt Mikel Grallon.
Es ist kein schönes Lächeln des Mikel Grallon, mehr das Lächeln des Reinecke Fuchs – ein Lächeln irgendeiner schlauen und furchtbaren Kreatur, wenn irgendeine schwache Kreatur seiner Barmherzigkeit unterliegt, obgleich es keine Barmherzigkeit hat.
Mit diesem Lächeln auf seinem Gesicht, steigt er wieder die Stufen hinauf und kehrt schnell und zufrieden in sein ehrenhaftes Heim zurück.
Von diesem Tag an wird sein Verhalten noch eigentümlicher als je. Seine Zwangsvorstellung nimmt ihn so gefangen, dass er die eigene Ernährung vernachlässigt und seine natürliche Ruhe verliert. Merkwürdig genug, hat er nun sehr großes Interesse für Mutter Gwenferns Landhaus, dass er es jeden Tag ansieht und wenn es Nacht wird, ist er nicht weit von ihrer Tür. So kommt es, dass die Witwe, wenn immer sie die Schwelle übertritt nahezu sicher den ehrenwerten Mikel Grallon begegnet, der ihr beharrlich, mit dem Ausdruck von Sympathie und Dienstbeflissenheit, folgt, so dass sie , um seiner Gesellschaft zu entkommen, wieder zurück ins Haus geht. Sie sieht erschöpft und bleicher als der Tod aus. Und wenn er schläft ist irgendein anderes Paar Augen auf Wacht. Er hat einen Mitwisser, irgendein Naturstiller wie er selbst.
Was immer in seinem Kopf vorgeht, es dringt nichts nach außen.
Wie einer, der eine verborgene Pulver-Mine präpariert, vorsichtig die Schnüre verlegt für irgendeine schreckliche Explosion. Er ist Tag und Nacht damit beschäftigt und hält an seinem Geheimnis mit dem charakteristischen fuchsartigen Lächeln fest, falls er eins hat. Immer, wenn er sich in Marcelles Gesellschaft befindet ist dieser Fuchsblick ausgetauscht mit einem der schwermütigen Beileidsbekundung, als ob er ihren Schmerz kennt und mit ihr unter edlem Protest sympathisiert - in ihrem Fall. Ein bischen später hat Mikel Grallon ein anderes Abenteuer, welches, wie auch immer, geringfügig

in sich selbst ist, interessiert ihn aber übermäßig und führt letztendlich zu ereignisreichen Folgen.
Er geht eines abends entlang des Kliffs, nicht weit von der Stelle des unheilvollen Kampfes zwischen Rohan Gwenfern und den Gendarmen und beobachtet heimlich die grüne Fläche zwischen ihm und dem Dorf, als er plötzlich eine sich bewegende Gestalt dicht bei ihm bemerkt in Richtung des Felsens. Nun, es dämmert ganz spät und der Mond ist noch nicht aufgegangen, aber es ist hell genug im Sommerzwielicht eine Gestalt wahrzunehmen, mit ihrem Gesicht vorn übergebeugt und bewegt sich rückwäts wie ein Geist. Für einen Moment setzt sein Herz aus, für ihn ist es erst Aberglaube, aber er findet sich selbst wieder, springt vorwärts, um sich der Gestalt zu nähern. Zu spät, sie ist verschwunden, als wäre sie vom Kliff verschluckt, als ob sie gerade zu dem schrecklichen Hügel hinuntergesprungen, wo man die Spuren des Todes vor einigen Wochen gefunden hatte. Etwas später, Mikel Grallon hat noch nicht seinen Schock des vorausgegangenen Treffens überwunden, lächelt Mikel Grallon wieder. Seine Beobachtungen und Wanderungen sind zahlreicher als je und sein Ruf, als ein eingefleischter Nachtvogel ist weit und breit bekannt geworden.
„Ich werde Dir was sagen", sagt eine Klatschbase zur anderen, „Mikel Grallon hat etwas in seinem Kopf und er denkt viel zu viel an die Nichte des Korporals."
Die Nachrichten des Heraufziehens von Schäfchenwolken können ihn nicht ändern. Anstatt seinen Platz als Kapitän auf seinem eigenen Boot zu besetzen, setzt er einen anderen Mann auf seinen Platz und behält nur seinen Anteil als Eigner des Bootes. Er ist der Mann, der immer auf Beobachtung ist, schmuggelt sich ein, als einer, der immer erwartet zu überraschen oder überrascht zu werden.
Zuletzt krönte ein kompletter Erfolg seine Bemühungen. Er kommt eilens in die Küche des Korporals, wo die Familie zum Mittagessen versammelt ist und sagt in einer leisen Stimme, nachdem er sie wie gewöhnlich begrüßt hatte:
„Ich bringe Neuigkeiten, Rohan Gwenfern ist nicht tot, er verbirgt sich in der Kathedrale des St. Gildas."

Kapitel XXVII

Der Schrei

Alain und Jannick sind zum Fischen hinaus und die einzigen anwesenden Familienmitglieder sind der Korporal, Mutter Derval und Marcelle. Der Korporal fällt bestürzt in seinen Sitz zurück, blickt wild auf Mikel. Mutter

Derval, Überraschungen gewohnt, lässt nur ihr Arme hängen und seufzt tief. Marcelle springt auf, in charakteristischer Geistesgegenwart, rennt zur Tür, welche weit offen steht, schließt sie schnell, als sie zurückkommt ist sie weißer als der Tod, sie sieht Mikel Grallon mit ihren großen Augen an und murmelt:
„Sprich leise, Mikel Grallon! Um die Liebe Gottes, sprich leise."
„Es ist wahr", sagt Grallon flüsternd, „er lebt, ich habe ihn mit großem Geschick entdeckt. Wahrlich, seit langer Zeit habe ich den Verdacht. Aber nun weiß ich es mit Gewissheit."
„Heilige Mutter, beschütze uns", ruft die Witwe, „Rohan – am Leben!"
Inzwischen hat sich der Korporal von seiner Erstarrung erholt und bedrängt Grallon. Bevor Marcelle ein Wort äußern kann, ruft er aus:
„Bist Du betrunken, Mikel Grallon oder bist Du nüchtern hergekommen uns mit einer Lüge zu beleidigen? Seele einer Krähe! Sei vorsichtig oder willst Du Bekanntschaft mit meinem Ärger machen und dann werden wir streiten in aller Ernsthaftigkeit, mein Bursche!"
„Sprich leiser!" sagt Marcelle mit ihrer Hand auf ihres Onkels Arm, „sollen es die Nachbarn hören?"
„Was ich sage ist die Wahrheit", antwortet Mikel und sieht ganz weiß um den Mund aus, „und ich schwöre bei dem gesegneten Knochen des heiligen Gildas selbst, dass Rohan am Leben ist. Ich kenne sein Versteck und ich habe ihn mit meinen eigenen Augen gesehen."
„Seinen Geist vielleicht!" seufzt die Witwe.
„Oh, Gott! Er starb einen Unfalltod und sein armer Geist findet keine Ruhe."
Mikel Grallon wirft einen verächtlichen Blick in die Richtung der Witwe und zuckt kraftlos mit der Schulter.
„Ich bin nicht einer der losgeht um Geister zu sehen und ich kenne den Unterschied zwischen Geistern und einem Mann aus Fleisch und Blut. Geht hin! Es ist absolut wahr, was ich Euch erzähle. Rohan ist in der großen Kathedrale verborgen, wie ich schon sagte."
„In der Kathedrale!" echot der Korporal.
„Dort oder dicht bei der Hand, da bin ich mir gewiß. Ich habe seine Spur verfolgt, dreimal und dreimal verschwand er in der Kathedrale. Aber ich war allein und wollte ihm nicht so dicht folgen, weil er verzweifelt ist. Ich hätte einmal meine Hand nach ihm ausstrecken können, er kletterte in den Klippen wie eine Ziege und dort konnte ich ihm nicht folgen."
Die Neuigkeit in dieser Weise vorgebracht, schlägt wie ein Gewitter in das Herz des Korporals und löst eine totale Bestürzung aus. Onkel Ewen war total überwältigt bei der Bekanntgabe des Todes seines Neffen und nun, verglichen damit, hocherfreut, dass er nicht tot sein soll. Sollte er am Leben sein, wird er noch gegen den Kaiser sein und ist immer noch ein armseliger Deserteur, würdig der Verachtung und des Hasses aller guten Patrioten, ist der Letzte und Schlechteste, ein verurteilter Mann, der jederzeit festgenom-

men und wie ein Hund erschossen werden kann, Onkel Ewen ist schreckerfüllt. Zuletzt hat er wegen Rohan Gewissensbisse und hat insgeheim sich selbst Vorwürfe gemacht wegen seine übertriebene Härte und Lossagung. Auf seinem eigenen strengen Weg dachte er an einen sanften ehrenhaften Tod, so dass mehr als einmal seine rauen Ärmel über seine nassen Augen wischen. Aber nun zu hören, dass sein Schmerz vergeudet ist und dass das Gespenst der Schande der Familie das Dorf weiter heimsucht, ist einfach überwältigend.
Marcelle für ihren Teil ist gewachsen, anstatt darunter zu leiden. Sie ist eine der bemerkenswerten Frauen, die schneller fühlt als zu Denken und dieses Fühlen bewirkt schnelle Aktion. Mit ihren Augen so fest und fragend hängt sie an seinem Gesicht, dass Grallon ganz nervös und unbehaglich wird. Sie scheint für einen kurzen Zeitraum in der wahren Seele des ehrenwerten Mannes zu lesen. Aber schnell begnügt sie sich, dass sie das nicht sehr verständliche Problem gemeistert hat. Sie sagt mit Entschlossenheit:
„Sag die Wahrheit, Mikel Grallon! Hast Du darüber mit einer anderen lebenden Seele gesprochen?"
Mikel stammelt und schaut verwirrt, er wiederholt und verneint.
„Wenn Du mit niemandem gesprochen hast, dann denke daran – sein Leben ist in Deinen Händen und wenn er durch Dich entdeckt wird, sein Blut wird über Dich kommen und die Gerechtigkeit Gottes wird Dich strafen."
Mikel stammelt erneut und sagt:
„Andere mögen ihn auch gesehen haben, nein, ich habe gehört Pipriac selbst sagt, dass er Verdacht hegt. Seht, Ihr dürft mich nicht tadeln, weil ich ihn gefunden habe, andere Menschen haben auch Augen wie ich, seit der Nacht der Vision in der Kathedrale sind sie auf Wacht und nun ist es klar, es war nicht der gesegnete Heilige, sondern ein sterbliche Mensch, Rohan Gwenfern selbst."
Dies wurde in solch offenbarer Verwirrung und Unschlüssigkeit gesagt und mit so schuldbeladenen und herablassenden listigen Blicken begleitet, dass Marcelle noch einmal mit einem für Mikels Ehrgefühl schicksalshaften Entschluß empor springt. Sie schaut ihn wieder so forschend und furchtbar an, dass er beginnt sich bitterlich selbst zu rügen, dass er die Information persönlich überbrachte. Die Wahrheit ist, er hatte eine zornige Explosion seitens des Korporals erwartet und kalkulierte unter dem Vorwand dieser Explosion, den Part eines unschuldigen und sympatisierenden Freundes der Familie zu spielen. Aber er findet stattdessen, dass alle mit Misstrauen und Abscheu auf ihn schauen, als einer der ein schreckliches Phantom heraufbeschwört und der für alle Konsequenzen, die eintreten könnten verantwortlich ist, er verliert seinen Mut und verrät zu klar, dass sein Verhalten nicht uneigennützig gewesen ist.
Zuletzt findet Onkel Ewen seine Sprache wieder.

„Aber es ist unglaubhaft!" ruft er, „draußen zwischen den Kliffs, mit niemandem, der ihm Essen bringt, würde ein Mensch verhungern."
„Das könnte man denken", sagt Grallon, „aber ich habe seine Mutter mit ihrem Korb dorthin wandern sehen und der Korb, da bin ich mir sicher, war niemals leer. Rohan ist nicht wie die anderen, er liebt es draußen zu leben unter den Seevögeln und den Felsentauben. Bei jedem Wetter ist er dort und die nächste Sache, die man fragen muß ist: Was ist zu tun?"
Der Korporal antwortet nicht, aber Marcelle, nun wieder total blaß zieht ein kleines Kreuz aus Sumpfeiche aus ihrer Brust und hält es auf Mikel gerichtet und sagt, ihn mit ihren großen Augen fixierend:
„Wirst Du schwören auf das gesegnete Kreuz, Mikel Grallon, dass Du es als Geheimnis behalten willst?"
Mikel schaut überrascht und eher verletzt, über diesen Vorschlag.
„Habe ich es bis jetzt nicht aufgedeckt und zu wen sollte ich sprechen? Wenn Du es wünschst, werde ich schwören!"
Die Vorsehung hat es eingerichtet, dass Mikel Grallon sich nicht verpflichtend gebunden fühlt und falsch schwört, denn in dem Moment klinkt irgendjemand hart die Tür auf und als die Tür nicht aufspringt, wird heftig geklopft.
„Öffnen!" schreit eine Stimme.
Sogar der Korporal wird blaß, während die Mutter neben ihrem Spinnrad in der Ecke auf ihre Knie sinkt. Marcelle hält ihre Hand auf ihr Herz.
„Heilige Jungfrau! Wer kann das sein?" flüstert sie.
„Vielleicht ist es nur einer der Nachbarn", antwortet Mikel, der dennoch schaut, als wäre er, wie alle, unangenehm überrascht.
„Öffnen!" sagt die Stimme und schwere Schläge gegen die Tür folgen.
„Wer ist dort?" ruft Marcelle, rennt hinüber zu Tür mit ihrer Hand am Schlüssel.
„Im Namen des Kaisers!" ist die Antwort
Sie schließt die Tür auf und herein kommt Pipriac, bewaffnet und gefolgt von einer Rotte Gendarmen mit aufgesetzten Bajonetten. Seine Säufernase ist vor Aufregung purpurrot, seine kleinen Augen funkeln grimmig, seine kurzen Beine zittern und stampfen auf den Boden.
„Tous les diables!" schreit er, « warum ist Ihre Tür zur Mittagszeit verschlossen, ich frage Sie, die Sie ehrenwerte Leute sind? Sehen Sie nicht, dass ich in Eile bin? Wo ist der Korporal Derval?"
„Hier!" antwortet der alte Mann.
„Es sind schlimme Nachrichten, die ich Ihnen bringe, Nachrichten, die sie vor Freude aus der Haut fahren lassen. Ich kann nicht lange verweilen, aber ich kam herein und ich denke Sie möchten sie gerne hören. Ah, Mutter Derval, Guten Morgen! Ah, Mikel Grallon! Ich habe eine Botschaft für Sie, Sie werden mit uns kommen und Sie müssen uns Einiges erzählen."
„Was ist los, Kamerad?" fragt der Korporal mit einer heiseren Stimme.

„Dies: Der Tod ist auferstanden, ha, ha! Was denken Sie darüber? Der Tod ist auferstanden! Es ist wundervoller als Sie erahnen, Kamerad und Sie werden nicht wissen, ob es traurig oder froh ist, denn Ihr Neffe, der Deserteur, ist nicht getötet – corbleu, er ist wie eine Katze oder ein Aal und ich fordere auf, ihn zu töten. Nun, er lebt und deswegen sind wir wieder hier!"
Während dieser kleinen Szene hat Marcelle kaum ihren Blick von Mikel Grallon abgewendet, der mehr und mehr Spuren von Verwirrung zeigt, aber nun wendet sie sich an den Sergeanten und sagt in einer leisen Stimme, noch ganz in Seelenqual:
„Wie haben Sie erfahren, dass er lebt? Haben Sie ihn mit ihren eigenen Augen gesehen?"
„Nicht ich", antwortet Pipriac, „aber andere haben ihn gesehen und es ist von ihnen eine Information gekommen. Aberglaube – wie das Mädchen starrt. Sie ist blasser als ein Geist."
„Marcelle!" ruft die Witwe, die noch auf ihren Knien liegt.
Aber Marcelle schenkt dem keine Beachtung. Weiß wie eine Marmorstatue starrt sie in das jähzornige Gesicht des kleinen Sergeanten.
„Sie haben Informationen gehabt!" echot sie in derselben leisen Stimme.
„Tous les diables! Ja. Ist das so schlimm? Ein ehrenwerter Schurke", hier blickt er flüchtig auf Mikel Grallon, „ hat den armen Teufel in seinem Versteck gesehen und sandte uns eine Nachricht. Wenn ihr fragt wer uns informierte, antworte ich: Das ist unsere Sache. Obgleich es der Teufel selbst war, er wird die Belohnung bekommen. Gebt nicht dem alten Pipriac die Schuld seinen Dienst zu tun, das ist alles. Es lag nicht an mir, Kamerad. Aber ich kann nun nicht länger bleiben. Rechts um, Marsch! Und Mikel Grallon, auf ein Wort."
Die Gendarmen gehen der Reihe nach aus dem Haus und Pipriac, mit einem grimmigen Nicken zu der versammelten Kompanie, folgt ihnen. Mikel Grallon geht ruhig zur Tür, als Marcelle ihn aufhält.
„Bleib stehen, Mikel Grallon!"
Der Fischer bleibt stehen, nicht in die ärgerlichen Augen des Mädchens schauend, aber flüchtig auf den Korporal, der in seinen Sessel gesunken ist und seine Hände an den Kopf hält wie in Erstarrung.
„Nun verstehe ich alles, Mikel Grallon", sagt Marcelle mit klarer Stimme, „und Du kannst mich nicht länger betrügen. Geh! Du bist undankbar. Du bist ein Schuft, Du bist es nicht wert zu leben."
Mikel, auf diese Weise angesprochen, gerade von der Frau, der er bekannte sie zu lieben, gibt ein Knurren äußerster Verlegenheit von sich und zeigt seine Zähne mit einem hämischen Ausdruck, aber er weicht vor ihrem Blick zurück, der ihn verbrennen würde.
„Du hast Tag und Nacht beobachtet, Du hast ihn nach unten gejagt und Du wirst den Blutzoll bezahlen, wenn sie ihn finden. Ja, Du hast ihn verraten und Du bist hierher gekommen meinen Onkel mit einer Lüge zu täuschen,

dass Deine Bosheit nicht bekannt werden sollte. Gott wird Dich strafen – möge es bald sein!"
„Es ist falsch!" schreit Mikel finster und wild.
„Du bist es, der falsch ist, falsch zu meinem Onkel, zu meinem armen Cousin, zu mir. Ich hasse Dich für immer, Mikel Grallon, aber nun würde ich gern Dein Tod sein. Wenn ich ein Mann wäre, ich würde Dich töten. Geh!"
Mit einem grimmigen Blick und einem zornigen Achselzucken geht der Mann hinaus, ganz durch die Blicke und Gesten des zornigen Mädchens eingeschüchtert. Es ist charakteristisch für Marcelle in großer Seelenqual in Stille und Schweigen zu verfallen oder sie kann sich nicht einem Sturm ihrer eigenen leidenschaftlichen Natur enthalten. Als Mikel gegangen war, bricht ihr ein wilder Schrei aus, sie hebt ihre Arme in die Luft und dann, das zweite Mal in ihrem Leben, wird sie plötzlich ohnmächtig.

Kapitel XXVIII

Auf den Klippen

Draußen zwischen den Klippen, in der Mitte zwischen der Spitze über dem Abgrund und dem ausgewaschenen Felsen darunter, sitzt ein Mann, so still, so bewegungslos, dass er ein Teil des Felsens zu sein scheint.
Es ist einer dieser dunklen Sommernachmittage, wenn der Himmel mit seinem eigenen Dunst bedeckt ist und ein kalter blaugrauer Nebel über der See liegt und nirgends dort Bewegung ist und entweder Sonnenschein oder Wind oder Wellen da sind. Das Stöhnen der See kann man meilenweit im Inland hören, sonst ist alles so sehr still, aber da ist etwas Alarmierendes in dem schrillen Schrei der auf dem Rücken blau gefärbten großen Möwen. Wie sie langsam entlang der Wassergrenze segeln, weiß und schön wie Tauben. Wo der Mann sitzt ist eine Nische im Kliff, ein schwindelerregender Pfad führt zu den Felsen nach unten, aber über dem Kopf hängt der Abgrund über und ist völlig unbetretbar.
Keine einhundert Yards entfernt steht die große natürliche dachlose Kathedrale unter dem Himmel. Der Mann, der hier sitzt kann den smaragdfarbenen glitzernden Boden, der nun durch das Gezeitenhochwasser gefärbt wird, sehen. Über der Kathedrale, schwebend wie Schmetterlinge, Scharen von Dreizehenmöwen, schwache Schreie ausstoßend, welche fast in den schweren Kanonaden der See ertrinken.
Die Sonne ist nicht zu sehen, aber das düstere Rot, das den westlichen Himmel überzieht, zeigt den Sonnenuntergang noch an. Weit draußen über

dem Wasser, kriechen die Fischerboote gemächlich wie schwarze Flecken zu ihrem Nachtfang.
Es ist das dunkle Ende eines dunklen Tages, ein warmer und sonnenloser dazu. Der Mann ist seit Stunden in seine Nische gekrochen, lauscht und wartet. Zuletzt bewegt er sich, wirft seinen Kopf wie ein aufgescheuchtes Tier und seine lebhaften, wilden Augen schauen zu dem schwindelerregenden hohen Kliff über seinem Kopf auf. Etwas flattert entfernt über ihm wie eine fliegende Seemöwe oder wie ein winkendes Taschentuch und er bemerkt es, steht aufrecht, legt seinen Finger und Daumen zwischen seine Zähne und gibt einen schrillen Ton. Könnten irgendwelche sterblichen Augen ihn nun erblickt haben, er schaut mit Vorsicht. Er ist barhäuptig und sein Bart ist wild und lang gewachsen. Seine Gesichtszüge sind, durch das ständige den Elementen Ausgesetztsein, gedunkelt und entstellt. Die Kleidung, die er trägt – ein farbiges Hemd und Hose, die nahezu nur noch Fetzen sind. Sein Hemd ist über der Schulter zerrissen und seine Füße sind barfuß. Alles in allem, er ähnelt einem Wilden, Gejagten, irgendeinem unglücklichen Typen aus dem Urwald, als einem vernünftigen und friedvollen Mann.
Wieder eifrig nach oben schauend, sieht er etwas von der Spitze des Kliffs schnell herab sinken. Es ist ein kleiner Korb, befestigt an einem langen dünnen Seil. Als es bis zu ihm gesunken ist, streckt er seine Hände aus und als er es erreicht zieht er an der Leine, als Signal für die Person, die oben steht. Dann nimmt er schwarzes Brot, etwas gewöhnlichen Käse und eine kleine Flasche Brandy heraus, legt alles auf den Felsen neben sich und zieht erneut an dem Seil, bis der Korb zurückgezogen wird.
Seine Nische in dem Felsen ist besser geeignet für die Füße eines Adlers oder Raben, als für einen Mann, aber dicht an die Wand des Felsens, die Füße fest aufgesetzt schreitet er schnell und überlegt, um seinen Appetit zu stillen. Er ist zweifelsfrei zu hungrig, um es aufzuschieben, seine Augen haben den lebhaften Schimmer eines ausgehungerten Tieres.
Als die Mahlzeit beendet ist, sammelt er sorgfältig was übrig ist zusammen und legt es in ein Tuch, welches er von seinem Hals nimmt. Der Brandy ist sein Nachtisch und er nippt ihn langsam, Tropfen für Tropfen, weil wahrhaftig jeder Tropfen kostbar ist, seine ausgehungerten Wangen bekommen Farbe, er erwacht zu neuem Leben und gewinnt an Zuversicht. Er nippt nur einen Teil, dann steckt er die Flasche in seine Brust. Nun hat er keine Eile loszugehen, er hält seine *Siesta* und beobachtet die rote Dunkelheit über der See. Es ist ein sonderbarer Fernwehblick in seinen Augen und die Züge seines Gesichts sind sanft, unbeweglich, verhärmt und ärgerlich. Der Dunst des weit unter ihm brechenden Wassers kommt bis zu seinem Sitz herauf, in seinen Ohren klingt das große Brüllen, aber er ist zu vertraut mit diesen Dingen, als dass er sie jetzt wahrnimmt. Er ist mit seinen eigenen Gedanken

beschäftigt und nimmt nur mit dem Unterbewußtsein die äußeren Dinge und Geräusche wahr.

Aber plötzlich, wie wenn ein Hase aufgeschreckt wird, regt sich der Mann wieder, steht aufrecht, schaut nach oben und horcht. Nun hört er über sich einen Klang, erschreckender als die See, menschlicher Stimmen. Ein großer Schrecken überzieht sein Gesicht und er beginnt mit flinken und leichten Füßen den gefährlichen Pfad, der zum Strand führt, herabzusteigen, doch den Abstieg hemmt ein Schrei, weit über ihm. Nach oben schauend, sieht er menschliche Gesichter überhängend am Abgrund über ihm und zu ihm herunterschreiend. Er zaudert einen Augenblick und ihm schwindelt, aber er erholt sich gleich und gleitet schnell weiter. Im Gehen erklingt der Schrei über ihm wieder undeutlich. Er weiß nun, dass seine Verfolger ihn nun entdeckt haben und wieder auf seiner Spur sind.

Kapitel XXIX

Die Gesichter in der Höhle

Kromlaix mit seinen Gendarmen verlassend, macht Sergeant Pipriac noch einmal den Weg hinauf zum großen Menhir und von dort entlang dem grünen Plateau oberhalb der Klippen. In eifriger Unterhaltung geht Mikel Grallon mit ihm und hinter ihnen aufgeregte Gruppen der Bewohner, Männer, Kinder und Frauen, aber in großer Aufregung und das Gezeter und Geschrei hat wieder begonnen. Sie hatten nicht weit gehen müssen, als sie Mutter Gwenfern treffen, langsam schleichend mit ihrem Korb an ihrem Arm, schaut dünn und blaß wie ein Geist aus. Nicht einer, der hier steht macht viel Förmlichkeiten, Pipriac stürzt mit primitiver Ungeduld auf die alte Frau zu und rundheraus vermeldet er seine Botschaft:

„Aha! Haben wir Sie letztlich entlarvt, Mutter Gwenfern? Tous les diables! Hat der alte Pipriac Sie gefunden. Dachten Sie, er wäre so blind, so dumm? Kommen Sie, antworten Sie, wo ist er? Der Kaiser ist um seine Gesundheit besorgt, schnell spucken Sie es aus!"

Die alte Frau ist nun weiß wie der Tod und hat blaue Lippen, schaut fixierend in das Gesicht des Sergeanten, gibt aber keine Antwort.

„So, Sie sind stumm, Mutter! Gut, wir werden Ihre Zunge finden. Es ist Ihr eigener Fehler, wenn alt-Pipriac streng ist, merken Sie sich das, denn Sie haben ihn nicht passend behandelt. Sie führten ihn an der Nase herum, solche Sachen können nicht ewig so weitergehen. Der Kaiser hat einen langen Arm, um nach Deserteuren aussenden zu lassen, verdammt!" und setzt mit lächerlicher Reizbarkeit hinzu:

„Denken Sie, Sie täuschen den Kaiser?"

Trotz der Beschimpfungen in seiner schrecklichen und brutalen Art ist Pipriac nicht gänzlich herzlos und so kann er nun nicht ruhig das unerschütterliche Tadeln auf dem Gesicht der Witwe aushalten, das in einem entsetzlichen Blick gefroren bleibt, halb in Agonie, halb im Hohn. So ist es mehr Mitleid als Unfreundlichkeit in seinem Herzen, als er ihr den Korb abnimmt, einen Moment über dessen Leere brummt und dann gibt er ihn ihr mit einem spaßigen Stirnrunzeln zurück. Die ganze Zeit über bleibt Mutter Gwenfern still, mit einem überirdischen Ausdruck des Schmerzes in ihren hellen grauen Augen. Als Pipriac an der Spitze seiner Schergen fortstolziert und Frauen aus dem Dorf schwatzend heraufkommen und sie treffen, geht sie wortlos in ihrer Mitte weiter. Ihre ganze Seele ist mit beten beschäftigt, dass der liebe Gott, der Rohan bis zu dieser Stunde geholfen hatte, sein Freund bleiben und ihn wieder in der Stunde seiner Not beschützen soll.
Die Mehrheit der Truppe hinter ihnen, nur von Mikel Grallon und ein paar Mann und Jugendlichen aus dem Dorf begleitet, verfolgen Pipriac und seine Gendarmen ihren Weg zügig entlang der der Kante des Kliffs. Nun rasten sie und sprechen flüsternd und sehen nach unten zu dem großen granitenen Abgrund, welcher tief unter ihren Füßen liegt. Gleich sind sie wieder in Eile wie Hunde, die frisches Wild wittern. Die ganze Truppe besteht aus etwa zwanzig Leuten, unter ihnen kann man keinen Freund des Gejagten finden. Wirklich, wer würde sich getraut haben in diesen Tagen der Galgenfrist und der schnellen Urteile seine Freundschaft für irgendeinen Gegner dieses unheilvollen Systems, das Napoleon auf der Asche der Revolution aufgebaut hat, einzugestehen? Streng genommen, gibt es wenig oder keine Sympathie für Rohan, nun da entdeckt wurde, dass er am Leben ist. Die alten Vorurteile gegen ihn haben sich verzehnfacht und kein Mann dort, ausgenommen vielleicht Mikel Grallon, glaubt, dass er alles andere als ein schwacher und verweichlichter Feigling ist. Pipriac ist geneigt zu behaupten, er wäre ein gefährlicher Wahnsinniger, für sein eigenes Tun nicht verantwortlich. Niemals haben die gigantischen Kliffs und Felsen, immer einsam und gefährlich, so verboten ausgesehen, als an diesem Tag. Die Düsterheit, der strahlenloser Sonnenschein und der Tod, die leblose Ruhe, vertiefen noch den Effekt der Trostlosigkeit. Durch die See und Erdbeben sind die gewaltigen Säulen und Monolithe aus roten Granit phantastisch gestaltet worden, die unter Glitzern wie Fragmente irgendeiner erloschenen Welt ins benommene Auge fallen. Beim Gehen über das Gras erscheint es einem wie ein Platz von riesigen Gralstätten und an diesen Gräbern bilden Moose und Flechten ihre Verzierung in Grau und Gold und aus ihren Nischen wächst langes Scrunnel-Gras und Felsenfarn. Still sitzen auf ihnen die Raben und die gefleckten Falken der Klippen, während die Oberfläche der Kliffs weit unten, mit den dunklen Legionen der Heringsmöwen ‚beschneit' ist.

Wann immer Alt-Pipriac über den Rand sieht, ungewohnt für solche Tiefe, dreht es sich in seinem Kopf wie ein Karussel und er zieht ihn mit einem Fluch zurück.

Mikel Grallon ist erfahrener, nimmt die Besichtigung kühler hin, aber auch er ist vorsichtig, nicht zu dicht an die Kante heranzutreten. Hier und dort sind die Seiten so abgetragen, dass es sehr gefährlich ist, ganz nahe heranzutreten. Am äußersten Rand sind die Steine losgelöst und bröckeln ab. Die Felsen sind locker und das Gras ist glitschig wie Eis. Jetzt hebt Mikel seine Hand empor und ruft:

„Halt!"

Sie stehen an einem Teil des Kliffs, welches in eine grüne Anhöhe ausläuft, zu einer Art Vorgebirge.

„Hört", sagt Mikel, „die Kathedrale ist rechts unter uns, ich werde schauen und versuchen irgend etwas zu sehen."

Er nähert sich vorsichtig dem Kliff, aber er legt sich auf dem Bauch und kriecht über den Brocken vorwärts bis sein Gesicht über dem Abgrund hängt. Er bleibt so lange in dieser Haltung, dass Pipriac ungeduldig wird und brummig protestiert. Bis Mikel sich langsam umdreht, ihn heranwinkt und nach unten deutet. Er ist weißer als Papier geworden. Sofort nehmen Pipriac und zwei oder drei der Gendarmen ihre Gewehre und ihre hohen Hüte ab, treten näher heran, werfen sich auf den Boden und kriechen vorwärts wie es Mikel Grallon getan hatte.

„Ist ‚er' es?" brummt Pipriac, als er die Kante erreicht.

„Seht!" sagt Mikel Grallon.

In dem Moment hängen ihre Köpfe alle über dem Abgrund, eifrig und offenen Mundes, starren wütig nach unten. Zuerst ist alles schwindelerregend und verschwommen – ein grässlicher Abgrund auf dessen Grund die See brandet. Zu weit entfernt, als dass man das Donnern hört. Ein Abgrund in dem eine Seemöwe wie eine schwebende Schneeflocke hin und wieder kreuzt. Im Innern gähnt rechts unter ihnen der Abgrund, so dass sie völlig über einer Leere hängen. Unter ihnen aber in einiger Entfernung nach links, sehen sie die dachlosen Mauern der Kathedrale von St. Gildas, die bis in die See ragen. Aber diese Mauern, welche eigentlich riesig sind, scheinen auf diese Entfernung zwergenhaft zu sein. Sie sind aber bedeutungslos, denn sie liegen unterhalb der Höhe der Unzugänglichkeit der Klippen.

„Wo, wo?" murmelt Pipriac, mit einem mehr als roten Gesicht.

„Rechts unten, er schaut auf die See."

In diesem Moment hört Rohan Gwenfern die Stimmen und stutzt, schaut auf und alle gleichzeitig lassen einen Schrei los. Von oben gesehen scheint er ein Zwerg zu sein, der an solch einen Platz gehen kann, wo dort nicht einmal ein Vogel Halt findet. Der Schrei, der folgt, als er wankend nach oben sieht, ist halb Schreck und halb Erstaunen.

Als Pipriac und die Anderen zurück kriechen und sich wieder auf ihre Füße erheben, zeigt jedes Gesicht Bestürzung und die Stimme Pipriacs zittert:
„Er ist der Teufel!" sagt der Sergeant, „kein Mann kann dort laufen, wo er läuft und nicht wie ein Ei zerschmettert."
„Es war furchtbar das zu sehen!" sagt der Gendarm Pierre.
„Kein Mensch kann ihm folgen", sagt Andre'.
„Nonsens", schreit Mikel Grallon, „er kennt die Kliffs besser als jeder andere, das ist alles und er ist auf seinen Füßen wie eine Bergziege. Ihr könnt Euch nun vorstellen wie er seinen Kopf rettete in der Nacht, als Ihr dachtet er wäre getötet. Gut, er wird bald gefasst und es wird ein Ende sein mit seinen Possen."
„Wir verschwenden Zeit", ruft Pipriac aus, der offenkundig kein freundliches Licht in den Augen von Mikel Grallon gesehen hat.
„Wir müssen hinabsteigen und ihm folgen über die Leiter von St. Triffine, aber ihr vier – Nicole, Jan, Bertran, Hoel – werdet hier oben bleiben und Wache halten über alles was wir tun. Aber denkt daran, kein Blutvergießen. Wenn er aufsteigt, nehmt ihn lebend gefangen."
„Und wenn er sich wehrt?" fragt einer der Männer.
„Verdammt! Ihr seid vier gegen einen! Ihr anderen Marsch! Komm Mikel Grallon!"
Die vier Mann verlassend, eilen die anderen davon. Sie sind noch nicht weit gegangen, als Pipriac einen Ausruf von sich gibt und zurückschreckt, denn plötzlich springt etwas Lebendiges herab, vor ihm hin und steht an der äußersten Grenze des Kliffs und starrt ihn mit großen erschrockenen Augen an. Es ist Jannedick.
„Mutter Gottes!" schreit Pipriac, „mir blieb fast die Luft weg – doch es ist nur eine Ziege."
„Sie gehört der Mutter des Deserteurs", sagt Grallon, „es ist ein bösartiges Biest und arglistig wie der schwarze Teufel. Ich hatte schon oft das Verlangen ihr mit meinem Messer die Kehle durchzuschneiden, wenn ich gesehen habe wie Rohan Gwenfern sie als sein Liebling wie einen guten Christ behandelte."
Von ihrer ersten Überraschung erholt kommt Jannedick langsam mit großer Unbekümmertheit näher. Für einen Moment scheint sie geneigt zu sein gegen die Waffen der Gendarmen mit ihrem gehörnten Haupt vorzugehen, die nach ihr mit ihren blitzenden Bajonetten grimmig stoßen, aber im nächsten Moment der Reflektion der Ungleichheit, die fraglos gegen sie ist, wirft sie verächtlich ihren Kopf hoch und läuft fort.
Die Männer folgen nun der Leiter von St. Triffine und langsam den Stufen in dem festen Felsen folgend, steigen sie hinab, bis sie den Strand erreichen. Als sie den Grund betreten, sehen sie Jannedick weit oben gegen den Himmel, an der äußersten Kante des Abgrunds und unbeweglich nach unten schauend.

In der Zwischenzeit ist es im Schatten des Kliffs ziemlich dunkel geworden. Wo immer sie auch unter der Führung von Mikel Grallon suchen, sie finden keine Spur des Flüchtigen. Grallon selbst ersteigt mit beträchtlichem Wagnis Teile des Kliffs hinunter zu der Wand an welcher Rohan aufgestiegen war, aber nachdem er die Höhe von fünfzig oder sechzig Fuß erreicht hat, gesellt er sich sehr vorsichtig wieder zu seinen Gefährten auf den soliden Boden.
„Als ob er Füße wie ein Vogel hat", knurrt Pipriac, „man kann ihm folgen, aber er geht dort, wo noch nie jemand entlang ging."
„Er kann nicht weit entfernt sein", sagt Mikel, „neben diesen Weg jenseits der Kathedrale gibt es keinen Pfad, außer für eine kletternde Ziege. In der Kathedrale müssen wir suchen und glücklicherweise setzt schon die Ebbe am Tor ein."
Eine weitere Stunde ist verstrichen, bevor der Durchgang möglich ist. Und als sie, rund um die außen liegende Mauer, die bis in die See reicht, waten, kommen sie durch das Tor. Der ausgedehnte Platz ist in Dunkelheit gehüllt und die ersten Sterne beginnen über den dachlosen Mauern zu blinken. Gerade Pipriac, ein abergläubischer Mann, fühlt Furcht und friert. Eine fuchterregende Stille herrscht, nur durch das Tropfen des Wassers von den Seiten der durchfurchten Felsen unterbrochen und durch die leisen unheimlichen Schreie der Seevögel, die sich zwischen den Kliffs bewegen und durch das schnelle schwirren der Flügel, die sich in der Dunkelheit hin und her bewegen. Nichts ist wahrnehmbar, die Nacht hat nun die Herrschaft übernommen und die einzigen Lichter sind die strahlenlosen Lichter des Himmels weit oben. Aufgestellt in Reihen entlang der Mauern sitzen zahlreich Kormorane, unsichtbar, aber immer wieder mit ihren Flügeln flatternd, weil die fremden Schritte sie in ihren Schlaf stören. Die Männer sprechen nur flüsternd und schleichen furchtsam.
„Wenn wir doch eine Fackel mitgebracht hätten", sagt Pierre.
„Man könnte sagen, dass in dieser Dunkelheit der Teufel ist", knurrt Pipriac. Mikel Grallon schlägt das Kreuz.
„Der gesegnete St. Gildas lässt das nicht zu", murmelt er, „horch, was ist das?"
Es ist ein Rascheln und ein Schwirren, es kommt ein Schwarm Tauben aus der Dunkelheit einer Höhle hervor und kreuzt den dunkelblauen Raum über ihren Köpfen.
„Es ist ein verfluchter Platz", sagt Pipriac, „man kann nichts vor seiner Nase sehen. Verdammt! Man kann meinen es ist als suche man eine Stecknadel im Heuhaufen. Wenn Gott mich doch zu einer Ziege oder einer Eule gemacht hätte für diese Arbeit, aber zum Tasten wie in einem Verließ, ist vergeudete Zeit."
So ist der Rückzug im Flüsterton ausgesprochen und die Gruppe lenkt ihre Schritte von der Kathedrale zurück und steht in der hellen Atmosphäre des benachbarten Strandes. Die Kliffe sind nun in totale Finsternis gehüllt. Ein

langer Einsatz wird beendet, aber Mikel Grallon protestiert vehement, dass Rohan nicht weit sein kann und dass, wenn die ganze Nacht Wache gehalten würde, könnte er möglicherweise nicht entkommen.
„Andererseits", behauptet der Spion, „wird er direkt an der Küste oder an einem anderen Teil der Kliffs sich fortschleichen. Ich wette mein Leben, er beobachtet uns gerade wie wir gehen. Wenn er entkommt, dann gute Nacht – ich sage nichts – ich habe meine Pflicht eines guten Einwohners getan, aber wenn er gefasst werden soll, müsst Ihr Eure Augen weit offen halten bis es Tag wird."
In ehrenwerter Treue, würde sich Pipriac gerne zurückziehen für die Nacht und zur Verfolgung morgen wieder zurückkehren, letztlich, obgleich er dienststeifrig ist, würde er dem Deserteur noch eine andere Chance geben. Einiges in Grallons Manier, wie auch immer, warnte ihn, dass der Mann ein Spion in mehr als einem Sinne ist und dass irgendein Fehlen von Energie dann das Entkommen Rohans folgt, wäre er im Hauptquartier falsch dargestellt. So wird beschlossen, dass die Kathedrale von St. Gildas, mit all dem umliegenden Kliff bis zum Morgengrauen unter Bewachung gestellt wird. Zwei weitere Mitglieder seiner Kräfte werden zur Verstärkung zum Kliff abgesandt und verteilt, seine eigenen Kräfte gut über die Seeküste und unter die Wände der Felsen verteilt, nimmt er seine Pfeife und begibt sich auf Wache. Die Nacht vergeht schnell genug, trotz des falschen Alarms. Zuletzt, als jeder Mann wütend und erschöpft ist, kommt die Dämmerung mit einem auffrischenden Wind mit beträchtlichen Regenschauern von der See. Alle Dorfbewohner, außer Mikel Grallon, sind nach Hause zurückgekehrt, schulterzuckend, betrachteten sie das Gesehene wahrscheinlich als Wildgansjagd.
Die Ebbe ist eben eingetreten, noch einmal führt Grallon die Männer den Weg durch das Tor und die einsame Kathedrale lässt die Stimmen widerhallen. Die großen schwarzen Kormorane sitzen noch bewegungslos in den Mauern, manche tappen mit ärgerlichem Flügelschlag zum Wasser fort, aber die meisten verharren in Bewegungslosigkeit im Abstand einiger Yards zu den Bajonetten der Soldaten. Alles ist nun hell und sichtbar, die roten Granitmauern, die sich vom mächtigen Kliff ausdehnen, das Tor mit tropfenden Moos behangen, grüner als Gras, die fantastischen Nischen mit ihren roten und grünen Flechten, die Blöcke auf dem Boden wie schwarze Gräber, schleimig durch die feuchten Küsse der salzigen Gezeiten. Man sieht die mächtigen Architrave (2) und Minarette und ein Teil der überhängenden Felsen, die wie ein ‚Dach' die Kathedrale teilweise überspannen. Die Männer bewegen sich wie Zwerge auf dem steinigen Boden, untersuchen die Winkel und Spalten in den Wänden, erforschen diesen und jenen Weg, aber keine Spur eines Lebenden. Mit jedem Schritt wächst die Gereiztheit Pipriacs, weil er sehr seinen Morgentrunk Brandy vermisst und die Gendarmen teilen seine Gereiztheit.

„Tous les diables!" schreit er, „man mag hierher kommen um Krabben oder Schellfisch zu fangen, aber ich sehe kein Versteck für etwas, was größer als ein Vogel ist. Die Flut füllt diesen verdammten Platz, wenn immer sie kommt, rundherum ist die Markierung höher, als ich mit der Hand reichen kann und als es für ein Versteck in den Wänden ausreicht, nur eine Napfschnecke könnte das, weil sie schlüpfriger als Gras sind. Es ist kein Deserteur hier. Marsch!"
„Stop!" sagt Mikel Grallon.
Pipriac dreht sich mit einem wütenden und finsteren Blick nach ihm um:
„Ewige Verdammnis! Was als Nächstes?"
„Sie haben nicht überall gesucht."
Pipriac stößt einen Fluch aus, sein einziges Auge funkelt in perfekter Raserei.
„Du bist ein Esel, wo überall sollen wir suchen, in Deiner Kehle, Fischer?"
„Nein", antwortet Grallon mit einem krankhaften Lächeln, „dort drüben, oben!" und er zeigt mit seiner Hand.
„Wo?"
„Oben im *trou!"*

Der große Altar der Kathedrale, welche wir für den Leser schon beschrieben haben, die aus einem lieblichen Vorhang aus Moos, welches das Kliff auf etwa fünfzig Quadratfuß bedeckt. Es schimmert mit seinen unzähligen Juwelen der Prismen und ständig wechselnden Tautropfen und genau darüber ist der dunkle Fleck auf welchen Marcelle mit Schrecken starrte, als sie mit Rohan vor dem Altar stand. Hoch wie die Galerie in mancher Kirche ist das *trou*, die Höhle, außerhalb der Reichweite des mystischen Wassers, fast unsichtbar abgelegen und zudem scheint sie unzugänglich.

Als Pipriac nach oben sieht, fliegt eine Schar Tauben auf und landet in der Höhle, sie kommen sofort wieder heraus, sie schwatzen und zerstreuen sich geschwind und entfernen sich über die Mauern der Kathedrale.
„Haben Sie das bemerkt", fragt Grallon mit gedämpfter Stimme.
Pipriac, der mit einem widerwilligen Ausdruck nach oben schaut, grollt und ist unliebenswürdig.
„Was, Fischer?"
„Die blauen Tauben. Sie fliegen in das *trou*, verlassenen es und kommen erneut zurück."
„Und dann?"
„Die Höhle ist nicht leer, das ist es."
Pipriac tut einen Ausruf und alle Männer schauen sich in Bestürzung einander an, während Grallon selbstgefällig und grausam in sich hineinlächelt.
„Aber es ist unmöglich", erklärt der Sergeant zuletzt, „schau! Die Mauern sind gerader als meine Hand und das Moos ist so glitschig und weich, kein

Mensch kann da klettern und von oben ist sie nicht zu erreichen, sieh wie die Felsen überhängen. Wenn er dort ist, ist er der Teufel und wenn er der Teufel ist, werden wir niemals Hand an ihn legen, verdammt!"

Sicher scheint es unglaublich auf den ersten Blick, dass ein menschliches Wesen die Höhle von oben oder von unten erreichen könnte – wenn es eine Höhle ist –, ohne eine Leiter oder ein Seil.

Mikel Grallon ist mit dem Platz gut bekannt und zeigt bald, dass der Aufstieg, obgleich übermäßig schwierig und gefährlich, aber nicht unmöglich ist. In der äußersten Ecke der Kathedrale, dicht am sogenannten Altar, ist das Kliff hart und trocken und hier und da sind Spalten, in denen ein Kletterer mit seinen Händen und Füßen Halt finden und so hinaufklettern kann.

„Ich sage Ihnen dies", sagt Mikel flüsternd, „ es könnte getan werden, denn ich sah es den Mann selbst tun. Sie müssen nur Zehenspitzen und Finger eindrücken, so...", hier illustriert er durch ein paar Yards kletternd, „und aufwärts geht es."

„Gut", sagt Pipriac grimmig, „ich sehe, Du bist ein geschickter Kamerad und verstehst den Trick. Führe den Weg und, bei der Seele des Kaisers, wir werden folgen!"

Mikel Grallon wird ganz weiß durch den Unfug und dem Ärger.

„Ich sage Dir nun wie wir folgen werden, wenn Du uns zeigst wie zu klettern ist. Verdammt! Denkst Du Alt-Pipriac ist blöd? Komm, vorwäts! Was Du weigerst Dich? Nun gut, ich tadel Dich nicht, denn wie ich schon sagte: Nur der Teufel kann hier klettern."

Er wendet sich seinen Männern zu und fährt in einer lauteren Stimme fort: „Nichtsdestotrotz werden wir die Vögel in Erstaunen setzen. Pierre richte die Waffe auf das *trou* drüben. Feuer!"

Der Gendarm zielt mit seinem Gewehr auf das dunkle Loch, weit über ihm und feuert. Da gibt es einen Knall, ein Aufruhr und der Widerhall unzähliger Echos und plötzlich, ganz oben, schweben unzählige Tauben, durch den Knall schreiend und aufgescheucht. Für einen Moment so scheint es, dass Felsen fallen würden und zwergenhafte Gestalten unten erschlagen würden.

„Noch einmal", sagt Pipriac und deutet auf einen anderen seiner Männer. Die Erschütterung wiederholt sich, weitere unzählige Mengen von Tauben schießen in den Himmel wie blinder Schnee und schreien ihren Protest, aber sonst gibt es kein anderes Zeichen.

„Man könnte sagen, der ganze Himmel käme gefallen", knurrt Pipriac, „bah, er ist nicht hier."

In diesem Moment, die Gendarmen, die noch eifrig nach oben schauen, stoßen einen Ausruf aus. Ein Kopf schiebt sich aus dem *trou* und zwei große Augen schauen nach unten. Dem Ausruf der Verwunderung folgt einer des Zorns und der Enttäuschung. Aber der Kopf ist kein menschlicher, sondern der einer Ziege, nichts anderes als unsere alte Freundin Jannedik, die mit ihren zwei Vorderläufen an der Kante der Höhle steht und ihr großes

einprägsames Gesicht schimmert weit oben im Morgenlicht und scheint den Grund für diesen unmanierlichen Tumult einzufordern. Mikel Grallon schluckt und schreit tausend Flüche zu dem unglücklichen Tier, während der Gendarm Pierre sein Gewehr spannt und zu seinem Sergeanten schaut, scheint man Jannedik eine Galgenfrist zu geben.
Aber Pipriac mit einer grimmigen Handbewegung bestimmt abzulassen. Und Jannedik in Ruhe zu lassen. Dann wendet er sich an Mikel Grallon und fährt spöttisch fort:
„So, das ist der Deserteur. Ein armer Teufel von einer Ziege, mit einem Bart und Hörnern. Sollte ich sagen, dass Du uns zum Narren gehalten hast? Verdammt! Das Biest lacht über Dich, ich kann ihre weißen Zähne sehen."
„Wenn das Vieh da drüben ist", antwortet Grallon ärgerlich, „so ist der Meister nicht weit entfernt. Wenn wir eine Leiter hätten! Sie würden sehen, Sie würden sehen!"
„Bah!"
Und Pipriac wendet Grallon im Ekel den Rücken zu und signalisiert seinen Leuten den Rückzug.
„Wenn er entkommt, dann sagt nicht, ich habe Schuld", sagt die leise Stimme des Fischers, „ich würde mein Boot wetten, meine Netze, alles was ich habe, dass er sich dort verbirgt und fürchtet sein Gesicht zu zeigen. Ist die Ziege nicht seine und was macht die Ziege in dem *trou*? Ah, ich sage Ihnen, Sie haben Unrecht, Sergeant Pipriac! Ich habe es Nacht für Nacht beobachtet und ich weiß gut, wo er sich versteckt und dann kam ich erst zu Ihnen. Ich machte nicht irgendetwas. So wahr ich ein lebender Mann bin, so sicher wie ich eine Seele habe, er ist dort drüben, oben im *trou!*"
Trotz der Heftigkeit und klaren und aufrichtigen Behauptungen, bewilligt Pipriac keine weiteren Erwiderungen. Er und seine Männer wenden ihre verdrossenen Gesichter zum Tor, als eine Stimme weit über ihnen sagt, in leisen klaren Tonfall, welche sie stutzen lässt und sie sich plötzlich herumdrehen und sie in Staunen versetzt.
„Ja, Mikel Grallon, ich bin hier."

Kapitel XXX

Eine Unterredung

Alle schauen nach oben und dort steht hoch über ihnen in der Öffnung der Höhle mit wirrem Haar und einen Bart, der in den vielen Wochen gewachsen ist, der Mann, den sie suchen – so zerschlissen und zerrissen, so wild und zerlumpt, dass nur die große Statur ihn erkennen lässt. Die Ziege ist verschwunden, entweder in die Höhle oder nach oben in die Spalten des

Kliffs und Rohan ist allein. Seine ganze Gestalt zeigt sich den Blicken seiner Verfolger. Er steht dort im Morgenlicht, mit seinem fast nackten Oberkörper, in seinem ruinierten Gewand, seines unbedeckten Hauptes, seinem entstelltem Gesicht und wie ein gejagtes Tier nach Luft keuchend, er zeigt Spuren einer großen geistigen Seelequal und physischen Leidens. Darüber hinaus hat er trotz des Leidens einen überlegenen Blick, sein Gesicht zeigt eine andere Leidenschaft, in lebhafter und gefährlicher Heftigkeit zu hassen und seine Augen, die auf Mikel Grallon gerichtet sind, sind brennend wie ein glühendes Feuer. Zuerst scheint es tatsächlich, als würde er sich selbst wie ein wütendes Tier jäh hinabstürzen, vornüber auf den Spion, aber so etwas würde den sofortigen Tod bedeuten, so groß ist die Höhe auf der er steht. Er bleibt am Höhleneingang, schnaufend und beobachtend. In seiner plötzlichen Bestürzung und Angst krümmt sich nahezu Grallon, während Pipriac und die Gendarmen zuerst zu verblüfft zu dieser Vision hinauf schauen, um etwas zu sagen.

„Heilige Jungfrau!" ruft Pipriac zuletzt, „er ist es", setzt dann mit einem grimmigen Nicken und mit einer hohen Stimme dazu, „so! Du bist also hier, mein Bursche!"

Rohan antwortet nicht, behält aber seinen Blick auf Mikel Grallon gerichtet. Pipriac setzt seine Rede ungeschickt fort wie einer, der die Peinlichkeit der Situation fühlt.

„Wir haben eine lange Zeit gewartet, aber nun sind wir froh, Dich zu Hause zu finden. Was machst Du da oben, so hoch in der Luft? Teufel, man könnte meinen Du könntest so gut fliegen wie ein Vogel! Nun, es ist keine Zeit zu verlieren und nun, da wir Dich fanden, wäre es fürs Erste besser herunter zu kommen. Komm, ergebe Dich! Im Namen des Kaisers!"

Nach diesen Worten ergreifen die Gendarmen die Gewehre und stellen sich in militärischer Reihe auf und schauen auf das *trou*, bereit auf Befehl des Kommandanten zu schießen. Die Situation ist angespannt, aber Rohan hebt bloß seine Hand, um seine Haare aus dem Gesicht zu streichen, lächelt und wartet.

„Komm, hörst Du", fährt Pipriac fort, „ich werde keine Worte verschwenden, merke es Dir, wenn Du zu lange zögerst. Das Spiel ist vorüber. Wir haben die letzte Trumpfkarte gegen Dich in der Hand und Du wirst ein wenig gewinnen, wenn Du aufgibst, hier wie ein Vogel in seinem Nest. Komm herunter, Rohan Gwenfern, komm herunter und ergib Dich, dass wir keine Zeit verlieren."

Die Stimme des alten strengen Offiziers hallt laut durch den Hohlraum zwischen den Mauern der Kathedrale und erstirbt erst zwischen den einzelnen Kliffs darüber. Unten sind alle im Schatten, aber oben an den Kliffs strahlt das kalte Licht wie an einem Spiegel und ein einzelner Sonnenstrahl, als wäre er von seinen Kameraden gelöst, glitzert rechts unten auf das unzugängliche *trou* und auf die Gestalt Rohans. So steht der Mann lichterhellt in all seiner Zerlumptheit und physischer Einsamkeit, das Licht berührt sein verfilztes goldenes Haar und sein Gewand und beleuchtet seine Füße, als wäre er ganz nackt.

„Was möchtet Ihr?" Fragt er mit einer hohlen Stimme.

Der jähzornige Sergeant ballt seine Faust.

„Möchtet? . . . Hört ihn! . . . Gut, Du Teufel, haben wir Dich nicht gesucht oberhalb und unter der Erde, bis unsere Seelen vom Suchen krank wurden? Es ist ein guter Witz, zu fragen, was wir möchten! Du lachst über uns, Fuchs der Du bist. Ergib Dich, ich wiederhole es! Im Namen des Kaisers!"

Dann schwingen die Gendarmen ihre Waffen und wiederholen: „Ergib Dich!"

Die Kathedrale wirft diesen Ausruf zurück. Nach einer Pause kommt die Antwort von oben in einer ruhigen und klaren, bestimmten Stimme:

„Ihr vergeudet Eure Zeit, ich werde niemals lebend gefasst."

Pipriac starrt in Verwunderung hoch. Nun, zum ersten Mal schaut ebenfalls Mikel Grallon hoch, noch mit dem Gefühl vor der Gestalt des gejagten Mannes rückwärts auszuweichen, das ihm noch furchtbarer scheint, als manches wilde Tier in der Bucht.

Der schwarze Eingang der Höhle ist nun erleuchtet und weit oben schweben Wolken von Tauben wie Schneeflocken im Morgenlicht, aber der Boden und die dachlosen Wände der Kathedrale werden niemals beschienen, außer die Sonne steigt in den Zenit, sonst sind sie vom goldenen Schein unberührt.

„Keinen Unsinn!" schreit Pipriac, „komm herunter! Komm, oder..." hier deutet der Sprecher blödsinnig auf die unerklimmbaren Mauern, „oder wir werden kommen und Dich holen."

„Kommt!" sagt Rohan.

Pipriac ist ein Mann, der, obgleich seine drohende und primitive Art und Weise eine gewisse gute Natur verbirgt, niemals ertragen konnte offen eigensinnig zu sein oder sich in eine lächerliche Position zu begeben. Und nun macht ihn die Verwirrung durch diese Haltung außergewöhnlich reizbar. An erster Stelle würde er viel lieber den Deserteur gar nicht gefunden haben und vor allem, er bemitleidet den Mann und erinnert sich daran, dass es der Sohn seines alten Freundes ist. Nun geht es ihm durch den Kopf, dass er durchaus mit außerordentlicher Sympathie und Nachsicht die ganze Verfolgung durchführt und hat dabei fast den Eindruck von Misstrauen und fehlendem Eifer erwecken können. Letztlich – und dieses Gefühl ist vielleicht das stärkste und vorherrschende im Augenblick – legt sich das Fehlen der Stimulanz durch den Likör, den er jeden Abend zu sich nimmt, bis seine Säufernase glüht, leidenschaftlich auf seine Stimmung. Er ist nun nicht in der Stimmung sich ärgern zu lassen, besonders von jemand, der so verrückt ist und sich selbst verrät. So entzündet sich Feuer bei ihm, durch Rohans Spott und entreißt einem seiner Gendarmen das geladene Gewehr und richtet es geschwind in die Höhe.

„Ich werde Dir eine Minute geben", so schreit er, „und dann, wenn Du Dich nicht ergibst, werde ich schießen. Hast Du das verstanden, Deserteur? Ein Entkommen ist nicht möglich. Sei kein Narr, weil ich meine, was ich sage, ich werde Dich von Deinem Nest herunterschießen, als wärst Du eine Krähe."
Nach einer Pause setzt er hinzu:
„Bist Du bereit? Die Zeit ist um!"
Rohan hat sich nicht von seiner Position gerührt, aber nun, mit einem sonderbaren Lächeln auf seinem Gesicht, steht er, auf seine Folterknechte herabsehend. Steht in dieser Weise, in seiner großen Gestalt voll zusehen, und präsentiert ein ideales Ziel für einen Schuß.
„Noch einmal, bist Du bereit? Im Namen des Kaisers!"
Schnell wiederholt Rohan seine kurze Antwort, ohne sich zu bewegen.
In diesem Moment blitzt es auf, ein Knall und Sergeant Pipriac hat gefeuert. Aber als sich der Qualm verzogen hat, sehen sie Rohan noch stehen, unbeschadet am Eingang der Höhle, gelassen nach untern schauend, als wäre nichts vorgefallen. Das Geschoß hatte flach den Felsen in seiner unmittelbaren Nähe getroffen.
Entweder Pipriac hat tatsächlich auf die Person gezielt oder er hat einfach die Waffe abgefeuert, um ihn einzuschüchtern, diese Frage kann nicht so einfach beantwortet werden.
Wenn die Einschüchterung sein Beweggrund war, hat er nicht mit seinen Männern gerechnet. Rohan Gwenfern ist die letzte Person in der Welt, die durch solche und ähnliche Mittel erschreckt und unterwürfig gemacht werden kann.
Kaum hatte sich herausgestellt, dass Pipriacs Schuß sein Ziel verfehlt hatte, haben alle anderen Gendarmen die Hähne ihrer Gewehre gespannt und sind bereit zu feuern, aber der Sergeant greift sofort ein, mit wütendem Knurren:
„Waffen ruhen lassen! Tous les diables, wer feuert ohne meinen Befehl wird es bedauern", dann schreit er noch einmal an Rohans Adresse:
„Gut, noch bist Du am Leben. Vielleicht bist Du nach allem vernünftig und kommst herunter und vertraust der Barmherzigkeit des Kaisers. Schau, ich verspreche nichts, aber ich will mein Bestes tun. In jedem Fall wird etwas für Dich getan, wenn Du heruntersteigst, Du kannst uns nicht entwischen, das ist sicher. Nun denn! Ich gebe Dir noch eine Chance. Welche könnte das sein?"
„Ich werde niemals Soldat!"
„Dafür ist es zu spät", sagt Mikel Grallon, der das erste Mal spricht und sich an Pipriac wendet:
„Sehen Sie, weil er ein Feigling ist."
Rohan, der jede Silbe hört, so klar und vernehmlich wird der Schall in den Kliffs weitergeleitet, schaut herunter zu dem Spion mit einem wütenden

Blick und es scheint noch einmal, ob er sich vorbereitet sich von der Höhe auf der er steht, herunterzustürzen. Er wendet sich an Pipriac:
„Ich sage Ihnen, Sie vergeuden Ihre Zeit. Vielleicht bin ich ein Feigling wie Mikel Grallon, aber eins ist sicher, dass ich niemals in den Krieg ziehen werde und dass ich mich niemals im Leben selbst aufgeben werde."
„Lebend oder tot, wir werden Dich bekommen – es gibt kein Entkommen."
„Vielleicht."
„Drüben sind meine Männer auf Wache, der Weg und dieser Weg, alle Wege sind bewacht. Darauf das Wort des alten Pipriac und gebe Dich als einsichtiger Mann – Du bist umstellt."
„Das ist wahr."
„Ha, ha, dann gib zu, dass ich zum Guten riet. Sehr gut! Wenn etwas Gottloses geschieht, dann sage nicht Alt-Pipriac hätte Dich nicht gewarnt. Komm her!"
Die Antwort von oben ist ein schneller krampfhafter Lacher, voll in der Aushöhlung erschallendem Lachen eines bitteren und verzweifelten Herzens. Sich über den Rand des Höhleneingangs beugend, deuetet Rohan hinaus zum Tor von St. Gildas und sagt:
Wenn ich umzingelt bin, so seid Ihr es. Schaut!"
Pipriac schaut sich unfreiwillig um wie es all die anderen Mitglieder der Gruppe tun. Der erste Mann, der die wahre Situation erfasst, ist Mikel Grallon, der, im Moment als sein Blick durch das Tor fällt, einen Fluch ausbringt-:
„Heilige Jungfrau, er hat recht, es ist die Flut!"
Tatsächlich, die See ist schäumend weiß schon bis hinter das Tor gekommen. Ein paar Minuten später und sie würden die Kathedrale erreichen und einen Rückzug unmöglich machen. Grallon stürzt vorwärts zum Tor und schreit:
„Folgt! Es ist kein Moment zu verlieren."
Aber Pipriac, der gereizt an eine Provokation denkt und seinen Kopf in der Gefahr niemals verliert, steht und schaut hinauf zur Höhle. Rohan aber ist nicht länger zu sehen.
„Teufel!" schreit der Sergeant, seine Fäuste gegen die Höhe nach oben schüttelnd, wo der Deserteur bis eben stand.
„Das macht nichts! Gib ihm eine Salve!"
In dem Moment, als die Gendarmen ihre Gewehre auf den Eingang der Höhle richten, gibt es eine furchtbare Erschütterung und Donner, widerhallend in der Ferne zwischen dem Kliff. Dann fliehen alle um ihr Leben.
Es ist höchste Zeit. Und als sie um die Landzunge kommen, welche zu dem sicheren Kiesstrand hinter der Kathedrale führt, müssen sie bis zu den Hüften im Wasser waten, weil die Flut ihren Höchststand erreicht hat. Der Rückzug ist entschieden schimpflich, aber ein bischen kalkuliert, um die Laune Pipriacs und seiner Truppe zu verbessern. Als sie schnellstmöglich an das trockene Land kommen finden sie unter der Leiter von St. Triffine, eine

große Versammlung aus dem Dorf, Männer, Frauen, jung und alt, die sich wartend unterhalten. Unter ihnen ist Alain und Jannick Derval mit ihrer Schwester Marcelle.
Marcelle konnte der furchtbaren Faszination dem Schlimmsten zuzusehen und zu erfahren, nicht widerstehen. So ist sie nahezu gegen ihren Willen mit den Anderen dorthin gegangen. Sie ist die Leiter herabgestiegen und findet die Flut rund um die Landspitze, die zur Kathedrale führt, ansteigend. Sie schleicht sich hinunter, lauscht angestrengt und als der Knall vom benachbarten Tor an ihr Ohr dringt, fragt sie sich, was diese Schüsse zu bedeuten haben? Hatten sie ihn entdeckt – kämpfte er um sein Leben oder haben sie ihn nieder geschossen? Während sie wartet ist Ihr Gesicht entstellt wie von einer ermordeten Frau. Mit den murmelnden Stimmen, rings um sie her kommt es ihr wie in einem Traum vor. Dann, als die Gendarmen mit den geschulterten Musketen watend um die Landspitze kommen, springt sie auf ihre Füße und als sie näher kommen, prüft sie eifrig ihre Gesichter. Andere sammeln sich mit eifrigen Fragen um sie. Aber Pipriac, nicht laut, aber deftig fluchend, drängt sich seinen Weg durch die Menge, gefolgt von seinen Männern, keiner von ihnen äußert ein Wort.

Mikel Grallon folgt ihnen, als er seinen Arm festgehalten fühlt. Er will den Griff wegstoßen, als er aber seitlich sieht, erkennt er Marcelle.
„Sprich, Mikel Grallon", sagt das Mädchen, ihre großen Augen brennen in einem unnatürlichen Licht, „was haben sie getan? Haben sie ihn gefunden? Ist er tot?"
Der ehrbare Mikel schüttelt seinen Kopf mit einem beruhigenden Lächeln.
„Er ist sicher – drüben in der Kathedrale von St. Gildas."
„In der Kathedrale?"
„Oben in dem *trou!*"
Es gibt ein allgemeines Gemurmel, obgleich die Worte nur an Marcelle gerichtet waren, haben einige aus der Menge die Nachricht gehört. Marcelle löst ihren krampfhaften Griff und Grallon geht an der Küste weiter, um sich wieder Pipriac und seinen Sateliten anzuschließen, der gerade in der Gruppe zu einer Besprechung steht.
Und nun, wie eine Quelle, die plötzlich aus ihren Gefängnis im Boden schießt, steigt die lange unterdrückte Liebe der Marcelle Derval wieder in ihrem Herzen empor. Alle Dinge sind vergessen, ausgenommen, dass Rohan lebt und dass er sich gegen eine überwältigende Zahl in einen schrecklichen Kampf eingelassen hat. Weder der Kaiser kam ihr in Erinnerung, noch der Fakt, dass es gegen den Kaiser ist und Rohan in Aufruhr steht. Es ist genug für den Augenblick zu fühlen, dass Rohan wieder auferstanden ist und mit ihm ihr alter leidenschaftlicher Traum. Nur wenige Stunden zuvor hatte sie sich wie ein Schatten bewegt. Irgend eine große Stimme in ihrer Seele rettete sie, dann kam Mikel Grallons Entdeckung – dann das Zetern und Schreien,

so dass sie wirklich kaum Zeit hatte, ihre Gedanken richtig zu ordnen und ihrem Haß ins Gesicht zu sehen. Die Verzweiflung hatte es leicht gehabt. Hoffnung, du schwache, wilde Hoffnung, was nun kommen würde, ist nicht so leicht. Sie wird still und der Tod ist inmitten der Kälte ihres großen Kummers, aber wenn das Licht kommt, die Winde und der Regen geschwächt sind, beugt sie sich wie ein Baum vor dem Sturm. Nicht ohne Stolz erinnert sie sich an die Stärke ihres Liebsten und ruft sich ins Gedächnis wie er es bisher bewältigt hat und erfolgreich gewesen ist. Er ist dort unbewaffnet, auf einer geringen Distanz, und ist seinen Feinden entkommen wie er ihnen schon oft entkam. Tatsächlich scheint ein Zauber über seinem Leben zu liegen und vielleicht liebt ihn der liebe Gott, trotz alledem!
Nach und nach, von Gruppe zu Gruppe setzt sich die Einsicht durch, dass Rohan Gwenfern sich selbst oben in der Höhle des Gildas verbirgt. Den schwarzen und schrecklichen Abgrund in welchen er einige Fuß tief sich rettete, verlässt er auch manchmal und dass er dort, Nacht für Nacht, sich vielleicht mit gespenstischen Geistern der Dunkelheit unterhält. Alle Leute wissen dass dieser Platz heimgesucht ist und kein Mann hier würde es wagen allein und mitten in der Nacht den sonderbaren Boden der Kathedrale zu betreten. Gehen dort nicht die Gespenster der gottlosen Mönche um, den unbarmherzigen Heiligen, der sie für immer in Ketten gelegt hat, stöhnend um Mitleid zu bitten? Ist nicht der ehrwürdige Heilige selbst gesehen worden, wieder und wieder, geisterhafte Nachtwache abhaltend, während die Abdrücke von seinen rutschenden Knien und die großen Kormorane sich still von den tropfenden Wänden auf ihn setzten?
Der Ort ist furchtbar und bösartig für die Lebenden bis in alle Zeiten. Er, der dort sicher verweilt, muß entweder einen unheiligen Pakt geschlossen haben mit dem Fürsten der Finsternis oder unter besonderem Schutz des Heiligen stehen. Einige finstere Pessimisten halten daran fest, dass Rohan seinen Körper und seine Seele an ‚Meister Robert' verkauft hat, der, ihrer Meinung nach, ihn über manche Gefahr sicher leitete und nun über ihn in seinem ‚Teufelsnest' oben im *trou* wacht.
Die Mehrheit aber ist geneigt zu denken, dass ein guter Geist, kein schlechter, die Gelegenheit wahrgenommen hat und dass dieser gute Geist möglicherweise der gesegnete St. Gildas selbst ist. Es ist eine starke antikaiserliche Tendenz zu spüren, die sich schnell wandelt in eine unmissverständliche Sympathie mit dem Deserteur und ein Glaube, dass er unter göttlichem Schutz steht.
Nach einer kurzen Unterredung mit seinen Untergebenen entscheidet Pipriac schnell einen Boten nach St. Gurlott für mehr Unterstützung zu senden und in der Zwischenzeit ein wachsames Auge an jeder Seite auf die nun überschwemmte Kathedrale zu haben. In einer Sache ist er sich sicher, das Entkommen außerhalb der Höhle ist unmöglich, so lange wie die Kliffs darüber und der Strand darunter bewacht werden. Es gibt keinen geheimen

Weg, welchen der Flüchtling nehmen könnte Er muß entweder nahezu jedes Risiko für sein Leben eingehen und rechts an der fast unzugänglichen Wand der Felsen herunterklettern oder muß in die See hinausschwimmen oder er muß den Weg um die Küstenzunge herum, den auch die anderen nutzen, nehmen. Weiter entfernt in Richtung des Dorfes, springt eine steile Landzunge vor, umgeben von jeder Seite zu allen Gezeiten von der See und ist ebenfalls unzugänglich.

„Er ist in der Falle", knurrt Pipriac, „und nur Gott oder der Teufel können ihn herauslassen!"

Kapitel XXXI

In der Höhle

Während seine Verfolger spekulieren und überlegen, wartet Rohan Gwenfern oben in seinem Versteck, macht keinen Versuch zu fliehen, was tatsächlich gegenwärtig unmöglich ist, was er weiß. Ab und zu lauscht er, aber das Einzige, was er hört, ist die hereinfließende See, die den gesamten Grund der Kathedrale bedeckt. Letztlich ist er für den Augenblick sicher, weil das Wasser verhindert, dass ein menschlicher Fuß ihn von dort erreichen kann. Er liegt in einer großen natürlichen Höhle, tief im Innern des Granitfelsens und durch die spärlichen Lichtstrahlen, die durch den schmalen Höhleneingang fallen, ist hier ein dämmriges Licht. Die große elliptische Wölbung, merkwürdig mit purpurnem Moos und schwarz-bedeckte undeutlich sichtbare Pilze behangen, während auf jeder Seite unten flechtenbedeckte Wände glänzen, die einer durchbrochenen Schnitzarbeit ähneln und glitzerndes Mosaik auf einem Block, den wir ‚Altar' nennen. Der Ort ist weit und schattig wie ein Gewölbe einer gebauten Kathedrale, so dass man seine exakte Ausdehnung nicht genau erkennen kann. Hier und da haben die Wände Spalten mit Wasserrinnsalen, die nach unten fließen und sich in schwarzen Lachen sammeln. Die Luft ist feucht und kalt und würde das Schicksal eines zartbesaiteten Mannes sein, aber Rohan trägt es mit der Natur eines abgehärteten Tieres. In einer Ecke der Höhle hat er trockenes Seegras dick als Bett ausgestreut, auf welchem er liegt. An einer Seite, dicht bei ihm, der Vogelfängerstab, ein Paar Holzschuhe und ein Stück Schwarzbrot, während in einer Wandspalte über seinem Bett ein schmaler einfacher Zinnleuchter angebracht ist.

Hier in der kompletten Einsamkeit und oft in totaler Finsternis, hat er viele Nächte verbracht, entweder es war zu still oder zu stürmisch zum Schlafen. Er kann gut mit solchen Schlupfwinkeln umgehen und seine kraftvolle Physis ist durch die schädlichen Einflüsse keineswegs beeinträchtigt. Die beständige Angst, die die furchtbare Situation mit sich bringt, hat tatsächlich noch keine bedeutenden Auswirkungen, er ist durchaus gänzlich unverändert geblieben. Aber auch ein Tier, das stark von Natur aus ist, wird nur noch Haut und Knochen sein, unter der Anspannung ständiger Angst und Verfolgung und so ist Rohan nur noch der Schatten seiner selbst – ein magerer, unglücklicher, gejagter Mann mit großen Augen, die aus einem blassen Gesicht mit unsagbarem Schmerz schauen. Seine Kleidung ist abgetragen, hat sich in traurige Fetzen verwandelt, durch die das nackte Fleisch schimmert. Sein Haar fällt in einer wirren und dichten Masse über seine Schultern. Sein Bart und Schnurrbart sind übermäßig gewachsen und auf seinen Armen und Beinen sind Schnitte und Quetschungen, die von gefährlichen Stürzen herrühren. Ein Fuß ist geschwollen und teilweise unbrauchbar, ein Fakt über welchen sich seine Verfolger sich hämisch freuen würden, deswegen verlässt ihn praktisch seine Kraft und es ist unmöglich bei seinen Ausflügen zwischen den Kliffs weit zu gehen, wenn sich die Gelegenheit bietet.

Mikel Grallon vermutete, dass Rohan seinen täglichen Lebensunterhalt der heimlichen Hilfe seiner schwachen Mutter schuldet.

Zwei oder dreimal in der Woche kam Mutter Gwenfern heimlich in die Nähe, brachte solche Lebensmittel, die sie in der Lage war selbst herzustellen, diese hat sie heimlich ihren Sohn gebracht oder legte sie oft mit vorher verabredeten Signal an ihr bekannte Orte oder ließ sie von der Spitze des Kliffs aus, ihm zu seinem Versteck hinunter.

Ohne diese Hilfe wäre der Mann möglicherweise verhungert, denn es ist physisch unmöglich, einzig von Schellfisch und Rotalgen zu existieren, die er in seiner Behausung findet oder an der See sammelt. Er ist nicht allein in der Höhle. Die Ziege Jannedick durchwandert sie bequem hin und her, immer in vorsichtiger Distanz zur Höhlenöffnung, von welcher letztens so alarmierende Gewehrsalven kamen. Von Zeit zu Zeit kommt sie ganz dicht zu ihm und reibt ihren Kopf in seiner Hand, als ob sie eine Erklärung sucht für die außergewöhnliche Situation, die gerade stattfindet. Die Besuche Jannedicks im Versteck ihres Herrn sind unregelmäßig. Sie hatte ihn erst während des Herumstreifens aufs Gratewohl wie es ihre Gewohnheit ist, durch Zufall zwischen den Klippen entdeckt, dann einmal bekannt, besucht sie ihn häufig und nun vergeht selten ein Tag ohne ihren Besuch. Ihr Kommen und Gehen wurde zu einem aufregenden Ereignis, wenn sie bei Rohan erscheint, fühlt er sich nicht so einsam, sie hat unbekannte wilde Wege ein menschliches Herz zu beruhigen. Das ist aber nicht alles.

Manche geheime Nachricht, verborgen im dichten Fell der Ziege,   befördert sie vom Flüchtling zu seiner Mutter in das Landhaus.

Nach mehr als einer Stunde, seit Pipriac und die restlichen aus der Kathedrale flohen, steht Rohan von seinem Sitz auf, geht nach draußen an die frische Luft beim Höhleneingang. Alles ist total still, das grüne Wasser füllt den Boden der Kathedrale, bedeckt alle wildbewachsenen Kammern, eine Robbe schwimmt immer rundherum und versucht einen Landungsplatz entlang der Wände zu finden. Dort stehend fühlt sich Rohan wie zwischen Wasser und Himmel schwebend. So weit hatte er eine gewisse Befriedigung zu widerstehen gehabt, was so mancher Mann nicht für möglich hielt. Schwach und allein, war er gegen den Kaiser aufgestanden – hatte ihn offen und unbedenklich herausgefordert und hat mit aller Kraft und zu Gunsten der Elemente der Natur abgeschworen. Er hat zur Erde geschrien: Verbirg mich! Und zur See: Bedecke mich! Und er hatte nicht umsonst geschrien, wahrlich, er hat in diesem Kampf gelitten wie alles in einer Revolte leiden muß. Aber soweit ergaben sich keine besonderen schlimmen Folgen aus der Haltung, die er einnimmt, abgesehen von seinen eigenen unschönen Erfahrungen. Er hat sicher dem Befehl seines Gewissens gehorcht, für sich selbst und seitdem für immer, dies war die wahre Stimme Gottes.

Gerade in diesen Stunden der Dunkelheit und äußerster Not ist Marcelle Derval ihm beides: Schmerz und Trost. Ein Schmerz, weil er befürchtete sie liebt ihn nicht länger, dass ihre Sympathie seinem Feind gehört, dass sie glaubt, dass er von einem guten Weg nun abtrünnig geworden sei, ein Verräter und Feigling – ein Trost, weil er sich an all das erinnert, was sie für ihn ist. Nacht für Nacht, leidenschaftlich und liebend wie früher, kommt sie im Traum zu ihm. In manch einer einsamen Stunde, wenn keine Seele in der Nähe war verweilte er lange im Zentrum der Kathedrale und ihm gingen die Details dieses göttlichen Tages durch den Kopf, als er ihren Arm ergriff und ihre Jungfräulichkeit auf seinem Mund spürte. Einsamkeit war für ihn eine süße Gesellschaft, wenn er sich ihre Partnerschaft im Geiste vorstellte. Er sah sie dann als kleines Kind, mit ihm Hand in Hand entlang den Sandwegen des Dorfes gehen oder als glückliches Mädchen mit ihm auf einsame Felsen kletternd, ihn beobachtend wie er Kliffblumen und die Eier der Seevögel sammelte oder als ein frommes Mädchen an seiner Seite kniend vor dem Altar der kleinen Kapelle von Notre Dame de la Garde. Solche glücklichen Erinnerungen sind heilige Momente, die die Erde zum Himmel machen. Er hat sie verloren, das ist klar. Er hat das Los des Ausgestoßenen der Erde gewählt, wie Esau, der sich weigerte die weltliche Rechtsprechung anzuerkennen, der ein eigenes, gefährliches Dasein auf Kosten der Familie, der Kaste führte, aber im Frieden mit Körper und Geist, Sympathie und sozialer Ehre.
Er leugnet seinen Gott und seinen Kaiser. Der Kaiser scheint allmächtig, während Gott ihm nichts anderes übrig läßt, als sich in diese Schlechtigkeit zu fügen. So weit entfernt ist der Glaube in die göttliche Ordnung der Dinge, dass er ihn längst aufgegeben hat. Sein einziges Vertrauen setzt er nun in die Natur und in sein eigenes Herz, schlimmstenfalls konnte er sterben.

Mit jeder Stunde und jedem Tag, den er darüber nachdenkt, vertieft sich sein Haß gegen den Krieg, die Rechtfertigung seines Widerstandes scheint unbedingter. Gerade, wenn gefahrlose Unterwerfung denn möglich gewesen wäre unter der Bedingung, dass er sein Unrecht eingesehen hätte und in die große Armee nach Napoleons Willen eingetreten wäre, hätte er Widerstand geleistet mit eben mehr Hartnäckigkeit als zuerst, dafür war er ein Mann, dem die Ideen wachsen, sich vermehren und die Kraft bestärken für diesen geheimen Willen. Mit seiner moralischen Gewissheit vertieft er den physischen Abscheu.
In der Dunkelheit der einsamen Höhle beschwört er Phantome des Schlachtfeldes herauf, als wären die unterschiedlichen Menschen auf den blutroten Feldern der Hölle. Das alles hat er gelesen, all das hatte er sich bildhaft vorgestellt und gefürchtet, es nahm fühlbare Gestalt an und es bewegt sich an diesen sonnenlosen Wänden hin und her. Grausige Gespenster und Umrisse einer allzu schrecklichen Realität, die von Zeit zu Zeit kommen, lähmen sein Herz mit Verzweiflung und Sorge. So dass wir nun nach all dem feststellen, er ist in einem gewissen Sinne des Wortes ein Feigling, fähig die befangene Demütigung von Feiglingen zu fühlen. Er hat scharfe und feine Sinne und kann in seiner Höhle die schicksalmäßige Spur, welche man in Schlachthäusern findet, wo die Rinder geschlachtet werden sowie auf den Kampffeldern, wo Männer Schlächter sind, nachvollziehen. Er kann die Schreie der Verwundeten hören, die die kalte Hand des Todes halten. Er ist sich des Weinens und Wehklagens der Witwen und der Waisen bewusst. Er erblickt die brennenden Spuren, die die Kriegsschlange hinterlässt, wo immer sie entlang kriecht, das Blut und die Tränen, das Feuer und den Rauch, die in den Himmel steigen.
Mit mehr als eine poetische Vision – mit dem Zauber einer lebendigen Vorstellung, hervorgerufen durch tiefe persönliche Furcht, konnte er diese Dinge *sehen* und *hören*. Jeder Mensch trägt seine eigene Hölle in der Brust und diese hier ist Rohan Gwenferns.

In der Zwischenzeit, ist die Flut an den Wänden der Kathedrale hoch gestiegen und es glänzt, glatt wie Gras und grün wie Malachit, nun beginnt sie wieder zu sinken und durch das Tor hinauszufießen. Rohan steht und beobachtet es vom Höhleneingang aus, während es tiefer und tiefer sinkt, bis ein Mann auf dem sandigen Boden hüfttief hindurchwaten kann. Teilweise werden die großen bewachsenen Felsblöcke und Granitsteine sichtbar und ein bestimmter Raum unmittelbar unter der der Höhle ist trocken gelegt. In dieser Weise dastehend kalkuliert Rohan seine Chancen: Ein Aufstieg ist sicher möglich, aber äußerst schwierig und darüber hinaus im hohen Maße gefährlich: sicher unmöglich für einen Mann, der mit einem Gewehr oder anderen schweren Waffen beladen ist. Es könnte sich auch

nicht mehr als ein Mann nähern, das ist sicher. In einem Wort Rohans Position ist offensichtlich uneinnehmbar, solange er wachsam ist.
Jetzt kommt Jannedik aus der Höhle und beginnt schnell nach oben zu klettern. Ihr Pfad ist bis zu einer Distanz leicht, es ist der gleiche Pfad über welchen Rohan letztens abgestiegen war, aber als sie einen bestimmten Punkt überschritten hat, muß sie springend auf einer sehr steilen Wand weiter. Zuletzt, ohne einmal auszugleiten, entfernt sie sich wie ein Vogel daninschwindend in den Himmel.
Der Himmel hat sich wieder verdunkelt und ist mit dichtem Nebel bezogen. Der Regen von der See her, schlägt erbarmungslos gegen das Kliff, vertieft das nasse Rot der Granitsteine und leuchtet auf im nassen Schimmer in ihren grasbewachsenen Spalten. Er fällt nun auch schwer auf Rohan, aber er bemerkt es kaum, er ist wasserfest, weil es ein warmer Regen ist. Langsam, ruhig, ganz geschützt vor dem nassen Wind, welcher draußen bläst, ebbt die See weiter in der Kathedrale ab, bis zuletzt alles durch das Tor entschwindet und nur die glitzernden Wände und Felsbrocken davon zeugen, dass das Wasser kürzlich noch hier war. Die See schlägt Wellen, der Regen fällt und der Wind stöhnt, während Rohan wartend dasteht und beobachtet. Jetzt hört er einen anderen Klang schwach zu ihm durch das Tor herangetragen. Menschliche Stimmen! Seine Verfolger sind zurück.
Und die Geräusche kommen näher und näher, er kehrt zurück in die Höhle.

Pipriac und die Gendarmen kehren nicht allein zurück. Neben Mikel Grallon kommt ein Schwarm Dorfbewohner mit, Männer und Frauen, erregt und erwartungsvoll. Von Zeit zu Zeit wendet sich der Sergeant an sie, um sie mit Strenge zurückzutreiben, aber, nachdem sie einige Yards zurückbleiben, sind sie im nächsten Moment wieder nahe. Pipriac tut nichts, weil er in der Minderheit ist und sie drei oder viermal so viele. So langt er mit seinen Männern wieder in der Kathedrale an. Die Menge, schnatternd und herumzeigend, blockiert das Tor und füllt teilweise die Kathedrale

Durch die Dunkelheit in der Höhle, selbst unsichtbar, erblickt Rohan dieses Bild, lehnt sich aus der Ausgangsöffnung, bleibt aber in der Dunkelheit. Er schaut auf die zwergenhaften Gestalten unter ihm. Pipriac und die anderen gehen langsam vor zum Altar wie viele Zwerge. Ihre Bajonette glitzern, ihr Stimmen murmeln, dann die Dorfbewohner in ihren besonderen Kleidern in vielen Farben, schauen verwundert und in furchtsamer Erwartung.
Plötzlich hüpft sein Herz und er wird blaß wie ein Geist, weil er, abseits stehend, einige Yards vor der Gruppe der Dorfbewohner Marcelle erkennt, die aufwärts blickt. Er kann ihr blasses Gesicht sehen und ihren gelben Mantel, kann er ihre Ausstrahlung fühlen?

Oh, Gott, ist sie mit seinen Verfolgern gegen ihn verbunden? Ist sie gekommen sein Unglück und Entwürdigung mit anzusehen, vielleicht seinen Tod? Krank von solchen Gedanken, übertreibt er seine schmerzvolle Sicht auf sie, alles in der Heftigkeit seiner Erregung vergessend. So schaut ein wildes Tier, wenn die furchtbaren Jäger ganz dicht heran sind. Und nun, oh Pipriac, zum Geschäft, aber sie sind Viele gegen Einen und der Kaiser ist ungeduldig, die Angelegenheit seines Empörers zu erledigen, dass man ihn zur Abschreckung und als leuchtendes Beispiel für die ganze Herde macht! Schießt ihn nieder, oh Pipriac, der Fuchs holt ihn von seinem Versteck, aus seinem Bau ans Tageslicht, scheue nicht, sondern fasse ihn lebend, um ihn voll und geziemend zu bestrafen! Es ist zwecklos hier mit Deinen Schergen zu stehen, mit so vielen aufwärts starrenden Hälsen, als ob der Deserteur vor Deine Füße fallen würde!

Nun, das ist es exakt, was Pipriac tut, je mehr er starrt und glotzt, desto mehr verwirrt wird er. Wenn einer ein Vogel oder eine Fliege wäre, ja, oder eine Schnecke, der könnte dort in die Höhle hinauf klettern, aber ein Mensch und mehr noch ein Mann, nicht so sicher auf seinen Beinen stehend, erachtet Pipriac es für richtig , das für unmöglich zu halten. Nichtsdestoweniger, er stellt seinen Kameraden und bemerkenswerten Mikel Grallon, die Ausführung dieser verlorenen Hoffnung anheim, aber ohne Resultat, außer gemurmelte Verweigerung und empörte Blicke. In der Zwischenzeit wächst seine Befürchtung, weil er glaubt die Dorfbewohner werden über seine Niederlage lachen. Die Heldentaten unmöglich findend, flüchtet er sich in Worte.

„Heda, Deserteur! Bist Du hier? Teufel, hörst Du mich? Achtung!"
Es gibt keine Antwort, außer den Echos, die von Kliff zu Kliff zurückgeworfen werden.
„Verdammt!" schreit der Sergeant, „er wird schon gegangen sein."
„Das ist unmöglich", sagt Mikel Grallon, „außer er ist ein Geist, er ist noch hier."
„Und wer zum Teufel sagt, daß er *nicht* ein Geist ist?" knurrt Pipriac, „Fischer, Du bist ein Esel, trete zurück. Wenn wir eine Leiter hätten, würden wir es tun, verdammt! Wenn wir nur eine Leiter hätten."
Und er schreit erneut so laut er kann:
„Deserteur! Nummer eins! Rohan Gwenfern!"
Aber es kommt keine Antwort, keine Bewegung, Kein Ton.
 Die Dorfbewohner schauen sich an und lächeln, während Marcelle sich bekreuzigt und betet.

Kapitel XXXII

Eine Miniaturbelagerung

Es ist notwendig das Jahr dieser Ereignisse zu präzisieren. Als die Fischer die denkwürdige mitternächtliche Vision in der Katherale hatten und die lebende Gestalt Rohans und Jannedik die Ziege als St. Gildas und den Teufel missverstanden, war es gerade nach dem Junifesttag. Manche Wochen verstrichen, während Mikel Grallon heimlich auf der Spur des Flüchtlings war und nahezu drei ganze Monate waren vergangen, bevor er tatsächlich die ganze Wahrheit aufdeckte, dass Rohan lebt und sich in der großen Kathedrale verbirgt. So dass es nun genau Ende September 1813 ist.
Eine denkwürdige Zeit, draußen in der sturmgepeitschten Welt, als auch hier im verlassenen Kromlaix. Andere Zeiten werden es ändern, weil sie kommen und gehen in erschöpfender Wiederholung wie an der Seeküste. Unbekannte Stürme werden sich sammeln und das kleine Kromlaix wird wissen: Nein, wird sich versammelt haben, wird bersten nun rund um die Gestalt des einen Kolosses der die Welt durchschritt.
Am Rhein hatte Napoleon, angesichts der sehr zahlreichen, sich rächenden Hausherren, halt gemacht und er hob seinen Finger, wie König Canute der Ältere und schreit: ‚So weit und nicht weiter' – und zu seinem Wunder brüllen die Wellen noch und die Flut steigt noch an und die lebenden Wasser umspülten blutrot seine Füße. Würde er untergehen? Wird sein gottloser Genius zuletzt versagen?
Dies sind die kritischen Fragen des Herbstes 1813.
Alle Welt ist gegen ihn, nein, die Welt und die See und der Himmel. Außerdem war er vor all dem friedlich und könnte es wieder sein, sein Wort ist noch machtvoll, dies zu beschwören. Seine Gegenwart ist eine göttliche Eingebung, sein Schatten ist ein Wunder und ein Schicksal. Er könnte gewinnen, und dann? Warum blieben nur Wenige übrig, als auf der gemeuchelten und blutenden Erde zu sterben? Aber, oh weh! Sie konnte nicht mehr ertragen!
Unsere Sache ist es nicht, die Bewegung der großen Armeen zu beurteilen, nur den Gang dieser elementaren Kräfte, gegen welche die Offenbarung dann kämpft, unser Bild soll den Mikrokosmen enthalten, nicht den Makrokosmos, außer das Eine fließt in das Andere. Wie ein Kritiker Haeckel die Masse von millionen Kritikern repräsentiert, die offenbar den Meeresgrund bedecken, oder sich entwickeln von einem unsichtbaren Fleck. Kein humanistischer Schriftsteller kann die Schrecknisse des Krieges beschreiben, er kann nur die individuellen Seelenqualen beschreiben, jede von ihnen bringt die Wahrheit näher nach Hause, als irgendwelche Zahlen der Generalitäten.
Und wie wir als Chronisten das Beste in unserer Macht stehende tun eine Miniaturbelagerung zu beschreiben, beginnend zu versichern, dass sie den

Geist aller Belagerungen repräsentiert, wie auch immer breit gefächert in ihren Abstufungen, wie immer erweitert durch endlose Möglichkeiten im Kleinen.

Und nun, oh Muse, führe einen Schriftsteller im Feuer der weiteren unbezähmbaren Taten des Pipriac, wie zuletzt, mit der feuerroten Nase, die er in die Luft erhebt, er sammelt seine kriegerischen Kräfte zusammen. Wenig Erbarmen ist in seinem Herz für das Geschöpf, das er verfolgt. Sein einziges Trachten ist ein grausamer Sieg. Seine Stimme ist erstickt, seine Augen sind durch Zorn und Blutdurst dämmrig. Er, Pipriac, Kommissar und Repräsentant des Kaisers, ist herausgefordert und in der Bucht durch einen einzigen Bauern gehalten, unbewaffnet wie ein Fuchs in seinem Bau! Durch einen elenden Deserteur, der sich offen weigert für dieses Land zu kämpfen, der ein Chouan und ein Feigling ist, auf dem ein Kopfgeld ausgesetzt ist.
Es ist völlig unglaublich und nicht zu ertragen.
„Auf, irgendjemand von Euch und zerrt ihn hrerunter! Andre, Pierre, Hoel, klettert! Tous les diables! Ist hier kein Mann unter Euch – nicht ein Geschöpf mit einem Herz eines Vogels? Ha, wenn Pipriac nicht alt wäre und nicht so wacklig auf den Füßen, würdest Du Deine Lektion bekommen, Schuft der Du bist."
Angestachelt durch die Flüche seines Vorgesetzten, zieht Pierre seine Schuhe aus, nimmt sein Bajonett zwischen seine Zähne und beginnt zu klettern. Die Felsen sind lotrecht und schlüpfrig, aber dort sind Spalten für Hände und Füße. Pierre klettert und wird von allen anderen lebhaft beobachtet. Plötzlich rutscht sein Fuß aus und er fällt mit einem Stöhnen herunter. Glücklicherweise war er noch nicht sehr hoch und außer ein paar Beulen und kleinen Wunden ist ihm nichts passiert. Nun ist es Andre's Sache. Andre', ein dunkler, mit vorstehenden Augenbrauen wie ein entschlossen schauender Hund mit kräftigen Beinen und kräftigen Händen. Er findet schneller als Pierre seinen Aufstieg. Fuß für Fuß, das Bajonett zwischen den Zähnen, kommt er höher. Es wird kein Wort gesprochen, es ist kaum ein Atemzug zu hören. Er ist halb hoch, klettert in den unsicheren Felsen mit Fingern und Zehen wie Katzenpfoten und hat Katzenentschlossenheit in seinem Gesicht, als plötzlich einer einen Schrei ausbringt und nach oben zeigt. Andre schaut ebenfalls nach oben und dort, ausgestreckt über ihm sind zwei Arme und in beiden Händen ruht ein enormes Stück Felsen. Ein weißes mörderisches Gesicht starrt über ihm – das Gesicht Robert Gwenferns.
Es wäre ein Leichtes nun den Deserteur abzuschießen, aber was wäre dann mit Andre'?
Der Stein würde herunterfallen und ihn mitreißen. Andre' tut unter diesen Umständen das Beste: Er klettert abwärts Hand für Hand schneller als beim

Aufstieg. Unterdessen, als er wieder auf dem Kiesboden steht, sind die Arme oben verschwunden.

„Verdammt", schreit Pipriac, „dann meint er zu kämpfen!"

Ja, für Pipriac ist es sicher, es ist unbestritten, dass der Wurm sich ändert und dass eben unschuldige Dinge schrecklich werden, wenn sie ums Überleben kämpfen. Dieser Mann wird noch schuld sein, wenn er das wird zu dem man ihn macht – ein mörderisches und mordendes Tier, trotz all der gütigen Liebe und Mitleid in seinem Gemüt – und hauptsächlich mit nur einem Gedanken: das Besiegen und Vernichten dessen, was ihn besiegen und vernichten will – welche Gedanken mögen in der ganzen Zeit zu wildem Blutdurst und entsetzlichen Hunger auf Rache geführt haben. In jedes starken Mannes Herz ist auch ein Teufel, hüte Dich davor ihn *hier* zu erwecken!

Eine weitere Salve, die auf ein wütendes Signal des Sergeanten in das Eingangsloch der Höhle gegeben wird, ist nur Vergeudung von Munition. Die Schüsse prasseln an die Spitze des trou und fallen herunter, wo Rohan noch steht. Die Kliffe stöhnen, die Dorfbewohner beginnen ein verängstigtes Gemurmel, dann tritt Stille ein. Weitere Versuche zu klettern folgen, sind aber erfolglos. Einmal fiel ein loser Felsbrocken herab und Andre, der gerade wieder kletterte, konnte gerade noch zur Erde und zur Seite springen. Flüche und Drohungen werden zur Höhle gerichtet. Pipriac stößt schreckliche Verwünschungen aus. Schüsse werden wieder und wieder abgefeuert, aber alle verfehlen ihr Ziel. Rohan ist über seinen Bewachern. Die Belagerung scheint ernst zu werden. Die Sonne geht unter und nichts ist passiert. Die Situation scheint tatsächlich verfahren zu sein. Der Regen fällt mehr oder weniger den ganzen Tag und jedermann ist durchnässt und aufgeregt. Die Gruppe der Dorfbewohner, unter ihnen Marcelle, schauen weiter zu, in bestürzender Zufriedenheit, dass die Bemühungen der Gendarmen in jeder Phase durchkreuzt wurden. Nun, die Flut nähert sich erneut dem Tor und alle müssen sich jählings zurückziehen, das Militär mit einem aurevoir der Drohung und Schelte, dann ist die große Kathedrale leer und alles ist still.

Aber wer ist das, schleicht hinter dem Rest vom Altar hervor, wendet das weiße Gesicht aufwärts und ruft stöhnend den Namen des Deserteurs:

„Rohan! Rohan!"

Es gibt keine Antwort. Sie steht mit erhobenen Armen, Tränen laufen über ihre Wangen.

„Rohan, sprich mit mir! Oh Gott, kannst Du nicht hören?"

Noch ist es still, sie wendet sich traurig um und geht durch die dunkle Kathedrale und folgt den Anderen aus dem Tor. Sie ist noch rechtzeitig, aber an dem vorgelagerten Felsen ist das Wasser schon knietief durch das sie watet.

Ja, er hatte gehört, lag dort auf seinem Bett aus Gras, er hatte die Stimme gehört und spähte nach unten, selbst in der Dunkelheit, hatte er das mitleiderregende Gesicht, das er liebt, gesehen, das zu ihm heraufschaut. Er hatte kein Herz zu antworten, ihr Gesicht schockte seine Seele schmerzvoll, wie eben die elenden Gesichter seiner Feinde, aber die Aufregung des Tages machte ihn hart, argwöhnisch und misstrauisch, auch ihr gegenüber. Er sah sie weggehen, schaute ihr mit Schmerz nach und war in dumpfer Verzweiflung wie in einem Traum. Als sie verschwunden ist, wirft er sich auf sein Bett und weint. Oh diese Tränen eines starken Mannes – pressen Nässe heraus wie aus einem Stein, wie aus Eisen. Vergossen nicht aus Bedauern, nicht aus Selbstmitleid, sondern aus reinem Herzschmerz. Mit der Erscheinung ihres Gesichts wurde ihm bewusst, was er alles verloren hatte, all die Liebe und den Frieden, den er beinahe gewonnen hatte: die Gewissheit dessen, was er nun ist, der einmal so stark und froh war. Das Wissen über sein beinahe sicheres Schicksal und war nicht das unvermeidliche Ziel bereits auf seine Stirn geschrieben?
„Marcelle! Marcelle!"
Der Name verklingt in der Leere der Höhle und Stimmen antworteten ihm wie Schreie aus seinem eigenem Herzen und all seine Kraft ist gebrochen.
Die Nacht bricht herein und findet ihn erschöpft. All die Nächte waren in Frieden vergangen, aber er weiß gut, dass bei ständiger Beobachtung würde man ihn außerhalb der Kathedrale fassen. In keinem Fall würde er sich bewegen, denn kein anderer Platz ist so sicher und sein Fuß schmerzt noch. Er bleibt in totaler Dunkelheit, ohne irgendein Licht. Er hört die Tauben zu ihren Schlafplätzen kommen und er sieht die Fledermäuse hinein und herausgleitet gegen den trübblauen Schimmer am Höhleneingang und harmlose lebende Geschöpfe krabbeln über ihn, als er so liegt. Gegen Mitternacht, als die Ebbe ist, wartet er angespannt, aber niemand kehrt zurück. Ein kalter Mond geht auf und bescheint die Kathedrale und bescheint weit draußen mit einer silbernen Spur die See. Nun bewegt er sich erst selbst und arbeitet, um sich auf seine Feinde vorzubereiten. Auf dem Boden verstreut sind manche losen Felsstücke, die sich im Laufe der Zeit selbst von dem Kliff losgelöst hatten. Diese trägt er zum Höhleneingang, stapelt sie mit Gewandtheit übereinander, um sie über den Rand wälzen zu können, wenn ein Angreifer von unten versucht heraufzuklettern. Manche geschleppt, andere gerollt, ab und zu rutscht einer über die Kante, weil er ihn vor Schmerz nicht mehr halten kann und stürzt auf den Strand hinunter. Er arbeitet einige Stunden und es ist keine leichte Aufgabe. Manche der Steine sind schwer genug, durch ihr eigenes Gewicht beim Fallen einen Ochsen zu zerschmettern. Als es getan ist, hat er blutige Hände, durch die Schnitte von den scharfen Kanten der Steine.
Zuletzt, als das Wasser der Flut wieder zurückkehrt, legt er sich auf sein Bett und schläft.

Als er erwacht ist voller Tag, das Mundloch der Höhle ist hell und ein undeutliches Gemurmel dringt an sein Ohr. Er stutzt und lauscht.
Eine laute autoritäre Stimme ruft ihn bei seinem Namen. Er robbt vor zum Höhleneingang, nun teilweise behindert durch die aufgeschichteten Felsbrocken und Steine, späht er vorsichtig über den Rand und sieht unter sich eine Gruppe Männer auf dem steinigen Strand stehen. Nahezu alle von ihnen sind in Uniform und tragen Bajonette, während in ihrer Mitte, seinen Namen rufend, ist ein großer grauhaariger Mann in halb militärischen Kleidern, den er als Bürgermeister von St. Gurlott erkennt.
Der Bürgermeister, ein Papier in seiner Hand haltend, ruft wieder laut seinen Namen. Nach einem Moment des Zögerns antwortet er:
„Ich bin hier!"
Da gibt es ein Stimmengemurmel und ein Aufblitzen der Waffen, dann sagt der Bürgermeister:
„Ruhe! Gwenfern, kannst Du hören?"
„Ja."
„Du kennst mich?"
„Ja."
Die Antworten sind deutlich gegeben, aber Rohan ist vorsichtig und hält sich total bedeckt.
„Du warst gezogen zur Aushebung Anfang des Sommers und Dein Name war der erste auf der Liste. Erbärmlicher Mensch, Du wurdest entdeckt. Wie jeder, wird der, der seinem Land in der Stunde der Not nicht dient, verfolgt, es gibt keine weitere Chance zu entkommen. Warum beharrst Du noch auf elenden Widerstand? Im Namen des Kaisers, ich bitte Dich, ergebe Dich."
Keine Antwort
„Du hörst mich? Bist Du noch widerspenstig? Hast Du nicht ein Wort für Dich selbst zu sagen? Keins?"
Nach einem Moment der Pause antwortet die Stimme aus der Höhle:
„Ja, eins."
„So sprich dann!"
„Wenn ich mich ausliefere wie Sie es wünschen, was dann?"
Der Bürgermeister zuckt mit den Schultern.
„Sie werden schießen, natürlich, als Warnung für andere."
„Und wenn ich mich weigere?"
„Warum, dann wirst Du auch tot sein, aber wie ein Hund. Es gibt nur ein Gesetz für Deserteure – ein Gesetz und kurzen Prozess. Nun, verstehst Du?"
„Ich verstehe."
„Um Ärger zu vermeiden, wirst Du Dich ergeben?"
„Nicht so lange ich lebe."
Der Bürgermeister, faltet sein Papier zusammen händigt es Sergeant Pipriac mit einer Geste aus, die sagt: 'Ich habe meine Pflicht getan und wasche meine Hände in Unschuld!'

Ein langes Gespräch folgt an dessen Ende der Bürgermeister finsteren Blickes sagt:
„Der Rest liegt in Deinen Händen und es sollte leicht sein, er ist nur ein Mann, während sie viele sind. Ich lasse es bei Ihnen, Sergeant Pipriac – er muß genommen werden, tot oder lebendig."
„Das ist leichter gesagt, als getan", sagt Pipriac, „es ist mehr als ein Menschenleben wert, hier hinaufzuklettern und ohne Leitern kann nur immer ein Mann hinaufsteigen."
Der Bürgermeister, ein blaß aussehender Mann mit fürchterlichen grauen Augen und unbarmherzigen Mund, denkt nach, er ist grimmig.
„Es ist ein gefährliches Beispiel, Sergeant Pipriac, zu allen Risiken wird er zurückgreifen. Sind denn keine Leitern im Dorf?"
„Ach, m'sieu", antwortet Pipriac, „wenden Sie ihren Blick hinauf zu Höhlenöffnung, es müsste eine wirklich lange Leiter sein, um so weit zu reichen und eben dann . . ."
In diesem Moment nähert sich Mikel Grallon, seinen Hut in der Hand, dem Bürgermeister, um ihn zu sprechen.
„M'sieu le maire."
« Wer ist das? » fragt der Bürgermeister finster.
„Das ist der Mann, der uns zuerst die Information gab", sagt Pipriac.
„Treten Sie zurück, Fischer. Was wollen Sie?"
Mikel Grallon, anstatt zurückzutreten kommt näher und sagt mit einer leisen Stimme:
„Pardon, m'sieu le maire, aber es gibt einen Weg, wenn alles andere nicht geht."
„So?"
„Der Deserteur ist ohne Lebensmittel. Wenn es zum Schlimmsten kommt, muß er sich zu Tode hungern."

Kapitel XXXIII

Hunger und Kälte

Mikel Grallon hatte in charakteritischer und grausamer Voraussicht die Wahrheit getroffen, dass wie erfolgreich auch immer Rohan Gwenfern ist, seine Gegner von seiner ziemlich uneinnehmbaren Position aus in der Bucht zu halten, muß er unvermeidlich, außer er ist für einige Zeit mit Proviant versehen, was unwahrscheinlich ist, entweder sich selbst ergeben oder verhungern und sterben.
Dieses Ende zu sichern ist es notwendig vorsichtig alle Wege zur Versorgung abzuschneiden, welches Pipriac tatsächlich tut. Jeder Teil der Kliffs,

oben und unten sind gut bewacht und nun ist die einzige Frage, ob die Position bei Sturm zu halten ist, oder geduldig zu warten, bis die Zeit heran ist, dass der Deserteur kapituliert oder vor Hunger umgekommen ist.
Pipriac ist ein Mann der Tat, ist für unverzüglichen Angriff, deswegen sendet er Boten, dass die Dorfbewohner Leitern verschiedener Sorten zur Verfügung stellen. Aber als die Boten mit leeren Händen zurückkommen, sieht er die Hoffnungslosigkeit eines schnellen Angriffs und beschließt sich zu einer passiven Belagerung, bis die Zeit der Kapitulation kommt. Es soll niemals gesagt werden, dass Alt-Pipriac durch einen Bauern verwirrt und überfordert wurde. Dieser Teufel, Dienst ist Dienst und muß getan werden, obgleich er ihm Jahre raubt.
In der Zwischenzeit sandte er auch nach St. Gurlott nach Leitern, die früher oder später nützlich sind, wenn nicht dafür den Deserteur lebend zu ergreifen, so doch, um seinen toten Körper zu bergen.
Dann setzt er sich vor das Tor von St. Gildas hin wie ein mächtiger General, der von seiner Armee umgeben ist und eine Stadt belagert. Für die Dauer der Ebbe und der zunehmenden Flut ist überdies die Kathedrale kein gutes Hauptquartier. Es ist notwendig für Pipriac hin und her zu gehen um seine Männer anzufeuern und anzuweisen, die in der Höhe und die unten stationiert sind.
Ein Tag und eine Nacht vergehen und der Gefangene macht kein Zeichen.

Es würde langweilig sein, die verschiedenen harmlosen Bemerkungen der Belagerer zu beschreiben. Sie beobachten die Höhle und kundschaften aus, aber sie sehen nichts vom Belagerten. Manchmal rufen sie laut nach ihm, andere schleichen still aus und ein. Die ganze Nacht beobachtet eine Doppelwache. Nicht ein Weg des Entkommens ist übersehen worden. Um die Sicherheit doppelt zuverlässig zu machen, verweigert Pipriac jedem Dorfbewohner, Mann oder Frau sich dem Gebiet der Belagerung zu nähern. Zweimal wird Marcelle Derval zurückgeschickt, beinahe mit Bajonetten gestürmt, denn die Männer sind vor lauter Ungeduld wütend. Was ihr Auftrag ist, weiß niemand, aber man vermutet, dass sie Brot zum Deserteur bringen wollte.

Am Morgen des zweiten Tages, ist die See aufgewühlt und der Wind bläst heftig aus Südost, zu Mittag verstärkt sich der Wind noch zum Sturm. Am Abend bläst eine steife Briese mit starkem dunklem Regen. Für zwei Tage und Nächte hält der Sturm an, wird an Land und auf See ungestümer und ungestümer. Die großen Kliffe stöhnen, die Kormorane sitzen halb erstarrt in ihren Vorsprüngen und sehen auf die tobende See. Die Gendarmen versehen ihre Posten und lösen in regelmäßigen Abständen einander ab. Die Schildwachen graben Laternen ein, die die ganze Nacht das Kliff und die nähere Umgebung der Höhle beleuchten.

Im Lärm von diesen stürmischen Nächten wäre es Rohan möglich gewesen zu entkommen, aber er versucht es nicht, denn draußen im offenen Land wäre er bald gefasst worden. Und er wusste nicht, dass noch eine zweite Postenkette Stellung bezogen hatte und zu einer beträchtlichen Gefahr werden könnte. Er nimmt seinen Weg in der Dunkelheit zur Spitze des Kliffs, wo er durch Mikel Grallon und dem Rest entdeckt worden war und wieder lässt eine Hand von oben ihm an einem Seil Essen hinunter – schwarzes Brot und einfachen Käse, so dass er nicht hungerte – noch nicht.

Nun lässt der Sturm nach und es kommt ein ruhiger Tag und Nächte mit einem hellen Mond. Die Belagerer machen keinen Versuch ihn zu erreichen, sie haben klar beschlossen ihn auszuhungern.
In der fünften Nacht seit Beginn der Belagerung machen die Belagerer eine Entdeckung. Die Wachen oben auf dem Felsen halb schlafend, halb wachend auf ihren Posten stehen, sehen eine dunkle Gestalt schleichen, nahezu kriechend am Rand des Felsens, manchmal anhaltend und still verharrend, dann beinahe rennend. Zuerst bekreuzigen sie sich abergläubisch, weil sie es für überirdisch halten. Es scheint zwar der Mond, aber von Zeit zu Zeit ist er von dichten Wolken verdeckt. Immer, wenn der Mond hervorschaut, liegt die Gestalt still und immer, wenn es dunkel wird, bewegt sie sich vorwäts.
Ein Gendarm trennt sich von seinen Kameraden und folgt auf Händen und Knien, bewegt sich, wenn die Gestalt sich bewegt, pausiert, wenn die Gestalt pausiert und zuletzt, mit einer großen Kraftanstrengung seines Willens, denn er ist auch abergläubisch, er springt auf, ergreift die Gestalt und findet sie aus Fleisch und Blut. Die anderen kommen mit Laternen gerannt und leuchten in das blasse Gesicht einer Frau, die in ein Wehklagen verfällt: Mutter Gwenfern.
Ihre Absicht wird sofort entdeckt, sie trägt Essen, welches sie offensichtlich ihrem Sohn mit Hilfe eines Hanfseiles, welches man auch bei ihr findet, übergeben wollte. Es ist ein mitleiderregendes Geschäft und mancher möchte sich davon befreien und seine Hände in Unschuld waschen. Aber ein brutaler, Dienstbeflissener treibt die alte Frau mit aufgepflanztem Bajonett zurück zu ihrem Haus. Seit dieser Zeit werden die Wachen verstärkt, so dass es keiner Seele möglich ist das Dorf zu verlassen und ungesehen die große Kliffmauer zu erreichen.
„Er wird sterben!"
„Mutter, er wird nicht sterben!"
„Es gibt keine Hoffnung – es gibt keinen Weg, oh, meinen Fluch auf Pipriac und all die Anderen!"
„Bete zu Gott. Er wird für uns richten!"
„Warum soll ich beten? Gott ist gegen uns, Gott und der Kaiser. Mein Junge wird sterben, mein Junge wird sterben!"

Es ist Abend und die zwei Frauen – Mutter Gwenfern und Marcelle – sitzen allein im Haus der Witwe, halten sich gegenseitig und weinen in Verzweiflung. Der letzte Versuch ihrem Sohn Hilfe zu bringen war gescheitert und ihre eigene Tür wird durch grausame Augen bewacht. Ach, es ist furchtbar, zu denken, dass der Sohn von ihrem Schoß dort drüben, draußen in der Nacht hungert, dass er seit vielen Stunden kein Brot mehr hat, dass sie machtlos ist, etwas zu unternehmen ihm zu helfen! Was hat sie vorher nicht alles möglich gemacht, ihm etwas zu bringen, das ihn offensichtlich am Leben hielt, noch hat es gereicht. Aber *nun*? Einen ganzen Tag und eine Nacht ist vergangen, seit sie vergeblich versuchte ihn zu erreichen und sie bei ihrem Versuch entdeckt worden war. Barmherziger Gott! An die Dunkelheit und die Kälte zu denken und die langweilige Einsamkeit in der Höhle und das Schlimmste – der Hunger!

Die Seelenqual dieser Monate des Entsetzens lassen ihre Spuren an der erschöpften Frau. Abgemagert und grimmiger, als je zuvor, ein Skelett, das nur noch zusammengehalten wird durch die Stärke des mütterlichen Feuers, das in ihr brennt. Sie wartet und beobachtet. Die unheilvolle blaue Farbe ihrer Lippen verkündet oft die geheime Krankheit, die in ihr frisst. Trost in diesen schlimmen Stunden gibt ihr Marcelle, die mit Tochterliebe und mehr als eine Tochter dient, achtet auf sie und hilft ihr in ihrem heiligen Kampf.

Kommen wir zurück zur Kathedrale des St. Gildas. Es ist Nacht, die Flut ist da und der Mond scheint auf den Wasserboden. Weit oben auf dem Kliff wachen die Gendarmen, unten an der Küste unterhalten sie sich stehend oder liegend. Pipriac ist nicht unter ihnen. Rohan, wo immer er auch ist, ist auf der Hut.

Alles ist ruhig und still, das Leiseste von allem ist das weiße Gesicht, das seewärts aus seiner Höhle schaut. Die Not ist zuletzt gekommen, die fürchterliche Not und Qual, welche keine Kraft des Willens unterworfen ist, welche nichts außer Brot besänftigen kann. Letzte Nacht aß Rohan Gwenfern sein letztes Stück, dann kletterte er hinauf zu der alten Spitze und wartete auf das Signal, wie er es schon in der Nacht zuvor tat, vergeblich. Wenn Essen gekommen *war* , ist er sparsam damit umgegangen, teilte es so ein, dass genug war das einfache Leben zu erhalten und teilte den Rest in Portionen für spätere Stunden, aber letztenendes war alles aufgebraucht. Unten am Ufer wäre Schellfisch, um sich am Leben zu erhalten, aber dorthin getraute er sich nicht zu gehen. Er muss ausharren wie eine Ratte in ihrem Bau. Hilfe von den Seevögeln ist keine zu erwarten, denn die Papageitaucher sind schon vor Wochen weggeflogen. Die Tauben sind kräftige Flieger und nicht in seiner Reichweite. An Wassermangel leidet er nicht, die kalten Felsen spenden reichlich, aber Essen hat er keins, nein, höchstens die Rotalgen der See sind zuessen, aber er ist eingesperrt, in der Falle und nun hungert er.

Ist es ein Wunder, dass der Blassgesichtige wild und verzweifelt hinaus auf die einsame See starrt? Weit draußen im Mondlicht sieht er die Fischerboote seewärts fahren wie kriechende schwarze Wasserschnecken. Ach, wie vergnügt war er mit ihnen gesegelt in jenen friedlichen Tagen, die jetzt Vergangenheit sind. Das alles hat er verloren, er hat die Welt verloren. Noch kann er alles ertragen, er würde sich nicht sorgen, wenn er nur etwas Brot zu essen hätte! Manchmal ist er fast ohnmächtig, weil bereits der Hunger ihn in den Lebenszentren zu attakieren beginnt. Manchmal verfällt er plötzlich in einen Halbschlaf und erwacht schauernd, außerdem, wachend oder schlafend, er sitzt beobachtend an der Höhlenöffnung in Einsamkeit und Verzweiflung.

„Rohan! Rohan!"

Er fährt plötzlich aus seinem Halbschlaf, schaut wild um sich. Allmächtiger Gott! Ist es ein Traum? Etwas Schwarzes bewegt sich dort im Mondlicht, etwas Schwarzes und in der Mitte ist etwas weiß. Es ist zu schummrig, um gut zu sehen – um Umrisse zu unterscheiden – aber er kann eine gut bekannte Stimme hören, obgleich sie nur flüstert. Kann das realistisch sein?

„Rohan! Rohan!"

Ja es ist Realität! Er späht nach unten und sieht am Altar ein kleines Boot mit zwei Gestalten schwimmen. Ja, tatsächlich ein Boot, mit der leisen Bewegung der umwickelten Ruder. Sie bewegen sich sacht auf und ab in dem großen Wellengang, der in der Kathedrale anschwillt und fällt.

„Rohan, bist Du dort? Höre, ich bin es, Marcelle. Ah, ich sehe Dich jetzt – flüster leise, weil sie auf Wacht sind."

„Wer ist bei Dir?"

„Jan Goron, wir schlichen uns dicht an der Küste entlang, durch die ‚Porte d' Ingnat', – niemand bemerkte uns, aber nun ist keine Zeit zu verlieren, wir bringen Dir Essen!"

Die Augen des Mannes glänzen, als er sich über den Rand beugt und nach unten zum Boot schaut. Als er in dieser Haltung hängt, dringt ein anderes Geräusch an sein Ohr und er lauscht angestrengt. Wieder, ja, es ist der Klang von Rudern außerhalb des Tores.

„Schnell, beginnt!" ruft er, „sie kommen! . . . seht, werft das Essen an die Seite auf den Kies und flieht!"

Die Flut ist noch fast vollständig da und gerade unter dem Höhleneingang ist ein schmaler Raum mit grobem Kies von dem das Wasser sich gerade zurückgezogen hat und an welchen der Bug des Bootes in Intervallen schlägt. Auf diesen Kies deponiert Marcelle, was sie mitgebracht hat. Dann, in einem leidenschaftlichen Moment streckt sie ihre Arme zu ihm, der über ihr hängt, aus, als ob sie ihn umarmt, während Jan Goron mit ein paar schnellen Ruderschlägen das leichte Boot quer zur Kathedrale bringt, durch

das Tor jenseits hinaus auf See. Kaum hatten sie den Schatten des Tores erreicht, als eine raue Stimme verlangend fragt:
„Wer ist dort?"
Ein schwarzes Beiboot, von Seeleuten der Küstenwacht gerudert, überwindet die Dunkelheit. In einem Augenblick legt sich eine schwere Hand auf die Bordwand von Gorons Boot, Bajonette und Säbel blitzen im schummrigen Mondlicht und eine vetraute Stimme schreit:
„Tous les diables! Es ist eine Frau!"
Der Sprecher ist Pipriac und er steht am Heck des Beibootes und starrt auf Marcelle.
„Die Laterne! Laßt uns ihr Gesicht sehen!"
Irgendeiner hebt eine Laterne vom Boden des Bootes und leuchtet Marcelle ins Gesicht. Sie ist bald erkannt, dann die gleich Prozedur mit Goron, dessen Identität mit einer Salve von Flüchen festgestellt wird.
„Ist das Verrat?" schreit Pipriac, „Verdammt! Antwortet, einer oder beide. Was für eine teuflische Untat macht ihr hier draußen beim Tor zu dieser Stunde? Ihr wisst, was die Konsequenz ist, wenn ihr entdeckt werdet den Deserteur zu begünstigen und ihm helft? Es wird der Tod sein! – Der Tod, seht ihr – gerade von Dir, Marcelle Derval, dachte ich Du wärst nur ein Mädchen und ein Kind!"
Marcelle antwortet mit Entschlossenheit, obwohl ihr Herz schwer ist durch die Befürchtung, dass ihr Vorhaben entdeckt ist:
„Man kann doch sicher auf dem Wasser rudern, ohne dass es eine Straftat ist, Sergeant Pipriac."
„Ah, bah! Erzähle das den Fischen, der alte Pipriac ist nicht so dumm. Hier, einer von Euch durchsucht das Boot."
Ein Mann nimmt die Laterne und untersucht das kleine Boot, findet aber nichts. Pipriac schüttelt den Kopf und knurrt. Es ist für Pipriac charakteristisch, dass er bei geringstem Ärger brüllt und am meisten tadelt. Wenn er unterlegen ist, ist er am gefährlichsten. Bei dieser gegenwärtigen Gelegenheit ist seine Rede nicht zitierbar. Als er geendet hatte, erkundigt sich ein Mann ruhig, ob Marcelle und Goron zu arretieren sind oder sie mit ihrem Dienst fortfahren können.
„Fluch über sie, lasst sie gehen! Aber wir müssen künftig unsere Augen offen halten. Jan Goron ich verdächtige Dich – sei gewarnt und unternehme nie mehr Mondscheinausflüge. Marcelle sei Du auch gewarnt, Du hast eine gute Herkunft und es würde mir leid tun Dich ins Verderben rennen zu sehen. Nun, ab mit Euch! Nach Hause wie ein Blitz! Und hört, wenn Ihr wieder hier bei Nacht herauskommt, so wird es wirklich hart zugehen mit Euch! Packt Euch!"
So sind Goron und Marcelle frei – teilweise vielleicht durch die versteckte Gutmütigkeit des Sergeanten. Goron rudert schnell zum Dorf und schon bald legt das Boot an der Küste unmittelbar neben dem Haus von Mutter

Gwenfern an. Derweil späht Pipriac durch das Tor in die Kathedrale, sieht alles ruhig und in Dukelheit. Er gibt den Befehl zur Umkehr und so verschwindet sein Boot von hier. Etwas später, als die Ruderschläge verklungen sind, beginnt eine dunkle Gestalt von der Höhle herabzusteigen, an Händen und Füßen hängend, kriecht sie von Spalte zu Spalte an der gefährlichen Wand nach unten, bis sie den Raum mit Kies unten erreicht. Dort findet sie das Bündel, welches Marcelle brachte. Dies sichert er, bevor er wieder klettert, dann eben geschwinder als abwärts, vorwärts hinauf, in perfekter Sicherheit langte er am Mundloch der Höhle an. So wird Rohan Gwenfern vor der Hungersnot für den Augenblick gerettet.

Kapitel XXXIV

Ein vierfüßiger Christ

Die Belagerung dauert schon fast vierzehn Tage und der Deserteur scheint noch von einer freiwilligen Aufgabe weit entfernt zu sein. Es ist rätselhaft und unbegreiflich, obwohl jeder Zugang blockiert ist und kein Mittel bekannt ist, durch welches ein menschliches Wesen ihm Hilfe bringen kann, weder über Land noch zur See. Sicher ist der Fakt, dass von Zeit zu Zeit von der Person geklettert wird und es Hinweise seiner Existenz gibt. Man könnte annehmen der Deserteur wäre tot und macht keine Anstalten sich zu ergeben und tatsächlich ist es alarmierend ermüdend. Natürlich, die Geduld seiner Verfolger ist erschöpft, aber sie unterlassen nicht die üblichen Vorsichtsmaßregeln. Pipriac in seiner geheimen Meinung beginnt zu denken, dass er im Bündnis mit einem Geist steht, weil er abergläubisch ist. Weil sicher kein menschliches Wesen ohne Hilfe so vollendet und so ruhig entschlossen allen Kräften des Gesetzes, des Pipriac und des großen Kaisers zu trotzen. Aber einer Sache ist sich Pipriac sicher, dass keine menschliche Hand dem Deserteur Essen bringt und er noch lebt und um zu leben muß man essen!
Wie um Teufels Willen trifft er seine Vorsorge und womit? Wenn er nicht rätselhaft durch einen Engel genährt wird oder, was Pipriak weit mehr vermutet, durch einen Geist dunkler Mächte. Er muß selbst mehr als ein Mensch sein, in diesem Falle sieht die Angelegenheit schrecklich aus und ist wahrlich unsinnig. Essen fällt nicht vom Himmel, noch dazu, weil in den Felsen und Höhlen keine geeignete Form für die menschliche Ernährung wächst. Wie dann, wenn nicht durch all diese teuflische Tun, verschafft sich der Deserteur das Essen, welches so außerordentlich und gemeinhin eine menschliche Notwendigkeit ist? Es verwirrt das Denken!

Was die unbefangenen und reizbaren Soldaten, die zu anständig und leidenschaftlich sind, nicht fertig brachten aufzudecken, dies konnte schließlich nach vielen Nächten und Tagen einer, der sich für den Nabel der Welt hält, ans Tageslicht bringen – Mikel Grallon.
Der ehrenwerte Mikel war mehr oder weniger ein Schmarotzer der Belagerung: Kommen und gehen in unregelmäßigen Abständen, ohne seine Funktion als Späher und Spion ganz aufzugeben. Pipriac betrachtet ihn immer mit einem feindseligen und bösen Auge, und in seinen Augen ist er ein Schuft. Sein Geschäft ist jetzt festzusellen, durch was für geheime Mittel der Deserteur seinen Feinden trotzen und nicht in seinem Zufluchtsort ausgehungert werden kann. Hier hat Grallon, anders als der Sergeant, keinen Aberglauben, er ist überzeugt mit all seiner Listigkeit, dass physikalische Gründe vorsichgehen: Rohan Gwenfern empfängt einfach Lebensmittel – aber wie? Ein Erleuchtungsblitz kommt über Grallon, als er unweit von Pipriac, mit den Füßen auf der Treppe von St. Triffine, westwärts nach oben schauend, sieht er auf dem Kliff, nicht weit von der Kathedrale, sich etwas mit sicheren Schritten auf einen für einen Menschen unzugänglichen Pfad bewegen. Hin und wieder pausiert es, schaut sorglos herum, dann läuft es gemächlich weiter, hält dann nicht wieder an, bis es die grüne Fläche in unmittelbarer Nähe von Rohans Höhle erreicht. Nun kommt ihm plötzlich die große Erleuchtung. Er rennt zu Pipriac hin, der sitzt mürrisch auf seinem Felsen und seiner Gruppe seiner Männer um ihn.
„Sehen Sie, Sergeant, sehen Sie!"
Und er zeigt auf das Objekt in der Ferne. Pipriac rollt in keiner freundlichen Art mit seinem Auge und fordert bei allen Teufeln, was Mikel Grallon meint.
„Schauen Sie!" wiederholt Mikel, „die Ziege!"
„Und was ist mit der Ziege, Fischer?"
„Nur dies: sie geht in die Höhle und sie geht bei Tag und bei Nacht dort hin, sie ernährt ihren Herrn. Nun zum Landhaus, dann zur Höhle. Was sind wir doch für Narren!"
Hier lacht er still in sich hinein, sehr zum Ärger des Sergeanten.
„Höre auf Grimassen zu schneiden und erkläre es!" schreit Pipriac.
„Ich habe meinen Aberglauben – nein, ich bin mir nicht sicher – dass Madam Langbart an der Verschwörung teilhat. Wandert sie nicht immer hin und zurück über die Kliffs und wird sie nicht auf den Ruf des Deserteurs hören und würde es nicht einfach sein, Essen an ihrem Körper zu befestigen? Keine Ahnung wieviel. Ein Stück wirkt lebenserhaltend. Schauen Sie! Sie steigt hinab – sie ist außer Sichtweite. Sie geht geradewegs hinunter in die Höhle!"
Pipriac bleibt ruhig und richtet sein einziges Auge auf Grallon, schaut aber mehr durch ihn hindurch, als auf ihn. Dann steht er auf und konsultiert seine Leute. Das Ergebnis ist, dass die Ziege strengstens beobachtet wird.

Am Morgen darauf wird Jannedik abgefangen, als sie aus dem Kliff kommt, wird umstellt und beobachtet, aber nichts kann entdeckt werden. Am nächsten Morgen hat Pipriac mehr Glück etwas zu entdecken. Vorsichtig verborgen im langen Haar am Hals der Ziege und an einer festen Schnur - ein kleiner Korb aus Strohgeflecht, der schwarzes Brot und einfachen Käse enthält. Nun ist es endgültig geklärt, dass Jannedik die Überbringerin der Lebensmittel ist.
„Es wird nichts übrigbleiben", sagt einer der Gendarmen, „sie zu erschießen, für den Verrat an dem Kaiser."
Pipriac bleibt finster. „Nein, lasst sie gehen", ruft er, „das Tier weiß es nicht besser."
Und als Jannedik ohne ihre Ladung davonläuft und auf das Kliff in Richtung Kathedrale zu klettern beginnt, murmelt er:
„Sie wird heute nicht so willkommen sein wie gewöhnlich, ohne ihr kleines Geschenk."
So essen die Gendarmen das Brot und den Käse und lachen, wenn sie überlegen, dass Rohan letzten Endes überlistet wurde, während Pipriac in keiner besonders guten Stimmung auf und ab läuft. Insgeheim schämt er sich über diese ganze Aktion. Aber still, Dienst ist Dienst und der Sergeant meint mit hündischer Beharrlichkeit das tun zu müssen. Künftig wird alles unternommen, um Jannedik als Versorgungsträger unschädlich zu machen. Ein Gendarm wird Tag und Nacht an der Tür der Witwe postiert, mit der strickten Order, die ganze Familie zu überwachen, besonders die Ziege. Er stellt fest, dass Jannedik selten geht und kommt und niemals lange unterwegs ist, weil ihr der kleine Nachwuchs am Herzen liegt und ständig mütterliche Aufmerksamkeit braucht. Als eines Nachts das kleine Zicklein stirbt und Jannedik jammervoll ausgeht, beachtet der Gendarm die Angelegenheit als unwichtig, aber er liegt falsch. Mehrere Tage vergehen und noch ist der Deserteur nicht tot. Starker Wind weht mit Regen und Hagel, die See stöhnt Tag und Nacht, die Belagerer haben eine schwere Zeit und fluchen. Wie der Regen grimmig auf das Kliff prasselt! Wie die Gischt vom schäumenden Wasser hereingedrückt wird! Und von all dem abgeschirmt sitzt der Deserteur im Trockenen, während die Diener des Kaisers wie ertrinkende Ratten tropfend naß sind. In den Stunden des Sturms, als Pipriac am lautesten flucht, ist er ohnmächtig, wie ein Kratzer einer Nadel, unbeachtet und kaum gehört. Ist dies zuletzt für immer?
Pipriac und seine Leute gehen in dichten Nebel und in Wolken eingehüllt. Von Zeit zu Zeit kommen Nachrichten vom fernen Schauplatz des Krieges. Der große Kaiser traf sich mit unbedeutenden Gegenseiten und viele seiner alten Freunde sind von ihm abgefallen. Wahrlich, wenn Pipriac nur unterscheiden könnte, dass die Schar nicht größer als die Hand eines Propheten, bereits undeutlich sichtbar am deutschen Rhein.

Die Gendarmen lachen und zitieren die Nachrichten beim Herumstreifen auf und ab. Sie sind belustigt über die Torheit derer, die vom Kaiser abgefallen sind und erwarten die Nachrichten des französischen Sieges, welcher bald kommt!
Noch einmal, als sie unten am Kliff stehen, zeigt Mikel Grallon nach oben und ruft Pipriac.
„Was?" höhnt der Sergeant.
„Die verdammte Ziege, sie geht jetzt öfter als sonst zur Höhle."
„Was denn, sie geht leer, Fischer, wir haben Vorsichtsmaßregeln getroffen. Pah! Du bist ein Esel!"
Mikel bebt und zittert boshaft, als er wiederholt:
„Ich werde Ihnen eine Sache erzählen, die Sie übersehen haben, gerissener, als Sie selbst denken können. Wenn Sie daran gedacht hätten, dann hätten Sie die Ziege niemals gehen lassen."
„Wie?"
„Die Ziege steht voll in der Milch, ihr Junges ist tot und nun trinkt ein Mund jeden Tag ihre Milch!"
Pipriac tut einen Ausruf, das hier ist ein neuer Funke der Rache.
„Ist das wahr?" knurrt er und schaut in die Runde.
„Verdammt! Und der Mikel Grallon ist ein Teufel! Aber ein Mann kann nicht nur von der Milch einer Ziege leben."
„Es mag für einige Zeit hinreichen", sagt Mikel Grallon, „in ihr ist Leben. Flüche auf das Tier. Wenn ich einer von Euch wäre, würde ich bald dieses Geschäft töten."
Während er spricht geht die Ziege oben vorüber, in einer Entfernung von einigen hundert Yards, pausiert ab und zu und grast gemächlich die dünnen Pflanzen.
Ein teuflisches Blitzen kommt in das Auge des Sergeanten.
„Kannst Du schießen, Fischer?" fragt er.
„Ich kann ein Ziel treffen", ist die Antwort.
„Ich will eine Flasche guten Brandy wetten, dass Du kein Scheunentor auf hundert Yard triffst! Nichtsdestoweniger, Hoel, gib ihm Dein Gewehr."
Der Gendarm händigt ihm seine Waffe aus, der sie stillschweigend, mit einem fragendem Blick zu Pipriac, nimmt.
„Nun, schieß!"
„Auf was?"
„Verdammt! Auf die Ziege, laß uns sehen, was Du kannst. Feuer – und verfehle!"
Die dünnen Lippen Mikel Grallons sind fest zusammengepresst und seine Brauen kommen über seine Augen herunter. Damit seine Hand nicht zittert, kniet er sich nieder, stützt das Gewehr auf und zielt. Oben, über ihm ist Jannedik und steht seitlich zu ihm und rastet nichtsahnend.
Er zielt ziemlich lange, dass Pipriac ihn beschwört:

„Verdammt, Feuer!"
Dann gibt es einen Knall und der Schuß fliegt zum Ziel dort oben. Für einen Moment scheint es, dass es verfehlt wurde, denn die Ziege scheint durch den plötzlichen Knall in der gleichen Position zu verbleiben und bewegt sich kaum.
Hoel ergreift hastig sein Gewehr mit einem verächtlichen Lachen, als Pipriac nach oben zeigt und schreit:
„Dieser Teufel! – Sie ist getroffen, sie kommt herunter!"
Aber die Nische, wo die Ziege stand ist breit und sicher und sie ist nur nach vorn auf ihre Knie gefallen, sie ist offensichtlich verschwunden, es scheint als wäre sie weggerollt, aber sie bezwingt sich selbst, wie auch immer, rappelt sich auf ihre Beine und dann, als ob sie sich erholt hat, rennt sie schnell dem Kliff entlang in Richtung der Höhle.

Kapitel XXXV

Nachtwache

Zum zweiten Mal hat Mikel Grallon mit seiner ihm eigenen Arglist richtig gemutmaßt und für zwei lange Tage und Nächte hatte Rohan Gwenfern keine anderen Lebensmittel als die Milch der Ziege erhalten. Nach dem Tod ihres Jungen war Jannedik verwirrt mit der drückenden Last, die die kleinen Zitzen nicht länger halten konnten, über die Klippen gerannt. Der ausgehungerte Mann in der Höhle fand in ihrem Unbehagen seine körperliche Rettung, er nahm die Zitzen des übervollen Euters in seinen Mund und trank von dem Moment an. Jannedik kehrte viele Male am Tag zurück, sich von ihrer schmerzhaften Last befreien zu lassen. Und je mehr Erleichterung kam, desto freier floß die Milch – ein Lebens- und Kräftigungsstrom.
In dieser Zeit war der große Kampf fast vorüber und Rohan fühlte, dass das Ende nah war.
Die Hand des Todes schien über ihn, das gesunde Fleisch auf seinen Knochen war abgehärmt und sein ganzer Körper war eingeschrumpft und ausgehungert. Kein durch Tränen ungetrübtes Auge konnte ihn dort sehen, kauernd wie ein hungriger Wolf auf seinem dunklen Bett liegend. Mit wilden Augen, die durch das wirre Haar schauen, seine eingefallenen Wangen und aus seinen Mundwinkeln tröpfelte es vor Erschöpfung und Verzweiflung. Von Zeit zu Zeit wehklagt er Gott seine Not in undeutlichen Worten. Oft hat er Lichtblicke und er sieht unbekannte Visionen in der Schwermut über ihn huschen. Aber immer, wenn ein Geräusch von unten kommt, ist er bereit mit all seinen ungestümen Instinkten, zu wachen und sich zu widersetzen.

Er sitzt so gegen Abend, als die Flut ihren Höchststand hat und die Wellen im Sturm tosen, unterhalb der Höhle. Der Eingang verdunkelt sich und Jannedik tritt ein und geht quer durch den dunstigen und feuchten Gang und legt sich auf sein Bett nieder. Zuerst beachtet er sie kaum. Er ist in einem lichten Moment und murmelt zu sich selbst, aber bald erregt die rote Zunge, die seine Hand leckt seine Aufmerksamkeit. Er richtet seine tiefliegenden Augen auf sie, er murmelt ihren Namen und streichelt sie, dabei bewegt sie sich, schaut in sein Gesicht und gibt einen leisen Schmerzenslaut von sich. Dann, von Kopf bis Fuß zitternd wie im Todeskampf, rollt sie vor seine Füße. Da sieht er mit Schrecken, dass sie an einer schlimmen Wunde auf ihrer Seite leidet, etwas hinter der Schulter und die Wunde blutet. Mitleidsvoller als bei Schmerzen eines Menschen, dessen Lippen sprechen können – sind die Qualen armer Tiere, die sich nicht äußern können. Durch einen göttlichen Instinkt erkennen sie unsere Gründe und fürchten die Ankunft des Todes und manchmal scheinen sie das Leben so sehr zu lieben, dass sie nicht sterben dürfen. Werden wir weinen bei einem todbringendem Sterbebett und trockene Augen behalten bei ihnen? Oder werden wir denken, dass der Schatten dieser Dunkelheit unserer Herzen furchtbarer ist als ihrer und dass die Wunde über die wir sprechen, wir als unseren letzten Schlaf sehen, so sollten wir bedenken: Mit der gleichen Hoffnung der Wiedererweckung, mit demselben armen Schein des Trostes, mit demselben Vertrauen der Verzweiflung geboren, angesichts dieser großen Dunkelheit, können wir das nicht verstehen?
Für Rohan ist diese arme Ziege mehr als Hilfe und Trost: Sie war ein Freund und Begleiter geworden, beinahe brachte sie menschlichen Trost. So lange wie sie zu ihm kam, mit oder ohne Nachricht aus der Welt, schien er nicht ganz verlassen, fühlte er sein Herz nicht ganz gebrochen. Manchmal schlang er seine Arme um ihren Hals und weinte beinahe, wenn er an die eine Liebe dachte, von der sie kam. Ihre vertraute Gegenwart, der er von Tag zu Tag entgegensah, hatte die dunkle Höhle nahezu heimisch gemacht.
Und nun liegt sie keuchend zu seinen Füßen, schmachtend, ihre großen Augen flehend auf ihn gerichtet. Er seufzt und kniet an ihrer Seite.
„Jannedik! Jannedik!"
Das arme Tier kennt seinen Namen und leckt die Hand ihres Herrn, dann, mit einem letzten Zucken des blutenden Körpers, fällt ihr edler Kopf zur Seite und sie stirbt.

Die Dunkelheit kommt und findet Rohan Gwenfern still an der Seite seines toten Freundes knien, sein Gesicht ist weißer als der Tod und in rasender Wut. Sein Körper zittert von Kopf bis Fuß. All seine physischen Sorgen sind für einige Zeit vergessen, durch dieses neue Gefühl des Schmerzes. Er starrt

auf die tote Ziege wie auf einen gemordeten Menschen, der unschuldig geopfert wurde.
Wieder und wieder flucht er von Herzen über die Hand, die sie niederstreckte. Ein übles Entsetzen ergreift ihn. Er kann nicht aufstehen, noch sich bewegen, denn wilde Gedanken schießen ihm durch den Kopf wie Wolken, die am Himmel ziehen.
Der Mond steht am hohen Himmel, aber der Wind hat nicht nachgelassen und die See tobt noch an der Küste. Es ist einer dieser stürmischen Herbstnächte, in denen ein großes Leuchten in der hohen Luft dort oben und der Bewegung fremder Kräfte. Der Mond und die Sterne vollbringen ihren Dienst für die Erde, die in der Dunkelheit bebt und einer See, die vor Schmerzen stöhnt. In unermesslicher Ruhe im Himmel, aber mächtiger Tumult unter ihm. Die Wolken ziehen oben leuchtend und sanft entlang, aber der Nordwestwind weht unten unvermindert stark weiter. Das kalte Mondlicht kriecht vom Himmel in die Höhle und berührt die tote Ziege und legt sich wie segnend auf Rohans Gesicht und Hände, aber kein Segen kommt und das Herz des Mannes ist wütend wie das eines Tieres, das in ihm ist und in Gedanken ist der Mann außer sich.
Wie ein wildes Tier brütet er in seiner Höhle, starrt mit glasigen, ausdruckslosen Augen hinaus in den Mondschein. Rohan hockt auf seinem Platz in einer Art wütender Trance. In dieser Weise vergehen ein- zwei Stunden. Er scheint kaum etwas zu sehen oder zu hören. In der Zwischenzeit driftet lebhaft das Meer durch das Tor hinaus und die grabsteinähnlichen Steine sind auf dem nassen Kiesstrand wieder sichtbar. Die See tobt weiter hinter dem Tor, ihr Toben ist betäubend. Der Wind überdies ist noch stärker und es ist ein Hof um den gläsernen Mond wie ein Saturnring.
Zugleich springt Rohan auf seine Füße und lauscht. Aus dem Toben der See und dem Kreischen des Windes hört er plötzlich Geräusche. Im nächsten Moment springt er zum Eingangsloch der Höhle und gerade rechtzeitig. Die Kathedrale ist voller Menschen, aufgeregte Gesichter bewegen sich von unten zu seinem Versteck herauf. Leitern waren beschafft worden und die zusammengebundenen Leitern sind gegen den tropfenden Altar gelegt worden. Auf diesen Leitern klettern Männer. Aber, als sich Rohan wie ein Geist im Mondlicht über ihnen zeigt, schrecken sie mit einem lauten Aufschrei zurück. Nur für einen Augenblick, denn sie beginnen erneut auszuschwärmen.

Kapitel XXXVI

Sieg

Es ist die Arbeit eines Augenblicks für Rohan, die zwei Leitern, deren höchste Sprossen am Eingang des Höhlenbodens anliegen, mit all seiner ungewöhnlichen Kraft zurückzustoßen. Glücklicher Weise waren sie auf ihnen noch nicht weit geklettert und fallen schreiend mit wenig Schaden rückwärts, während Rohan, durch das Erscheinen der Belagerer in steigende Wut kommt. Auf der Stelle beginnt er die vielen wuchtigen Felsenstücken, welche er am Höhleneingang zum Gebrauch bereit gelegt hatte, nach unten zu schleudern. Es ertönen Schreie, Kreischen, Stöhnen. Und die Männer ziehen sich tumultartig zurück, bis sie außer Reichweite sind. Dann ruft eine Stimme:
„Feuer!"
Und eine Serie von Schüssen regnet es rund um die Gestalt des Deserteurs, aber alle verfehlen ihr Ziel. Es ist nun ganz klar, dass Pipriac, erschöpft durch das lange Warten, sein kriegerisches Vorhaben aufgibt, die Stellung im Sturm zu nehmen. Unter der Deckung des Feuers steigen wieder eine Anzahl Gendarmen auf die Leitern, die noch einmal an die tropfende Wand des Altars gelehnt wurde. Aber wiederum wird der Aufstieg der Belagerer erneut vereitelt und zurückgetrieben durch einen furchtbaren Hagel von Felsbrocken und Steinen. Mehr wie ein wildes Tier, als eine menschliche Kreatur huscht Rohan oben am dunklen Höhleneingang umher. Still, mit wütend ausgestreckten Armen, holt und lädt er seine heftige Munition ab. Hungrig und wild blickt er auf die furchtbaren versammelten Gesichter unter ihm herab.
Er gibt nicht mehr auf die Schüsse Acht, die ihn umschwirren, als stünde er nur im Regen oder Hagelschauer. In ihrer Aufregung und Wut zielen die Männer wütig und aufs Geratewohl, so dass, obgleich sein Körper ein dauerndes Ziel für ihre Schießerei abgibt, der Deserteur unverletzt bleibt.
Kurz darauf wird eingesehen, dass alle Versuche vergeblich sind, die Gendarmen ziehen sich aus der Reichweite zurück und haben eine lebhafte Diskussion. Hinter ihnen füllt sich die Öffnung des Tores mit versammelten Dorfbewohnern beiderlei Geschlechts, von deren Lippen von Zeit zu Zeit leise Schreie des Entsetzens und Erstaunens kommen. Als Rohan seine eigene Position und seine Sicherheit nicht länger als angreifbar einschätzt, zieht er sich in seine Höhle zurück.

Aber die Geduld der Belagerer ist schon lange erschöpft und die Einstellung des Angriffs kann nicht länger hinausgezögert werden. Nun, da sie Sturmleitern besitzen und kein anderes Gerät für einen Angriff zur Hand haben,

haben sie bestimmt, unter jedem Risiko die Kreatur ans Tageslicht zu bringen, die ihnen für eine so lange Periode so widersteht. Tot oder lebend wollen sie ihn und das diese Nacht.

Der Sturm, der alles umrast stört ihre Manöver nicht, im Gegenteil, er fördert sie von Zeit zu Zeit, wenn der Mond durch Wolken verschleiert ist und alles in Finsternis und Verwirrung, scheint der Angriff leicht. Unter Deckung eines scharfen Gewehrfeuers, das von einer Reihe Gendarmen abgegeben wird, hat den Zweck, dass eine Anzahl Männer wieder zum Angriff vordringen können. Flach auf dem Bauch liegend beobachtet Rohan, selbst gut hinter dem Felsbrocken und Steinhaufen am Eingang verborgen. Obgleich er sich nicht als Ziel präsentiert, sind seine Arme bereit seine schweren Wurfgeschosse auf jene dort unten loszulassen. Sobald sie einen Versuch machen und die Leitern an die Wand des Kliffs gelehnt haben, beginnt die Verteidigung aufs Neue.

Schauer aus Felsbrocken, große und kleine, rollen vom Höhleneingang. Manche der größeren Geschosse treffen ihr Ziel, das Resultat ist schnell verhängnisvoll geworden, aber die Belagerer sind umsichtig und durch ihre schnellen Bewegungen entkommen viele Rohans Feuerhagel. Von Zeit zu Zeit gibt es natürlich einen gellenden Wutschrei, wenn ein verirrter Stein manchen wütenden Belagerer trifft und humpelnd und kriechend zu seinen Kameraden zurück in den sicheren Teil der Kathedrale muß. Aber noch kein Mann ist gefährlich verwundet und ehe die langen Leitern wieder sicher an die Wand des Kliffs platziert werden und Männer schnell zu klettern beginnen, ist es nun Rohan, der sich aufrecht stellt und ein großes Felsstück hoch in die Luft hält, schleudert es hinunter mit aller Kraft und Wut auf eine der Leitern. Glücklicherweise hatte kein Mensch den Punkt erreicht, wo der Felsbrocken die Leiter trifft, aber die Sprossen der Leiter zerbrechen wie trockenes Reisig und in der Mitte eine gellende Verwünschung, die ganze Leiter bricht zusammen und derjenige der auf ihr klettert fällt schwer hinunter, blutet und ist halb betäubt.

„Feuer! Feuer!" schreit Pipriac, auf die Gestalt Rohans deutend, der nun deutlich über ihm im Mondlicht sichtbar ist. Bevor dem Kommando gehorcht werden kann, hat sich Rohan unter das Schutzdach geduckt und die Schüsse hageln harmlos rund um die Spitze, wo er eben stand.

„Teufel! Deserteur! Chouan!" gellt der wutentbrannte Sergeant und schüttelt seine Faust machtlos zur Höhle, „wir werden Dich kriegen, tot oder lebend!" Er wendet sich wieder an seine Männer und schreit:

„Vorwärts wieder! Zum Angriff!"

Wieder bewegt sich ein Männerkörper vorwärts unter dem Feuerschutz und wieder beginnt das außergewöhnliche Wetteifern. Es ist eine Szene wie gehabt. Die dunkle Masse ist in Bewegung und schreit in der Kathedrale mit glitzernden Bajonetten und schießenden Gewehren. Die sich wundernde Gruppe der Dorfbewohner versammelt sich am Tor, weit entfernt davon, wo die See brüllend im rasendem Sturm schäumt. Die hohen schwarzen Kliffs darüber reichen hinauf, als reichen sie wirklich in den Himmel und immer wieder scheinen Lichtfetzen unter dem plötzlichen Aufleuchten des Mondes und hoch oben über dem Boden der Kathedrale die einsame Höhle mit der wütenden Gestalt eines Mannes, der auf und ab läuft wie ein Geist. Die Kanonaden des Windes und der See, vor den mächtigen Felsen, scheinen sie in ihren Grundmauern erschüttern zu wollen. Dazu kommen der Krach der abgefeuerten Musketen und das heisere Brüllen der Männer. Und in Abständen, wenn alle Geräusche aufhören für einen Moment, beides, das Toben der Elemente und die beunruhigenden Schreie der Verletzten, ist die Ruhe wie Totenstille. Man kann dann deutlich die Schreie der gestörten Seevögel weit entfernt zwischen den Felsen hören.

Der Konflikt wächst heftig an. Als eine Folge von ungeheuren Wolken aufkommen, die den Mond für mehrere Minuten verdecken, ist oft nahezu totale Finsternis. Nur die außergewöhnliche Unbezwingbarkeit von Rohans Position hinderte sie, ihn zu fassen. Die Zeit vergeht und der Angriff geht unvermindert weiter. Die Kraft des Mannes beginnt zu schwinden. Stunden vergehen und er ist immer noch erfolgreich, seine Feinde in der Bucht zu belassen. Seine Hände bluten von den scharfen Felsenkanten und in seinem Kopf scheint sich alles zu drehen. Durch die Ermüdung sieht er fast nichts mehr. Er hört mehr, als er sieht von der Menschenmenge, die dort unten wütet und klettert. Er ist durch den Hunger erschöpft, erschöpft durch das Beobachten und Warten, denn er besitzt nur noch ein Zehntel seiner alten gigantischen Stärke.

Wieder und wieder werden die Belagerer zurückgeworfen, mehr als einer ist verwundet und kriecht davon, aber der Steinhagel geht weiter, wann immer sie sich wieder nähern. Über all dem anderen Tumult erhebt sich Pipriacs Stimme, die eindringlich an seine Männer gerichtet ist. Wären die Gendarmen geübte Schützen gewesen, wäre Rohan viel früher im Kampf gefallen, aber teilweise durch das Fehlen von Geschicklichkeit und teilweise durch übermäßige Aufregung feuern sie aufs Geratewohl, bis ihr Munitionsvorrat nahezu erschöpft ist. Viele Stunden sind vergangen, als die Belagerer mehr aus Verzweiflung einen letzten Angriff machen. Sie rücken unter dem Mantel der Dunkelheit vor, setzen ihre Leitern an das Kliff, während ihre Kameraden sie decken und mit ihren Gewehren auf die Höhlenöffnung zielen. Plötzlich springt Rohan erneut auf und stößt die Leiter mit ungeheurer Anstrengung weg.

Es gibt einen Knall – ein lauter Schrei – und noch einmal schlagen die Schüsse um ihn herum ein. Er zieht sich rasch zurück und bevor er sich in Deckung bringen kann, wird der Angriff erneut gewagt. Gleichzeitig zu diesem Angriff ziehen zwei Gendarmen ihre Schuhe aus, halten ihre Bajonette zwischen den Zähnen und beginnen völlig ungesehen und unvermutet ihren Weg nach oben in den Spalten des Felsens an der Seite des Altars.

Rohan hat schon wieder zweimal die Leitern weggestoßen und ist dabei einen neuen Stapel Steine anzulegen, als er durch das Erscheinen von zwei menschlichen Gesichtern erschrickt. Er stößt einen wilden Ausruf aus, bückt sich nach unten und löst die menschlichen Hände zu seinen Füßen von der Felswand. Mit einem schrillen Schrei fällt der Mann rücklings in die Menschenmenge nach unten. Glücklicher Weise wurde sein Fall durch die sich bewegende und drängende Masse abgebremst. Er und etliche Weitere sind ohnmächtig, aber niemand ist tot. In der Zwischenzeit steigt sein Begleiter aus Furcht vor einem ähnlichen Schicksal schnell nach unten. Aber nun ist die Leiter wieder angestellt und mehrere Männer klettern.
Rohan ist total erschöpft und hat einen Schwindelanfall. Er sieht seine Feinde nicht mehr, aber Stein für Stein ergreifend, schleudert er sie wie rasend in die Dunkelheit! Plötzlich wird ihm bewusst, dass dunkle Gestalten zu ihm aufsteigen. In seinem Kopf dreht sich alles. Mit all seiner Kraft hebt er ein riesengroßes Bruchstück des Felsens auf, nahezu das letzte seines Vorrats. Er hebt es einen Augenblick über seinen Kopf und dann mit einem wilden Schrei schleudert er es auf die Gestalten, die er auf sich zukommen sieht, nach unten! Es gibt einen Krach, ein Schrei. Unter dem schrecklichen Gewicht des Felsbrockens gibt die Leiter nach und die Gestalten auf ihr fallen stöhnend nach unten. Es folgt fürchterliches Schreien aus Todeskampf und Schrecken. Dann überkommt Rohan durch Erschöpfung und Ermüdung eine Ohnmacht.

Wie lange er ohne Bewusstsein liegt kann er nicht sagen, aber als er seine Augen öffnet, liegt er allein an der Öffnung der Höhle. Der Wind heult und die See tobt noch, aber alles Andere ist still. Er erinnert sich an die kürzliche Gefahr und daß er Angesicht zu Angesicht mit seinen Feinden war. Er schreckt auf und schaut sich um, er sieht kein Zeichen eines menschlichen Wesens. Der Mond scheint ohne eine Wolke, sein Schein durchflutet die Kathedrale von St. Gildas. Die schaumige Flut dringt durch das Tor, kommt schnell näher und näher zum großen Altar. Nun ist die Stille zu erklären. Die Belagerer hatten sich, als die Flut sich ankündigte, zurückgezogen und verließen den Platz als Verlierer.
Er schaut hinunter in das Halbdunkel und sieht den menschenleeren Strand unten, dicht übersät mit riesigen Felsbrocken, die Trümmer des vor kurzem stattgefundenem Kampfes. Wäre jemand in der Kathedrale verblieben, und es mangelte ihm an Geschicklichkeit und Kraft emporzuklettern, der hätte nur ein Schicksal gehabt – einen schnellen Tod in der furchtbaren und daherkommenden Flut. Inch auf Inch, Fuß für Fuß kommt das vom Sturm aufgewühlte Wasser herein und der Boden der großen Kathedrale ist schon halb mit dem Naß gefüllt und ist schon ein glitzernder See geworden.
Nun, der Kampf ist vorüber und er hat sie bezwungen. Er hatte Vorkehrungen getroffen für diesen Fall und nun muß er sich von den Auswirkungen

seiner langen Entbehrungen erholen, er weiß, dass er seine Position gegen Hunderte von Männern halten kann. Aber nun hat er leider keine Kraft mehr. Der Hunger und die Kälte tun ihr Werk und die letzten Reserven seiner körperlichen Kraft scheinen aufgebraucht. Erschauernd und zitternd schaut er sich um, sich keiner Gefühle bewusst, außer Einsamkeit und Verzweiflung. Er hatte tapfer ausgehalten, aber er fühlt, dass er es nicht mehr lange aushalten kann. Er ist sicher in dieser Höhle, aber er weiß, dass seine Verfolger bald zurückkehren werden. Beides, Menschen und Gott scheinen gegen ihn zu sein wie er es von Anfang an befürchtet und geglaubt hatte.

Das Tor der Kathedrale ist nun voll der kochenden, stürzenden und wirbelnden Wellen und der Boden ist mehr als zu zwei Drittel bedeckt. Ein Donnern wie Gewitter ist in der Luft. Und die Salzflocken des Schaums werden vom Wind bis in sein Gesicht getragen. Als er wieder nach unten schaut, erregt etwas Dunkles und Unbewegliches rechts unter ihm auf dem Strand seine Aufmerksamkeit. Er schaut noch einige Momente in stiller Faszination dem Wellenspiel der steigenden Flut im Mondlicht zu, ist aber dann erpicht seine Wissbegierde zu befriedigen und bereitet sich für den Abstieg vor.

Kapitel XXXVII

Die Selbsttäuschung von Leipzig

Die Dunkelheit gewohnt, klettert Rohan langsam an der Wand des Kliffs hinab, bis er den schmalen Platz des Strandes erreicht, den die steigende Flut allmählich in Besitz nimmt. Plötzlich kommt der Mond aufs Neue hervor und bescheint die Kathedrale. Er erleuchtet ihre nassen Mauern und den Boden voller Wasser mit Strahlen wie flüssiges Silber. Der Wind heult und stöhnt noch und die See brüllt furchtbar außerhalb des Tores. In der Kathedrale selbst ist eine feierliche Stille wie in manchen von Menschenhand gebauten Tempel.

Er gleitet auf den nassen Kies herab und aus Furcht vor einem Verfolger, unwillkürlich nach allen Seiten schauend. Rohan sieht die See durch das Tor mit Brüllen wie Donner hereinbrechen und das schneeweiße Aufleuchten der Gischt. Beim Herankommen kocht das Wasser in den Strudeln, wirbelt schnell um und um, während das große weitentfernte Herz des Ozeans es emporhebt in einem schlagenden Pulsieren bis es waschend und wild spritzend gegen die Mauern schlägt. Über seinem Haupt ist der bewegte Himmel, der die große Kathedrale bedacht und an dem Segler vorüberziehen, die sich treiben lassen und wechselnd in einem wilden Sturz, erhellend und verdunkelnd, wellenartige Schatten werfen. Der Lärm ist so laut, dass der Schrei eines starken Mannes übertönt wird und in den Schrei eines kleinen Kindes verwandelt wird.

Das Licht des Mondes nimmt zu, beleuchtet die brodelnde Brandung im Tor und schleicht dann weiter bis es die Füße des Flüchtlings berührt. Rohan zittert, als ob sich eine kalte Hand auf seine Schulter legt. Durch das Mondlicht empfindet er alles schrecklich – er sieht ein weißes Gesicht. Mit einem Schauder wendet er sich ab. Nach einem Moment schaut er erneut hin. Noch immer ist das Gesicht dort, berührt von den gleißenden Fingern des Mondlichts. Der Körper des Mannes liegt halb auf dem Kies und halb im Wasser der Flut. Einer der großen Felsbrocken, die Rohan in seiner blinden Wut herunterschleuderte, hatte eine Kreatur getroffen, zweifellos waren das die wilden Schreie des Schreckens bei seinen Verfolgern, bevor sie flohen. Der Fels liegt noch auf der zerquetschten Brust des Mannes, der augenblicklich tot war. Eine weiße Hand schimmert im Wasser, während das ehrwürdige Gesicht mit den offenen Augen in den Himmel blickt. Worte können das nicht ausdrücken, die menschliche Sprache ist zu schwach zu beschreiben, welche Gefühle in diesem Moment die Seele Rohan Gwenferns ergreifen. Eine Taube ist stummer Zeuge dieses Ereignisses. Seine moralischen und seine physischen Gefühle erkalten, erstarren und lähmen seine geistige Kraft, so dass er taumelt und beinahe fällt. Sein Herz scheint unter einer Last zu zerspringen wie der Fels auf der Brust des toten Mannes. Funken sprühen vor seinen Augen. Er ist gezwungen seinen Kopf an den Felsen zu lehnen, atmet schwer wie im Todesschmerz. Seine ersten aufgewühlten Emotionen des Zorns und Blutdürstigkeit sind nun, da seine Feinde nicht mehr in der Nähe sind, um Öl ins Feuer der Wut zu gießen, vergangen. Der Kampf ist vorüber und er, der Totschläger, ist der Sieger und steht allein im Feld.

Wenn in diesem Moment seine Verfolger zurückkommen würden, würde er den Kampf wieder beginnen, würde wieder treffen und würde fortan unempfindlich für Blut sein. Aber es sollte nicht so sein, dass sein Sieg der einzigste sein soll. Seine Feinde werden diese Nacht nicht zurückkehren und sie hatten ihren Toten in glitzernder Einsamkeit hinter sich gelassen!

Rohan war schon mit dem Tod konfrontiert gewesen ist, aber unter anderen Umständen. Der sanfte Schlaf von Männern und Frauen, die in ihrem Bett gestorben sind, das Zuendegehen eines erschöpften alten Lebens, gesegnet durch die Kirche und geweiht durch die Priester – das kennt er gut. Und er liebt die feierliche Musik der keltischen Trauergesänge, die rund um die Toten gesungen wurden, die auf natürlichem Weg gegangen waren. Er musste nun in der Gegenwart des kalten Phantoms erkennen wie es mit den Augen eines Mörders und eines unbeteiligten Mannes auf einem Schlacht-

feld gesehen wird. Er begriff nun wie in einem schrecklichen und kranken Zauber, wie ein unbekanntes und feierliches Geheimnis, dass seine Hände ein atmendes, sich bewegendes menschliches Leben getötet haben.
Wahrhaftig, er ist durch die Umstände gerechtfertigt, dass er nur aus Selbstverteidigung handelte, aber was sind Sachverhalte für eine solche Seele wie die von Rohan Gwenfern, die in ihrer Art und Weise Empfindungen wie die Fühler einer schimmernden Qualle des Ozeans hat? Für ihn ist das eine Wahrnehmung, die ein blindes weißes Licht der Seelenqual vor ihm entstehen läßt. Er, dessen Herz von Güte geformt ist, dessen Natur in Liebe und Freundlichkeit geboren und aufgezogen ist, er, aus dessen Hand das Lamm frisst und die Tauben sich füttern lassen, der niemals zuvor das Leben irgendeiner Kreatur zerstörte, nicht einmal die hilflosen Seevögel in den Kliffs, hatte nun einen furchtbaren Mord begangen. Er hatte die unglückliche Seele eines Kameraden in die Ewigkeit geschickt. Für Rohan Gwenfern gibt es keine Rechtfertigung. Für ihn ist sein Leben vergiftet. Die Luft, die er atmet ist übel und geopfert. Dies ist dann das Ende seiner Träume von Liebe und Frieden!

Die Wolken ziehen im gleißendem Licht des Mondscheins über ihn, der Wind heult und die See brüllt mit schallenden Kanonaden hinter dem Tor, als wolle sie etwas zurückgewinnen. Er beugt sich hinunter und schaut in das Gesicht des ermordeten Mannes. In seinem Schrecken betet er, dass ihm der bittere Feind ihm vergebe. Der erste Blick macht ihn zweifelnd. Der Mann trägt Uniform und sein Haar und Bart sind ganz weiß, es ist Pipriac selbst, der mit einem blutlosen Gesicht in den Himmel blickt!
Merkwürdig genug, dass er niemals, außer, dass Pipriac die Belagerung leitete, in ihm einen Todfeind gesehen hatte. Er war seines Vaters Zechkumpan gewesen, trotz all seiner Säbelrasseleien war er immer großmütig und gutmütig. Alles in allem, er tat nur seinen Dienst beim Versuch den Deserteur tot oder lebendig zu stellen. Rohan weiß außerdem seiner Meinung nach, dass Pipriac bei seinem Entkommen ein Auge zugedrückt hätte, wenn es möglich gewesen wäre. Der Tod bringt eine sonderbare Würde im allgemeinsten Sinne mit sich und die Gesichtszüge des alten Sergeanten sehen feierlich und ehrwürdig in ihrer fixierten und ehrwürdigen Blässe aus. Der Mond steigt höher über die Kathedrale, in der die Gezeitenflut nun zur Ruhe gekommen ist, aber das Wasser, dessen tiefes Heulen die Luft erfüllt, erreicht Rohans Füße. Darüber erheben sich die mächtigen Felsen schwärzer als schwarz, ausgenommen, wo in Abständen irgendein Raum von feuchtem Granit in dem wechselvollen Licht aufblinkt. . . Rohan lauscht. Weit über ihm hört er menschliche Stimmen, nahezu sterbensschwach.
Und nun, Alt-Pipriac, all seine grimmigen Scherze und Schwüre sind vorüber, all sein Gerede ist für immer verflogen und die Gestalt, die einst im Sonnenschein stolzierte, treibt wertlos wie ein Unkraut im seichten Wasser

der Flut. Eine Flasche roten Weins oder eine Feldflasche Kornbrand wird dich nie mehr entzücken. Auch du bist gefallen auf deinem Posten mit vielen Tausenden besseren Männern beim Fall des großen Kolosses, welches die Welt durchschritt, obgleich dein Fall unrühmlich gewesen und weit weg von all dem hellen Glanz des Schlachtfeldes, du hast deine zugeteilte Aufgabe, mein Veteran, so ehrlich wie jeder andere erfüllt. Du warst ein guter Kamerad und dein Herz war freundlich, nur deine Zunge war rau.

So denkt letztlich Rohan Gwenfern, als er sich über ihn beugt und sein Gesicht betrübt betrachtet. Ach, Gott, getötet! Ausgelöscht der Lebensfunke, die Basis für ein brennendes Herz. Niedergestreckt ein Leben, verlassen von der beklagenswerten und vielleicht zweifelnden Seele! Besser tot zu sein wie Pipriac, als nach unten zu schauen mit dieser Seelenqual, die Rohan jetzt erleidet.

Der schwere Fels liegt noch auf Pipriacs Brust, aber nun beugt sich Rohan, fasst ihn mit seinen Armen und wirft ihn in das Wasser. Der Leichnam, befreit von seiner Last, steigt an die Wasseroberfläche und schwingt von einer Seite auf die andere, als ob er lebt und dreht sich auf den Bauch, schwimmt mit dem Gesicht nach unten zu Rohans Füßen. Das Wasser, wo jetzt Rohan steht, ist nun knöcheltief und es wird noch eine Stunde Flut sein. Mit einem letzten verzweifelten Blick auf den toten Mann, geht Rohan fort. Langsam, mit zitternden Händen und Füßen, in den Ritzen des Felsens klettert er nach oben zur Höhle.

Kaum erreicht er seine alte Position, als wieder, weit über ihm, Stimmen seine Aufmerksamkeit erregen. Er stutzt, horcht intensiv und schaut nach oben. Dann, das erste Mal wieder, wird ihm die Realität seiner Situation bewusst. Er erinnert sich an die Konsequenzen seiner eigenen Tat. Durch das Erschlagen eines Mannes in Notwehr, wird er freilich zu einem echten Totschläger gerechnet, seine Tat ist in den Augen des Gesetzes ein Mord und zweifellos früher oder später wird er als Mörder getötet. Er beugt sich aus der Höhle, schaut nach unten, wo er kürzlich noch stand. Der Boden der Kathedrale ist nun komplett bedeckt und dort, in einer vom Mondlicht beschienen Stelle ist sein Feind sichtbar. Er stößt einen wilden Schrei der Seelenqual und der Verzweiflung aus und fällt auf seine Knie.

Höre, oh barmherziger Gott, sein Gebet! Habe Mitleid und schenke seiner dringenden Bitte Gehör, er ist in DEINER Hand! Ach, dieser verzweifelte Schrei in der Nacht ist kein sanftes Gebet für Mitleid oder Barmherzigkeit, sonder er ist eine rasende Wehklage der Wiedergutmachung und für Rache: ‚Ich bin daran unschuldig, oh, Gott. Nicht in meinem Kopf ist die Strafbarkeit gewesen, sondern bei denen, die mich jagten und mich zu dem machten, was ich bin. Durch ihn, dessen rotes Schwert die Welt beschattet, durch ihn, der DEINEN Geschöpfen Verderben bringt, lasse die Strafe niederfallen wie er meinen Weg bösartig beeinflusst hat, er sei verflucht, verschone ihn nicht, oh Gott!'

In dieser Weise, zwar nicht ausgesprochen, aber mit den gleichen vernichtenden Gedanken betet oder flucht Rohan Gwenfern.
Dann erhebt er sich hastig, nun unbekümmert zu seinem Leben, folgt er den schwindelerregenden Pfad, der hinauf auf die Klippen führt.

Das Datum dieser Nacht ist denkwürdig. Es ist der 19. Oktober 1813.
Die Umstände, die nun erzählt werden, sind wechselvoll in der Lebensgeschichte Rohan Gwenferns. Dabei ist manches durch Leichtgläubigkeit und Aberglaube entstanden. Man könnte glauben, dass man tatsächlich bei dieser Gelegenheit eine apokalyptische Vision erblickt. Zugegeben, er scheint eine solche Vision zu sehen. Andere behaupten, es wäre bloß geistig und übersinnlich, geschuldet den Wanderungen in einer natürlichen Unzivilisiertheit und vorübergehende Wahnvorstellungen, während die armen Misstrauischen eine Minderheit darstellen, die sich so weit hinreißen lassen zu behaupten, dass die Phantasie nur bei Männern in älteren Jahren vorkommt, wenn der Verstand und Erinnerung sich so vermengen und alle Erinnerungen ungewöhnlich durcheinandergebracht werden.
Mag es sein wie es will, die Geschichte beruht auf ein feierliches Zeugnis des Mannes selbst, dass Rohan Gwenfern erklärt wie er aufwärts flieht in dieser Nacht, weg von der Szenerie seines Konflikts und dem Körper Pipriacs, der unter ihm in der See schwimmt. Er ist plötzlich durch eine übernatürliche Erscheinung am Himmel gehemmt.
Der Mond ist hinter einer Wolke verschwunden wie in den Falten eines lichtdurchlässigen Zeltes. Das Licht ist über dem offenen Himmel diffus, die Luftgebilde driften in beunruhigenden Massen weiter in die Richtung, in die der Wind bläst, als plötzlich, als wäre von einer Hand ein Signal gegeben worden, die Wolken stehen bleiben und es ist Ruhe am Himmel und auf See. Diese furchterregende Stille bleibt einen Moment, währendessen Rohan in grausiger Erwartung verharrt. Er schaut wieder nach oben und sieht die Formen am Himmel wieder in Bewegung und sie nehmen die Ähnlichkeit von mächtigen Armeen an, die heftig über seinen Kopf ziehen. Die Vision wächst, er sieht das Blitzen von Stahl, die Bewegungen großer Männerkörper, die schweren Schwadrone der Soldaten zu Fuß, die dunklen Schattenbilder schnell ziehender Artillerie! Die Luftspiegelung weitet sich aus. Der ganze Himmel wird zur mondbeschienen Erde, die von marschierenden Männern gekreuzt, vermengt mit Tod und Sterben und im Zentrum des Himmels ist ein großer Fluß, durch welchen die lärmenden Legionen kommen.

Klar und deutlich und doch geisterhaft und irreal, ziehen die Gestalten weit weg vorbei und wie die Gesichter undeutlich sichtbar sind, scheint ihm, jeden Einzelnen deutlich zu sehen wie das tote Gesicht vor dem er jetzt flieht. Wie auch immer, all seine Fähigkeiten musste er bei der Beobachtung einer Gestalt in Anspruch nehmen, welche gigantisch anwächst, nahe der hell beleuchteten Wolke, welche den Mond verschleiert. Sie sitzt zu Pferde, im Mantel und mit Kapuze versehen und mit einer Hand vorwärts weisend, obgleich die Umrisse riesig sind, weit darüber hinaus mit menschlichen Wesensseiten, ihr Gesicht scheint das eines Mannes zu sein. Er sieht das Gesicht ganz klar, weiß wie Marmor, kalt wie der Tod.

Langsam wie eine Wolke zieht, zieht diese Gestalt über den Himmel und um sie herum sind all die fliegenden Legionen versammelt, zeigen im Flug mit dem Zeigefinger auf ihre Hand, aber der Kopf ist betrübt, das Kinn ist auf die Brust gesenkt und die Augen kalt und mitleidslos, schauen noch im Zweifel nach unten. Angsterfüllt und erstaunt streckt Rohan mit einem Schrei die Arme aufwärts. Bezüglich der Gesichtszüge in die er schaut, scheinen sie nahezu gottähnlich und auch die Gestalt scheint göttlich. Aber als er noch einmal in das Gesicht schaut, nimmt es eine andere Ähnlichkeit an und wächst zu einem furchtbar bekannten, bis er das Gesicht wiedererkennt, welches sein Leben so lange jagte und welches der weiße Christ ihm in einem Traum offenbarte. Kompanien auf Kompanien passieren vorüber, der ganze Himmel ist verdunkelt und in deren Mitte teuflisch und kommandierend das Phantom Bonaparte.

Es ist der 19. Oktober 1813 und zu diesem Zeitpunkt sind die französischen Armeen im vollen Rückzug von Leipzig – mit Bonaparte an ihrer Spitze.

Kapitel XXXVIII

Sie bringen ihren toten Krieger heim

Als die Belagerer zur Kathedrale zurückkehren, finden sie den Körper des Sergeanten oben am Strand und trocken in der Nähe des Tores.

Nicht ohne Angst und Zittern lehnen sie wieder ihre Leitern gegen die Wand und befestigen sie ohne Widerstand, klettern hinauf und untersuchen die Höhle. Keine Spur von Rohan wird gefunden, er war wegen seiner eigenen Tat schreckerfüllt und verzweifelt geflohen, wohin weiß niemand.

Wegen des Todes von Pipriac sind sie von Angst erfüllt. Die Dämmerung ist inzwischen hereingebrochen und der Sturm hat sich gelegt. Niedergeschlagen, gefolgt von der Gruppe der Dorfbewohner, bahnen sie sich ihren aufgebürdeten Weg, durch das Tor, hin zur Treppe St. Triffine, entlang dem grünen Plateau bis zum Dorf. Es ist eine kummervolle Prozession mit all ihrer Schuld, der Sergeant ist der Günstling. Sie gehen unter einem Bündel Mistelzweige, welches über der Tür des kleinen ‚Cabaretts' hängt, bringen ihre Last auf einen großen Tisch, der in der Mitte der Küche steht. Hoel, der

Gendarm bedeckt den Leichnam mit einem großen Mantel und bedeckt das blutverschmierte Gesicht.
Armer alter Pipriac! An so manchen Morgen kam er in die Küche stolziert, um den Brandy der Witwe zu probieren! Manchmal rauchte er seine Pfeife neben dem Küchenherd! Manchmal auch, mit einem Zwinkern seines einen Auges, windete er seinen Arm in beschwipster Laune um die Hüfte des rothaarigen bedienenden Dienstmädchens Yvonne! Das ist nun alles vorüber, dort liegt er, eine stattliche und mehr feierliche Gestalt, die er im Leben niemals war, während die zitternde Witwe zu Ehren der traurigen Angelegenheit kleine Gläschen um ihn verteilt.
Das ‚Cabarett' ist bald gefüllt, wegen der schrecklichen Nachrichten, die sich weit und breit herumgesprochen hatten. Schon lange vorher trat der kleine Priester ein, mit einem Gesicht, das weißer als Papier ist, kniet nun an der Seite des toten Mannes nieder und spricht ein langes und leises Gebet. Als er es beendet hat, steht er auf und fragt die Gendarmen:
„Und der Andere – Rohan – wo ist er? Ist er gefasst?"
Der Gendarm Hoel schüttelt den Kopf.
„Er ist nicht gefasst und wird niemals lebend gefasst werden. Wir haben die Höhle und die Kliffs durchsucht, aber der Teufel schützt ihn, Pater Rolland, und es ist alles vergeblich."
Nun gibt es ein lautes Gemurmel der Verwunderung und der Zustimmung.
„Wie konnte das passieren?" fährt der Priester fort.
„Bei dem Versuch ihn zu fassen, traf er ihn bei der Selbstverteidigung, aber dann?"
Dies ist das Zeichen für Hoel, sich in einer langen Schilderung der Belagerung mit den Leitern zu ergehen, währenddessen wird er immer wieder von seinen aufgeregten Kameraden unterbrochen.
Die übereinstimmende Meinung des Berichtes geht dahin, zu zeigen, dass Rohan in seinem wahnsinnigen Widerstand im Dunkel der Nacht inmitten des brüllenden Sturms die Mächte der Dunkelheit um Beistand beschworen hätte, deren Hände die Felsbrocken nach unten auf die Belagerer geschleudert hätten, denn sie waren viel zu riesig, um mit menschlicher Kraft emporgehoben zu werden. Daß er sich selbst dem Teufel verkauft hat, der alles unternahm ihm vor dem Kaiser zu schützen. Diese Feststellungen erhält allgemeine Zustimmung. Meister Robert, das ist bekannt, war immer auf Ausschau nach solchem Handel und der Glaube, dass er sich gegen sie mit dem Deserteur verbündet hat, gefällt in gleicher Weise der Selbstgefälligkeit der Gendarmen und ihres Aberglaubens.
Von seinem Landhaus aus wird der Tote vom alten Korporal und den Rest seiner Makkabäer im bedächtigen Gang getragen. Wenn sie in das Gesicht des toten Mannes schauen, trüben sich für einen Moment ihre Augen.
„Friede seiner Seele – er war ein tapferer Mann!" stößt der Veteran aus, „er tat seine Pflicht für den Kaiser und Gott wird ihn belohnen."

„Alles in allem", sagt der Priester mit einer leisen Stimme, „starb er in einem gerechten Kampf wie es in einem offenen Schlachtfeld gewesen wäre."
„Dies ist nicht so", antwortet der Korporal entschlossen und ist ganz weiß im Gesicht, „das ist nicht so, m'sieur le cure', denn er war gemein ermordet worden, durch einen Feigling und einem chouan, den Gott bestrafen wird. Hört mich – ich sage es, durch diesen Mann, der mein eigen Fleisch und Blut ist."
Der kleine Priester schüttelt missmutig seinen Kopf.
„Es ist eine schlimme Sache und alles kommt zweifellos vom Widerstand gegen die Gesetze des Kaisers. Aber seht, es war eine Sache auf Leben und Tod und wenn er sich nicht selbst verteidigt hätte, wäre er gefasst und getötet worden. Im Übrigen war es *ein* Mann gegen viele."
„Ein Mann! Eintausend Teufel!" schreit Hoel, unbewusst seines Vorgesetzten Lieblingswort benutzend.
„Er war von Beginn an im Unrecht", fährt der Priester moralisierend fort, „ein Mann kann nicht das Weltgesetz bestimmen, wenn es ein Irrtum ist. Es ist jedem seine Sache dem Gesetz zu gehorchen und seine Pflicht für Gott und Kaiser zu tun. Er wollte nicht gehorchen und nun hat er Blut vergossen, leider! Gott wird es früher oder später beurteilen."
Zu diesem Entschluß und mit so vielen Worten erklärte es sittlich Pater Rolland und jene, die es hörten schaudert es und sie bekreuzigen sich unter Tränen. Nicht einem der Anwesenden wäre es eingefallen, zu erwägen, dass Pipriac in einem anständigen Krieg gefallen war, in einem Krieg, in dem er überdies der Angreifer war und dass Rohan Gwenfern berechtigt war aus der Sicht des Himmels wie irgendein befähigter Lizentiat derart zu töten. So seltsam das Gesetz für unser menschliches Bewusstsein ist, dass Mörder ihren Schrecken verlieren, wenn sie mit zwanzigtausend multipliziert werden. Diejenigen, die still ein mit Toten übersätes Schlachtfeld überlebt haben, können nicht eine einzige Leiche mit Gleichmut achten. Diejenigen, die Napoleon als großen Mann angebetet haben, seinen Rocksaum in Verehrung und Tränen küssten, wenden ihr Herz gegen Gwenfern wie gegen manche niedrige und scheußliche Kreatur.

„Tante Loiz, es ist alles wahr! Pipriac ist tot und sie haben seinen Leichnam herüber geholt, aber Rohan ist noch am Leben. Ja, er hat Pipriac getötet."
„Was sollte er tun? Es war ein Kampf ums Leben."
„Und nun wird ihm kein Mann vergeben, weil Blut an seinen Händen klebt. Kein Mensch wird ihm Brot zugestehen oder ihn über die Schwelle lassen, bis er sich selbst ergibt, wird kein Priester ihm die Beichte abnehmen und Frieden mit Gott machen."
„Ist das so, Marcelle?"

„Ja, alle sagen, er ist ein Mörder – sogar Pater Rolland, der ein freundliches Herz hat. Aber es ist falsch, Tante Loiz!"
„Natürlich ist es falsch. Was hätte er tun können? Sie sind es, die Schuld tragen, nicht er, nicht mein armer verfolgter Junge. Möge ihm vergeben werden, wegen des Wurfs in Selbstverteidigung, denn er war auch erschöpft. Oh, meine Sohn, mein Sohn!"
Sie sitzen im Landhaus unten am Kliff zusammen und sie sprechen mit Schluchzen und Tränen, sich aneinander festhaltend. Der Schrecken der Tat Rohans liegt über ihnen wie ein grässlicher Schatten. Es scheint wie unerträgliche Gotteslästerung, den Emissär des Kaisers niedergestreckt zu haben. Sie wissen, dass für solch eine Tat, wie auch immer gerechtfertigt, es keine Barmherzigkeit und für solch einen Mörder keine Verzeihung gibt. Rohan ist für immer ein Geächteter. Jede menschliche Hand wird sich gegen ihn erheben. Als sie so zusammensitzen, kommt Jan Goron mit weiteren Botschaften über die Vorgänge im Dorf : Die Gendarmen wüten und sind rachsüchtig, hatten die Höhle durchsucht und die Kliffs erneut durchstreift, aber es konnte keine Spur von Rohan gefunden werden. In der Dunkelheit und Verwirrung des Sturms in der letzten Nacht, hatte er zweifellos ein anderes Versteck gesucht. Aber es gibt noch andere Neuigkeiten", sagt Goron, bestrebt das leidige Thema zu wechseln, „ der König von Sachsen hat sich vom Kaiser abgewandt und die Armeen Frankreichs wurden in Leipzig geschlagen. Manche sagen, er hat seine letzte Schlacht geschlagen und dass alle Könige nun gegen ihn sind. Nun, er hat zuvor ein halbes Dutzend Könige zum Frühstück verschlungen und wollte so weitermachen."
Zu anderer Zeit hätten diese Nachrichten Marcelle Derval sehr aufgeregt. Aber nun scheinen sie kaum von Interesse zu sein.
Die Erfolge Frankreichs und des Kaisers sind regelrecht durch ihre persönlichen Sorgen vergessen. Wie immer zuckt sie ungläubig mit den Schultern, als Goron die Niederlage andeutet und sagt gleichgültig:
„Zu Leipzig, sagst Du? Hoel und Gildas sind dort."
Und sie setzt in leiser, erschöpfter Stimme hinzu:
„Wir haben einen Brief in der letzten Woche von Gildas bekommen und er war dreimal unter Feuer geraten, ohne Kratzer oder Beule. Er hat den Kaiser ganz nahe gesehen und er schrieb, er sieht sehr alt aus. Hoel ist auch gesund . . . ach Gott, wenn mein Cousin Rohan mit ihnen gegangen wäre, wie es hätte sein sollen, glücklich und gut und stark, kämpfend für den Kaiser!"
Während sie spricht bricht sie in Tränen aus und Mutter Gwenfern antwortet ihr mit einer bitteren Wehklage. Ja, unzweifelhaft ist dies das Bitterste von allem: das Gefühl, dass Rohan geflohen ist, vor nichts, als einem Phantom und dass, hätte er sein Schicksal akzeptiert, er noch ehrenwert leben und glücklich sein könnte wie Hoel und Gildas. Durch die Erfüllung seiner Pflicht, ein mutiger Soldat zu werden, hätte er all die Unannehmlichkeiten und die Sünden seines Widerstandes vermeiden können. Blut hätte er

möglicherweise auch vergießen müssen, aber nur das Blut seiner Feinde, was alle guten Patrioten wissen, keine Folgen haben würde.
Es ist für einfache Frauen wie sie nicht einfach, die erhabene Wahrheit zu verstehen, dass alle Männer Brüder sind und eben unerschütterliche Patrioten sich wie Kain verhalten.

Die Nacht kommt schwarz und stürmisch. Der Wind, der während des Tages nachgelassen hatte, verstärkt sich wieder und Himmel und See gehen ineinander über. Das Landhaus bebt bei jeder Bö und duckt sich vor den ungestümen Regengüssen. Marcelle verweilt noch, sie hatte eine Botschaft nach Hause geschickt, dass sie heute Nacht nicht zurückkehrt.
Das Torffeuer brennt nahezu aus und das einzige Licht in der Hütte wird von einer ärmlichen Lampe, die von den Dachbalken hängt, geworfen. Seite an Seite, bald flüsternd redend, bald schweigend, sitzen die beiden Frauen auf einfachen Stühlen vor dem Feuer. Sie fühlen die ganze Welt gegen sich, gebrochenen Herzens, seelenkrank, den tobenden Elementen zuhörend und die hoffnungslosen Wehklagen ihres eigenen erschöpften Lebens wiedergebend. Plötzlich, im Heulen des Windes und dem Aufschlagen des Regens, hören sie ein Geräusch wie das Klopfen an die Fensterscheibe. Marcelle erhebt sich und lauscht. Das Geräusch wiederholt sich und es folgt ein schwaches Klopfen an der Tür, die Klinke war für die Nacht gesichert.
„Öffnet!" ruft eine Stimme von draußen.
Etwas in dem Klang ruft in ihrem Herzen wach. Die Mutter steht auf, weißer als der Tod. Marcelle wankt zur Tür, schließt sie auf und leise und geschwind schleicht wie ein gejagtes Tier ein Mann herein.
Es bedarf keines Blickes oder eines Wortes des Wiedererkennens, schnell wie ein elektrischer Schlag haben sie ihn wiedererkannt. Bevor sie ihm die Hand geben oder ins Gesicht sehen können, wissen sie, er ist es – das einzige Wesen, das sie für das Liebste auf der Welt halten. Rasch, mit ihrer charakteristischen Geistesgegenwart, sichert Marcelle die Tür. Dann, während Rohan schauernd zum erlöschenden Feuer geht, zieht sie vorsichtshalber gegen alle Blicke von draußen den Vorhang vor die Fenster. Dann, viel zu aufgeregt um zu sprechen, stehen die Frauen und schauen mit erschrockenen Augen auf den Neuankömmling. Zerlumpt und halb nackt, durchgeweicht und tropfnaß mit seinen wirren Haaren, die über die Schultern fallen und ein Bart, der über viele Wochen gewachsen ist, bedeckt sein Gesicht. Er steht oder ist eher geduckt vor ihnen und schaut ihnen in die Augen.

Sicher schaut der dunkle Himmel in dieser Nacht auf kein bejammernswerteres Wesen herunter. Das Bejammernswerteste von allem ist das weiße Aussehen seines Gesichts, das schwache glanzlose Feuer, das in seinen Augen brennt.

Ohne ein Wort oder eine Geste der Begrüßung schaut er sich um, dann, mit seiner Hand zeigend sagt er leise:
„Brot!"
Nun erinnern sie sich das erste Mal, dass er ja hungrig ist und das weiße Aussehen seines Gesichts, der Ausdruck der Hungersnot ist. Schnell und ohne ein Wort bringt Marcelle Essen und stellt es vor ihm hin. Er reißt es ungestüm an sich und verschlingt es wie ein wildes Tier. Das Herz der Mutter bricht fast bei diesem Anblick. An seiner Seite kniend, während er eifrig mit seiner rechten Hand zufaßt, nimmt sie die andere Hand und bedeckt sie mit Küssen.
„Oh, mein Sohn, mein Sohn!" schluchzt sie.
Er zeigt keine Anteilnahme, all seine Empfindungen scheinen in Anspruch genommen zu sein, Nahrung zu begehren und seine Augen bewegen sich so wie die eines hungrigen Hundes. Als Marcelle Brandy bringt und vor ihm hinstellt, trinkt er. Dann treffen sich ihre Blicke mit irgendeiner Art des Wiedererkennens und er sagt in einer harten und hohlen Stimme:
„Bist Du es, Marcelle?"
Sie antwortet nicht, aber ihre Augen füllen sich mit Tränen, dann lacht er frei und schaut hinunter zu seiner Mutter.
„Ich hungerte und so kam ich, sie sind mir nicht gefolgt, aber wenn sie es tun, ich bin bereit. Ihr habt von Pipriac gehört? Der alte Narr hat bekommen, was er verdient, das ist alles. Was für eine Nacht!"
Da ist etwas in seinem Tonfall, so unbekümmert, so zerrüttet, dass sie beinahe vor ihm zurückschrecken und immer wieder gibt er einen sinnlosen Lacher von sich. Es zu hören ist schmerzlich. Nun schaut er wieder zu Marcelle und sagt:
„Bewahre Dein gutes Aussehen, Kleine, ach, Du sollst niemals erfahren, was es heißt zu hungern! Aber für das Verhungern, schau, würde ich ein gutes Bild abgeben. Sieh, ich bin bis aufs Skelett abgemagert, ich habe kein Fleisch übrig behalten, wenn Du mich draußen treffen würdest, würdest Du sagen ich bin ein Geist. Wie schaust Du mich an? Ich erschrecke Dich, kein Wunder, Marcelle Derval. Ach, Gott, Du fürchtest Dich!"
„Nein Rohan, ich fürchte mich nicht!" antwortet das Mädchen schluchzend.
Für einen Moment oder zwei schaut er sie fest an, dann atmet er schwer und schmerzvoll und hält seine Hand auf sein Herz.
„Sag mir dann", sagt er schnell, „warum schaust Du mich so an? Du haßt mich? Mutter Gottes antworte! Du haßt mich *jetzt?*"
„Nein, nein! Gott helfe Dir, Rohan!"
Und sie sinkt schluchzend zu seinen Füßen und während die Witwe eine Hand nimmt, hält sie die andere und legt ihren Kopf an seine Knie. Er ist verzaubert wie zwischen Wachen und Schlafen, während seine Gestalt von Schluchzen seiner Mutter und seiner Geliebten geschüttelt wird.
Plötzlich entreißt er ihnen seine Hände.

„Ihr Frauen seid verrückt, denke ich. Ihr wisst, wen Ihr hier berührt, Ihr wisst nicht, wen Ihr umarmt. Gott und die Menschen sind gegen mich, weil ich ein Mörder bin und für Mörder gibt es kein Erbarmen. Seht, ich habe Pipriac getötet, der der Freund meines Vaters war. Ach, hättet Ihr es gesehen, es war schrecklich! Der Stein fiel und zerquetschte seine Brust wie eine Krebsschere, er war sofort tot – alter Pipriac, den mein Vater liebte!"
Ihre Antwort ist ein leises Wehklagen, aber sie rücken noch näher an ihn und seine beiden Hände sind mit Tränen benetzt. Seine eigene Seele ist geschlagen, seine fiebrigen Augen trüben sich und werden feucht. Er breitet seine zitternden Arme aus und zieht die beiden Frauen an sich mit einem leisen herzzerbrechenden Schrei.
„Mutter! Marcelle! Ihr haßt mich nicht, Ihr fürchtet auch nicht?"
Sie schauen hoch in sein Gesicht und ihre Gesichter scheinen die Liebe auszudrücken, welche Verständnis signalisiert. Die alte verhärmte Frau und das blasse, schöne Mädchen schauen ähnlich, mit derselben leidenschaftlichen Sehnsucht auf. Halten ihn, den Liebsten, in seinem Kummer und seinen Sünden fest. Seine Augen verweilen auf Marcelles Gesicht, *ihre* Frömmigkeit ist eine unerwartete Offenbarung. Dann schießen ihm die Erinnerungen der glücklichen Vergangenheit durch den Kopf, verbirgt sein Gesicht in seinen Händen und schluchzt wie ein Kind, nahezu ohne Tränen – für Tränen ist sein notleidendes Herz zu trocken.
Plötzlich, während sie ihn in Schmerz und Furcht beobachten, ändert er sein Verhalten. Er springt wild auf und lauscht mit einem grimmigen Blick in seinem Gesicht, welches sie zuerst so gefürchtet hatten. Trotz des Krachs von Wind und Regen hat sein feines Gehör Schritte auf dem Kies draußen vor dem Landhaus wahrgenommen. Bevor sie ein Wort wechseln können, kommt ein Klopfen von der Tür.
„Löscht das Licht!" flüstert Marcelle und im nächsten Moment hat Rohan die Hängelampe, die fast ausgebrannt ist, ausgelöscht. Das Landhaus ist nun ganz dunkel und während Rohan quer über dem Boden schleicht und sich in der dunkelsten Ecke der Kammer verbirgt, geht Marcelle zur Tür.
„Ist jemand dort drin?" schreit eine Stimme, „antwortet, sage ich! Werdet Ihr einen guten Christen aufnehmen, der hier durchnässt die ganze Nacht hier wie eine ertrinkende Ratte steht?"
„Sie können nicht herein", sagt Marcelle, „es ist zu spät, wir sind zu Bett."
Die Antwort ist ein schwerer Schlag an die Tür, die nur durch einen schwachen Schnapper gesichert ist.
„Ich kenne Deine Stimme, Marcelle Derval und habe mir den Weg gemacht um Dich ausfindig zu machen. Ich habe Dir Neuigkeiten mitzuteilen, so öffne doch! Ich bin es, Mikel Grallon!"
„Wer immer Du bist, gehe fort", antwortet Marcelle in Todesangst.
„Geh weg? Nein, nicht ehe ich Dich gesehen und mit Dir gesprochen habe. Öffne die Tür oder ich werde sie aufbrechen, ha!"

Während er spricht versetzt er der schwachen Holztür schwere Schläge und plötzlich, bevor Marcelle eingreifen kann, gibt der Schnappriegel nach und die Tür, die keinen Bolzen hat, springt auf. Mutter Gwenfern stößt einen Schrei aus, während inmitten eines Windstoßes und eines Regenschauers Mikel Grallon eintritt. Weiß wie der Tod blockt Marcelle ihn ab und als die schwere Gestalt des Mannes gegen sie rennt, wird sie zurückgestoßen.

„Was willst Du hier, zu dieser Zeit, Mikel Grallon?" fragt sie fordernd, „bleib stehen und mache keinen weiteren Schritt. Ach, wenn Alain oder Jannick oder sogar mein Onkel hier wären, Du würdest es nicht wagen! Pack Dich oder ich schlage Dich, obgleich ich ein Mädchen bin."

Die Antwort ist ein geistesschwacher Lacher und nun bemerkt Marcelle erst, dass Grallon stark betrunken ist. Seine gewöhnlich gebändigte und überlegte Art hat sich gewandelt in eine freche Dreistigkeit und seine Stimme ist anmaßend, drohend und teuflisch.

„Schlag mich!" schreit er heiser, „ich denke nicht, dass Deine kleine Hand mich groß verletzen wird. Aber ich weiß, Du meinst es nicht so, es ist die Art einer Frau. Ach, meine kleine Marcelle, Du und ich, wir verstehen einander und es ist alles entschieden. Es ist alles entschieden und Dein Onkel hat zugesagt. Nun, da dieser Feigling von einem Cousin gegangen ist, willst Du den Grund dafür wissen – willst Du nicht Marcelle Grallon sein? Ach, ja, Marcelle Grallon klingt schöner, als Marcelle Derval!"

Lüstern und beschwipst rückt er vor und bevor sie sich widersetzen kann, hat er seine Arme um sie gelegt. Sie wehrt sich in seinem Griff und haut ihn mit ihrer Faust ins Gesicht, aber er lacht nur. Sie schreit nicht. Ihr Herz ist voller Schrecken aus Furcht um Rohan, der zuhört, sollte er sich selbst verraten oder entdeckt werden.

„Laß mich los!" sagt sie in einer leisen aber bestimmenden Art, „in Gottes Namen, laß mich los!"

Mit einem kraftvollen Ruck reißt sie sich frei, während Grallon vorwärts in die Mitte des Raumes schwankt. Er kommt mit einem ungestümen Fluch zu sich, findet sich Angesicht zu Angesicht mit Mutter Gwenfern, die als dürre Gestalt und glänzenden Augen vor ihm steht wie ein Geist.

„Aha, Sie sind hier, Mutter!" schreit er und richtet seinen unmenschlichen Blick auf sie.

„Gut, ich nehme an, Sie haben die Neuigkeiten gehört und Sie wissen nun, was ich über den Schuft von einem Sohn denke. Er hat einen Mann getötet und wenn er gefasst wird, was sehr bald sein wird, wird er gefoltert wie ein Hund. Das ist Ihre Belohnung dafür, dass Sie einen Feigling in die Welt gesetzt haben, alte Frau, Sie sind es, die schuldig ist."

„Sei still, Mikel Grallon!" sagt Marcelle voller Schrecken, „ sei still und gehe. Bei der Liebe der Jungfrau, gehe weg und laß uns in Frieden!"

Während sie spricht ist sie dicht an ihn herangetreten und er breitet seine Arme aus und ergreift sie mit einem Lacher.

„Ich bin herunter gekommen, um Dich zurückzuholen", sagt er, „weil Du nicht unter diesem Dach schlafen sollst. So sicher wie Du Marcelle Grallon sein wirst, sollst Du nicht hier bleiben. Im Zuhause eines chouans und eines Feiglings ist kein Platz für Dich und Mutter Gwenfern weiß das so gut wie ich. Sei nicht störrisch oder soll ich zornig werden – ich, der Dich anbetet. Ach, Du willst kämpfen, aber ich habe Dich fest."
Seine Arme halten sie fest und sein heißes Gesicht presst er an das ihre, als plötzlich eine Hand sich dazwischen schiebt, Grallon mit einem starken Griff an die Gurgel fasst und ihn fortstößt. Es ist eine Momentsache und Grallon schaut mit Bestürzung und findet sich im Griff eines Mannes, der über ihm ist und in mörderischer Raserei auf ihn schaut. Dann stockt ihm fast das Blut vor Schreck, als er in der Dämmerung des Raumes Gwenfern erkennt.
„Hilfe! Der Deserteur! Hilfe!" keucht er, aber eine eiserne Hand ist an seinem Hals und die andere emporgehoben ihn niederzuschlagen und ihn zu zerquetschen.
„Sei still!" sagt Rohan, während der Schuft halb stranguliert stöhnt. Dann sagt er in einer ruhigen aber bestimmten Stimme:
„Ich habe Dich erkannt, Mikel Grallon. Wenn Du ein Gebet weißt, sag es schnell, weil ich denke Dich zu töten. Oh, Schuft! Durch Deine Schuld musste ich so viel erdulden. Du hast mich gejagt wie einen Hund, Du hast mich in den Wahnsinn getrieben mit Hunger und Kälte, aber nun ist es meine Sache. Pipriac ist tot, aber Du bist mehr schuldig als Pipriac und Du wirst ihm folgen heute Nacht."
Grallon zappelt und japst nach Luft. Nun durch das reine Übermaß an Angst nüchtern, starrt er seinen Peiniger an und krümmt sich im Schmerz beim Versuch sich selbst zu befreien. Es würde zweifellos nicht gut ausgegangen sein, wenn nicht die beiden Frauen eingegriffen hätten und in Todesangst Rohan beredeten ihm nicht das Leben zu nehmen. Der Ton ihrer flehenden Stimmen scheint die Wut in Rohans Brust zu beschwichtigen, und ruft ihn die eigene Gefahr ins Gedächtnis. Er wirft Grallon von sich und macht eine Bewegung zur Tür zu gehen. In diesem kritischen Zeitpunkt findet sich Grallon selbst frei und sieht Rohan dabei zu fliehen und begeht die Unklugheit erneut einzugreifen:
„Hilfe! Der Deserteur! Hilfe!" schreit er mit lauter Stimme.
Bevor er erneut rufen kann, ist Rohan wieder bei ihm, packt ihn mit seinen kraftvollen Armen und schlägt ihn mit großer Kraft auf den harten Boden des Flures, wo er ohne Besinnung liegen bleibt, als wäre er tot. Dann geht Rohan mit einem letzten Blick auf seine Mutter und Marcelle durch die Tür hinaus und verschwindet in der Nacht.

Kapitel XXXIX

Eine Kapelle des Hasses

Im Herbst 1813 ist stürmisches Wetter in der großen Welt draußen, wo Kaiser und Könige wild im Griff des Todes kämpfen. Auf der Erde sind die roten Schatten der Armeen. Im Himmel sind dunkle Schatten des Regens, der Wind bläst sie auf der Erde und mal hierhin, mal dorthin. Der Himmel und die Augen sehen diesen Schmerzensweg und auch die Stellen des Sonnenscheins und des Friedens. Die große Flutwelle, die Europa mit Blut überschwemmt ist letztlich abgeflaut und der Strand ist bestreut mit dem Wrack des Imperiums und der Königreiche und dem großen Wehe des Todes.
Durch diesen allgemeinen Sturm hat sich Bonaparte schnell nach Frankreich zurückgezogen: Vor ihm die aufgeschreckten Gesichter seiner Leute, hinter ihm das ärgerliche Gemurmel seiner Feinde und bei jedem Schritt wird der Weg dunkler und die Situation wird grässlicher. Nichtsdestoweniger, wenn der Chronik zu trauen ist, war sein Gesicht ruhig, seine Miene gelassen. Die fünfzigtausend Franzosen, die in Leipzig fielen, sandten keine Gespenster ihn zu beunruhigen. Und wenn Gespenster kamen, dann spielte er sie weg. In dieser Weise kam er nach Erfurt, wo er einige Jahre zuvor dem denkwürdigen Kongreß der Könige vorstand.
Die Dinge hatten sich wirklich gewandelt – sogar die Seele des Mannes. Er konnte das Misslingen nicht vorhersehen, obwohl es ihm an prophetischer Vision nicht ermangelte, dass dies nur der Beginn des Endes war. Eine Kraft nach der anderen auf der Erde fiel von ihm ab und wie der Tod auf seinem weißen Roß ritt er, ohne zu wissen wohin. Schatten um ihn und hinter ihm und über ihm, schweigend der Schatten des Schwertes.

Unten in der Bretagne und in all den ruhigen alten Dörfchen, die wie Kromlaix an der See liegen, ist sehr schlechtes Wetter. Schwarze Nebel, durchsetzt mit Regen, lasten Tag und Nacht über den großen Marschen, dem trostlosen Flachland und den Mooren. Der salzige Schaum und die Gischt werden meilenweit durch den großen Sturm ins Inland getragen und bringen den Geruch des Meeres mit. Kromlaix duckt sich, zittert und schaut seewärts. Tief in der Erde, unter seiner Steilküstenstraße, murmelt eine Stimme – der geheimnisvolle Fluß stöhnt in seinem Lauf.

An einem dunklen Nachmittag kämpft sich die einzelne Gestalt eines Mannes durch die große Ebene, welche sich innerhalb der hohen Seemauer und dem nördlichen Teil von Kromlaix erstreckt. Einige Grenzsteine weisen ihm den Weg und diese wenigen, durch den grauen Dunst und den dünnen Regen schlecht zu erkennende Steine, geht es langsam vorwärts in Richtung des Dorfes, welches noch einige Meilen entfernt liegt. Der Wind frischt den ganzen Tag auf und bläst als halbsteife Briese, während Massen von Regenschauern Dunst hervorrufen, die von der See heraufkommen. Er ist ein alter Mann mit wettergstähltem Gesicht, er kommt nur langsam vorwärts. Wieder und wieder den wütenden Windstößen ausweichend, duckt er sich nahezu an den Boden. Er ist dünn bekleidet, in Bauerntracht des Landvolkes. Auf seinem Rücken trägt er eine Tasche ähnlich dem Felleisen eines Bettlers und er lehnt sich zur Hilfe auf einen Eichenstock.

Bei jedem Schritt nehmen der Sturm und die Dunkelheit zu, bis er wahrhaftig glaubt durch Wolken zu laufen. Dann und wann trifft er wilde Rinder, die nach Schutzdach drängen, sie kreuzen wie Geister seinen Pfad und irgendwelche riesige Steinhaufen tauchen schimmernd auf und verschwinden wieder. Zuletzt, mit dem Geräusch der tobenden See in seinen Ohren, steht er verwirrt und unschlüssig da.

Gerade nimmt er, durch den Dunst undeutlich sichtbar, die Umrisse eines Gebäudes wahr, welches mitten in der Einöde steht. Er läuft hurtig vorwäts, ein Obdach zu finden und bald steht er vor der Tür. Das Gebäude ist eine Ruine, die vier Wände mit einem Stück Dach, das noch intakt ist, aber Türen und Fenster sind schon längst herausgefallen – vielleicht haben das Menschenhände in den Tagen der Revolution angerichtet. Die Wände sind schwarz und gezeichnet vom Schmutz der Jahrhunderte. Über dem Torweg sind diese Worte in antiquarischer Schrift geschrieben: ‚Notre Dame de la Haine', übersetzt: ‚Unsere Lady des Hasses'. Für einen Moment zögert der Reisende, mit einem seltsamen Lächeln, dann tritt er ruhig ein. Am Torweg ist ein Stein, auf welchen er sich niedersetzt, gut geschützt vor dem Sturm und betrachtet den Innenraum der Kapelle. Es ist eine Kapelle, obgleich anscheinend verlassen und aufgegeben. Solche Gebäude stehen noch in der Bretagne wie geisterhafte Erinnerungen an ihre dunkelste rasende Wut, was Religion im Stande ist zu tun.

Wie es scheint ist sie noch nicht ganz aufgegeben. Hierher kommen noch Männer und Frauen in Stunden der Leidenschaft und des Schmerzes, um ihre Flüche auf ihre Feinde zu schreien: Die Mädchen auf ihren falschen Liebhaber, der Liebhaber auf seine falsche Gebieterin, der Ehemann auf sein falsches Weib. Beten alle zusammen, dass ‚Unsere Lady des Hasses' möge ihnen Gehör schenken und dass der Gehasste innerhalb eines Jahres sterben möge.

So strahlend und so tief scheint das Licht der edlen Christenheit in ihre Seelen. Manche aus ihrer eigenen Leidenschaft im Namen der Mutter Gottes. Diese eine Lady des Hasses ist sicher so gut zu ihnen wie die andere – die Mutter der Liebe. Der Innenraum der Kapelle ist durch Dunst und Schatten dunkel. Am entferntesten Ende, welches ganz dachlos ist, ist undeutlich sichtbar ein einzelnes Fenster, durch das der Regen heftig und unbarmherzig auf ein beschädigtes Steinbildnis der Gottesmutter schlägt,

welches noch auf seinem Sockel steht, dort, wo einst der Altar gewesen war. Ein trauriges Bildnis, formlos und entstellt, grob behauener gewöhnlicher Stein. Nun zerstört und nahezu nicht wiederzuerkennen. Dass die Kraft Unserer Gottesmutter nicht gänzlich vergangen ist und festes Vertrauen in ihre Kraft noch besteht, beweisen die einfachen Geschenke, die ihr zu Füßen gelegt worden sind.
Schnüre mit schwarzen Glasperlen, übliche Rosenkränze, gewöhnliche Medaillons aus Kupfer und Zinn, Fragmente aus Seidenbändern und Reste menschlicher Kleidung.
Eins von ihnen sieht ganz neu aus und enthält eine Locke menschlichen Haars. Wehe dem Kopf auf dem dieses Haar wuchs, sollte von dem, der es hier her gelegt hat, das Gebet erhört werden!
Der Boden der Kapelle ist gepflastert, aber nur einige der Steinplatten sind geblieben, überall wachsen Gras, Nesseln und Wildkräuter, die im Regen tropfen. Beim beschädigten Altar wachsen die Wiesenkräuter brusthoch, berühren die Füße der Gottesmutter und klettern an ihr empor, als wollten sie sie vor menschlichen Blicken verbergen. Vor dem Altar ist ein gepflasterter Raum, wo die Männer und Frauen möglicherweise knien.
Der alte Mann blickt auf den traurigen Platz und seufzt. Dann nimmt er sein Felleisen vom Rücken und öffnet es. Er holt ein Stück schwarzes Brot heraus und beginnt zu essen. Er hat kaum begonnen, als er durch eine Menschenstimme aufgeschreckt wird, die aus dem Innenraum der Kapelle dringt. Er späht in die Dunkelheit, er unterscheidet schwach eine menschliche Gestalt. Gleich darauf wiederholt sich der Klang der Stimme. Er steht auf und geht zum Altar hin und erblickt eine auf dem Boden vor dem Steinantlitz ausgestreckte Gestalt eines Mannes. Mit dem Gesicht nach unten wie ein Mann der eingeschlafen oder in Ohnmacht gefallen ist. Der schwere Regen ergießt sich über ihn, stöhnend und murmelnd liegt er da, ganz und gar hilflos, dass es kaum zu fassen ist. Seine Lumpen bedecken kaum seine Nacktheit, sein verwildertes Haar wallt ihm über die Schultern und ist von Kopf bis Fuß von der klammen Feuchtigkeit des Sturmes beschmutzt.
Als der alte Mann sich nähert und sich über ihn beugt, bewegt er sich nicht. Aber dann, als der alte Mann ihn wiedererkennt, beugt er sich zu ihm und berührt ihn. Er springt auf seine Füße wie ein wildes Tier und als er aus seiner Erstarrung erwacht, blickt er mit blutunterlaufenen Augen umher. Sein Gesicht ist ganz wild und furchtbar, bedeckt durch sein ungewaschenes Haar und Bart. Das Licht in seinen Augen ist ebenso wild, leer und bejammernswert, dass der alte Mann aufgeschreckt zurückweicht.
„Rohan!" sagt er leise, „Rohan Gwenfern!"
Die Arme Rohans, die er weinend ausgestreckt hat, sinken zur Erde und er wendet seinen Blick zum Sprecher. Allmählich schwindet der katzenartige Ausdruck aus seinem Gesicht, aber das bejammernswerte Licht in seinen Augen bleibt.

Notre Dame de la Haine

„Meister Arfoll!"
Es ist tatsächlich der umherziehende Schulmeister, etwas verändert, ein wenig grauer und trauriger, seit er ihn zuletzt sah. Er streckt seine Arme aus und ergreift Rohans rechte Hand und schaut sanft in sein Gesicht. Kein Wort

wird in den nächsten Minuten gesprochen, aber die kraftvolle Gestalt Rohans erschauert.

„Du lebst! Du lebst!" ruft zuletzt Meister Arfoll, "drüben in Travnik gab es einen Bericht, daß Du tot wärst, aber ich glaubte es nicht und ich hoffte weiter. Gott sei Dank, Du lebst!"

Solches Leben, das wie ein Dahinsiechen für die gequälte Gestalt ist, scheint kaum Wert auf Gottes Dank zu legen. Besser zu sterben, könnte man denken, als das zu werden - ein Geist.

Ein Schatten, der sich an der Grenze der menschlichen Natur befindet. Alle wilden und verfolgten Dinge sind mitleiderregend anzuschauen und es gibt kein traurigeres Zeichen auf der Erde, als das Gesicht eines gejagten Mannes.

Jetzt spricht Meister Arfoll erneut:

„Ich war durch Kromlaix gegangen und ich kam dann hierher, wegen Obdach vor dem Sturm. Von allen Plätzen der Erde finde ich Dich hier! Oh, Gott, es ist ein schlimmer Ort und diejenigen, die hierher kommen, haben boshafte Herzen. Was hast Du hier getan, mein Rohan? Gebetet? - zu Notre Dame de la Haine?"

Rohan, dessen Blicke auf den Boden gerichtet sind, schaut schnell auf und antwortet:

„Ja!"

„Ach, Du hast großes Unrecht erfahren und Deine Feinde waren wirklich grausam gewesen. Möge Gott Dir helfen, mein armer Rohan!"

Ein scharfer Ausdruck der Verachtung und des halben Wahnsinns legt sich auf Rohans Gesicht.

„Es ist nicht Gott, den ich bitte", antwortet er in einer dumpfen Stimme, „ nicht Gott, aber sie! Keiner kann mir helfen, wenn nicht sie. Schauen Sie, ich habe hier gebetet, habe mir die Augen ausgeweint gegen den Kaiser – in Flüchen auf seinen Kopf, dass sie ihn hinwegjagen."

Plötzlich geht er zum Altar, streckt seine Hände aus und schreit:

„Mutter Gottes, erhöre mich. Mutter des Hasses, höre! In einem Jahr, in einem Jahr!"

Ein neuer Anfall der Leidenschaft ergreift ihn, sein Gesicht wird weiß wie der Tod und er scheint sich wieder auf die Steine vor dem Altar werfen zu wollen, aber Meister Arfoll streckt seine Hände aus und fasst ihn sanft auf die Schulter.

„Laß uns setzen und sprechen", sagt er behutsam, „es gibt Nachrichten. Ich habe Brot in meinem Felleisen und ein bischen roten Wein. Laß uns zusammen essen und trinken wie in alten Zeiten und Du sollst alles hören, was ich weiß."

Etwas in der Art des Sprechers unterwirft und beruhigt Rohan, der sich von ihm durch die Kapelle zu dem Steinsitz, nahe der Tür, leiten lässt. Hier setzen sich die zwei Männer Seite an Seite. In der Zwischenzeit ist es bereits

in der Kapelle ganz dunkel geworden, aber der Wind bläst stärker als bisher, es regnete nicht mehr. Stück für Stück legt sich Rohans Aufregung, sanft zum essen gezwungen, tut er es automatisch, denn es ist offensichtlich, dass er Nahrung beklagenswert nötig hat. Dann zieht Meister Arfoll eine lederne Flasche heraus, die am Morgen von der Farmersfrau mit Wein gefüllt wurde, deren Kinder er unterrichtet hatte. Rohan trinkt und seine blassen Wangen röten sich und so ist jetzt seine Leidenschaft gewichen und er ist ein fügsames Kind geworden. Allmählich bekommt Meister Arfoll viele Details seiner Lage heraus:
Einige Tage ging er in die offene Ebene zwischen den großen Salzmarschen, zuletzt kehrte er in die Höhle von St. Gildas zurück, von wo aus, in einem Anfall von Raserei er beschloß an diesem Tag in der Kapelle des Hasses zu beten und zu fluchen.
„Wenn sie zurückgekommen wären mich zu suchen", sagt er, „hätte ich einen Weg gehabt. Die Höhle hat einen Ausgang, den sie nie gefunden hätten und den ich nur durch Zufall entdeckte."
Er hält einen Moment inne, dann, als Antwort auf Meister Arfolls fragenden Blick, fährt er fort:
„Sie kennen die große Höhle? Oh, nein, aber sie ist gewaltig wie die Kathedrale zu St. Emlett und kein Mensch, außer mir, hat sie je betreten. Nachdem ich Pipriac getötet hatte, kehrte ich zurück, denn all meine anderen Verstecke waren zu gefährlich und als ich eintrat stand Pipriac vor mir, als wäre er lebendig, mit seiner großen blutenden Wunde und seine Augen schauten mich an. Das war nur einen Moment, dann verschwand er, aber er kam wieder und wieder zu mir, bis ich krank wurde vor Angst. Meister Arfoll, es ist furchtbar Blut vergossen zu haben und Alt-Pipriac war ein guter Kamerad, trotz alledem, noch dazu war er der Freund meines Vaters und das ist schlimm. Mutter Gottes, was für ein Tod! Ich denke ständig daran und finde keinen Frieden."
 Während er spricht kehrt seine frühere Art zurück und er erschauert durch und durch, als wäre es empfindlich kalt. Aber die Berührung durch Meister Arfolls Hand beruhigt ihn und er fährt fort:
„Gut, zuletzt, in einer Nacht, als der schwarze Sturm war, konnte ich es nicht länger ertragen und ich schlug ein Licht mit Feuerstein und Stahl, entzündete mir eine Fackel und um mir die Stunden zu vertreiben, begann ich alle Wände ringsum mit meinen Schritten abzumessen. Dabei entdeckte ich in der weiten Dunkelheit der großen Höhle ein Loch, durch das ein Mann klettern kann, ein Loch wie ein schwarzer Fleck. Man kann am Tage suchen und findet es nicht. Ich kletterte hindurch auf Händen und Knien und ein kleiner Weg führte in eine andere Höhle, nahezu so groß wie die erste. Dann dachte ich ‚laß sie kommen, wenn sie wollen, ich bin sicher, ich kann hierher klettern'. Das war noch nicht alles, ich fand bald heraus, dass die Klippen ausgehöhlt sind wie große Bienenwaben und einerlei welchen

Weg ich untersuchte, überall waren Steindurchgänge, die tief in die Erde führten."

„Es ist das Gleiche wie entlang von La Vilaine", sagt Meister Arfoll, „die Eingänge sind bekannt, aber kein Mensch hat die Hohlräume erkundet, weil sie glauben sie werden gejagt. Manch eine Sage entstand vor langer Zeit, aber wer kann das wissen."

Rohan antwortet nicht, weil es scheint, als ob er wieder in einer Art Trancezustand gefallen ist. Zuletzt schaut er auf, deutet auf das Fenster der Kapelle und sagt:

„Sehen Sie, der Regen ist vorüber und der Mond ist aufgegangen."

Der Regen hat tatsächlich aufgehört und die Wolken vom Wind getrieben, rasen über den Mond, der seine gläsernen Strahlen aussendet.

Der nicht nachlassen wollende Wind brüllt wilder denn je, das Gesicht des Himmels ist wie ein menschliches, das unter Folterschmerzen sich verzieht und durch sein eigenes wahnsinniges Licht erleuchtet wird.

Meister Arfoll schaut für einige Augenblicke der Stille aufwärts, dann sagt er:

„Und nun, was wirst Du tun? Ach, wenn ich Dir helfen könnte! Aber ich bin so schwach und so arm. Hast Du keine anderen Freunde?"

„Ja, einen – Jan Goron. Aber für ihn bin ich sicher gestorben."

„Gott wird ihn belohnen!"

„Dreimal, seit Pipriacs Tod hat Jan Essen unter dem Dolmen auf dem Festplatz versteckt und meine Mutter hat Fackeln aus Talg und Pech gemacht, dass ich in der Dunkelheit nicht verrückt werde und außerdem eine Laterne und Öl. Jan versteckte alles und ich fand es unter dem Dolmen."

Meister Arfoll nimmt die ausgestreckten Hände in Liebe in die Seinen.

„Gott hat Dir großen Mut gegeben, manch anderen Mannes Herz wäre schon zerbrochen, Du lebst. Habe weiter Mut, mein armer Rohan – es gibt noch Hoffnung. Du weißt, es gab eine große Schlacht und der Kaiser hat verloren."

Das eine Wort ‚Kaiser' scheint genug zu sein in Rohans Kopf all den Wahnsinn wieder heraufzubeschwören. Er steht auf reckt seine Arme zum Altar der Kapelle, während Meister Arfoll fortfährt:

„Es kursieren die wildesten Gerüchte. Manche sagen der Kaiser ist Gefangener in Deutschland, andere, dass er versucht haben soll sich selbst zu töten. Aber alle sagen, und das ist sicher, dass er geschlagen wurde wie niemals zuvor und sich auf dem Rückzug befindet. Die Welt war letzlich gegen ihn aufgestanden.

Eine Stunde später stehen die beiden Männer zusammen an der Kapellenpforte.
„Ich werde das Haus Deines Onkels besuchen", sagt der Fahrende, „und ich werde Deine Cousine Marcelle sehen. Soll ich ihr irgendeine Nachricht überbringen?"
Rohan zittert und antwortet:
„Sage ihr sie soll meine Mutter trösten – sie hat sonst niemanden auf der Welt."
Die Männer umarmen sich und Meister Arfoll geht in die Nacht hinaus. Eine Weile steht Rohan noch an der Pforte und beobachtet wie die Gestalt entschwindet. Dann wirft er mit einem bitteren Schrei die Arme hoch und verlässt ebenfalls den Platz wie ein Mensch, der vor schlimmen Dingen flieht.

Kapitel XL

Eine Vogelscheuche des Ruhmes

Früh am nächsten Tag, als alle Dervals beim Frühstück zusammensitzen, betritt Meister Arfoll die einfache alte Küche und grüßt mit dem üblichen Landgruß: ‚Gott segne alle hier!' und nimmt am Feuer unaufgefordert Platz. Der Korporal nickt kalt mit dem Kopf, Alain und Jannick lächeln und die Frauen murmeln das gebräuchliche ‚Willkommen'. Eine peinliche Stille folgt. Es ist klar, dass das Erscheinen Meister Arfolls irgendeinen zwingenden Grund hat. Wirklich, der Korporal ist dabei, mit der Brille auf der Nase, den Bericht vom Stand des Krieges zu lesen – eines der schwärmerischen Dokumente im welchen Bonaparte wie gewohnt mit aller Aufwendigkeit der Großartigkeit einer verlogenen Vorstellung dargestellt wird. Bei dieser Gelegenheit, war eben Bonaparte unfähig einen Bericht der totalen Täuschung des wahren Zustandes der Situation auszuhecken. Inmitten all seiner Pracht, Worte zu benutzen und all seinen Erfolg der irreführenden Falschheit, schaut dort aus dem Gerippe der Fakt hervor, dass die kaiserliche Armee furchtbar und nahezu endgültig geschlagen ist und dass sie gezwungen ist, all ihr Träume der Unterwerfung aufzugeben und sich in alte Grenzen zurückzuziehen muß.
Nun, der Korporal ist kein Narr und in Wirklichkeit ist sein Herz wegen seines Günstlings gekränkt. Er ist nicht der Mensch, den nichtmitempfindenden Außenseiter als Fakt zuzulassen.
So ist er ganz still, als Meister Arfoll eintritt und sitzt stumm vor dem Fenster und stopft sich seine Pfeife.
„Sie haben Neuigkeiten, sehe ich", sagt der Fahrende, nach einer langen Pause, „ ist es dann wahr, Korporal Derval?"

Der Korporal kommt grollend von seinem hohen Roß herunter und begehrt: „Was ist wahr, Meister Arfoll?"

„Das über die große Schlacht und dem Rückzug. Ist der Kaiser noch auf dem Marsch nach Frankreich, wie sie sagen?"

Der Korporal gibt einen ungestümen Schnaufer von sich und stopft den Tabak wütend in den Pfeifenkopf.

„Wie sagen Sie?" wiederholt er verächtlich, „wie die Gänse sagen, Meister Arfoll! Ach! Wenn sie ein alter Soldat wären und wenn sie den Kaiser kennen würden wie ich ihn kenne, dann würden Sie nicht von einem Rückzug sprechen. Seele einer Krähe, zieht sich eine Spinne zurück in ihr Loch, wenn sie versucht die Fliege zu beschwatzen? Zieht sich ein Habicht in den Himmel zurück, wenn er Ausschau nach Sperlingen hält? Ich will Ihnen folgendes sagen, Meister Arfoll : Wenn der kleine Korporal einen ‚Rückzug' spielt, sollten seine Feinde ihre Augen offen haben wie die Eulen, dass sie dann lachend und rennend hinter ihm her sind, so denken sie, er wird in ihrer Mitte und von hinten in sie schießen, dass sie gegessen werden können."

Der Fahrende sieht wie der Hase läuft und hält nicht dagegen. Nach einer Weile sagt er nur, ins Feuer blickend:

„Vor Leipzig war es furchtbar, es ist nicht wahr, dass fünfzigtausend Franzosen fielen?"

Der Korporal brennt sich nun die Pfeiefe an und pufft wütend den Rauch. Meister Arfolls ganze Fragerei irritiert ihn und er schaut herum zu seinen Neffen und dann, mit einem Gesicht so rot wie sein eigener Pfeifenkopf, auf den Besucher.

„Ich weiß es nicht", antwortet er, „und ich sorge mich nicht. Sie sind ein Gelehrter, Meister Arfoll und kennen eine Menge Bücher, aber ich werde Ihnen frank und frei sagen: Sie verstehen nichts vom Krieg. Ein großer General rechnet nicht mit diesen Dingen, fünfzig Mann getötet oder fünfzigtausend, es ist alles dasselbe. Er mag das Doppelte verlieren als der Feind und noch hat er den Sieg über alle gewonnen. Fünfzigtausend Mann, bah! Wenn es das Doppelte von fünfzigtausend wäre ist es immer noch dasselbe. Geht zu! Der Kaiser weiß was los ist."

„Und Ihre eigenen Neffen", sagt Meister Arfoll, „ sind sie letztendlich sicher?"

Der Korporal wirft einen unbehaglichen Blick auf die Witwe, die ihr weißes Gesicht erhebt, als Meister Arfoll spricht, dann lächelt er grimmig.

„Gute Burschen, gute Burschen! Als wir zuletzt von ihnen hörten, waren sie sicher und guter Dinge, Gildas schrieb für beide, sie wissen, er hat eine gute Handschrift, er ist begabt, das kann ich Ihnen sagen! Er hatte ein paar Kratzer und wurde im Hospital behandelt, einen Monat lang, aber er war bald wieder in Ordnung und ist vergnügt wie eine Grille. Ach! Es ist ein

herrliches Leben, er sagt: Essen und Trinken im Überfluß und Geld zum Ausgeben, es ist doch der Weg, die Welt zu sehen."
„Waren Ihre Neffen in der großen Schlacht, Korporal Derval?"
Mit einem weiteren unbehaglichen Blick auf die Witwe schnauft der Korporal eine Antwort:
„Ich weiß es nicht, Himmeldonnerwetter, ich kann nicht sagen, weil wir seitdem nichts hörten. Aber eins weiß ich, Meister Arfoll, wohin der Kaiser mit seinem Finger zeigt und zu ihnen sagt ‚geht', Hoel und Gildas sind dabei."
„Dann sind Sie nicht sicher, dass sie überlebten?" sagt Meister Arfoll und senkt seine Stimme.
Das weiße Gesicht der Witwe schaut erneut auf und die Stimme des Korporals zittert, als er antwortet:
„Sie sind in Gottes Hand und Gott wird sie beschützen. Sie tun ihre Pflicht wie mutige Männer in einem siegreichen Dienst und ER wird sie nicht verlassen. Darin bin ich mir sicher – dass wir schon bald von ihnen hören werden."
[Aber ach, mein Korporal, was ist mit den Fünfzigtausend, die auf dem Leipziger Schlachtfeld fielen? Waren sie auch alle in Gottes Hand und beschützte ER *sie*? Jeder ist seines Glückes Schmied und von Fünfzigtausend erging ein Gebet und von Fünfzigtausend kam derselbe leichtgläubige Schrei. ‚Wir werden bald von ihnen hören'.]

Als der Korporal geendet hat, werden die Versammelten einer Männergestalt gewahr, welche durch die offene Tür eingetreten ist und auf sie schaut. Ein bedauernswertes Subjekt, fürwahr, mehr abstoßend, als bedauernswert! Sein Gesicht ist schmutzig und unrasiert und um seinen Kopf ist, anstatt einer Kappe oder eines Hutes, ein farbiges Handtuch gewunden. Ein zerfetzter Winterüberzieher reicht bis an seine Knie, darunter baumeln die zerlumpten Reste einer Hose, er ist barfuß und ein Fuß ist in ein blutiges Handtuch eingewickelt. Er stützt sich auf einen Stock und blickt in die Runde. Auf seinem Gesicht ist ein Ausdruck großen Unglücks, so wie es sich äußert, wenn eine sehr alte Dohle im letzten Stadium der Mauser und schmutzig dazu ist.
„Gott schütze alle hier!" sagt er in einer schrillen Stimme.
„Willkommen, guter Mann!" sagt der Korporal und nötigt den Bettler, der er zu sein scheint, sich am Feuer zu setzen.
Der Neuangekommene bewegt sich nicht, lehnt auf seinem Stab, bewegt nur seinen Kopf hin und her mit einem teuflischen Grinsen zu Marcelle und dann winkt er bedrohlich zu Alain und Jannick. Die Witwe springt mit einem Schrei auf.
„Mutter Gottes! Es ist Gildas!"

Alle springen im höchstem Erstaunen auf: Die Jungen von ihren Sitzen am Tisch, Marcelle von ihren Spinnrad, während der Korporal seine Pfeife sinken lässt und starrt. Im nächsten Moment umarmt Mutter Derval die Erscheinung und küsst ihn.
Es ist tatsächlich Gildas Derval – aber so abgehärtet und zerrissen und verschmutzt vom Marsch, so besudelt mit Staub der Straße und so sonnenverbrannt und mit Blasen bedeckt, dass nur seine Größe ihn erkennbar macht. Sein Gesicht ist bedeckt mit einem sprießenden Bart und über seinem rechten Auge hat er eine grässliche Narbe. Eine schimpflichere Vogelscheuche stand niemals auf einem grünen Feld oder verdunkelte eine ansehnliche Tür. Bevor etwas gesagt werden kann, schreit die Mutter erneut:
„Mutter Gottes, er hat einen Arm verloren!"
Es ist wahr, von des Soldaten linker Seite baumelt ein leerer zerfetzter Ärmel. Nun kommt erneutes Wehklagen von der Mutter, aber Gildas lacht nur und nickt wissend zu seinem Onkel. Dann kommt Marcelle und umarmt ihn, dann Alain und Jannick. Zuletzt der Korporal, mit flammenden Gesicht und freundlichen Augen, schlägt Gildas auf die Schulter, reicht ihm die Hände und küsst ihn auf beide Wangen.
Die arme Mutter flattert wie ein armer Vogel um ihre Jungen, denkt als Erste an den flügge gewordenen, der weit weg ist. Als Gildas zu dem großen Sessel begleitet worden ist, Mutter Derval zu seinen Füßen kniet und sie ihre Arme um seine Knie schlingt, während Marcelle über ihn gebeugt ist und ihn wieder küsst, kommt die Frage:
„Und Hoel? Wo hast Du Hoel verloren?"
Gildas streckt seine große Hand aus und legt sie auf das Haupt seiner Mutter. In jeder Geste des Mannes liegt ein großzügiges und gönnerhaftes Verhalten, ganz anders, als zu seiner früheren dummen Art und er ist offensichtlich mit sich und der Welt im Reinen.
„Hoel ist in Ordnung, Mutter und sendet liebe Grüße. Ach, er hat niemals einen Kratzer abbekommen, während ich, ihr seht es, noch mal Glück gehabt habe. Zu Meister Arfoll gerichtet, der noch am Kamin sitzt, fährt er fort:
„Sie sehen, ich bin ein Invalide, Pech gehabt, gerade, als der Spaß begann. Ein Schuß verwundete mich und sie dachten zuerst, ich sei kein Krüppel, aber als ich im Hospital lag, sehr zufrieden, kam der Oberstabsarzt mit seiner Säge – grrrr!"
Hier imitiert er mit seinen Zähnen das Geräusch des Instrumentes bei der Arbeit.
„Und bevor ich beim Abnehmen schreien konnte, war er ab wie ihr seht!"
Während er spricht, zittert seine Mutter, halb ohnmächtig und die Jungen schauen auf ihn in Bewunderung. Der Korporal nickt anerkennend mit dem Kopf, das soviel heißt wie: 'Gut das ist das Wichtigste, aber der Junge kam gut durch'.
„Wo wurdest Du verwundet?" fragt Meister Arfoll.

„Vor Dresden", antwortet der Soldat, „ am zweiten Tag, dann brachte man mich in die Ambulanz nach Leipzig und als ich kräftig genug war, bekam ich meine Entlassung. Ich habe ein Amtsschreiben in Nantes und eine Menge guter Gesellschaft, danach wanderte ich mit einem Kameraden nach St. Gurlott, wo wir uns trennten und ich heimkam. Ja, nun bin ich zu Hause und so war der Lauf der Welt, auf und ab, auf und ab!"
Jetzt bringt der Korporal eine Flasche hervor und füllt kleine Gläser mit Korn-Brandy.
„Trink, mein Bursche!" sagt er.
Gildas leert das Glas aus, dann hält er es hin zum erneuten Füllen, während die Mutter mit vielen Seufzern und Ausrufen zu sich selbst, ihm heimlich seine schäbige Kleidung abnimmt. Als ihr Blick auf den bandagierten Fuß fällt, weint sie und trocknet ihre Augen mit ihrer Schürze.
„Das ist kein schlechter Stoff für Euch alle!"
Er trinkt aus ohne zu zucken, dann schaut er zu Marcelle auf, die sich noch über ihn beugt, er sagt schelmisch, mit dem Pathos eines Veterans:
„Ich werde Dir dies sagen, Kleine: Die deutschen Mädchen sind wie ihre eigenen Fässer und ich habe, seit ich Frankreich verließ, kein schöneres Gesicht gesehen, als Deins. Sie sind gierig, diese fetten Fräuleins und rauben die Soldaten bis auf die Haut aus."
Marcelle beugt sich herunter und flüstert eine Frage in sein Ohr, worauf er lächelt und nickt. Ruhig öffnet er sein Hemd auf der Brust, zeigt ihr die immer noch am Seidenband um seinen Nacken hängende Medaille, die sie ihm vor seiner Abreise umhängte. Marcelle küsst ihn wieder und erhebt ihre Augen gen Himmel, im Vertrauen darauf, dass ihr Amulett ihn vor Schlimmeren bewahrte. Nicht länger sich dem Kreise der Familie aufzudrängen, steht Meister Arfoll auf, beglückwünscht Gildas noch einmal zu seiner sicheren Heimkehr und verabschiedet sich. Überläßt die Familie sich selbst, die aufgeregte Familie, die um den Helden versammelt ist und ihn mit vielen Fragen quält, auf die er eigentlich mehr aus dem Hörensagen, als durch Faktenwissen, antwortet. Die Vogelscheuche, die er ist, ist in ihren Augen von einem Heiligenschein militärischen Ruhmes umgeben und an seiner Seite auch der Korporal mit seinen verjährten Erinnerungen, scheint bedeutungsvoll zu sein. Tatsächlich, er behandelt seinen Onkel wie alle, im ehrenden Sinne, als alten Veteran und ist übervoll seiner neuen und unverarbeiteten Erfahrungen, seine Nase über die anderen alterfahrenen Meinungen rümpfend.
„Und Du hast den Kaiser gesehen, mein Bursche?" fragt der Korporal, „Du hast ihn mit Deinen eigenen Augen gesehen?"
Gildas nickt sein ‚Du kannst mir glauben' zu und dann mit seinem Kopf wie ein Hahn seitlich, in des Onkels eigener Art sagt er:
„Ich sah ihn zuletzt in Dresden, es goß in Strömen und der kleine Mann war wie eine ertrunkene Ratte, sein grauer Mantel durchweicht und sein Hut

über seine Augen gezogen und aus ihm rann es wie ein Speirohr. Teufel! Wie er galoppierte – ihr würdet sagen es war eine alte Frau auf den Pferd, die rittlings zum Markt reitet. Er mag ja ein großer General sein", setzt der respektlose Anfänger hinzu, „aber er weiß nicht wie man reitet."
„Weiß nicht wie man reitet. – der Kaiser!" platzt der Korporal entsetzt heraus.
Zu *seiner* Zeit wurde solche Kritik als Gotteslästerung behandelt, aber jetzt beginnt das Unglück, die unerfahrenen Rekruten erlauben sich ihren Führer zu beurteilen.
„Er sitzt bucklig oben in plumper Haltung – etwa so", sagt Gildas und zeigt die Aktion zu den Worten, „und kein erbärmlicher Rekrut aus den Vogesen ist schäbiger. Man hätte nicht sagen können, dass das der Kaiser war, aber ein Bettler, der ein Pferd gestohlen hat und davonreitet. Ach, wenn ihr wissen wollt, wie ein General auszusehen hat, so müßtet ihr Marschall Ney(30) sehen."
„Marschall Ney!" echot der Korporal mit einem verachtungsvollen Schnaufer.
„Er zieht sich für den Kampf an, als ob er zu einem Ball geht und sein Haar ist eingeölt und parfümiert und er hat Ringe an seinen Fingern und sein Pferd ist in Silber, Gold und Rot wie er selbst. Und dann kann er reiten wie ein Engel! Sein Pferd gehorcht ihm wie ein hübscher Partner und er wirbelt und springt und tanzt bis eure Augen verwirrt sind."
„Bah!" schreit der Korporal, „die große Puppe!"
Jetzt ist der Moment erreicht, dass der Veteran mit seinem Neffen in Streit über das Subjekt ihres Favoriten gerät, aber in dem Augenblick kommt die Mutter mit warmem Wasser für das Bad des verwundeten Fußes des Soldaten. Mit einem strengen Blick auf ihren Schwager, um weitere Argumente abzuwenden, kniet sie nieder und wickelt die Bandage vom Fuß ab, der lahm und verwundet ist. Unter mitfühlendem Gemurmel badet sie die Füße und salbt sie mit gutem Öl ein, während Marcelle sauberes Leinen bereitet.
‚Morgen', so denkt die Witwe, ‚soll der kleine Plouet kommen und sein Haar schneiden und den Bart rasieren und dann wird er wieder wie mein eigener hübscher Junge aussehen.'
Plouet ist ein Individuum, der zu seinen anderen Berufen den Barbier des Dorfes macht und die Rasur ausübt und die allgemeine Anerkennung genießt.
Glücklich ist er, wenn auch erschöpft denn ihm helfen liebende Hände. Und wer hat schon so ein Zuhause, das ihn so empfängt und ihm Zuflucht in seiner Stunde der Not gibt! Gildas mag sich über sein Glück im Unglück beklagen, aber in seinem Herzen weiß er, dass er ein glücklicher Kamerad war.
Aus der Sicht eines Fremden ist er gerade jetzt ein verrufen aussehendes Objekt wie man es nach tagelangem Marsch findet. Lange bevor die Witwe

die schmerzhaften Füße abgetrocknet hatte, ist er in seinem Sessel zusammengesunken und schnarcht kraftvoll. Sein Kinn ist tief in seinen Übermantel gesunken, sein fettiges Haar von dem Handtuch versteckt, welches sein Kopf bedeckt, ein leerer Ärmel baumelt und seine beiden zerlumpten Beine ausgestreckt. Er sieht mehr wie eine Vogelscheuche aus, mehr und mehr imstande die kleinen Vögel seines Dorfes aufzuschrecken. Aber für die zitternde Mutter ist er schön und ihr Herz sehnt sich nach ihm mit unsagbarem Mitleid und tiefer Liebe.

Er ist lebend zu ihr zurückgekommen, obgleich schwer verwundet und nicht nur körperlich unglaublich verändert. Er hat seinen Beitrag zum Ruhm bezahlt und, komme das was da wolle, er wird niemals wieder in den Krieg ziehen.

Kapitel XLI

Einblicke in eine tote Welt

Rohan Gwenfern braucht nur wenig Befürchtung zu haben, dass eine erneute Suche nach ihm in der Höhle von St. Gildas gestartet wird. Nach der einmaligen Untersuchung der Höhle, die leer vorgefunden wurde, waren die Gendarmen froh über jeden Vorwand von ihr fernzubleiben. Nicht, dass sie tatsächlich Angst hätten oder dass sie Bedenken hätten die Belagerung wieder einzurichten, aber der Tod Pipriacs erfüllte sie mit einer abergläubischen Angst. Einige Tage nach Pipriacs Tod wurden große Anstrengungen unternommen den Aufenthalt des Mörders zu entdecken. Aber, obwohl die Gendarmen mehr als einmal auf seiner Spur waren, und, obwohl er persönlich mit Mikel Grallon zusammenstieß, waren alle Verfolgungen unnütz. Die Behörden von St. Gurlott waren sehr erregt, eine Belohnung wurde in wohlplatzierten Aushängen ausgesetzt. Aber Rohan blieb auf freiem Fuß. Und bevor mancher Tag verstrich wurde seine Existenz in der Aufregung der neuen Nachrichten vom Stand des Krieges vergessen. Vergebens war es für den Korporal Derval und den anderen auf der Straße und vor dem Kamin an ihrem Denken festzuhalten, und zu erleben, dass die Sonne des Bonaparte zwar noch nicht untergegangen, aber gegenwärtig niedergeht. Alles war vergebens für die ‚Vogelscheuche des Ruhmes'.

Haare durch den Barbier geschnitten und schön gemacht durch sauberes Linnen, alles würde gut, solange der Kaiser, Marschall Ney an seiner rechten Hand hat. Vergeblich das Lügen der Tagesberichte, die aus Paris nach St. Gurlott kommen und dann in die Dörfer weiterverbreitet werden. Ein genereller Eindruck ist, dass im Ausland die Dinge schlecht stehen. Die treuen Anhänger in Kromlaix beginnen einander anzusehen und zu lächeln.

Von der oberen Kammer des Hauses des Korporals gehen noch Gebete einer Jungfrau für den großen Kaiser und dazwischen Gebete für Rohan Gwenfern aus. Marcelle kann oder will nicht verstehen, dass der Kaiser der Grund für das Unglück ihres Geliebten ist, nein, er ist zu groß, zu gut, und – ach, wenn doch eines ihrer Gebete sein Ohr erreichte! Er liebt sein Volk sehr und hat ihrem Onkel das Kreuz verliehen und alle Menschen wissen, dass er ein empfindliches Herz hat. Wie konnte er wissen, was sündhafte Menschen in seinem Namen tun? Wenn sie nur zu ihm gehen und vor seine Füße fallen und um das Leben ihres Geliebten bitten könnte!

Oh weh, wie unbesonnen und närrisch Rohan gewesen ist! Es war sündhaft von ihm, abzulehnen dem Kaiser zu helfen, aber er war es nicht selbst gewesen, er war verrückt. Und hier ist das Ende! Nun ist Gildas zurückgekommen mit Ruhm bedeckt, lebend, während Rohan noch ein gejagter Mann ist mit Pipriacs Blut an seinen Händen. Wenn Rohan nur so mutig gewesen wäre wie ihr Bruder! Gott hätte ihn zurückgebracht.

Während Marcelle überlegt und betet, geht Rohan Gwenfern wie ein schlafloser Geist durch die Dunkelheit der Erde. Was bringt es, dass er Tag und Nacht, wach oder in wunderbaren Träumen, mit der Fackel in der Hand durch die sonnenlosen Höhlen schleicht? Es scheint alles unwirklich zu sein. Phantome beunruhigen ihn, er hört Stimmen, kalte Hände berühren ihn und immer wieder erscheint der Geist Pipriacs mit vorwurfsvollen Augen vor ihm. Es ist nichtsdestoweniger real. Seine Entdeckung der mysteriösen Öffnung in der Höhle von St.Gildas führt zu einer Serie von Entdeckungen, die nicht weniger ungewöhnlich sind. Er hatte nicht übertrieben, als er Meister Arfoll erklärte, dass die Kliffe wahrhaftig wie Bienenwaben wären. In völliger Verzweiflung seine Gedanken könnten ihn komplett verrückt machen, verfolgt er seine einsamen Untersuchungen. Von der großen inneren Höhle, die er durch Zufall entdeckt hatte, gehen zahlreiche schmale Durchgänge ab, einige viel zu klein für einen Menschen, andere hoch und gewölbt. Die meisten dieser Durchgänge enden, nachdem sie sich in größerer oder geringerer Entfernung in dem festen Kliff gewunden haben, in einer Sackgasse. Nach sehr genauer Untersuchung entdeckt er einen, welcher nicht endet und welcher sich auf einer langen Distanz parallel zur Vorderseite des Kliffs   erstreckt und allmählich nach oben aufsteigt, in einer kleinen Höhle endet, die durch einen schmalen Spalt im Kliff gut erhellt ist. Durch diesen Spalt, der wie ein Fenster im Zentrum des unzugänglichen und senkrechten Felsens an der Küste ist, kann er meilenweit auf den Ozean sehen, die Fischerboote, die von der See kommen und auf den Strand des Dorfes zusteuern, und noch höher, etwa eine Meile entfernt, erscheint plötzlich das äußerste Ende des Dorfes selbst. Unter ihm ist kein Strand, nur die brandende See auf allen Seiten am Fuße des Kliffs, die hier und da in die dunklen Wasserhöhlen eindringt, welche die abergläubischen Fischer nie erkundeten.

Mit einem unbekannten Gefühl der Freiheit und des Frohlockens entdeckt er diesen neuen Zufluchtsort. Die Öffnung musste den Vorübersegelnden von unten wie ein dunkel gefärbter Fleck in der Wand des Felsens erscheinen. Hier schlägt er schon bald sein Hauptquartier auf, sich uneingeschränkt am Licht der Sonne und des Mondes zu erfreuen. Unerreichbar wie ein Adler in seinem Horst kann er hier in Frieden den Atem des Lebens genießen

Ein paar Tage später stellt er fest, dass diese Höhle eine Verbindung durch einem steilen Gang zur See nach unten hat. Nicht ohne beträchtliche Gefahr steigt er durch die Dunkelheit hinab und, nach stundenlangem Fühlen des Weges, findet er sich inmitten einer großen Wasserhöhle auf einem schmalen Sims eines nassen Felsens stehen.

Ungeheure Säulen, behangen mit vielfarbigen Pflanzen und bewachsen Moosen, tragen ein gewölbeartiges Dach, welches tropfend eine immerwährenden Tau, den es in die Tiefe des Sees nach unten lässt, der klar wie Kristall und grün wie Malachit ist. Ein schwaches phosphoreszierendes Licht, das vom Wasser selbst auszugehen scheint, nimmt er wahr. An Ausläufern, unweit vom Mundloch der Höhle entfernt, zeigen sich purpurne Blumen und Wasserschwertlilien, die sich weit unten sanft bewegen, und undeutliche, lebende Kreaturen bewegen sich am Grunde auf dem leuchtenden Sand. Als Rohan so steht und nach unten schaut, plumst eine weibliche Robbe vom Sims eines Felsens herunter und beginnt in der Höhle rundherum zu schwimmen, ohne ein Anzeichen zu fliehen und Rohan lauscht und hört das blöken ihrer Jungen, das aus der Dunkelheit kommt. Nach einem Moment verschwindet sie und das schwache blöken hört auf. Ein winziger Lichtstrahl zeigt Rohan, wo er steht. Ganze einhundert Yards entfernt ist der Eingang der Wasserhöhle – ein Raum etwa zwölf Fuß breit und nur wenige Fuß hoch und so mit Moos und Pilzen behangen, dass sie den Felsen verbergen. Am Eingang ist die See viele Faden tief und das gespenstische Brodeln und Wirbeln herrscht hier immer und zu jeder der Gezeiten.

Rohan erinnert sich gut wie oft er in der Vergangenheit hier in der Nähe ruderte und wie sein Fischerkollege ihm ehrwürdige Legenden von tollkühnen Sterblichen erzählte, die vor unendlicher Zeit versuchten das ‚Höllenloch' zu betreten und kein Boot, das hineinsegelte ist jemals zurückgekehrt. Zu irgendeiner Zeit war es, dass von dort ungeheure Massen von rasendem Wasser, begleitet vom Krach eines inneren Erdbebens, das den Platz auch ohne Aberglauben furchtbar machte. Später leuchtet ihm dieses Phänomen ein.

Für einen empfindsamen Geist ist es ehrwürdig, wenn er durch Zufall an irgendwelche unbekannten Geheimnisse der Natur gerät und nichtsahnend versucht, ein erhebendes Geheimnis der Muttergöttin zu durchdringen, wo nie vorher ein menschlicher Fuß hingetreten ist und wo das Zwielicht der uralten Rätsel für immer fortlebt.

Eben in diesen altehrwürdigen Höhlen der See, die sicher für Menschen zugänglich sind, liegt eine bestimmte Ruhe und sind geheimnisvoll jenseits fassbarer Grenzen. In keiner Kirche, in der wir ehrfurchtsvoll verweilen, in keinem Heiligtum, sind wir so fremd, dass wir gezwungen sind zu beten. Und dem jetzigen Schilderer sind sie bekannt und er verbrachte in ihnen die meisten religiösen Stunden.

Für Rohan Gwenfern, der dort in der Dunkelheit entlangkriecht und der die Dunkelheit erträgt wie auch die Verfolgung durch alle Kräfte der Welt, scheint es plötzlich, als ob die Natur ihn, in einem Geheimnis einer neuen Liebe und des Erbarmens, in ihr Herz geschlossen hat. Sie hat seine Lider berührt mit einem neuen Trost, seiner Seele neuen Frieden gegeben und ihn sanft in ihre Arme geschlossen, hat ihn eine Traumvision ihrer eigenen Seelenruhe offenbart – hat ihm einen göttlichen Einblick gewährt, so dass sich ein ‚zentraler Frieden ins Herz der endlosen Bewegung legt', welche so wenige Menschen im Leben erlaubt zu fühlen und sich daran zu erfreuen. Er kann sein Glücksgefühl nicht im ästhetischen Worte ausdrücken. Durch diese neuen Entdeckungen ist seine Seele im hohen Maße gestärkt. Seit er sich in luftiger Höhe ohne Furcht sonnen kann, verbringt er hier in der stillen Wasserwelt viele wunderbare Stunden.

Zu einer neuerlichen Entdeckung ist es noch gekommen. Er findet einen Schlüssel zu einem Geheimnis, der ihm manche Tür öffnet. Entlang der Seiten der Wasserhöhle läuft ein schmaler Sims, der mit dem verbunden ist, den er zuerst beim Herabsteigen fand. Obgleich er glatt wie ein Spiegel ist, stellt er einen festen Halt für Rohans nackte Füße dar. Diesen Sims entlang läuft er einige dreißig Yards und hält sich an den roten Säulen zur Unterstützung fest. Er erreicht den innersten Teil der Höhle und springt hinunter auf einen schmalen Raum eines Kiesabhangs, gegen den das grüne Wasser spült. Zu seinem Erstaunen entdeckt er dann eine gewölbte Öffnung mit schimmernden Stalaktiten(23) und rotem Moos, die ihn in das Herz der Klippen führt. Es ist sehr dunkel. Nachdem er verstohlen vorwärts tappt und alles Licht schwindet, geht er denselben Weg zurück, aber seine Wissbegierde ist nun gründlich erwacht.

Zurück in seinem luftigen Versteck, nimmt er eine einfache Hornlaterne, mit der er von Jan Goron versorgt wurde, füllt sie vorsichtig und steigt wieder hinab. Letztlich erreicht er mit der Laterne in der Hand, wieder die dunkle Passage und beschließt, sie bis an das äußerste Ende zu untersuchen. Es ist gerade so breit, dass er mit seinen Fingerspitzen der ausgestreckten Hände beide Wände berühren kann und so hoch, dass er auf Zehenspitzen gehen

kann, mit den Fingerspitzen kann er die Decke berühren. Es scheinen feste Steine zu sein und wie von Menschenhand symmetrisch angeordnet. Wohin auch immer das Licht fällt, eben und feucht schimmern die Wände, bis auf einige wenige Spuren von Vegetation. Die Luft ist dunstig und eiskalt wie die Luft in einem Grab, aber es scheint andererseits nicht schmutzig zu sein. Er schleicht einige hundert oder noch mehr Yards vorwärts, als er zu einer aufsteigenden Flucht aus Steinstufen kommt. Ja, seine Augen betrügen ihn nicht: rote Granitstufen, die sorgfältig und mühselig behauen sind. Sein Herz schlägt schneller. Nun weiß er, was er schon von Beginn an vermutete, dass die Höhlen nicht von Natur aus, sondern von Menschenhand entstanden sind. So einfach wie dieser Fakt erscheint, wird es ihm doch etwas unheimlich und er kehrt beinahe um und will den Weg zurückgehen. Sich selbst wiederfindend, wie auch immer, steigt er doch hinauf und betritt am Ende der Stufen einen anderen Gang, der auch unmissverständliche Zeichen menschlicher Arbeit zeigt.
Nachdem er weitere hundert Yards gegangen ist, kommt er zu einer anderen aufsteigenden Treppe. Nachdem er auch diese erklommen hat, öffnet sich ein weiterer Gang. Die Luft ist nun stickig und erdrückend und das Licht der Laterne brennt nur schwach und droht beinahe zu verlöschen. Vorwärts kriechend tritt er in einen Raum so gewaltig und so bedrohlich, dass er zitternd vor Bestürzung stehen bleibt. Ein mächtiges Gewölbe oder Katakombe zu welcher alle anderen Höhlen, die er entdeckt hatte bedeutungslos sind. Die Wände des Gewölbes sind aus Granit und tragen eine Decke höher als das Dach einer Kirche, von welchem schwarzen Rinnsale fließen, erzeugt durch die ununterbrochene Feuchtigkeit und den ewig tropfenden Tau. Das Innere ist in pechschwarzer Dunkelheit und voller Rauschen wie auf See. Der Boden ist fester schwarzer Stein, geglättet zu eisiger Ebene, aber bedeckt mit einer rutschigen Sorte Moos.

Rohan steht in Ehrfurcht, entsetzliche Phantome erwartend, die plötzlich aus der Dunkelheit auftauchen und ihn fort treiben. In was für einen geheimnisvollen Raum ist er eingetreten? In was für eine Katakombe des Todes? In was für einen geisterhaften Wohnort der Seelen?
In seinem Kopf dreht sich alles, für einen Moment kommt sein üblicher Anfall und er hört und sieht nichts. Dann schleicht er vorsichtig weiter in die Höhle. Als er sich vorwärts bewegt schwillt das Seerauschen an, anscheinend vom Grund unter seinen Füßen kommend. Er zieht sich lauschend zurück und gerade rechtzeitig, denn er steht an der äußersten Grenze eines schwarzen Meerbusens auf dessen Grund sich tosendes Wasser bewegt. Er späht umher, leuchtet nach unten. Ein schwarzer flüssiger Schimmer von bewegtem Wasser, das schnell vorüberstürzt, fließt dort unten. Dann bemerkt er, dass der Umfang des Meerbusens vollständig den Innenraum des großen Gewölbes einnimmt und dass der Boden auf dem er steht nur ein

schmaler Sims ist, der künstlich angelegt worden war. Die unermesslichen Säulen erstrecken sich auf jeder Seite von ihm, glitzernd im silbernen Dunst und unter dem Vorhang der herabhängenden Pflanzen, die über ihm sind und wie ein schwarzer Mantel ist.

Plötzlich, als er das Licht nach oben hält, stutzt er entsetzt. Nicht weit entfernt steht, nach unten schauend, eine andere Gestalt am Rand des Meerbusens.

Rohan ist von Natur aus etwas abergläubisch und seine Gedanken sind durch die Entbehrungen verwirrt. Er steht furchterfüllt und seine Laterne fällt ihm aus der Hand. Inzwischen hat sich die Gestalt nicht bewegt.

Kapitel XLII

Die Wasserleitung

Ungeduldig sich zu vergewissern, geht Rohan näher und erkennt letztlich in der Figur, die für ihn erst als Mensch oder Geist schien, eine riesige Statue aus schwarzen Marmor, die auf einem Sockel ganz dicht beim Abgrund steht. Leblos wie sie ist, ist die Gestalt furchterregend. Seit Jahrhunderten steht sie hier und das stetige Herabtropfen von der Decke darüber, hat sich in die feste Masse eingefressen, so dass ein Teil des Gesichts zerstört ist und Teile des Körpers sich aufgelöst haben. Ihre unteren Gliedmaßen sind vollständig umhüllt mit einer abscheulichen grünen Vegetation, wie es scheint aus dem Wasser darunter hochkriechend.

Die Größe ist riesig und stünde Rohan daneben, scheint er ein Zwerg zu sein. Stück für Stück erkennt Rohan, dass es eine Herrscherfigur darstellt, gekleidet in eine römische Toga, barhäuptig, aber mit Lorbeer bekränzt. Obgleich das Gesicht beschädigt ist, die Konturen des Nackens und des Kopfes sind geblieben und erinnern an stierähnliche Büsten der römischen Kaiser und Eroberer, welche auf uralten Medaillons zu sehen sind, die Rohan auf Kupferstichen betrachtete, die in einer französischen Übersetzung des Tacitus, den er von Meister Arfoll erhielt, abgebildet waren. In diesem Moment geht Rohan ein Licht auf. Er erinnert sich an all die volkstümlichen Traditionen betreffend der römischen Städte, die unter Kromlaix versunkenen sein sollen. Er erinnert sich an die unbekannten Bilder, die von Meister Arfoll heraufbeschworen wurden – die Häuser aus Marmor und Tempel von Gold, die großen Bäder und Theater, die Statuen der Götter. Dann ist das alles wahr! Vielleicht glänzt dann nicht weit von hier die Stadt selbst und das wäre das erste Mal, dass man die versunkene Welt zur Ansicht bekommt!

Die Wasserhöhle

Dieses Wasser fließt so tosend durch die Höhle, aber von wo kommt es und wohin fließt es? Er ist noch beim Nachsinnen, als er dicht beim Podest eine breite Flucht von Stufen bemerkt, die nach unten führen. Sie sind glitschig durch grünen Schlamm, aber mit äußerster Vorsicht kann er hinabsteigen. Vorsichtig geht er nach unten, seinen
Weg Schritt für Schritt und Stufe für Stufe fühlend, stellt er zuletzt fest, dass die Treppe hinab in das Wasser führt, welches seine Füße schnell wie ein reißender Strom erfasst und pechschwarz ist. Er streckt seine Hand aus und kostet eine handvoll von dem Wasser und findet es als ganz frisch mit dem Duft frischgefallenen Regens. Dann erinnert er sich das erste Mal an den unterirdischen Fluß, über welchen abergläubisch geschwatzt wird und über das verschüttete Bett, auf dem, wie gesagt wird, Kromlaix erbaut wurde. All die Geschichten der geheimnisvollen Klänge, die bei Sturm gehört wurden, kommen ihm wieder in den Sinn. Er erinnert sich, wie oft er sein Ohr unten im Dorf, auf die Erde presste und das Murmeln des Flusses weit da unten

hörte. Das dunkle Wasser, in das er jetzt schaut, ist zweifellos ein Nebenfluß, wenn nicht der eigentliche Fluß selbst. Es gibt etwas zu unternehmen, er würde vielleicht die Chance haben, zu den Häuserruinen der Stadt zu kommen. Das ist alles möglich, außerdem so unbekannt, so wie ein wunderbarer Traum.

Die Statue

Zurückgekehrt zu seiner luftigen Kammer in der Wand des großen Kliffs, sitzt Rohan und brütet über dieses neue Wunder. Er ist wie ein Mann, der in einem Grab war und mit dem Tod gesprochen und fremde Geheimnisse aus der sonnenlosen Welt mitgebracht hat.
Seine Entdeckung der großen römischen Höhle, mit ihren dunklen Gängen, die mit der See verbunden sind, kam als eine verblüffende Überraschung über ihn. Und gerade wie er sitzt und über die schwarze Statue nachdenkt, steht sie wie etwas Lebendes auf ihren Platz, als Symbol einer längst versunkenen Welt. Auch *er*, wer immer *er* war, hatte gelebt und regiert wie ein Kaiser, auch er in purpurfarbener Robe und Stirnband aus Lorbeer, hatte vielleicht die Welt durchschritten wie ein Koloß und ein blutiges Menschen-

alter vorangetrieben. Bäder aus kostbaren Marmor und verziert mit Gold, Tempel und Amphittheater, waren auf Befehl entstanden. Auf seinen Fingerzeig sind Siege errungen worden und Länder waren verloren. Und ehe er seinen Tod gestorben war, hatte man ihn als Gott angesprochen. Diese Statue von ihm wurde durch seine Sklaven hierher gesetzt und andere Statuen von ihm wurden überall in den Straßen und auf dem Markt gestellt, dass die Menschen den Ruhm dieses Namens wissen sollten und schrien ‚Heil, oh Cäsar, wir, die bereit sind zu sterben, grüßen Dich!'
Und die Statue steht noch hier auf ihren Platz, verborgen vor dem Licht der Sonne, und von seinen Fußabdrücken in der Welt gibt es keine Zeichen mehr.

Für zwei Tage hat die Last seiner Entdeckung so stark auf ihn eingewirkt, dass Rohan es nicht wagt in die geheimnisvolle Höhle zurückzukehren. Er sitzt, dem Wind lauschend, welcher mit ungestümen Flügeln mit eisernem Klang an die Wand des Kliffs schlägt und schaut hinaus über die weiße und bewegte See. Seit einiger Zeit regnet es heftig.

Der Morgen des dritten Tages bricht dunkel und friedlich an, der Regen fällt noch, aber es ist nicht windig und die See ist ruhig wie ein Spiegel. Aus dem Fenster seiner Höhle schauend sieht Rohan das stille Wasser, gefärbt durch rote Schatten, hier und da unterbrochen durch herausschauende Riffe, ausgedehnte Ebene, so weit wie bis Kromlaix und die roten Fischerboote schleichen auf ihrem Weg zwischen den Riffs und hier und da driftet dazwischen ein Floß. Jetzt ist die Saison Algen oder Tang zu sammeln, eine Ernte, die zweimal im Jahr stattfindet, der Ertrag wird als Brennstoff und auch als Dünger für die Felder genutzt. Flöße werden aus alten Planken oder Fässern gemacht, einfach zusammengebunden, hoch mit Algen von den verunkrauteten Riffen aufgestapelt, und lassen sich bis zu Küste driften, bevor der Wind weht oder die Ebbe einsetzt. Rohan hat Freunden bei dieser Arbeit zugeschaut. Wie oft hatte Rohan sein Floß zusammengebunden und es selbst beladen und es entlang der felsigen Küste gesteuert – oft nicht ohne in der tiefen See zu schwimmen, wenn sein Floß überladen war und umkippte.

Er schaut so für Stunden. Als der Tag zur Neige geht, ziehen große Wolkenbänke von Süden herauf und ein schwarzer Dunst breitet sich von der See her aus und bedeckt die Felsen, bis die Aussicht nun vollständig nach allen Seiten verfinstert ist. Es ist eine traurige und bedrückende Stille eingetreten, nur durch den heftig fallenden und schweren Regen gestört. Die Luft scheint voll von namenlosem Kummer, die einem Gewittersturm vorausgeht und die Laubblätter werden ohne Wind geschüttelt

Als der Nachmittag zuende geht fällt der Regen noch heftiger und der Nebel steigt nicht auf. Rohan präpariert erschöpft und traurig seine Laterne und entscheidet sich die geheimnisvolle Höhle zu besuchen. Bis jetzt hat er seine Entdeckung verdrängt. Es scheint mehr und mehr ein Traum oder Vision zu sein, zu dem ihn sein Leid gebracht hat. Er ist ganz in der Verfassung eines Mannes, der einen Zauberschatz gefunden hat und ihm entsagt und bis jetzt ablehnt ihn wiederzuentdecken.

Er steigt rasch zu der Basaltwasserhöhle hinab, die zur See eine Verbindung hat und findet sie ruhig, schön und unverändert. Dann passiert er den Felsenrand, um zum innersten Ende zu gelangen. Er springt auf den Kies hinunter und steht wieder am Höhleneingang, der in das Herz des Kliffs führt. Als er eintritt, kommt von drinnen ein fremder Klang, den er vorher nicht bemerkt hatte – ein dumpfes, schwerfälliges Gemurmel wie Wasser, das zwischen losen Hindernissen quirlt und stürzt. Er zögert und lauscht. Es scheint ihm fremde Stimmen stöhnen und Schreie zu hören und dann wieder den Klang des Klatschens starken Windes gegen die Felswände.
Nach ein paar Minuten Innehaltens eilt er weiter durch den feuchtkalten Gang, ist auf der Flucht der marmornen Stufen, kommt der römischen Höhle näher und näher. Als er sich nähert schwillt das Rumoren zu einem Brüllen an und das Brüllen wird zu einem Donnern, bis es scheint, daß die feste Erde um ihn bebt und als er zitternd und schaudernd in die große Höhle eintritt, scheint er umgeben vom Donnern und Heulen eines Infernos. Der Grund des Tumults ist nun unmissverständlich. Der unterirdische Fluß fällt schreiend in die Bucht und rast an den Steinwände zwischen denen er rinnt entlang. Er schleicht auf dem glitschigen Boden weiter, der wie es scheint, unter seinen Füßen bebt und erreicht die Steinstatue. Sie steht noch hier, riesig und ehrfurchtgebietend. Der ganze Platz bebt wie ein Mensch der vor Furcht zittert. Tatsächlich, die gesamte Höhle bebt wie unter Schmerzen bei einem plötzlichen Erdbeben. Er schaut über die Flucht der schwarzen Stufen, die in den Fluß führen und leuchtet nach unten. In dem Moment bemerkt er, dass das Wasser gestiegen ist, so dass nur ein paar Stufen verblieben sind, die nicht bedeckt sind. Als es schäumt, kräuselt und quirlt und darüber hinaus kocht und brüllt es in seinem Bett, nun schlagen ihm Schaumflocken ins Gesicht. Es kommt gestürzt und er weiß nicht woher, es braust und er weiß nicht wohin. Das Wasser füllt die Bucht und schüttelt seine festen Hindernisse mit einer Kraft, die nur das Wasser besitzt. Ein weiterer Blick verrät ihm, dass es schnell und ungestüm steigt. Es ist nun wenige Fuß an dem Sockel der Statue und noch schwillt es mit unfassbarer Schnelligkeit an. Es ist, als ob die Flut der Gezeiten selbst in die Bucht fließt, sie füllt und überflutet. Rohan, der bewandert ist Gefahren schnell zu erkennen, bemerkt sofort die große Gefahr der Situation. Bliebe er, wo er steht, so bedeutete das seinen Tod.

Das Donnern des Wassers in seinen Ohren, um ihn bebend die festen Steine der Wände und der zitterndem Grund unter seinen Füßen, lassen ihn umwenden und fliehen. Nicht einen Moment zu spät. Er passiert die Höhlengänge und als er den engen Raum mit dem Kies erreicht, hört er hinter sich eine schreckliche Erschütterung, lautes Getöse, als ob die Felsen unten zusammenschlagen, dann ein Brüllen, als ob ein großer Fluß hinter ihm stürzt und immer näher und näher kommt. Geschwinder als gedacht klettert er auf den Felsenrand über dem Wasser und geht seinen Weg zur Öffnung durch welche er von seiner Höhle hinabgeklettert war. Dort macht er eine Pause, hält sich an dem Felsen fest. Er erblickt gewaltigen Dunst und brodelndes Wasser, die aus dem Durchgang dringen, aus dem er eben entkam. Heulend und tosend stürzt es tumultartig weiter, um sich mit dem Meer zu vermischen, bis all die stillen grünen Wasser der Höhle braun und schwarz gefärbt sind und wie ein großer Kessel zu seinen Füßen wallen.

Kapitel XLIII

Die ‚Nacht der Toten'

Es ist Allerheiligen 1813. Während Rohan Gwenfern, tief unten im Herzen des Kliffs mit einer Fackel in der Hand, in die geisterhafte römische Höhle oder Wasserleitung eindringt, läuten die Glocken von Kromlaix und Menschengrupprn strömen durch die Dunkelheit, um die Messe des Priesters zu hören, in der er und sein Vikar ihrer Pflicht bis zur Morgendämmerung nachkommen. Die Nacht ist dunkel und still, nur der Regen fällt schwer und ein schwarzer Vorhang bedeckt die See. Überall in den engen Straßen Kromlaix', erzeugen die Pfützen, die durch den neu gefallenen Regen glänzen und in die die schweren Tropfen unaufhörlich platschen, ein unaufhörliches Rauschen. Und schwächer und tiefer, als der Klang des Regens, kommt ein anderes Geräusch wie ein Schrei von unter der Erde her: ein sonderbares, weitentferntes Gemurmel wie das entfernte Stöhnen der See.

Die Haustüren stehen weit offen und in jedem Haus ist der Abendbrottisch mit einem sauberen Leinentischtuch, Leuchtern und dem Abendessen gedeckt. Um den Tisch stehen leere Stühle und im Herd brennt ein sorgsam gerichtetes Feuer, damit es bis zum Morgen hält. Es ist für die ‚Nacht der Toten'. Nachdem die Totenglocke geläutet, die Totenmesse gelesen, das Abendmahl genommen und die Familien sich zur Ruhe zurückgezogen haben, können die Seelen der Toten eintreten und an dem erhebenden Festmahl in den Wohnstätten, in denen sie gestorben sind oder ihre Familie wohnt, teilhaben. Dann wird in den Familien auf die ungewöhnlichen

Wehklagen in den Räumen und an den Türen gehört, und wenn sie aus den Betten aufstehen, fallen sie auf ihre Knie und beten. Diese eine durchwachte Nacht im Jahr ist für die, die sie lieben und in Frieden schlafen.
Nicht nur zu dem kleinen Friedhof auf der Anhöhe, wo das Licht durch die offene Kapellentür scheint, werden die Seelen der Toten kommen, sondern über die weite Fläche des Inlandes und unten über die einsamen Straßen der weitentfernten Städte und die meisten von ihnen von den bewegten Wassern der See. Sonderbare phosphoreszierende Lichter bewegen sich in der Tiefe schon hin und her. Hoch in der Luft schreien wundersame Stimmen vom Land und von der See, von allen Plätzen, wo sie schlafen. Die Toten sind in ihr Zuhause, wo sie liebten und lebten, zurückgekommen.
Es ist um ein Uhr am Morgen, es scheint kein Mondlicht und in der tiefen windstillen Finsternis fällt der Regen und Lichter leuchten in allen Fenstern und ein ungeheurer Glanz kommt von der kleinen Kapelle, wo Pater Rolland und sein Vikar die Messe zelebrieren. Die Lebenden beten und die Geister schweben in der schwarzen Luft, als Marcelle Derval die Kapelle heimlich verlässt, durch die Dunkelheit mit noch anderen Freundinnen ihres Alters herunter kommt und sich vor der Haustür ihres Onkels von Ihnen trennt. Sie tritt ein und findet die Küche hell und gesäubert, Lichter auf dem Tisch, ein großes Feuer im Herd und der Held von Dresden sitzt allein in der Kaminecke.
„Du bist schon hier, Marcelle?" sagt er, nimmt seine große hölzerne Pfeife, die er sich aus Deutschland mitgebracht hatte, aus dem Mund.
„Der Alte war besorgt um Dich und er ist auf die Straße gegangen, um nach Dir zu sehen. Wo ist Mutter und die Jungs?"
„Sie sind noch in der Kapelle und werden nicht vor zwölf zurück sein."
„Und Du?"
„Ich bin müde und werde zu Bett gehen."
„Das Essen ist fertig", sagt Gildas, „setz Dich und iß."
Marcelle schüttelt den Kopf. Sie sieht sehr blaß aus und ihre ganze Art zeigt körperliche und mentale Strapazen an.
„Gute Nacht!" sagt sie, küsst Gildas, nimmt ihre Lampe und steigt erschöpft die Stufen hinauf. Den ganzen Tag war ihr Herz bei Rohan. Und nun, als die Nacht kommt, denkt sie mit ungewöhnlichem Schmerz an ihn. Es ist die ‚Nacht der Toten', aber sie ist zu jung, um viel zu trauern, außer ihre zwei Brüder, die im Kampf gefallen waren, hatte sie keine Verlußte. Nichtsdestoweniger, die Last der Zeit liegt schwer auf ihr und sie zittert vor den Schatten der toten Dinge. Rohan Gwenfern ist ihr *Tod*, verlassen von ihr und der Welt, begraben weit draußen in der schwarzen Nacht, so unzweifelhaft, als würde er nicht mehr atmen. Während andere für ihre Davongegangenen beten, die der liebe Gott heimgesucht hat, hatte sie für ihre Sache gebetet, den Gott nicht verlassen hat und ihn unzweifelhaft hinwegnahm. Mit dem

Tod hatte man Frieden, mit einem toten Lebenden hatte man nur Schmerzen. So ist ihr Kummer schwerer zu tragen.
Mit dieser großen Seelenqual in ihrem Herzen, hat sie sich allein in ihre Kammer zurückgezogen – zu beten und zu denken.

Die Anderen würden bald kommen und nachdem es elf geschlagen hat, bleibt der Raum unten still, dass die armen Geister kommen und ihren Platz auf dem Bord einnehmen mögen. Ach, Gott! Wenn *er* doch auch kommen könnte, um für eine Nacht letztendlich das heilige Brot des Friedens zu essen!

In der großen Küche allein gelassen, raucht Gildas Derval in seiner Ecke weiter, immer wieder lässt er, als Ausdruck der Ungeduld, den Rauch aufsteigen.
Der Regen fällt noch, ohne Schwere, im unaufhörlichen Klang und es kommt ein Stimmengemurmel von den schwarzen Schwaden, die sich nach unten in die schmale Straße ergießen. Ein oder zweimal steht Gildas auf und schaut in die pechschwarze Nacht hinaus – eine Nacht des Todes, wahrhaftig!

Als die Minuten verstreichen und die Zeiger der Kuckucksuhr in der Ecke auf halb zwölf zeigen, wird es Gildas immer unbehaglicher. Die Geisterstunde rückt näher und die Stille ist wie bei einem Begräbnis. Bei jedem Geräusch stutzt er und lauscht gespannt. Der Held, der er ist, fühlt, dass es ihm Leid tut und bedauert, dass Marcelle zu Bett gegangen ist.
‚Was zum Teufel kann mein Onkel zurückhalten?' murmelt er wieder und wieder. Schließlich öffnet sich die Tür und der Korporal stolziert herein, eingehüllt in seinen alten Militärmantel und von Kopf bis Fuß tropfend. Sein Zweispitz, den er wie der Kaiser trägt, bildet nun einen Miniaturwasserspeier auf seinem Kopf.
„Seele einer Krähe!" ruft er, „war es immer solch eine Nacht? Sind sie noch nicht zurück?"
„Nur Marcelle", knurrt Gildas, „die Anderen sind noch in der Kapelle, obgleich es Zeit ist, dass alle guten Christen im Bett sein sollten."
Der Korporal humpelt durch den Raum und bleibt mit seinem Rücken vor dem Feuer und seine Kleidung dampft.
„Ich war auf der Straße, um nach ihnen zu sehen, aber sie kamen nicht, da ging ich zur Küste. Die Gezeiten sind Fußhoch auf der Straße und es hat noch etwas Zeit bis zur Flut. Dort unten sind sie erschrocken und werden diese Nacht wohl nicht schlafen. Aber die See ist ruhig wie ein Spiegel."
Als der Korporal aufhört zu sprechen, springt Gildas auf seine Füße und gleichzeitig erschüttert das Haus bis auf seine Grundmauern, als ob es von einer plötzlichen Windbö ergriffen wird.

„Was ist das?" schreit Gildas nun ganz blaß und sich im Schrecken bekreuzigend.

„Es muß Wind aufgekommen sein", sagt der Korporal, aber als er zur Tür geht und sie öffnet um zu Lauschen, ist keine Briese zu bemerken.

„Es ist sonderbar", sagt er mit einer leisen Stimme und kommt zum Feuer zurück.

„Ich habe es zweimal gehört, letzte Nacht und man könnte denken, die Erde bebt unter den Füßen."

„Onkel!" murmelt Gildas.

„Ja, mein Bursche?"

„Wenn es die Seelen der Toten sind!"

Der alte Korporal macht eine Geste der Verbeugung, wendet sein Gesicht zum Feuer und schaut hinein.

Etliche Minuten ist unbehagliche Stille. Dann plötzlich, ohne Vorwarnung irgendeiner Art, bebt das Haus erneut. Dieses Mal scheint es nicht, als ob es vom Wind erfasst ist und beide, Gildas und der Korporal, kommen darauf, dass eine Begleiterscheinung eines Erdbebens sein könnte. Der Krach ist, der Sinneswahrnehmung nach, nur vorübergehend und als es aufhört schauen sich die beiden Männer bestürzt an.

„Es ist furchterregend", sagt der Korporal, „Seele einer Krähe! Warum verweilen die Frauen so lange?"

Mit einer Plötzlichkeit, welche Gildas aufschreckt und ihn knurrend in nervöse Aufregung versetzt, springt die kleine Tür der Kuckucksuhr auf und der hölzerne Kuckuck kommt heraus, ruft zwölfmal und verkündet so die Stunde ...

Mitternacht!

Der Korporal, voll unbeschreiblicher Unruhe, kann sich nicht mehr zurückhalten.

„Es ist sonderbar", ruft er aus, „ich werde wieder gehen und nachsehen."

Bevor Gildas etwas einwerfen kann, hat er sich seinen Mantel übergeworfen und verschwindet nach draußen in die Nacht. Trotz des heftigen dumpfen Geräuschs des Regens und das Rauschen der Regenrinnen und Rinnsale, kann Gildas das Klappern seiner Holzschuhe auf der Straße hören, dann ist es still.

Von allen Situationen war diese eine, die am geringsten geeignet ist Überlegenheit zu zeigen. Es mangelt ihm nicht an draufgängerischen Mut und in guter Gesellschaft mag er sogar Besuchern von einer anderen Welt entgegentreten, aber dieses kleine Ereignis hat sein Nervensystem beunruhigt und die Nacht der Nächte im Jahr hätte er sonst keine Sorge allein zu bleiben. Und tatsächlich, ein weit entferntes helles Licht wird sichtbar und seine nervöse Unruhe nimmt ab. Die Luft ist voller kranker unbehaglicher Stille, nur durch das Plumpsen und Pfeifen des schweren metallischen Regens und hin und wieder unterbrochen und wenn das Haus bebt in diesen geisterhaf-

ten Windstößen, der Effekt ist einfach lähmend. Gildas steht an der Tür und schaut in den Regen hinaus. Dort ist völlige Dunkelheit, aber das Licht von der Kammer wirft einen perfekten Strahl auf den schwarzen Regen, der die Straße herunterrinnt. Nun scheint es ihm, als berühren ihn ausgestreckte Hände, ein kalter Hauch bläst ihm ins Gesicht und ein Klang ist um ihn herum wie der wehklagende Tod selbst. Lichter brennen in den Fenstern unten in der Straße und viele Türen stehen wie seine eigene offen, aber nirgends ist ein Zeichen einer menschlichen Seele. In die Küche zurückgekehrt erklimmt er die hölzernen Stufen und ruft verdrießlich:
„Marcelle! Marcelle!"
Keine Antwort.
„Marcelle, schläfst Du schon?"
Die Tür oben öffnet sich und Marcelles Stimme antwortet:
„Ist es mein Onkel?"
„Nein, ich bin es – Gildas. Bist Du schon zu Bett?"
„Ich bin ausgezogen und war am Einschlafen. Was ist los?"
Gildas will nicht zugeben, dass er ängstlich ist und Gesellschaft sucht, deshalb murrt er:
„Oh, es ist nichts! Mutter ist noch nicht nach Haus gekommen, das ist alles. Der Onkel ist gegangen nach ihr zu sehen. Es regnet Hunde und Katzen."
„Sie sagte mir, sie würde nicht vor Mitternacht zurück sein. Sie hat die Jungs bei sich. Noch einmal – Gute Nacht , Gildas!"
„Gute Nacht", murmelt der Held von Dresden und gerade, als oben die Tür geschlossen wird, ruft er:
„Marcelle!"
„Ja."
„Du – brauchst die Tür nicht zuzumachen – Ich will Dir vielleicht noch etwas sagen."
„Na gut!"
Dann ist es wieder still und Gildas kehrt ans Fenster zurück. Nun eben bebt das Landhaus wieder wie vorher. Er zieht sich ins Treppenhaus zurück.
„Marcelle!" schreit er.
„Ja", antwortet die Stimme, diesmal augenfällig aus dem Bett.
„Hast Du das gehört?"
„Den Lärm? Ach, ja. Das ist der Wind."
„Es ist der Teufel", knurrt Gildas zu sich selbst, innerlich Marcelles Bärenruhe verfluchend. Er geht wieder zur Haustür und schaut hinaus. Eine schwarze Wand aus Regen und Finsternis starrt ihm ins Gesicht. Es ist völlig windstill und bei intensivem Lauschen hört er das Toben der See. Plötzlich lässt ihn ein Geräusch aufschrecken, das sein Herz im Hals schlagen und sein Blut fast gerinnen lässt. Vom Inland, aus Richtung der Kapelle, kommt ein Gemurmel, ein Aufruhr, als läge dort das Meer und es wäre eine Sturmflut! Bevor er seine Gedanken wieder sammeln kann, erschallt weit weg ein

Lärm wie menschliches Geschrei, immer wieder. Durch das düstere Stöhnen des Regens kommt geschwind das Läuten einer Glocke. Gleichzeitig sieht er dunkle Gestalten schnell auf der Straße aus Richtung der Seeküste eilen. Obwohl er ihnen zuruft erhält er keine Antwort. Da muß etwas passiert sein. Die Glocke läutet ohnmächtig in der Ferne, zweifellos, die Glocke der Kapelle selbst. Etwas Ungewöhnliches muß geschehen sein, aber was, war unmöglich zu vermuten. Zwei oder drei weitere Personen gehen eilig vorüber und er begehrt erneut zu wissen was los ist. Dieses Mal antwortet eine Stimme, aber nur mit einem entmutigenden erschreckten Schrei:
„In diese Richtung, um Dein Leben!"
Für ihn ist alles andere besser, als hier in Ungewissheit zu stehen, so rennt Gildas ohne einen Moment des Überlegens den anderen auf der Straße nach.

Seit Wochen regnet es und die Talmulden im Inland sind bereits halb geflutet und heute Nacht schüttet es noch, als wären alle Schleusen des Himmels geöffnet. Nun bebt der Grund und der verborgene Fluß brüllt. Zuletzt, als ob auf ein vorher verabredetes Signal die Element gleichzeitig erwachen und stellen das Signal auf Sturm. Die See steigt an der Küste hoch, der Wind beginnt zu wehen, der Fluß schwillt schwärzlich in seinem Bett an und das Furchtbarste von allem, die eingepferchte Flut zersprengt ihre Barrieren zwischen den Hügeln.

Mit der natürlichen Lage Kromlaix ist der Leser gut bekannt. Gelegen in einer Schlucht der großen Seemauer und am Eingang einer schmalen Talmulde, ist es gleichzeitig der Barmherzigkeit der Überschwemmung vom Inland, als auch von der See her ausgesetzt, es ist felsig. Die Wellen der See, die sich mit dem unterirdischen Fluß vereinen und das Wasser anschwellen lassen, hat von Generation zu Generation durchgemacht werden müssen. Nur einzelne der ältesten Einwohner können sich an einer Zerstörung erinnern. Dies war vor vielen Jahren, so weit zurück, dass es scheint eines alten Mannes Märchen zu sein, das wieder vergessen wurde. Außerdem gab es Warnungen vor der Gefahr genug, während desselben Herbstes 1813. Niemals, seit vielen langen Jahren, waren solche Regenfälle gewesen, niemals war solch ein Sturm in der Periode des herbstlichen Äquinoktiums(24) gewesen. Nacht für Nacht gab der verborgene Fluß seine Warnung, so dass manchmal die ganze Erde zu beben schien. Die Frühjahrsflut war ebenfalls höher, als in den Jahren zuvor.
Und nun, in der ‚Nacht der Toten', als die Erde, Luft und See bedeckt wurden und Prozessionscharen zu ihren Heimen ziehen, als die kleine Kapellen entlang der Küste erleuchtet ist und die Totenlichter in jedes Haus gestellt sind, steigen die Wasser und fliessen auf ihre Beute hinunter. Kommt durch die schmale Talmulde herunter über das Dorf, in Richtung

See. Die rasende Flut füllt den schmalen Abgrund der Talmulde und trägt alles in Richtung See vor sich her. Sie kommt in der Dunkelheit, so dass man nur das tosende Rauschen hören kann, mit ihrer schwimmenden Beute jeder Art, mit Bäumen, die entwurzelt wurden, Zäune und Pfähle wurden mit fortgerissen, Strohdächer von Häusern und sogar riesige Steine. Wie mag der, der sie kommen sah geschrien haben! Schneller als ein Mann auf dem schnellsten Pferd galoppieren kann, geschwinder als ein schneller Segler, rollt die Flut über ihren Weg, wohlgenährt mit unzähligen Tributen als seine Beute rast sie hinunter von den Bergen auf jeder Seite und sammelt, als sie näher kommt, Kraft und Umfang. Und als sie die öden Bergseen von Ker Leon erreicht, zögert sie etwa eine Stunde, einige Meilen über dem Dorf, als ob sie sich vorbereitet in die Erde zu sickern wie der Fluß welcher dort in seinem Lauf endet, dann aber durch neue Fluten von den Bergen und den überfluteten Bergseen selbst, stürzt er abwärts und das Schicksal von Kromlaix ist besiegelt.

Nach einer kurzen Unentschlossenheit bei den Bergseen, springt der Farmer von Ker Leon, ein mutiger Mann, auf sein Pferd, ohne erst zu satteln oder die Zügel anzulegen und galoppiert hinunter nach Kromlaix, um schreiend zu warnen. Um Mitternacht erreicht er die Kapelle am Berghang und ohne Zeremonie, durchnässt, tropfend und so weiß wie ein Geist, berichtet er seine entsetzliche Nachricht. Glücklicherweise ist der größte Teil der Einwohner noch in der Kapelle. Schreie und Wehklagen werden laut.

„Läutet Alarm!" schreit Pater Rolland und die Glocke der Kapelle beginnt zu läuten. Das ist in dem Moment, als der alte Korporal durchweicht und außer Atem, an der Kapelle ankommt, die Witwe und seine beiden Neffen findet und gerade zurück nach Hause will. Er geht durch die wehklagenden Gruppen der Frauen und Männer und spricht den Farmer selbst an.

„Vielleicht wird es nicht so weit kommen, die Seen Ker Leons sind tief", sagt er. Die Antwort kommt, aber nicht vom Farmer, das Tosen des Wassers selbst kommt wild das Tal herunter.

„Zur Bergseite!" schreit Pater Rolland, „um Euer Leben!"

Durch die pechschwarze Finsternis, kämpfend, schreiend, strauchelnd flieht die Versammlung, läßt die Kapelle hinter sich, die zwar noch erleuchtet, aber leer ist.

Der Regen fällt noch in Strömen. Geführt durch ein paar Geister, die die Ruhe bewahren und mutiger als der Rest sind, stürzen die Gruppen zur Anhöhe, welche das Tal auf jeder Seite umschließt und glücklicherweise nicht weit entfernt ist.

Den alten Korporal ergreift die allgemeine Panik und mit eifriger Hand hilft er seiner erschrockenen Schwägerin. Sie sind noch nicht weit gegangen, als eine Stimme dicht bei ihnen aus der Finsternis ruft:

„Mutter! Onkel!"

„Es ist Gildas. Er ist allein, wo ist Marcelle?"

Gildas Stimme antwortet:
„Ich ließ sie im Haus unten. Aber was ist los? Seid Ihr alle verrückt?"
Ein wilder Schrei von den panikerfassten Leuten rundum ist die Antwort:
„Die Flut! Die Flut!" schreien sie und fliehen um ihr Leben. Die gefahrdrohende Stunde ist tatsächlich gekommen, die Lichter der Kapelle hinter ihnen sind im rasenden Wasser bereits ausgelöscht und die Flut stürzt mit unvermeidlichem Donner hinunter auf Kromlaix zu und wird beantwortet durch ein ohnmächtiges Murmeln der steigenden See.

Kapitel XLIV

Überschwemmung

Nach dem Eintreten in die große Wasserhöhle und dem Erklettern ihrer Wände, als die rasende Flut kochend herunter kommt und sich mit dem Meer vermischt, hält Rohan Gwenfern für ein paar Minuten inne, furchterfüllt und überrascht. Es scheint, als ob allein das Innerste der Erde zersprungen wäre und all die dunklen Ströme seines Herzens ergössen sich daraus. Der Lärm ist betäubend, die Erschütterung furchtbar und für Rohan ist es schwierig seinen Platz auf der glatten Kante über dem Wasser zu halten.
Als seine erste Überraschung sich gelegt hat, verlässt er die Höhle und steigt hinauf zu seinem luftigen Heim, oben im Kliff. Überall ist es dunkel, die Nacht ist hereingebrochen. Er lehnt sich durch die Ritze, die ihm als Fenster dient, sieht aber nur die große Wand der Finsternis, hört nur das schwere Rauschen der Flut des Regens. Es ist windstill und die bleiernen Tropfen prasseln wie Schüsse in die See in geraden und fortdauernden Strichen.
Er sitzt für eine Weile in der Dunkelheit, denkt an die Entdeckung, die er gemacht hatte. Obgleich sein Denken in gewisser Weise verwirrt ist, ist durch seinen Überlebenskampf, den er führt, der Verlauf seiner Gedanken und seine Fähigkeiten der Beobachtung und Widerspiegelung, trotz der plötzlichen Ohnmachtsanfälle, intakt geblieben. Er ist noch perfekt in der Lage das Gesehene und Entdeckte wahrzunehmen und einzuordnen. Die unterirdische Höhle und ihre Verbindungsgänge zur See bilden eine ungeheure große Wasserleitung, zweifellos angelegt für den Fall der Überschwemmung oder einer Flut. Er hatte über ähnliche Erfindungen gelesen und er weiß, dass eine Wasserleitung wenige Meilen hinter La Vilaine entfernt existiert. In gleicher Art und Weise nutzte man die natürlich existierenden Gänge aus und das vor undenklichen Zeiten. Die römischen Kolonialisten hatten das Ingenieurwissen für diese kleinen Wunder, wie sie aber nun wirken, kann er jetzt noch nicht beantworten.

Er erinnert sich nun an all die alten Geschichten, die er gehört hatte. Über das Versinken eines heimatlichen Dorfes vor langer, langer Zeit, wie auch die Überlieferung, dass die begrabene römische Stadt durch eine Überschwemmung zerstört worden sein soll. War es möglich, dass der Fluß, welcher versteckt durch die Kliffs dahinfließt, derselbe Fluß ist, der in der Erde verschwindet, zwischen den Bergseen von Ker Leon und der sich über Meilen windend, eventuell unter Kromlaix fließt und sich ins Meer ergießt? Wenn das der Fall wäre, dann sind alle die Erscheinungen erklärbar. Die römischen Kolonisten, ängstlich vor Fluten und das Anschwellen des Flusses, hatten eine Wasserleitung konstruiert, für den Fall der Überflutung, so dass, wenn die Stunde mit dem schlimmen Wasser kommt, bevor es die Stadt erreicht, es teilweise in die große Wasserhöhle abgeleitet wird und von dort durch das ‚Höllenloch' zum offenen Ozean. Wie durchdacht die Hände der Männer gearbeitet hatten! Wie großartig der marmorne Schatten des toten Cäsars noch da unten steht! Der Geist der Menschen hatte diese Wasserleitung geplant und hervorgebracht. Das alles war nicht ohne Wirkung. Letztlich wurde Gottes Finger erhoben und die strahlende Stadt an der See wurde nie mehr gesehen. Tatsächlich und einfach scheint die Erklärung.Die Tatsache der Entdeckung ist nichtsdestoweniger ehrwürdig und verblüffend. Es scheint kein geringerer Traum, als Rohans andere Träume zu sein. Er sieht den Geist einer untergegangenen Welt und sein Herz ist voller Ehrfurcht. Als er so darüber nachdenkend dasitzt, erinnert er sich plötzlich, dass diese Nacht, die Nacht der Toten ist.

Ihm ist die Erinnerung nicht eher gekommen, bevor etwas Namenloses allmählich von ihm Besitz ergriffen hat. Er schaut weiter durch sein Fenster hinaus. Und jetzt scheint ihm, dass auf dem schwarzen Wasser hier und da schwache Lichter zu sehen sind. Wieder und wieder inmitten des schweren Rauschens des Regens kommt ein Klang zu ihm herüber wie weitentfernte Stimmen. Er horcht gespannt. Und unten in Kromlaix hatten sich die Leute besprochen und die weißen Tische sind gedeckt für die Seelen, welche sich aus allen Teilen der Erde in dieser Nacht zusammenscharen. Er zündet seine Laterne an und sitzt für einige Zeit in ihrem Schein, aber das schwach brennende dunkle Licht macht seine Situation nur noch schlimmer. In Erregung schreitet er in der Höhle auf und ab und hält immer wieder inne, um auf die Klänge zu lauschen. Die Dunkelheit nimmt weiter zu, das Geräusch des Regens ist traurig und bedrückend. Wiederholt hört er von weit unter sich das donnernde Krachen, welches er vom tosenden Wasser, das in die große Ozeanhöhle stürzt, kennt. Als die Stunden vergehen überkommt ihn Sehnsucht seinen Freunden nah zu sein, ungestraft zu entkommen, aus dieser schrecklichen Einsamkeit, die ihn fast zur Verzweiflung treibt. In der Dunkelheit dieser Nacht würde er überall sicher sein, den Regen beachtet er nicht. Es ist ein Feuer in seinem Herzen, welches alle Sinne zu zerstören scheint. Letztlich erhält er einen unkontrollierbaren Impuls, er tappt seinen

Weg langsam nach unten, durch die natürlichen Passagen und Höhlen, bis er den großen Eingang von St. Gildas erreicht. Hier macht er eine Pause, bis sich seine Augen an die Dunkelheit gewöhnt haben und zuletzt ist es ihm möglich die Umrisse der gewaltigen natürlichen Kathedrale wahrzunehmen. Es ist neun Uhr und die Gezeitenflut hat den Boden der Kathedrale noch nicht erreicht und der Ausgang durch das Tor ist noch möglich. In seiner üblichen Weise schnell hinabsteigend erreicht er den Strand. Es regnet immer noch heftig und er ist naß bis auf die Haut, aber den Elementen gegenüber total gleichgültig, schreitet er seinen Weg weiter. Er ist barhäuptig und die zerlumpte Kleidung, die er trägt, ist gerade genug seine Scham zu bedecken. Daran gewöhnt ausgesetzt und notleidend zu sein, fühlt er die Kälte nicht, es würde noch genug Gelegenheit sein, wenn der Winter kommt. Er überquert den Kiesstreifen und besteigt die Leiter von St. Triffine.

Zu Mitternacht steht Rohan Gwenfern am Menhir gelehnt und starrt in die Dunkelheit in Richtung Kromlaix. Es regnet immer noch und die Nacht ist pechschwarz. Er kann den blutroten Schein der Fensterlichter sehen und das schwache Flackern von Laternen, die hin und her getragen werden. Im Landesinnern, in Richtung St. Gurlett gesehen, gehen leuchtende Strahlen von den Fenstern der Kapelle Pater Rollands aus. Er lauscht Angstrengt und kann den Schrei einer menschlichen Stimme hören.

Es ist die ‚Nacht der Toten' und er weiß, dass in jedem Haus in dieser Nacht der Tisch mit übriggebliebenen Resten gedeckt wird, dass der Tote eintreten und essen kann. Obdachlos und ausgestoßen wie er selbst, sind sie letztendlich in dieser Nacht willkommen, wer auch immer anklopft, während er, verdammt als lebender Toter, nur von seinem Grab in den Kliffs herumkriechen kann wie jeder andere rastlose und umherwandernde Geist, der sich nicht getraut, gerade in solcher Zeit, sich irgend einem menschlichen Herz zu nähern. Er hatte Widerstand geleistet, dabei Blut vergossen und so besitzt er jetzt das Kainsmal. Für ihn gibt es kein Willkommen, er ist ausgestoßen für alle Zeiten.

Als er so grübelnd am Menhir lehnt und beobachtet, beginnt die Glocke der Kapelle heftig an zu läuten. Das Läuten kommt in einer unerwarteten Weise aus der Dunkelheit, als würde plötzlich der Puls eines toten Menschen wieder auflodern. Nahezu gleichzeitig hört Rohan ein schwaches, weitentferntes menschliches Geschrei. Zuerst glaubt er naiv, dass man ihn noch nicht ganz aufgegeben hätte, dann denkt er an die ausgestoßenen Geister, die die regnerische Nacht bevölkern und umherwandern, wenn der Klang, den er hört, nicht völlig unnatürlich wäre - welche toten Hände fassen die Seile der Kapellenglocke, während rund um den Glockenstuhl sich Leichen versammeln und als ein müdes Echo zum Klang der Glocken wehklagen. Aber dieses Glockengeläut schwillt an und weitere menschliche Schreie folgen. Etwas Furchtbares ist geschehen und die Glocke gibt Alarm. Er muß nicht lange auf eine Erklärung warten. Schon bald kommt von Landinnern her ein Tosen wie auf See, wenn die mächtigen Fluten sich nähern. Schreie steigen vom Tal auf, in welche der schwarze Regen schüttet und Lichter huschen hier und dort und bewegen sich eilig entlang der Talmulde. Er hört die Stimmen klarer, als die huschenden Lichter näher kommen. Auf der Bergseite gegenüber bewegen sich ebenfalls Lichter. In dem Moment versteht Rohan alles. Die Überschwemmung ist gekommen und diejenigen die gewarnt worden sind, sind auf den Höhen.

Es ist nach Mitternacht und mit der steigenden Flut ist ein schwacher Wind aufgekommen, welcher, als wolle er den Schrecken der Katastrophe noch vergrößern und die Wolken, die den Mond verhängen, fortbläst. Obgleich der Regen weiter in die Flut fällt, ist die Luft plötzlich von dem Wasserschimmer erfüllt und das Dorf steht in seiner Siluette sichtbar, mit dem schwarzen glänzenden Band der Flut zu seinen Füßen. Darüber nähert sich mit furchtbarer Geschwindigkeit von der Mulde her, aufgetürmt wie eine große Mauer, die rollende Flut.

Gleichzeitig aus hundert Kehlen erklingen Schreie des Entsetzens. Rohan erblickt unterhalb von ihm deutlich auf dem Abhang die menschlichen Gestalten in Trauben zusammenstehen und nach unten schauend. In der Zwischenzeit scheint alles ruhig zu sein, selbst im Dorf. Die Lichter leuchten schwach in den Fenstern und das Mondlicht liegt auf den dunklen Dächern, in den leeren Straßen, auf der schwarzen Linie die schmalen Boote und Kähne, die nun schwimmen, als ob sie in der Flut ankern. Wieder verdecken Wolken den Mond und die Ansicht von Kromlaix ist versteckt. Inmitten der Dunkelheit erreicht unter Tosen die Flut wie ein großer See das Dorf und beginnt ihr furchtbares Werk der Zerstörung und des Todes. Es ist furchtbar dort auf dem Abhang zu stehen und die unsichtbaren Wassermassen in der Talmulde kämpfen zu sehen. Wie eine Schlange die ihr Opfer stranguliert und unter sterbenden Schreien erstickt. Der Lärm steigert sich zu einem tödlichen Brausen, welche durch herzzerreißenden Schreie und Hilferufe unterbrochen wird. Als wenn ein Raubmörder in der Nacht würgt, kriecht und mordet, so rinnt das Wasser von Platz zu Platz, nach seiner Beute suchend.

Als die Wolken sich erneut vor den Mond schieben und alles wieder nur schwach zu erkennen ist, hat die Flut ihren Höchststand erreicht und wo immer man hinblickt umgibt die Häuser eine schwarze Einöde aus Wasser, manche von ihnen sind bis zum Dach geflutet. Die Hauptstraße ist ein rauschender Fluß und die Gassen und Seiten sind zufließende Ströme. Viele der Boote sind fortgetrieben und schaukeln auf und ab, als wären sie auf der stürmischen See. Es ist ein Krach in der Luft wie bei einem Erdbeben, nur von den furchtbaren menschlichen Angstschreien unterbrochen. Die Verwüstung ist vollständig und die Zerstörung hat gerade erst begonnen. Die aus dem Festlandtal kommende Überschwemmung fließt lärmend, die Gezeitenflut zu verstärken, so dass das Wasser jeden Moment weiter steigt. Sie fließt durch die Straßen und vermischt sich mit den Bächen des Regens.

Unter der Wucht des ersten Wassers fallen manche Gebäude und die ungestüme Bewegung des Wassers unterspült schnell auch andere. Und es gibt kein Anzeichen, dass der Regen aufhört. Sintflut folgt auf Sintflut. Es scheint, als ob der Zorn des Himmels gerade erst begonnen hat.

Das Haus des Korporals

Kapitel XLV

Mitten im wilden Wasser

Abseits gelegen, in einiger Entfernung vom Hauptdorf und dicht an die Küste gebaut, im Schutz der östlichen Felsen, steht das Haus von Mutter Gwenfern, zusammen mit verschiedenen anderen verstreuten Wohnstätten, weit weg von der Gefahr. Die einzige Gefahr, die zu drohen scheint, kommt von der Hohen Flut der Gezeiten, die in der Nacht fast bis zur Schwelle steigt und, gesteigert durch die Regenmassen, brandet drohend über sie zu steigen. Von ihrem Landhaus führt ein steiniger Pfad in die Höhe und auf dieser, furchterfüllt in Richtung des Dorfes schauend, abgemagert wie ein Gespenst im Schein des Mondes, steht Mutter Gwenfern.
Um sie sind verschiedene Nachbarn versammelt, hauptsächlich Frauen und Kinder, letztere vor Furcht schreiend, die ersteren am Boden hockend. Dicht dabei steht eine Gruppe Männer, unter ihnen Mikel Grallon. Es wird wenig gesprochen. Die Situation ist für Worte zu entsetzlich. Während die Überschwemmung tigerhaft mit ihren Opfern spielt, beten die Frauen erregt und die Männer bekreuzigen sich immer wieder. Von Zeit zu Zeit hört man einen Ausruf, wenn der Mond hervorschaut und zeigt wie das Werk der Zerstörung voranschreitet.
„Heilige Jungfrau! Des alten Plouets Haus ist niedergerissen!"
„Seht, dort das Licht im ‚Cabaret', aber nun ist alles dunkel!"
„Sie sind schreiend dort drüben!"
„Horcht, dort – ein weiteres Dach fällt!"
„Barmherziger Gott, wie schwarz es ist!"
„Man könnte meinen, das ist das Jüngste Gericht!"
Die Höhen auf jeder Seite des Dorfes sind nun mit schwarzen Gestalten besetzt und manche tragen ein Licht.
Es ist klar, dass dem abergläubischen Brauch es in dieser Nacht zu danken ist, dass die Bevölkerung entkam. Es ist nicht ohne irgendeinen Zweifel, dass manch anderer in den untergegangenen Wohnungen inmitten des rasenden Wassers begraben wurde oder begraben wird.
Hoffnung des Entkommens oder Rettung scheint es keine zu geben. Erst wenn die Überschwemmung nachlässt kann man sicher sein.
Die Gruppe der Männer vor dem Kliff schaut weiter und murmelt zu sich:
„Die Flut steigt noch", sagt Mikel Grallon mit leiser Stimme. Er ist vergleichsweise ruhig wegen seines Hauses, das etwas abseits vom Hauptdorf steht und der Wut der Überschwemmung entkommen ist.
„Es fließt nun schon fast eine Stunde!" sagt ein anderer Mann.
„Und dann!" schreit Grallon bedeutsam.

Alle Männer bekreuzigen sich. Eine weitere Stunde der Zerstörung und was würde dann von Kromlaix übrig bleiben? Und was wird mit den armen Seelen sein, die darin fortleben?
Als sie flüsternd beieinander stehen, kommt eine Gestalt eilig den Steinpfad herabgestiegen, gesellt sich zu der Gruppe und ruft den namen Mikel Grallons. Der Mond ist wieder versteckt und es ist unmöglich Gesichter zu erkennen.
„Wer will Mikel Grallon? Ich bin hier!"
Der Neuankömmling antwortet in einer Stimme voller Erregung und Schrecken.
„Ich bin es, Gildas Derval! Mikel, wir sind verzweifelt. Die Alten und der Rest der Familie sind in Sicherheit, dort oben. Alle von unserer Familie sind sicher, aber meine Schwester Marcelle! Heilige Jungfrau beschütze sie, denn sie ist im Haus dort drüben inmitten der Fluten Mein Onkel ist außer sich und unsere Herzen sind gebrochen. Kann sie nicht gerettet werden?"
„Sie ist in Gottes Händen", sagt ein alter Mann, „niemand kann ihr nun helfen."
Gildas stöhnt aus Schmerz, er liebt seine Schwester. Mutter Gwenfern, die dicht daneben steht und die Unterhaltung mitgehört hat, tritt nun näher, fordert in ihrer kalten, klaren Stimme:
„Es kann nichts getan werden? Sind da keine Boote?"
„Boote!" echot Mikel Grallon, „man wäre so gut wie auf See und wäre in jedem Boot wie in einer Nußschale der Flut ausgeliefert in dieser Nacht, aber vor allem, es sind keine Boote da. Sie sind drüben, wo die Überschwemmung auf die Flut trifft, sicher sind alle hinaus auf See getragen worden."
Die Witwe erhebt wild ihre Arme zum Himmel und ruft vernehmlich Marcelles Namen. Gildas Derval beginnt nahezu zu heulen in der Wut seines Kummers.
„Ach Gott, dass ich aus dem großen Krieg zurückgekommen bin, um solch eine Nacht wie diese zu erleben! Ich habe immer kein Glück, aber dies ist das Schlimmste. Meine arme Marcelle! Seht, bevor ich ging legte sie mir ein heiliges Medaillon um meinen Hals und es beschützte mich. Ach, sie ist ein gutes kleines Ding und muß nun sterben?"
„Die gesegnete Jungfrau beschützt sie!" schreit Mikel Grallon, „was können wir schon tun?
„Es ist nicht nur Marcelle Derval", sagt der alte Mann, der schon einmal gesprochen hatte, „es ist nicht nur einer, es sind viele, die es diese Nacht treffen wird. Gott sei es gepriesen, ich habe weder Frau noch Kind, die so eines elenden Todes sterben müssen."
Als der Sprecher geendet und sich ehrfurchtsvoll bekreuzigt hatte, bricht eine andere Stimme die Stille:
„Wer sagt, da sind keine Boote?" in einem fordernden scharfen Ton.
„Ich", antwortet Mikel Grallon, „wer spricht da?"

Es gibt keine Antwort und eine dunkle Gestalt schiebt sich durch die Männergruppe, eilt vom Felsen hinunter in Richtung See.

„Mutter Gottes!" flüstert Grallon, als wäre er vom Schlag getroffen, „es ist Gwenfern."

Sofort rufen verschiedene bekannte und unbekannte Stimmen: „Bist Du es, Rohan Gwenfern?"

Und Rohan – so ist er – antwortet aus der Dunkelheit:

„Ja, kommt mit!" In dem großen Schrecken und dem Ernst der Stunde scheint niemand über Rohans Erscheinen erstaunt zu sein und keiner, vielleicht mit Ausnahme des Mikel Grallons, denkt daran Hand an den Deserteur zu legen. Das Erscheinen des gejagten und ausgestoßenen Mannes scheint perfekt mit dem Grauen dieser Nacht zu passen. Schweigend folgen ihm die Männer hinunter zur Küste. Die Gezeitenflut plätschert nur gegen die Türschwelle des Hauses seiner Mutter. Er hält inne, schaut hinunter zum Wasser und ist von den Männern umgeben.

„Wo sind all die Flöße?" fragt er.

„Die Flöße! Welches Floß kann das überleben?" schreit Gildas Derval und setzt flüsternd zu Mikel Grallon hinzu:

„Mein Cousin ist verrückt!"

In diesen Moment stößt Rohans Fuß gegen eine schwarze Masse, die an den Wasserrand der See gespült ist. Sich beugend entdeckt er, mehr durch tasten, als durch sehen, dass es eins der kleineren Flöße ist, das einfach konstruiert zur Saison des Jahres zum Sammeln der Seealgen von den Riffen gebraucht wurde. Es besteht aus mehreren Baumstämmen und Ästen, verbunden mit Teilen alter Fässer, zusammengehalten mit glitschigen Stricken und mit Tang ausgeflochten. Ein Mann mag, wenn es beladen ist, bei gänzlichem windstillem Wetter sicher Führer eines solchen Floßes sein. Er lässt es mit den Gezeiten treiben oder stößt es mit einer Stange entlang der seichten Stellen ab. Es war bis vor kurzem noch in Gebrauch gewesen, weil es teilweise noch beladen ist und teilweise durch die anhaftenden Massen der vollgesogenen Pflanzen unter Wasser taucht. Wie Rohan sich über das Floß beugt, scheint der Mond in seiner vollen Pracht und das Dorf ist wieder voll beleuchtet. Die Überschwemmung tost und das schwarze Wasser der See scheint nah an den Dächern der meisten niedrigen Häuser zu stehen. An der Grenze, wo die Überschwemmung und das Meer zusammentreffen, kocht es wie in einem Kessel. Trümmer aller Art kommen mit den Wassermassen heruntergestürzt. Wieder gibt es einen großen Krach, als ob ein Haus zusammenfällt. Als ob der Schrecken nun seinen Höhepunkt erreicht hätte, hört der Regen auf und der Mond scheint für viele Minuten hintereinander.

„Schnell bringt mir eine Stange oder ein Ruder", ruft Rohan, sich an seine Kameraden wendend. Mehrere Männer rennen eilig den Strand entlang, auf der Suche der benötigten Dinge, obgleich sie nicht ganz verstehen wie er die

Aktion beabsichtigt durchzuführen und obwohl sie außerdem glauben, dass das Vorgehen mit dem Floß sein Leben in Gefahr bringt, sind sie unter dem Zauber seiner starken Natur und zeigen weder Zustimmung noch Ablehnung.
„Rohan, mein Sohn!" schreit Mutter Gwenfern, die herunter kommt und ihn bei seiner Hand hält, „was willst Du tun?"
„Ich gehe zu Marcelle Derval!"
„Aber Du wirst sterben! Du wirst im Wasser umkommen!"
In der gegenwärtigen Aufregung vergisst Mutter Gwenfern, wie auch alle anderen, die aktuellen Beziehungen des Mannes zur Gesellschaft, vergessen, dass sein Leben verwirkt ist und dass alle Hände unter anderen Umständen bereit wären, ihn zur Guillotine zu schleifen. An alles, was sie denkt ist an seine gegenwärtige Gefahr, dass er einem sicheren Tod entgegen geht.
Als Antwort lacht er nur sonderbar. Er ergreift ein langes Ruder von Gildas Derval, der in diesen Moment damit angerannt kommt, springt auf das Floß und stößt sich vom Ufer ab. Unter seinem Gewicht schaukelt das Floß gefährlich und sinkt nahezu unter Wasser.
„Komm zurück! Komm zurück!" schreit Mutter Gwenfern. Aber mit mit dem Ruder, welches er kräftig in den Grund stößt und als Stange benutzt, bewegt sich Rohan schnell davon. Zur größeren Sicherheit, weil das Floß gefährlich erscheint und zu kentern droht, sinkt er auf seine Knie und in dieser Weise, teilweise im kalten Wasser versunken, das über die glitschigen Planken läuft, verschwindet er in der Finsternis. Die Männer sehen sich erschauernd an.
„Lieber auf diesem Weg gestorben", murmelt Mikel Grallon, „ als auf einem *anderen!"*

Kapitel XLVI

Marcelle

Der Wind ist wieder stärker geworden und weht auflandig. Die See, durch den Zulauf des Hochwassers und der Gezeitenflut, bricht sich in weißen Wellen. Als Rohan näher in die Umgebung des überfluteten Dorfes kommt, wird seine Situation gefährlich, denn es ist ganz klar, dass das Floß nicht länger in diesem stürmischen Wasser halten würde. Nichtsdestotrotz furchtlos und mit einer gewissen Wut, bringt er das Floß durch rudern voran, mal auf dieser Seite, mal auf der anderen. Obgleich die Arbeit ermüdend ist, ist es eine Arbeit in der er erfahren ist. Schon bald ist er im brodelnden Wasser unterhalb des Dorfes. Die Flut um ihn herum führt Trümmer aller Art mit sich – Baumstämme, Teile hölzerner Möbel, Strohbunde und Stroh von den

versunkenen Dächern und es erfordert große Umsicht, gefahrvollen Kollisionen auszuweichen.
Der Mond schein klar und hell, so dass er nun die Möglichkeit hat das Ausmaß der Katastrophe wahrzunehmen. Die Häuser und Schuppen liegen in der Hochwassermarke bis zum Dach und um sie ist das Wasser selbst strudelnd und kochend, während die Gebäude über ihnen im Hauptdorf unglücklich inmitten der schäumenden öden Fläche des kochenden Wassers zu stehen scheinen. Schlammige Flüsse und Ströme, stillstehende Kanäle. Viele Wohnungen sind durch das Hochwasser unterspült, mussten zerfallen oder wanken bereits. Ein starkes Brausen kommt noch aus der Richtung, woher die Flut gekommen war. Aber es scheint, dass die volle Wut der Überflutung vorüber ist. Trotzdem ist es höchste Zeit. Obwohl die Bäche des Regens in den Hauptstraßen noch anwachsen, arbeitet das Wasser schleichend und furchtbar an den Fundamenten der Häuser.

Wieviele lebende Seelen umgekommen sind, vermag noch niemand zu sagen. Zweifellos viele, die in eingeschossigen Häusern wohnten, sie wurden im Bett überrascht und erstickten, nahezu ohne einen Schrei von sich geben zu können. Glücklicherweise war der größte Teil der Einwohner munter gewesen und waren in der Lage dem Unglück zu entkommen.
Achtzig oder hundert Yards von der Küste entfernt liegt eine Reihe schwerfälliger Schiffe mit niedrigen Masten und ausgeworfener Anker. Andere sind geflutet an Land gespült oder weit draußen auf See und rundum sind hier und da im Wasser treibende Netze, die von den Stangen, an denen sie zum Trocknen befestigt waren, weggespült worden waren. Mehr als einmal stößt das Floß gegen ein Totes Schaf oder Rind, die teilweise unter Wasser sind. Als Rohan ein driftendes Netz passieren sieht, scheint es ihm, als sähe er tief unten in den verstrickten Maschen, ein menschliches Gesicht. Einmal ist es für ihn unmöglich in dem quirlenden Wasser das Floß zu manövrieren. Das Wasser zieht es nach unten und drückt das schwimmende Gefährt rückwärts und droht es in die See zu tragen. Zuletzt, als Krone des Ganzen, geben die verfaulten Seile auf, die Stämme und Stäbe fallen auseinander und Rohan findet sich selbst in den trüben Wellen der Flut wieder. Er ist ein guter Schwimmer, aber seine Kraft ist durch die Entbehrungen sehr reduziert. Mit einer Hand greift er das Ruder und aus eigener Kraft entert er ein umherschwimmendes Fischerfloß, klettert zur Bugsprietkette und zieht seinen Körper teilweise aus dem Wasser. Dabei sieht er in einem Abstand von wenigen Yards, das Heck eines kleinen Bootes wie eine Art Beiboot. Dort hinzuschwimmen und sich mit aller Kraft hineinzuziehen ist eine Arbeit für Minuten. Er entdeckt zu seiner Freude, dass es ein Paar Paddel enthält. Unglücklicherweise ist es leck und voll Wasser, so dass sein Gewicht es untergehen lässt. Jeder Moment ist kostbar. Er ergreift das Seil mit dem das flache Boot festgemacht ist, klettert über das Heck und sucht, wo es

festgemacht ist. Er findet einen rostigen Eisentopf und schöpft damit in ein paar Minuten den Bootskörper leer, ergreift die Paddel und paddelt wie wild in Richtung Ufer. Die Arbeit ist zunächst leicht, bis er wieder beim Zusammenfluß von Überschwemmung und Gezeitenflut ankommt. Hier schütten die Wasser so schnell herunter und sind überdies mit so vielen gefährlichen Trümmern angereichert, dass er immer wieder in ständiger Gefahr ist. Unter Anwendung all seiner Kraft bewegt er das Boot zwischen den Dächern und den Scheunen und setzt sich der Strömung des Hauptflusses aus, der sich vom Dorf ergießt. Er wird an eine bedeckte Scheune zurückgetrieben und wäre beinahe gekentert, springt aber heraus auf das Dach, schöpft eilig das Boot aus, welches sich bereits wieder mit Wasser gefüllt hatte. Glücklicherweise ist die Gefährlichkeit der Flut etwas gemindert und die Flut steigt nicht weiter, aber nichtsdestoweniger scheint es eine wahnsinnige und hoffnungslose Aufgabe zu sein, das zerbrechliche Boot angesichts solcher Hindernisse voranzubringen. Die Hauptstraße ist ein reißender Fluß mit großen Felsbrocken und mit Treibgut aller Art, die vom Tal hergespült wurde. Dagegenzurudern scheint völlig unmöglich. In dem Moment, als er es probiert wird er zurückgeworfen und ist beinahe untergegangen.

Jeder andere Mann, der nicht die Tollkühnheit zum Abenteuer besitzt, wäre nun umgekehrt und geflohen. Aber vielleicht weil sein verwirktes Leben nicht länger eine kostbare Sache für ihn ist, vielleicht, weil seine Kraft und sein Mut immer in der Gegenwehr steigt, vielleicht, weil er beschlossen hat ein für alle Mal zu zeigen wie ein ‚Feigling' handeln kann, wenn ein mutiger Mann das Zittern bekommt. Rohan Gwenfern sammelt all seine Kräfte für einen kraftvollen Versuch ans Ufer des Flusses zu paddeln, streckt die Paddel nach vorn aus und ergreift einen Halt am festen Mauerwerk eines Hauses und dann zieht er sein Boot mit größter Anstrengung von Mauer zu Mauer. Er schafft so eine Entfernung von fünfzehn oder zwanzig Yards. Er macht dann Pause und kann sich am Vorsprung eines Daches festhalten, während die Flut kochend vorbeischießt. Er entdeckt zwischen den vorbeiflutenden Trümmern den Körper eines Kindes.

Das Manöver wiederholend, zieht er sein Boot weiter, wieder eine Pause, wieder erneutes Vorwärtsarbeiten, bis er die Mitte des Dorfes erreicht. Hier ist das Wasser glücklicherweise nicht so schnell und er kann seinen Weg etwas erleichtert fortsetzen. Aber nach jedem Yard auf diesem Weg werden die Bilder immer jammervoller und geben das Gefühl, dass die Verwüstung immer größer wird. Die niedrigen Häuser sind unter Wasser und manche der größeren sind zerstört. Auf manchen Dächern sind Gruppen von Leuten versammelt, knien und strecken ihre Hände zum Himmel aus.

„Hilfe! Hilfe!" schreien sie, als Gwenfern vorbeikommt, aber er winkt nur mit der Hand und fährt vorüber. Zuletzt erreicht er die schmale Gasse in welcher die Wohnung des Korporals liegt, er entdeckt zu seiner Freude, dass das Haus noch heil ist. Hier ist die Flut wieder sehr schnell und furchtbar, so dass er zuerst beinahe weggespült wird. Nun bemerkt er zu seinem Schrecken viele seewärts treibende, meist nackte Körper. Gegenüber vom Haus des Korporals ist eine große Scheune zusammengefallen und in ihren Mauern schwimmen zahlreiche tote Rinder. Das Haus des Korporals besteht wie der Leser sich erinnert, aus zwei Stockwerken. Im oberen befindet sich eine Art Dachstube im Giebel des Dachgeschosses. Das Wasser ist so hoch gestiegen, dass die Tür und die Fenster des unteren Stockwerks vollständig verschwunden sind und eine starke Strömung fließt rechts unter dem Fenster des kleinen oberen Raumes, wo Marcelle schläft. Ach Gott! Wenn sie nicht mehr lebt! Wenn die grausame Flut sie unten überrascht und vernichtet hat, bevor sie fliehen konnte wie es bei so vielen anderen gewesen ist. Das Haus ist etwa noch zwanzig Yard entfernt und es ist sehr schwer zu erreichen. Mit einer Hand sich an einem der unteren Häuser an den Fensterrahmen festhaltend, sammelt Rohan all seine Kräfte, schöpft sein Boot aus und bereitet sich vor es weiter zu ziehen. Zu der Gefahr gesellt sich der stark aufkommende gefährliche Wind, der gegenwärtig in Richtung See weht.

Wenn einmal seine Kraft versagen würde und er in die volle Wut der Mittelströmung getrieben werden würde, so bedeutet das nahezu den sicheren Tod. Mit äußerster Anstrengung unternimmt er es das Boot zu einem Fenster des Hauses, zwei Eingänge vor dem Haus des Korporals zu rudern. Hier findet er durch das Wasser ein Weiterkommen schwierig. Weil die Strömung ganz überschwänglich ist, klettert er auf das Dach und hält in einer Hand das Seil des Bootes, welches glücklicherweise lang genug ist, um verzweifelt weiterzuklettern. An dieser Stelle ist ihm seine Geschicklichkeit als Bergsteiger von großem Vorteil. Zuletzt, nach außerordentlichen Anstrengungen, erreicht er wahrlich den Giebel des Hauses, welches er sucht, steht aufrecht im Boot, klettert auf das Fensterbrett. In dem Moment gleitet das Boot unter seinen Füßen weg und findet sich selbst an seinen Händen hängend, während seine Füße unter ihm im Wasser baumeln.

Noch gestützt, das Handgelenk wund, das Ende des Seiles, welches das Boot sichert, hängt er für einige Sekunden schwebend, reißt seine ganze Kraft zusammen und vollbringt einen Trick, indem er Experte ist. Er schwingt sich mit seinem Körper auf, bis ein Knie auf dem Fensterbrett ruht. Im nächsten Moment ist er sicher. Auf beiden Seiten des Fensters sind grobe eiserne Haken, die die Fensterflügel halten, dass sie nicht umschlagen. An einem dieser Haken sichert er mit schnellen Handgriffen das Seil. Er stößt die Fensterflügel auf und springt in den Raum.

„Marcelle! Marcelle!"

Ihm wird mit einem grellen Schrei geantwortet. Marcelle, die in der Mitte des Raumes auf ihren Knien liegt, ist heftig erschrocken. Überrascht in ihrem Schlaf, sie hatte sich schon selbst aufgegeben, aber in ihrer charakteristischen

Geistesgegenwart, hatte sie sich ihre Kleider angezogen. Ihre Füße, Arme und Nacken sind nackt und ihr Haar fällt lose auf ihre Schultern.

Rohan

„Ich bin es, Rohan! Ich bin gekommen Dich zu retten, aber es ist keine Zeit zu verlieren. Komm fort!"
Während er spricht erzittert gefährlich das Haus, als ob es in seinen Grundmauern erschüttert wird. Marcelle starrt auf ihren Liebsten, als wäre sie betäubt, sein Kommen scheint unerklärlich und übernatürlich. Er geht durch den Raum. Die Diele auf der er geht scheint zu beben, er legt seinen Arm um sie und schiebt sie zum Fenster.
„Hab keine Angst!" sagt er mit einer hohlen Stimme, „Du bist gerettet, Marcelle, komm!"

Er macht keinen Versuch einer zärtlichen Begrüßung, seine ganze Art ist die eines Mannes, der große Verantwortung in der Stunde der Gefahr hat. Und Marcelle, die die jüngsten Ereignisse etwas hysterisch gemacht haben, klammert sich an ihn und erhebt ihr blasses Gesicht zu seinem.
„Bist Du es wirklich? Als die Flut kam träumte ich von Dir und wenn ich zum Fenster ging und das viele Wasser sah und das Wehklagen der anderen hörte, kniete ich nieder und betete zu Gott, Rohan!"
„Komm fort. Es ist keine Zeit zu verlieren."
„Wie kamst Du? Man könnte meinen, Du bist vom Himmel gefallen. Ach, Du hast Mut und die Leute lügen!"
Er schiebt sie zum Fenster und zeigt hinunter zum Boot, welches noch unter dem Fensterbrett schaukelt. Dann, in eiligem Flüstern fleht er sie an, all ihre Kraft zusammenzunehmen und alles so zu tun wie er sie bittet, damit ihr Leben sicher ist. Mit seiner linken Hand fasst er die Leine und zieht das Boot heran, bis es dicht unter dem Fenster schaukelt. Er hilft ihr durch das Fenster und bittet sie, sich an seinen rechten Arm mit beiden Händen festzuhalten, während er sie langsam hinunter ins Boot lässt. Ängstlich, aber entschlossen gehorcht sie und im nächsten Moment gelangt sie sicher hinunter. Das Seil locker lassend aber sicher in seiner Hand, springt er ihr nach. Sogleich driften sie mit der Flut seewärts. Es ist wie ein geisterhafter Traum. Sie treiben auf der schlammigen Flut, inmitten schwimmender Bäume, toter Rinder und Schafe sowie Trümmer und Wrackteile aller Art. Marcelle sieht im Mondlicht die Häuser an ihr vorüberhuschen und hört verzweifelte Stimmen, die nach Hilfe rufen. Vor ihr sitzend paddelt Rohan, das Boot am ungestümen Weiterkommen soweit wie möglich zurückzuhalten. Immer wieder sind sie in drohender Gefahr zu kollidieren und das Boot füllt sich rasch mit Wasser. Unter Rohans Anleitung schöpft Marcelle das Wasser aus, während er das miserable Gefährt mit dem Paddel steuert. Letztlich sind sie in die offene See gespült, wo die Flut durch den Wind und das Zusammentreffen mit der Überschwemmung plötzlich in kochende kurze, scharfe Wellen umschlägt. Die Gefahr ist nahezu vorüber. Mit schnellen Schlägen paddelt Rohan in Richtung Küste, wo er mit dem Floß gestartet war. Um ihn dort zu empfangen sind eine Gruppe Männer und Frauen versammelt. Nach einem Moment des Zögerns bringt er das Boot auf den Strand.
„Spring heraus!" ruft er seinem Kameraden zu. Marcelle springt auf den Strand und ist sofort in den Armen ihrer Mutter, die eifrig Gott dankt. Überrascht und entsetzt steht der Korporal mit seinen Neffen dabei und starrt auf die dunkle Gestalt Rohans.
Bevor ein Wort gesagt werden konnte wollte Rohan fortgehen.
„Bleib, Rohan Gwenfern!" sagt eine Stimme.
Rohan steht im Boot auf und schreit:

„Sind denn keine Männer hier unter Euch, dass Du dort untätig und ängstlich herumstehst? Es werden noch mehr da draußen umkommen, Frauen und Kinder! Jan Goron!"

„Hier!" antwortet eine Stimme.

„Die Flut geht zurück, aber die Häuser fallen noch ein und die noch leben, werden umkommen. Komm mit mir und wir werden Boote finden."

„Ich werde kommen", sagt Jan Goron und watet bis zur Hüfte im Wasser und klettert in das Boot zu Rohan.

Marcelle stößt einen kleinen Schrei aus, als die beiden in Richtung Dorf lospaddeln.

„Gott vergib mir!" murmelt der Korporal, „er ist ein mutiger Mann!"

Die Flut nimmt zügig ab, aber durch das Dorf kommt noch das Hochwasser, welches aber nicht mehr ansteigt. Die Zerstörung setzt sich fort und jeden Moment wächst die Gefahr für die Überlebenden, die im Dorf zurückgeblieben sind.

Mit Hilfe Jan Gorons entdeckt Rohan bald eine Menge verschieden große ankernde Fischerboote. Sie springen in eins und verlassen das kleine Boot. Die beiden Männer rudern mit Hilfe der Paddel zur Küste, achtern ein ähnliches Boot befestigt. Ein lauter Schrei grüßt sie am Festland. Total seine eigene Position vergessend, wendet sich Rohan im Kommandoton an die Männer. Ruder werden gefunden, gebracht und schon bald sind beide Kähne mit kräftigen Männern besetzt und rudern in Richtung Dorf. Am Bug des einen steht Rohan, steuert und führt seine Kameraden an.

Was folgt ist nur eine Wiederholung Rohans früherer Abenteuer, in abgeschwächter Gefahr und Aufregung. Die Überschwemmung ist verhältnismäßig gemildert und die Männer haben nur wenige Schwierigkeiten ihre Boote durch die Straßen zu rudern. Bald sind die Kähne voller Frauen und Kinder, halb ohnmächtig und noch aus Furcht klagend. Nachdem diese in Sicherheit gebracht sind, kehren die Retter in das Dorf zurück und führen ihr Werk der Barmherzigkeit fort. Es ist eine erschöpfende Arbeit und dauert Stunden. Als die Nacht voranschreitet kommen noch andere Boote von den Nachbardörfern und bewegen sich mit Lichtern über die dunkle Öde des Wassers. Es wird als notwendig empfunden wieder und wieder die Häuser zu betreten und die oberen Stockwerke nach entkräfteten Frauen und hilflosen Kindern zu forschen. Zum Glück können viele Menschen auf diese Weise gerettet werden. Und wo das Glück am größten ist führt Rohan Gwenfern. Er scheint tatsächlich keine Furcht zu kennen. Zuletzt, als der erste Dämmerschein kommt ist die gute Arbeit getan und keine lebende Seele wartet mehr auf Rettung. Als dämmriges, kaltes Licht auf die zerstörte Szene fällt wird das Ausmaß der eingefallenen Giebel und zerstörten Wände im Dorf sichtbar.

Rohan geht an der Küste zum Haus seiner Mutter und findet es nahezu umringt von einer aufgeregten Gruppe. Nun kommt ihm das erste Mal seine außergewöhnliche Situation wieder zu Bewusstsein und er kehrt fast um wie ein Mann, der Gefahr wittert. Schäbig, fast nackt, abgehärmt, geisterhaft und tropfnaß gibt er ein ungewöhnliches Schauspiel.

Bewunderndes Gemurmel und Mitleid wird hörbar, als er die Menschen anblickt. Eine Frau, deren zwei Kinder er in dieser Nacht rettete, stürzt vor und mit vielen Anrufen der Jungfrau, küsst sie seine Hand. Er sieht den Korporal dabeistehen, blaß und verwirrt, auf den Boden schauend und nah bei ihm Marcelle mit ihrem leidenschaftlich strahlenden weißen Gesicht, das auf ihn schaut.

Halb verwirrt geht er über den Strand, die Versammelten teilen sich und lassen ihn passieren.

„Im Namen des Kaisers!" schreit eine Stimme.

Eine Hand fasst seinen Arm. Sich umdrehend begegnen ihm die Augen des Mikel Grallon. Grallons Eingriff wird mit ärgerlichem Gemurmel begleitet, denn die allgemeine Sympathie gilt dem Helden der Nacht.

„Geh zurück, Mikel Grallon!" rufen einige Stimmen

„Er ist ein Deserteur!" sagt Grallon hartnäckig und wiederholt:

„Im Namen des Kaisers!"

Bevor er noch ein Wort von sich geben kann fassen ihn ein paar kräftige Arme und werfen ihn zu Boden. Rohan Gwenfern selbst krümmte keinen Finger. Der Angriff kam aus einer ganz anderen Ecke. Der Korporal rot vor Wut, war auf Grallon gesprungen und hält ihn grimmig am Boden.

Kaum dem Aufmerksamkeit zollend, geht Rohan durch die Gruppe und steigt schnell das Kliff hinauf. Auf der Spitze hält er inne und schaut für einige Sekunden ruhig hinab, dann verschwindet er. Der Korporal hält noch Mikel Grallon am Boden, schüttelt ihn wie ein alter wütender Hund eine Ratte schüttelt.

„Im Namen des Kaisers!" schreit er ärgerlich die Worte des niedergeworfenen Mannes als Echo.

„Bestie, lieg still!"

Kapitel XLVII

Die Wolken ziehen sich zusammen

Und nun fällt die Dunkelheit des Winters herein und die Tage, Wochen und Monate ziehen bekümmert vorüber.

Unten an der See, im einsamen Kromlaix, sind die Dinge trauriger, als sie seit vielen Wintern nicht waren. Als die Flut vorbei war und das volle Ausmaß der Zerstörung sichtbar geworden ist, stellt es sich heraus, dass sie mehr Menschenleben gekostet hat, als man ursprünglich dachte. Viele arme

Seelen sind ruhig in ihrem Bett gestorben, andere während des Versuchs zu fliehen, sind erschlagen worden in den Ruinen ihres zerstörten Heims. Die Todesfälle sind hauptsächlich unter Frauen und kleinen Kindern zu beklagen. Obgleich der größte Teil der Leichen entdeckt und mit den heiligen Zeremonien auf dem kleinen Friedhof bestattet wurden, sind viele Körper hinaus in die Tiefe des Ozeans auf Nimmerwiedersehen getragen worden. Als der Korporal nach unten geht, um eine Bestandsaufnahme seines Heimes zu machen, stellt er fest, dass ein Teil der Mauer nachgegeben hat und ein Teil des Daches eingefallen ist, so dass Marcelle, wäre sie ein wenig länger in dieser schicksalsvollen Nacht im Haus geblieben, sicher einen schrecklichen und grausigen Tod gefunden hätte. Die zerstörten Teile des Hauses wiederherzustellen dauert viele lange Tage. Und die schmerzlichen Verlußte im zerstörten Haushalt zu ersetzen dauern lange. Bis zum neuen Jahr, welches stürmisch begann, war das Haus wieder annehmbar wohnlich. Hungersnot hatte sich im Dorf eingeschlichen, Hand in Hand mit dem Tod. Bei Vielen ist das Getreide vernichtet und wenn es an Getreide mangelt, muß der Arme darben und sterben. Und dann folgte gleich nach der Flut die Nachricht einer neuen Aushebung von 30.000 Mann, zu welchem das kleine Kromlaix sein Scherflein beitragen soll.

Nun mussten die armen Seelen denken, dass Gott gegen sie ist und dass nirgendwo unter dem Himmel es weder Hoffnung noch Trost gibt.

Über all diese Schrecken lassen wir den Vorhang fallen. Unser Anliegen ist es nicht, die Herzen zu quälen mit Bildern der menschlichen Folter – noch die Arten durch Greuel der Natur oder des Tyrannen der Menschen, noch Licht in die Dunkelheit unbekannter Schmerzen zu bringen. Es ist vielmehr unser Wunsch, während wir die Geschichte der menschlichen Geduld und Standhaftigkeit erzählen, wir von Zeit zu Zeit solche höheren geistigen Fähigkeiten erkennen, welche verstärkt das Denken derer beeinflußt, die ihr Familiengeschlecht lieben und die Dichtkunst ermöglichen, in einer Welt, in der Elend und Hoffnungslosigkeit einfach alltäglich sind. Laßt uns deshalb für eine gewisse Zeit die Bühne unserer Akteure verlassen. Wenn sich der Vorhang wieder erhebt, ist es zu düsterer Musik der großen Invasion von 1814.

Wie von hungrigen Wölfen ist die große Armee zurückgedrängt worden, von der Geißel der Strafe. Für viele lange Jahre hat Frankreich seine Legionen ausgesandt, in andere Länder einzufallen und zu zerstören, nun ist es an der Zeit die Suppe auszulöffeln, die man sich eingebrockt hatte.

Durch ihre offene Niederlage gehen sie diesen Weg und schreien zu diesem ‚Gott', die er letztlich scheint verlassen zu haben, denn Bonaparte flieht. Bereits in den äußeren Bezirken entsteht das alte weiße Gespenst, verursacht von törichten Schwärmern, die auf der Tricolore herumtrampeln.

Geheimnisvolle Stimmen werden wieder im alten Schloß, unten in der einsamen Bretagne gehört. Loyalisten und Republikaner beginnen in die Öffentlichkeit hinauszuschreien, trotz drohender Todesstrafe für all jene, die den Bourbonen Sympathie bezeugen oder den Alliierten helfen. Duras umarmt Touraine und der Abbe' Jasquilt ist geschäftig in La Vendel. In der Zwischenzeit wird die Schreckensherrschaft gegen die aufrichtigen Menschen, die den Krieg hassen verstärkt. Während die Herzen in Flammen stehen und der kalte Wind sie ausbläst, denen, die niedergedrückt besorgt lauschen und bei jedem Geräusch auffahren. Man kann nicht sagen in welchem Bezirk der allgegenwärtige und Kinder-Fresser Cossack (der brutale Wegbereiter des nicht zu unterdrückenden Uhlau, einer der späteren und gottlosen Invasoren) möge bald erscheinen, sein winziges Schlachtroß antreibend. Der Name Blücher[25] wird ein Alltagswort und die Menschen lernen noch einen anderen Namen, den von Wellington[26] kennen. Bonapartes Zeit kommt. Er ist umzingelt und unter Druck, er mag seine kaiserliche Krone mit Hilfe des Vertrages von Chatillon gesichert haben, aber überwältigt durch Selbstüberschätzung und dem Gebet, lässt er die sichere Stunde dahinfließen und manövriert, als es schon zu spät ist. Trotz des Märzabkommens von 1814, das zwischen Österreich, Russland, Preußen und England besteht, stellt er sich eine Armee von 150.000 Mann auf, bis Frankreich auf das Äußerste reduziert ist und durch das gleiche Abkommen und aus gleichem Grunde der Krieg fortgesetzt wird, vier Millionen sind von den ‚Krämern' Englands aufgebracht worden. Dennoch, der Kaiser, noch vertrauend auf seinen hell leuchtenden Stern, fährt fort an den Grenzen seines Kaiserreichs fest zuhalten.
So beharrend marschiert er auf Blücher in Soissons zu und beginnt den letzten Akt des Krieges.
Auf dieser Weise vergeht ein furchtbarer Winter. Der Frühling kommt und bringt Veilchen, aber die Felder und Gassen sind noch vom Krieg verdunkelt und über ganz Frankreich liegt noch der Schatten des Schwertes.

Was ist in der Zwischenzeit aus Rohan Gwenfern geworden?
Nach der Nacht der großen Flut, gibt er kein Zeichen und alle Suche nach ihm ist eingestellt. Es ist nahezu unmöglich, dass er sich noch in dem Kliff verbirgt, da strenges Wetter eingesetzt hatte. Kein Mensch kann unter solchen Bedingungen leben. Daß Rohan nicht tot ist, weiß Marcelle aus verschiedenen Quellen, obgleich sie keine Idee hat, wo er zu finden sein könnte. Sie dankt Gott, der ihn soweit beschützt hat und der ihm vielleicht seinen wilden Aufruhr vergibt, aus Rücksicht seiner guten Taten während der schrecklichen ‚Nacht der Toten'. Zweifellos gibt ihm manch dunkles Dach nun Wohnung und glücklicherweise sind die Menschen zu beschäftigt, als viel über einen einzelnen Rebellen nachzudenken. Ach, hätte er doch

nicht Pipriac getötet! Hätte er doch keine Blutschuld auf sich geladen! Dann würde der gute Kaiser ihm vergeben und ihn zurück lassen wie einen verlorenen Sohn.
In einer Hinsicht ist Marcelle glücklich. Sie erliegt nicht länger dem Vorwurf, sie liebe einen Feigling. Ihr Liebster hat sich und sie gerechtfertigt. Er hat seinen Mut bewiesen auf einem Weg, der nicht zu missdeuten ist. Ach ja, er ist mutig! Und wenn Meister Arfoll oder andere gottlose Ratgeber nicht einen Zauber auf ihn gelegt hätten, so würde er seinen Mut im Schlachtfeld gezeigt haben! Es ist noch äußerst rätselhaft für sie, dass Rohan so gehandelt hatte wie er es tat. Generelle Prinzipien kann sie nicht verstehen und jede abstrakte Position, betreffs Gottlosigkeit und Feigheit im Krieg, ist für sie unbegreiflich geworden wie ein Problem der Trigonomie oder einer Seite des Spinoza (27). Krieg ist eins der Gesetze der Welt. Es ist soviel eine Sache wie es natürlich ist, sich zu verheiraten oder in die Kirche gehen und es ist außerdem ein ehrenwerter Beruf in welchen tapfere Männer wie ihr Onkel, dem Herrscher und dem Staat dienen. Obgleich sie um ihres Liebsten Schicksal sehr besorgt ist, hat sich ihr Enthusiasmus zum Kaiser um keinen Grad vermindert.
Marcelle ist eine dieser Frauen, die sich festklammern und an einem Glauben festhalten, je fragwürdiger und in Verruf gebracht und je mehr er den Status verlorenen Vertrauens annimmt, so wie des Kaisers Würfel fällt und die Menschen vorwärts schauen, eifrig seinen Untergang entgegensehend, so steigt ihre Verehrung und wird fast in seiner Intensität zum Fanatismus.
Es ist fast das Gleiche mit Korporal Derval. Durch den ganzen Winter erleidet der Korporal unausgesprochene Seelenqualen und seine Zuversicht und sein Vertrauen steigt mit der Verdunklung der kaiserlichen Sphäre. Nacht für Nacht liest er das Bulletin durch, alles eifrig für seines Meisters Triumpf und Ruhm deutend. Seine Stimme wird laut bei seinen Flüchen gegen die Alliierten, besonders gegen die Engländer. Er nimmt gewohnheitsmäßig wie immer Napoleons Pose ein, und prophezeit. Aber ach, leider! Seine Stimme ist nun wie die Stimme eines Schreienden in der Wildnis und da ist niemand, der sie hört!
Obgleich Korporal Derval eine lokale Kraft gewesen ist, spielte er die Rolle mehr aus Furcht, als aus Widerstand, weil Widerspruch kaum gefahrlos war. Als sich die Zeiten zu ändern begannen, findet er wie sein Meister, dass er seine Nachbarn falsch eingeschätzt hatte. Immer wieder wurde ihm widersprochen.
Als er so von dem ‚Kaiser' spricht, beginnen die anderen vom 'König' zu sprechen. Er hört täglich auf seinen Spaziergängen und Gesprächen genug Gottlosigkeit, dass ihm die Haare zu Berge stehen und denkt mit Schrecken an eine andere Überschwemmung. Eines Abends spaziert er an der See und er sieht verschiedene Freudenfeuer oben auf den Felsen brennen. In derselben Nacht hört er, dass der Duc de Berri in Jersey gelandet ist. Unter denen,

die ihren Mantel nach dem Wind hängen ist Mikel Grallon. Und wirklich, wir zweifeln nicht, dass der ehrenwerte Mikel auch seine Haut gewechselt hätte, wenn es möglich wäre und wenn es zu seinem Nutzen wäre. Er scheint nun den Wunsch Marcelle zu heiraten, aufgegeben zu haben, aber mitnichten nimmt er ihr ihre Treue zu seinem Rivalen übel.

Schneller als die Gezeiten wendet sich die allgemeine Einstellung gegen Napoleon. Grallon schlägt sich still auf die Gewinnerseite. Insgeheim vergiftet er die öffentliche Meinung gegen den Korporal, indem sie in ihm die Inkarnation all ihrer Abscheu und Befürchtungen sehen. Die Dinge entwickeln sich, bis Korporal Derval, nun fern jedes ehemaligen Einflusses, die unpopulärste Person von Kromlaix ist. Er repräsentiert den abklingenden Aberglauben, welcher bereits beginnt mit Abscheu betrachtet zu werden.

Die Gesundheit des Korporals hat diesen Winter etwas gelitten und dieser Umschwung zehrt schmerzhaft an seiner Psyche. Er beginnt unmissverständliche Zeichen des fortschreitenden Alters zu zeigen. Seine Stimme verliert viel von ihrem alten Klang und ihrer Ausdrucksweise, seine Augen werden schlechter, seine Schritte sind weniger fest. Die gewaltigen Mengen Tabak fordern sein Herz zu beruhigen und er sitzt den ganzen Abend still in der Küche, raucht und schaut in das Feuer. Wenn er Rohans Namen erwähnt, was sehr selten ist, so ist es mit einer gewissen Freundlichkeit und sehr ungewöhnlich für ihn. Marcelle scheint es, wenn sie ihn beobachtet, dass er ruhig sich selbst anschuldigt, ungerecht zu seinem unglücklichen Neffen gewesen zu sein.

„Ich bin sicher, Onkel, es ist nicht gut." sagt Marcelle in einer leisen Stimme und schaut hinüber zum Korporal, der beim Feuer sitzt.

„Es gibt nur eine Sache, die ihn heilen kann", sagt Gildas, „und das ist ein großer Sieg."

Kapitel XLVIII

‚Vive le Roi'

Während des großen Feldzugs geht im Innern des Landes eine Entwicklung voran und die Führer der Alliierten Armeen zögern und sind vorsichtig, eine Hand winkt von Paris und sie winkt die Eindringlinge heran. Aber so wenig Vertrauen haben sie in ihre eigene Stärke und so groß, trotz ihrer Erfolge, ist ihre Furcht in eine der Fallen zu geraten, die Bonaparte in seiner Schlauheit stellen könnte, dass sie zweifellos eine schicksalshafte Verzögerung beschließen, statt auf die Ermunterung mitten aus der Stadt zu reagieren.

‚Dein Glück ist nichts, wenn Du bei allem Glück haben würdest! Wage es erneut!'
schrieb eine Hand an Kaiser Alexander. Es war die Hand des Talleyrand(28). So kommt es Ende März zupass, dass eine Menschenmenge mit ihren Karren und Pferden, mit Rindern und Schafen vor die erschreckte Einwohnerschaft von Paris fahren, Kinder und Frauen mitführen, schreien, dass sich die Eindringlinge mit zahllosen Heeren Paris nähern Die Alarmglocke läutet, die große Stadt gießt seine Schwärme in die Straßen aus und alle Blicke sind auf den Montmartre gerichtet. Entschlossene Vorbereitungen zum Widerstand einer Belagerung werden gemacht. Joseph Bonaparte unterstützt die Leute durch seine Beteuerung, dass der Kaiser bald zur Hand sein würde.

„Es ist eine schlechte Aussicht für den Feind", sagt Korporal Derval nervös, als ihn die Nachrichten erreichen, „jeder Schritt gegen Paris ist ein Schritt weiter fort von ihrem Nachschub. Denkt ihr, der Kaiser weiß das nicht genau? Es ist eine Falle und Paris wird sie verschlucken wie ein riesengroßes Maul – schnapp! Eine Bitte und sie sind gegangen. Wartet ab!"
Einige Tage später kommt die Nachricht von der Flucht des Kaisers. Der Korporal wird blaß, ringt sich aber einen Lacher ab.
„Frauen sind im Weg, wenn es ans Kämpfen geht, weil die Österreicher ihre Beziehungen zu Bruch gehen sehen wollen."

Am nächsten Tag kommt die Nachricht, dass Paris eingenommen ist. Der Korporal springt auf, als hätte er einen Messerstich mitten ins Herz bekommen.
„Der Feind in Paris", keucht er, „wo ist der Kaiser?"

Oh, wo ist er tatsächlich? Das erste Mal in Bonapartes Leben ist er selbst in eine Falle geraten und während Paris eingenommen wird, führt er abseits eine Front. Es ist unnütz jetzt loszustürzen etwas zu retten, weil es zu abgelegen ist. In seinem Wagen sitzend rollt der Kaiser schon vorwärts in Richtung Hauptstadt, fern von seiner helfenden Armee. Seine Generäle treffen ihn in der Umzingelung und warnen ihn zurückzukehren. Er schreit, droht, flieht, aber es ist zu spät. Er erfährt mit Schrecken, dass die Behörden die Besetzer willkommen geheißen haben, und dass die kaiserliche Regierung gestürzt ist. Gebrochenen Herzens und verwirrt stürzt er nach Fontainebleau.

Diese Nachricht erreicht auch den alten Korporal, der am Feuer sitzt. Pater Rolland ist bei ihm, als die Nachricht kommt. Und er schüttelt traurig den Kopf.
„Die Alliierten Könige weigern sich mit dem Kaiser zu verhandeln", liest er laut.

„Gut, gut!"
Dieses ‚gut, gut' mag man entweder für Sympathie oder Billigung oder wie auch immer auslegen. Pater Rolland ist ein Philosoph und nimmt in Ruhe die Dinge wie sie kommen. Sogar ein Wunder am hellen Tag, würde ihn nicht sehr erstaunen, für seinen einfachen Verstand sind alle menschlichen Dinge übernatürlich, übernatürliche Alltäglichkeiten. Aber der Veteran, an den die Nachricht gerichtet ist, ist nicht so ruhig. Er zittert und ist in Rage.
„Sie verweigern!" schreit er mit einem schwachen Versuch in seiner alten Art zu sprechen, „will man damit sagen, dass die Maus es ablehnt mit dem Löwen zu verhandeln? Seele einer Krähe! Was sind diese Kaiser und Könige? Geh weg! Der ‚Kleine Korporal' hat dutzendweise Könige abgesetzt und hat Kaiserreiche zum Frühstück gegessen. Ich sage Ihnen, der Kaiser Alexander wird in kurzer Zeit froh sein ihm die Füße zu küssen. Wie der Kaiser von Österreich, dessen Verhalten schändlich ist, aber ist es nicht unseres Kaisers Blutsverwandter?"
„Sie denken, es soll weitergekämpft werden, mein Korporal?" fragt der kleine Priester.
Der Korporal presst seine Lippen zusammen und nickt seinen Kopf automatisch.
„Es ist leichter man legt die Hand in das Maul eines Löwen, als sie wieder auszustrecken. Wenn der Kaiser verzweifelt ist, ist er furchtbar – das weiß die ganze Welt und nun wird auf ihm herumgetrampelt und geschimpft. Er ist nicht wie alle, bis diese Kanaillen auf der Erde ausgelöscht sind."
„Ich hörte heute", bemerkt Gildas, von seinem Platz am Herdfeuer aufblickend und sich das erste Mal in die Unterhaltung einmischt, „sie sagen, dass Duc de Berri wieder in Jersey gelandet sein soll und dass der König . . ."
Bevor er den Satz beenden kann, bringt sein Onkel einen Schrei vor Wut und Protest aus.
„Der König! Verdammt! Welcher König?"
Gildas grinst verlegen.
„König Louis, natürlich!"
„Nieder mit den Bourbonen!" donnert der Korporal, blasser als der Tod und von Kopf bis Fuß vor Wut zitternd.
„Nenne niemals seinen Namen, Gildas Derval! König Louis!"
Der kleine Priester erhebt sich ruhig und setzt seinen Hut auf.
„Ich muß gehen", sagt er, „aber lassen Sie mich Ihnen sagen, mein Korporal, das Ihre Rede zu gefährlich ist. Die Bourbonen sind unsere Könige durch göttliches Recht und sie sind gute Freunde der Kirche und sie sollen zurückkehren zu Wohlstand. Ich für meinen Teil, werde ihnen meine Treue geben."
Dies sagend, grüßt Pater Rolland alle und nimmt Abschied. Der Korporal sinkt in den Sessel.
„Wenn sie zurück sind!" murmelt er, „ach, es ist keine Gefahr, solange der ‚Kleine Korporal' lebt!"

Korporal Derval ist missgestimmt. Ein Fanatiker aus tiefstem Herzen, er versteht das wahre Schicksal der Situation nicht und obgleich sein Denken in Alarmbereitschaft ist, hofft, glaubt und vertraut er noch. Der Gedanke des totalen Besiegtseins des Gottes seines Schicksals würde ihn niemals kommen. Er ist natürlich gut bekannt mit dem Zustand der öffentlichen Gesinnung und er weiß wie stark die Legitimisten-Partei (9) ist, gerade in seinem eigenen Dorf. Sogar der kleine Pater Rolland, der sich politisch nicht darüber äußert und der so lange unter dem Kaiser diente, beginnt sich auf die Seite der Feinde der Wahrheit und Gerechtigkeit zu schlagen. Der Priester ist ein guter Anhänger, aber ihn über das göttliche Recht zu hören ist schmerzlich. Als ob irgendein Recht göttlicher sein kann, als die Souveränität des Kaisers. Ein paar Tage später, als der Korporal sich zum Ausgehen fertig macht, wird er von Marcelle gestoppt:
„Wo willst Du hingehen?" fragt sie und stellt sich ihm in den Weg. Sie ist sehr blaß und hat rote Ringe um die Augen, als hätte sie geweint.
„Ich gehe hinunter zum alten Plouet zum Rasieren", sagt der Korporal, „und ich will das Neueste hören. Seele einer Krähe! Was ist los mit dem Mädchen? Warum schaust Du mich so an?"
Ohne zu antworten, schaut Marcelle flehend zu ihrer Mutter und zu Gildas, der am Herd steht, früher aufgeregt wie ihre Tochter und später gleichgültig denkend wie Stroh. Zu ihm sich hinwendend fährt der Korporal fort:
„Ist irgendetwas nicht in Ordnung? Sprich, wenn es so ist!"
„Es gibt schlechte Nachrichten über Hoel!", antwortet die Witwe mit einer leisen Stimme.
Die Witwe schüttelt den Kopf.
„Gehe diesen Morgen nicht aus", sagt Marcelle, geht durch die Küche und schließt leise die Tür. Währenddessen vernimmt man von draußen lautem Krach, fröhliche Stimmen und Füßegetrappel, als ob die Straße hinunter gerannt wird.
„Was ist das?" ruft der Korporal, „irgend etwas ist geschehen. Sprecht! Haltet mich nicht länger in der Ungewissheit."
Er steht zitternd und blaß und die Zeichen des Alters lasten schwer auf ihm, zeichnen jede Linie und Falte in seinem kräftigen Gesicht, lassen seine Wangen einfallen und seine Augen dunkler erscheinen. Ein stolzer Mann, der früher die Demütigungen der Folter erlitten hatte und lässt in mancher Hinsicht den Sinn der Kraft, die ihn einstmals sein Leben so wertvoll machte, vermissen. Dazu der Fakt, der bereits angedeutet wurde, dass seine physische Gesundheit gebrochen ist und es leicht zu verstehen ist, warum er wie sein eigener Geist aussieht. Aber die Natur des Veterans ist die eines Adlers, ob in Krankheit oder in bösen Schicksalsschlägen, er immer noch ein Adler ist.

„Sprich Gildas!" sagt er, „Du bist ein Mann und die anderen sind nur Frauen. Was bedeutet das alles? Warum versuchen sie mich im Haus festzuhalten?"
Gildas brummt etwas Unartikuliertes und stößt seine Mutter mit seinem Ellenbogen an. In diesen Moment wiederholt sich draußen die Fröhlichkeit. Ein Schimmer der Wahrheit muß den Korporal erreicht haben, denn er wird noch blasser und es steigt sein Ausdruck von nervöser Furcht.
„Ich will es Dir sagen, Onkel", sagt Marcelle, „wenn Du nicht ausgehen wirst. Sie proklamieren den König!"
Proklamieren den König! So sehr wie der Korporal beunruhigt ist, könnte man fast denken, sie proklamieren einen neuen Gott. Ist der Himmel heruntergefallen? Steht die Sonne noch am Firmament? Der Korporal starrt und wankt wie betäubt. Dann presst er seine Lippen zusammen und schreitet vorwärts zur Tür.
„Onkel!" schreit Marcelle und stellt sich ihm in den Weg.
„Geh zur Seite!" schreit er in kräftiger Stimme, „mach mich nicht ärgerlich, Du Frau. Ich bin kein Kind und ich kann auf mich selbst aufpassen. Gott im Himmel! Ich denke, der Worte sind genug gewechselt."
Die Tür weit aufreißend, geht er auf die Straße. Es ist ein heller Frühlingsmorgen, solch ein Morgen wie vor einem Jahr, als sie sich fröhlich aufmachten zum Vorsteher der Aushebung! Das Dorf hat sich von den Auswirkungen der Überschwemmung erholt und glänzt im Sonnenschein. Die Straße ist leer und es gibt kein Zeichen von geschäftigen Nachbarn, aber als er in der Tür inne hält, hört er wieder von weit weg vom Dorf Geschrei. Entschlossen seine eigenen Erfahrungen der Ereignisse zu machen, humpelt Derval auf der Straße, dicht von Gildas gefolgt, den die Frauen angefleht hatten, darauf zu achten, dass der Onkel nicht in Schwierigkeiten gerät. Nach ein paar Minuten kommen sie in Sichtweite der versammelten Leute, Männer und Frauen, sich hin und her bewegen, als wären sie unter dem Einfluß heftiger Aufregung. In ihrer Mitte steht ein einzelner Mann, der dem Korporal unbekannt ist, der eifrig weiße Kokarden an die Männer und weiße Rosetten an die Frauen und Mädchen verteilt. Dieser Mann ist gut angezogen und man hat den Eindruck, dass er ein Gentleman ist. Es ist wahrlich Le Sieur Marmont, Besitzer eines nachbarlichen Schlosses, der lange von seinem Besitz abwesend war.
Dann hört Derval deutlich den verhassten Ruf, der immer und immer wiederholt wird:
„Vive le Roi! Vive le Roi!"
Der vornehme Mann ist elegant in passendem Weiß und Blau gekleidet, hat sein Schwert um und sein faltiges Gesicht ist voller Begeisterung.
„Vive le Roi! Vive le Sieur Marmont!" rufen die Stimmen. Unter den Versammelten sind viele, die nur schauen und lächeln und ein paar, die finster die Stirn runzeln. Aber eins ist klar, dass die Bonapartanhänger in furchtba-

rer Minderheit sind. Wie auch immer, das Geschäft geht weiter, es ist ganz zwanglos, es war nur ein bloßes Stück Vorbereitung flammender Erregung von Marmont und seinen Anhängern nötig. Die Neuigkeiten kommen geradewegs von den aufgestandenen Königsanhängern in Paris und die weiße Rose beginnt in jeder Stadt zu blühen.

„Was ist das alles?" knurrt der Korporal und bahnt sich mit den Ellenbogen seinen Weg durch die Menge.

„Seele einer Krähe! Was bedeutet das?"

„Haben Sie die Neuigkeiten noch nicht gehört?" schreit eine Frau, „der Kaiser ist tot und der König ist auferstanden."

Der vornehme Mann, dessen scharfe Augen Derval sofort wahrnehmen, befestigt eine Kokarde von weißer Baumwolle an seinem Schwert und schlägt es höfisch und symbolisch über die hinzugetretenen Köpfe.

„Unser Freund hat es noch nicht gehört", sagt er mit einem gottlosen Grinsen, „sieh, alter Anhänger, hier ist ein kleines Geschenk: Es ist nicht wahr, dass der Usurpator tot ist, aber er ist entthront – deshalb rufen wir alle: *Vive le Roi!"*

Viele Stimmen schreien wieder und der Korporal erkennt nun, dass der priesterlich aussehende Mann in Schwarz, der spricht und dicht bei Marmont steht, seinen kleinen Freund, der Priester ist.

„Es ist eine Lüge!" schreit er und zu Marmont gewandt:

„Nieder mit den Bourbonen! Nieder mit den Emigranten!"

Der vornehme Mann wird rot im Gesicht und seine Augen glänzen wild.

„Was für ein Mann ist das?" fragt er durch seine Zähne.

„Korporal Derval!" rufen etliche Stimmen gleichzeitig. Der hohe Herr flüstert noch ein Wort mit Pater Rolland, dann spitzt Marmont seine Lippen und lächelt verächtlich.

„Wenn der alte Narr nicht so altersschwach wäre", sagt er, „würde er es verdient haben ausgepeitscht zu werden, aber wir vergeuden unsere Zeit nicht mit solch einem Schurken! Kommt, meine Freunde in die Kapelle, lasst uns beten zu unserer Heiligen Mutter, die uns den guten König zurückbrachte."

Der Korporal stößt einen Fluch aus und mit seinem Stock fuchtelnd, nähert er sich dem vornehmen Herrn. Die Dörfler lassen eine Gasse und so stehen sich die Zwei Auge um Auge gegenüber.

„Nieder mit dem König! Nieder mit den Emigranten!" donnert der Korporal. Marmont ist nun ganz blaß vor Zorn, nicht aus Furcht. Zieht zornig das Schwert und zeigt mit dessen Spitze auf das Herz des Korporals.

„Nimm das zurück, alter Mann oder soll ich Dich verletzen?"

Aber bevor er noch eine weitere Silbe sagen kann, schlägt der Korporal mit seinem Stock wie mit einem Säbelhieb mit solch einer Wucht auf das Schwert, dass es zerbricht.

„Nieder mit dem König!" ruft er, ganz rot vor Leidenschaft, „es lebe der Kaiser!"

Dies ist das Zeichen für eine allgemeine Verwirrung. Die Royalisten, wütend wegen der Beleidigung, bemühen sich ihren Gegner niederzuwerfen, aber sie werden von seinen Kameraden gehindert, die eifrig bemüht sind, ihn zur Ruhe zu bewegen, während der Korporal sich nun inmitten einer schreienden Menge Dorfbewohner befindet. Manche von ihnen versuchen wütende Schläge auf seinen unglücklichen Kopf zu zielen. Es würde zweifellos böse mit ihm ausgegangen sein, wenn nicht Gildas und ein paar andere kräftige Anhänger sich nicht einen Weg zu ihm erkämpft hätten und emsig Partei für ihn ergriffen. Ein Handgemenge folgt. Andere Bonapartisten halten sich an die Minderheit. Schläge werden ausgeteilt und eingesteckt. Kokarden werden abgerissen und am Boden zertreten. Glücklicherweise sind die Kämpfenden nicht mit irgenwelchen gefährlichen Waffen bewaffnet. Wenige erleiden ernsthafte Verletzungen.

Am Ende, nach einigen Minuten, findet sich der Korporal selbst halb betäubt umringt von seiner kleinen Partei, während die Menge der Royalisten Sympathiesanten, geführt von Marmont, weiter die Straße entlang in Richtung Kapelle zieht.

Als der Korporal sich von seiner Entrüstung wiederfindet, ist sein Herz schwer. Das Zeichen des vornehmen Mannes und seiner Freunde ist unheilvoll, denn er weiß, dass diese aufgeputzten Vögel nur herauskommen, wenn die Luft wirklich sehr königlich ist. Er weiß auch, dass Marmont, obgleich Teil seines Besitzes durch den Kaiser der Familie zurückgegeben worden ist, lange Zeit als Verdächtiger im Ausland wohnen musste und es ist ganz sicher, dass seine Anwesenheit hier zeigt, daß Bonapartisten ihren tiefsten Stand erreicht haben.

In das Dorf hastend und ins Haus von Plouet, dem Barbier, gehend, liest der Veteran eifrig die Zeitungen und findet seine Beförchtungen bestätigt und das macht sein Herz noch schwerer und bringt seinen armen Kopf wirr durcheinander. Tränen stehen in seinen Augen, während er liest, so dass seine alte Hornbrille wieder und wieder beschlägt.

„Mein Kaiser! Mein Meister!" murmelt er und setzt für sich selbst in fast den gleichen Worten hinzu, dass der große herzzerbrochene König Israels benutzte:

„Wollte es Gott, ich würde sterben für ihn!"

Kapitel XLIX

Das Maß des Korporals ist voll

Etwa zu Beginn des Monats April breitet sich über Frankreich ein sonderbares Gerücht aus, dass ursächlich das einfache Volk sich einander entsetzt erzählt, als ob die Sonne vom Himmel gefallen wäre. Es wird von den Behörden berichtet, dass der Kaiser sich umgebracht hätte.
Dem Gerücht wird sofort widersprochen, aber nicht bevor es schmerzliches Herzweh für viele Anbeter und unter anderen auch für unseren Korporal auslöst. Es scheint so furchtbar, dass der, der bis zuletzt das Schicksal von Europa bestimmte, sollte nun ein Elender sein, Bange eine Welt zu befreien, in der er ein Schwächling sei. Viele denken, dass es einfach unbegreiflich ist. Wenn diese Sache wahr wäre, wenn wirklich Bonaparte letztlich unfähig und auf seinen Knien kriechen würde, dann ist nichts sicher – weder die Sterne am Himmel, noch die feste Erde, die sich um sich dreht – denn Chaos wird sein.

Wie wunderlich und außerdem wie eindrucksvoll ist der Glanz dieses Mannes gewesen! Es scheint andere Tage gegeben zu haben, als er ein junger General war, all dem Lorbeer zu gewinnen. Was für ein Drama ist seit diesen wenigen Stunden entfacht worden! Und die letzte Szene wird gerade gespielt – oder fast die letzte!
Es scheint, wie auch immer, als ob die Erde von einer unerträglichen Bürde befreit ist und nun zu lächeln und sich zu freuen beginnt. Die Schlüsselblumen sind gewachsen und die Wildrosen haben in der Sonne ihre roten Lichter angezündet und die Vögel sind zurückgekommen, um ihre Nester entlang der hohen Steilküste zu bauen. Die Tage sind klar und hell, mit kühlen Winden und sanften Regen, so dass Leipzig und viele kleinere Schlachtfelder, durch den Tod gut gedüngt, reich und grün wachsen mit dem Versprechen einer reichen Ernte.

An solch einem Tag im Frühling sitzt Korporal Derval auf den Klippen und schaut auf die See. In einiger Entfernung spielt die Silhouette von Kromlaix im Licht. An seiner Seite, den Spinnrocken in der Hand, sitzt Marcelle, eine saubere weiße Haube auf dem Kopf und Schuhe an ihren wohlgeformten Füßen. Sie hat ihren Onkel an diesem Tag beschwatzt draußen frische Luft zu schnappen und in der Sonne zu sitzen, weil er sehr schwach und reizbar und die Beute heftiger Verzagtheit geworden ist. Er ist keiner von den Männern, die die Natur lieben, höchstens in einer dumpfen, unbewussten, animalischen Weise und obwohl die Szene um ihn herum sehr schön ist, macht sie ihn nicht froh. Süßer für ihn ist der Klang von Pfeifen und Trommeln, als das zarte Singen der Drosseln. Vor seinem geistigen Auge kommen

vom Tal herauf der Glanz von Bajonetten und die finstere Artillerie, *das wäre eine wirkliche Aussicht!*
Er ist sehr still, starrt schwermütig hinunter zum Dorf und über die See, während Marcelle ihn gütig beobachtet, sagt nur dann und wann ein paar belanglose Worte. In dieser Weise sitzen sie seit Stunden, als der Korporal plötzlich aufspringt, als wäre auf ihn geschossen worden und deutet zum Tal.
„Schau, was ist das?"
Marcelle schaut in diese Richtung, sieht aber nichts Außergewöhnliches. Sie wendet sich fragend zu ihrem Onkel um.
„Dort, bei der Kapelle", schreit er mit mürrischem Ärger, „siehst Du nicht etwas Weißes?"
Sie schaut erneut und ihre klaren Augen entdecken, was seine undeutliche Vision nur dunkel mutmaßt, dass eine Flagge an einem Pfahl über dem Glockenturm des kleinen Gebäudes aufgepflanzt ist. Eine Flagge und *weiß!*
Sie weiß in dem Moment, was sie verkündet und ein Schauer rennt durch ihren Körper, ihre erste Furcht ist um ihren Onkel. Sie zittert, gibt aber keine Antwort. Der alte Mann ist gewaltig bewegt, stellt sich auf die Füße, schaut auf die Kapelle wie auf eine schreckliche Vision.
„Schau noch einmal", schreit er, „kannst Du nicht sehen, was es ist, Marcelle?"
Marcelle steht auf und noch zitternd schaut sie mitleidsvoll in sein Gesicht. Ihre Augen sind trocken, ihre Lippen gepresst und ihre Wangen total weiß. Sie fasst ihren Onkel an den Arm und sagt in einer ruhigen Stimme:
„Komm, Onkel, laß uns nach Hause gehen."
Er bewegt sich nicht, reckt sich zu seiner vollen Höhe und beschattet seine Augen gegen die Sonne. Er schaut wieder mit einem so grimmigen Blick, als ob er irgendeinen schrecklichen militärischen Dienst verrichtet.
„Es ist weiß und sieht aus wie eine Flagge", murmelt er, als spricht er mit sich selbst, „ja, es ist eine Flagge und sie bewegt sich im Wind."
Nach einer Minute setzt er hinzu:
„Es ist eine weiße Flagge, irgendein Bösewicht hat sie dort gesetzt!"
Nun trägt die Luft den Klang fröhlicher Stimmen herüber, gefolgt von Salutschüssen. Dann bemerkt er eine Menschenmenge auf der Straße in der Nähe der Kapelle, die sich aufgeregt hin und her bewegt. Es ist offensichtlich, dass irgendetwas außergewöhnliches sich ereignet hatte. Und wirklich, Marcelle weiß genau worum es geht und hat unter anderen auch aus diesem Grunde den Veteran beschwatzen wollen, um ihn von dem Übel fernzuhalten, sie weiß, dass am zeitigen Morgen Befehle aus St. Gurlott ankamen, die Flagge der Bourbonen mit der Lilie auf der Kapelle von Kromlaix zu hissen. Bonapartes letzte Stützen sind verloren und die legitimierten Könige werden stündlich in Paris erwartet.

Korporal Derval weiß, dass es so kommen würde – die letzte Szene, das Wrack all seiner Hoffnungen. Sein Vertrauen bleibt unverändert bis zuletzt und er hört eifrig auf die Zeichen, dass der Löwe aus dem Netz springt und dass die Feinde Frankreichs – für solche hält er die Feinde des Kaisers – vernichtet werden. Er ist kein Mann des Betens, aber er betet für einen guten Ausgang, betet wahrlich, dass Gott ein Wunder geschehen lasse und den Kaiser wieder einführt. So löst das Zeichen des Symbols der Hoffnung, welches es sicher für ihn nicht ist, einen großen Schock in seinem beunruhigten Herzen aus. Er steht starrend und keuchend und lauschend, während Marcelle sich bemüht ihn wegzuführen.

„Nieder mit den Bourbonen!" knurrt er mechanisch, dann erhebt er seine Hand gegen die Flagge und sagt:

„Wenn kein anderer Mann da ist dich herunterzureißen, *ich* werde es tun, um des Kaisers Willen. Ich werde auf dich herumtreten wie der Kaiser auf den König!"

Marcelle kann nicht aufschreien, aber ihre Augen sind naß, gerade war der Zorn vergessen in Erbarmen des Idols ihres Vertrauens. Ungeachtet der grimmigen Worte ihres Onkels, sieht sie, dass sein Geist völlig zusammenbricht, dass sich seine Brust schwer hebt und senkt und dass seine Stimme bricht. Sie bittet ihn sich auf ihren Arm zu stützen, um den Hügel hinaufzugehen. Aber zitternd und still setzt er sich wieder nieder in das grüne Gras. Jetzt hört sie Schritte hinter ihnen und Marcelle schaut über ihre Schulter und erkennt Meister Arfoll.

Nun, sie hätte in diesen Moment lieber einen anderen erwartet, als den fahrenden Schulmeister. Seine Meinung ist offenkundig und er ist in ihrem Kopf mit Revolte und Respektlosigkeit in höchst widerwärtiger Art assoziiert. Sein Erscheinen zu dieser ungewöhnlichen Zeit ist besonders alarmierend und schmerzlich. Er scheint aus dem Grunde gekommen zu sein, um zu sagen: ‚Ich prophezeihte diese Dinge und siehe sie sind wahrlich eingetroffen.'

Marcelle wäre froh, ihm zu entrinnen, aber Meister Arfoll ist schon dicht bei ihnen. Der Korporal bemerkt ihre Unruhe, dreht sich um und sieht, wer auf sie zukommt. Meister Arfoll kommt heran und grüßt ruhig wie gewohnt. Er scheint blasser und gespenstischer wie nie zu sein und sein Gesicht erhellt sich kaum, als er wie gewöhnlich lächelt. Als er ihn erkennt, runzelt der Veteran seine Stirn. Auch er fühlt sich genötigt und beunruhigt durch die Anwesenheit des Schulmeisters. Jetzt dringt wieder der Krach der Salutschüsse an sein Ohr. Eine gezwungene Stille folgt, die durch Meister Arfolls Stimme unterbrochen wird:

„Große Veränderungen finden statt, mein Korporal: Hier leben wir wie fern der Welt, Vieles entgeht uns und die Zeitungen sind voller Lügen. Wie auch immer, es ist sicher, dass der Kaiser abgedankt hat."

Marcelle wirft einen flehenden Blick auf den Sprecher, so, als ob sie ihn bittet still zu sein, weil sie einen Ausbruch des Korporals befürchtet. Derval ist ganz ruhig, er sitzt still mit zusammengepressten Lippen und sein Blick ist auf den Boden gerichtet. Zuletzt sagt er grimmig mit einem Seitenblick auf Arfoll:
„Ja, es gibt große Veränderungen und sie . . . sie tragen auch die weiße Kokarde?"
Meister Arfoll schüttelt seinen Kopf.
„Ich bin kein Royalist", antwortet er, „ ich habe zu viele solcher Könige gesehen. Die Rückkehr der Bourbonen wird die Rückkehr der Reptilien sein, welche die Göttin der Freiheit aus Frankreich trieben. Wir werden die Belustigung der Emporkömmlinge und die Beute der Priesterschaft sein. Es wird Frieden sein, aber er wird schändlich sein und wir werden vergeblich nach den Rechten der Menschen fragen."
Die Augen des Korporals werden freundlich, sein ganzer Blick drückt Erstaunen aus. Nach allem ist Meister Arfoll nicht so ein Narr wie angenommen. Wenn er nicht den Kaiser würdigt musste er letztendlich auch König Louis verachten. Ohne Ausdruck der Überraschung sagt Derval ganz direkt, als ob er das Gesprächsthema wechseln will:
„Sie waren lange in der Fremde, Meister Arfoll. Es ist viele Monate her, seit Sie hier waren."
„Ich war weit weg", antwortet der Wanderer, sich selbst an die Seite des Korporals setzend, „ Sie werden sich wundern, wenn ich Ihnen sage, dass ich in der großen Stadt gewesen bin."
„In Paris!" gibt der Korporal von sich, während Marcelle erstaunt blickt, als ob Meister Arfoll gesagt hätte, er habe eine andere Welt besucht.
„Ich habe einen Verwandten in Meaux und ich war auf seiner Beerdigung, er hat keinen anderen Freund auf der Erde. Während ich dort war, marschierten die Alliierten auf Paris zu und ich sah all die Schrecken des Krieges. Mein Korporal, es war ein Krieg der Teufel. Beide Seiten kämpften wie die Teufel und zwischen beiden wurde das Land zur Wüste. Die armen Bauern flohen in die Wälder und verbargen sich in Höhlen und die Kirchen waren voller Frauen und Kinder. Man konnte Dörfer und Städte Tag und Nacht brennen sehen. Kein Mensch hatte Erbarmen für seinen Nachbarn. Die französischen Gezogenen waren grausam zu ihren eigenen Landsleuten, so als wären sie selbst Kosaken oder Kroaten. Felder und Farmen, Unterkünfte von Mensch und Tier, wurden alle verwüstet und in der Nacht kamen große Rudel hungriger Wölfe und fraßen die Toten an."
„Das ist Krieg", sagt der Korporal und nickt phlegmatisch mit seinem Kopf, für ihn waren diese kleinen Vorkommnisse in Ordnung.
„Zuletzt fand ich zusammen mit vielen tausend Anderen den Weg in die große Stadt und dort blieb ich die ganze Belagerung hindurch. Dies waren Tage des Schreckens! Während die Verteidiger geschäftig kämpften, die

Ausgestoßenen der Erde kamen heraus aus ihren dunklen Käfigen und füllten die Straßen, schrien um Brot, sie waren so viele und abscheulich wie Ungeziefer an einem Leichnam. Und wenn sie abgewiesen wurden, wurde oft gemordet. Ach, Gott! Sie waren verrückt! Ich habe eine Mutter gesehen, wahnsinnig vor Hunger, die das Hirn ihres Babies auf dem Pflaster der Straße herausschlug! Gut, es war bald vorüber und ich sah die großen alliierten Armeen einmarschieren. Unsere Menschen feierten und begrüßten sie als sie ankamen – manche fielen auf ihre Knie und segneten sie – und viele streuten Blumen."

„Kanaillen!" zischt der Korporal zwischen seinen Zähnen und beißt sie boshaft zusammen.

„Arme, unglückliche Menschen, sie wissen es nicht besser und wenn sie etwas falsch taten, wird Gott sie nicht tadeln. Aber all das ist es nicht, was ich Ihnen erzählen wollte, es ist etwas, was Sie mehr interessieren wird. Ich sah den Kaiser – in Fontainbleau."

„Den Kaiser!" wiederholt Derval leise, ohne seinen Blick zu heben. Sein Gesicht ist sehr blaß und während der Beschreibung der Belagerung hat er mit Schwierigkeiten seine Erregung unterdrückt. Bei all diesen Kummer und der Zerstörung war nur eine Sache für ihn wichtig – sein Idol war besiegt. Der Einmarsch der Alliierten in Paris und deren Willkommen durch die aufgeregte Bevölkerung ist nicht nur der endgültige Beweis der menschlichen Treulosigkeit. Es ist der nationale Verrat am größten und ehrbarsten Menschen. Alle sind vom ‚Kleinen Korporal' abgefallen, alle, bis auf solche wie Derval, nicht in der Lage ihm zu helfen. Noch scheint die Sonne. Noch ist der Himmel blau und die Erde noch grün! Und dort – ach, Gott des Kampfes! Sie zogen die weiße Lilie auf, die widerwärtige ‚Fleur de lys'!

Jetzt setzt sich auch Marcelle auf den Rasen, dicht zu ihres Onkels Füßen und ihre Blicke halb begierig, halb flehentlich auf das Gesicht des Meisters Arfoll gerichtet. Sehr Schönes hat sie an diesem Tag gesehen, blasser und ein wenig leichter, als sie das erste Mal Rohan Gwenferns Geständnis seiner Liebe hörte. Auch sie war begierig, was ein Augenzeuge zu ihm zu sagen hat, den sie noch leidenschaftlich verehrt.

„Es war ein denkwürdiger Tag", sagt Meister Arfoll, „der Tag seines Abschieds von der ‚alten Garde'."

Er hält einen Moment inne, starrt betrübt und nachdenklich auf die See, während das Herz des Korporals gefährlich schnell zu schlagen beginnt wie beim Appell der Trommler. Das Nennen des Namens der ‚Iperial Guard' löste tief in seiner Brust einen Tränenstrom aus. Seine bronzenen Wangen röten sich, seine Lippen zittern. Ruhig, nahezu unbewusst, legt Marcelle ihre Hand in die seine und er hält sie sanft, als sie weiter zuhören:

„Ich werde Ihnen die Wahrheit sagen, mein Korporal. Als ich die ‚Guard' sah, die ausgerufen wurde, grämte ich mich, weil es eine bedauernswerte

Vorstellung war, manche waren ganz zerlumpt und andere waren krank und verletzt. Sie waren in einer Linie in der Nähe des Palastes angetreten und sie warteten eine lange Zeit bis er kam. Zuletzt kam er, auf dem Pferd mit dem mutigen Mcdonald an seiner Seite und andere Generäle folgten. Zu seiner Ankunft gab man einen so großen Schuß ab, dass man hätte denken können, man wolle den Himmel herunter holen. Er kam langsam heran, saß ab, dann hob er seine Hand und es wurde totenstill. Man konnte eine Nadel fallen hören. Er hatte seinen alten Übermantel und den Dreispitz auf. Ich kannte ihn schon so von den Bildern her."
„Wie sah er aus?" fragt der Korporal, „ krank? Blaß? War er wie immer?"
„Ich war sehr dicht, ich konnte sein Gesicht sehen, es war ganz gelb und die Wangen hingen schwer und seine Augen waren bleifarben und traurig. Aber als er die Angetretenen begrüßte, lächelte er und man hätte denken können sein Gesicht ist der Sonnenschein! Ich sah so ein Lächeln niemals zuvor – es war göttlich! Ich sage dies, obwohl er niemals ein Gott für mich war. Dann begann er zu sprechen, seine Stimme war gebrochen und die Tränen rannen ihm über die Wangen."
„Und er sprach? – Er sprach?" keucht der Korporal, dessen Stimme durch Erregung zittert.
„Was er sagte haben Sie vielleicht in der Zeitung gelesen, aber Worte können nicht den Eindruck des Tones vermitteln. Er sagte, dass Frankreich einen anderen Herrscher gewählt hätte und er wäre zufrieden, denn sein Gebet gelte Frankreich, und dass er eines Tages vielleicht die Geschichte seines Kampfes für die Welt niederschreiben werde. Dann umarmte er Mcdonald und rief laut nach dem ‚Imperialen Adler'. Und als man die Standarte brachte, küsste er sie wohl hundertmal . . . Korporal, mein Herz war in diesem Moment umgewandelt und ich fühlte, dass ich sterben könnte um ihm zu dienen. Er ist ein großer Mann . . . Eine Wehklage erscholl aus den Hälsen der Guards und jedes Gesicht ertrank in Tränen. Alle Männer weinten wie kleine Kinder. Manche warfen sich auf ihre Knie, flehten ihn an, sie nicht zu verlassen. Die Reihen wankten wie Wellen auf See. Marschall Mcdonald versteckte sein Gesicht in seinen Händen und schluchzte laut und verschiedenen Generale zogen ihre Schwerter und schrien wie besessene Männer: ‚Vive le Imperieur!' Und das dauerte einige Zeit an, dann war alles vorüber. Er bestieg sein Pferd und ritt langsam und leise fort."
Meister Arfoll setzt in feierlicher Stimme zu:
„Diese Nacht verließ er seinen Palast, um nie mehr zurückzukehren."
Stille entstand. Plötzlich stößt Marcelle, die angestrengt zuhörend sitzengeblieben ist, einen wilden Schrei aus und ihr Blick ist in Schrecken auf ihren Onkel gerichtet. Den Moment fällt, ohne ein Wort oder ein Zeichen, das Kinn des Korporals auf seine Brust, er fällt vornüber auf sein Gesicht.

„Er ist tot! Er ist tot!" schreit Marcelle, als Meister Arfoll die bewusstlose Gestalt in seine Arme nimmt. Und wirklich, die Farbe des Todes ist schon auf den Wangen des Korporals und seine Gesichtszüge sind verzerrt und fixiert wie im letzten Todeskampf. Sich auf die Knie werfend und seine Hand in ihre reibend, spricht sie leidenschaftlich und in Verzweiflung zu ihm. So vergehen viele Minuten, bevor eine Veränderung eintritt. Zuletzt bewegt er sich, stöhnt schwach und öffnet seine Augen. Sein Blick ist leer und er scheint wie ein im Schlaf Redender:
„Es ist ein Epilepsieanfall", sagt Meister Arfoll, „ wir müssen versuchen ihn nach Hause zu bringen."
„Wer ist dort?" murmelt der alte Mann, der nun das erste Mal artikuliert spricht, „ bist Du es, Jacques?"
Dann murmelt er wie zu sich selbst:
„Es ist des Kaisers Auftrag – morgen marschieren wir."
Teilweise kommt die Erinnerung zurück und er versucht vergeblich, sich auf seine Füße zu stellen. Schaut wild um sich, er sieht Marcellees Gesicht voller Bekümmernis.
„Bist Du es, Marcelle?" fragt er, „was ist los?"
„Nichts ist los", antwortet sie, „aber Dir war es nicht gut gewesen. Ach, Gott, jetzt geht es Dir besser. Meister Arfoll, helfen Sie ihm auf?"
Mit einigen Schwierigkeiten wird dem Korporal auf die Füße geholfen. Gerade kommt er ins Schwanken und wäre gefallen, wenn nicht Meister Arfoll geholfen hätte. Verwirrt und durcheinander wird er langsam den Berg hinunter bis zu seinem Haus gebracht, welches glücklicherweise nicht so weit entfernt ist. Als sie unterwegs sind wird erneut Salut geschossen und Fröhlichkeit dringt an sein Ohr. Er dreht sich ganz plötzlich um und lauscht.
„Was ist das?" fragt er scharf.
„Es ist nichts", antwortet Arfoll.
„Es ist der Feind, der mit dem Angriff beginnt", sagt der Korporal mit leiser Stimme, „hört, wieder!"
„Onkel, Onkel!" ruft Marcelle.
„Seine Gedanken sind weit weg", stellt Meister Arfoll fest, „und vielleicht ist es besser so."
Dann gehen sie ohne Unterbrechung, bis sie sein Landhaus erreichen, gehen hinein, setzen den Korporal in den großen hölzernen Sessel, in welchem er immer sitzt, als wäre er in einem Traum. Während die Witwe Weinessig um seine Hände verstreicht und seine Stirn benetzt, wendet sich Marcelle zu Meister Arfoll und begehrt seinen Rat, was als Nächstes zu tun sei.
„Wenn nicht irgendetwas getan wird, wird er sicher sterben."
„Es gibt nur einen Weg", sagt der Schulmeister, „er muß zur Ader gelassen werden."
Zehn Minuten später kommt Plouet, der Dorfbarbier und Dorfwundarzt, der auch zur Ader lässt. Kommt flink die Straße herauf mit Lanzette und Be-

cken. Er bekommt von der Witwe frisches Linnen und beginnt geschickt eine
Vene zu öffnen. Plouet, ein kleiner wieselähnlicher Mann von fünfzig, ist ein
alter Bekannter des Korporals und dient dem Fall aus Liebe.
„Ich habe immer gesagt", erklärt er, als das Blut ruhig in sein Becken fließt,
„dass der Korporal zuviel Blut hat, weil er ein Mann der Leidenschaft ist,
schaut her und Leidenschaft ist gefährlich, wenn es sich im Gehirn staut.
Aber seht, er bewegt sich bereits."
Und wahrhaftig, bevor eine Unze des Lebensstroms abgenommen ist, macht
der Korporal einen tiefen Atemzug und schaut sich mit einem anderen
Ausdruck um und versteht die Situation. Mit Hilfe von Plouet geht er zu
Bett und darauf versinkt er in einen tiefen Schlaf.
„Er soll nicht gestört werden", sagt der Aderlasser, als er sich die Hände
wäscht, „je tiefer er schläft, desto besser, ich werde am Morgen wiederkommen und nach ihm sehen."

„Sein Herz ist gebrochen", sagt Marcelle weinend am Busen ihrer Mutter,
„er wird sterben!"
„Er denkt zuviel an den Kaiser", sagt Gildas, „aber der Kaiser wird sich
nicht um ihn grämen. Ich sage Dir, Kaiser oder König, das ist für mich eins,
aber ich weiß es war alles vorbei, als er Marschall Ney verlor."

Sie sind allein in der Küche und unterhalten sich flüsternd. Die Nacht ist
gekommen und hinter dem Dorf brennen große Freudenfeuer, als Zeichen
der allgemeinen Freude. Sie haben keine Lampe für den Korporal, der auf
seinem kleinen Lager in der Ecke liegt und sie sind ängstlich seine Augen zu
blenden und seine Ruhe zu stören. Hin und wieder hören sie die Geräusche
unten auf der Straße von hin und her eilenden Schritten, manchmal begleitet
von Schüssen und Gesang und es ist klar, dass das Dorf in Aufregung ist.
„Sie behalten es bei", sagt Gildas und nach unruhiger und unbehaglicher
Zeit, nimmt er seinen Hut und schlendert fort. Er kennt ein oder zwei
ausgewählte Seelen, die geneigt sind lustig zu sein. Und er hatte keinen
Einwand sie zu treffen.
Eine Stunde vergeht. Der Freudenkrach geht weiter, aber der Korporal
schläft noch friedlich. Zuletzt steht Marcelle erschöpft auf.
„Ich habe keine Ruhe", sagt sie, „Du wirst mich nicht brauchen, Mutter, ich
werde gehen und nachsehen, was sie tun."
Nach einem letzten liebenden Blick auf ihren Onkel, um zu sehen, dass er
noch ruht, schlingt sie ihren Übermantel um sich, öffnet leise die Tür und
gleitet in die Nacht hinaus.

Kapitel L

Der Held der Stunde

Die Kapelle ist beleuchtet, entlang der Bergseite brennen überall die Freudenfeuer und auf den Masten der Fischerboote hängen farbige Lampen. Die Kneipe ist gefüllt von diesen durstigen Seelen, die man auf jedem öffentlichen Fest findet, froh oder betrübt, eine Entschuldigung zum Befeuchten ihrer Kehlen und zum Benebeln ihres Gehirns findet man immer. Die weiße Flagge weht noch auf der Kapelle und die roten Strahlen, die aus den Fenstern dringen, beleuchten die goldene Lilie.
Der Nachtwind bläst kalt und ein frischer Geruch weht von der See her. Für einige Minuten steht sie vor der Tür und schaut auf den schwarzen Ozean, dann mit einem sanften Seufzer, läuft sie die ganz verlassene Straße entlang. Ihr Herz ist in dieser Nacht sehr schwer, denn alle Dinge um sie her scheinen gegen sie zu sein. Der große gute Kaiser war vom Thron gefallen, ein wankelmütiger Mann, vergessen seine Größe, wo bereits ein neuer König proklamiert ist, während hier in Kromlaix ihr Onkel niedergestreckt wurde, wo auf ihr eigenes Herz die Schatten des Schicksals gefallen sind. Gott scheint gegen sie und ihr Haus zu sein.
Es ist wie das Jüngste Gericht, nur die Eingangspforte ist noch nicht entschieden und die Guten werden bestraft, anstatt der Bösen. Neugierde treibt sie zur Kapelle vorwärts. In ihrer Nachbarschaft scheint es am lautesten und am geschäftigsten zuzugehen. Als sie ankommt trifft sie auf schlendernde Gruppen von Frauen und Männern auf der Straße, aber es ist zu dunkel, dass sie von jemand erkannt wird. Die meisten unterhalten sich lachend und von Zeit zu Zeit hört sie Rufe mit ‚Vive le Roi!' Jeder Ruf geht ihr ins Herz wie eine Messerklinge. Sie hat sich noch niemals so verlassen und verloren gefühlt.
Immer, seit sie sich erinnern kann, war der Kaiser die Sonne am Himmel gewesen, teilweise höher und höher gestiegen, bis er seinem Ruhm ferngeblieben war. Einiges davon erreichte immer ihres Onkels Haus, mit einer Art widerspiegelnden Glanzes, welcher mit den Jahren wuchs.
Immer seit sie sich erinnern kann, war ihr Onkel hier eine Autorität, aus Achtung als auch aus Furcht, obgleich ein armer Mann, hatte er wie es scheint, die Hosen an und an Ruhm ist er unübertrefflich reich. Und nun ist alles anders: Die Sonne hatte sich in Blut gesetzt und es ist wirklich Nacht geworden und der alte Veteran ist verlassen, hält sich fest an einem alten Glauben, ist schändlich und verächtlich weggeworfen worden.

Wenn sie doch nur als Junge geboren worden wäre wie Onkel Ewen oft sagte, dass es so hätte sein sollen! Wenn es so wäre, könnte sie Vieles tun, wenn auch nur wenig, dem guten Kaiser zu helfen oder das Herz des Onkels zu heilen! Ach Gott, dass sie mit Männerhand die weiße Abscheulichkeit herunterreißen könnte ...

Sie kann schwach die Flagge sich gegen den dunkelblauen Himmel abzeichnen sehen und ihr Herz ist voller ungestümer Leidenschaft, die sie von ihrem Vater geerbt hat. Sie schleicht sich entlang der Gruppen, kommt zum Friedhof der Kapelle und findet zu ihrem Erstaunen ihn mit einer aufgeregten Menge gefüllt. Breite Lichtstrahlen fallen aus den Fenstern der Kapelle, doch so mancher Mann trägt noch eine Fackel, welche einen gespenstischen Glanz auf die aufgewühlten Gesichter wirft. Etwas Ungewöhnliches geht hier vor sich und irgendjemand wendet sich mit lauter Stimme an die Leute. Als sie am Tor steht erblickt Marcelle eine Gruppe Männer auf einem hohen grünen Erdwall und im Zentrum der Menge steht Sieur Marmont, der Anführer von ihnen. Er ist der Sprecher und sein Gesicht blitzt wild im Licht einer Fackel. Irgendwelche Gentlemen, die wie Offiziere aussehen, umringen ihn. Sie haben ihre Schwerter gezogen und bewegen sie in der Luft, als Applaus für seine Rede und zwischen ihnen sind verschiedene Priester.

In Marcelles Augen scheint dieser Marmont ein armer Teufel zu sein, unfähig zu leben, weil sie sich an den furchtbaren Zusammenstoß mit ihrem Onkel und seinen sündhaften und aufrührerischen Worten erinnert. Sicher würde Gott ihn verurteilen und ihn mit teuflischer Undankbarkeit erfüllen, andererseits erinnert sie sich wie gut der Kaiser zu ihm war und wie er ihn nach Frankreich zurückrief, er war wie ein heiliger Mann, als die Atheisten ihn für immer verbannten. Den Friedhof betretend und näher kommend, sieht sie nahe bei Marmont, aber etwas tiefer stehend, so dass sein Haupt nur von den anderen mit ausgestreckter Hand erreicht werden kann, die Gestalt eines Mannes. Er steht mit dem Rücken zu Marcelle und er blickt auf zum Sprecher.

„Hört dann!" hört sie Marmont mit einer hellen Stimme sagen, „hört, ihr alle, die Gott fürchten und den König lieben und wenn dort einer unter Euch ist, der diesen Mann tadelt, lasst ihn gehen. Ich sage der Mann ist freigesprochen. Er weigert sich das Schwert für den Usurpator zu ziehen und nur dafür wurde er gejagt wie die Wölfe im Wald gejagt werden. Und in der Verzweiflung seines Herzens vergoß er Blut, ich sage noch einmal: er ist freigesprochen. Seht auf diesen Mann! Gott im Himmel, der alle Dinge sieht, könnte Euch sagen, was er ertrug. Gott schütze ihn als ein Beweis und Zeichen gegen die Dynastie, die für immer gefallen ist. Schaut auf ihn – seine ausgehungerten Wangen, seine abgemagerte Gestalt, seine Augen noch wild vor Hunger und Verzweiflung. Ihr sagt mir, er hat einen Mann erschlagen. Ich sage Euch der Kaiser, der ihn so machte, was er geworden ist, erschlug Tausende und Abertausende. Ihr sagt mir, er ist ein Deserteur und ein Revoltierer. Ich sage Euch, das hier ist ein Held und Märtyrer."

Und mit einem Schrei fügte er hinzu:

„Umarmt ihn, meine Brüder!"

Die betroffene Gestalt bewegt sich nicht und hätte Marcelle den Ausdruck auf seinem Gesicht gesehen, sie hätte nur eine fremde und ausdruckslose Gleichgültigkeit gesehen. Aber plötzlich, ein allgemeiner Impuls, die Menge beginnt zu jubeln, hysterische Frauen beginnen zu schluchzen und der Mann ist umringt von einer lebhaften lebenden Masse, alle strecken ihre Arme aus, um ihn zu erreichen, aber als ob er den Berührungen ausweicht, geht er von dem Erdhügel, weg von der Seite Marmonts und wendet sein Gesicht zu Marcelle.

„Rohan Gwenfern! Rohan Gwenfern!" schreien sie.

Es ist Rohan, nicht so unglücklich und zerlumpt wie ihn Marcelle in der Nacht der Flut erblickte. Er blickt aus der Menge wie in einem Traum und als der Sieur Marmont und die Priester sich um ihn sammeln, seine Hand fassen, scheint er nicht ihren Enthusiasmus zu erwidern. Vielleicht schätzt er, dass Begeisterung seinen Preis hat und weiß, dass Marmont und seine Freunde nur so freundlich sind, sich selbst für irgendwelche Ereignisse zu nützen, welche ein schlechtes Bild auf das gefallene Kaiserreich werfen. Vielleicht weiß er auch, dass die Menge sich nur durch einen hervorgerufenen Anstoß fügte und würde bereit gewesen sein zu weinen, einige Teile seiner Rede waren darauf ausgerichtet. Er bringt kein Wort hervor, aber nachdem er still herunter geschaut hatte, kommt er den Erdwall herunter und bahnt sich seinen Weg zu der Stelle, wo Marcelle steht. Die Menge teilt sich und macht ihm den Weg frei und bleibt fröhlich und ruft seinen Namen. Nahezu augenblicklich steht er Angesicht zu Angesicht vor Marcelle und seine Augen heften sich an ihre.

„Komm, Marcelle!" sagt er ruhig, ohne ein Wort der Begrüßung und ohne Anzeichen der Überraschung ihrer Anwesenheit zu zeigen. Er streckt seine Hand aus und nimmt ihre. Dies sehend und Marcelle erkennend, beginnen verschiedene Leute zu seufzen.

„Es ist des Korporals Nichte! Nieder mit dem Korporal!"

„Ruhe!" schreit die Stimme des Sieur Marmonte, „lasst den Mann in Frieden gehen!"

Zitternd und verwirrt duldet Marcelle sich von Friedhof führen zu lassen. Das unerwartete Erscheinen Rohans unter diesen Umständen, ist über die Maßen schmerzvoll gewesen, denn, obgleich ihre erste Reaktion Freude war ihn lebend und stark zu sehen, war sie beinahe sofort erschauernd ohnmächtig zusammengesunken.

In dem gespenstischen Licht der Szene erblickt sie nicht den Spielgefährten ihrer Kindheit und den Geliebten ihrer Jugend, sondern den Mörder Pipriacs und den Feind des Kaisers. Die große Achtung durch Jene, die ihr Idol hassen, willkommen geheißen und applaudiert durch Jene, die das Herz ihres Onkels brachen, hätte er nicht unter solchen Umständen, die günstiger und wohlwollender sind, zurückkommen können. Trotz allem hat sie es geduldet, dass ihr Herz gefühllos gegen ihn ist. Beinahe hat sie für einen Moment vergessen, dass sie ihn liebt und sie ihm ihr Leben schuldet, aber mit Schrecken erkennt, ihn in den Reihen der Abscheulichen wiederzusehen. Nichtsdestotrotz geht sie, in einer Art Betäubung, an seiner Seite mit, bis hinunter zur dunklen Straße, bis sie ganz allein sind.

Er sagt kein Wort und die Stille wurde schmerzlich für sie, so dass sie durch und durch zittert. Dann zieht sie ihre Hand aus seiner und er versucht nicht sie festzuhalten. Es ist nicht oft, dass Marcelle in Hysterie verfällt – sie ist wie Soldatenstoff gewebt und sicher tut sie in der gegenwärtigen Situation nichts. Ihre Gefühle sind vor dem Treffen so furchtbar angespannt gewesen, dass sie drohten nun wieder über sie zu kommen. Es ist eine fahle Sternennacht und sie kann jetzt den Schimmer auf dem Gesicht ihres Kameraden sehen. Zuletzt, als die Stille unerträglich wird, unterbricht er sie mit einem Lachen, so ungestüm und nicht von dieser Welt, dass ihr erschrockenes Herz in ihr fast zerspringt. Ein Lachen ohne Freude darin, aber voll einer unnatürlichen Erregung.

Dann schaut er sie an und legt seine Hand auf ihren Arm und sagt in einer heiseren Stimme:

„Gut, es ist alles vorüber und ich bin nach Hause gekommen. Aber wo ist *Dein* Willkommen, Marcelle?"

Seine Stimme klingt so fremd, dass sie ihn voller Schrecken ansieht, dann, festgehalten durch ihn am Arm und sich fügend und bebenden Herzens, sagt sie ungestüm:

„Oh, Rohan, Rohan, denke nicht, dass ich nicht froh bin! Wir dachten kaum, Dich lebend wiederzusehen und ich habe für Dich jede Nacht gebetet, als ob Deine Seele mit Gott ist und ich saß mit Deiner Mutter und sprach über Dich, wenn wir annahmen, dass alle anderen schliefen. Aber alles hat sich verändert und der Kaiser ist gefangen genommen. Onkel Ewens Herz ist gebrochen und uns allen ist es elend zu Mute, in all den Nächten hatte ich gebetet zu sterben, zu sterben!"

Völlig ihre Selbstbeherrschung verloren, verbirgt sie ihr Gesicht in seinem Arm und schluchzt laut. Rohan zeigt keinerlei Regung, aber er beobachtet sie ruhig bis der Sturm ihres Schmerzes vorüber ist und er sagt in demselben eigentümlichen Ton:

„Warum weinst Du, Marcelle? Weil der Kaiser davongejagt wurde?"

Sie antwortet nicht und schluchzt weiter. Mit einem plötzlichen ungestümen Lacher, der sie vorher schon so aufgeschreckt hatte, fährt Rohan fort:

„Als ich fand, dass mir Christus nicht hilft, ging ich vor langer Zeit nach ‚Notre Dame de la Haine' und dachte sie wäre ebenfalls taub. Aber ich betete und meine Gebete kamen an – sie erhörte mich! Innerhalb eines Jahres, in einem Jahr!"

Sie nimmt sich zurück, entweder durch die Gewalt seiner Stimme oder durch die Fremdheit seiner Worte, dreht sich um und schaut entsetzt in sein Gesicht, welches im Dämmerlicht wild und gereizt scheint.
„Allmächtiger Gott!" murmelt sie, „was hast Du gesehen, Rohan?"
Rohan fährt in einer weicheren Stimme, als spräche er zu sich selbst:
„Ich erwarte sobald nichts, aber ich weiß, ich musste letztendlich kommen. Alt Pipriac sagte es mir in einem Traum. Es war eine lange Jagd gewesen, aber zuletzt haben wir ihn erlegt und nun wird unsere ‚Lady des Hasses' ihm sein Herz zermürben. Und ich . . . ich werde nach Hause gehen und mich ausruhen, ich bin so müde."
„Rohan!"
„Ja, Marcelle."
„Warum sagst Du so etwas? Warum bist Du so fremd?"
Er neigt seinen Kopf und schaut sie ruhig an.
„Ich bin fremd?" fragt er.
„Ja, und ich bin besorgt um Dich, wenn Du so redest."
Rohan fährt sich mit der Hand über die Stirn und kraust seine Augenbrauen.
„Ich glaube, Du hast Recht, Marcelle", sagt er langsam und in einer sehr anderen Art, „manchmal denke ich, ich bin nicht mehr richtig im Kopf. Ich hatte sehr großes Leid zu tragen und ich mußte lange warten, dass es nicht verwundert, dass ich erschöpft bin. Sei mir nicht böse. Alles wird bald gut werden."
Manches in seinem Tonfall erweckt in ihr erneut die Tränen, aber sie überwindet sich und nimmt seine Hand. Jetzt erreichen sie die Hauptstraße des Dorfes und sind nicht weit von ihres Onkels Haustür entfernt. Rohan scheint es nahezu unbewusst zu sein, wo er ist, so erschöpft folgt er seinen Gedanken.
„Es ist Krankheit im Haus, sonst würde ich Dich hereinbitten. Oh, Rohan, Onkel Ewen ist sehr krank und ich fürchte er wird sterben. Sein Herz ist gebrochen, weil der Kaiser abgesetzt ist."
Rohan echot in einer gesenkten Stimme: „Weil der Kaiser abgesetzt ist?"
„Ich weiß, dass Du den Kaiser nicht liebst, weil Du denkst, dass er Dich leiden ließ, aber Du warst im Unrecht – er kann nicht alles wissen und er würde Dich bedauern, wenn er es wirklich wüsste . . . Rohan, noch einmal, denke nicht, dass ich nicht froh bin! . . . Nun bist Du sicher."
„Ja, sie sagen es", antwortet Rohan.
„Deine Mutter wird voller Freude sein – es ist eine glückliche Nacht für *sie*. Auf Wiedersehen!"
Sie streckt ihre beiden Hände aus und legt sie in seinen, dann zieht er sie ruhig an seine Brust und küsst sie zart auf die Augenbrauen.
„Du bist schöner denn je, Marcelle!"
Er kann das Beben ihres Busens fühlen, das Zittern ihres warmen Körpers, er drückt sie stärker und sie schaut ihm ins Gesicht.

„Rohan, Du betest immer?"
Er lächelt sonderbar.
„Manchmal. Warum fragst Du?"
Ihre Stimme zittert, als sie antwortet:
„Bete für Onkel Ewen, dass Gott ihn wieder gesund macht!"
Dann trennen sie sich, Marcelle geht ins Haus und Rohan geht in Richtung seines eigenen Zuhauses.

Kapitel LI

Erholungszeit

Rohan Gwenfern ist im Recht – er ist letztlich ganz sicher und hat keinen Grund zur Furcht. Andererseits verbreitet sich seine wilde Geschichte über die Provinz, erbringt ihm viele Freunde und Sympathisanten. Gerade die, die am erbittertsten gegen ihn waren, sagen kein Wort. Der Bürgermeister von St. Gurlott, der einer seiner glühendsten Verfolger gewesen war, erklärt öffentlich, dass er ein Martyrer sei und dass Manches für ihn getan worden wäre. Ein Wechsel der Gesinnung, welcher verständlich wird, wenn wir sehen, dass der Bürgermeister, wie viele andere dieser chamäleonischen Spezies, sich von der Tricolore zu blenden weiß, als Bonapartes Fall völlig hoffnungslos wurde.
Mit Pipriacs Tod war es einfach ‚gerechtfertigter Totschlag', der grausame alte Haudegen hatte nur mit seinem Deserteur zu tun.

So sitzt Rohan wieder an seinem eigenen Herd und die Augen der Mutter leuchten vor Freude, weil Gott ihr das Kind von ihrem Schoß zurückgegeben hat. Ihr Glück ist nur von kurzer Dauer, schon bald bemerkt sie, dass Rohan furchtsam und außerordentlich verändert ist. Seine Gestalt ist gebeugt und geschwächt, sein Gesicht hat den alten hellen und gesunden Anblick verloren. Seine Augen sind trüb und – oh, weh –sein Haar ist teilweise grau geworden. Aber das ist nicht alles. Die physische Veränderung ist nicht zu vergleichen mit der charakterlichen und geistigen Veränderung. Es ist ganz offensichtlich, dass sein Verstand zu einem bestimmten Grad angegriffen ist, durch das was er hatte durchmachen müssen. Er ist ein Subjekt fremder Entrücktheit und seine Rede wurde zwangsläufig irre und tritt dies auf –es ist glücklicherweise sehr kurz, oft nur momentan – ist er wie ein Mann, der gerade dem Grab entstiegen ist. In der Nacht ist sein Schlaf durch schreckliche Träume getrübt. Seine Seele reist ständig zurück in die Zeit der Belagerung in die Höhle und zu Pipriacs Tod. Kein Lächeln ist auf seinem einst so glücklichen Gesicht zu sehen. Er ist ermattet und krank und will den ganzen Tag sitzen und ins Feuer schauen.

Während des langen Winters bleibt er im Verborgenen zwischen den einzelnen Hütten von St.Lok, dessen Einwohner zielgerichtete Strandgutsammler sind und von denen er nicht verraten worden war.
Sein Gehirn, wie auch immer, hält sich dauernd in Anspannung, der er unterworfen war, jeden Moment gefangen genommen zu werden und er große Entbehrungen erlitt. Aber der Umstand, welcher den größten Eindruck hinterließ ist Pipriacs Tod. Die Ruhe lässt ihn manches vergessen, aber dies kann er nicht beiseite schieben, dies ist tief in seinem Bewusstsein. Die Welt mag ihn rechtfertigen, aber er kann nicht sich selbst verzeihen. Blut an seinen Händen zu haben ist fürchterlich und noch dazu Blut des Freundes seines Vaters! Besser er wäre gestorben!
Die ganze Last der Ereignisse ist zuviel für seinen feinfühligen Organismus. Er ist überschattet mit Dunkelheit von der toten und der lebenden Welt. Der Frieden in seinem Leben ist für immer vergiftet. Seelischer Schrecken und physische Schmerzen zusammen haben ihn abgestumpft. Er scheint, durch den Schrecken und der Hoffnungslosigkeit dieser grässlichen Nächte in der Höhle, noch gelähmt.

Er sieht auch, verschwommen wie in einem Traum, dass ein moralischer Schatten zwischen seiner Seele und der Marcelles entstanden ist. Sein Seelenheil ist ihr Kummer gewesen. Was ihn wieder ans Tageslicht hob, hat ihren Onkel in die Dunkelheit des Grabes gestürzt. Sie ist noch dieselbe zu ihm, wenn sie sich treffen – freundlich, ehrerbietig, getreu und sanft, aber ihre Blicke sind ohne Leidenschaft. Ihre Art ist zurückhaltend und gedämpft. Sie scheint eine andere Religion, einer traurigeren, stärkeren zu vertrauen. Er hat noch ein Teil ihres Herzens, aber der Schatten Bonapartes entfremdet ihre Seele.

Während dieser Tage scheint Marcelle tatsächlich gänzlich von ihrem Onkel eingenommen zu sein. Onkel Ewen erholt sich von seiner Krankheit, er bleibt nur einige Tage im Bett, weil er es nicht ertragen kann hier wie ein nutzloser Holzklotz zu liegen. Aber er ist danach nur ein Geist seiner selbst. Ein zerbrochener Mann, der immer wieder dieselbe Klage vorbringt, manchmal hitzig, aber im Allgemeinen recht leidlich. Aufregung jeder Art erschüttert ihn und der Haushalt bemüht sich, jede Nachricht, die ihn erregen könnte, von ihm fernzuhalten. Sie können ihn aber nicht davon abhalten, die Zeitung zu lesen – und mit seinem inneren Auge die Reise Bonapartes von Frankreich auf die Insel Elba zu verfolgen, auch das großartige Schauspiel des Einzugs des Königs in die Hauptstadt Frankreichs und die Veränderungen, die überall die Wiederankunft des alten Regimes

ankündigen. Tatsächlich steht er nur an seiner Haustür und schaut hinaus, in der Hoffnung die unglaubliche Verwandlung des Geistes der Dinge zu sehen.
Die Kapellenglocke läutet und klingt wie immer. Religiöse Prozessionen finden wie immer statt, feierliche Zeremonien werden wie immer durchgeführt, weil der König ein heiliger König und seine Familie eine heilige Familie ist aber der Himmel konnte ihn nicht genügend günstig stimmen, weil der Usurpator gestürzt wurde.
„Die Heuschrecken überschwemmen das Land!" sagt Meister Arfoll und der Korporal beginnt zu denken, dass Meister Arfoll ein guter Gefolgsmann ist und nickt billigend zu der Metapher.
Mit den Heuschrecken meint meister Arfoll die Priester. Wo während der Kaiserzeit die Blicke auf die Uniformen fielen, so fallen sie jetzt auf die Soutane. All die Schwärme, die Frankreich verlassen mussten, schwirren mit den Emigranten zurück und es entsteht die Frage wie ihre Mäuler zu stopfen sind. Die Luft ist erfüllt mit den Namen tausender Heiliger – es gibt einen für jeden Tag in der Woche und verschiedene für den Sonntag. Vom Morgen bis in die Nacht werden ‚te deums' aufgesagt. Die Bretagne bekommt wieder ihren alten Heiligenschein, Kapellen werden repariert, vergessene Schreine kommen in Erinnerung und werden wieder aufgestellt. Jede alte religiöse Zeremonie, die seit der Revolution ungebräuchlich geworden waren kommen wieder mehr und mehr in Mode. Es ist erstaunlich wie schnell die toten Ideen und Bräuche wieder aufkommen und wie Blumen oder Pilze über Nacht aus dem Boden schießen.

All diese Dinge bringen keine Freude in des Korporals Haushalt. Die Witwe, obwohl sie nicht so religiös ist, nimmt natürlich auch an den meisten Zeremonien teil, aber ihr Verhalten zeigt keine politische Meinung. Sie hat Gott und die Heiligen unter Napoleon verehrt und sie verehrt sie unter König Louis. Sie hat eine neue Quelle innerer Unruhe in der fortdauernden Abwesenheit ihres Sohnes Hoel, der wenige Zeichen vor einigen Monaten gab, sollte schon längst nach Hause zurückgekehrt sein.

Seit dem Wechsel der stattgefunden hatte, meidet Marcelle die Kapelle, wo Pater Rolland in Amt und Würden ist und sie geht so wenig wie möglich dorthin. Sie kann des kleinen Priesters Freundlichkeit zu dem Sieur Marmont und den anderen Royalisten nicht vergessen, obgleich sie weiß, dass er selbst keine feste Meinung hat, fühlt sie, dass er kein Freund des Kaisers war. Anstatt auf die öffentliche Meinung zu hören, geht sie in kirchlicher Betrachtung lieber nach Notre Dame de la Garde, die kleine einsame Kapelle auf der Höhe des Kliffs. Hier auf diesem Platz, der selten von einer anderen lebenden Kreatur besucht wird, kann sie in Frieden beten.

Der Sommer kommt und die weiße Lilie ist inzwischen golden, wirft ihren Heiligenschein über Frankreich und füllt alle Herzen mit der Hoffnung auf Glück und Frieden. Die große Steilküste in der Bretagne ist weiß von glücklichen Vögeln und die grünen Abhänge und das grüne Gras wächst und der Stechginster zeigt seine gelben Sterne, während im Landesinnern, über dem Tal, der Weizen wogt und zwischen dem Weizen brennt der Mohn wie klare helle Blutblasen. An den großen Marschen liegt glitzernd das kristallisierte Salz in der Sonne und die Flüsse sanken zwischen dem Schilf ab, schwinden oft zu silbernen Rinnsalen. Es ist ein prächtiger Sommer und die Welt hat sich in einen Garten verwandelt. Die Leute vergessen all ihren Kummer im Taumel des Lebens und der sicherlich auch guten Ernte. Nur die Soldaten murren, ihr Geschäft scheint getan zu sein.

Eines schönen Tages, als Marcelle aus der kleinen Kapelle tritt, sieht sie Rohan in der Nähe stehen, als ob er wartet sie zu treffen. Sie kommt mit ihrem alten hellen Lächeln näher auf ihn zu und begrüßt ihn erhobenen Hauptes. Er sieht sehr blaß und traurig aus, aber sein Gesicht ist ganz ruhig und seine Art ausgesprochen freundlich. Nach ein paar Worten der Begrüßung, laufen sie Seite an Seite weiter bis an den Rand des Kliffs, folgen dem Pfad, den sie vor etwas mehr als einem Jahr zusammen gingen. Weit unten sehen sie das Wasser mit den cremweißen Spitzen aus Schaum. Die Farben des Grundes sind aus goldenem Sand oder dem Rot der Steine oder Pflanzen und dem Schwarz des Schlicks. Wo es klar und durchsichtig ist, sieht man die seichten Stellen der kristallenen See. Zuletzt macht Marcelle, weit vom Dorf entfernt, eine Pause auf ihrer Wanderung.

„Ich muß nun nach Hause gehen", sagt sie, „ich versprach, nicht so lange zu bleiben."

Rohan kehrt auch um und sie laufen zurück zur Kapelle. Kein Wort der Liebe ist zwischen ihnen gesprochen, aber jetzt sagt Rohan, auf die See hinaus zeigend:

„Ich mache mir oft Gedanken, was er *nun* macht und denkt."

„Er? Von wem sprichst Du?"

„Vom Kaiser. Sie haben ihn auf die Seite geschafft und er ist weit weg von aller Hilfe und Hoffnung. Sie nennen ihn ‚König von Elba', aber das ist nur Spott. Ich nehme an, all seine Macht ist für immer vorüber."

Als Rohan spricht, sind seine Augen fixiert wie in Trance und sein Gesicht sonderbar bewegt. Marcelle ist alarmiert, läuft schneller, während er fortfährt:

„Nach allem, Meister Arfoll hatte nicht Recht, als er sagte, dass der Kaiser nur aus Fleisch und Blut wäre wie wir. Manchmal habe ich gedacht, er ist ein Geist, ein Schatten wie der Schatten Gottes. Es ist hart an einen Mann zu denken, dem all das auf der Seele lastet! Tausende und Abertausende von Toten versammeln sich jede Nacht rundum sein Kopfkissen, jede Nacht und schreien seinen Namen heraus. Kein Herz eines Mannes kann das ertragen, ohne daran zu zerbrechen."

Marcelle erfasst nicht ganz den Sinn der Worte, aber sie weiß, sie spielen auf ihn an, sie scheinen ihr rein zu sein aber in ihrem Herzen breitet sich Wut aus, aber wenn sie in das Gesicht ihres Gefährten schaut, welches bleich und verhärmt aussieht, als ob das Licht erloschen ist, sind ihre Gedanken voll Mitleid und Schmerz. So sagt sie sanft, um das Thema zu wechseln:

„Onkel Ewen fragt oft nach Dir – er denkt, dass es unfreundlich ist, dass Du nicht ins Haus kommst."

Ohne zu antworten gibt Rohan dieses fremde Lachen von sich, welches sie schon einmal hörte, als sie sich in der Nacht auf dem Friedhof trafen und vor dem sie sich fürchtet. Sie erinnert sich mit einem Schauer an ein grausames Gerücht, welches schon durch das Dorf ging, dass Rohan Gwenfern nicht mehr ganz seiner Sinne Herr wäre und irgendwann gefährlich werden könnte.

Sie passieren die Kapelle, überqueren die grasigen Hänge und erreichen bald das Dorf. Zu Marcelles Erstaunen bleibt Rohan bei ihr bis sie dicht an ihres Onkels Haus gekommen sind und als sie innehält und ihre Hand zum Abschied ausstreckt, sagt er ruhig: „Ich werde mit hineingehen, um Onkel Ewen zu sehen."

Sie schreckt auf, denn genau das hätte sie nicht erwartet und wenn sie ihres Onkels Namen ins Spiel brachte, war es bloß mit Blick darauf, dass Rohan von seiner sonderbaren Aufmerksamkeit abzulenken. In ihrem Innern hat sie Furcht vor einem Treffen zwischen den beiden Männern, damit nicht durch ein sündiges Wort oder einer bestehende Meinung sie nicht wieder in einen offenen Streit geraten. Auf diese Weise drängt es, wie auch immer, sie konnte keinen Einwand machen. So sagt sie nur mit einem schuldigen Blick: „Versprich mir zuerst, nicht über den Kaiser zu sprechen."

Rohan, der nun ganz ruhig und gesammelt scheint, verspricht ohne Zögern und in der nächsten Minute treten sie über die Schwelle des Landhauses. Sie finden den Korporal in seinem Sessel am Feuer sitzend, geschäftig mit Hilfe seiner Brille eine alte Zeitung lesend. Marcelle geht zuerst in die Kammer hinein, lehnt sich über den Sessel ihres Onkels und sagt lächelnd:

„Ich habe Dir einen Besucher mitgebracht, Onkel Ewen! Sieh!"

Der Korporal schaut und sieht Rohan vor sich stehen, so verhärmt, so grau, so fremd und alt, dass er ihn kaum erkennt. Er wischt sich die Augen, dann blinzelt er ihn erstaunt an. Als er ihn erkennt, kommt ein Ausruf und er erhebt sich aus dem Sessel:

„Bist Du es, mein Bursche? Seele einer Krähe! Wie Du Dich verändert hast! Ich kenne Dich nicht wieder!"

„Ja, Onkel Ewen, ich bin es", sagt Rohan ruhig und die beiden Männer schütteln sich die Hand mit einer Menge Gefühlen auf der Seite des Korporals.

„Dies will ich Dir sagen, Marcelle – er ist mutig – er hat das Herz eines Löwen, aber es ist einiges hier nicht in Ordnung!"
Der Korporal fasst sich bezeichnend an die Stirn.
Es sind einige Wochen nach dieser kleinen Aussöhnung vergangen und Rohan ist seitdem ein ständiger Besucher in seines Onkels Haus. Er und sein Onkel sind eine Besonderheit eingegangen und jedes Mal, wenn der Name Bonaparte fällt, haben sie keine Dispute. Der Korporal ist nicht so dogmatisch, dass er es ausnutzen würde, während Rohan seinerseits sehr zurückhaltend ist. So halten sie eine vortreffliche Freundschaft. Der Korporal denkt: ‚Wir mögen es vermuten, als er ablehnte eine Waffe zu nehmen, hat er sich von dem verrückten Meister Arfoll fassen lassen, das ist so schlimm wie Feuer. Nun, ich vergebe ihm alles, uneingeschränkt, er ist gegenwärtig nicht richtig im Kopf.'
Natürlich, der Korporal ist von seiner Einschätzung selbst überzeugt und hat den unbedingten Glauben zu seinem eigenen gesunden Verstand.

Kapitel LII

Wiederauferstanden

So geht der Sommer vorüber und die Sonne nähert sich dem Äquinoktium. Frankreich ist in Ruhe, eingelullt in schläfriges Dösen durch den Klang der Kirchenlieder und der Gebete.
Skeptiker schütteln ihre Köpfe, Revolutionäre sind eingegraben wie Maulwürfe und werfen kleine Erdhügel der Verschwörung auf. Die kaiserliche Garde ist mürrisch mit ihren ‚roten Augenbrauen des Sturms'. Aber die neue Dynastie liegt behaglich auf ihrem weichen Kopfkissen, inmitten einer kleinen rosigen Wolke aus Weihrauch, ihre Perlen berechnend. Aber der eingesperrte Löwe gibt kein Zeichen. Ruhelos und ärgerlich auf und ab schreitend in seinem engen Käfig. Von Zeit zu Zeit erfährt man etwas über sein Tun – seine Nachäfferei in Miniatur seines alten Ruhmes, seines alten Ehrgeizes, aber die Könige Europas nicken sich nur lustig zu – er ist sicher verwahrt und dort auf der Insel mag er sich heiser brüllen.
Mit den Monaten ergibt sich Korporal Derval der Situation und beginnt von dem Kaiser in einem feierlichen Kummer zu sprechen wie von einem toten Heiligen, der nicht wiederkommt.
In diese Stimmung verfallen, anstatt sie zu überwinden, steigt die Achtung des Korporals gegenüber Rohan Gwenferns.
‚Er ist ein mutiger Mann' würde Onkel Ewen sagen, ‚und mutig, weil er weiß wie man mit einer verlorenen Sache umgeht! Ich tat ihm Unrecht!'

Und teilweise, unter dem behutsamen Einfluß der ihn nun umgibt, wacht Rohan aus seiner Dämmerung langsam auf und wird sich wieder ähnlich. Seine Wangen sind noch eingesunken, sein Haar noch mit Grau durchsetzt, aber seine Gestalt gewinnt wieder mehr von seiner früheren Energie zurück. Er beginnt wieder in den Klippen und am Strand zu wandern und bei diesen Streifzügen begleitet ihn oft Marcelle – wie als sie jünger und glücklicher waren. Der Korporal anerkennt es und sagt zu der Witwe:
„Er rettete ihr Leben und sie ist seine kleine Frau. Warum sollten sie nicht heiraten?"
Und Mutter Derval, deren Herz mit dem neuen Verlußt ihres Sohnes Hoel belastet ist, der niemals mehr aus dem Krieg zurückkehren wird, sieht keinen Grund zu widersprechen.
Als ihr die Wahrheit gesagt worden war, stellte sich die arme Frau immer mehr auf die Seite des Feindes. Im Innersten ihres Herzens glaubt sie nicht mehr an den Papst, an die Heiligen, an die Bischöfe und an den König. Bonaparte hatte ihr ihre Kinder genommen und der Priester erzählt ihr, er war ein Ungeheuer, so betet sie zu Gott, dass er niemals mehr über Frankreich herrschen soll.
Neben der Mutter, die ihn geboren hat, weiß wahrscheinlich nur Marcelle Derval wie es um Rohan steht. Der Schock dieser furchtbaren Tage hat ihn mit jeder Faser seines Lebens ergriffen und die Blüte seiner geistigen Natur ist für immer genommen. Die Zeit mag ihn Stück um Stück heilen, aber der Prozess wird sehr arg und langsam sein. Sein Nervensystem ist tief angeschlagen und das auch der Grund noch zu zittern und manchmal zu torkeln. Obgleich er durch zahllose Zeichen zeigt, dass er seine Cousine zart und tief liebt, ist seine Gemütsbewegung für sie selten in tatsächliche Leidenschaft gestiegen, sie entfernen sich, wie er fast unfreiwillig erkennt.
Vieles ist nahezu brüderlich in seiner Art und seinem Ton. Noch ein oder zweimal berührte er ihr Brust und küsste sie ungestüm, in einem Gefühlsrausch und das wandelt ihn in dem Moment in einen glücklichen Mann.
„Sie wird niemals Gwenfern heiraten", sagen die Klatschbasen am Wasserfall, „weil er verrückt ist."
Aber sie kennen wenig die Natur Marcelles.

Der Schatten, der sich zurzeit auf Rohans Geist legt, macht sie noch mehr erpicht ihre Treue zu beweisen. Außerdem hat sie eine starke Leidenschaft, durch die sie beruhigt schläft, trotz feierliche Gedanken und Angst. Die stärkste Leidenschaft in ihrer Seele ist ihre Liebe zu ihrem Cousin.

Mikel Grallon kreuzt nun selten ihren Weg, er weiß, es ist besser nicht den Zorn des Mannes zu provozieren, den er einst verfolgte. Als ein eifernder Anhänger des neuen Regimes meidet er vorsichtig das Haus des Korporals und wirft im Suchen eines passenden Helfers seine Blicke anderswohin.

Als der Winter da ist, gibt es behagliche Versammlungen vor des Korporals Kamin. Onkel Ewen, dem die Krankheit zu Hause nicht anzumerken ist, führt den Vorsitz und hin und wieder erzählt er denkwürdigen Geschichten von Cismone, während Gildas redegewandt über die Heldentaten des Marschalls Ney berichtet. Rohan, der jedes Mal anwesend ist, hält sich sehr zurück, wenn der Name Bonaparte genannt wird und die Witwe bekreuzigt sich in ihrer Ecke. Alles in allem, Onkel Ewen scheint nur von einem toten Mann zu erzählen. Von einem, dessen Existenz zu einem Traum verblasst, der für den Korporal und für Marcelle zu den anderen Heiligen gezählt wird.

Eines Tages, als es geschneit hat, alles friedlich und weiß und ruhig ist, sagt Rohan zu Marcelle:
„Erinnerst Du Dich, was Du mir vor langer Zeit sagtest, als ich Dich an jenem Morgen aus der Kathedrale von St. Gildas trug? Daß Du mich liebst und dass Du mich heiraten würdest."
„Ich erinnere mich."
„Und wirst Du Dein Wort halten?"
Sie zögert einen Moment, dann schaut sie ihn ruhig mit ihren grauen, treuen Augen an und antwortet ihm: „Ja, Rohan – wenn Onkel Ewen einwilligt."
Sie stehen unten beim Wasserfall und schauen auf die See. Als Marcelle antwortet, war ihr Herz, mehr aus Mitleid, als aus Liebe, gerührt. Als ihres Liebsten Gesicht sich zu ihr wendet, ist da ein trauriger, weit entfernter Blick, voll dem fremden Einfluss der Leiden in der Vergangenheit. Nach einer Pause sagt er wieder:
„Ich bin anders geworden, Marcelle und ich denke, ich werde nie wieder derselbe sein. Denk noch einmal darüber nach! Es gibt manchen anderen, der Dich lieben würde."
Sie legt zart ihre Hand in die Seine.
„Aber ich liebe Dich, Rohan", antwortet sie.

An diesem Tag noch sagen sie es dem Korporal und er gibt freudig seinen Segen. Mit Pater Rolland spricht die Witwe und bereitwillig unternimmt er die Prozedur zur Zustimmung des Bischofs, die notwendig für eine Heirat zwischen Cousine und Cousin ist.
Als sich die Sache im Dorf verbreitet, schüttelt mancher den Kopf – Mikel Grallon besonders.
„Der Bischof sollte das verhindern", sagt der ehrenwerte Mikel, „weil, wie man sah, der Mann gefährlich ist."
Der Bischof hat keine Einwände und es wird beschlossen, dass die Hochzeit im Frühjahr sein soll.

Anfang März 1815 betritt Rohan Gwenfern das Haus und findet Marcelle allein in der Küche. Sie hat ein weißes Kleid an und ist mit der Hausarbeit beschäftigt. Als er eintritt, geht sie ihm vertraut entgegen, um seinen Begrüßungskuß zu empfangen.
„Der Frühling ist gekommen", sagt er strahlend, „schau, Marcelle, dies habe ich Dir zum Zeichen mitgebracht."
In der Bretagne misst man die Jahreszeiten an den Blumen und Vögeln und anderen Zeichen der Natur wie viele Heilige ihre Tage und Wochenenden haben. Es war abgemacht, dass die Zwei im Frühjahr heiraten, wenn die Veilchen blühen. Marcelle läuft rot an, nimmt freundlich die Blumen und drückt sie an ihre Brust. Dann, als Rohan sie mit seinen Armen umfängt, lehnt sie ihren Kopf an seine Schulter und schaut dann strahlend in sein Gesicht. Plötzlich, als sie so voller Glück stehen, wird die Tür aufgestoßen und Onkel Ewen humpelt herein, schwankend wie ein betrunkener Mann. Er hält eine Zeitung in seiner Hand und sein Gesicht ist weißer als der Tod.
„Marcelle! Rohan!" keucht er, „ hier sind Neuigkeiten."
„Was ist los?" ruft Marcelle und befreit sich aus Rohans Armen.
Onkel Ewen schwenkt wie in Ekstase die Zeitung über seinen Kopf.
„Nieder mit den Bourbonen!" schreit er in seiner früheren Vitalität.
„Am 1. März ist der Kaiser in Cannes gelandet und marschiert nun auf Paris. Es lebe der Kaiser!"
Während der Korporal dies erzählt, streckt Rohan seine Arme gen Himmel und schreit wie jemand, dem mitten ins Herz geschossen wurde.

Kapitel LIII

‚IBI OMNIS EFFUSUS LABOR'

Die Nachricht des Entkommens des Kaisers ist, wie alle Welt weiß, nur zu wahr. Nach Monaten der schlauen Vorbereitung, schlüpfte Bonaparte aus seinem Käfig (die Bewacher hatten vorsorglich die Tür weit offen gelassen) und steht an der Spitze von eintausend Mann gegen Frankreich. Um die ausdrucksstarke Sprache der französischen Kanzel zu gebrauchen: ‚Der Teufel ist wieder losgebrochen'. Weißbekleidete Priester mögen donnern von tausend Altären, aber was macht das dem Satan aus?
Auf Rohan Gwenfern wirken die Nachrichten wie ein Donnerschlag und haben ihn buchstäblich niedergeworfen. Wie ein Mann, der von einem Blitz getroffen wurde und noch atmet, starrt, nach Luft schnappend, auf das schwarze Wrack, woher der brennende Blitzstrahl kam. Er liegt im Schrecken und schaut aufwärts. Für ihn bedeutet die Auferstehung des Abscheu-

lichen: Ächtung, Elend, Verzweiflung und Tod. Was hat Gott gemacht, daß *er* so etwas erträgt? Mit der Abschaffung der kaiserlichen Seuche kam Ruhe und Erholung nach Frankreich, schuf einen Raum der heiligen Stille, weil die Menschen in Frieden atmen können. Für Rohan und vielen anderen, sieht es nun so aus, als wäre das für immer die letzte Ruhe gewesen.
Langsam hat sich der gefolterte Geist des Mannes von selbst beruhigt, bis die dunklen Kennzeichen des Leidens ihn wieder verdunkeln, wenn nicht sogar auslöschen.
Jeder glückliche Tag scheint weiter wie ein Heilmittel der seelischen Verfassung zu sein, in welchem der Mann ein Märtyrer ist und zuletzt genug Mut findet seine Hände auszustrecken, um noch einmal den Kelch der heiligen Liebe zu berühren. Im gleichen Moment, als Gott scheint ihm Genugtuung zu verschaffen, für seine langen und beschwerlichen Schmerzen, ist der Himmel wieder verfinstert und der schreckliche Donnerschlag wirft ihn um.

Während Europa wie bei einem Erdbeben geschüttelt wird, während wieder Throne wackeln und sich Könige entsetzt gegenseitig ansehen, zittert Rohan wie ein totes Blatt, das bereit ist zu fallen. Er ist sofort wie umgewandelt. Bevor in seinem Schrecken die Sonne untergeht, scheint er sehr gealtert.
Unsere Lady des Hasses hat seine Gebete wirklich gehört, aber inwieweit ist es Spott? Sie hat die Gottheit gestürzt, nur um sie ‚Innerhalb eines Jahres!' wieder auf ihren alten Platz zu heben. Es scheint, als ob sie plötzlich der Welt eine Instruktion gibt, nur dass seine Folter noch furchtbarer ist, wenn die Wolken sich wieder zusammenballen.
Zuerst ist wirklich wenig Hoffnung. Die Priester donnern und beten, die Royalisten tun groß und zucken ihre Schultern, so als sagen sie: ‚Dieses kleine Geschäft wird sich schon bald erledigt haben'! Aber jede neue Verlautbarung bringt frische Bestätigung des wahren Standes der Angelegenheit. Bonaparte ist nicht nur bloß auferstanden, sondern die Wellen des alten Sturms sind mit ihm auferstanden. Auf eine Gestalt sieht Rohan mit Schrecken, der ihn völlig ausfüllt, wenn er an den Kaiser denkt. Das ist die Gestalt des Korporal Derval. Es scheint, als ob die neuen Nachrichten den Korporal mit neuem Leben erfüllen. Wie ein Koloß steht er breitbeinig vor seinem eigenen Herd, nimmt die kaiserliche Pose an, hat seinen Hut keck aufgesetzt und schaut der Welt ins Gesicht. Seine Wangen sind ebenso eingesunken und gelb, seine Augen sind trüb, aber umsomehr stechen die feurige und natürlich rote Nase und Augenbrauen hervor. Er ist gebrechlich auf seinen Füßen, aber sein rechter Arm verrichtet in alter majestätischer Art die Zeremonie des Tabakschnupfens wie der Kaiser. Erhobenen Hauptes eilt er hinunter zum kleinen Plouet, um Zeitung zu lesen. Sein Meister ist auferstanden und er selbst mit ihm. Oh, könnte er mitmarschieren und den ‚kleinen Korporal' im offenen Feld treffen! Der kleinste Dorfteich wird während des Sturms und Regens des Äquinoktiums zu einem kleinen

Ozean – überflutet seine Dämme mit reißenden starken Wellen, Dunkelheit bebt bis in seine Tiefe, genauso spiegelt die Brust des Korporals im Kleinen den Sturm wider, der jetzt über Frankreich zu sehen ist. In den Augen der gegenwärtigen politischen Führer scheint seine Verwirrung eine sehr ärmliche Sache zu sein, richtig ist *ihre* Verwirrung in ihren Augen ozeanisch, es mag nicht als ein Tümpelgeschäft vom Standpunkt Gottes oder eines Philisophen scheinen. Der Mikrokosmos ist immer im Makrokosmos enthalten und der Geist Bonapartes ist nicht nur im Geist Korporal Dervals unbestimmt verherrlicht.

Kromlaix ist noch royalistisch und so ist das seit undenklichen Zeiten. Die Haltung des Korporals findet keine Sympathie und wenig Wohlwollen. Es gibt einen allgemeinen Hang, dem alten Anhänger den Vogel zu zeigen – eine Handlung besonders dann, wenn er sich nicht zurückhalten kann, seine meist heftigen Ausbrüche der Begeisterung vor seinem eigenen häuslichen Herd. Hier donnert er zu Gildas heraus, mit gespreizten Beinen und den Schnupftabak in der Hand, der zwar will, dass der Kaiser gewinnt, aber seinen Fall für hoffnungslos hält, geschuldet dem Fakt, dass Marschall Ney für den König ist. Aber als die neue Nachricht kommt, dass Ney mit seiner Armee übergewechselt ist und selbst zu seinem alten Meister geeilt ist, umarmen sich Onkel und Neffe unter Tränen und erklären, dass der Fall des Herrschers so gut wie gewonnen sei! Wie ein Schatten kommt und geht Rohan, ein paar Worte zu hören, ein Flüstern, ihm zu zeigen, dass da noch eine andere Chance ist. Aber mit jedem Tag wird seine Hoffnung geringer. Wo immer Bonapartes Infanteristen zuschlagen, die Armeen scheinen aus der festen Erde aufzuerstehen und rennen von Tal zu Tal und seine Stimme erklingt, die verborgene Ernte der Schwerter aufzurufen.
Diese furchtbare epidemische Ansteckung dehnt sich auch auf Marcelle aus und das ist am wenigsten zu ertragen. Ein neues Feuer brennt in ihren Augen, ein neues Glühen liegt auf ihren Wangen. Wenn der alte Mann seine feurige Ansprache vorträgt, hört sie eifrig auf jedes Wort. Ihre ganze Natur scheint verwandelt. Rohan beobachtet sie mit Schrecken und fürchtet ihren Blick. Hat sie alles vergessen, all die Schrecken und das Leid, welches er durchmachen musste und hat sie vergessen, dass diese Sache, welche ihr solche Freude bereitet ein Signal seines eigenen Urteils ist? . . .

Draußen in den stillen Klippen wartet und lauscht Rohan Gwenfern. Er ist durch die täglichen betrüblichen Nachrichten, die an sein Ohr gelangen, noch nicht völlig verzweifelt. Er kann weder zu Hause Ruhe finden, noch am Kamin, wo der Korporal deklamiert. Sein einziger friedlicher Platz ist im Herzen der Erde, der ihm vorher, in der Periode der Gefahr, Schutzdach bot. Seit der Botschaft des betrügerischen Einvernehmens zwischen Ney und

Bonaparte, hat er kaum mit Marcelle gesprochen und hat sie in erschöpfender Furcht gemieden. Bis jetzt hat noch niemend versucht Hand an ihn zu legen oder ihn an seine alte Empörung gegen den Kaiser zu erinnern. Die Menschen sind wirklich bis jetzt zu beschäftigt den Fortgang des großen Spiels, mit welchem Bonaparte erneut versucht seine Widersacher zu überlisten, zu verfolgen. Aber der Ruf kann jeden Moment kommen, das weiß er. So wandert er an der Küste entlang, schauernd, erwartend und bang.
Eines Tages sagt ihm ein verrückter Einfall, den Platz seines alten Kampfes wieder zu besuchen. Es ist ein ruhiges und sonniges Wetter und als er die große Kathedrale betritt findet er sie voller Leben mit einer Menge Vögel, die in Scharen aus dem Süden zurückkommen, um ihre Nester zu bauen und ihre Jungen aufzuziehen. Er klettert hinauf zum Mundloch der Höhle, das noch voll der Spuren seines alten Kampfes ist und von dort durch die dunkle gewundene Passage zu der luftigen Kammer in der Wand des Kliffs. Aus dem Fenster der Höhle schauend, sieht er wieder weit unter ihm, den ruhig wogenden Ozean, leicht gefärbt durch die roten Riffe und den flachen gelben Sandbänken. Die Fischerboote stehen ruhig draußen auf dem gläsernen Spiegel, die Sonne scheint vom Himmel wie das Lächeln Gottes. Er sieht diese sanfte Szenerie und denkt bei sich, dass dieser rote Schatten wieder in einer friedlichen Welt sein wird und er ist neugierig, ob Gott es zulässt, dass er noch da sein kann.
Als er so steht geht ihm ein schrecklicher Gedanke durch den Kopf und er ist erschüttert. Er denkt an Pipriac und wie er ihn schrecklich erschlug. Oh, einen anderen erschlagen, zu zerquetschen und zu töten unter dem Felsen seines Hasses!

Später an diesem Tag klettert er hinunter in die dunkle Passage, welch zu der gigantischen Wasserhöhle führt und bevor er über dem tiefgrünen Gewässer hängt, zeigt die Höhle keine Spuren der schrecklichen Flut, die die Höhle in einen kochenden Kessel verwandelt hatte. Alles ist still und friedlich, nur voll der pulsierenden See nebenan und ein großer grauer Seehund schwimmt langsam in Richtung des schmalen Ausgangs, der ‚Höllenschlund' genannt wird. Er geht den schmalen Sims entlang, der mit der Spitze der Höhle verbunden ist. Auf den Kies nach unten springend, sieht er den schwarzen Ausgang des Äquadukts. Hier hinterließ der Sturm wahrhaftig seine Verwüstungen. Der Strand ist bestreut mit großen Erdestücken und Steinen und der Felsen rundum ist geschwärzt und wie durch Zähne oder Krallen durch die Wut der Flut aufgerissen. Er dringt etwas in die Passage vor, findet aber bald heraus, dass ein Weitergehen unmöglich ist. Die Passage ist nun durch alle Arten von Trümmern verstopft, dass es Jahre dauern wird, bis sie wieder fortgespült werden. Er geht zuzrück, stolpert über eine dunkle Masse, die in dem schlüpfrigen Gang liegt. Es ist die Statue aus schwarzem Marmor, die er damals im Innern der Kammer des Äquadukts entdeckte. Sie ist von ihrem Sockel durch die beispiellose Wucht des Wassers weggespült und wie ein Strohbund hinunter gespült worden, wo sie dann, verkeilt zwischen den engen Wänden, liegengeblieben ist. Schwarz und still liegt sie da, noch grün und schlammig durch die Jahrhunderte lange Feuchtigkeit, versteckt und beschädigt. Ave Cäsar Imperator! Wie Dein Ansehen zu Lebzeiten gewesen war, so bist Du letztendlich von Deinem Platz gefallen! Früher oder später wird das große Wasser Dich haben, wird Dich fortreißen von Deinem Platz und Dich in die große See fortspülen. Genauso zerstören sie die Menschen und alle reinen Werke. Früher oder später wird alles verschwinden wie die Fußabdrücke am Strand des Ozeans der Ewigkeit, wo für immer Schatten wandern, die zu leben scheinen!

Als sich Rohan über das umgestürzte Standbild beugt, denkt er für einen Moment an ein anderes Bildnis, an den Mann, der sich bemüht sich wieder auf seinen alten Sockel zu stellen. er sieht dem schwarzen Bullenähnlichen Kopf der gefallenen Statue in irgendeiner entfernten Weise ähnlich dem der in die Welt hinauszog, bekrönt mit schrecklichem Lorbeer und eisenbeschlagenen Sandalen voller Blut! Man mag so denken. Er beugt sich fasziniert über die Statue, spürt in dem schwachen grünen Licht, das zitternd vom Ausgang herkommt, düster ihre Gesichtszüge nach. Es ist eine Gestalt wie ein kolossales menschliches Wesen und man muß dazu bedenken, dass es die Nachbildung des Körpers eines Mannes ist – nein, eines Kaisers! Aber, Gott sei Dank, der Lebensatem wird nie die marmornen Venen füllen, die Kraft kann niemals aus dem mitleidlosen, gemeißelten Gesicht leuchten!

Als er an die frische Luft heraus kommt, scheint die Sonne und das Licht verwirrt und blendet ihn. Die Kälte und die modrige Dunkelheit dieser toten Welt liegen noch über ihm und er erschauert von Kopf bis Fuß.

Er kommt aus der Kathedrale wieder heraus und erklimmt die Stufen zur St. Triffine und geht langsam über die Spitze der Felsen. Der westliche Himmel ist purpurrot und wirft Schatten des Märzes, der am nächsten Morgen den Wind bringt. Aber nun ist alles wie an einem Sommerabend. Ein dicker Teppich aus Gold und Grün breitet sich unter seinen Füßen aus, der Ginster flammt auf jeder Seite golden auf und ein früher Stern, die Schlüsselblumen sind bereits in den noch kühlen Weiten des Himmels erblüht. Er scheint aus dem Grab auferstanden zu sein und in göttlicher Luft zu schwimmen. Was die tote Welt ist, weiß er, was die lebende Welt auch sein kann, weiß er nicht ganz sicher:

‚Eine ruhige, eine glückliche, eine friedliche
und eine heilige Welt'

Aber ER machte den Tiger, machte das Lamm und dieselbe fremde HAND, die die Sterne dort oben setzte und in die menschliche Brust ‚liebet einander' schrieb, formte die eisernen Herzen von einhundert Cäsars und befreite wieder Bonaparte.

Kapitel LIV

Die letzte Chance

Als er an die Tür der ‚Chapel of Notre Dame de la Garde' kommt, erscheint eine Gestalt und er blickt in ein Gesicht voller Schrecken und Furcht. Es ist seine Mutter, hager, weiß, schreckerfüllt. Sie schaut furchtsam um sich und fasst ihn beim Arm. Er ahnt die Nachricht bevor sie spricht.
„Fliehe, Rohan", sagt sie, „sie sind wieder nach Dir aus und sie durchsuchen jedes Haus. Das sind schreckliche Nachrichten. Der Kaiser ist in Paris und es wurde Krieg erklärt."
Die Welt verdunkelt sich, er schwankt und faßt sich ans Herz. Er hat es erwartet, aber nichtsdestotrotz, trifft es ihn wie aus heiteren Himmel.
„Komm in die Kapelle!" ruft er, sich ihrer Worte bewusst.
Als sie über die Schwelle getreten sind, finden sie das kleine Gebäude bereits voller abendlicher Schatten. Alles ist, als wäre es noch nicht lange her gewesen, als die Liebenden nach ihrem ersten Treueschwur, ihr glückliches Treuegelöbnis vor dem Altar kniend sprachen. Die Figur der Jungfrau steht auf dem Altar und die geweihten Geschenke liegen noch unberührt zu ihren Füßen. Die Seeleute auf dem Bild driften noch kniend auf ihrem Floß und ihre Blicke fixieren die leuchtende Erscheinung, die aus dem Wasser steigt.

In ein paar schnellen Sätzen schildert Mutter Gwenfern teilweise die Situation: Das Dorf ist in einer Art Tumult, die Nachrichten über den Kaiser komplettieren den Triumph, der von den Royalisten in der Nachbarschaft nicht akzeptiert wird. Rotten von Gendarmen aus St. Gurlott sind bereits angekommen, um Deserteure zu jagen, im Namen des Kaisers. Ja, es ist sicher, weil sie ihr eigenes Haus durchsuchten. Man erinnert sich an den Tod Pipriacs, der gerächt werden soll.

In wenigen kurzen Momenten ist die gutherzige Arbeit von Monaten vernichtet. Es erscheint dasselbe Leuchten, welches Marcelle sah, als Rohan in der Nacht nach Hause kam und voller Furcht war, dieses Licht, was sie fürchtet und mit düsterer Flamme strahlt. Sein Herz scheint zu zerspringen, der Kopf brennt ihm. Er sagt nichts, aber lacht fremdartig zu sich selbst, hysterisch, wie wir es wahrlich selten beim männlichen Geschlecht bemerken können. Aber in seinem Lachen ist viel mehr, als nur Hysterie oder nervöse Spannung. Es ist ein Zeichen des Beginns von Wahnsinn, welcher ihn zu vernichten und seine Seele zu zerschlagen droht.

„Rohan, Rohan!" schreit die erschrockene Frau, sich an ihn klammernd, „Sprich! Schau nicht so! Sie sollen Dich nicht bekommen, mein Rohan!"
Er schaut sie ohne Antwort an und lacht erneut. Erschrocken über den Ausdruck in seinem Gesicht bricht sie in Schluchzen und Stöhnen aus.

Spät in der Nacht sitzt Korporal Derval an seinem Kamin und liest der Witwe und Marcelle die Zeitungen vor.
Er ist durch die großen Nachrichten aufgeregt, die jetzt aus Paris kommen. Dass Europa es mit friedlichen Mitteln ablehnt mit dem Usurpator zu verhandeln und dass die mächtigen Heere der ‚großen Kraft' erneut an der Grenze wie große Wolken aufgestanden sind. Der Alliiertenkongreß in Frankfurt bestimmte wie aus einem Zentrum eines Netzwerkes heraus, die Mobilisierung von einer Million Mann möglich ist. Der Zar von Russland und der Kaiser von Östertreich und dem König von Preußen haben wieder die Felder eingenommen. England hatte seine charakteristische Hilfe gegeben in Form von 36 Millionen Pfund in Geld, ganz zu schweigen von dem kleinen Kontingent von achtzehntausend Mann unter dem Duke of Wellington.
„Diese Feiglinge!" zischt der Korporal zwischen seinen Zähnen, „eine Million Mann gegen Frankreich und den ‚Kleinen Korporal', aber ihr werdet sehen, er wird sie das Hüpfen lehren. Ich habe einen kleinen Anhänger als Trommler gesehen, der einen großen Grenadier schlägt, so wird es sein!"
„Wird es wieder Krieg geben?" murmelt die Witwe fragend. Und ihr armes Herz schlägt in der Weise eines traurigen Wortes, ihres Sohnes Name: „Hoel! Hoel!"
„Es ist ein Kampf fürs Leben, kleine Frau", sagt Onkel Ewen mit feierlichem Ernst, „der Kaiser muß entweder diese Schurken töten oder er wird selbst getötet. Seele einer Krähe! Keine halben Sachen! Sie sind stark in Paris, so dass der Feind es nie wieder einnehmen kann, mit welcher Kriegslist auch immer. In ein paar Tagen wird der Kaiser das Feld einnehmen."
Er setzt mit einem Schmatzer seiner Lippen hinzu:
„Es klingt wie in alten Zeiten."
Der einarmige Gildas tritt in seinem gewohnten Militärmantel ein. Er hat seinen Durst unten im ‚Kabaret' gelöscht (es ist wundervoll wie durstig ein Sterblicher, seit seinen militärischen Erfahrungen geworden ist) und seine Augen sind blutunterlaufen.
„Hat jemand Rohan gesehen?" sagt er vor dem Feuer stehend, „sie sind hinter ihm her."
Er schleudert seinen leeren Ärmel über seine Schulter zur Tür zu, welche er offen gelassen hatte. Mit einem ängstlichen unsicheren Blick auf Marcelle, die blaß und zitternd dasitzt, antwortet der Korporal: „Sie fragten hier und ich sagte ihnen, dass alles in Ordnung sei. Rohan kann seine Glaubwürdigkeit zurückkaufen jetzt und für immer und ich segne seine Haut zugleich. Es

gibt nur einen Weg und er würde gut daran tun, ihn ohne Verzögerung zu gehen."
Marcelle schaut schnell auf.
„Und wie geht das, Onkel Ewen?"
„Seele einer Krähe! Es ist einfach. Der Kaiser braucht Männer – alle Wölfe auf der Welt sind gegen ihn – und er könnte ihm jetzt helfen, in Zeiten der Not und wird Schadenersatz für die Vergangenheit leisten. Laß Rohan zu ihm gehen oder, was dasselbe ist, zur nächsten Station der Großen Armee und ihm sagen: ‚Ich bin nun bereit gegen die Feinde Frankreichs zu kämpfen'. Laß ihn wie ein mutiger Mann in den Reihen teilnehmen und alles wird vergeben sein."
„Ich bin mir nicht so sicher", bemerkt Gildas, „ich habe ein Glas mit dem Gendarmen Penvenn, Alt- Pipriacs Freund, getrunken und der sagt, dass Rohan erschossen wird, das ist eine Schande."
Onkel Ewen rutscht nervös auf seinem Sessel hin und her und grollt mit seinem Neffen.
„Penvenn ist ein Esel, denkst Du ich habe keinen Einfluß auf den Kaiser? Ich sage Dir, er wird verzeihen, wenn er kämpfen will. Was sagtest Du, Kleine?" fährt er fort, dreht sich zu Marcelle, die scheint tief in Gedanken versunken zu sein, „oder ist Dein Geliebter immer noch ein Feigling?"
„Onkel!" schreit sie mit zitternder Stimme.
„Du hast Recht, Marcelle und ich taten ihm Unrecht. Ich vergaß mich selbst und er ist ein mutiger Mann. Aber wenn er uns jetzt fehlt! Nun, wenn die Vorsehung ihm selbst einen Weg offeriert sich selbst zu schützen und den schändlichen Ruf den er trägt zu bereinigen! Nun, wenn der kleine Korporal seine Hilfe benötigt und ihn wie einen verlorenen Sohn in den Reihen der Mutigen willkommen heißt!"
Als Onkel Ewen geendet hat, springt Marcelle mit einem Ausruf auf ihre Füße, denn vor ihr steht in der Stube und hört auf die Rede – Rohan selbst – bereits so verändert, dass er wie ein alter Mann aussieht. Es scheint, als ob der plötzliche Schock die Kraft gehabt hat, ihn zu verändern, zu seinem früheren Aussehen eines ausgehungerten, gejagten Tieres. Seine physische Erscheinung macht ihn zu einer Gestalt seines gefolterten moralischen Daseins. Hager und wild, mit großen hungrig schauenden Augen, schaut er von einem zum andern der überraschten Gruppe, er steht in perfekter Ruhe.
„Er ist es selbst!" schreit der Korporal, nach Luft schnappend, „Gildas, schließe die Tür."
Er tut es und um sicher zu gehen, schließt er ab. Die zwei Frauen sind gleich an Rohans Seite, die Witwe weint, Marcelle ist kreideweiß und tränenlos. Onkel Ewen steht vom Sessel auf und wedet sich etwas bebend an seinen Neffen.
„Du bist nicht ängstlich, mein Bursche", ruft er aus, „ sie sind hinter Dir her, aber ich werde alles richtig machen, niemals mehr Furcht. Du warst wider-

spenstig gewesen, aber sie werden Dir alles vergeben, wenn Du vorwärts gehst wie ein Mann. Es ist keine Zeit zu verlieren. Setze Dich in Marsch und Du wirst in St. Gurlott vor ihnen sein. Gehe geradewegs in die Rue Rose und frage nach Kapitän Figuier und sage ihm von mir – Mutter Gottes." ruft der alte Mann, hält in seinen Instruktionen inne, „ist der Mann verrückt?"
Wahrlich scheint die Frage treffend zu sein, denn Rohan, scheinbar ohne ein Wort zu hören um was es eben ging, schaut wild in die Luft und stößt dieses fremde unnatürliche Lachen aus, welches vorher mehr als einmal Marcelle erschreckte.
Zitternd vor Schreck, ergreift das Mädchen seinen Arm und schaut ihm ins Gesicht.
„Rohan, Du verstehst es nicht! Sie suchen nach Dir und wenn Du nicht gehst, wirst Du getötet!"
Seine Augen sind auf sie gerichtet, ganz ruhig fragt er, aber in einer fremden und harten Stimme:
„Wenn ich mich selbst ausliefere, was dann?"
„Warum denn", unterbricht ihn der Korporal, „es wird alles vergessen sein. Sie werden Dir nur Dein Gewehr und den Tornister geben und Du wirst in die Große Armee eintreten und Dich mit Ruhm bedecken. Und dann, wenn der Krieg vorüber ist, was sehr bald sein wird, kommst Du zurück als ein mutiger Mann und findest meine kleine Marcelle auf Dich wartend, bereit und Willens Dir treu zu sein."
Der alte Mann spricht eifernd und mit einer Fröhlichkeit, aber der Blick auf des Anderen Gesicht erschreckt ihn. Mit seinen Augen noch Marcelle fixierend fragt er wieder:
„Wenn ich mich stelle, was dann?"
„Du wirst erschossen", antwortet der Korporal, „ wie ein Hund, aber dort – Gott weiß, Du wirst nicht so wahnsinnig sein! Du wirst Dich selbst aufgeben, wie ein weiser Mann und ein mutiger."
„Gibt es keinen anderen Weg?" fragt Rohan, immer noch Marcelle ansehend.
„Keinen! Keinen! Du verlierst Zeit, mein Bursche!"
„Ja, es gibt einen anderen", sagt Rohan in derselben harten Stimme und den gleichen Blick. Dann, als alle Augen fragend auf ihn gerichtet sind, fährt er fort:
„Wenn der Kaiser selbst stirbt! Wenn er getötet wird!"
Onkel Ewen schreckt in Furcht zurück.
„Heilige des Himmels, verhindert das! Schon der Gedanke ist Verrat", schreit er zitternd und mürrisch. Ohne seinen Onkel zu beachten sagt Rohan, der seine Augen nicht einen Augenblick von Marcelle läßt im Flüsterton, als ob es nur an sie gerichtet ist oder mysteriös mit sich selbst wie in einem Traum spricht:

„Wenn einer ihn schlafend allein findet in der Finsternis, wäre das eine gute Tat! Es würde sein Leben anstatt von Tausenden geben und dann, schaut, wird die Welt Frieden haben!"
„Rohan!" schreit Marcelle, „um die Liebe Gottes!"
Gut, mag sie vor ihm in Entsetzen und Seelenqual zurückschrecken, in seinen Augen ist er ein Mörder. Sein Gesicht ist entstellt und seine Hand packt krampfhaft ein unsichtbares Messer. Der Korporal schaut stumpfsinnig. Er hört und versteht Rohans Worte nur unklar. Die Worte scheinen zu abscheulich und furchtbar zu sein, wie die eines faselnden Wahnsinnigen.
„Gebeine des St. Triffine!" murmelt Gildas, „er spricht vom Kaiser!"
„Komm von seiner Seite", schreit der Korporal zu Marcelle, „er ist gottlos und gefährlich!"
Rohan wendet sein weißes Gesicht dem Sprecher zu:
„Das ist wahr, aber ich werde ihr nicht schaden oder einen anderen hier. Gute Nacht. Onkel Ewen – ich gehe."
Und er geht langsam zur Tür.
„Halt Rohan!" ruft Marcelle und ergreift seinen Arm.
„Wohin gehst Du?"
Ohne Antwort schüttelt er ihre Hand ab und geht aus der Tür und im nächsten Moment ist er verschwunden. Der Korporal stößt einen verzweifelten Ausruf aus. Die Witwe zieht ihre Schürze über ihren Kopf und schluchzt und Marcelle steht keuchend mit zusammengepressten Lippen und ihre Hand presst sie auf ihr Herz. So verließ er sie, verschwand wie ein Geist. Und als die Dämmerung kommt und die Häscher Bonapartes alles durchsuchen wird keine Spur von ihm gefunden.

Kapitel LV

Der Beginn des Endes

Der Schauplatz wechselt für einen Moment. Statt der unfruchtbaren Kliffs und grünen wohlriechenden Wiesen von Kromlaix und die ruhig glänzende Sommersee erblicken wir eine trübe Landschaft weit im Landesinnern, verdunkelt durch die ziehenden Regenwolken. Durch diese Wolken gleiten bewegte Lichter und Schatten, die langsam entlang der großen Landstraßen ziehen. Lange Züge, die endlos scheinen – Kolonnen von Männern, die erschöpft zu Fuß marschieren, Abteilungen der Kavallerie, die etwas leichter vorwärtskommen, eine Menge Artillerie, Bagagewagen, die niederen Elemente eines Heeres. Die Luft ist erfüllt von einem tiefen, meerähnlichen Geräusch, manchmal durch schnelle Worte eines Kommandos oder einem heftigen Trommelwirbel unterbrochen. Den ganzen Tag ziehen die Kolon-

nen weiter und wenn die Nacht einbricht ziehen sie immer noch. Irgendwo in ihrer Mitte schwebt der Geist aller, lautlos und unsichtbar wie der Tod auf seinem weißen Roß.
Die Große Armee ist auf dem Weg zur Front und wo immer sie ist, sind die Getreidefelder verbrannt und kein Lied eines Vogels im Frühling ist zu hören. Die Straße ist durch die Räder der schweren Kanonen mit tiefen Furchen aufgewühlt. In den Dorfstraßen rastet die Kavallerie und füttert ihre Pferde unter freien Himmel. Das Land ist voll des tiefen Gemurmels, welches den Krieg ankündigt und begleitet. Langsam, Verband für Verband rücken die glänzenden Kanonen vor, gehorsam dem gehobenen Finger der ihnen gezeigt wird. In ihrer Nachhut, als der Hauptteil vorbeigezogen ist, strömen Schwärme von menschlichen Geiern und Krähen – alle diese unglücklichen Menschen, die mit auf der Spur der Armeen ziehen, suchen, was sie im Abfall finden können, um etwas zu essen zu haben.

Unter denen, die hier und dort im Zug der vorwärtsgehenden Kolonnen verweilen ist ein Mann, der, seiner Erscheinung nach zu urteilen, aus der großen Menge der unglücklichen Menschen zu kommen scheint, eine dürre, wilde, raue, finstere und vernachlässigt aussehende Gestalt, die scheinbar weder ein Zuhause noch Familie hat und die, wie eine Nebelkrähe dem Jäger von Berg zu Berg folgt, die Beute beobachtend, die man übersieht oder wegwirft. Sie folgt dem finsteren Zug, der vorwärts zieht, wo der Krieg ist. Sein Haar hängt über seine Schultern, sein Bart ist lang und verfilzt, seine Füße und Arme sind nackt und die Reste seines Körpers sind notdürftig bedeckt. Nacht für Nacht schläft er draußen unter freien Himmel oder unter den Dächern von Scheunen und Nebengebäuden der Gehöfte, von wo er oft von rauen Hunden vertrieben wird, aber mehr noch von rauen Männern. Er spricht manchmal französisch, aber zum größten Teil murmelt er zu sich selbst in einer Mundart, die nur wenige Einwohner dieser Gegend verstehen können. Immer wenn einer von ihnen an ihn herantritt, hat er nur eine Frage:
„Wo ist der Kaiser? Wird er diesen Weg nehmen?"

Alle die mit ihm umgehen sehen ihn als verrückt an und fast wirklich irre ist er oder es scheint jedenfalls so. Verwirrt durch die großen Schwärme der Truppen, die ihn umgeben und an ihm vorüberziehen, sich auf seinem Weg ergießen und dass trotz ihrer Verletzungen, sie flohen wie ein großer Strom durch das Herz des Landes, er bemerkt die wilden, besorgten Augen der lebenden Ströme in den Gesichtern, die an ihm auf ihren unbesonnenen Weg vorbeimarschieren. Er wandert von Tag zu Tag abgestumpfter. Daß er ein klares Ziel hat ist an dem festentschlossenen Gesichtsausdruck und den bestimmten festen Blick sicher zu erkennen. Durch das Leben zurückgeworfen und doch vorwärtsgetrieben, erscheint er hilflos und verständnislos. Wie er überlebt ist schwer zu sagen. Er bettelt nie, aber Viele geben ihm aus Mitleid Brot und manchmal werfen ihm die Offiziere kleine Münzen hin, wenn sie strahlend und voller Hoffnung an ihm vorbeireiten. Er sieht ausgehungert aus, aber es ist mehr eine geistige Hungersnot, keine physische, das ist es, die ihm am Leben erhält.

Mehr als einmal wird er wegen Diebstahls festgenommen und dann mit Schlägen fortgetrieben. Bei einer Gelegenheit wird er als Spion festgenommen, seine Hände werden ihm auf dem Rücken gebunden und er ist zu einem grauhaarigen Kommandeur gebracht worden, der rauchend an einem Biwakfeuer steht. Eilig zum Erschießen verurteilt, gibt er einen fremdartigen Lacher von sich, dass ihr Gefangener die Aufmerksamkeit auf sich zieht und letztlich, mit spöttischer Barmherzigkeit, wieder auf freiem Fuß gesetzt wird und er kann gehen wohin er will. Als die Armee vorwärts geht, geht er mit vorwärts, aber immer verzögert in der Nachhut. Noch schaut sein Gesicht rückwärts und er flüstert:
„Der Kaiser, wann wird er kommen?"

Wie golden wogt das Korn auf diesen friedlichen belgischen Feldern. Wie süß riecht das Heu dort unten auf den flachen Wiesen, durch die der silberne Fluß rinnt, an jeder Seite durch helle grüne Kopfweiden begrenzt! Wie tief und kühl liegen die Wälder an den Berghängen, die etwas unterhalb mit lilafarbenem spanischen Flieder und den wilden Rosen und Teppichen aus Hyazinten und Veilchen, blauer als der Himmel, bewachsen sind! Wie ruhig die Windmühlen sich mit ihren gegen den Himmel gestreckten langen Armen drehen! Aber was glänzt in der Ferne unter den Dorfdachspitzen? Es scheint wie ein in der Sonne glänzender Teich, aber es sind die Büschelhelme der preußischen Kürassiere. Und was ist die dunkle Masse, die sich wie ein Schatten zwischen den Weizenfeldern bewegt? Es ist die Einheit der preußischen Infanterie, langsam den staubigen Weg entlang vorwärtsschreitend.
Und nun hört! – aus der Ferne kommt ein Gemurmel wie der Klang einer ankommenden See und aus der gleichen Richtung kommt leichte Kavallerie, gleichmäßig reitend nur einzelne Melder galoppieren mit höchster Eile. Die alliierten Streitkräfte hatten gerade Belgien eingenommen und das französische Heer ist davongekommen. Es ist näher gekommen und hat sich über die fruchtbare Erde ausgedehnt mit mancher Portion ihrer alten Kraft. Laut krachen die Feuersalven und weiße Rauchwolken, die hier und da in den Senken aufsteigen, zeigen, dass die Scharmützel begonnen haben. Die feindlichen Armeen prüfen einander, wie wilde Tiere, die sich auf den Sprung und das Festhalten ihrer Beute vorbereiten.

Überall um sie verweilen ‚menschliche Vögel' als Beute, aufmerksam und erwartend. Die Dorfbewohner sind desertiert, die Windmühlen hören auf sich zu drehen und die glücklichen Geräusche der ländlichen Maschinen sind verstummt. Das Getreide wächst unbeobachtet und die Rinder laufen unbeaufsichtigt. Nur die Glocke der Kapelle ist manchmal zu hören, einsam klingt die ‚Angelus' über die verlassenen Täler.

Still! Weit entfernt, in Richtung Quadre Bras klingt der schwere Schlag einer Kanone. Donner folgt auf Donner, schlimmer als das Brüllen der See. Teile der Armee treffen aufeinander und ein furchtbarer Kampf beginnt. Kürassiere galoppieren hierhin und dorthin, die Straße entlang. Gruppen von Bauern versammeln sich hier und da, bereiten sich auf die Flucht vor und hören auf den furchtbaren Krach.

Auf der Spitze eines bewaldeten Berges steht dieselbe beklagenswerte Gestalt, die wir vorher im Zug der Großen Armee gesehen hatten. Sie scheint ungestüm und verstört wie manch unglücklicher Mensch, dem das verderbliche Feuer Haus und Hof abgebrannt hat. Sie steht lauschend und schaut zur Straße, welche sich durch das Tal unter ihm windet. Der Regen fällt schwer, aber sie beachtet ihn nicht. Plötzlich erscheint, durch den dampfenden Nebel schnell vorankommend, der Glanz von Helmen und Lanzen. Dann nimmt die Gestalt einen einzelnen Reiter wahr, gefolgt von einer Gruppe von hohen Offizieren, dahinter rollt ein Reisewagen, der von vier Pferden gezogen wird.

Nach einer kurzen Pause galoppiert auf ein Trompetensignal vom Berg her, die Gestalt aufwärts, gefolgt von den anderen. Ruhig und still schleicht der Mann in den Schatten des Waldes zurück.

Kapitel LVI

Onkel Ewen nimmt seinen Urlaub

„Onkel! Onkel! Schau her, höre – hier sind treffliche Nachrichten – dort gab es einen Kampf und der Kaiser war siegreich – schau her! Ich bin es, Marcelle!"
Der Korporal liegt in seinem Sessel, als ob er schläft, aber seine Augen sind weit offen und er atmet schwer. Mit einer Zeitung in der Hand kommt Marcelle eines Nachmittags eilig in das Haus und findet ihn so.

Sie denkt zuerst, dass er schläft und schüttelt ihn sanft. Dann schreit sie, als sie bemerkt, dass er besinnungslos und krank ist. Die Witwe kommt eilig und zitternd vom Obergeschoß zu Hilfe herunter. Sie reiben seine Handflächen, spritzen kaltes Wasser in sein Gesicht, befeuchten seine Lippen mit Brandy, aber alles ist ohne Wirkung.
„Er wird sterben!" ruft Marcelle und ringt ihre Hände.
„Es ist eine seiner alten Attacken, aber schlimmer als je. Eile nach unten und bringe Plouel – er muß ihn noch einmal bluten lassen – Meister Arfoll sagt, das ist der einzige Weg."
Die Witwe zögert, dann sagt sie:
„Würde es nicht besser sein, den Priester zu holen?"
Arme Seele, ihre größte Angst ist, dass ihr Schwager schneller beim Herrn ist, bevor er ordentlich gesegnet und gesalbt ist. Aber Marcelle, mehr weltlich und praktisch veranlagt, besteht darauf, dass Plouel zuerst geholt wird, es würde Zeit genug sein, die Vorbereitungen für die nächste Welt zu treffen, wenn alle Hoffnungen ihn zu erhalten geschwunden sind. In kurzer Zeit kommt der kleine Barbier an, bewaffnet mit seinen Utensilien und führt mit seiner üblichen Geschicklichkeit den feierlichen mystischen Aderlaß durch.
Während der Operation schüttelt er den Kopf:
„Das Blut fließt kraftlos", sagt er, „er ist sehr schwach und es ist zweifelhaft, ob er sich erholt."
Erst als er ausgezogen und im Bett liegt, öffnet der Korporal seine Augen und schaut sich um. Er nickt Plouel zu und versucht zu lächeln, aber es missglückt.
Als Marcelle kniend an seiner Seite weint, nimmt sie seine Hand in ihre, während die Tränen aus ihren Augen hervorbrechen und sie ihn undeutlich sieht.
„Sei froh, Nachbar!" sagt Plouel, „ wie geht es uns jetzt? Besser, eh gut, ich sage Ihnen etwas, was Ihnen gut tun wird. Unsere vorgerückte Garde ist auf die Preußen gestoßen in Charleroi und hat sie geschlagen. Onkel Ewens Augen freuen sich und seine Lippen sagen etwas Unverständliches.
„Es ist wahr, Onkel Ewen!" stottert Marcelle und schaut liebevoll auf ihn.
„Das ist eine gute Nachricht", murmelt er jetzt in einer kraftlosen Stimme. Dann sinkt er auf sein Kopfkissen zurück und schließt mit einem schweren Aufatmen seine Augen.

Die Aufregung der letzten Wochen war zuviel für ihn. Tag für Tag hat er seine Kräfte überanstrengt, humpelte durchs Dorf auf und ab und erlangte eine gewisse Größe seines Einflusses wieder. Er muß etwas tun, er kann nicht in Ruhe verbleiben. Sein Puls schlägt wie Trommelwirbel und seine Ohren sind gespitzt, als ob sie von Ferne den Klang der Trompeten hören. Alle Welt ist gegen den Kleinen Korporal.

Der Kleine Korporal, gebe es Gott, ist dabei alle Welt zu schlagen! Durch seinen eigenen Stolz und mit der Erwartung auf den Erfolg des Kaisers steigt und fällt sein eigenes Glück und ist der Halt in der Sache. Wenn sein Meister ein verachteter Gefangener ist, so ist auch er verachtet – seine Besitzungen verloren, sein Leben eine Last für ihn. Er begehrt Respekt von seiner Umgebung und kann keinen Widerspruch ertragen. Es hatte Ihn nahezu sein Herz gebrochen. Aber als der Kaiser wieder aufgetaucht ist wie die Sonne aus den Wolken, kehrt Onkel Ewens Ruhm zurück und bekommt wieder seine gesellschaftliche Stellung und Position. Die Menschen haben Angst ihn der Lüge zu bezichtigen und Dinge zu leugnen, welche er als heilig betrachtet. Stolz und Glück ist das Zepter, welches er wiedererlangt hat, obgleich mit einer schwächeren Hand, wischt er zu Hause und im ‚Kabaret' alle Opposition hinweg. Freude und das Übermaß, wie auch immer, sind gefährlich in mehr als einem Sinne. Seine innere Erregung steigert nur die konstitutionelle Krankheit für die er ein Martyrer ist.

In der Seelenqual dieses neuen Kummers, vergisst Marcelle beinahe die Besorgnis, die ihr schon viele Tage schwer am Herzen liegt. Nichts hat sie von Rohan gehört, seit seinem Weggang und kein Mensch konnte sagen, ob er noch lebt oder tot ist. So zermartert sie sich ihren Kopf über seinen Verbleib. Ihre Nächte sind lang und schlaflos und ihre Tage sind voller Schmerzen. Alles was sie tun kann ist beten, dass Gott ihren Liebsten schützt und ihm seinen Verstand zurückbringt.

Von dieser letzten Attacke erholt sich Onkel Ewen nicht so gut, als bei anderen Gelegenheiten. Er hütet tagelang sein Bett und scheint dem Tod nahe zu sein. Er will nicht hören, nach Pater Rolland zu schicken, dessen royalistische Haltung seine stärkste Entrüstung hervorgerufen hatte. Wie auch immer, er mag den kleinen Priester persönlich sehr, er fühlt, dass er in der großen Sache treulos war und dass er in seinem Herzen den Kaiser haßt. Gerade während er im Bett ist, beharrt er darauf, die Zeitungen zu bekommen, die ihm vorgelesen werden sollen. Glücklicherweise beinhalten sie für ihn nur gute Nachrichten. Als etwa eine Woche nach seiner ersten Attacke, als er in der Lage ist sich anzuziehen und sich an den Kamin zu setzen, sendet er emsig nach den neuesten Bulletins vom Kriegsschauplatz. Eines Tages, als er in dieser Weise dasitzt, kommt Meister Arfoll zu ihm. Marcelle, die ihn zuerst sieht, zittert schon, aber Onkel Ewen scheint so erfreut über sein Kommen, dass ihre Angst schnell verschwindet. Sie beobachtet ihn besorgt, bereit ihn zu warnen, wenn er ein verbotenes Thema anschneidet. Aber Meister Arfoll ist nicht der Mann, der einen Anhänger unnötige Schmerzen bereitet und er kennt gut das Temprament der Einbildungskraft des Korporals. Als er wieder gegangen ist, sagt Onkel Ewen an diesem Tag ruhig, als spreche er zu sich selbst:
„Ich bin ungerecht: Er ist ein verständiger Anhänger."

Am nächsten Tag kommt Meister Arfoll wieder und unterhält sich lange Zeit mit ihm. Jetzt wendet sich die Unterhaltung der Politik zu und Onkel Ewen, schwach wie er ist, beginnt sein Hobby anzuführen. Weit vom Widerspruch entfernt, pflichtet Meister Arfoll ihm in all seinen Positionen bei. Natürlich nur ein großer Mann, setzt er hinzu, kann soviel Liebe und so viel Enthusiasmus gewinnen. Er selbst hat den Kaiser gesehen und es nimmt nicht Wunder, was dieser Mann fühlt. Ach ja, er ist ein großer Mann!

Marcelle weiß nicht wie es dazu kam, aber an diesem Tag liest Meister Arfoll laut Onkel Ewen die Bibel vor, welche er als Lehrer benutzt. Er liest aus dem Neuen Testament. Onkel Ewen wird es zweifellos für gut befinden, eine Aufzählung der vielen Kriegsepisoden die das alte Testament füllen, aber nichtsdestotrotz gefällt ihm die friedvolle Parabel des Jesus gut.
„Alles in Allem", sagt Meister Arfoll, als er das Buch schließt, „Krieg ist eine schreckliche Sache und Frieden ist das Beste."
„Das ist wirklich wahr", antwortet der Korporal, „ aber Krieg, sehen Sie, ist notwendig."
„Nicht wenn die Menschen einander lieben."
Onkel Ewen lächelt grimmig.
„Seele einer Krähe! Wie kann man seine Feinde lieben? . . . Diese Preußen! Diese Engländer!"
Und er zeigt ärgerlich seine Zähne, als ob er am liebsten zubeißen und sie zerreißen möchte. Meister Arfoll seufzt und beendet das Gesprächsthema. Als er ‚auf Wiedersehen' sagt und an der Schwelle ist, hört er Marcelles Stimme dicht hinter ihm:
„Meister Arfoll", sagt das Mädchen in einer hastigen und leisen Stimme, „ denken Sie, dass er sterben wird?"
„Ich weiß es nicht . . . Er ist sehr krank!"
„Aber wird er sich erholen?"
Der Schulmeister denkt einen Moment nach, bevor er antwortet:
„Er ist kein junger Mann mehr und solche Schläge sind furchtbar. Ich denke nicht, dass er noch lange lebt", und setzt sanft hinzu „es gibt keine Zeichen von Ihrem Cousin?"
Sie verneint und geht betrübt ins Haus zurück.

Die ganze Nacht ist beträchtliche Aufregung im Dorf. Gruppen von bonapartistischen Enthusiasten schreiten singend und schreiend auf der Straße auf und ab. Neuigkeiten waren vom Kampf bei Ligny gekommen und der Sieg der französischen Waffen scheint nun sicher.
„Es ist wahr, Onkel", sagt Gildas, der angeheitert in die Küche tritt, „der ‚Kleine' hat diese Brut von Preußen zuletzt verdroschen und er wird als nächstes diese verdammten Engländer vernichten."

„Wo ist die Zeitung?" fragt Onkel Ewen, von Kopf bis Fuß zitternd und streckt seine Hand aus.
Gildas gibt sie ihm und der Korporal setzt seine Hornbrille auf und beginnt zu lesen. Aber die Buchstaben verschwimmen vor seinen Augen und er ist gezwungen diese Aufgabe Marcelle anzuvertrauen, die mit einer klaren Stimme die Nachrichten laut vorliest. Als sie geendet hat, sind seine Augen trüb vor Freude und Stolz. Diese Nacht kann er nicht schlafen und bevor sie vorüber ist, beginnt er herumzuwandern. Es ist klar, dass irgendeine große Veränderung stattfindet. Er wirft sich auf seinem Kopfkissen hin und her, spricht mit sich selbst, nennt Namen von alten Kameraden und spricht oft vom Kaiser. Plötzlich springt er auf und kriecht außerhalb des Bettes herum.
„Es ist das Wecken!" schreit er und schaut ausdruckslos um sich.
Die Stimme Marcelles, die aufgestanden ist, um nachzusehen, scheint ihn teilweise wieder zu sich zu bringen und er sinkt wieder auf sein Kopfkissen. Danach schreckt er immer wieder nervös auf wie auf einen plötzlichen Ruf.
Früh am Morgen kommt Meister Arfoll und setzt sich zu ihm, aber er erkennt ihn nicht. Der Schulmeister, geschickt in solchen Fällen, erklärt sanft seinen Zustand als kritisch und Mutter Derval dies hörend, beharrt darauf, nach dem Priester zu schicken. Als Pater Rolland eintrifft findet er Onkel Ewen ganz unfähig irgendein heiliges Amt durchzuführen.
„Ich fürchte, er ist gestorben", sagt Meister Arfoll.
„Und ohne das letzte Sakrament", stöhnt die Witwe.
„Er soll es haben", sagt Pater Rolland, „ wenn er es verstehen wird. Sie her, mein Korporal. Ich bin es, Pater Rolland!"
Aber Onkel Ewens Seele ist weit weg, draußen auf dem großen Schlachtfeld, sieht rauchende Dörfer und brennende Städte, beobachtet die großen Abteilungen der Armee, die sich vor und zurück bewegen, während eine bekannte Gestalt im Zweispitz und grauem Übermantel still wie ein Stein auf dem Pferd sitzt und alles von der Anhöhe aus beobachtet! Immer und immer wieder wiederholt er in seinem Kopf die wundervolle Episode von Cismone. Er spricht mit Jacques Monier und seine offene Hand über seiner Bettdecke ausstreckend, um in seiner Phantasie die Hände am Biwakfeuer zu wärmen. Manchmal erhellt sich sein Gesicht, weil er sich einbildet im großen Handgemenge des Kampfes zu sein und schreit auf, in lauter Stimme:
„Kein Zurückweichen!"
Die Sommersonne scheint hell über ihn, als er voll in dieser Weise in seiner Leidenschaft schwelgt.

Marcelle, ganz gebrochenen Herzens, schluchzt an seiner Bettseite, während die Witwe jede Minute damit verbringt inbrünstig zu beten. Gildas steht am Herd, ganz unterwürfig und bereit zu weinen wie ein großer Junge. Auf der einen Seite des Bettes sitzt Meister Arfoll, auf der anderen der kleine Priester.

„Er ist ein mutiger Mann gewesen", sagt Pater Rolland, „ und ein Enthusiast, sehen Sie, die Affaire von Ligny ist ihm in den Sinn gekommen. Er ist ein guter Diener des Kaisers und für Frankreich gewesen!"

Es scheint, als ob allein der Name des Kaisers bewirkt den Korporal aus seiner Ohnmacht zu holen, denn auf einmal öffnet er seine Augen und schaut gerade zum Priester. Er scheint ihn nicht ganz zu erkennen, dreht sein Gesicht Meister Arfoll zu, lächelt, ist kraftlos, niedergeschlagen, dass es das Herz Marcelles zusammenzieht, ihn so zu sehen.
„Onkel Ewen! Onkel Ewen!" schluchzt sie, ihm die Hand haltend.
„Bist Du es, meine Kleine?" murmelt er schwach, „ was war es, was Du mir über die großen Schlacht vorgelesen hast?"
Sie konnte vor Schluchzen nicht antworten und Pater Rolland wirft schnell ein:
„Es ist jetzt nicht die Zeit an Schlachten zu denken, mein Korporal, denn Sie sind sehr krank und werden bald bei Gott sein. Ich bin gekommen Ihnen das letzte Sakrament zu geben, um Ihre Seele auf die Veränderung vorzubereiten, damit Sie gut hinüber gelangen. Es ist keine Zeit zu verlieren. Machen Sie Ihren Frieden mit dem Himmel!"
Alle entfernen sich, gehen in die Küche und lassen den kleinen Priester mit seinem kranken Schützling allein. Es ist eine lange Pause, in der die Herzen der beiden Frauen vor Besorgnis krank sind. Dann ruft Pater Rolland sie alle zurück in die Kammer. Onkel Ewen liegt auf seinem Kopfkissen mit halb geschlossenen Augen und auf dem Bett neben ihm liegt das Kruzifix und des Priesters Brevier.
„Es ist vollbracht", sagt der Priester, „ er ist nicht ganz klar im Kopf und er hat mich nicht erkannt, aber Gott ist gut und es wird genügen. Sein Geist ist nun ruhig und er ist vorbereitet sich hinzuwenden, in einem demütigen und friedlichen Geist zu seinem Schöpfer!"
„Amen!" ruft die Witwe mit einer großen Erleichterung der Bürde in ihrem Kopf. In diesem Moment, während sie an die Seite des Bettes treten, öffnet der Korporal seine Augen und schaut wieder um sich. Sein Blick ist nicht mehr umnachtet, sondern ganz gesammelt. Plötzlich fällt sein Blick auf das Gesicht des Paters Rolland, nun, das erste Mal, erkennt er ihn und ein schwacher Glanz kommt in sein sterbendes Gesicht:
„Nieder mit den Bourbonen! Vive l'Empereur!" und mit diesem Kriegsschrei auf seinen Lippen geht er davon in das große Biwak der Armeen des Todes.

Kapitel LVII

Bonaparte

Kommen wir nun zu dem goldenen Tal, wo der blutige Kampf der Armeen beginnt, an den Rand des dunklen Waldes, in welchen sich der beklagenswerte ausgestoßene Mann schlich. Als der Mann sich zurück in sein Versteck zieht, erreicht die Reitergestalt die Bergspitze, sitzt ab und schaut in Richtung Ligny. Der Regen rinnt an ihm hinab, aber er achtet nicht darauf. Gespornt und gestiefelt, bekleidet mit einem alten grauen Übermantel und Zweispitz, von welchem der Regen schwer tropft. Er steht in Gedanken versunken, mit auf dem Rücken verschränkten Händen, sein Kopf ist tief zwischen seinen Schultern versunken. Sein Stab ist ihm gefolgt und steht in Gruppen dicht hinter ihm
Der gewaltige Krach der Kanonenschüsse setzt sich fort und verebbt in weiter Ferne. Jetzt hört er auf und die Gestalt schaut in Richtung, woher der Donner kam. Er schreitet ungeduldig auf und ab, aber seine Augen blicken nun zur regennassen Straße. Plötzlich erscheint galoppierend auf der Straße die Gestalt eines höheren Offiziers, barhäuptig, als ob es ums Leben geht. Er sieht die Gruppe auf der Höhe und galoppiert hinauf. In ein paar Minuten ist er in der Gegenwart des Kaisers.
Bonaparte sieht im Gesicht des Offiziers vermutlich gute Nachrichten, er öffnet und liest die Depesche die ihm gebracht wurde. Dann lächelt er und spricht schnell zu denen, die um ihn sind. Im nächsten Moment ist er eingekreist von einem Aufblitzen von Schwertern und es erklingt der Ruf: ‚Vive l' Empereur!' Die Preußen sind auf dem Rückzug von Ligny. Der erste Schlag des Krieges ist ein Sieg!
Ohne den Versuch wieder aufzusitzen, geht der Kaiser ruhig den Berg hinunter ...

... Als alles wieder still ist, schleicht der Mann sich aus dem Wald, ihn schauert und er zittert und seine Blicke sind wild und hungrig wie nie. Er eilt weiter wie ein Tier, das sich dicht am Boden hält. Er sieht die Gruppe, die zu Fuß am Berg geht und er schleicht sich an der Bergspitze entlang. Der Regen rinnt in Strömen und die Sicht wird durch die hereinbrechende Nacht immer schlechter. Noch folgt er der Linie des bewaldeten Gipfels, der Mann rennt, flieht wie ein Reh durch die Schatten der zunehmenden Dunkelheit. Er trifft keine menschliche Seele. Zuletzt macht er dicht bei einem Gebäude Pause, welches am Berghang steht und von welchen man den Blick nach unten auf ausgedehnte, fruchtbare Weiden und gelbe Kornfelder hat. Es ist eines der altehrwürdigen Gehöfte, die in Belgien üblich sind. Um einen ansehnlichen Giebel sind Scheunen, Kuhställe und ein Obstgarten angeordnet. Aber es brennt kein Licht in den Fenstern und es scheint zurzeit verlas-

sen zu sein, gesichert durch einen hungernden Hund, der um das Gehöft streift. Der Mann hält am offenen Tor inne und schaut den Berg hinab. Plötzlich ist er durch das Geräusch von Hufgetrappel aufgeschreckt, welches sich schnell nähert, da sieht er Lichter, ein Glanz in der Dunkelheit und eine Abteilung Kavallerie galoppiert herauf. Bevor sie am Tor ankommt ist er in das Haus gestürzt.
Innen ist alles dunkel, aber er tastet sich quer durch die große Küche und kommt in eine große Kammer, in die durch zwei große Fensterflügel, dämmriges Licht herein fällt. In der Mitte steht eine Leiter, die nach oben zu einer kleinen, dunklen Kammer führt. Der Raum ist behaglich mit einfachen altmodischen Stühlen und einen Tisch eingerichtet und hat in der Ecke einen anheimelnden, geschnitzten eichenen Feuerplatz. Es ist offensichtlich, dass der Platz noch bis vor kurzem bewohnt gewesen ist, denn auf dem Tisch liegen noch ein Stück Brot und etwas Käse. Mächtige schwarze Balken an der Decke und darüber ist die Öffnung zur Dachkammer.
Nun ist Fußgetrappel und der Klang von Stimmen zu hören. Die Soldaten sind in das Haus gekommen und betreten den Raum. Schneller als gedacht erklimmt der Mann die Leiter und verschwindet oben in der Dunkelheit der Dachkammer. Ein Offizier tritt ein, gefolgt von Adjutanten, die eine Laterne tragen. Er schaut sich im leeren Raum um, nimmt den Rest des Brotes und lacht. Dann gibt er einige kurze militärische Befehle und in ein paar Minuten bringen sie einen Arm voll Holz und machen im Herd Feuer. Danach dampfen ihre durchweichten Kleider. Dann kommen von draußen die Geräusche von weiteren galoppierenden Pferden und Stimmen geben kurze Kommandos. Das Gehöft ist von allen Seiten von Truppen umgeben und die Räume in Haus füllen sich. Das Feuer brennt im Herd der großen inneren Kammer und die Luft ist voller behaglicher Wärme. Unterdessen regnet es noch in Strömen.
Barhäuptig eintretend stellt ein Adjutant eine kleine silberne Lampe auf den Tisch und zieht die mottenzerfressenen Vorhänge zu, die die zwei uralten Fensterflügel bedecken. Sie sprechen leise wie in Ehrfurcht vor der Gegenwart eines Vorgesetzten. Durch die offene Tür tritt eine bekannte Gestalt, die einen Zweispitz auf dem Kopf trägt und einen grauen Übermantel an hat. Es ist der Kaiser von Frankreich. Er zieht den tropfenden Übermantel aus und steht in einfacher Generaluniform und wärmt sich am Feuer die Hände. Sie bringen einfaches Brot und Wein. Dann spricht er in einer klaren, leisen Stimme und rund um die Kammer blickend, fordert er seine Adjutanten auf, sich zurückzuziehen. Sie tun es ehrerbietig und schließen die Tür sanft hinter sich. Nun ist er gänzlich allein gelassen. Allein in dem großen Raum mit den schwarzen Deckenbalken, die sich über seinem Haupt erstrecken, dämmrig beleuchtet durch den roten Schein des Feuers und den schwachen Schein der Lampe. Alles ist so still, dass er das Trommeln der Regentropfen an die großen Fensterflügel und auf das Dach darüber, hören kann. Obgleich

der Platz von den Truppen umringt ist, ist bis auf das Murmeln von Simmen in den anderen Räumen lautlose Stille und es ist sonst kein menschlicher Laut zu hören. Oben in der Dunkelheit wacht ein wildes Gesicht und sieht hinunter.

Bonaparte

Langsam, mit hängendem Kopf auf seiner Brust und mit auf seinem Rücken verschränkten Händen, schreitet der Kaiser auf und ab. Das wachemäßige Hin- und Herschreiten ist für ihn nichts weiter, als Überlegung für seinen Marsch.
Der Regen schüttet draußen und der Wind heult, aber er hört nichts, er hört nur intensiv auf den Klang seiner eigenen Gedanken.

Was sieht er? Was hört er?
Vor seinem geistigen Auge marschieren große Armeen in einer schwarzen Prozession, bewegen sich wie Sturmwolken an der Grenze des unerbittlichen Willens, brennende Städte erheben sich in der Ferne wie die immer brennenden Türme der Hölle und das Dröhnen der weitentfernten Kanonen vermischt sich mit dem Krach der Brandung der Ewigkeit, die am Sternenstrand donnert. In dieser Nacht aller Nächte, ist die Stimme Gottes mit dem Mann, der in dunkler Voraussicht den Untergang bringt. Kennzeichnend ist wie der Schein des Feuers auf seinen Wangen spielt und sich bewegt wie auf einem Leichnam!
Sieh wie die Adleraugen sich selbst langsam schließen, als ob sie sich vor dem Schmerz, in dem sie gefangen sind, verschließen! Es ist Nacht und er ist allein – allein mit den Schatten von Schlaf und Tod. Obgleich er weiß, seine Geschöpfe wachen in den Kammern nebenan und dass seine Armeen sich überall um ihn in der verregneten Ebene erstrecken, ist er nichtsdestotrotz im höchsten Grade einsam.
Die Dunkelheit scheint ein Käfig, aus welchem sein leicht reizbarer Geist gern entfliehen würde. Er geht auf und ab, ungeduldig, dass die Dunkelheit flieht und sich die stürmische Morgendämmerung offenbart.
All seine Pläne sind wohldurchdacht, all seine Befehle sind gegeben und er ruht für ein paar kurze Stunden, bevor er den Sieg erringt, auf den seine Seele so lange gewartet hatte. Sieg? Oh, ja, das ist sicher! Sein hell leuchtender Stern wird nicht zu davoneilenden stumpfen Strahlen in den Augen seiner Feinde vergehen! Wie ein vernichtender Engel wird er auferstehen, mächtiger und furchtbarer, als er jemals gewesen war! Sie denken, sie haben ihn im Netz, aber sie werden sehen!

Er geht zum Fenster und späht hinaus in die Nacht. Obwohl Sommer ist, ist alles dunkel, kalt und niederdrückend. Als er für einen Moment stehen bleibt und hinausschaut, hört er leise Geräusche aus der Dunkelheit, die ihn umgibt.
Die regelmäßigen Schritte der Wachen, das Pferdegetrappel, das Rufen der Stimmen, die das Passwort in der Nacht geben oder erhalten, all das kommt in sein Ohr wie das Murmeln in einem Traum. Er zieht die Vorhänge wieder zu und kommt wieder in den Raum an das Feuer, welches ihn von Kopf bis Fuß wie in eine Robe aus Blut kleidet. Die großen schwarzen Deckenbalken über ihm und Geräusche von dort, lassen sein todbleiches Gesicht aufschauen...
Eine Ratte kriecht aus ihrem Loch und rennt die Balken entlang – das ist alles. Wieder beginnt er seinen monotonen Marsch auf und ab.
Es klopft an der Tür.
„Herein", sagt er mit leiser, klarer Stimme und ein Generalsadjutant tritt barhäuptig mit einer Depesche ein. Er reißt sie auf, überfliegt sie und wirft

sie ohne ein Wort zur Seite. Als der Adjutant gegangen ist, ruft er ihn zurück. Ausgenommen, wenn wichtige Depeschen kommen soll er in den nächsten zwei Stunden nicht mehr gestört werden, weil er schlafen will. Die Tür wird sanft geschlossen und er ist wieder allein in dem Raum. Er steht vor dem Herd und für längere Zeit scheint es, dass er in tiefe Überlegungen eintaucht – seine Lippen fest zusammengepresst, seine Augenbrauen zusammengezogen. Jetzt geht er zum Tisch nimmt erneut die Depesche, liest sie durch, dann legt er sie wieder beiseite. Ohne sein Halstuch zu lösen geht er zu dem alten Sessel aus Eichenholz und setzt sich in ihm ans Feuer. Und nun – barmherziger Gott – was ist das? Er sinkt auf seine Knie. Zum Beten? He?

Ja, hier in der Einsamkeit der Nacht, nicht wissend, dass er von zwei menschlichen Augen beobachtet wird, kniet er heimlich nieder, bedeckt seine Augen und betet. Nicht lange, nach einer Minute erhebt er sich und sein Gesicht ist wunderbar verändert – weich und angenehm durch das religiöse Licht, welches für kurze Zeit über ihm scheint.

Kein kleines Kind wächst durch das Aufsagen des Vaterunsers, durch eine unschuldige Bettseite kann mehr Ruhe ausgehen. Unzweifelhaft betet er für den Sieg, dass seine Feinde mögen von der Erde getilgt werden, dass Gott seinen Thron zementieren möge und mit Blut sein Zepter im Feuer schmieden.

„Erbarme Dich!" Das sagt er in der Art und Weise als meine er ‚die gottlosen sind nur arme blinde Kinder, die nicht wissen, was sie tun'.

Zuletzt wirft er sich in den Lehnsessel liegt auf dem Rücken und schließt ruhig die Augen. Zum Schlafen?

Kann er das, schlafen, diese Nacht in dessen Kopf das Schicksal des Imperiums ruht? Wie leicht und ruhig wie ein kleines Kind!

Die ständige Gewohnheit des Suchens nach Schlaf unter allen möglichen Umständen – draußen im dunklen Regen, auf dem nackten Boden, im Sattel, in der Reisekutsche – machte er den Schlaf zu seinem Sklaven. Kaum hat er seine Augen geschlossen, fällt der gesegnete Tau über ihn. Und, oh Gott, in dieser Stunde, wie viel gute Männer beten noch um Ruhe, die nicht kommen wird!

Wie er dort sitzt, mit dem auf die Brust gesunkenem Kinn, sein Kiefer fällt schwer und seine Augen halb offen glanz- und blicklos, man könnte annehmen er ist eine Leiche – so fahl sind seine Wangen, so bleich und wild ist sein Anblick.

All die dunklen Leidenschaften des Mannes, seine begrabenen Sorgen und Schmerzen, die, wenn sie erwachen ihn niederschmettern werden, fliegen nun herauf an die Oberfläche und zittern dort im grausigem Licht und Schatten wie ein Gewand, das man am Tag seine Abgetragenheit ansieht. Großer Gott wie alt er aussieht! Wie kläglich alt und menschlich! Man kann sehen, dass sein Haar mit Grau durchsetzt ist, es fällt in dünnen Strähnen auf seine Stirn, die tief gefurcht ist. Das ist der Eine, der die halbe Welt zum Weinen brachte, der schien wie Gott zu sein, der die Engel seines Zorns losließ, schneller als die vier Winde, die Erde zu verheeren, der wie ein Schatten zwischen des Mannes Seele und der Sonne, welche Gott zu Beginn in den Himmel gesetzt hat und der wie ein Blitz fegte, die Gebiete der Kaiser und Könige zu verwüsten. Gott, gib ihm den geliebten Schlaf! Und diesen ‚ihn' liebst du nicht? – Schlafe auch! Dies ist Napoleon – ein erschöpfter Mann, grauhaarig und sehr blaß, er schnarcht und scheint zu träumen. Überall auf der Erde liegen arme, schuldige, unglückliche Menschen, wehklagend und elend, voller Gewissensbisse, weil sie Leben genommen haben – aus Leidenschaft, Grausamkeit oder im Zorn. Das AUGE sieht auf sie wie es auf Kain sah und sie können nicht schlafen. Dieser Mann watet in Blut bis unter die Achseln, fürwahr, das Blut, das er vergoß, ist ein Fluß, der hinabfließt zu färben den Schemel des Thrones vor Gott. Noch schlummert er wie ein Kind!

Das Feuer brennt klein, aber es erfüllt den Raum mit dämmrigem Licht, welches sich mit dem Schein der Lampe auf dem Tisch vereint. Oben, zwischen den Dachbalken ist alles dunkel, aber etwas bewegt sich dort und schaut nach unten. Die schwarze Dachkammer erscheint undeutlich dort oben und die Leiter ist gegen den höchsten Balken gelehnt. Etwas bewegt sich dort, ein Schatten zwischen den den Schatten. Schnell wie der Blitz und lautlos, steigt etwas herab, es ist die Gestalt des Mannes.

Kapitel LVIII

‚SIC SEMPER TYRANNUS'

Der Kaiser stöhnt in seinem Schlaf, welcher leicht unterbrochen wird, aber er wird nicht ganz wach. Die Gestalt schleicht für einen Moment in der Diele, dann schleicht sie vorwärts zu dem Schläfer. Sie nähert sich ihm ohne ein Geräusch, weil sie barfuß ist. Sie richtet sich auf und es zeigt sich ein wildes und fremdes Gesicht, es scheint kaum menschlich zu sein, eher ähneln die Gesichtszüge einem übernatürlichen Wesen. Das Haar ist dicht mit weißen Strähnen übersät und fällt über die halbnackten Schultern. Die Wangen sind eingesunken wie durch Hunger oder Krankheit, der Mund ist geöffnet wie das Maul von einem gemalten Tier. Die Gestalt scheint riesig, undeutlich in dem dämmrigen Licht der Lampe – und sie ist von Kopf bis Fuß in scheußliche Lumpen gekleidet.

Als das Wesen zum schlafenden Kaiser kommt, glänzt etwas in seiner Hand, es ist ein langes bajonettartiges Messer, so wie es die Jäger in den Wäldern der Ardennen benutzen. Seine Augen brennen in dem sonderbaren Licht. Er

selbst bleibt über dem Schläfer. Wenn dies ein Meuchelmörder ist, dann ist sicher die letzte Stunde des Schläfers gekommen. Und nun, das Messer in der Hand, steht er dicht beim Kaiser, schaut ihm ins Gesicht und betrachtet die Gesichtszüge. Jetzt ist sein eigener Schein gespenstisch, wild und versessen. Sein Blick ist voll geistigem Hunger und wie es aussieht will er irgendeinen leidenschaftlichen Hunger stillen. Seine Augen kommen näher und näher, zaubern sich vorwärts zum Objekt, das er anstarrt, bis sein Atem nahezu auf die kalten weißen Wangen fällt. Gleichzeitig hebt er das Messer, als ob er es in das Herz des Schläfers stechen will. In diesem Moment bewegt sich der Schläfer, wacht aber noch nicht auf, weil er vollkommen ermattet ist durch viele Stunden des Wachseins und sein Schlaf außergewöhnlich tief ist. Ob er aber ahnt wie nah sein Schlaf am Tod ist? Er hat die Spitze des irdischen Ruhmes erklommen, er hat sich an den Schemel seines Thrones über alle Könige der Erde gekettet. Und soll das nun das Ende sein? Soll er elendig zu Mitternacht durch eines Meuchelmörders Stahl geschlachtet werden?
Es ist Bewegung in der anderen Kammer, man hört Schritte, dann die Stimme des Postens rufen:
„Wer da?"
Und dann ist wieder alles still. Die wilde Gestalt hält inne, lauscht, mit großen Augen das Gesicht des Schläfers fixierend.
Stille Sterne der Ewigkeit, schimmernd, belauschend, im azurnen Gewölbe des Himmels, schauen herunter durch den irdischen Nebel und Regen in dieser Nacht und erblicken von Angesicht zu Angesicht diese zwei Wesen, die Gott gemacht hat - Geist des Lebens, bewegst dich in der Luft und in der Tiefe, umhülle sie mit dem Geheimnis DEINES Atems, weil alles von DIR kommt und alles zu DIR zurückkehrt! Was ist nun ‚kaiserlich'? Die riesige, aufgetürmte Gestalt dort mit dem wilden Gesicht und all der Kraft der wahnsinnigen Stärke oder die kraftlose Gestalt, die da offen liegt für den Schlag der da kommt? Erblicke diese zwei Kinder des uranfänglichen Adam, jeder aus Fleisch und Blut, Herz und Seele, jeder wunderbar gemacht, atmen die gleiche Luft, essen dasselbe irdische Essen, sage welcher ist Abel? Welcher ist Kain? Kain ist vor ihm, der aufrecht steht und das Messer hält, Kain ist, wenn er den Altar vernichtet und den lammgleichen Bruder in Gottes Angesicht niederstreckt . . . außerdem, so sicher wie diese Sterne am Himmel scheinen, es ist der unglückliche Abel, der den Haß hervorbrachte, das Brudermördermesser zupackend und wirr vor Verzweiflung! Gleichzeitig liest er im Gesichtszug des Kaisers, Linie für Linie. Er starrt das Gesicht an und es ist furchtbar, es bewahrt noch aschene Blässe. Seine wahnsinnige Abstraktion ist nicht erschreckender, als seine grässlich physische Kraft. Er hört einen Posten vor dem Fenster und hält einen Moment still, hebt mechanisch das Messer, als ob er zusticht, aber der Posten geht vorbei und das Messer sinkt wieder. Dann bemerkt er wieder eine Bewegung aus dem

Vorzimmer. Vielleicht haben sie Geräusche gehört und kommen herein. Nein, alles ist wieder still. Wie geräuschlos der Kaiser jetzt schläft! Das Lampenlicht erleuchtet sein Gesicht und markiert seine erschöpften Gesichtszüge, während das Licht des Feuers einen rotglühenden Schein auf seine liegende Gestalt wirft. Dort ist keine kaiserliche Erhabenheit – nur ein erschöpfter Wicht, schlafend wie jeder Bauer, der am Herd schlummert. Nur ein gebrechliches, blasses, krankes Wesen, das ein starker Mann mit einem Schlag seiner Hand niederschlagen kann. Eine Hand liegt auf der Sessellehne, sie ist weiß und klein wie die einer Frau oder eines Kindes. Ist es nicht die Hand, die Christen und Heilige niederschlug und Blut über Gottes Schreine vergoß? Ist es nicht die Hand von Kain, der seineen Bruder erschlug?
Und nun, du Meuchelmörder, ist es dein Part, treffe sicher! Nun ist es deine Sache! Du hast darauf gewartet und beobachtet bis zur Erschöpfung – du hast wahnsinnig zu Gott gebetet und zu ‚unserer Lady des Hasses', dass dieser Moment kommen möge und der Herr hat dir deinen Feind gegeben und hat den Feind deines Geschlechts in deine Hand gegeben.
Töte! Töte! Töte! Das ist Napoleon, dessen Geist ausgegangen ist wie der Kains, die glücklichen Häuser auf der Erde zu verderben und blutig zu machen, der knietief von Ost nach West in Blut watete, der jedem Land sein Flammensiegel aufdrückte, der jedes Feld verwüstete, wo noch der weiße Weizen wuchs, die Krallen des Hungers und die Asche der Feuer triumphierten. Erinnere dich an D'Enghien, Pichegru und Palm und töte! Zögerst du? Dann erinnere dich an Beresina, beladen mit vierzigtausend Toten! Erinnere dich an Tausende und Abertausende, die im großen Schnee schlafen! Und töte, töte, töte! Zweifelst du, dass er es ist, dass du dich so lange bedenkst? Dein Gesicht ist gepeinigt und deine Hand zittert und deine Seele ist ohnmächtig. Du kamst hierher, um einen Schatten zu finden, ein Bildnis, eine Sache wie die Gestalt aus schwarzem Marmor, errichtet, als ein Symbol in der dunklen Erde. Aus der Ferne scheint der Kaiser riesig, unwirklich, menschenunähnlich: Ein Wunder, mit der Ähnlichkeit eines Besessenen. Zu dem hast du dich geschlichen, wissend die Abscheulichkeit fest zu ergreifen. Und nun bist du entwaffnet, weil du nur einen armen, blassen, erschöpften *Menschen* siehst. Denke an die erschöpften Nächte und Tage des Hungers und töte! Denk an die Dunkelheit, die in dein Leben gebracht wurde, den Kummer, der dich von allem, was du am meisten liebst, trennte. Denk auch an die Millionen, die schrien, die eben wie Schafe zum Schlächter getrieben wurden und töte! Er hatte keine Barmherzigkeit, habe du nun auch keine!
Erinnere dich, es ist ein Leben für den Frieden und das Glück der Erde. Lösche dieses Wesen aus und die Menschheit ist vielleicht erlöst. Wenn er wieder erwacht, wird der Krieg erwachen! Feuer, Hunger und Abschlachten werde erwachen! Töte! Töte! Töte!

Der Schläfer bewegt sich erneut, seine stierenden Augen halb offen und sein Kopf rollt auf die Seite. Sein Gesicht behält seine marmorne Blässe, hat aber ein sonderbares trauriges Lächeln. Er murmelt zu sich selbst und seine kleine Hand öffnet und schließt sich wie die Hand eines kleinen Kindes, das im Schlaf versucht einen Schmetterling zu fassen.
Eine Krone oder ein Schmetterling – ist das nicht eins? Und in Gottes Augen ist vielleicht der, der schläft nur ein armes närrische Kind! Sollte es so sein, hat Gott einen Kreis um den Schläfer gezogen, den du nicht überschreiten kannst. Du bist nicht aus dem Stoff, aus dem ein grausamer Meuchelmörder gemacht ist, obgleich Wut in deinem Kopf ist, aber noch ist Liebe in deinem Herzen. Töten kannst du nun nicht, obwohl du zum Töten hier her kamst. Löse es auf deine Art, du fühlst jetzt keinen Haß für den Feind. Du weißt tatsächlich am besten wie arm und vergänglich ein Wesen ist, das du gefürchtet hast und so lange haßt. Gott machte ihn und Gott nimmt ihn. Blutig wie er ist, ist er doch ein Kind Gottes.
Wenn er nicht gebetet hätte, bevor er schlief, wäre es vielleicht leichter gewesen, aber er betete und sein Gesicht wurde für einen Moment schön und furchtloser als ein Kind sank er zur Ruhe. Willst du töten, was Gott mit SEINEM Schlaf geheiligt hat? Weil dieses Wesen die Sakramente der Natur gebrochen hatte, willst du werden wie er? Nein. Du hast ihn gesehen und du kennst ihn – das ist genug – du wirst ihn in der Hand Gottes lassen . . .
Amen! Sicher und gleich solltest du ihn so verlassen, Gottes Rache ist unfehlbar wie die Barmherzigkeit Gottes groß ist. Der Geist eines getöteten Mannes kommt in der Nacht im Traum zu dir, wie viele kommen zu *ihm*? Vielleicht nicht einer, obgleich auf sein Geheiß Abertausende elendig getötet worden sind. Noch bist du sicher, obwohl keine Geister aufgestanden sind, der ‚Geist des Lebens' wird einen Tribut fordern. Schau noch einmal in die geschlossenen kaiserlichen Augen! Sieh das kalte Licht, tief schlafend und die Unbarmherzigkeit auf diesem Gesicht, das eine Welt beherrscht! Zu diesen toten Augen, kalt wie Steinkugeln einer Statue. Dieser, unglückliche, wahnsinnige Mensch, der in eine wahnsinnige Welt ausgesendet worden ist wie ein Götze auf einem Podest, wie ein Götze aus Stein mit dem kniefallendem starrenden Begutachten seiner Anbeter. Dieser Mann steht oben unter der höchsten Krone. Nur so lange er sich dort behaupten kann, der ‚Geist des Lebens' ihn findet, bis die Hände eines Mannes ihn niederschlagen, der ‚Geist der Liebe' ihn strafen und ihn wieder Fleisch werden lässt . . .
Wenn ein Mensch über einen Platz geht und entdeckt, dass das Idol, das dort stand, zerbrochen am Boder liegt, murmelt er ‚das war Napoleon, den wir bewunderten und für den wir beteten'. Dann vergeht vielleicht das Lächeln und dann wird in der kalten Brust das menschliche Herz freier schlagen, demütig und ehrfurchtsvoll vor dem HERRN.

. . . Kehr um, unglücklicher Mensch und ehe du gehst schau noch einmal. Dort schläft das kaiserliche Gesicht, kein liebendes lebendes Licht und inwendig fressendes Feuer – ein Feuer verzehrend und zerstörend und sich selbst vertilgend, trotz der Seele, die genährt wird. Er, der haßt, hat keine Barmherzigkeit für die Menschheit, die in bitteren Lektionen der eigenen Barmherzigkeit lernen und erfahren seine eigene gänzliche Einsamkeit und Schmerz und verlangt das Äußerste, das Leid der ganzen Welt. Und in dieser Stunde wird dieses kalte Licht, das du erblicktest in seinem Geist sich ausbreiten und wird wie ein verrückter Kummer und Angst, die nun leuchten in deinen unglücklichen Augen. Verlasse ihn, denn er ist Gottes und gehe deiner Wege...

Der Mann hält nicht länger das Messer. Auf leisen, nackten Sohlen zieht er sich zurück zum großen Fensterflügel der Kammer. Für einen Moment hält er für einen letzten Blick inne – zitternd wie einer, der sich in die rasende See stürzt. Fühlt sich wie an den Haaren hingezogen, schaut mit wilden Augen und zitternden Lippen auf das blasse kaiserliche Gesicht. Dann zieht er den schweren Vorhang zurück, öffnet das große Fenster und springt in die Dunkelheit hinaus. Etwas entfernt ein lauter Schrei, dann der Krach von Schüssen, dann hört man Fußgetrampel. Als sie ankommen, ist der Mann wie ein Geist in die Nacht entkommen.
Inzwischen ist der Schläfer von den Schüssen aufgeschreckt und springt aus seinem Sessel. Als er zitternd dasteht und um sich schaut, liegt etwas glänzendes an seinen Füßen – ein riesiges nacktes Messer, solches wie die Jäger es benutzen, aber er sieht es nicht und es ist wie ein Traum, dass solch eine Waffe vor nur ein paar Minuten auf sein eigenes Herz gerichtet war. Seine Adjutanten treten besorgt ein und finden das Fenster offen, aber keinen Hinweis, welche Hand es weit geöffnet hat. Der Held hunderter Kämpfe schauerts, weil er abergläubisch ist, aber er kann ihnen nicht helfen eine Erklärung zu finden.
Aber nun zu Pferde! Er hat zu lange geruht und es wird schon bald dämmern . . . Trommeln schlagen und Trompeten erklingen, als er durch die dunkle Nacht reitet, umringt von Ulanen (29). Ist er noch in der Lage zu Gott zu beten . . .
Dicht vor ihm verblasst der helleuchtende Stern seines Schicksals und die blutroten Schatten erheben sich – Waterloo(31).

Epilog

Ein Jahr ist vergangen. Die gelben Fackeln des Ginsters brennen wieder in dem Kliff, die Schwärme der Seevögel sind aus dem Süden gekommen, um die große Steilküste zu weißen. Das Korn ist golden im Festland gewachsen und die Lerche singt über den dumpfen Geräuschen der Gehöfte. Sie singt laut, während die silberne Ernte auch in der Tiefe wächst. Die Fischerboote schleichen von Flaute zu Flaute, versammeln sich bei ihren braunen Netzen. Die See ist ruhig wie aus Glas und widergespiegelt jedes Kliff vom Grund bis zum Abhang. Es ist der Jahrestag der großen Schlacht, welche verhängnisvoll die Geschicke Bonapartes entschied.

Auf der Spitze des Kliffs sitzen zwei Gestalten und schauen abwärts, die Kathedrale von St. Gildas überblickend. Weit unter ihnen, über der dachlosen Mauer der Kathedrale und der stillen grünen See schweben Schwärme von Möven. Das rotgranitene Tor von St. Gildas ist leicht mit Schaum begrenzt, der sich nicht zu bewegen scheint. Weiter dahinter, weiter, als das Auge sehen kann, dehnt sich der Ozean, leicht beschattet durch den sanften grauen Nebel des Himmels. Eine Gestalt, sehr hager und groß, sitzt wie eine Statue, mit großen grauen Augen, die seewärts blicken. Sein Haar ist ganz grau und fällt auf seine Schultern, sein Gesicht ist gezeichnet von sonderbaren Furchen, die von furchtbaren Kummer oder Schrecken den er durchmachte, herrühren. Die andere Gestalt ist ein schönes junges Mädchen, das ihm zu Füßen sitzt, seine Hand hält und auf in sein Gesicht schaut. Sie trägt ein dunkles Kleid und eine gelbe Haube, beides Zeichen der Trauer und ihr Gesicht ist sehr blaß.
Tag für Tag beobachtet das Mädchen, dass die Wolken verfliegen, die die Seele ihres Partners verdunkeln. Er scheint – warum, weiß sie nicht – vom bloßen Hiersitzen seinen Trost zu finden, ihre Hand haltend und das Wasser betrachtend. Seine Augen scheinen ausdruckslos, aber ein seltsames geistiges Licht bleibt noch tief in ihnen.
Heute spricht er, ohne den Blick von der See zu wenden:
„Marcelle!"
„Ja, Rohan!"
„Wenn einer Segeln kann und segelt und segelt hier hinaus, so würde er zu dem Felsen kommen, wo *er* sitzt, mit den Wellen um ihn herum. Manchmal sehe ich ihn, weit entfernt wie er über das schwarze Wasser schaut. Er ist bei sich selbst und sein Gesicht sieht weißer aus, als es war, als ich es sah, bevor die große Schlacht gekämpft wurde!"
Sie schaut ihn in ängstlicher Anhänglichkeit an, in ihren Augen sind Tränen.
„Rohan, Lieber! Von wem sprichst Du?"

Er lächelt ohne zu antworten. Seine Worte sind rätselhaft für sie. Seit dem Tag, als er als gebrochener Mann nach vielen Monaten der Abwesenheit nach Hause zurückkehrte, sprach er oft wundersame Dinge – von Schlachten, vom Kaiser, von sonderbaren Treffen und alles schien wie törichte Fieberphantasien.
Sie hatte sehnsüchtig gewartet, bis die Wolken sich verzogen und alles klarer wurde. Und es scheint hoffnungsvoll, denn Tag für Tag wuchs mehr in ihm das Friedvolle und Sanfte und nun kann er geleitet werden wie ein Kind.

Er ist still, schaut weiter seewärts. Hinter ihm ragt der große Menhir auf und unterhhalb liegt das Dorf. Das Sonnenlicht, das ihn bescheint, umschließt seine Gestalt und die des Mädchens wie mit einem weißen Schleier. Es ist nicht alles verloren, denn mit seinem Elend erstarkte die Liebe und sie selbst hält zu ihm, rein, unterwerfend, ehrlich, bis in den Tod ...

... Und er schwärmt nicht, wenn er von dem *Einen* spricht, der in der Einöde verweilt, weit draußen.
Weit entfernt, unter einer Palme, sitzt diese andere Gestalt, wartend, schauend und träumend, während traurig und fremd das Wasser der Tiefe wie das Wasser der Ewigkeit ist, sich unermesslich rundum ausdehnt und mit erschöpften Murmeln seine Füße umspült.
So sitzen Zwei, tausende von Meilen getrennt, jeder die Wange auf die Hand gestützt und starren auf die See ...

* * *

Anmerkungen

1. el Dorado [span.] der Vergoldete

1a Anak Person aus dem Alten Testament, soll vor 3500 Jahren gelebt haben; Stammvater der Anakiter, die als Riesen bekannt und gefürchtet waren.
2. Architrav [griech.] der unmittelbar auf Säulen ruhende waagerechte Querbalken eines antiken Tempels
3. Marat Jean-Paul, 24.5.1744 – 13.7.1793 ermordet, französ. Revolutionär und Volksführer, Jacobiner, gab 1789 den ‚Ami du peuple' (‚Volksfreund') heraus, in dem er die politischen und sozialen Forderungen der Sansculotten radikal vertrat. 1792 wurde er Mitglied des Konvents und war führend am Sturz der Girondisten beteiligt. Er wurde von Krone, Adel und Großbourgeoisie gefürchtet und schrankenlos verleumdet, was sich in der großbürgerlichen Geschichtsschreibung widerspiegelt.
4. Menhir [bretonisch] ‚langer Stein', 4-5, gelegentlich über 20 m hochragender, meist unbehauener Steinblock aus der späten Jungsteinzeit und frühen Bronzezeit; Hauptverbreitung in Westeuropa (Bretagne), vereinzelt bis Mitteldeutschland; wahrscheinlich Toten-und Ahnenkult.
5. Dolmen [frz.keltisch] ‚Steintisch', älteste Form des Großsteingrabes in der west-und nordeuropäischen Jungsteinzeit, viereckige Grabkammer aus senkrechten Steinblöcken mit darüberliegendem Deckstein, ursrünglich unter Erdhügel, ähnliche megalith. Erscheinungen in Nordafrika, Südwestasien, im Kaukasus und in Osteuropa.
6. Brackwasser [niederl.] salzhaltiges Wasser, entsteht durch Mischung von Fluß- und Meerwasser in Gebieten hoher Verdunstung und auch in abflusslosen Seen, enthält eine an die besondren Verhältnisse angepasste, artenarme aber individuenreiche Faune und Flora.
7. Kalvarienberg [lat.] calvaria=‚Schädel' , katholische Bezeichnung für den Kreuzigungsort Christi, auch Wallfahrtsstätte.Auch Bezeichnung für einen natütlichen

8. Brevier | oder künstlichen Berg, auf dem als kathol. Wallfahrtsstätte die 14 Kreuzwegstationen in oft künstlerischer Form dargestellt sind.
[lat.] kirchliches Buch mit lat. Texten für das tägliche Stundengebet der kathol. Geistlichen.

9. Legitimisten [lat.] Verfechter der monarchist. Legitimität, Vetreter einer Doktrin von der Unantastbarkeit dynast. Rechtmäßigkeit, die auch durch revolutionäre Umstürze nicht beseitigt werden kann und für abgesetzte Fürsten daher uneingeschränktes Wiedereinsetzen verlangt.

10. Kannerez-noz In vielen Ländern glaubte man noch an viele Arten übernatürlicher und gefürchteter Frauen, so Meer- und Robbenjungfrauen oder Todesprophetinnen wie die irische banshee (bean si, Fairyfrau). Die wehklagende banshee ist typisch besonders für Irland, wo sich der Brauch der Totenklage (caoineadh) am längsten erhielt, doch erscheint sie in Gestalt einer Frau, die das leichentuch im Fluß wäscht, in Schottland als bean nighte und in der Bretagne als kannerez-noz (Nachtwäscherin) wieder.

11. Lolch Lolium, Gattung der Süßkräuter, wertvolle Nutzkräuter z.B. Ausdauernder Lolch (englisches Raygras); Wiesenlolch (Lolium perenne) in Europa, Nordafrika und Asien verbreitet.

12. Makkabäer [lat.griech.] jüdisches Herrschergeschlecht, das auf Judas (mit Beinamen Makkabäus) zurückgeführt wird und unter dem der jüdische Befreiungskampf gegen die Seleukiden geführt wurde.

13. Beranger Pierre Jean de, frz. Dichter 1780-1857, volkstümliche schlichte Lieder in denen er besonders Napoleon verherrlichte.

14. Austerlitz [tschech. Slavkov u Brna] am 2.12.1805 entscheidender Sieg Napoleon I. über Österreicher und Russen, auch ‚Dreikaiserschlacht', Friede von Pressburg.

15. Deismus [lat. deus=Gott] zuerst in England im 16/17. Jhd. vertretene Anschauung, wonach Gott zwar die Welt geschaffen hat, auf ihre Entwicklung aber keinen weiteren Einfluß nimmt. Die Entwicklung wird aus den eigenen Gestzmäßigkeiten der Welt erklärt. Der Deismus, der gegenüber dem Theis-

	mus historisch fortschrittlich ist, wurde außer bei den englischen Aufklärern u.a. von Voltaire, Rousseau und Lessing vetreten.
16. Rousseau	Jean-Jacques 28.6.1712 – 2.7.1778, frz. Schriftsteller, Pädagoge und idealist. Aufklärungsphilosoph, bedeutendster Staatstheoretiker und ideologischer Wegbereiter der frz. Revolution, begründete 1754 in der „Abhandlung über die Ungleichheit unter den Menschen" die Entstehung des Staates aus Privateigentum und sozialer Ungleichheit; prangerte den Feudalabsolutismus als schlimmste Form der Polit. Rechtlosigkeit an und forderte vom Naturrecht ausgehend, die unteilbare und unveräußerliche Volkssouveränität.
17. Robespierre	Maximilien de, 1758 – 1794 (guillotiniert), bedeutendster Führer der frz. Revolution, Anhänger Rousseaus, 1789 Mitglied der Generalstände und der Konstituante, führend im Jacobinerclub, 1792 Mitgl. Des Konvents, seit 1793 an der Spitze des Wohlfahrtsausschusses. Er führte die Revoluion in der revolutionär-demokratischen Diktatur der Jacobiner auf den Höhepunkt. 1794 schaltete er die Dantonisten aus. Durch seine Überzeugungkraft und Entschlossenheit genoß er bei den Jacobinern große Autorität und Popularität im Volk, das ihn den ‚Unsterblichen' nannte. Die vernichtung der linken Kräfte, der Enrages und Hebertisten, schwächte die soziale Basis der Jacobinerdiktatur. Am 9.Thermidor(27.7.1794) wurde er von der konterrevolutionären Borgeoisie gestürzt und am 28.7. guillotiniert.
18. Lafayette	La Fayette, Marie-Joseph de Motier, Marquis de, 1757 – 1834, frz. General und Politiker, nahm am nordamerikanischen Unabhängigkeitskrieg teil. Wurde 1789 als Adliger in die Generalstände gewählt, verband sich mit dem ‚Dritten Stand' und wurde erster Kommandeur der nationalgarde. Als Gegner der Revolution floh er 1792 nach Österreich. Unterstützte 1830 als Kommandeur der Nationalgarde die Thronbesteigung Ludwig Philipps.
19. biniou	bretonischer Dudelsack

19a	Meerfenchel	Crithmum maritimum
20.	Arkadien	zentrale Landschaft des Peloponnes, größtenteils von Kalkbergen umgeben, Ackerbau auf kleinen fruchtbaren Flecken, Weidewirtschaft in höheren Lagen, Schafe, Ziegen; das ‚Paradies', Hirtenland der Schäferdichtung seit der Antike.
21.	Gavotte	ursprünglich altfranzösischer Volkstanz, im 18. Jhd. Bühnentanz
22.	Chouan	Die sozialen Unruhen unter den Bretonen erlebten 1789 zur Ständeversammlung in Rennes ihren Höhepunkt. Um die Vertreter der Bretonen bei den Generalständen bildete sich der Klub der Jacobiner, Als 1793 die Republik die Aushebung von 300.000 Männern anordnete schlossen sich die Bretonen mit Bürgern der Vendree zum Aufstand der ‚Chouannerie' zusammen. Im Roman von 1793 schildert Victor Hugo die Chouannerie. Honore de Balzac hat in seinem Buch ‚Die Chouans oder die Bretagne im Jahre 1799' dieses Thema dargestellt.
23.	Stalaktiten	Tropfstein, der von der Hohlraumdecke *herabwachsende* Zapfen.
24.	Äquinoktium	Tag-und Nachtgleiche
25.	Blücher	Gebhard Leberecht von Blücher Fürst von Wahlstatt 1742 – 1819, preußischer Generalfeldmarschall, befehligte im Frühjahr 1813 das preußisch Korps, später die schlesische Armee.Kriegsentscheident waren sein Übergang über die Elbe und sein rechtzeitiges Eingreifen in der Schlacht bei Möckern am 16.10.1813 (Völkerschlacht). Er war der volkstümlichste Feldherr der Befreiungskriege (Marschall Vorwärts). „Er war das Muster eines Soldaten", (K.Marx.)
26.	Wellington	Arthur Wellesley, Duke of Wellington (seit 1814), 1769 – 1852, brit. Feldmarschall (seit 1815) und konservativer Politiker. Im Kampf gegen Napoleon 1808-1814 Befehlshaber der britischen Truppen, 1815 Sieger mit Blücher bei Waterloo. 1828-1830 Ministerpräsident, 1834-1835 Außenminister.
27.	Spinoza	Benedikt, ursprünglich: Baruch d' Espinosa, holl. Philosoph, 1632 – 1677, Ideologie des demokrat. Teils der holl. Bourgeoisie vertrat u.a. dialekt.

	Auffassung: ‚Freiheit ist Erkenntnis der Notwendigkeit'.
28. Talleyrand	Charles-Maurice de Talleyrand-Perigord, Fürst von Benevent (seit 1806) 1754 – 1838, frz. Staatsmann, 1788- 1791 Bischof von Autun, 1789 Mitglied der Generalstände und der Nationalversammlung, 1791 gebannt, 1799 am Staatsstreich Napoleons beteiligt, 1814/15 für die Bourbonen, 1830 für Ludwig Philipp, Sezte auf dem Wiener Kongress die Gleichberechtigung Frankreichs durch.
29. Ulanen	[poln, türk.] mit Lanzen bewaffnete Reiterei, urspr. in Polen, später in allen europäischen Armeen bis zum 1. Weltkrieg.
30. Ney	Michel, Herzog von Eldingen, Fürst von der Moskwa (seit 1813) frz. Marschall (seit 1804), 1769 – 1815, einer der besten Generäle Napoleons („der tapferste der Tapferen"), ging 1815 nach der Rückkehr Napoleons von Alba mit den von ihm befehligten königlichen Truppen zu Napoleon über und entschied so den Sturz der Bourbonen, deshalb wurde er nach Napoleons erneuter Abdankung von den Royalisten als Hochverräter vor Gericht gestellt und am 7.12.1815 in Paris standrechtlich erschossen.
31. Waterloo	belg. Gemeinde südl. von Brüssel, in der Schlacht bei Waterloo besiegten am 18.6.1815 preußische und brit. Truppen Napoleon I. endgültig.